Knaur.

Knaur.

Von der Autorin bereits erschienen:
Villa Bernstein

Über die Autorin:
Katryn Berlinger war mehrere Jahre lang Direktionsassistentin,
bevor sie Literaturwissenschaft und Systematische Musikwissen-
schaft studierte. Nach dem Magister baute sie das Lektorat eines
Schallplattenunternehmens in Hamburg auf. Einige Jahre später
tauschte sie dann den Beruf gegen ihre Familie ein. Heute lebt und
arbeitet sie als Schriftstellerin in Norddeutschland.
Bei Knaur erschien von ihr »Villa Bernstein«.

Katryn Berlinger

Das Schokoladenmädchen

Roman

Knaur Taschenbuch Verlag

Besuchen Sie uns im Internet:
www.knaur.de

Originalausgabe Juli 2004
Copyright © 2004 bei Knaur Taschenbuch
Ein Unternehmen der Droemerschen Verlagsanstalt
Th. Knaur Nachf. GmbH & Co. KG, München
Alle Rechte vorbehalten. Das Werk darf – auch teilweise –
nur mit Genehmigung des Verlags wiedergegeben werden.
Redaktion: Gisela Menza
Umschlaggestaltung: ZERO Werbeagentur, München
Umschlagabbildung: J. É. Liotard »Das Schokoladenmädchen«
Satz: Ventura Publisher im Verlag
Druck und Bindung: Clausen & Bosse, Leck
Printed in Germany
ISBN 3-426-62570-9

5 4 3 2 1

Im Winde auf- und abschwebend flogen Silbermöwen, Vorboten des heimatlichen Kontinents, dem Schiff entgegen. Neugierig umflatterten sie den Bug des deutschen Frachtdampfers Eleonora, der sich 1896 unter Führung von Kapitän Hilmar Pilar zügig der europäischen Küste näherte. Doch im Schiffsbauch, ohne Licht, ohne Frischluft, kämpfte die knapp achtzehnjährige Madelaine Elisabeth Gürtler mit jeder Seemeile gegen Seekrankheit und Albträume.

Wie mochte Alabaster aussehen? Madelaine delirierte seit Tagen. Trotz ihrer Übelkeit stellte sie sich weiße Blüten vor, so blendend weiß wie die in der chilenischen Sonne gleißenden Kristalle der Salpetersalze, die auf Ladebühnen in der Oficina, der verhassten Salpeterfabrik, zu riesigen Kegeln gehäuft wurden. Alabaster, umflort von einer selig machenden Kraft, die Wunden schloss, Schmerzen nahm und Trauer in Frohsinn wandelte. Madelaines Zähne knirschten, sie versuchte zu schlucken. Vage spürte sie den brackigen Lappen, den ihre Mutter ihr unters Kinn legte, und fühlte fiebernd die Nässe ihres verklebten Körpers. Doch die Erinnerungen drückten sie wie eine Ertrinkende zurück – in die Trauer um den toten Vater. Madelaines Seele war wund und flatterte wie ein verängstigter Vogel, der sich in einem fremden Haus verirrt hat.

Erst als die Eleonora sich der Küste des portugiesischen Festlands näherte, fiel sie in einen traumlosen Schlaf.

Kapitän Hilmar Pilar betrachtete nachsinnend ein bauchiges weißgraues Wolkengebilde, das backbords seines Dampfschiffs auftauchte – rund wie die Großsegel eines Windjammers, in die der kräftige Wind blies, rund wie Busen und Hüften einer Frau. Pilar schnalzte mit der Zunge und rief sich Figur und Gesicht eines weiblichen Passagiers in Erinnerung, der tief unten im Bauch seines Schiffs auf den harten Pritschen des Zwischendecks lag, nur durch eine Bretterwand von der kostbaren Salpeterladung und den Edelhölzern getrennt.

Eine schmucke Deern, das ist sie, dachte er, mit Augen, dunkel und schimmernd wie Südseemuscheln, Lippen …, er überlegte amüsiert, … na ja, wie ein aufgeschlagener Granatapfel. Und unter den Lumpen ein Körper, der nach Zimt und Vanille duften könnte. Er runzelte die Stirn und fügte in Gedanken hinzu: Wenn sie gesund und sauber wäre … das arme Ding! Kam schon schmutzig und unglücklich an Bord.

Steuerbordseitig lag nur wenige Seemeilen entfernt die nordspanische Küste. Die Fahrt von Chile, rund ums sturmgepeitschte Kap Hoorn, quer über den Atlantik war ohne Zwischenfälle verlaufen. Der Wind blies von Nordwest, und hätte er, Kapitän Pilar, noch wie früher einen schönen Windjammer unter den Füßen, hätte er ohne Probleme mit vollen Segeln in den Ärmelkanal einlaufen können. Doch die Zeit der stolzen Großsegler, die als Frachtschiffe eingesetzt waren, ging zu Ende. Dieses war nun schon die sechste Fahrt von Hamburg nach Valparaiso, und er hatte mehr und mehr Gefallen an diesem modernen, technisch aufgerüsteten Dampfschiff und seiner Geschwindigkeit gefunden.

Mit der messerscharfen Kante ihres begradigten Klipperbugs durchschnitt die Eleonora die leichte Dünung der See, volle Kraft voraus. Vor gut zwei Wochen hatte sie in Valparaiso, Chiles berühmtesten Hafen, Salpeter, Tropenhölzer, Kisten mit Zigarren und Zigaretten, Post und Pakete geladen. Seitdem war sie unterwegs, hatte nur kurz in Lissabon Anker geworfen und fuhr jetzt weiter gen Osten, Zielhafen Hamburg.

Die Mehrzahl der gut dreißig Erste-Klasse-Passagiere lag in Liegestühlen aus Teakholz auf dem Oberdeck und löffelte heiße Brühe. Es waren vornehmlich Techniker, Vertreter deutscher Handelshäuser, Kaufleute und höhere Beamte. Manche von ihnen kannte Kapitän Pilar von früheren Reisen. Allesamt eigentlich langweilige Leute. Interessanter waren da schon der Bankdirektor und der Naturforscher mit weißem Kakadu, am unterhaltsamsten aber war Urs Martieli, der Schweizer Konditor mit Hang zu Klavierspiel und flotten Liedern.

Alles ging seinen gewohnten Gang. Im Bauch der Eleonora fütterten Heizer in glühender Hitze die Kessel mit Kohle, und heißer Dampf trieb die malmenden Schiffsschrauben an. Der Rauch, der aus den beiden Schornsteinen qualmte, zerstob im Blaugrau des Himmels. Jedes Mal, wenn Krüger, der hagere Steward, seinen hölzernen

7

Servierwagen über das Deck rollte, zog ein leichtes Zittern über die Planken. Sich bückend und verbeugend verteilte er die stärkende Suppe nebst Servietten und weißem Brot. Die Passagiere plauderten unter einer aufgezogenen Markise. In den Duft der Brühe mischte sich der würzige Rauch von Zigarren, die zwei beleibte Herren in schwarzem Anzug und Zylinder mittschiffs an der Reling schmauchten.

»Ein Fraß ist das, was der Engländer Cunard auf seinen Schiffen anbot«, empörte sich Christian Voith, Banker aus Hamburg. »Stellen Sie sich einmal vor, dunkelgelb gekochte Hammelkeule. Und als Dessert ein verdorbenes Mischmasch aus Äpfeln, Trauben und Orangen. Scheußlich, sage ich Ihnen, scheußlich! Aber die Zeiten haben sich geändert.«

»Zum Glück«, pflichtete ihm Werner Strauss, Maschinentechniker aus Dortmund, bei. »Und der Collins aus Amerika hat's ihm ja auch gegeben. Allein die Keller seiner Schiffe fassten schon vierzig Tonnen Eis. Buntglasfenster, Spiegel überall, Brocatelli-Marmor und das Schiffsinnere aus Steineiche, Rosen- und Atlasholz. Und nun ist er pleite. Vorbei der Prunk. Doch Sie haben Recht, wie beim Essen so auch sonst – alles ändert sich. Vorbei die Zeit der Segler. Charlie Parsons Dampfturbine macht achtzehntausend Umdrehungen die Minute. Das gibt Kraft. Unsere Schiffe pflügen jetzt geradezu durch die Meere. Ohne Bugspriet, dafür mit stolzen Schornsteinen.«

»Albert Ballin bringt ja beides unter einen Hut, Sicherheit und Luxus. Und ein gutes Verhältnis zum Kaiser hat er auch.«

»Na ja, wo er doch seine Passagierschiffe mit Doppelschrauben ausrüstet und nach des Kaisers Gemahlin getauft hat – Auguste Victoria und Columbia. Der Kaiser soll sogar mehrmals im Jahr privat zum Essen zu Ballin ins Haus kommen.«

»Ein schlauer Fuchs ist er. Residiert im Schloss an der Elbe. Und auf der Auguste gibt es eine Rokokotreppe über zwei Decks. Stellen Sie sich mal vor, was das gekostet hat. Und dann noch sternförmige Lampen, die von vergoldeten Cherubim gehalten werden.«

»Wissen Sie, worauf ich jetzt Appetit habe? Auf Schildkrötensuppe, Truthahn in Austernsauce, Gans in Champagner und Mandelpudding.«

»Oh, gegen gekochten Barsch in Sauce hollandaise plus Apfelbeignets in Gelee und Johannisbeertörtchen hätte ich auch nichts einzuwenden.«

Die beiden Herren lachten und winkten einen wohl fünfzehnjährigen Schiffsjungen herbei. Barsch befahlen sie ihm, man möge ihnen einen Cognac bringen. Die Gläser kamen schnell. Rasch schoben die Herren ihren Zylinder in den Nacken und prosteten mit ausgestrecktem Arm dem Kapitän auf der Brücke zu. Pilar grüßte grimmig zurück. Noch mindestens vierzehn Jahre Seefahrt, dann würde auch er es sich gemütlich machen können. Plötzlich lauschte er. Tatsächlich, da spielte jemand im Salon Klavier. Er gab dem wachhabenden Offizier ein Zeichen und verließ die Kommandobrücke. Und wirklich, am alten Biedermeierflügel saß in grauem Cut und schwarz-grau gestreiften Hosen Urs Martieli, jener Schweizer Konditor, der in Valparaiso seinen Bruder besucht hatte. Es gibt sie eben auch, dachte Pilar mit Genugtuung, die erfolgreichen Aussiedler, die keine Probleme bereiten, weder im Heimatland noch im Gastland, noch an Bord.

Je näher er dem Salon kam, desto deutlicher hörte er die ihm vertrauten Worte, verpackt in eine schwelgende Melodie.

»… Ihr Fröhlichen, singt,
weil das Leben noch mait:
Noch ist ja die schöne, die blühende Zeit,
noch sind die Tage der Rosen,
die Tage der Rosen!«

Du Schwerenöter, dachte Pilar belustigt, denn der fröhliche Sänger mochte bereits die Vierzig überschritten haben. Nun hob dieser zur zweiten Strophe an.

»Frei ist das Herz, und frei ist das Lied,
und frei ist der Bursch, der die Welt
durchzieht,
und ein rosiger Kuss ist nicht minder frei,
so spröd' und verschämt auch die Lippe sei.
Wo ein Lied erklingt, wo ein Kuss sich beut,
da heißt's: Noch ist blühende, goldene Zeit,
noch sind die Tage der Rosen,
die Tage der Rosen!«

Auf die dritte Strophe verzichtete der temperamentvolle Alt-Jüngling und stimmte stattdessen einen Strauß'schen Walzer an, dem er ohne Atem zu holen eine flotte Polka folgen ließ. Pilar blieb hinter einem Pfeiler stehen, lächelte und summte leise mit. Leidenschaftlich schwang der Schweizer Konditor mit der Musik vor und zurück, bis er die Polka mit kräftigen Akkorden beendete. Kurz schaute er zur Decke, schüttelte die Hände seitwärts aus, um mit neuem Elan die Tasten zu bearbeiten. Pilar riss die Augen auf – das kannte er doch auch, diesen Gassenhauer und Schmachtfetzen.
Urs Martieli lehnte sich zurück und sang, wie es über den Noten stand, »Mit Feuer« und aus vollem Herzen.

»Mein Herz ist wie ein Bienenhaus,
die Mädchen drinnen sind die Bienen,
sie fliegen ein, sie fliegen aus,
grad wie in einem Bienenhaus,
in meines Herzens Klause,
hollia hoja, hollia hoja
holliaho holliaho holliaho!«

Und da es ihm so gut gefiel, wiederholte er das Lied. Pilar brummte den Text mit und wunderte sich immer mehr über diesen seltsamen lockeren Vogel. Er wusste sich zu kleiden und war galant zu den wenigen Damen an Bord, obwohl diese verheiratet waren. Dabei beherrschte er sogar die Kunst, sich gleichzeitig die Sympathie der Ehemänner zu sichern – durch aufmerksames Zuhören, weltläufiges Wissen und derbe, intime Witze, die selbst erfahrenen Herren rote Ohren bescherten. Pilar betrachtete den lockigen Rundkranz seines Haars. Wahrscheinlich trug dieser Schwärmer bei der Arbeit eine gestärkte weiße Mütze, hoch wie ein perfektes Soufflé! Und das Haupthaar war darunter im Laufe der Zeit langsam verdorrt. Pilar grinste in sich hinein. Doch er fand, dass Martieli, selbstbewusst, wie er seinen Kopf trug, ungemein attraktiv wirkte. Ein Wink mit seinem Rührlöffel, und die Damenwelt lag flach. Verheiratet war er laut Passagierliste nicht, Geld aber musste er wohl besitzen. Er strahlte es einfach aus.

Mit Hingabe spielte Martieli einen Walzer von Suppé, und Pilar grübelte darüber nach, wie es angehen mochte, mit Zucker, Butter und Mehl Dinge zu zaubern, die einen wohlhabend machen konnten, ohne dass man seinen Platz verlassen musste. Doch die herbeieilenden Schritte eines seiner Offiziere rissen ihn aus seinen Gedanken.

»Schlägerei auf dem Zwischendeck!«, meldete ihm der Zweite Offizier.

»Verdammte Halunken!«, zischte Pilar verärgert. Unwillig riss er sich von seinem geheimen Lauschplatz los und folgte ihm. »Einsargen sollte man sie! Oder in Fässer stecken wie die Heringe!«

»Soll ich Folker befehlen, noch eine Trennwand zu nageln?«

»Kommt nicht in Frage. Nägel und Bretter brauchen wir noch. Haut ihnen eine rein«, befahl Pilar ungeduldig. »Und so was kommt in unser schönes Europa, unser aufstrebendes Deutschland zurück.« Er schüttelte sich vor Widerwillen. »Verrecken hätten sie sollen da drüben!«

»Kommen ja nur wenige zurück«, sagte der Offizier und gab dem Unteroffizier einen Wink. »Raus aus Europa und dem Osten wollen viele, aber nur die Tüchtigsten schaffen es wirklich.«

»Die meisten sind sowieso nur Träumer und Tunichtgute. Unnützes Gewürm!«, schnaubte Pilar erneut, noch immer verärgert darüber, aus einer schönen Stimmung gerissen worden zu sein.

»Wie sieht es bei den Weibern aus?«

Der Offizier zuckte mit den Schultern. »Alles ruhig, meine ich.«

Kurze Zeit nachdem die Eleonora in den Ärmelkanal eingelaufen war, wachte Madelaine auf. Ihre Übelkeit war verschwunden. Beschämt merkte sie, wie erbärmlich sie roch. Doch sie war froh, wieder bei Sinnen zu sein und klar denken zu können.

Wo war sie? Richtig, sie lag hier unten im Bauch dieses Dampfschiffs im verrufenen Zwischendeck. In einem rau zusammengezimmerten Brettergestell, dessen Pritschen ungefähr so breit wie ihr Unterarm lang war. Zwischen ihrer Pritsche und der über ihr lagen nur wenig mehr Zentimeter. Sie hörte das Dröhnen der Schiffsmotoren durch Holzlatten und Wände. Es drang bis in den feinsten Nerv.

Doch sollte sie sich darüber beklagen? Was waren sie denn mehr als eine schäbige Horde von Aussiedlern, die in ihre Heimat zurückkehrten. Fast verhungert in der Alten Welt, waren sie nun auch noch in der Neuen Welt gescheitert. Und beladen mit der Schande, als Versager zurückkehren zu müssen – das Geld für die Rückreise gestohlen, von Krepierten geerbt oder wie auch immer.

Ihre Rückfahrt und die ihrer Mutter aber war mit ehrlicher Hände Arbeit verdient. Jedoch bezahlt mit Vaters Leben. Wie einen Hund hatte man ihn in fremder Erde begraben. Er lag nicht auf dem schönen mauerumsäumten Friedhof von Valparaiso, auf dem die leuchtend roten Bougainvilleen und vielfarbigen Rhododendren so herrlich dufteten. Nein, Vater nicht.

Mutter und sie hatten es eines Tages in der Wüste bei Antofagasta, hoch im Norden von Valparaiso, nicht mehr ausgehalten. Eine Gegend, in der es so heiß war, dass Eisen nicht rostete, Fleisch nicht verfaulte und Leichen nicht verwesten, sondern vertrockneten. Sand, der immerzu Staub aufwirbelte, bedeckte die Straßen von Antofagasta, der reichen Salpeterprovinz. Es gab keine Bäume, keine Schönheit, kaum Feuchtigkeit, nur Kakteen, Hitze, dornige Algarrobos, ein paar Pfefferbäume und tägliche Mühsal. Und jene menschenverachtende Salpeterfabrik, wo Vater schuftete. Und sie zu dritt unter gewalttätigen Gesellen hausen mussten. Bis es Mutter zu viel wurde. Sie kehrte mit ihr, Madelaine, dem Salpeter und Vater den Rücken und ging nach Valparaiso zurück, in eine Holzhütte in den

13

Hügeln jenseits der Stadt. Die Wäsche der anderen, die sie wusch, flatterte jedem schon von weitem entgegen.

Vater blieb dort. Er schaffe es schon, hatte er ihnen versichert. Noch ein paar Jahre, dann habe er Geld genug, um wenigstens ein kleines Stück Land, Bauholz, einen Ochsen und Gemüsesaat zu kaufen.

Monate vergingen, ein Jahr, ein zweites. Selten bekamen sie ein Lebenszeichen von ihm. Doch Vater kehrte nicht zurück. Irgendwann hieß es, er sei gestorben. Immer wieder stellte sich Madelaine vor, wie die rauen Gesellen dort Thaddäus Gürtler in der trockenen Erde verscharrt hatten. Madelaine blinzelte im Halbdunkel zum Gestell gegenüber, wo eine ältere Frau in den Wehen lag. Das Kind wollte und wollte nicht kommen. Zu ausgezehrt war der verhärmte Körper der Frau. Ob das Kind ahnt, in welch aussichtslose Welt es gelangen wird?, dachte Madelaine. Sie bildete sich ein, dass ihm der mütterliche Schoß bereits zuraunte, wie unbarmherzig das Leben enden konnte.

Wie sehr hatte Vater sie geliebt. Mit wie viel Träumen hatte er sie aus dem feuchten Kellerloch des Hamburger Gängeviertels aufs Auswandererschiff gelockt. Valparaiso – welch ein Klang. Vater hatte von Gummi- und Mandelbäumen geschwärmt, Palmen, schmeichelnden Winden und einem eigenen bunten Häuschen und redlich verdientem Wohlstand. Valparaiso sei eine bedeutende Hafenstadt, in der aufstrebende Engländer und Deutsche in imponierenden Villen rund um den Hafen lebten.

»Schiffsagenturen, Börse, Banken, Kontore, Wechselstuben – alle brauchen sie Arbeitskräfte und zahlen gut.«

Aufsteigen würde man, hatte Vater gejubelt. Mit Fleiß und Ausdauer.

Doch das Pech hatte ihn in Valparaiso verfolgt, ein Spekulationsgeschäft hatte die Ersparnisse vernichtet. Als er dann noch verdächtigt wurde, Geld unterschlagen und einen Diebstahl begangen zu haben, musste er mit Frau und Kind ins verhasste Salpeterland fliehen.

Vergangen, alles vergangen.

Madelaine schnürte sich der Hals zu. Jetzt lag sie hier im stinkenden Zwischendeck eines Handelsschiffs neben kranken alternden Weibern. Und einer Mutter, deren Worte ihr seit frühester Kindheit in die Seele gebrannt waren: »Du hast mein Leben zerstört.«

Weil sie sich einmal mit dem im Gängeviertel allseits beliebten Thaddäus Gürtler eingelassen hatte – nach dem Tanz in den Mai, hinter einem Fliederbusch. Sie hatte ihn heiraten müssen. Statt ledig zu bleiben und Weißstickerin zu werden, musste sie ein Kind großziehen und nach Chile auswandern.

Madelaine wusste, dass ihre Mutter es nur als gerecht empfand, dass ihr Mann tot war und sie die Rückreise nach Hamburg antreten konnte. Sie presste die Faust auf ihren Leib. Ein abgewetzter Gürtel raffte ihre übereinander getragenen Kleider zusammen. An diesem Gürtel hing ein Beutel mit dem Ehering ihres Vaters und ihrer Geburtsurkunde. Der Ring war in buntes Schokoladenpapier gewickelt. Chocolata, die Speise der Götter. Wann immer es Vater möglich war, hatte er beim italienischen Kaufmann in der Pulperia Schokolade für sie gekauft. Chocolata ist gut für die Seele, sagte er mit den Einheimischen. Selbst die gewalttätigen Gesellen stimmten dem zu.

Wie oft hatte sie Vaters Hände dafür geküsst, seine zerschundenen, vom Salz verätzten Hände. Madelaine rief sich noch einmal in Erinnerung, wie Vater gearbeitet hatte. Erst musste Caliche, die eigentliche Salpeterschicht, mit dem Brecheisen gelockert werden. Dann wurde sie auf

Karren gelagert, zur Fabrik gefahren, in Schächten zermalmt, mit riesigen Mengen Wasser ausgelaugt, in Kochkesseln gesiedet, in Pfannen, den Falcas, getrocknet, auf die Canchas, die Ladebühnen, gehievt und schließlich in Säcke geschaufelt – Säcke, wie sie jetzt im Laderaum dieses Schiffs lagen.

Madelaine sah, wie ihre Mutter sich erhob und energisch zwischen den Pritschen hin und her lief. Ein grimmiger Blick traf sie. Madelaine versuchte ihm auszuweichen. Klein und ungeliebt kam sie sich im Bannstrahl dieser Augen vor. Zwar kannte sie es nicht anders, doch hier, auf dieser Pritsche, mit Schweiß und Erbrochenem am Leib, wirkte der Wille ihrer Mutter wie ein Todesstoß.

»Ein Gutes hat es ja gehabt, die paar Jahre in Chile«, hörte sie ihre Mutter sagen. »Er hat mir ja sonst was versprochen. Nichts ist geworden. Nichts. Doch ich habe wenigstens etwas gelernt, die Weißstickerei nämlich. Damit werde ich mir mein Geld selbst verdienen. Für mich leben. Nur für mich!«

»Was du nur wieder willst, Herta«, hörte Madelaine die Frau sagen, die unter ihr lag. »Dein Mann ist unter der Erde. Deine Tochter kann heiraten, gebären. Und du willst neu anfangen? Für die feinen Damen arbeiten? Gib's auf. Du bist bald welk wie ich.«

Sie hustete und spuckte Blut in den schmutzigen Blecheimer, der am Brettergerüst festgebunden war. Die wenigen Frauen in den schmierigen und von Schmutz jeglicher Art stinkenden Brettergestellen tuschelten untereinander.

»Das liegt nur an deiner Hurerei. Den Tod haben sie dir reingestoßen«, hörte Madelaine ihre Mutter, eine kräftige Frau Ende dreißig, erwidern. »Ich lasse mir von niemandem mehr etwas vorschreiben, weder von einem Mann noch von der da.«

Madelaine durchzog ein dumpfer Schmerz. Sie kam sich vor wie ein Beutetier im Würgegriff einer Anakonda. Was war sie mehr wert als Haut, Zähne und Knochen?

»Herta, versündige dich nicht«, hörte sie die Frau stöhnen, die in den Wehen lag. »Versündige dich nicht.«

Madelaine sah zu ihr hin und bemerkte das wehmütige Leuchten in ihren Augen. Doch von Schmerz durchpeitscht, sackte die Frau gleich darauf wieder in sich zusammen.

»Wie heißt sie noch mal, deine Tochter?«

»Madelaine. Ich wollt ja einen Jungen, wenn es denn schon sein musste. Hermann oder Wilhelm hätt ich ihn genannt.«

»Warum Madelaine?«, hakte die Gebärende angestrengt nach, als wollte sie das letzte Geheimnis des Lebens erkunden.

»Mir war es gleich. Aber ihr Vater hat '70/'71 gegen die Franzosen gekämpft, wo er den Namen als Souvenir an eine Kokotte mitgebracht hat. Wie Männer halt so sind.«

Mit welcher Verachtung Mutter wieder von Vater sprach. Mehr als einmal hatte er ihr gesagt, wie anmutig und weiblich sanft der Name in seinen Ohren klinge.

Sie erinnerte sich an einen besonders schönen Tag, an dem er sie mit einer ganzen Tafel Schokolade überrascht hatte. Sie saßen in Valparaiso im Schatten eines gewaltigen Trompetenbaums. Noch jetzt hörte sie ihn erzählen.

»Damals im Krieg wurde ich am Kopf verletzt. Ich wurde bewusstlos. Und weißt du, wo ich aufwachte? In einem Ziegenstall. Ich lag auf Stroh und mein Kopf im Schoß eines französischen Bauernmädchens. Sie setzte mir eine Flasche an die Lippen. Etwas so Köstliches hatte ich noch nie zuvor geschmeckt – Burgunderwein. Sie sorgte für mich wie eine Schwester, brachte mir jeden Tag Brot, Käse und Milch. Sogar um meine Wunde kümmerte sie sich. Sie wusch sie mit einem Sud von Wermut und Lavendel aus, legte Blätter von Steinklee und Ringelblume darauf, bis sie sich geschlossen hatte. Dann musste ich gehen. Sie nahm mich an die Hand und geleitete mich in einer mondverhangenen Nacht bis über die Dorfgrenze hinaus. Nie werde ich das vergessen. Mutter darf es nie erfahren. Sie würde es nicht verstehen.«

Madelaine wollte sich erheben, doch sie stieß gegen die niedrige Decke der oberen Pritsche. Ihr kam es vor, als ob das Schiff zu schlingern beginnen würde. Selbst das monotone Stampfen schien einem malmenden Brausen zu weichen. Die Frauen starrten alle in eine Richtung. Die Gebärende hatte aufgehört zu atmen. Sie war tot, und ihr Kind starb in diesen Sekunden in ihrem Leib.

Als Kapitän Pilar die Kommandobrücke betrat, war er froh, sein Schiff frei von den heimtückischen Nebelbänken zu wissen, für die der Ärmelkanal berüchtigt war. Doch ein Blick auf das Barometer verhieß Sturm. Und gegen Mittag bereits schwoll der Wind, der vom Atlantik aus blies, so stark an, dass Pilar befahl, die Maschinen zu drosseln. Die Fahrt wird schwierig werden, dachte er verärgert. Regen hatte eingesetzt. Pilar warf sich seinen Mantel über und ging nach draußen an die Reling. Besorgt sah er nach achtern. Die rasch zunehmende Windstärke verursachte·eine stürmisch nachlaufende See, die fast schon die Höhe der Heckreling erreichte. Zurück auf der Kommandobrücke, zündete er sich seine Pfeife an, schob sie sich nach einigen schmatzenden Zügen in den rechten Mundwinkel, kaute am Stiel und hoffte das Beste.

Madelaine und die übrigen Passagiere des Zwischendecks konnten nichts sehen, da die Luken mit Brettern zugenagelt waren. Die wenigen Laternen, die einen schwachen

Schimmer verbreiteten, schwankten heftig gegen die Holz-
pfosten. Einige Frauen hatten die Tote in ihre Decke einge-
näht. Da die Leiche von der Pritsche zu fallen drohte, banden sie sie mit Schnüren am Brettergestell fest. Keine von
ihnen wagte einem der Matrosen zu sagen, dass jemand
von ihnen gestorben sei. Eine merkwürdige Scheu hielt sie
davon ab, eine soeben Verstorbene in die kalte Einsamkeit
des Ozeans zu werfen.

Das Schlingern des Schiffs nahm zu. Wer auf den Pritschen lag, rollte immer stärker hin und her. Gleichzeitig
hob und senkte sich der Bug des Schiffs beängstigend.
Wer stand, musste sich mit beiden Händen festhalten, weil
der Boden unter den Füßen schwankte, als wäre er ein
Brett auf einer Kugel. Plötzlich kam es Madelaine so vor,
als schlügen Wellen auf das Oberdeck.

»Mutter, wir müssen nach oben!«, rief sie.

Auch die anderen Frauen drängten jetzt zur Tür, sich an
den Wänden des schmalen Gangs abstützend, mal links,
mal rechts, wie Betrunkene. Während das Schiff von Minute zu Minute stärker schlingerte, erreichten sie die
Holztreppe, die nach oben führte. Von den Männern des
Zwischendecks waren bereits etliche in die große Eingangshalle gestürmt, aus der die Matrosen sie schimpfend
zurückzudrängen versuchten. Auch in dieser Notsituation
galt es zunächst, den Passagieren der erste Klasse zu helfen. Doch die wütenden Männer benutzten bereits ihre
Fäuste und schlugen schließlich so heftig auf die Matrosen ein, dass diese die Flucht ergriffen.

Das Heulen des Winds und die sich gewaltig aufbäu-
mende See wurden jetzt so Furcht einflößend, dass
Madelaine wie alle anderen Frauen auch zu schreien begann. Sekunden später geriet die Eleonora in eine so hef-
tige Schräglage, dass sich niemand mehr auf den Beinen

halten konnte. Die Menschen beider Klassen stürzten übereinander und fanden sich im großen Speisesaal wieder. Doch ob Polstersessel, Tische, Bilder, Vasen, Geschirr, Spiegel – alles löste sich hier von seinem Platz, flog durch den Raum und verletzte oder erschlug etliche Passagiere. Einer der heftig schwankenden Kristalllüster löste sich aus seiner Aufhängung und schlug mit gewaltigem Getöse auf den Parkettboden. Glassplitter stoben durch die Luft.

Madelaine wurde wie ein Spielzeug herumgeschleudert. Sie konnte nichts anderes tun als panisch um Hilfe zu schreien. Auf einmal bemerkte sie, wie Wasser auf das Deck flutete. Es drang durch geborstene Scheiben und Bullaugen ins Innere des Schiffs und stieg rasend schnell. Trotz des ohrenbetäubenden Tosens der Naturgewalten hörte sie, wie das eiskalte Seewasser in den Maschinenraum eindrang. Die glühenden Kessel zischten und brodelten, als würden sie im nächsten Moment explodieren.

Sie war sich sicher, dass die Wassermassen das Schiff jeden Augenblick zermalmen und in die tödlichen Tiefen des Atlantiks reißen würden. Ein ohrenbetäubendes Krachen gab ihr Recht. Schemenhaft sah sie, wie die Masten des Schiffs auf die Reling schlugen und mit ihnen Lichter, Glocken und Nebelhörner über Bord gingen. Kapitän Pilar ließ Leuchtraketen abschießen und befahl brüllend, die wenigen Beiboote von den Davits loszubinden. Der Sturm war jetzt so gewaltig, dass sich am Heck des Schiffs die Wassertürme meterhoch aufbäumten. Doch mitten in der lebensgefährlichen Kletterei der Matrosen geschah etwas Furchtbares – das Schiff drehte sich, schlug quer und lag nun parallel zur gewaltig heranrollenden See. Mit ihrer Breitseite im Wellental, war die Eleonora ein wehrloses

Spielzeug für die unbarmherzigen Sturmwellen. Wie ein Korken rollte sie hin und her. Matrosen und Passagiere wurden vom Oberdeck gespült. Als Madelaine die riesige Welle sah, die sich heckwärts wie eine gigantische Kobra in die Höhe reckte, wurde sie mit einem Mal ruhig. Dieser Wasserturm, der höher als ein Fabrikschornstein auf dem Campamento der Salpetersiederei schien, symbolisierte das Ende.

Jetzt kommt der Tod, dachte sie. Alles ist vorüber. Sie schloss die Augen und sah in einer einzigen Sekunde ihr Leben an sich vorüberziehen. Dann erfüllte ein Knacken die tosende Luft. Der Bug hob sich, aber trotzdem schleuderte die Welle Madelaine meterweit übers Deck und riss sie über Bord. Sie fand sich im tosenden Meer wieder, wo sie die Fetzen einer Stimme hörte, die ihr zurief: »Weg vom Schiff! Halt durch! Aber weg vom Schiff!«

Madelaine schaute sich um, sah jedoch in den auf- und abrollenden Wellen niemanden. Sie begann zu schwimmen, aber schon nach wenigen Zügen spürte sie einen mächtigen Sog. Luft holen, du musst Luft holen, sagte sie sich, dann war da nur noch eisige Kälte und schwarze Nässe um sie herum.

Jetzt stirbst du.

Ihr Herz stach vor Todesangst, ihre Lungenflügel drohten zu bersten. Ich will nicht! Ich will nicht sterben! Und da passierte das Wunder. Sie spürte, wie sie plötzlich sacht nach oben trieb, wie die Luft unter ihren Kleidern sie emporschweben ließ wie einen Ballon. Kaum erreichte sie die Wasseroberfläche, riss sie Mund und Augen auf und schnappte unendlich erleichtert nach Luft. Rings um sie herum tobte und sprudelte die See. Wo Himmel war und wo Meer, war in den ersten Sekunden nicht zu erkennen. Trotzdem sah Madelaine, wie die Eleonora längsseitig umschlug, einen Augenblick lang kielaufwärts lag und schließlich mit dem Bug voran versank.

Hektisch versuchte sie von der Stelle zu kommen, fiel aber bloß in tiefe Wellentäler und schluckte Wasser. Eine riesige Welle brach etliche Meter von ihr entfernt über einem der Schornsteine zusammen und drehte ihn wie eine Trommel. Madelaine strampelte gegen das Gewicht ihrer Kleider an, die jetzt mit Zentnerlast an ihr hingen – ein so gut wie aussichtsloser Kampf. Etwas Hartes streifte ihre Schulter. Ein Lukendeckel. Sie griff danach, doch in Sekundenschnelle trug die aufgewühlte See ihn davon. Verzweifelt und bereits ziemlich geschwächt sah sie sich um. Planken, Liegestühle, Ruder aus den Beibooten – alles war in greifbarer Nähe, doch es gelang ihr einfach nicht, irgendetwas zu fassen.

Stattdessen hörte sie die Schreie Ertrinkender, die rasch vom Sturm und der See verschluckt wurden. Von ihrer Mutter keine Spur. Du hast mein Leben zerstört – wieder klang dieser monströse Satz in ihrem Kopf, während sie auf eine Leiche starrte, die mit dem Gesicht nach unten im Wasser trieb.

Erbarmungslos rauschte eine Welle über sie hinweg und tauchte sie unter. Madelaine kämpfte sich unter Aufbietung all ihrer Kräfte wieder an die Wasseroberfläche, prustete und wischte sich die brennenden Augen. Da schlug ihr ein Rundholz gegen den Kopf. Der Schmerz mobilisierte neue Kräfte. Fass zu!, schrie es in ihr, fass zu! Doch es war wieder zu spät. Ihre vor Kälte klammen Finger rutschten ab.

»Halt durch! Halt durch!«, hörte sie erneut die heisere männliche Stimme.

Sie war ganz nah, aber schlagartig verließen Madelaine jetzt die Kräfte. Sie hielt sich noch wenige Sekunden auf

der Stelle, dann bäumte sich vor ihr eine neue Welle auf –
doch bevor diese über ihr zusammenschlug, spürte sie,
wie sie von hinten ein kräftiger Arm umfasste.

Der Griff des Mannes war so fest, dass ihre Brüste
schmerzten, doch wenigstens war sie jetzt nicht mehr allein. Endlich einer, der ihr half. Sie machte wieder
Schwimmbewegungen, war sich aber nicht sicher, ob sie
und ihr Retter von der Stelle kamen.

»Hier!«, schrie er. »Festhalten! Festhalten!«

Er lockerte seinen Griff, damit sie sich drehen konnte.
Madelaine konnte kaum glauben, was da vor ihr schwamm,
es war einfach zu verrückt. Der Biedermeierflügel, dessen
Klänge jahrelang die Gäste der Eleonora unterhalten hatte,
schwamm wie ein Floß, ganz so, als wäre er einzig dazu gebaut worden, einstmals als Rettungsinsel zu dienen – eine
Rettungsinsel, die mit unwirklich schöner Form der See
trotzte und zu sagen schien: Ich habe Geduld.

Als Madelaine in das angestrengte Gesicht des Mannes
schaute, dachte sie im ersten Moment: Wie gut er aussieht.
Sein Vollbart passt zu den grauen Augen. Dabei verzerrte
sich sein Mund vor Anstrengung, und zwischen seinen Augenbrauen waren zwei tiefe senkrechte Falten.

Da das Instrument verkehrt herum im Wasser lag, klammerten sie sich beide an seine Beine und schaukelten mit
dem Wellenschlag mal meterweit in die Höhe, dann wieder
meterweit in die Tiefe.

»Warum sinkt der Flügel nicht?«, rief Madelaine nach einiger Zeit.

»Zu alt«, schrie ihr Retter, »kein Stahlrahmen!« Schwap-
pend klatschte der Flügel gegen eine Welle. Gischt spritzte
in ihre Gesichter. Nach einer Weile rief er: »Merkst du's?
Der Sturm lässt nach!«

Als die Wellen kaum höher als einen Meter waren, konnte

23

Madelaine erkennen, dass nur noch wenige Trümmer um
sie herumschwammen. Ein wenig von ihnen entfernt entdeckte sie drei weitere Passagiere, die sich an Plankenstü-
cke klammerten. Als sie sich noch etwas drehte, kamen
vier Seeleute in ihr Blickfeld, die sich abmühten, eines der
kieloben treibenden Beiboote umzuwenden. Einer von ihnen stützte sich ein paarmal auf dessen Längsseite, um es
zum Umschlagen zu bringen, aber das Boot war zu schwer.
Und so blieb den Männern nichts anderes übrig, als sich
weiterhin an der umlaufenden Rettungsleine des Bootes
festzuhalten.
Irgendwann muss es vorbei sein, tröstete sich Madelaine
immer wieder. Irgendwann.
Es mochte wohl eine Stunde vergangen sein, da ebbte der
Sturm so weit ab, dass die See nur noch weich dümpelnde
Wellen beherrschten.
»Boot in Sicht!«, schrie plötzlich einer der jungen Mat-
rosen, der sich auf den Kiel des Rettungsbootes gearbeitet
hatte, und winkte. Segel und Rumpf eines weißen Fischer-
bootes kamen zum Vorschein – sie waren endlich gerettet.
Das Boot fuhr eine Wende, fierte die Segel und legte bei.
Madelaine las seinen Namen: La Perle. Laut rufend beugte
sich eine Hand voll Fischer über die Reling und ließ Taue
ins Wasser gleiten. Zwei Rettungsringe folgten. Einer der
Fischer sprang sogar über Bord und schwamm auf den
Flügel zu.
»Mein Gott! Welch ein schönes Mädchen!«, rief er, und im
nächsten Augenblick fühlte Madelaine, wie sie unter den
Armen gepackt wurde. Selig, doch starr vor Kälte ließ sie
den Flügel los.
Du bist in Frankreich, jubelte sie innerlich. Lieber Gott, du
bist zurück in Europa.
Mit dem Gefühl, endlich sicheren Boden unter den Füßen

zu haben, gaben ihre Beine an Bord nach. Erschöpft und halb erfroren sank sie in sich zusammen. Mühsam öffnete sie die Augen, hinter der Stirn ein schmerzhaftes Pochen. Um sie herum standen Körbe voller Langusten, Hummer, Taschenkrebse und zappelnder Fische. Ihr Blick begegnete dem des Kapitäns. Neugierig musterte er sie. In seinen Händen, die so groß wie eine Crêpe-Pfanne waren, hielt er eine Schafwolldecke.

»Haben Sie keine Angst. Alles wird gut.«

Er hockte sich vor ihr nieder und wickelte sie in die Decke. Anschließend reichte er ihr ein Glas mit einer schäumenden hellbraunen Flüssigkeit.

»Cidre«, sagte er.

»Cidre«, wiederholte Madelaine für sich. Er schmeckte wunderbar erfrischend nach Apfel und neuem Lebensgefühl und löschte den quälenden Durst. Mit dem Bild eines starken Baumes vor Augen sank sie in einen leichten Schlaf.

Nach einer Stunde wachte sie auf, reckte sich und spähte über die Bordwand. Das Fischerboot hatte sich der Küste genähert. Überall waren Felsen, die wie vom Himmel auf die Erde geschmetterte Gesteinsbrocken ausschauten, wild und wüst. Schaudernd sah sie, wie die See wogend gegen den Stein schäumte. Aber sie entdeckte auch kleine romantische Buchten, die nur vom Meer aus zugänglich waren. Landeinwärts dehnten sich weite grüne Flächen aus, auf denen vereinzelte Steinhäuser standen. Zwischen ihnen waren lila Flecken und gelbe Punkte, wie von Grasnelken und Stechginster.

Die Menschen hier müssen mutig sein, dachte Madelaine. Beklommen schaute sie zu einem gewaltigen Felsbrocken, auf dem ein Leuchtturm Gischt und gefräßigen Wellen trotzte.

Sie näherten sich dem Hafen eines Fischerstädtchens. Die Häuser hier waren genauso grau wie die Felsbrocken an der Küste. Sie waren mit dunklem Schiefer gedeckt und aus demselben Granitgestein wie die Felsen der Küste. Madelaine fand sie unheimlich und düster, doch auch stark und wie geschaffen, es mit Blitz und Donner aufzunehmen. Ihre Neugier erwachte.

Wie Strohhalme schwankten im Hafenbecken die von den Segeln befreiten Masten der Fischerboote. Auf der Mole herrschte reges Treiben, es war Markt. Die Frauen an den Ständen schwatzten und feilschten, Männer rauchten und diskutierten in kleinen Gruppen. Beim Näherkommen der Perle jedoch hielten sie inne. Madelaines Herz klopfte vor Aufregung. Es kam ihr vor, als ob die Menschen schon länger auf das Boot gewartet hätten. Als es an der Kaimauer anlegte, strömten bis auf die Marktfrauen, die ihre Stände bewachten, alle zur Anlegestelle. Madelaine sah in die neugierigen wettergegerbten Gesichter, die sie beäugten wie einen fremden Fang.

»Wir haben Schiffbrüchige!«, rief der Kapitän.

»Wie viel?«

»Acht und eine Meerjungfrau!«

»Mit der Meerjungfrau bist du gemeint«, hörte sie hinter sich die Stimme eines der Überlebenden.

Noch einmal schwankte das Deck unter ihr, als ein Fischer auf die Mole sprang und das Tau am Poller befestigte.

»Kommen Sie, Mademoiselle!«, rief ihr der Kapitän aufmunternd zu und hob sie über Bord – geradewegs in die Arme des Fischers, der diese schon nach ihr ausstreckte. Wie ein vielstimmiges Orchester brachen jetzt die Stimmen über sie herein – helle, alte, dröhnende, schrille, alle aufgeregt und besorgt, aber auch neugierig und sensationshungrig. Der Kapitän, der ihr nachgesprungen war, gab nach allen Seiten laut Antworten. Schnell befand Madelaine sich in einer kleinen Traube von Lebensrettern und Überlebenden, umspült von der lärmenden Menschenmenge des Fischerstädtchens. Man schob sie ein Stück an der Kaimauer entlang und dann quer über den Markt.

Neugierig schaute sie an den Köpfen neben sich vorbei. Die Frauen trugen weiße Spitzenhäubchen, die Männer flache runde Kappen, wollene Fischermützen oder schwarze Hüte. Wenige Meter vom Hafen entfernt lud eine Familie Seetang in einen Handkarren. Daneben wartete geduldig ein Pferd mit einem Fuhrwerk.

Manch einer der jüngeren Männer blitzte ihr aus übermütigen Augen zu und murmelte etwas, das andere spitzbübisch grinsen ließ. Waren es Anzüglichkeiten oder Komplimente? Denkt doch, was ihr wollt, rief Madelaine ihnen im Stillen zu, mir ist es gleich. Sie zog ihre Schafwolldecke fester um sich. Aber es gab auch andere Blicke, liebevolle, aufmunternde, die sich wie wärmende Sonnenstrahlen anfühlten. Es tat gut zu spüren, dass man um sie besorgt war, an ihrem Schicksal Anteil nahm. Und dieses beschauliche, friedliche Treiben hier durchströmte ihren unterkühlten Körper mit einem Glücksgefühl.

Wie gut musste es diesen Menschen hier gehen. Madelaine kam sich vor, als wäre sie im Schlaraffenland. Austern, Jakobsmuscheln, Wolfsbarsch, Steinbutt, Schinken, Käse, Eier, Marmelade und Berge von Artischocken, Hühnern und Kartoffeln. Wie üppig, wie appetitlich, wie frei alles angeboten wurde.

»Kommen Sie, kommen Sie«, sagte der Kapitän.

Sie fühlte seine schwere Hand ihren Ellbogen fester drücken. Noch immer antwortete er nach allen Seiten den Stimmen, die Ratschläge gaben, sich empörten, einluden.

27

Eine Frau mit gestreifter Schürze lief auf sie zu, strich ihr übers nasse Haar und rief mit hoher Stimme etwas, woraufhin der Kapitän nickte. Madelaine sah ihr erstaunt nach, wie sie mit Schwung einen Wassereimer gegen die Kaimauer ausgoss und zu einem Haus mit blau gestrichenen Fensterrahmen an der Hafenpromenade eilte.

Au bon heure las Madelaine von weitem.

Was immer es heißen mochte, der Gasthof sah gemütlich aus. Sie versenkte sich in den Anblick der beiden dicken rosa blühenden Hortensienbüsche neben dem Eingang, bis sie wildes Stimmengewirr hinter sich hörte. Während das Schiff entladen wurde, Hummer, Krebse, Langusten, Doraden begutachtet und kommentiert wurden, zogen einheimische Fischer die Matrosen der gesunkenen Eleonora wie in einem unsichtbaren Fangnetz fort. Sie entschwanden Madelaines Blick hinter der Biegung eines Gässchens.

Eine warme Stube wird sie aufnehmen, Männer, die sie verstehen, werden ihnen zuhören, und die Sehnsucht nach dem Meer wird wiederkommen.

Wie mochte es jetzt weitergehen? Madelaine stolperte vorwärts und stand mit einem Mal zusammen mit ihrem Lebensretter und den anderen drei Überlebenden in der rauchigen Wirtsstube des Gasthofs Au bon heure. Sie fror nun stärker als zuvor. Ihre Beine konnten sie vor Schwäche kaum noch halten. Benommen nahm sie die alten Männer mit den typischen flachen Mützen wahr, die mit Holzschuhen an grob gehobelten Tischen saßen. Vom Rauch ihrer Zigaretten eingehüllt, spielten sie Karten, neben sich kleine Glasbecher und Flaschen mit Rotwein. In dem Moment, da Madelaine sie betrachtete, hielten sie von einer Sekunde zur anderen inne und schauten die Ankömmlinge betroffen an.

Rasch wechselte der Kapitän mit dem schwarzbärtigen Wirt ein paar Worte.

»Man wird uns helfen«, murmelte jemand hinter ihr. »Hab keine Angst.«

Madelaine schaute den Mann an, dessen Stimme sie schon vorhin einmal im kurzen Wortwechsel mit dem Kapitän gehört hatte. Er sprach Deutsch, doch mit Akzent – war es nicht Schweizerdeutsch? Aus dem rauchigen Dunst schälte sich ein nass glänzender Kopf mit tropfendem Haarkranz, ein freundliches Gesicht mit runden Wangen und hellem Bart.

Seltsamerweise begann sie zu weinen, ohne dass sie etwas dagegen tun konnte.

»Nicht weinen, nicht weinen«, hörte sie ihn sanft flüstern. »Wir haben überlebt.«

Die Wirtin reichte ihr ein Tuch zum Schnäuzen und zog sie, beruhigend auf sie einredend, mit sich fort. Kurz darauf fand sich Madelaine in der ehelichen Schlafstube wieder. Die Wirtin riss die Türen des Kleiderschranks auf und suchte nach Wäsche. Beschämt sah Madelaine an sich hinunter. Um ihre Füße herum bildete sich eine Pfütze.

Madelaine zerrte an ihren Knöpfen, doch sie schaffte es nicht, sie durch die Knopflöcher zu drücken. Kraftlos ließ sie die Arme sinken. Könnte ich doch schlafen, dachte sie und drehte sich zum Ehebett um. Sie sah, wie die Wirtin den Kopf schüttelte und auf den Stapel mit Leibwäsche zeigte. Doch Madelaine hatte einfach keine Kraft mehr. Die Wirtin musste ihr helfen. Sie zog ihr die nasse Wäsche aus und rieb sie mit einem Leinentuch trocken, bis ihre Haut feuerte. Daraufhin meinte sie, sie müsse erst etwas essen und trinken.

»Danach dürfen Sie schlafen.«

Doch die feuernde Haut und die angenehme Wärme der trockenen Kleider machte müde. Madelaine gab ihrer Schwäche nach und sank ins dicke wolkige Plumeau. Sie hörte die Wirtin laut aufseufzen, dann war sie einige Minuten allein. Herrliche, köstliche Momente der Ruhe und Stille.

Als die Wirtin wiederkam, hielt sie ein Gläschen mit einer bernsteinfarbenen Flüssigkeit und ein Arzneifläschchen mit Laudanum in den Händen.

»Das wird Ihnen helfen. Eine gute Medizin.« Sie hob Madelaines Kopf. »Armes Mädchen«, meinte sie mitfühlend und strich ihr übers Haar.

Es schmeckte süß und herzhaft. Schon nach wenigen Minuten ließ die Anspannung ihrer Nerven nach. Madelaine kam es vor, als lege sich ein Gazetuch mit heilender Tinktur auf die Wunden ihres Leibes und ihrer Seele. Erleichtert lächelte sie, schloss die Augen und fiel von einem Moment auf den anderen in einen tiefen Schlaf.

Seltsamerweise wachte sie jedoch nach kurzer Zeit wieder auf und zitterte nun vor Hunger und Auszehrung. Ihr war kalt, und noch benommen rief sie nach ihrer Mutter.

Die Wirtin kam sogleich zu ihr, fühlte ihre Stirn, murmelte tröstende Worte und half ihr aus dem Bett. Folgsam ließ Madelaine sich von ihr in die Gaststube führen, wo bereits die anderen Schiffbrüchigen saßen, mit ebenfalls trockenen Kleidern am Leib. Die alten Männer, die vorhin Karten gespielt hatten, versuchten mit ihnen zu sprechen. Fragen gingen hin und her, Spekulationen, ob es nicht noch andere Überlebende geben könnte und warum der Kapitän nicht vorher in einen Hafen eingelaufen sei. Die Bretonen schüttelten den Kopf, gestikulierten und überschütteten die geretteten Männer mit Geschichten von Rettungen und Untergängen – und das alles in Schwaden voller Zigarrenrauch.

»Trinken Sie, Mademoiselle. Der Wein ist ein Geschenk

Gottes«, sagte der Wirt mit feierlicher Geste und füllte aus einer bauchigen Korbflasche Rotwein in die Becher.

Seine Frau schüttelte missbilligend den Kopf und erklärte, dass sie Madelaine bereits etwas gegeben habe. Neugierig schaute Martieli auf das Fläschchen, welches sie hochhielt.

»Honiglikör der besten Sorte«, sagte er zu Madelaine. »War er gut?«

»Sehr gut«, antwortete Madelaine. »Aber was ist Lau… Ach, ich hab's vergessen.«

»Laudanum? In Alkohol gelöstes Opium. Sehr beliebt und gut gegen alles. Selbst kleine Kinder bekommen es, wenn sie unruhig sind«, erwiderte Martieli.

Der Wirt deutete auf den Rotwein.

»Komm, das brauchst du zum Essen. Trink – Wein, ein Geschenk Gottes«, wiederholte der Schweizer die Worte des Wirts. Madelaine beugte sich über das dunkle Rot in ihrem gläsernen Becher. Der Wein schwankte noch, schwappte mild an den Rand. Ein Schwindel erfasste sie, doch das unergründliche Rot bannte ihren Blick. Ein Aroma von schweren reifen Trauben, Harz und fruchtiger Erde stieg ihr in die Nase.

Der Wirt hob sein Glas, ebenso alle Männer an den Tischen. Feierliche Stille breitete sich aus. Dann begann er mit heiserer Stimme ein kurzes Gebet zu sprechen. Blicke kreuzten sich. Danach sagte der Wirt noch etwas. Zitternd setzte Madelaine das Glas an ihre Lippen. Noch nie in ihrem Leben hatte sie Wein getrunken. Ihr kam es vor, als ob sie eine heilige Handlung vollzöge und in einer Kirche säße. Sie fühlte, wie der Wein sich mit ihrem Speichel vermischte und die leichte Säure an ihren Wangen zog. Sie schluckte. Der Wein brannte ein wenig in ihrem leeren Magen. Manche der alten Bretonen lächelten verhalten. Man prostete ihr noch einmal aufmunternd zu und wies zur Wirtin, die mit Tellern voll dampfender Suppe nahte.

Es war eine Fischsuppe, scharf, mit Gemüse und Stücken verschiedener Fischarten. Nie zuvor hatte Madelaine etwas so Geschmackvolles gegessen. Die anderen mochten ähnlich empfinden. Niemand sprach. Jeder genoss die Wärme, die Sicherheit. Weißbrot und Butter wurden auf den Tisch gestellt. Als Nächstes folgten Platten mit gebratenen Doraden und gekochtem Hummer. Madelaine schmeckte es paradiesisch gut. Dass Essen und Trinken Leib und Seele zusammenhielt, hatte sie gehört, doch immer geglaubt, diese Weisheit gelte nur für die Reichen, nicht für sie.

Als die Meerestiere verspeist waren, rief die Wirtin: »Voilà, Butterhühnchen! Guten Appetit!« und drückte aufmunternd Madelaines Schulter.

Herzhaft biss diese in das aromatische weiße Fleisch. Es schmeckte nach Leben, süßem Fett und Kraft. Rasch leerte sich ihr Teller. Die Wirtin bot ihr ein weiteres Stückchen Brustfleisch an, und sie nickte. Hatte sie nicht elendig lange Tage gehungert? Der Wein entspannte sowohl ihren Magen als auch ihre Seele. Mit zunehmendem Wohlbehagen genoss Madelaine die Mahlzeit. Lange Zeit konzentrierte sie sich ausschließlich auf ihren Appetit. Und doch merkte sie nach einer Weile, dass sowohl ihr Lebensretter als auch der Schweizer ihr neugierige Blicke zuwarfen.

»Warum schauen Sie?«, fragte sie schließlich.

»Nun, die Verwandlung von nasser Schönheit in leuchtende Schönheit sieht man nicht alle Tage«, antwortete Martieli lächelnd, dem man ebenfalls ansah, wie gut ihm Speis und Trank taten. Er erhob sich, deutete eine Verbeugung an und sagte: »Urs Martieli, Zuckerbäcker aus dem Engadin.«

So als wollte er keinesfalls in Vergessenheit geraten, erhob sich der andere mit einer heftigen Bewegung. »Terschak, Rudolph, Zimmermann aus einem Kaff in Oberschlesien, das selbst Gott nicht kennt. Auf Wanderschaft, in Lissabon zugestiegen.« Übertriebenerweise reichte er Madelaine die Hand. »Ich bin sehr glücklich, dass ich dich habe retten können«, fügte er hinzu.

Der Wein hatte seine Wangen gerötet, seine Augen glänzten. Er sieht wirklich gut aus, fand Madelaine. Seinem rechten Schneidezahn fehlte allerdings eine winzige Ecke. Aber Madelaine war sich sicher, dass dieser Rudolph Terschak bei guter Laune zu den Männern gehörte, bei denen die Mädchen schnell unvorsichtig wurden.

»Und wer bist du?«, fragte der Schweizer.

Madelaine sagte ihren Namen, woraufhin Urs Martieli seinen Becher hob und rief: »Na dann, auf das Leben, Madelaine!«

Alle Gäste taten es ihm nach, und im Hintergrund erhob sich die kräftige Stimme des Wirts: »Es lebe das Leben! Auf Ihr Wohl, Mademoiselle, Messieurs!«

Einen Moment lang blieb es still.

Martieli beugte sich leicht vor.

»Lang nur kräftig zu, und freue dich, dass du überlebt hast.«

Madelaine schaute erst ihn an, dann sah sie zum Fenster hinaus auf die Hafenmole. Frauen mit Körben und Handkarren zogen von Stand zu Stand. Ein Junge pinkelte in das Becken eines Brunnens. Einige Männer flickten Netze, andere nahmen Fische aus, die älteren unterhielten sich angeregt. Weiter draußen, der zerklüfteten Felsenküste zugewandt, bewegte sich eine Schafherde zwischen den gelben und violetten Pflanzenflecken.

»Überlebt, aber wofür? Ich habe alles verloren – Vater, Mutter, Heimat. Was nützt es mir jetzt, dieses Leben?«

»Das wär ein Mädchen für mich gewesen, so schön …
Schade!«, seufzte ein alter hagerer Mann gespielt traurig.
»Was redet der da?«, empörte sich Madelaine.
»Die Wahrheit. Dass du schön bist, sehr schön sogar«,
sagte Urs Martieli.
»Was nützt es mir?«, wiederholte Madelaine.
»Wer weiß …«, murmelte er und musterte sie. »Niemand
kennt sein Schicksal.«
Die Wirtin kam noch einmal mit einem Korb an den Tisch,
in dem Madelaines Wäsche lag.
»Das ist nichts mehr wert, Mademoiselle«, sagte sie mit-
leidig.
Urs Martieli reckte neugierig den Hals, griff in den Korb
und befühlte den fadenscheinigen nassen Stoff. Bevor je-
mand einschreiten konnte, riss er ihn beherzt auseinander.
»Keine gute Qualität. Mir scheint, die unfreiwillige Taufe
im Atlantik könnte der Auftakt für ein neues Leben sein.«
»Sie machen sich über mich lustig! Unverschämt!«, rief
Madelaine wütend.
Er sah ihr in die Augen, ernst, doch mit einen Fünkchen
Belustigung angesichts dieses verwaisten, jungen Wesens,
dessen Leben eben erst begann und das trotzig gegen sein
Schicksal rebellierte.
»Es gibt wahrhaft Schlimmeres auf der Welt als ein Schiffs-
unglück zu überleben. Du hast Glück gehabt.«
»Glück?«, rief Madelaine. »Ja, das hatte ich wohl. Doch da
ich Schuld daran zu tragen scheine, dass meine Mutter
mich nie liebte, wäre es besser, ich wäre tot und würde wie
sie auf dem Meeresgrund liegen.«
Die übrigen Überlebenden sahen sie an. Rudolph schrie:
»Und wozu hab ich dich dann gerettet? Wie?!« Er packte
ihr Handgelenk. »Ich habe dich gerettet! Ohne mich wärst
du jetzt wirklich tot! Tot! Hörst du!«

»Beruhigen Sie sich, mein Herr«, sagte Martieli. Dann wandte er sich wieder Madelaine zu. »Du wärst lieber auf dem Meeresgrund? So? Dann zieh wieder deine nassen Kleider an und spring mit dem nächsten Schiff über die Reling. Zu den Toten da draußen. Komm, nur zu.«

Schweigen breitete sich aus. Ungläubig starrte Madelaine ihn an.

»Na los!« Gespielt provozierend hob er ihre Kleider empor und begann eine Marschmelodie zu summen. »Nun?«, fragte er nach einer Weile. Madelaine merkte, wie sie rot wurde. »Fehlt dir etwa der Mut? Ich dachte doch, sterben sei leichter als leben. Oder habe ich dich da vorhin falsch verstanden?«

»Sie sind herzlos«, sagte Rudolph zornig. »Wagen es, das Mädchen zu verhöhnen, nur weil Sie ein feiner Herr sind. Meinen Sie es sich erlauben zu können, das Leid anderer zu verspotten?«

Beide sprangen erregt auf. Es wurde still in der Gaststube. Gespannt sahen alle zu, wie Rudolph sich auf den Schweizer warf. Martieli taumelte und stieß gegen die Kante der hölzernen Bank. Benommen vor Schmerz blieb er einige Momente still.

»Sie hätten ihn töten können, Rudolph«, sagte schließlich Madelaine tonlos und starrte beide Männer an. In ihrem Kopf hämmerte es. Sie rieb ihre Schläfen. Der Wirt drückte Rudolph zurück auf seinen Stuhl.

»Brauchen Sie einen Arzt, Mademoiselle?«, fragte er.

Sie schüttelte den Kopf.

»Und Sie? Brauchen Sie einen?«, fragte sie Martieli.

Über dessen Gesicht huschte ein Lächeln.

»Nein, nein danke.«

»Gut.« Der Wirt wandte sich zum Gehen.

»Monsieur?« Martieli wollte sich erheben, sackte jedoch

wieder in sich zusammen. »Ich möchte telegrafieren. Ich brauche Geld, eine Bank. Wenn's geht, sofort.«

»Kein Problem, Monsieur.«

»Und du bleibst bei mir, wenn dir dein Leben lieb ist«, flüsterte er Madelaine zu.

»Warum? Ich kenne Sie doch gar nicht.«

»Genau. Lassen Sie Madelaine in Ruhe.«

Rudolph beugte sich wütend über den Tisch, aber Martieli kümmerte sich nicht um ihn.

»Ich kenne dich doch auch nicht, Madelaine«, sagte er. »Also Bedenkzeit bis morgen, zum gegenseitigen Kennenlernen, einverstanden? Schließlich bist du ja wohl noch minderjährig.«

»Sie sind pervers!«, höhnte Rudolph. »Lassen Sie ja die Finger von dem Mädchen!«

»Rudolph, Sie haben mich gerettet, doch bezähmen Sie sich jetzt bitte. Sie machen es mir nicht gerade leichter.«

Schweigend vertiefte man sich wieder in die Mahlzeit.

Nach einer Weile flüsterte Madelaine: »Ich habe nichts anzuziehen.«

»Ich auch nicht«, meinte Urs Martieli.

Sie sahen sich an und mussten lachen. Aus Rudolphs Augen blitzte Zorn.

»Ich möchte dir etwas gestehen«, fuhr Martieli unbeeindruckt fort. »Ich war einmal so arm, die Sohle meiner Lederstiefel war durchgelaufen, und ich musste mir selbst Holz unter den Lederrest schnallen, um weiterwandern zu können. Und jetzt …« Er hob seinen Fuß, der in einer durchlöcherten Socke steckte. »Hier, so sieht's aus!« Er wackelte gekonnt mit den Zehen. »Aber jetzt kleiden wir uns neu ein.«

»Wir?«, fragte Madelaine.

»Nun, meine Zehen und ich natürlich«, erwiderte er schmunzelnd.

Mit einem kräftigen Ruck sprang Rudolph vom Stuhl auf und schüttelte die Faust.

»Sie locken! Sie locken das Mädchen mit Geld! Sie werden ihr Leben zerstören!«, fauchte er. »Dann wär es doch wohl besser gewesen …«

Erschrocken stockte er, als er Madelaines Blick sah. Der Wirt näherte sich räuspernd und legte ein Formular auf den Tisch. Urs Martieli dankte und begann Buchstaben und Zahlen einzusetzen.

Rudolph wurde blass. Er schlug die Augen nieder.

Martieli sah auf. »Sorgen Sie sich nicht. Ich komme für alle auf. Bis morgen Mittag. Dann muss jeder sehen, wie er selbst zurechtkommt.«

»Ich danke«, sagte Rudolph tonlos. Und zu Madelaine gewandt: »Pass auf dich auf, Madelaine.«

Er reichte ihr noch einmal die Hand. Dann verließ er mit gesenktem Kopf den Raum. Unsicheren, kraftlosen Schrittes wankte er auf die Mole und die Fischer zu.

»Ich muss ihm noch danken!«, rief plötzlich Madelaine, als sie sah, wie ihn kopfschüttelnd ein Fischer auffing.

»Madelaine!«, schrie Rudolph, zum Gasthof gewandt. »Madelaine! Vergiss mich nicht!«

Lärmende Stimmen drängten dazwischen. Er winkte ihr zu, sie grüßte vom Fenster aus zurück. Doch da war er auch schon fort, von einem Grüppchen scherzender Matrosen und Fischer umringt, die ihn unter lautem Krakeelen weiterzogen, hinein in die winkligen Gässchen des bretonischen Fischerstädtchens.

Was soll nur aus mir werden, dachte Madelaine wenig später, als sie unter einem schweren Federbett in einem der

Gästezimmer lag, satt, todmüde, vom Wein ein wenig umnebelt. Warum habe ich überlebt und nicht Mutter? Ihre Kräfte schwanden. Das Letzte, was sie noch wahrnahm, war der Duft von Nelken und Rosen. Langsam hinwegdämmernd, kam es ihr so vor, als ob glitschige grüne Tangschlingen sich um kieselgroße Salzkristalle winden, miteinander aufschäumen würden. Dröhnendes Brausen erklang in ihren Ohren, schwemmte sie fort, Wogen hoben und senkten sich unter ihr. Immer schneller drehte sie sich in einem Strudel aufwärts. Ihr wurde heiß, sie verspürte Durst.

Ihr Vater flog ihr mit ausgebreiteten Armen entgegen. Neue Kraft strömte in ihren Körper, sie spürte eine angenehme Spannung in sich, flog hoch in die Luft, in der es süß roch und warm duftete ... Ihr Mund füllte sich mit Speichel.

Undeutlich aber nahm sie im Schlaf auch wahr, dass eine Kraft in ihr wuchs, die stärker war als der Schmerz, stärker als die Trauer, stärker als der Tod.

Es war der Hunger, der Appetit auf das Leben.

Als sie am späten Morgen aufwachte, war das Kopfkissen an der Stelle, wo ihr Mund gelegen hatte, nass.

Sie sah zum Fenster hinaus. Zwischen den Blättern der Ulme vor dem Gasthaus blitzten helle Sonnenstrahlen, der Himmel war wie vom Sturm blitzblau gewaschen. Wolken, die an dickwollige Schafe erinnerten, zogen gemächlich vorüber. Lange Zeit blieb Madelaine im warmen Bett liegen, genoss die Erholung, die ihr der Schlaf und das gute Essen am Vortag geschenkt hatten. Es wäre eine Sünde, sich jetzt nicht zu freuen, dachte sie.

Später saß sie in der Gaststube mit Urs Martieli am Tisch, vor sich einen Milchkaffee, Butterwaffeln und Crêpes mit Marmelade und Kastaniencreme.

»Wer sind Sie, dass Sie einen Wirt wie einen Diener behandeln können?«

Urs Martieli lachte. »Alles ist möglich, wenn man die Leute freundlich bittet – und sie belohnen kann. Das ist das ganze Geheimnis.«

»Ich habe betteln müssen, und kaum jemand hat uns je geholfen«, entgegnete Madelaine.

Er wischte ihr über die Stirn. »Fort! Fort mit den dunklen Gedanken, Madelaine! Es ist alles vorbei. Jetzt musst du dein Leben selbst in die Hand nehmen. Hast du etwas gelernt?«

»Nähen, sticken, waschen, Gemüse pflanzen«, antwortete sie.

»Mehr nicht? Keinen Beruf?«

Sie schüttelte den Kopf. »Wir waren zu arm. Wir mussten Tage arbeiten, um für wenige Stunden satt zu sein.«

»Das kenne ich alles. Was glaubst du, warum so viele Schweizer schon Anfang dieses Jahrhunderts nach Amerika ausgewandert sind. Aber kochen kannst du doch, oder?«

»Kochen, backen, aus Nüssen, Beeren … wir hatten doch kaum was.«

Der Wirt kam, sagte etwas zu Martieli und reichte ihm dann ein Blatt Papier, das dieser nach raschem Blick unterschrieb.

»Was hat er gesagt?«, fragte Madelaine, nachdem sich der Wirt entfernt hatte.

»Dass ich auf ein so bezauberndes Waisenkind wie dich gut aufpassen soll«, antwortete Martieli schmunzelnd.

Madelaine hob den Zeigefinger und erwiderte selbstbewusst: »Doch nur mit Anstand, mein Herr.«

»Deine Ehre ist unantastbar für mich und dein Heiligtum, mein Fräulein«, entgegnete Martieli.

Madelaine wusste beim besten Willen nicht, ob sie lachen oder misstrauisch sein sollte. Sie hatte doch keine Erfahrung mit Menschen wie diesem Herrn hier, mit Gesprächen wie diesen.

Sie frühstückten weiter. Nach einer Weile entdeckte sie ein mit blauen Buchstaben besticktes Tuch an der Wand.

»Was heißt das dort?«, fragte sie.

»Die Poesie ist stärker als die drei stärksten Dinge: das Böse, das Feuer und der Sturm.«

Nachdenklich sah Madelaine ihn an. »Ist das wahr?«

»Der Zauber von Schönheit, Wahrheit und Süße ist immer stärker als das Böse, das Feuer und der Sturm. Ganz sicher«, antwortete Martieli.

Madelaine schaute zum Fenster hinaus. Dunkel gekleidete Fischer standen an der Kaimauer, betrachteten das Meer, den Himmel, redeten, gestikulierten. Seemöwen kreischten über ihren Köpfen, als wollten sie die Fischer anstacheln, doch endlich die Segel zu setzen und die Boote aufs Meer hinauszuführen. Sogar einige Kormorane drehten ihre Runden über dem Hafen.

Und weit draußen im Meer ruhten die Toten.

Auf einem rumpelnden Ochsenkarren und in einer ungefederten Postkutsche waren Madelaine und Martieli bis zur nächsten Bahnstation gefahren. Jetzt saßen sie im Zug, der sie nach Hamburg bringen sollte.

Drei Tage waren sie nun unterwegs, und Madelaine wünschte sich nur eins – Ruhe. Sie wollte endlich richtig schlafen, tief und traumlos schlafen. Doch ständig drängten sich ihr Bilder der Schiffskatastrophe auf. Ihr kam es vor, als zwänge sie eine dunkle Macht, alles noch einmal zu durchleben. Urs Martieli hatte gesagt, ihm gehe es ähnlich, aber daran sei vor allem die ständige Bewegung schuld. »Ob wir nun durchs bretonische Hinterland rumpeln oder im gepolsterten Sessel sitzen, Madelaine, wir sind einfach unterwegs. Und wer unterwegs ist, den verfolgen die Bilder.«

Madelaine streckte die Beine aus und hoffte wenigstens ein bisschen vor sich hin dämmern zu können. Stattdessen jedoch überkam sie die verzweifelte Lust, von der Polsterbank aufzuspringen und zu laufen oder noch besser zu tanzen. Ihre Füße kribbelten, und ihr Herz schlug schneller. Jetzt einfach durch die Abteilwände stürmen, schweben, sich tragen lassen, dachte sie. Nur eins, endlich ankommen.

Sie seufzte und blickte zu Martieli hinüber, der eingeschlafen war. Er schnarchte leise und sah rosig und entspannt wie ein kleiner Junge aus. Madelaine schaute ihn missmutig an. Warum konnte er schlafen und sie nicht? Es war zum Aus-der-Haut-Fahren. Widerwillig sah sie zum Fenster hinaus und lauschte dem monotonen Stampfen des Zugs.

Die Norddeutsche Tiefebene. Gerade war es, als ob man durch einen Tunnel führe. Tannenwälder, so dunkel und dicht, dass Madelaine sich einbilden konnte, die Baumkronen auf beiden Seiten des Bahndamms würden sich berühren.

Ihr Gemüt wurde schwer, der Wald wollte kein Ende nehmen. Selten einmal entdeckte sie am Waldrand blühende Hagebutten- und Fliederbüsche. Wie gut die lichten Flecken dem Auge taten. Brach der Wald ab, kamen Dörfer mit Feldsteinkirchen zum Vorschein oder einsam gelegene Gehöfte. Einmal sah sie, wie ein Storch sich von einem der Dächer mit weit ausholenden Schwingen emporhob. Er verließ seinen Horst und verschwand hinter einem mächtigen Eichenwald.

Ob Vater sie jetzt sah? Was er wohl dazu sagen würde, dass sie wieder in die Heimat zurückfuhr, allein und mittellos? Madelaine konzentrierte sich auf ihr Spiegelbild. Wie ein aufgerolltes graugrünes Band zog die Landschaft an ihr vorüber, bedeutungslos, konturlos, austauschbar. Ihr Antlitz aber blieb dasselbe – wie ein Geist, der überall und nirgends zugleich war. In Stirn und Kinn erkannte Madelaine die Ähnlichkeit mit ihrer Mutter. Beides strahlte Festigkeit und Entschlusskraft aus. Ihre großen dunklen Augen aber unter den schön geschwungenen Brauen, die Lippen, die geformt waren, um zu genießen, zu küssen und zu kosten, zeugten von Vaters Genen. Madelaine betrachtete ihr ausgewogenes Gesicht, ihr dichtes, lose aufgestecktes Haar und erschauderte vor ihrer mädchenhaften Unerfahrenheit und Verletzbarkeit. Dass sie sich selbst schön fand, verwirrte sie auf einmal, machte ihr geradezu Angst. Das allein reicht doch nicht, schoss es ihr durch den Kopf. Wenn ich mich in der Welt dort draußen behaupten will, dann wird das nur gehen, wenn ich mich auf eine Fähigkeit verlassen kann. Ich muss etwas lernen.

Wie Ballons, die unter Wasser losgelassen wurden, schnellten plötzlich Trauer und Schmerz hervor. Madelaine schossen Tränen in die Augen. Doch nur, weil Urs Martieli eingeschlafen war, ließ sie ihnen freien Lauf.

Die Lokomotive stieß gellende Pfiffe aus. Rauchwolken verstoben zu Fetzen. Ein Städtchen kam in Sicht. Der Zug machte an einer Station Halt, die von alten Kastanien gesäumt war. Madelaine wischte sich die Tränen von den Wangen und lauschte auf die laut schwatzenden Bäuerinnen, die mit Hühnerkisten und Körben voller Gemüse den Zug bestiegen. Ihr niedersächsischer Singsang hatte etwas so Tröstendes, dass sich Madelaine eines Lächelns nicht erwehren konnte. Zwar fühlte sie sich so ratlos wie zuvor, aber auch erleichtert.

Mit einem heftigen Schnorchelgeräusch wachte Urs Martieli auf. Verwirrt schaute er um sich, dann richtete sich sein Blick auf sie.

»Du hast geweint?«

»Ich … ich glaube, vielleicht wäre es doch besser gewesen, in Chile zu bleiben, wo Vater begraben liegt«, stammelte Madelaine, ohne länger zu überlegen.

Die Türen wurden aufgerissen. Zwei Bäuerinnen mit im Nacken verknoteten Kopftüchern stiegen zu. Sie trugen den Geruch von Milch, Klee und Butter ins Abteil. Geräuschvoll verstauten sie ihre Körbe und Kannen in den Gepäcknetzen und fragten sich wohl ein Dutzend Mal gegenseitig, ob auch ja nichts herunterfallen könne. Als der Zug anfuhr, taten sie erst völlig überrascht, dann aber lachten sie laut auf und entschuldigten sich bei Madelaine und Martieli. Sie kämen eben vom Land, da sei so eine Bahn immer noch was Besonderes, sagten sie und richteten sich endlich auf ihren Plätzen ein.

»Ich will dir etwas erzählen, Madelaine«, sagte Martieli, ohne sich weiter um die Bäuerinnen zu kümmern. »Dort, wo ich herkomme, kennt kaum jemand das Meer. Trotzdem zog es mich dorthin. Und das brachte mir Glück.«

»Das ist aber schon seltsam«, entgegnete Madelaine. »Ein Zuckerbäcker, der dort ist, wo das Salz herrscht. Diese Mischung verträgt sich doch überhaupt nicht.«

»Nein, keine Mischung, Madelaine. Und seltsam ist es auch nicht, denn beim Kochen wie beim Backen gehört beides zusammen. Da, wo Salz benötigt wird, tut man auch ein Körnchen Zucker hinzu, und dort, wo bei Süßspeisen der Zucker gebraucht wird, würzt eine Prise Salz. So ist es.

Und es ist fast ein Geheimnis. Aber eins, das jedes Leben beherrscht. Zucker und Salz sind ein Gegensatz, aber sie ergänzen sich auch. Mehr noch, sie sind wie die Urstoffe des Lebens.«

Martieli schaute zum Fenster hinaus. Draußen zogen braune Felder mit fett glänzenden Furchen vorbei, die aussahen, als hätte ein Riese die Erde gekämmt.

»Es sind die Gegensätze, die sich anziehen, nicht wahr?« Madelaine lächelte und schaute auf ein gewaltiges Getreidefeld. »Für die Küche stimmt es wirklich. Früher, wenn es bei uns Rüben und Kartoffelsuppe gab, tat meine Großmutter immer Salz und Zucker hinzu. Und beim Zopf ist es dasselbe, denn Hefe geht mit Zucker auch besser auf als ohne. Aber auch er braucht Salz. Merkwürdig, ich habe noch nie darüber nachgedacht.«

Martieli musterte Madelaine, die weiterhin aus dem Fenster sah.

Madelaine wandte den Kopf. »Sie wollten mir etwas erzählen?«

»Ja, richtig.« Martieli räusperte sich. »Diesen behäbigen Wohlstand dort draußen kannten wir bei uns nicht. Meine Eltern waren so arm, dass meine Schwestern jahrelang ohne Abendessen zu Bett gehen mussten. Wir Jungen durften das Wenige teilen. Zum Beispiel ein Mus oder eine Brennsuppe, die mit ein paar Kräutern abgeschmeckt wurde. Satt wurden wir davon kaum. Und die Schwestern fanden oft nicht in den Schlaf, weil sie Bauchgrimmen vor Hunger hatten. Trotzdem mussten wir alle früh aufstehen und die Kühe füttern, den Stall ausmisten, Wiesen sensen oder wir Jungen sogar im Sommer beim Talbauer für eine feste Mahlzeit beim Dreschen helfen. Doch eines Tages wurde der ewige Hunger für etliche von uns zu viel.«

»Und dann sind Sie ausgewandert?«

»Wie viele andere auch. Glaube mir, Madelaine, die Schweiz ist herrlich. Wer die Berge liebt, mit ihnen aufgewachsen ist, verlässt sie nicht freiwillig. Und wenn, dann tut es richtig weh. Über Saumpfade und Pässe zu gehen, taten zu meiner Zeit nur diejenigen, die es mussten – Jäger, Soldaten, Händler, Pilger. Und wer ging, bestellte vorher sein Haus und empfahl Leib und Seele dem lieben Gott. Mein Körper war ausgezehrt, ich hatte Läuse, rissige Haut, Magenbluten. Doch ich war jung und wollte überleben. Nach Lehrjahren in Innsbruck und Erfurt erreichte ich schließlich deine Heimatstadt, als ob mich der Geruch des nahen Meeres dorthin gezogen hätte. Und da begriff ich – es war das Salz, das Salz von Nord- und Ostsee. Ich hatte es eingetauscht gegen das aus den Salinen meiner Heimat.«

»Ein Schweizer Zuckerbäcker in der Kaufmannsstadt Hamburg. Das ist in der Tat etwas Feines«, unterbrach Madelaine. »Unser Bäcker im Gängeviertel backte meist nur Brot, schwarzes oder graues. Wenn es mal weißes gab oder Rundstücke oder Zöpfe mit Rosinen, Schweinsohren in Schmalz oder Blätterteig mit Zimt, dann war Ostern oder Weihnachten.«

»Aber Bienenstich und Butterkuchen kennst du doch auch, oder?«

»Ja. Die machte meine Großmutter aber besser als der Bäcker«, antwortete Madelaine lachend. »Zu Ostern gab es ein Blech Butterkuchen, zu Weihnachten Bienenstich, und wenn mal etwas Geld da war, Honigkuchen.«

»Backen ist Kunst, Madelaine«, sagte Martieli und zog die Augenbrauen hoch. »Wenn man sich gut anstellt, kommen die Kunden immer wieder. Ich habe ein Geschäft an der Eppendorfer Landstraße. Das ist, wie du bestimmt weißt, eine gutbürgerliche Gegend, da muss ich Besonderes bieten: Baisers, Biskuits, Schichttörtchen und raffiniertes Kleingebäck. Heute habe ich dafür einen eigenen Zuckerbäcker. Was ich damit sagen will, man kann in diesem Gewerbe viel erreichen, und ich mit meinen sechsundvierzig Jahren weiß, wovon ich rede.«

Er schwieg bedeutungsvoll.

»Ich wünschte, ich könnte so hart arbeiten wie mein Vater und bekäme den Erfolg, der ihm versagt blieb«, entgegnete Madelaine.

Unwillkürlich musste sie ans Hamburger Gängeviertel denken. Musste sie etwa wieder dorthin zurück? Dort, wo Armut, Feuchtigkeit und Schmutz so gottgegeben hingenommen wurden wie Salz im Meerwasser? Das Grauen angesichts dieser Vorstellung schnürte ihr den Hals zu. Während die Landschaft mit Obstbäumen vorbeizog und der Zug saubere Chausseen passierte, standen ihr wieder hustende schwindsüchtige Frauen und schmutzige Kinder in Lumpen vor Augen.

»Madelaine«, flüsterte Martieli, »denk nicht zurück. Vor dir liegt ein neues Leben.«

»Aber ich weiß nicht, wohin ich gehöre«, sagte Madelaine verzweifelt.

»Du gehörst dorthin, wo du wirken kannst«, entgegnete Martieli leise, aber eindringlich. »Grüble nicht. Denk daran, ich habe die Berge und meine Familie verlassen und mein Glück am Wasser gefunden. Ort und Zeit sind unwichtig. Nur das ist wichtig, was man tut.«

»Ja, ich will ja etwas tun!«, rief Madelaine.

Eine dicke Haarsträhne fiel ihr über die Wange. Schnell steckte sie sie hoch. Amüsiert sah ihr Martieli zu.

»Du wärst eine zauberhafte Zuckerbäckerin«, sagte er und beugte sich vor. »Süß und verführerisch.«

Er fasste ihr ins Haar, sodass sich der lockere Knoten auflöste und ihr Haar seitlich hinunterfiel. Madelaine wurde rot und beeilte sich, es wieder hochzustecken. Martieli und die Bäuerinnen lachten.

»Sie ist eine, die das Haar aufm Kopp hat und nicht auf den Zähnen«, meinte die eine.

»Nicht wahr?« Martieli lehnte sich wieder zurück. »Sie ist wie Karamell, oder?«, sagte er zu den Bäuerinnen gewandt. »Da wird sich noch so mancher die Zähne ausbeißen – süß und zäh.«

Die Bäuerinnen lächelten zustimmend.

»Sie kennen mich doch gar nicht!«, rief Madelaine.

»Von wegen«, sagte Martieli. »Du hast eine Mutter ertragen, an der du nicht zerbrochen bist, dann hast du das harte Leben in einer Salpeterfabrik gemeistert und einen Schiffsuntergang überlebt. Da willst du nicht zäh sein?«

»Ja, aber …«

»Na also, Mademoiselle Gürtler. Und nun zier dich nicht länger, meine Backstube steht dir für eine Lehre offen. Hoffentlich ist sie deinem zarten Näschen nicht zu mehlstaubig.«

Ohne eine Reaktion von Madelaine abzuwarten, zog Martieli seine Brieftasche aus der Jacke. Schwerenöter, dachte Madelaine derweil. Meinst du es wirklich ernst? Ich soll Zuckerbäckerin werden? So ganz ohne Gegenleistung? Hilflos schaute sie zu den Bäuerinnen, aber die beschäftigten sich bereits wieder mit ihren im Gepäcknetz klappernden Körben und Kannen.

»Francs, nichts als Francs«, sagte Martieli. »Ich hoffe, mein Bursche ist wirklich am Bahnhof.«

»Aber Sie haben doch telegrafiert?« Madelaine seufzte. »Wenn ich doch nur Ihr Angebot annehmen könnte.«

»Was hindert dich? Dein Stolz?«

»Ich wollte nach meiner Tante Marie suchen. Vielleicht braucht sie meine Hilfe.«

»Wieso das?«

»Sie hat doch so viel Kinder …«, sagte Madelaine mit hochrotem Kopf. »Von verschiedenen Männern …«

Martieli, der ahnte, worauf Madelaine anspielte, lehnte sich verärgert zurück.

»Du musst wissen, was du willst. Das eine muss das andere ja nicht ausschließen. Denk an Salz und Zucker. Beides löst sich im Wasser. Und wie der Schnee auf den Berggipfeln sitzt der Schaum auf den Wogen des Meers. Alles ist ein Sowohl-als-auch. Mach du lieber das Beste aus dir und deinem Leben, dann wirst du auch anderen wirklich helfen können.«

Den Rest der Fahrt schwiegen beide. Sie näherten sich der Elbe und damit der selbstbewussten Hansestadt. Schon kamen die eisernen Brücken in Sicht, die den breiten Fluss überspannten. Madelaine bangte zugleich vor dem ungeliebten Altvertrauten und einer ungewissen Zukunft. Würde sie eine Wahl haben?

Vom offenen Fenster aus beobachtete sie, wie der Zug auf das Holzgebäude des Hamburger Venloer-Bahnhofs zuschnaufte. Die Schranken der kreuzenden Chaussee waren bereits heruntergelassen, ein Bahnwärter winkte mit einer roten Fahne. Von irgendwoher erklang das Läuten einer Glocke. Madelaine juckten und tränten die Augen, als der Zug endlich in einer gewaltigen Dampfwolke und mit ohrenbetäubendem Kreischen zum Stehen kam.

»Ich denke, ich steige zuerst aus, Madelaine, und laufe vorweg. Umso eher finde ich meinen Burschen und eine Droschke. Ich bringe dich dann, wohin du willst. Von mir aus auch ins Gängeviertel.«

Martieli drückte die Tür auf und eilte los. Schnell hatte ihn das Gewimmel auf dem schmalen Bahnsteig verschluckt. Die Bäuerinnen packten ihre Siebensachen und wünschten Madelaine noch alles Gute, dann stiegen auch sie aus. Endlich wieder festen Boden unter den Füßen!, freute sich Madelaine und ging neugierig der Gruppe von Männern und Frauen entgegen, die mit Fahrrädern auf sie zukam. Ihre lauten Stimmen strahlten Selbstbewusstsein und Kraft aus, doch allzu gut erzogen schienen sie nicht zu sein, denn auf einmal stachen ihr Ellbogen, Regenschirme und Packtaschen in die Seite. »Hamburger Radfahrklub von 1896« las sie auf den Wimpeln. Stur drängte sich Madelaine durch das Getümmel von Menschen und Rädern. Einige schoben ihr Rad zu dem Gepäckwaggon, andere dagegen riefen, sie würden ihres lieber mit ins Personenabteil mitnehmen. Schließlich hänge nirgends ein Verbotsschild. Madelaine schüttelte nur den Kopf. Aber etliche der Fahrräder waren ganz neu. Ihre Besitzer hatten Angst, ihre schwarz lackierten Prachtstücke könnten im Gepäckwaggon Schrammen bekommen. »Adam Opel Werkstätten« prangte in goldenen Lettern auf den Rahmen, die wie Speichen und Sättel glänzten, als wären sie frisch aufpoliert worden. Etwas befremdlich sah freilich die Kleidung der Radler aus. Die Herren trugen flache Riemenschuhe, wollige Kniestrümpfe, Knickerbocker und Schiebermütze, die Damen weiße Blusen mit dunkelblauer Seidenschleife, weite Röcke und kurze Jacken mit Puffärmeln.
Jedenfalls roch es kräftig nach Schnaps und Bier.
»Hübsche, mach Platz oder komm mit!«, rief ihr ein junger Mann zu.
»Jau! Kannst bei mir mitfahren und auf der Stange sitzen!«, tönte ein anderer, woraufhin alle Männer in lautes Lachen ausbrachen.

Madelaine, die von den chilenischen Salpeterarbeitern viel herbere Witze gewöhnt war, lächelte geringschätzig und drängelte sich selbstbewusst und mit hoch erhobenem Kopf weiter nach vorn.

»Ach, was der Mensch doch alles an Leid auf sich nimmt, nur um abzuspecken«, sagte eine Frau zu ihr. »Mädchen, was hast du es gut mit deiner Figur. So 'ne Taille von Mutter Natur. Da brauchste nich zu strampeln so wie ich! Trotzdem kannst du so'n büschen zulegen, mein ich. Dir schaden ein paar lütsche Pölsterchen nich!«

»Wenn Sie es sagen …«

In schrägem Singsang erklang ein Lied aus einem der Abteile, woraufhin das Geräusch von Schnappverschlüssen zu hören war.

Wo aber war Martieli?

Vor dem Eingang des Bahnhofs ratterte eine elektrische Straßenbahn vorbei. Kutschen und Pferdefuhrwerke klapperten über das Pflaster. Madelaine erspähte Reisende, Kinder, Laufburschen mit Handkarren und Dienstmädchen mit Körben. Droschkenkutscher verstauten Gepäck, rückten ihre Mützen oder rauchten. Vor einem paffenden Kutscher stand Martieli und schien mit diesem eifrig zu diskutieren. Sie wollte auf ihn zugehen, da stieß sie gegen die Schulter eines Mannes, der einen Bauchladen trug. Seine enge braune Jacke durchzogen hellgelbe Streifen, seine Hose dagegen war schwarz und sein Hemd talgweiß. Buntes Bonbon- und Pralinenpapier klebte an seinem abgegriffenen Zylinder, der ein Gesicht mit wachen schwarzen Augen und hochgezwirbeltem Bart beschattete.

»Holla, schönes Fräulein!«, rief er laut aus. »Welch Sonne in meinem Auge! Welch ein Glück! Kommen Sie, probieren Sie, Kandis, Zuckerperlen, Schokoladenkringel! Oder darf

es ein kleines zartes Likörpralinchen sein? Eine Zuckerstange! Jaaa!« Er zog eine weiß-rosa Zuckerstange aus
seinem Bauchladen und hielt sie wie einen Dirigentenstab
in die Höhe.

Madelaine sah, wie Martieli sich von dem Droschkenkutscher abwandte und schmunzelnd auf sie zuschritt.

»In Ihren Augen leuchten die Sterne der Verheißung,
auf Ihren Lippen liegt die Süße der Liebe. Kommen Sie,
Verehrteste, greifen Sie zu. Meine Damen und Herren,
schauen Sie sie an. Eine der schönsten und herrlichsten
Jungfern steht in unserer Mitte.«

»Hören Sie doch endlich auf!«, entrüstete sich Madelaine
und beeilte sich weiterzugehen, doch der Bauchladenverkäufer versperrte ihr den Weg, indem er die Zuckerstange
mit ausgestrecktem Arm wie eine Schranke vor sie hinhielt.

Neugierig blieben einige Leute stehen und schmunzelten.
Selbst der Zeitungsjunge von der Ecke rannte herbei.

Darauf hatte der Bauchladenverkäufer nur gewartet. Er
zog einen Handspiegel hervor und hielt ihn Madelaine
vors Gesicht. Diese ergab sich in ihr Schicksal, wurde aber
gleichzeitig neugierig. Wie in den Kindertagen auf dem
Jahrmarkt, dachte sie, während der Bauchladenverkäufer
mit seinem Geschwätz fortfuhr.

»Meine Empfehlung, verehrtes Fräulein. Vergeben Sie
meiner Leidenschaft. Hier, schauen Sie, ich weiß, wovon
ich rede. Ihre Miene verrät Kummer. Nehmen Sie ein
Stückchen Schokolade zu sich, und Ihr Gesicht wird aufleuchten wie die Sonne am ersten Morgen des Paradieses.
Bedienen Sie sich. Versuchen Sie. Ich bitte Sie. Es geht auf
meine Kosten.«

Er begann zu tänzeln, zog den Zylinder, verneigte sich und
blieb dann stramm wie ein Soldat stehen, die Arme ausge-

breitet und ihr Zuckerstab und Spiegel schwebend entgegenhaltend.

»Wenn das kein Angebot ist«, sagte Martieli lachend. »Und wenn's schmeckt, Madelaine, zahle ich.«

»Ich nehme Sie beim Wort, Herr Martieli. Schließlich wissen Sie ja, wie es um meine Geldbörse bestellt ist.«

»Nur zu, verehrteste Schönheit unter den Sternen des Nordens!«, rief der Bauchladenverkäufer.

Sein Mund verzog sich zu einem schlitzohrigen Lächeln, seine Augen zwinkerten Martieli verschwörerisch zu. Madelaine griff nach einem Päckchen Katzenzungen. Im selben Moment schoss der Bauchladenverkäufer in die Höhe.

»Sehen Sie, meine Damen und Herren, sehen Sie jetzt genau zu. Unsere verehrteste Jungfer hat nach einer der bekömmlichsten Leckereien gegriffen. Und jetzt bitte ich Sie, zuzubeißen. Vor unser aller Augen. Bitte.«

Madelaine amüsierte nun das Spiel, in dessen Mittelpunkt sie stand, und biss eine Katzenzunge entzwei. Sie schmeckte etwas muffig und blieb schnell als Klumpen am Gaumen haften. Doch auch wenn diese Schokolade bestimmt nicht die beste war, Madelaine war sie ein willkommenes kleines Geschmackserlebnis.

»Und nun sehen Sie sich an.«

Madelaine blickte in den ihr vorgehaltenen Spiegel. Die Leute um sie herum lachten und klatschten. Tatsächlich, sie sah irgendwie ein bisschen heiterer aus. »Aber das ist noch nicht alles, Schönste aller Schönen. Nun bitte ich Sie, eine der köstlichen Pralinen zu probieren.«

Wieder schielte der Bauchladenverkäufer zu Martieli hinüber, der aufmunternd nickte.

Beherzt suchte sich Madelaine eine bunt eingewickelte Schokoladenpraline aus, auf dem ein Mädchen mit weißem Kätzchen im Arm abgebildet war. Sie biss ein zweites Mal zu. Die zartbittere Schokoladenschale knackte herzhaft. Madelaines Zähne glitten durch eine cremige Masse, die wunderbar nach Nougat und Walnuss duftete, und zusammen mit der geschmolzenen Schokolade schwelgte ihr Gaumen in einem süßen Strauß köstlicher Genüsse.

Und es war, als ob ihr Mund von einer Sekunde auf die andere eine neue Welt entdeckt hätte.

Noch ganz benommen von diesem Erlebnis, hörte sie den Bauchladenverkäufer sagen: »Nein, nein, der Herr! Bitte machen Sie keine Scherze mit einem armen Mann. Ich bitte Sie.« Madelaine sah den entsetzten Gesichtsausdruck, als Martieli ihm die französische Banknote hinhielt. »Um Gottes willen, nein! Deutsches Geld bitte! Nicht das des Feindes!«

»Stellen Sie sich nicht so an«, sagte Martieli gereizt. »Das tauscht Ihnen jede Bank. Sie machen ein erstklassiges Geschäft.«

»Nein!«

Der Bauchladenverkäufer rief so heftig, dass die Gendarmen, die gerade aus dem Bahnhofsgebäude traten, auf ihn aufmerksam wurden. Erleichtert winkte ihnen der Bauchladenverkäufer zu. Madelaine ahnte, was geschehen würde. Der köstliche Schmelz in ihrem Mund wurde fad, schien plötzlich nichts sagend und völlig überflüssig.

»Ruhe bitte!«, ergriff der Gendarm das Wort. »Kein Grund zur Aufregung.« Die Menschen traten respektvoll beiseite und schauten neugierig zu. »Den Ausweis, der Herr, bitte sehr.«

Die französischen Banknoten in der Hand, versuchte Martieli eine Klarstellung. Doch sein fremder Dialekt machte die Gendarmen mit jedem neuen Wort misstrauischer. Als er dann auch noch vom Untergang der Eleonora erzählte und sich als geretteter Schiffbrüchiger bezeichnete, schüttelten die Gendarmen entschieden den Kopf. Sie glaubten ihm kein Wort. Aber, versicherten sie, dies alles sei noch kein Beinbruch, auf der Wache könne er alles zu Protokoll geben, wo es dann ordnungsgemäß überprüft werde.

»Auf die Wache?«, mischte sich Madelaine ein. »Das ist doch nicht notwendig. Was Sie gerade hörten, das ist alles wahr. Jedes Wort.«

»Lass gut sein, Madelaine«, beruhigte sie Martieli. »Es ist besser so, schon wegen der Papiere. Hab keine Angst, wir sehen uns wieder.«

»Das will ich nicht hoffen.«

Die angenehme, aber auch strenge Stimme sorgte bei Madelaine genauso wie bei den Polizisten für Überraschung, zumal sie einer Frau gehörte, die sichtlich den besseren Ständen zuzuordnen war. Madelaine erblickte eine junge rothaarige Frau in nachtdunklem Violett mit hellgrüner Seidenschärpe um die Taille. Sie hatte eine energische, frische Ausstrahlung, die perfekt zu ihrem gepflegten Gesicht passte. Der Bursche hinter ihr trug kurze beige Hosen und makellos saubere helle Strümpfe. Wie das Zeichen steter Einsatzbereitschaft lugte ein Faber-Bleistift aus seiner Jackentasche.

Madelaine ahnte – dies war Martielis Bursche und die Dame seine Frau.

»Inessa! Ich hoffe, du hast ein paar Groschen dabei!«, rief Martieli in so selbstverständlichem Ton, dass Madelaine jeglicher Zweifel enthoben wurde.

»Lass dich erst einmal umarmen, mein Lieber.« Inessa legte verspielt ihre Arme um Martielis Schultern und küsste ihn. Madelaine sah den Schalk, der in ihren Augen glitzerte. »Was bin ich froh, dass du lebst. Doch verzeih, mein Herzliebster, ich werde mich im Augenblick hüten, mein Geld für … für deine sündigen Verfehlungen herzugeben.« Kokett blinzelte sie Madelaine zu. »Es wird Zeit, dass wieder Ordnung in dein Leben kommt. Nehmen Sie ihn also ruhig mit, meine Herren, damit er wieder zur Räson kommt.«

»Himmel, Inessa! Du wirst doch wohl nicht wollen, dass man mich jetzt noch festnimmt«, empörte sich Martieli, was die umstehenden Leute laut auflachen, die Gendarmen aber ratlos und unwillig dreinblicken ließ.

»Ich gehe sogar so weit zu behaupten, mein Lieber, dass man euch beide festnehmen sollte«, fuhr Inessa nicht ohne Spott fort, wobei sie Madelaine fest im Auge behielt.

»Was unterstellen Sie mir?«, rief Madelaine. »Herr Martieli hat mein Leben gerettet – mehr nicht!«

»Nun, wie er das angestellt haben mag, das überlasse ich gerne der Fantasie und Leidenschaft eines Schreiberlings. Leider kenne ich diesen Herrn hier genau. Ein niedliches Schokoladenhexchen wie Sie kommt ihm immer recht. Selbst wenn die Bretter, auf denen er steht, im Meer untergehen.«

»Inessa, hör jetzt mit diesen Operetten auf. Das geht zu weit. Du machst uns alle zum Gespött.«

»Ganz und gar nicht. Au revoir!«

»Ja, bist du verrückt geworden?«, rief ihr Martieli hinterher, was die Gendarmen zum Anlass nahmen, sich bei ihm unterzuhaken und ihn mit sich zu ziehen.

Die Leute feixten, Madelaine aber schlug das Herz bis zum Hals. Sie suchte nach Worten, fand jedoch keine. Inessas kühler und zugleich belustigter Blick schien ihren Geist einzufrieren und sie auf der Stelle festzunageln. Erst als Inessa sich von ihr abwandte, löste Madelaine sich aus ihrer Starre. Aber die Gendarmen hatten sich längst Martielis bemächtigt. Sich einzumischen war zwecklos. Nachher schaffte man sie auch noch auf die Wache. Und sie, ohne Papiere und Wohnsitz, würde bestimmt länger dort bleiben müssen als der wohlhabende Zuckerbäcker Urs Martieli.

Inessa indes bestieg die nächstbeste Droschke, während Martielis Bursche seinem Brotherrn in gemessenem Abstand folgte, die rechte Hand tief in der Hosentasche vergraben. Madelaine sah zu, wie der Droschkenkutscher die Pferde anfeuerte, die sofort in Trab fielen, aber schon an der nächsten Straßenkreuzung stehen blieben – neben Martieli und den Gendarmen. Inessa winkte jene zu sich, redete kurz mit ihnen, zeigte einen Ausweis und zückte zwei Geldscheine. Madelaine beobachtete, wie die Gendarmen daraufhin grüßend die Hand an die Pickelhaube legten und ihres Weges gingen. Inessa aber zog Martieli geschwind in die Droschke, die gleich wieder anzog. Martieli rief seinem Burschen noch etwas zu, dann waren er und Inessa verschwunden.

Madelaine stand da wie vom Donner gerührt. Sie hat ihn freigekauft und entführt. Einfach entführt. Eine ganze Weile konnte sie nichts anderes denken.

Keuchend kam Martielis Bursche auf sie zu.

»Mein Herr lässt Ihnen ausrichten, Sie sollen sich nehmen, so viel Sie wollen«, sagte er im Vorbeigehen zu Madelaine und drückte dem Bauchladenverkäufer Geld in die Hand.

Anschließend schwang er sich auf sein Fahrrad, das er hinter einer Litfaßsäule abgestellt hatte, stemmte sich in die Pedale und brauste in dieselbe Richtung wie vor ein paar Minuten Inessas Droschke.

»Greifen Sie zu, verehrtes Fräulein!« Der Bauchladenverkäufer hatte sich Madelaine wieder genähert und erging sich in einer einladenden Geste. »Jetzt ist ja alles wieder gut.«

Mechanisch nahm sich Madelaine zwei Schokoladentafeln und einen Beutel Pralinen. Sie hatte Hunger, und eine innere Stimme sagte ihr, dass sie jetzt nicht schwach werden durfte. Also steckte sie sich eine Praline in den Mund, zerbiss und schluckte sie, dies aber alles ohne Genuss. Sie wollte nicht, dass es gut schmeckte. Es wäre ihr wie ein Verrat an Martieli vorgekommen. Und als sie dann gleich nach der ersten eine zweite Praline in den Mund schob, zerkaute sie sie, als wäre es ein ganz gewöhnliches Stückchen Fleisch.

Schließlich machte sie sich auf den Weg, sich noch eine dritte Praline genehmigend. Zu trocken, befand sie, kein richtiger Schmelz. Die ersten beiden waren besser. Madelaine ärgerte sich jetzt, dass sie die anderen beiden Pralinen so achtlos verschlungen hatte. Das machst du nie wieder, ermahnte sie sich – und steckte sich die Nummer vier in den Mund. Köstlich. Madelaine schloss eine Sekunde lang die Augen. Er hat dir eine Lehrstelle angeboten, dachte sie. Das ist wahr. Das hast du nicht geträumt. Ihr Schritte wurden beschwingter – obwohl sie wusste, wo sie schließlich enden würden.

Und wenn nun doch bloß alles leere Worte waren?, begann sie zu grübeln, als sie das Gängeviertel erreichte. Was ist, wenn diese Inessa ihm so zusetzt, dass er sein Angebot zurückzieht? Wird er nicht, gab sie sich die Antwort. Und warum?, fragte ihre innere Stimme weiter. Weil uns beide das Salz ausgespuckt hat.

Im Gängeviertel hing die Luft stickig und feucht zwischen den schmalen Häusern. Die Ausdünstungen der Armut sind zeitlos, dachte Madelaine und schritt an einem Haus vorbei, aus dem es widerlich süß nach gebratenen Heringen roch. Ein paar Schritte weiter stanken ein Erbseneintopf und angebrannte Kartoffeln, und an der nächsten Ecke zog ihr der typisch eklige Geruch von faulendem Wasser und saurer Wäsche in die Nase. Wie zu ihren Kinderzeiten rannten auch heute kahl geschorene und nach Petroleum riechende Kinder durch die Gassen. Madelaine erinnerte sich nur allzu gut an diesen Gestank. Auch ihr wurde, als sie klein war, einmal der Kopf geschoren und die Kopfläuse damit abgewaschen. Ihr verlaustes Haar wurde dann stundenlang gekocht und an einen Friseur verkauft.

Aber was war das? Ein Äffchen rannte an ihr vorbei, und ihm hinterher eine Schar Kinder. Es sprang an der nächsten Ecke auf ein Fass, kletterte ein Abflussrohr empor und setzte sich triumphierend in eine Regenrinne, aus der es ein paar faulige schwarze Blätter herunterwarf – auf einen Leierkastenmann, der über seinem Spielgerät eingeschlafen war.

Madelaine erblickte die fast leere Schnapsflasche, den struppigen Hund, dessen Leine um das Fußgelenk des Mannes gebunden war und der jetzt zu knurren begann. Einer der älteren Jungen zog ein Messer, stach damit ein paarmal in Richtung des Hundes, der daraufhin wütend bellte, und rannte davon. Genau wie damals, dachte Madelaine. Die Kinder toben den Gehorsam, den man ihnen zu Hause hineinprügelt, auf der Straße wieder aus.

Ein paar kleine Veränderungen gab es aber auch. Dort, wo früher der Gemüsehöker war, hatte ein Schuster seine Werkstatt aufgemacht, und anstelle des Korbflechterladens, in dem sie sich als Kind einmal versteckt hatte, fand sich jetzt ein weiß-blau gekacheltes Fischgeschäft. Und drei Häuser weiter, in Käthe Schmalhals' Schneiderei, wo Mutter ab und zu ausgeholfen hatte, ging jetzt ein Spirituosenhändler seinem unentbehrlichen Gewerbe nach.

Mit Herzklopfen spähte Madelaine nach oben, unters Dach. Ob Tante Marie dort noch wohnte?

Zögernd stieg sie die enge, wacklige Holztreppe in die dritte Etage, die Dachkammeretage, hoch. Die Wohnungstür stand weit offen. Drei Kleinkinder saßen, nur mit einem Kittel bekleidet, auf dem nackten Holzfußboden. In ihrer Mitte stand ein Blechnapf mit einer weißgrauen Suppe, in die sie ihre Finger hineintunkten und abschleckten. Die ewigen Graupen, schoss es Madelaine durch den Kopf. Sie erinnerte sich sofort an den langweiligen Geschmack. Und mit einem Mal war ihr alles so vertraut – das Haus, das Viertel, die unfrohe Stimmung.

Alle drei Kinder sahen neugierig zu ihr hin, eins begann heftig zu husten. Madelaine suchte angestrengt in den Gesichtern nach einer Ähnlichkeit mit ihrer Tante.

»Mama!«, rief das älteste. »Mama! Da ist eine Frau!«

»Was wollen Sie denn?«

Ein Mädchen, ungefähr in ihrem Alter, kam herbei und musterte Madelaine misstrauisch.

»Ich suche meine Tante, Marie Hansen, die Schwester meiner Mutter«, sagte Madelaine betont langsam, weil sie Angst hatte, nicht verstanden zu werden.

»Mutter!«, schrie das Mädchen, und Tränen schossen ihr in die Augen. »Mutter! Komm! Komm schnell! Lene ist wieder da!«

»Ja und wer …«

»Ich bin doch die Bille!«, rief das Mädchen und umarmte Madelaine voller Überschwang. »Erinnerst du dich nicht mehr? ›Bille hat 'ne Grille‹ habt ihr früher immer gerufen. Mutter! Nun komm doch endlich!«

»Lene!«, rief Marie Hansen rasselnd und pfeifend. »Lene! Du lebst?«

»Ja.«

»Gott, was bist du schön geworden. Und wohl siehst du aus. Du willst uns besuchen? Mit deinem Mann?« Sie strich Madelaine mit ihrer viel zu knöchrigen Hand übers Haar und lächelte sie an. »Du wirst doch jetzt einen haben, oder?«

»Nein.«

Madelaine schüttelte den Kopf. Sie wusste nicht, was sie sagen sollte, denn diese Frau vor ihr war zwar unbestreitbar ihre Tante, aber sie war zu einer Greisin geworden, abgemagert, fahl und verhärmt. Zeit und Schicksal hatten wieder einmal die Lebensfasern eines harmlosen Menschen zerschlagen.

»Lene! Dass du überlebt hast! Herta hatte mir vor eurer Abreise geschrieben, aber dann haben wir alles aus der Zeitung erfahren.« Marie Hansen wischte sich ihre trüben Augen. »Ihr habt es doch gut gehabt. Geh bloß wieder fort von hier. Hier gibt's nur Elend. Die Zeiten sind noch schlechter geworden.«

Madelaine ergriff ein eigentümliches Unbehagen, als ihre Tante sie musterte. In ihren Augen lag ein gelblicher Schimmer. Sie lächelte nicht mehr, sondern wirkte wie ein Mensch, dessen Lebenspuls längst erloschen war.

»Weißt du es denn nicht, Lene?«, fragte Bille erstaunt. »Vor sechs Jahren hatten wir hier die Cholera. Mit Tausenden Toten. Bis auf uns hat sie alle aus der Familie ins Grab gebracht.«

»Aber die Kleinen …«

»Du weißt doch, wie es ist«, sagte ihre Cousine. »Ohne Mann kein Brot.«

»In Pesthöhlen würden wir hausen, hat es geheißen«, murmelte die Tante bitter. »Unsere Wohnungen seien Brutstätten für so genannte Bakterien, die alles töten, was kreucht und fleucht. So gab's dann über zehntausend Tote,

60

weil es dazu noch die asiatische Cholera war. Ach, Madelaine!«

Die kleinen Kinder waren mit dem Essen fertig. Eins begann zu greinen, das andere bekam wieder einen schweren Hustenanfall. Bille zog die beiden an ihren Ärmchen in die Höhe. Ihre Köpfchen wackelten, dass Madelaine Angst bekam, sie könnten vom Nacken abbrechen wie ein zarter Zweig vom Baum. Mit den Kindern an der Hand ging Bille in die Stube voran.

»Komm nur«, sagte die Tante zu Madelaine und folgte ihrer Tochter in einen engen Raum, dessen Fenster auf die Spitaler-Straße hinausging.

Zwei Spinnstühle, Säcke mit Schafwolle, Wollflocken, Wollknäuel und fertig Gestricktes füllten die Stube so aus, dass nur wenig Luft zum Atmen blieb. Madelaine lächelte schwach – all das kannte sie zur Genüge. Sie griff nach einem der Jutesäcke, aus dem vorverarbeitete fingerdicke Wolle quoll, und fuhr mit ihren Fingern über einen Spinnfaden.

Ihre Cousine brachte einen Blechbecher mit Tee.

»Magst du? Ist Holunderblütentee. Hast du Hunger?«

»Ehrlich gesagt, ja.«

Tante Marie griff in ihre Schürzentasche.

»Hol uns sechs Rundstücke und beim Fischmann drei Bratheringe. Als Gemüse haben wir Gurken. Und mach die Bierkanne voll.«

»Ich steuere den Nachtisch bei«, sagte Madelaine. »Eine Tafel Schokolade und noch genau drei Pralinen.«

»Dann hast du aber dein Glück gemacht!«, rief Bille im Gehen. »Schokolade!«

»Das ist eine Geschichte für sich«, erwiderte Madelaine.

»Was willst du nun tun?«, fragte ihre Tante, als Billes laute Schritte auf der Treppe verklungen waren.

»Ich werde mir eine Arbeit suchen, vielleicht als …«, Madelaine zögerte einen Moment, »vielleicht als Verkäuferin.«

»Niemand wird ausgerechnet auf dich warten, Lene.«

»Ich werde es versuchen.«

»Natürlich, Madelaine, du schon«, entgegnete ihre Tante versöhnlich. »Du schon. Du hast es gut.«

»Meinst du«, sagte Madelaine trocken. »Meine Eltern sind tot, ich habe kein Geld, nur das, was ich auf dem Leib hab.«

»Aber du hast Hoffnung. Verstehst du? Hoffnung. Und du bist gesund«, fügte sie leise hinzu.

»Hoffnung?«, fragte Madelaine zweifelnd.

Ihre Tante begann zu husten.

»Is doch gut, Lene. Was red ich da auch. Als ob ich es dir nicht gönnen würde. Fürs Erste kannst du bei uns bleiben. Heute sowieso, morgen auch. Dann musst du weitersehen. Gustav kommt übermorgen vom Bau zurück. Dann will er Mann sein. Verstehst du?«

»Danke. Ich verspreche dir, ich bleibe nur bis Freitag. Ich werde schon etwas finden. Und das hier soll mein Herbergsgeld sein.«

Madelaine zog die zweite Tafel Schokolade hervor und reichte sie der Tante.

Noch im Traum glaubte Madelaine Schokolade zu schmecken, und das, obwohl sie ihrer Tante und Cousine von Hummer, bretonischem Butterhühnchen, Rotwein und Baguette vorschwärmte. Die beiden schüttelten mit strengen Gesichtern immer wieder die Köpfe, als fänden sie es verwerflich, dass sie, die Schiffbrüchige, zu beschreiben versuchte, wie köstlich derartige Gerichte sein konnten.

Ach, was wisst ihr von Wein und Schokolade!, hörte sie sich schließlich ärgerlich ausrufen und war dann aufgewacht. Dass es in der Tat eine bessere Welt gab als die hier im Gängeviertel oder unter chilenischen Salpeterarbeitern – diese Gewissheit hatte sich jetzt in ihrem Kopf festgesetzt. In dieser Hinsicht, sagte sie sich, hat das Schiffsunglück sein Gutes gehabt. Es hat das fortgespült, was an mir haftete wie getrockneter Kuhmist – Hoffnungslosigkeit und Einsamkeit, Demütigungen und Entbehrungen. Jetzt bin ich frei und kann selbst die Fäden aufrollen, die das Leben mir bietet.

Madelaine ging guten Gewissens auf Arbeitssuche. Dabei war es ihr, als würde Urs Martieli mit heiterem Gesicht zuschauen und sagen: Madelaine, so nicht, das wird nichts. In der Tat war es wie verhext, niemand wollte sie haben. Ob in Nähstuben, Kontoren, Geschäften, es spielte sich immer dasselbe ab, wenn sie sich vorstellte. Man musterte sie neugierig, die Herren bekamen wässrige Blicke, aber ohne Zeugnisse oder wenigstens eine Empfehlung war nichts zu machen. Die Gesichter heuchelten Verständnis und Bedauern, und man sagte ihr, sie solle sich in einem Jahr wieder vorstellen, bestimmt könne sie dann ein Zeugnis vorlegen. Nur einfachste Arbeiten wären in Frage gekommen, putzen, Kohlen schleppen, Küchenhilfsdienste, doch selbst dies wurde Madelaine wieder ausgeredet, weil die überraschend fürsorglichen Herren Ladeninhaber meinten es nicht zulassen zu können, dass ein so schönes Mädchen mit derart entwürdigenden Tätigkeiten seine Groschen verdiene.

»Zu schön, um Geld zu verdienen?«, sagte Bille. »So was gibt es doch gar nicht.«

»Ach, du meinst, ich soll nach St. Pauli? In gewisse Etablissements?«

Bille schwieg genauso wie ihre Tante. Madelaine nahm es ihnen nicht übel. Wenn sie ehrlich zu sich selbst war, hatte sie diesen Vorstellungs- und Arbeitssuche-Zirkus nur gemacht, um sich nichts vorwerfen zu müssen. Sie wollte das Schicksal gewissermaßen herausfordern, es prüfen. Wer würde sich durchsetzen? Jemand anders oder Urs Martieli?

Dabei hatte sie vor nichts so viel Angst gehabt, als dass er verlieren könnte. Und so fand sie sich am nächsten Tag klopfenden Herzens vor der Tür der Martieli'schen Konditorei in Eppendorf.

Als sie eintrat, gelangte sie in eine andere Welt. Lindgrüne Tapeten mit Goldmustern, Spiegel in barocken Rahmen, Kristallleuchter – die Martieli'sche Konditorei gab sich unschwer als erste Adresse zu erkennen. Auf einem blitzenden Messingwagen sah sie pyramidenförmig gestapelte Konfektschachteln, die zum Teil mit Stoffblümchen und Schleifen verziert waren, ein anderer war voller Zuckergebäck, das in polierten Gläsern für die Kinder bereitstand. Schließlich der breite Verkaufstresen, hinter dessen Scheiben Zitronen- und Haselnusstorten, Baisers, Napfkuchen, Bienenstiche, Schokoladenkuchen, Schweinsöhrchen und Schnecken feilgeboten wurden. Jede Torte war ein Kunstwerk, und natürlich duftete alles so verführerisch, dass Madelaine beinahe benommen davon wurde.

Und als ob sie ans Ziel gekommen wäre, erinnerte sie sich plötzlich an das, was Urs Martieli in der Bretagne zu ihr gesagt hatte: »Der Zauber von Schönheit, Wahrheit und Süße ist immer stärker als das Böse, das Feuer und der Sturm.«

»Sie wünschen?«

»Herrn Martieli …«, hörte sie sich sagen, bevor sie richtig überlegen konnte. Sie spürte, wie ihr das Blut ins Gesicht schoss. Trotzdem bemühte sie sich, der vollschlanken Frau mit dem Häubchen im Haar in die Augen zu schauen.

»Der Herr Martieli ist nicht da«, bekam sie zur Antwort.
»Nein, das ist er nicht.« Eine ältere Frau mit runden Schultern war hinter dem Samtvorhang hervorgetreten, der seitlich vom Tresen eine Tür verbarg. »Aber wir sind im Bilde. Madelaine Gürtler, nicht wahr?«
»Ja«, sagte Madelaine fest. »Herr Martieli – er bot mir an, hier zu lernen.«
Ihre Hände begannen vor Aufregung zu schwitzen, obwohl sie zugleich das Gefühl hatte, dass sie sich keine Sorgen mehr zu machen brauchte.
»Wir sind im Bilde, Fräulein Gürtler«, wiederholte die ältere Frau recht hochnäsig. »Herr Martieli ist aber bereits wieder auf Reisen. Ich soll Ihnen jedoch Folgendes ausrichten …« Sie verdrehte die Augen zur Decke, wie um sich an den genauen Wortlaut zu erinnern. »›Fang gleich an, Madelaine. Verlier keine Zeit!‹ Das hat er mir aufgetragen, und nun dürfen Sie mit mir kommen. Ich bin übrigens Alma Pütz, und das ist Rosalind.«
Wie gut das klingt, jubelte Madelaine innerlich und folgte Alma bis unters Dach in eine kleine Stube. Das Bett war bereits bezogen, und im Schrank hing ein schlichtes weißes Kleid.
»Hier …?«
» … ist ihr Platz«, ergänzte Alma steif. »Ich gebe Ihnen nachher noch den Lehrlohn für drei Monate. Schließlich müssen Sie sich etwas Wäsche und Toilettenartikel kaufen.«
»Danke.«
»Das sagen Sie besser zu Herrn Martieli.«
Alma musterte sie spöttisch. Madelaine ließ sich nichts anmerken. Sie glaubt bestimmt, ich hätte mehr mit ihm erlebt als nur das Schiffsunglück, dachte sie. Ich an ihrer Stelle würde bestimmt auch so ablehnend auftreten.

»Sagen Sie bitte, Alma, haben Sie diese herrlichen Torten alle gebacken?«

Das Kompliment kam an. Als ob sie mit dieser einfachen Frage Alma aus einem zu engen Korsett befreit hätte, wurde diese zugänglich und redselig.

»Zu einem Teil, Madelaine. Ich bin Zuarbeiterin, gewissermaßen Herrn Kloß' Backhilfe, und mache den Einkauf. Rosalind steht im Laden. Über allem waltet Herr Kloß. Er ist unser Souschef und führt stellvertretend die Geschäfte, wenn Herr Martieli unterwegs ist. Doch in erster Linie ist er es, der Sie unterrichten wird. Er ist der Zauberer und der Hüter der Rezepte. Aber Herr Martieli zaubert mit, wenn er mal hier ist und Lust hat. Sie müssen wissen, Herr Martieli hat noch Konditoreien in Lübeck, Wismar und Danzig. Er schaut überall nach dem Rechten, und wenn nicht, dann bereist er auch so ein bisschen zwischendurch die Welt. Unsere Konditorei aber ist das Stammgeschäft. Premium, wie Herr Martieli immer sagt. Und darum ist hier alles premium. Herr Kloß wacht darüber, und er garantiert es. Bestimmt ist er der bestbezahlte Konditor in Hamburg. Aber ich warne Sie, Madelaine, Herr Kloß ist auch ein pedantischer Zuchtmeister. Er wird Ihnen von der ersten Stunde an nicht vergeben, wenn Sie auch nur einmal ein Salz- mit einem Zuckerkörnchen verwechseln sollten, Hefeteig in die Zugluft stellen oder Biskuitteig auskühlen lassen.«

In den nächsten Monaten lebte Madelaine im Rausch von Lernen und Arbeiten. Die Backstube mit ihren Regeln, Gerätschaften und köstlichen Erzeugnissen wurde ihre einzige Welt. Kaum einmal gönnte sie sich ein paar Stunden, in denen sie unbeschwert spazieren ging oder ihre Tante Marie besuchte.

Es gab einfach zu viele Handgriffe, die sie perfekt beherrschen lernen, und zu viele Zutaten, deren Reaktionen untereinander sie verstehen musste. Erwärmen, mischen, backen, kandieren, linksherum rühren, rechtsherum rühren, klopfen, kneten – alles hatte genauso zu sein, wie Meister Kloß es befahl. Dabei bestand zwischen ihrem Lehrherrn und seinen süßen, aromatischen Krönungen backkunstlicher Anstrengungen ein seltsamer Kontrast, denn Kloß war ein hagerer Mann mit schmalen Lippen, bleicher Haut und stechend schwarzen Augen, die so kalt blickten, als wären sie lackiert. Er hätte ein jesuitischer Pater sein können oder ein Hypnotiseur – Madelaine jedenfalls hatte oft das Gefühl, Kloß sei mehr Magier als Konditor. Wenn er mit seinen stechenden Blicken zart zerbrechliche Zuckerwerke ansah, schienen diese nur deshalb zu erstarren, weil seine Augen es befahlen, und nicht, weil Eiweiß oder Gelatine in ihnen verarbeitet waren.

Ohne Zweifel, Kloß war ein Fanatiker der Backkunst.

Er beachtete Madelaine kaum, wusste aber genau Bescheid, was sie gerade tat. Er forderte konzentrierte Anteilnahme und Begeisterung für alles, was er sagte, und es war für ihn völlig selbstverständlich, dass sie ihn in dieser Hinsicht nicht enttäuschte. Immerhin arbeitete er nicht nur tagsüber, sondern oft auch in der Nacht, was zwar große Kraft kostete, Madelaine aber auch besondere Einblicke verschaffte. Dann arbeitete Kloß langsamer und hielt dabei Vorträge über die Gesetzmäßigkeiten, die in der Backkunst regierten. Seine Hände arbeiteten, sein Mund erzählte. Wenn seine Augen jedoch einmal seinen schönen Lehrling streiften, funkelten sie manchmal irritierend und gefährlich. Madelaine lernte, damit umzugehen, denn Kloß wusste sich zu beherrschen. Nie äußerte er Anzüglichkeiten oder versuchte sich an irgendwelchen Zutraulichkeiten. Seine größte Begeisterung aber galt der Schokolade.

»Arbeite nur auf Marmor, wenn du an Schokolade gehst. Er ist unter den Steinen das, was die Schokolade für den Konditor. Außerdem ist Marmor leicht sauber zu machen und hält kühl.«

Kloß liebte es, alles moralphilosophisch zu verpacken. Als er am ersten Lehrtag sagte, das oberste Gebot sei höchste Körperpflege, stündlich müsse ein Konditor Hände, Fingernägel und Gesicht waschen, fügte er hinzu: »Denn Schönheit und Reinheit ist die andere Seite des wahren Geschmacks. Geschmacklich exzellent ist eine Torte erst, wenn das Gefühl dem Käufer sagt: Ich führe mir Schönheit zu, die auf Reinheit beruht. Selbst wenn es sich um Buttercreme handelt.«

»Mit anderen Worten, Madelaine«, erklärte Alma, »deine Wimpern dürfen deine Augen schmücken, aber nicht die Schokoladenglasur.«

Madelaine hielt sich fürs Erste natürlich ans Praktische. Die Philosophie des Konditors Kloß war für sie nichts anderes als die kauzig fanatische Kehrseite seines Äußeren. Und so konzentrierte sie sich auf die nützlichen Dinge, wie zum Beispiel, dass auf weichen Tortenböden eine Glasur glatter wird, wenn man vorher eine dünne Schicht durchpassierter Konfitüre aufgestrichen hatte und antrocknen ließ. Überhaupt Schokoladenglasuren – gute erhalte man nur dann, wenn man geschmolzene Schokolade schichtweise auftrage und warte, bis die vorige Glasur vollständig ausgehärtet sei.

»Und ich betone ausgehärtet, was mehr ist, als nur erkaltet.«

Wobei Kloß es auch hier fertig brachte, die dazu nötige Geduld philosophisch zu verbrämen, indem er behauptete, eine perfekte Schokoladenglasur gründe sich auf logische Gesetzmäßigkeiten. »Denn, Madelaine«, dozierte er, »eine perfekte Schokoladenglasur besteht aus einzelnen Glasurschichten. Was aber gemeinhin im Konditorhandwerk als Schokoladenschicht bezeichnet wird, ist eine erkaltete und ausgehärtete Schicht. Woraus folgt, dass eine perfekte Schokoladenglasur aus einzelnen erkalteten und ausgehärteten Glasurschichten besteht.«

Nachdem Kloß mit seiner logischen Schlussfolgerung geglänzt hatte, hielt Alma mit ihrer Kritik an ihm nicht länger hinterm Berg. Sie wartete, bis er die Backstube verließ, und sagte dann zu Madelaine, jetzt wisse sie, dass Kloß so etwas wie ein Genie sei.

»Ein Genie?«

»Ja, denn es heißt doch, Genie und Wahnsinn liegen eng beieinander. Kloß aber ist so gut wie wahnsinnig. Ergo ist er auch ein Genie. Verstanden?«

Beide wollten sie sich ausschütten vor Lachen. Wieder ernst geworden, gab Alma Madelaine jedoch den dringenden Rat, vorsichtig zu sein. Kloß sei, ganz gleich, ob nun genial oder schon wahnsinnig, auf jeden Fall ein Mann. Das dürfe sie nie und nimmer vergessen.

Madelaine beruhigte sie, ihr sei nur wichtig, was Kloß sie lehre. Und so konzentrierte sie sich weiterhin allein auf ihr Handwerk.

Kloß weihte sie in den Gebrauch einzelner Gerätschaften ein, von schlichten Stieltöpfen aus Kupfer zum Schmelzen und Klären von Butter bis hin zu einer Eigenentwicklung, die aussah wie eine Zitronenpresse, jedoch mühelos Eigelb vom Eiweiß trennte. Aus verschieden großen Spritzbeuteln und Tüllen ansatzlose Ornamente zu zaubern war dagegen schwerer, als sie vermutete. Berechnete sie nicht genau die Menge des »Zierguts« und dosierte nicht völlig gleichmäßig den Druck, brachte sie nur Ornamente zuwege, die Kloß mit der wütenden Bemerkung verwarf, sie sähen aus »wie Stuckaturen nach Artilleriebeschuss«.

Zufriedener war er mit ihren Schokoladenlocken. Madelaine schuf sie mit einem Kartoffelschäler, wobei die Kunst darin bestand, die Locken quasi militärisch perfekt auszurichten, ohne die Glasur zu beschädigen. Kloß mahnte, sie müssten so perfekt aussehen wie ein Hobelspan, der sich einem Brett entrollt.

»... ansonsten nämlich liegen sie herum wie zerrissene Luftschlangen auf Kopfsteinpflaster.«

Kloß war pedantisch, philosophisch, aber nie uninspirierend.

»Likör immer erst dann verwenden, wenn Teig oder Schokolade vollkommen abgekühlt sind, sonst kristallisiert der Zucker, was nichts als schimmlig aussieht.«

Ein anderer Kniff war: »Niemals während des Schmelzens von Schokolade auch nur einen einzigen Tropfen Flüssigkeit zuführen. Niemals! Nie! Sie klumpt, pappt und erstarrt sonst, und was du dann im Topf hast, das erzähle ich dir nicht.« Kloß hob einen Block Schokolade hoch und machte ein so wichtiges Gesicht, als würde er der heiligen Inquisition referieren. »Schreib dir auf: Gute Schokolade hat, wenn man sie bricht, glatte, gerade Bruchkanten. Sie muss glänzen, dunkelbraun schimmern wie Edelholz und darf nicht zu süß sein. Splittert sie beim Brechen, ist sie zu trocken. Kann man sie nicht brechen, ist sie zu weich. Gute Schokolade muss schnell in der Hand schmelzen und sich im Mund glatt anfühlen. Sie darf keine Körnigkeit aufweisen, sondern sollte sofort zwischen Zunge und Gaumen zergehen und dort nicht kleben bleiben wie Zwieback im Mund eines Wüstenkämpfers.«

»Und woran erkennt man den besten Geschmack?«, fragte Madelaine und warf Alma einen vielsagenden Blick zu.

»Die beste Schokolade schmeckt leicht bitter, dabei einen Hauch säuerlich, dann aber süß, und das mit einer Spur Herbheit. Sie ist ein winziges bisschen salzig, und ihre Aromen reichen über Ananas und Banane bis hin zu Vanille und Zimt.«

Er zog ein Schnupftuch hervor und schnäuzte sich, rannte dann hinaus und wusch sich die Hände.

»Wer Wein oder Champagner zur Schokolade trinkt, ist ein Barbar«, fuhr Kloß fort. »Am ehesten harmoniert sie mit Kaffee. Aber der wahre Kenner …«

»… der wahre Kenner?«, fragte Madelaine gespannt.

»Der wahre Kenner trinkt nichts als kaltes klares Wasser.«

So verliefen die guten Tage und vergoldeten die schlechten, an denen Madelaine abends die Füße vom vielen Stehen so schmerzten, dass sie glaubte, sie habe zwölf Stunden lang auf dem Nudelholz balanciert.

Aber die Zeit arbeitete für sie. Sie hatte sich ein Merkheft zugelegt, das sowohl Kloß'sche Weisheiten als auch Kloß'sche Rezepte und Kunstgriffe enthielt. Es war gar nicht leicht, dieses Heft zu führen. Kloß duldete es wohlwollend, aber seine Worte aufzuschreiben erlaubte noch lange nicht, die eigentliche Konditorenarbeit zu vernachlässigen. Tortenböden, Cremes, Glasuren gingen vor – hier durfte sie weniger Fehler machen als in der Orthografie.

Madelaine stand ständig unter Anspannung, was sie Kraft kostete, die sie für anderes nicht mehr hatte. So gab es Wochen, in denen sie keinen Fuß vor die Tür setzte und ihre Freizeit nur noch verschlief. Manchmal schlief sie noch auf der Bank der Backstube ein. Morgens gegen vier Uhr wachte sie dann vom Klacken der Kloß'schen Holzpanti-

nen auf, die auf dem Steinboden knallten wie Peitschen-
hiebe.

»Ach, was ist das nur für ein seltsamer Mensch«, entfuhr
es ihr eines Tages, als sie mittags von der Garküche zurückkam.

»Seltsame Menschen gibt's nun mal viele«, sagte Alma trocken und legte Küchentücher und Polierlappen zusammen.

Madelaine griff zu einem Teller mit Backwerk des Vorta-
ges und aß eine Hand voll Florentiner. »Ich kann mir nicht
vorstellen, dass er etwas anderes ebenso gut kann wie backen.«

»So ist es wohl«, erwiderte Alma. »Tatsächlich lebt er allein. Anfangs war er mir schon unheimlich. Ein Mann, der
so ganz ohne Frau und Kinder lebt, nur die Backstube als
Zuhause. Aber Herr Martieli verriet mir einmal, dass Herr
Kloß alte Bücher sammelt.«

»Das passt zu ihm und wundert mich nicht«, meinte Madelaine. »Weißt du, was er neulich gesagt hat?«

Madelaine zog ihr schwarzes Notizheft heraus und las vor:
»»Die beste Liebe ist die Liebe, die wir uns selbst geben.
Alles, Schmuck, Geld, Menschen können dir genommen
werden, nur das nicht, was du dir selbst über den Gaumen
einverleibst.‹« Alma blickte von ihrer Arbeit auf und sah
Madelaine überrascht an. Die blätterte in ihren Aufzeichnungen und gab noch eine andere Kloß'sche Weisheit zum Besten. »»Alles dient nur der Veredelung der
Sinne, des Geistes. Über unseren Gaumen führen wir uns
Gutes oder Böses, Feines oder Schlechtes zu. Entscheide!
Wir sind dafür da, uns dem Besten, dem Edelsten zu widmen, was der Mensch an Gutem sich zuführen kann. Zucker und Schokolade im raffinierten Reigen mit Korn, Eiern, Salz und Gewürzen handwerklich meisterhaft verar-

beitet – sie geben dem Leben einen Sinn, verleihen der Seele Kraft. Die Schönheit, die wir schaffen, verleiben sich die Menschen ein. Sie wirkt über ihren Magen in ihrer Seele weiter.‹«

»Also, das ist ja wirklich Philosophie«, erklärte Alma kopfschüttelnd. »Ich meine allerdings, dass eine Frau nur dick wird, wenn sie zu viel Kuchen isst.«

Sie lachte kurz auf. Madelaine klappte ihr Merkheft zu.

»Weißt du, was ich glaube?«, sagte sie nach einer Weile. »Ich glaube, Kloß ist besessen davon, über alles, was ihm unter die Finger kommt, zu herrschen. Er hat Angst, die Kontrolle über das zu verlieren, was er tut. Er will besitzen und festhalten.«

»Da hast du bestimmt Recht«, erwiderte Alma einsilbig.

Da sie ganz offensichtlich keine Lust hatte, sich über die Philosophie ihres Souschefs weiter den Kopf zu zerbrechen, wählte Madelaine ein anderes Thema.

»Kommt Herr Martieli eigentlich noch in diesem Jahr?«, fragte sie.

»Sehnst du dich so sehr nach ihm?«

Alma hatte wieder festen Boden unter den Füßen. Madelaine indes ärgerte sich, dass sie so dumm gewesen war, eine solch verfängliche Frage zu stellen. Aber nun war es zu spät, ihr blieb nur die Verteidigung.

»Alma, du glaubst doch wohl nicht, ich sei Herrn Martielis Geliebte gewesen. Natürlich war ich's nicht.«

»Ich würd's dir gern glauben. Aber ehrlich, vorstellen kann ich es mir kaum. Dafür bist du zu hübsch und Herr Martieli ein zu begehrter Mann.«

»Was hat das schon zu bedeuten!«, rief Madelaine empört.

»Eben«, lenkte Alma ein. »Außerdem ist er bei Fräulein Inessa bestens aufgehoben. Sie passen gut zusammen – sie singt, und er spielt Klavier.«

»Wer ist diese Inessa?«

»Ich weiß nur, dass ihr Vater aus Altona stammt und in den siebziger Jahren als Tuchhändler nach Riga ging. Vor gut zwei Jahren kam sie mit ihm zusammen wieder hierher zurück. Ihre Mutter ist eine Lettin. Es heißt, es seien gerade schwierige Zeiten im Baltikum. Aber ich kenne mich da nicht so aus.«

»Und wo ist sie die ganze Zeit – in ihrer Heimat?«

»Ab und zu. Als Herr Martieli in Chile seinen Bruder besuchte, war sie in Riga. Sie singt ja Operetten und nimmt ihn zu ihren Auftritten mit. Und wenn er zwischen seinen Geschäften hin und her reist, passt sie auf ihn auf. Allein lässt sie sich hier bei uns nie blicken.«

»Hat Herr Martieli Inessa hier in Hamburg kennen gelernt?«

»Ja, bei einem Liederabend. So geht das mit unserem Herrn Martieli. Er lernt überall Menschen kennen. Damen natürlich besonders gern.«

Plötzlich hielt Madelaine die Luft an.

»Oh, Rosalind klingelt. Mittag ist zu Ende. Die Marx will heute ihr Kaffeegebäck aussuchen. Hilfst du mir?«, fragte Madelaine.

Sie lief zum Laden, schloss die Tür auf und bat die Gattin des ehrenwerten Herrn Prof. Marx einzutreten.

»Bitte, verehrte Frau Professor«, beeilte sie sich zu sagen und zog das Tuch vom Verkaufstresen weg.

Die Marx beugte sich über die Auslage.

»Die Prinzregententorte ist nicht dabei.«

»Sie ist pünktlich fertig, Frau Professor«, sagte Madelaine. »Sie bekommen Sie Punkt drei Uhr frisch aus der Backstube. Ich muss sie nur noch dekorieren.«

»Sie?«

»Ja, mit Verlaub, sie ist mein Erstling. Sieben hauchzarte

Böden, dazwischen fein geschlagene Creme aus echter Vanille und drum herum herbsüße Criollo-Schokolade aus Mexiko.«

»Was Sie nicht sagen!«, entfuhr es Frau Professor überrascht. »Criollo-Schokolade?«

»Sie ist eine der beiden Kakaosorten auf der Welt, Frau Professor«, hob Madelaine an. »Die andere ist die Forastero. Criollo, mit der wir ausschließlich backen, ist die edlere und zartere Sorte. Sie hat den besten Geschmack und ein außergewöhnliches Aroma.«

»Soso.« Frau Professor Marx musterte Madelaine streng. »Und meine Torte ist sozusagen Ihr Gesellenstück? Mit sieben hauchdünnen Böden? Die nicht auseinanderbrechen, wenn man hineinschneidet?«

Das will ich hoffen, dachte Madelaine, und ein flaues Gefühl machte sich in ihrem Bauch breit. Sie hatte sich wirklich Mühe mit der Torte gegeben, auch wenn sie nicht ihr Gesellenstück war. Meister Kloß hatte ihr versichert, wenn der Frau Professor ihre Prinzregententorte munde, sei er bereit, ihr sozusagen den Rang einer Gesellin zuzugestehen.

»Nein, bestimmt nicht, Frau Prof. Marx, denn zwischen den Böden liegt eine zarte, aber stabilisierende Buttercreme. Und drum herum hält alles eine satte Schokoladenschicht zusammen. Wie ein glattes Band.«

»Sie machen mich neugierig. Darf ich mal sehen?«

»Selbstverständlich, gerne«, antwortete Madelaine.

Sie eilte in die Backstube, stolz, ihr erstes wirklich großes Werk zu zeigen. Die Einschnitte für die Stücke hatte sie bereits vorgestanzt, es fehlten nur noch die Cremekringel und ein paar Schokoladenlocken und -plätzchen.

»Oh! Wunderbar! Das nenne ich wirklich Duft.«

Die Professorengattin schnupperte genießerisch. »Die Glasur ist so glatt wie ein Wasserspiegel. Schön!«

Als ob das Kompliment noch einer Ergänzung bedurfte, erklangen aus dem oberen Stockwerk plötzlich drei volle Akkorde, die zu einer harmlosen Salonmelodie überleiteten.

»Der Herr Martieli! Hat er doch wieder hergefunden!«, rief Alma.

»Zweifelsohne«, sagte Frau Prof. Marx. »Und was spielt er da? ›Mein Herz ist wie ein Bienenhaus‹. Schon ein paarmal habe ich das von ihm gehört. Ist wohl sein Lieblingsstück? Ich lade übrigens nächste Woche Samstag zum Kaffee. Es würde mich freuen, wenn Herr Martieli uns einmal mit seinem Klavierspiel unterhielte. Richten Sie ihm dies bitte mit einem Gruß von mir aus, Alma?«

»Selbstverständlich, Frau Professor«, antwortete Alma beflissen. »Ich werde persönlich dafür sorgen, dass er Ihnen Antwort zukommen lässt.«

»Danke.«

»Und unser Bursche wird Ihnen Ihre Bestellungen wie üblich gegen drei bringen«, fügte Alma hinzu.

»Ich dachte schon, Ihre neue Kraft.«

»Ich bin nur die Zuckerbäckerin«, sagte Madelaine. »Aber darf ich Sie bitten, Frau Professor, mir Bescheid zu geben, ob Ihnen die Torte geschmeckt hat?«

»Sie können sicher sein, dass sie äußerst gewissenhaft probiert wird.« Frau Professor hob ihr Lorgnon vors Auge und beugte sich über die Auslagen.

»Unser Herr Martieli hat Geschmack, nicht wahr?«, murmelte sie und blinzelte Alma ein wenig boshaft zu.

Ein gutes halbes Jahr sei er unterwegs gewesen, nun wolle er wissen, was sie gelernt habe, begrüßte Urs Martieli Madelaine tags darauf in der Backstube. Diese antwortete nicht sofort, sondern musterte ihn erst ausgiebig. Ihr erstes gemeinsames Essen im bretonischen Hafen, seine Worte auf der Zugfahrt, seine Blicke am Veloer Bahnhof, als sie die Schokolade probierte – die Erinnerungen rauschten wie in einem Strudel empor.

»Nun lass dich drücken«, hörte sie Martieli ungeduldig sagen.

Er nahm sie in die Arme und zog sie an sich. Madelaine war, als stünde sie wieder auf dem schwankenden Deck des Fischkutters. Nur der Wind und das Meer fehlten, die Elemente, die sich den Spaß gemacht hatten, sie beide zusammenzuführen.

»Hörst du nicht? Hat es dir die Sprache verschlagen?«

»Wie?«

»Komm, zeig mir, was du gelernt hast.«

Madelaine wurde rot. Er ist wirklich ein Bild von einem Mann, dachte sie. Jetzt sieht er sogar aus, als käme er direkt von einer Kur – leicht gebräunt, Haar und Bart säuberlich gebürstet, Lachfältchen um die Augen. Kein Zweifel, Urs Martieli hatte die Schrecken des Untergangs der Eleonora überwunden.

»Madelaine? Was ist mit dir?«

»Drei Merkhefte sind bereits voll«, sagte sie hastig. »Es ist … alles ist viel, bringt mir aber große Freude. Vielleicht hat mir der Umgang mit Schokolade und Mehl das Sprechen ein wenig verkleistert.«

»Und das Handwerk, die Praxis? Ist es das Richtige für dich?«

Martieli schmunzelte, aber Madelaine las in seinen Augen, dass er mehr wusste, als er zugab. Bestimmt hat er Kloß vorhin ausgefragt, dachte sie.

»Herr Kloß ist ein Zauberer. So gut wie er …«

»… kannst du auch werden«, ergänzte Martieli milde.

Er fasste sie unter den Arm und ging mit ihr in die Backstube.

»Herr Kloß ist gerade mit einem Experiment beschäftigt«, erzählte Madelaine. »Ich sollte ihn heute Vormittag nicht stören, durfte ihm das erste Mal nicht über die Schulter schauen. Aber es duftet fantastisch.«

In der Backstube zeigte Madeleine auf einen Rollwagen, auf dem ihre Torten standen.

»Schön«, stellte Martieli mit raschem Blick fest. »Das Äußere stimmt. Ich probiere später. Aber nun wollen wir Herrn Kloß' Geheimnis lüften.«

Martieli ließ Madelaines Arm los. Im gleichen Moment kam es ihr vor, als ob es an der Stelle, auf der seine Hand gelegen hatte, kühl würde. Was in der Wärme der Backstube natürlich unsinnig war. Madelaine hatte das Gefühl, als ob ein nackter, ungeschützter Fleck an ihr zurückgeblieben wäre, der sich danach sehnte, wieder berührt zu werden.

Kloß stand derweil über eine Porzellanschüssel gebeugt. Er hielt einen Löffel in der Hand, dessen unteres Ende die Form einer kleinen Halbkugel besaß, ganz ähnlich wie ein Eisformer. Andächtig und mit angehaltenem Atem stieß er ihn in eine Schokoladencreme. Heraus kam eine kleine Kugel, die er in flüssige Kuvertüre tauchte und sanft mit Puderzucker bestäubte.

»Trüffeln, Herr Martieli. Bitte!«

Er nahm eine Silberzange und hob eine Trüffel in die Höhe.

»Madelaine!«, sagte Martieli, »jetzt kommt die Prüfung. Probier du zuerst.«

Madelaine war gleichermaßen überrascht – sowohl über diese Aufforderung als auch über Inessa, die sich, wie sie hinter Martielis Schulter gewahr wurde, zielstrebig näherte.

»Nun, mein Lieber, es zieht dich wieder zur Schokolade, wie?«

Madelaine fing Inessas scharfen Blick auf. Diesmal musst du eine bessere Figur abgeben als damals am Bahnhof, ermahnte sie sich. Jetzt hast du deine Stellung zu beweisen. Stell dir vor, du bist bei einer Weinprobe, so wie du es vor Wochen beim Weinhändler Koschritz gesehen hast.

Sie ergriff die noch warme duftende Trüffel, schnupperte vorsichtig und legte sie zwischen ihre Lippen. Mit einem leisen Seufzer stupste sie die Trüffel in den Mund – und biss langsam hinein. Im Nu explodierten einem sinnlichen Feuerwerk gleich köstliche Kakaoaromen in ihrem Mund, durchströmten Gaumen, Zunge, Wangen, zogen wie ein Gespinst zarter, luxuriöser Goldfäden bis in den Kopf und in die Seele und spannen einen Baldachin angenehmer Gefühle und Gedanken.

Alles, was sie gerade eben noch fest im Blick hatte, verlor an Bedeutung, ja, Wichtigkeit. Überwältigt schloss sie für eine Sekunde die Augen und überließ sich nie gekanntem paradiesischem Genuss. Doch wie von ferne hörte sie die mahnende Stimme ihres Vaters. Behalte deinen Verstand! Denk an die Weinprobe!

Also sog sie mit ernster Miene Luft ein, schmatzte, schnalzte.

Kloß und Martieli sahen fasziniert zu, selbst Inessa.

»Also gut«, sagte sie langsam. »Was ich feststelle, ist: Die Kuvertüre besteht aus dem Besten, was der Criollo-Kakao hergibt – Manjari-Schokolade, fruchtig, feinherb, zarter Schmelz. Ein Traum auf der Zunge. Die Trüffel ist leicht, fast luftig. Ich schmecke einen Hauch Zimt, Sahne, Champagner, ein wenig Zucker, doch kein Fett.«

»Exakt! Stimmt! Bravo!«, rief Kloß.

»Gut gemacht, Madelaine«, sagte Martieli und nahm sich vom Marmortisch selbst eine Trüffel. »Stimmt vollkommen, dein Urteil. Probe bestanden.«

»Das denke ich auch«, pflichtete ihm Kloß bei und reichte Inessa eine Trüffel.

Voller Stolz sah Madelaine sie an, aber die tat ihr nicht den Gefallen, beeindruckt zu sein.

»Man könnte auch mit Amaretto oder Calvados parfümieren, oder echtem Arabica-Kaffee«, trumpfte Madelaine auf.

Kloß starrte Madelaine an.

»Richtig. Auch Varianten mit Himbeere und Kirsch sind möglich oder Marzipan und Nuss. Geben Sie mir nur ein wenig Zeit, Herr Martieli, dann könnten wir das Angebot dauerhaft um Konfekt erweitern.«

»Langsam, Kloß. Mein Name steht für eine Konditorei. Ich bin kein Chocolatier. Was Sie hier kreiert haben, gestatte ich Ihnen als nette Spielerei, und das auch nur, weil bald Ostern ist. Konfekt in allen Ehren, aber die Konkurrenz ist gewaltig, und das heißt, alles muss sich rechnen. Von den Anstrengungen gar nicht zu reden. Schauen Sie einmal in den Spiegel, Kloß. Sie sehen jetzt schon überarbeitet aus, obwohl ich Ihnen mit Madelaine eine Kraft zur Seite gestellt habe, der selbst Sie vertrauen.«

Kloß' Gesichtszüge wurden starr. »Mit Verlaub, der Konkurrenz wäre ich gewachsen.«

»So?«, fragte Martieli süffisant. »Aber auch deren Namen? Kloß, der neue Stern unter den Chocolatiers? Zwischen Hachez in Bremen, Ghirardelli in Amerika, Caffarel und Perugina in Italien? Der Hamburger Kloß gegen Lindt, Nestlé und Suchard in der Schweiz oder die englischen Quäker Cadbur, Rowntree und Terry? Nein, da unterschätzen Sie das Geschäft.« Kloß' Stirn überzog sich mit Schweiß. Er wurde blass vor Zorn und Enttäuschung.

»Ich sagte es ja nur, weil … Sie wissen, diese Arbeit ist mein Leben. Es packt mich sozusagen die Leidenschaft, wenn ich mit Schokolade hantiere.«

»Das glaube ich Ihnen aufs Wort, Kloß«, erwiderte Martieli. »Doch wenn wir als Konditor-Name bestehen bleiben, hier in Hamburg als Premium-Konditorei, aber auch in Lübeck, Wismar oder Danzig, ist mir das Ehre genug.«

Madelaine hatte das Gefühl, dass Martielis Worte Kloß nur wenig beeindruckten. Fanatisch, wie er war, beugte er sich seinem Chef, aber seine Seele blieb davon unberührt. Einen kurzen Augenblick lang wirkte er so, als würde er heftig aufbegehren und unbeherrscht losschreien, aber Kloß hatte sich unter Kontrolle.

»Gut, Kloß, damit Ihnen nicht das Herz bricht, stellen Sie weiter Ihre Trüffeln her, wenn Sie glauben, unausgelastet zu sein. Aber nur, wenn Sie wirklich Zeit erübrigen können. Meinetwegen also für Stammkunden, privatissime, wenn Sie so wollen. Nicht im täglichen Angebot. Und du, Madelaine, wirst deinem Meister dabei über die Schulter schauen, ja? Denn, Kloß, gegen Madelaines schöne braune Augen dürften Sie doch kaum etwas einzuwenden haben, oder?«

Kloß nickte widerwillig.

»Urs hat Recht«, mischte sich Inessa ein. »Mit Schönheit allein wird unser Schokoladenmädchen sein Leben kaum bestreiten können. Lassen Sie sie etwas lernen, Kloß. Sie ist ja tüchtig, und Sie sind genial – wenn das nicht zum Erfolg führt.«

Sie tut, als wollte sie mich am liebsten für immer und ewig mit Kloß in die Backstube einsperren, dachte Madelaine empört. Was glaubt die bloß von mir!

»Den Erfolg brauche ich allein schon, um eine Schuld abzutragen«, sagte sie fest. »Herr Martieli, Sie wissen, was ich meine. Darf ich Sie jetzt bitten, auch von meinem Backwerk zu kosten?«

Sie griff sich ein Küchenmesser, trat an den Rollwagen mit

ihren Torten und schnitt von jeder ein schmales Stück heraus. Martieli probierte und nickte anerkennend. Dann reichte er den Teller an Inessa weiter.

»Iss nur auf, meine Liebe, der Zucker tut deinen Stimmbändern gut.«

Madelaine meinte eine Spur Ironie aus seinen Worten herauszuhören. Inessa spreizte die Hände und schüttelte den Kopf.

»Nein danke, ich muss auf meine Figur achten. Du weißt, die Herren schauen nicht nur auf meinen Hals, wenn ich singe.«

»Deine Verehrer sind in der Tat für deine Kunst ein Lohn für sich, meine Liebe. Und wie du siehst, muss ich als Trost Süßes zu mir nehmen, da ich so unendlich unter meiner Eifersucht leide.«

Spöttisch sahen sich beide an. Mit unergründlichem Blick wandte Martieli sich dann wieder Madelaine zu.

»Du hast wirklich Talent, Madelaine. Zweite Probe bestanden.«

Inessa tippte ihm auf die Schulter. »Herr Kloß bekommt kein Kompliment von dir, mein Bester? Du hast seine Trüffeln nicht probiert.«

Was für eine Spannung zwischen den beiden knistert, dachte Madelaine. Sie benehmen sich nicht wie Mann und Frau, die füreinander bestimmt sind. Im Gegenteil, sie sind wie zwei Kreisel, die sich mal nähern, dann wieder voneinander forttrudeln. Und jeder dreht sich um sich selbst.

Kloß reichte Martieli eine Trüffel.

»Nun? Wie ist sie?«, fragte Inessa.

Martieli kaute genüsslich und schwieg, doch er ließ Madelaine nicht aus den Augen. Schließlich sagte er sehr langsam, seinen Blick tief in den Madelaines gesenkt: »Sie ist

82

dunkel und süß, voller Aroma, tiefgründig und prachtvoll. Sie ist … sie ist Balsam für die Seele und ein Vergnügen für die Sinne. Alle Sinne …«, fügte er leise hinzu. »Geben Sie mir noch eine, Kloß, Juwel meiner Backstube.«

Sein Blick hielt Madelaine weiterhin fest, und ihr liefen Wonneschauer über den Rücken. Zumal Inessa immer noch knapp hinter Martieli stand und nach Worten suchte.

Nach dieser Begegnung drehten sich Madelaines Gedanken nur noch um Martieli und das Gaumenerlebnis von Kloß' fantastischer Trüffel. Madelaine stand unter einer süßen Anspannung, die die Arbeit gleichsam in den Hintergrund drängte und sie die Strapazen besser ertragen ließ. Wenn sie morgens aufwachte, hoffte sie, Martieli wieder zu begegnen, um noch einmal diese prickelnde Stimmung zu erleben. Die Sehnsucht, noch einmal seine Nähe zu spüren, ließ ihre Haut empfindsamer werden. Es war, als ob er und die Trüffeln ihre weibliche Seele erweckt hätten, den Atem der Sinnlichkeit. Wenn ihr Vater ihr in Chile Schokolade gab, tröstete er damit sein kleines Mädchen. Doch jetzt war es so, dass die Schokolade Madelaine an eine Süße erinnerte, die weit über das kindliche Erlebnis hinausreichte. Madelaine spürte die Kraft, Energie und Verheißung der Schokolade. Mit einem Mal wusste sie, sie würde ihr helfen, über Mutters Satz hinwegzukommen: »Du hast mein Leben zerstört.« Im Moment schien es so, als würde der Zucker das Salz und damit ihren Schmerz besiegen.

Wie gut, dass Kloß nichts von dem ahnte, was sein Erzeugnis bei ihr ausgelöst hatte.

Nur Martieli, da war sie sich sicher, wusste, was in ihr vorging.

»Kloß! Madelaine! Achtung!«

Es war die Woche nach Ostern, als Martielis Stimme plötzlich in die Backstube schalite, als wäre dort ein Exerzierplatz. Dass sein Chef auch herrisch klingen konnte, war für Kloß nichts Neues, Madelaine aber zuckte erschrocken zusammen. Sie war gerade dabei, Nüsse durch die Nusstrommel zu drehen, und das war eine wunderbar schlichte Tätigkeit, bei der man müßig vor sich hin träumen konnte. Kloß riss sie fast um, als er seinem Herrn entgegenstürzte und gleich darauf mit Paketen unter den Armen wiederkam. Martieli folgte ihm, band sich eine Schürze um und wusch sich ausgiebig die Hände. Es war das erste Mal, dass Madelaine ihn so geschäftig sah.

»Kloß, heut bin ich dran. Madelaine wird jetzt erleben, was ein wahres Genie ist und nicht nur ein Scheingenie.« Er lachte vergnügt und fuhr fort: »Ich habe uns was mitgebracht, etwas ganz Feines. Eine Bain-Marie, ein Wasserbadgerät. Dazu lange Gabeln, um Konfekt einzutauchen, Gießformen für Pralinen und ein Abtropfgitter für Schokolade. Engmaschig.«

Er rollte die Ärmel bis zu den Oberarmen hoch und warf Madelaine einen Blick zu, so als wollte er ihr sagen: Mädchen, du kennst mich noch nicht. Ich kann auch anders sein als nur den Weiberhelden und Pianoträumer zu spielen. Der Chef bin ich!

Kloß straffte sich. Gebannt schaute Madelaine von einem zum anderen. Plötzlich schien sich die Backstube in eine Arena zu verwandeln, in der zwei Gladiatoren im Zuckerbäckerkostüm miteinander rangen. Als hätte Martieli ihre Gedanken erraten, zückte er eine der Tauchgabeln, die gut zwanzig Zentimeter lang waren und drei fingerlange schlanke Zinken besaßen.

»Das Werkzeug muss stimmen, Kloß. Werkzeug ist alles.«

»Erst das Handwerk, dann das Werkzeug, würde ich sagen«, hielt Kloß dagegen. »Das beste Werkzeug kann mangelhaftes Handwerk nicht kaschieren.«

»Meint er damit mich, Madelaine?«

Madelaine fing Martielis Blick auf, in dem sich Spott, aber auch Wachsamkeit spiegelten. Plötzlich kam ihr der Gedanke, dass es bei diesem Duell gar nicht so sehr um Handwerk oder Werkzeug ging, sondern um sie. Auch Kloß nämlich hatte sie im Auge. So wie jetzt schaute er nur selten – besitzergreifend und voller Leidenschaft, die bedrohlich und zerstörerisch war.

»Und das hier ist eine Bain-Marie?«, lenkte Madelaine ab, die Alma dabei half, das Gerät mit seinen beiden ineinander gepassten Töpfen auszupacken.

»Genau. Damit können wir Schokolade auf die gleiche elegante Art und Weise schmelzen wie echte Chocolatiers. Also los! Madelaine, heißes Wasser in den unteren Topf und die Kuvertüre in den oberen. Nimm dazu die von Caffarel. Und die Esmeralda-Bohne aus Ecuador, die ist die beste«

»Und was soll nun daraus werden, Chef? Torte, Baiser, Pralinen?«, fragte Kloß grimmig.

»Wir machen eine Pralinentorte mit Veilchen- und Holunderblütenaroma.«

Angriffslustig rieb Martieli die Hände. Madelaine betrachtete neugierig die beiden Fläschchen, die Alma vorsichtig aus dem letzten Paket zog.

»Eine Damentorte?«

»Für die Damen von Welt, ja. Darum das Veilchen- und Holunderblütenaroma. Feinste Essenzen aus der Schweiz. So, und nun an die Arbeit.«

Madelaine bereitete einen Biskuitteig mit sechs Eiern und vierzig Gramm Kakao zu. Rasch füllte sie den Teig in eine

Springform und schob diese in den Backofen. Als Nächstes beobachtete sie, wie die Kuvertüre langsam aufweichte und das harte Blockgussformat in cremige Konsistenz überging. Dunkles, herbsüßes Schokoladenaroma wand sich empor.

»Zerstoß ein wenig Kardamom und Vanille«, raunte ihr Martieli zu. »Nur eine Prise. Und wenn der Teig ausgekühlt ist, beträufle ihn mit beiden Aromen. Spar nicht. Und die Pralinen, Kloß, sollen so zart und klein wie möglich werden.«

Er mischte für die Fondantfüllung Zucker, Fruchtzucker und Wasser mit den Veilchen- und Holunderessenzen und verteilte die Masse in die Gussförmchen, jede kaum größer als ein Pflaumenkern. Langsam vermischte sich der Duft erwärmter Schokolade mit den fruchtigen Aromen. Neugierig sog Madelaine das luftige Bouquet durch Nase und Lippen.

»Jetzt müssen wir die Fondantkörper mit der Kuvertüre überziehen«, sagte Martieli. »Her mit der Gabel!«

Madelaine wusste, was als Nächstes zu tun war. Vorsichtig kochte sie Sahne auf, die sie über die geschmolzene Kuvertüre goss. Sorgfältig rührte sie das duftende Gemisch mit einem Holzlöffel um, strich die Creme glatt und reichte Martieli die Masse in einer Schüssel.

»Ihre Canache, voilà, Herr Martieli.«

»Canache – sehr gut«, meinte dieser erfreut. »Kloß, hat sie das von Ihnen?«

Es bereitete Martieli offensichtlich Spaß, seinen Souschef zu reizen. Der stand untätig in der Backstube herum, als wäre er zu einer Salzsäule erstarrt. Madelaine schwankte zwischen Schadenfreude und Mitleid, aber je länger Kloß so verharrte, umso unnatürlicher und beängstigender empfand sie die Situation.

Schließlich ruhten ovale, dick mit schwarz glänzender Kuvertüre lackierte Pralinen mit Veilchen- und Holunderblütenaroma auf dem Abtropfgitter.

Endlich war auch der Teig ausgekühlt. Martieli schnitt ihn souverän und blitzschnell wie ein Schwertkämpfer zweimal durch, bestrich die Böden mit einer Creme aus Butter, Zucker, Kakao, Ei und Rum, setzte sie wieder zusammen und überzog die ganze Torte gleichmäßig mit dem Rest der Canache. Anschließend setzte er die Pralinen kreisförmig in die noch warme Schokoladenmasse.

»Voilà, Mademoiselle, Monsieur! Une tarte de fleurettes, Blümchentorte und zugleich eine galante Schmeichelei. Ich bin so bescheiden, sie als meine Kreation zu verbuchen. Kloß, notieren Sie dies. Und du, Madelaine, darfst jetzt ein Stück davon dritteln. Eins für Inessa, eins für dich und eins für Alma. Wenn ihr alle drei zufrieden seid, kommt sie in den Verkauf. Zu einem guten Preis, natürlich. Premium.«

Spielt er nun, oder meint er es ernst, fragte sich Madelaine. Kloß dagegen war anzusehen, wie sehr es in seinen Händen kribbelte, Martieli an den Hals zu fahren und zu würgen.

Alma rief begeistert, so schmecke der Frühling, Inessa aber pickte sich nur die Praline heraus. Madelaine kämpfte mit sich. War sie nun ehrlich oder diplomatisch? Zweifelsohne, die Torte war gelungen, wenn auch ein wenig zu süß. Sie ist ein nobles Zuckerwerk für romantische Herzen, urteilte sie abschließend. Nicht mehr, aber auch nicht weniger. Doch Kloß' Pralinen waren besser.

»Nun?«, fragte Martieli lauernd.

»Ein Traum«, sagte sie honigsüß. »Aber eines Tages, Herr Martieli, werde ich sogar Sie übertrumpfen.«

Der Ehrgeiz aber hatte auch eine Kehrseite. Häufiger, als Madelaine lieb war, plagten sie Gewissensbisse. Viel zu lange schon hatte sie nicht mehr nach ihrer Tante und Cousine geschaut. Immer wieder nahm sie sich vor, den Sonntagnachmittag zu nutzen, um sie zu besuchen. Am ersehnten freien Tag jedoch befiel sie eine unbezwingbare Kraftlosigkeit. Ob sie wollte oder nicht, sie musste sich ausruhen, dösen, schlafen. Allein die Vorstellung, die steilen Stiegen im Haus der Tante emporzusteigen, verursachte ihr Schmerzen in den vom vielen Stehen müden Beinen. Madelaine sah die muffige Düsternis der Räume vor sich, die traurigen, anklagenden Gesichter – und wickelte sich nur noch fester in ihre Bettdecke.

Es liegt alles bloß an der Arbeit, beruhigte sie sich. Ich bin erschöpft, ich kann einfach nicht mehr. Ich brauche alle Kraft, um durchzuhalten.

Trotzdem – ich besuche euch, bald, nächsten Sonntag.

Martieli ließ sich nun häufiger in seiner Backstube sehen, um seinen Souschef zu unterstützen. Zwei Großaufträge mussten bewältigt werden. Ein Senator feierte seinen siebzigsten Geburtstag, und in der Verwandtschaft von Frau Prof. Marx stand eine Hochzeit an. Frau Professor war kurz vor Mittag in den Laden gekommen und hatte den »Herrn Chef« verlangt.

Am Nachmittag erzählte Martieli von diesem Besuch.

»Es sei dringend, sagte Frau Professor zu Rosalind. Nun denn, dachte ich mir, so lernt sie dich eben nicht als Klavierspieler, sondern als Konditor kennen. Kuvertüre auf der Schürze und mit einer Mütze auf dem Kopf, in die sich eine Preiselbeere verirrt hatte, spielte ich den Geschmeichelten. Worum ging es? Ob ich die Silberhochzeit ihrer Schwester ausrichten helfen wolle. Ungefähr fünfzig Esser. Es sei eine große Ehre, sagte ich, und dann fiel das Stichwort Prinzregententorte.« Sprüngli schaute abwechselnd Kloß und Madelaine an. »Da habt ihr beide uns eine Menge Arbeit beschert«, fuhr er fort, »denn unsere Prinzregententorte, die hat es Frau Professor offenbar angetan.«

Madelaine schlug sich vor Freude die Hand auf den Mund, Kloß aber räusperte sich.

»Ihre Prinzregententorte«, sagte er und wies auf Madelaine. »Sie, Herr Martieli, hat sie gebacken.«

»So?«

Martieli musterte Madelaine, die glaubte, in seinen Augen Eifersucht zu lesen. So stolz sie war, sie senkte den Blick, ein Lächeln aber konnte sie sich nicht verkneifen.

»Da siehst du, Madelaine, wie gut Herr Kloß ist«, sagte Martieli trocken. »Das hast du ihm zu verdanken.«

»Ich weiß«, erwiderte Madelaine und schaute an beiden vorbei auf das Regal mit den Modeln und Schüsseln.

Sie war enttäuscht, wütend. Kloß war ihr Lehrer, der Meister, unbestritten, aber die Torte war ganz allein ihr Werk. Warum wollte Martieli das nicht anerkennen?

Ich trage längst zum Wohl Ihres Geschäftes bei, Herr Martieli, wollte sie sagen. Warum können Sie das nicht würdigen? Sie verdienen doch längst mit mir.

Und das mehr, als Sie mir zahlen.

In den folgenden Tagen arbeiteten sie mit einer Leidenschaft, als ginge es darum, einen Wettbewerb zu gewinnen. Manchmal erschien es Madelaine, als würden sie alle drei miteinander rivalisieren und jeder hätte nur ein Ziel – die Meistertorte schlechthin zu schaffen, gewissermaßen das Premium-Premium-Ereignis der Konditorkunst.

Prinzregententorte, Schwarzwälder Kirschtorte, Sachertorte, Schokoladenbrownies mit Pekannüssen, Karlsbader Dattelkuchen, Torten mit Marzipan, Nougat und Buttercreme – die Martieli'sche Backstube an der Eppendorfer Landstraße bekam Ähnlichkeit mit einer Alchimistenwerkstatt, deren Düfte und Gewürzaromen zeitweise so intensiv das Geschäft und den Gehsteig davor bedufteten, dass die Menschen witzelten, dies sei zurzeit bestimmt die raffinierteste Kundenfalle ganz Hamburgs.

Die Kasse klingelte, in der Backstube aber stieg die Spannung, als Kloß seine Trüffeln zu kreieren begann. Die Hitze der Backstube tat ein Übriges, und Madelaine rechnete jeden Augenblick damit, dass beide sich an die Gurgel gingen.

»Stell dir die Oberschicht eines aufgegangenen Hefeteigs vor, in der sich erst zarte und dann immer gröbere Risse einzuschleichen beginnen«, sagte Madelaine zu Alma, die Botengänge übernehmen musste, weil Martielis Bursche die Flut der Bestellungen allein nicht mehr ausliefern konnte. »Kloß und Martieli tun so, als wäre die Backstube ihr Bau und sie müssten ihn gegen Zudringlichkeiten des anderen verteidigen. Dass Kloß jetzt Trüffeln macht, ist für ihn eine große Genugtuung. Sag es nicht weiter, aber er ist unserem lieben Herrn Chef überlegen. Und der weiß das.«

»Pass bloß auf dich auf«, riet ihr Alma. »Zwei Männer und du in einer Stube – das geht nicht gut. Nachher vergessen sie sich und fallen über dich her.«

»Vorher bestreichen sie mich aber mit Creme und Schokolade und legen mich auf Biskuit.«

»Du weißt ja nicht, was du sagst!«, rief Alma empört.

Als die Großereignisse vorüber waren, wurde es wieder ruhiger in der Backstube. Martieli zog sich zurück, Kloß hatte sein Reich wieder für sich allein.

Vorher war Madelaine kurzerhand von beiden zur Gesellin erklärt worden – damit hatte sie endlich einen Beruf. Kloß schrieb ihr ein Zeugnis und den Brief, Martieli unterzeichnete beides. Tags darauf bekam sie bis zum Spätnachmittag frei.

Abends dann bereitete Madelaine sich auf die Aufgaben vor, die für den nächsten Tag geplant waren. Meistens waren es immer dieselben Torten und Kuchen, aber manchmal gab es auch Sonderbestellungen wohlhabenderer Kunden, die natürlich zusätzlicher Aufmerksamkeit bedurften. Kloß hatte die Bestellzettel wie immer auf die Marmorarbeitsfläche gelegt. Ein Zinnpokal, auf dem die Wappen der bedeutendsten Hansestädte – von Bremen im Westen bis Riga im Osten – in Emaille eingebrannt waren, beschwerte den Zettel. Madelaine nahm den Pokal in die Hand und betrachtete die Wappen. Beim Anblick des geteilten zweiköpfigen Adlers des Stadtwappens von Riga, das Symbol des Zarenreichs, schmunzelte sie. Wie Kloß und Martieli, dachte sie. Zwei Adler oder Kampfhähne, die jeder in eine andere Richtung blicken, vereint und gefesselt hier in der Backstube.

Drei Damen der Gesellschaft, las sie, hatten für morgen Nachmittag je zwei Schwarzwälder Kirschtorten, drei Guglhupfe, sechzehn Windbeutel, eine Pralinentorte mit Rum und drei Prinzregententorten bestellt. »Prinzregententorten à la Madelaine« dachte sie kokett. Wie gut, dass Frau Professor mein Erstling so zugesagt hat. Sie erinnerte sich an einen Satz in ihrem Zeugnis, der ihr bescheinigte, sie habe eine »schnelle Auffassungsgabe und für ihren Beruf den dazu erforderlichen Geist in den Fingerspitzen«.

»Papa, es geht mir gut«, flüsterte sie. »Dein Mädchen lebt mit und durch die Schokolade. Sie hat den Salpeter besiegt. Und Mutter auch.«

Sie schaute die Vorräte in den Regalen durch. Morgen würden sie Zimtstangen und Vanilleschoten nachbestellen, auch das Rosenwasser würde nicht mehr lange reichen. Pistazienmarzipan und italienisches Gianduja-Nougat gingen auch schon wieder zur Neige. Die Trockenfrüchte – waren sie noch gut? Madelaine schaute in die Tontöpfe und schüttelte sie – Ananas, Feigen, Datteln, Aprikosen, Rosinen.

Vielleicht, kam ihr dabei die Idee, sollte ich die drei Prinzregententorten jeweils unterschiedlich schmücken? Also anstelle drei- und viereckiger Schokoladenstückchen Schmetterlinge, Blätter oder Blumen? Damit jede Kundin das Gefühl hat, eine persönliche Torte zu erhalten?

Madelaine bekam eine solche Lust darauf, mit Schokoladenformen zu experimentieren, dass sie sich ein Blatt Pergamentpapier nahm und Muster zeichnete.

Und nun her mit der Bain-Marie! Madelaine kochte Wasser und füllte es in den unteren Topf. In den oberen legte sie Stücke fein duftender Backschokolade. Sie würde langsam schmelzen. Währenddessen lief sie in den Garten hinaus und pflückte Rosen-, Buchen- und Efeublätter. Sie brauste sie ab und trocknete sie sorgfältig.

Wie schön es ist, allein und in Ruhe arbeiten zu können, dachte sie. Kloß fehlt mir überhaupt nicht, im Gegenteil. Alles geht mir jetzt noch viel leichter von der Hand.

Mit feinem Lächeln füllte sie einen Spritzbeutel mit der geschmolzenen Schokolade und folgte den Umrissen der Zeichnungen auf dem Pergamentpapier, Blume für Blume, Schmetterling für Schmetterling. Die Schmetterlinge schnitt sie großzügig aus, faltete sie samt des Pergamentpapiers und setzte sie in einen Pappstreifen, den sie wie eine Ziehharmonika gefaltet hatte. Beim Erkalten und Aushärten würden die Schokoladenschmetterlinge dann so aussehen, als würden sie gerade ihre Flügel heben, um davonzufliegen.

Nun die Blätter. Madelaine nahm einen kleinen Pinsel, tunkte ihn in die warme braune Masse und strich sie auf die Unterseite von Rosen-, Buchen- und Efeublättern. Die Rosenblätter hängte sie wieder in den Ziehharmonikastreifen – so behielten sie ihre natürliche, leicht gewölbte Form. Madelaine arbeitete hoch konzentriert in aller Stille und Ruhe.

Du solltest wirklich mal etwas für Tante Marie und Bille backen, sagte sie sich. Etwas Süßes wird ihnen gut tun. Und während sie ein Blatt nach dem anderen mit Schokolade einpinselte, überlegte sie, welche Torte sie für die beiden backen sollte.

Ein warmer Hauch streifte ihre Nackenhaare. Eine Nase schnupperte in ihrem Haar. Erschrocken fuhr sie zusammen, der Pinsel fiel ihr aus der Hand, zog einen hässlichen Schokoladenstreifen über die Kante der Arbeitsfläche und blieb in einer klecksigen Schokoladenlache auf dem Boden liegen.

»Herr Martieli!«

»Madelaine!«

Ihre Gesichter waren einander so dicht zugewandt, dass es nur einer Flüchtigkeit bedurft hätte, sich zu küssen. Lag es an der Schokolade, von der Kloß erzählt hatte, sie sei nicht nur ein Gaumenvergnügen, sondern ein Aphrodisiakum? Madelaine jedenfalls hätte nichts dagegen gehabt, wenn Martieli seine Lippen auf die ihren gelegt hätte.

Du würdest es genießen. Ganz entspannt.

Sie wartete und sah auf Martielis weichen vollen Mund, den sein voller hellbrauner Bart noch weicher und rosiger scheinen ließ als sonst. Alle Konzentration auf die Arbeit fiel von ihr ab, war vergessen. Es war, als ob ein unsichtbarer Zauberer sie berührt und jetzt daran erinnert hätte, wie schön sie und welche Sehnsucht in ihr verborgen war.

Martieli genoss diesen zerbrechlichen Zauber. Seine Blicke wanderten zwischen Madelaines Augen und ihrem Mund hin und her.

Er duftet wie ein Konditor, aber auch nach Tabak, Cognac und Leder. Er ist noch anziehender geworden. Und wie gut er noch für sein Alter aussieht. Madelaine hatte das Gefühl, Zeit und Raum lösten sich um sie herum auf.

Die warme Luft seines Atems streifte ihre Stirn, ihre Nase. Ruhig, er war so aufreizend ruhig.

Und küsste sie nicht.

Stattdessen begannen seine Augen zu lachen.

»Du bist verführerisch schön geworden«, sagte er leise. »Gefährlich süß. Und der Kloß hält das aus?«

Er lächelte, doch dann zog er Madelaine an sich.

»Die Schokolade!« Bei dem Namen Kloß erinnerte sich Madelaine sofort an ihre Arbeit. »Ich muss noch die Schokolade auf die letzten Blätter streichen.«

Sie bückte sich nach dem Pinsel.

»Madelaine«, sagte Martieli leise und zog sie wieder zu sich heran. Rasch ergriff er eines der Schokoladen-Rosenblätter, entfernte das Pergamentpapier und legte das Blatt auf ihre Lippen.

»Einmal nur«, flüsterte er heiser, »einmal …«

Madelaine erschauderte vor Erregung. Das Blatt schmolz auf ihrem Mund – und dann küsste Martieli das Blatt, das in einer süßen Ewigkeit zwischen ihnen zerfloss und ihre Lippen in einem Geschmacksrausch vereinigte.

Der Kuss zwang Martieli, sich zu beherrschen.

Mein erster Kuss, dachte Madelaine, mein erster richtiger Kuss.

Sie genoss die sinnliche Lust in den Grenzen, die Martieli

sie spüren ließ, kostete ungestüm, während er sich bezwang, den Strom ihrer ausbrechenden Leidenschaft einzudämmen.

»Du bist etwas Besonderes.« Sanft schob er sie von sich. »Ich möchte dir etwas sagen, etwas, das unser Geheimnis bleiben soll wie gerade eben dieses Rosenblatt.«

Er nahm ihre Hände.

Instinktiv reckte sich Madelaine seinem Mund entgegen. Sie beobachtete, wie seine Lippen sich leicht voneinander lösten.

Martieli kämpfte mit sich – und verlor gegen die verführerische Kraft, die jetzt von Madelaine ausging.

Seufzend ergab er sich, schloss die Augen und küsste Madelaine noch einmal. Heiß und forschend wanderten seine Lippen über ihren Mund. Madelaine fand Gefallen an dem Spiel des Lockens und Sich-Zurückziehens. Es ist wie das Spiel zwischen Zucker und Salz, schoss es ihr durch den Kopf. Berührt er dich, ist es süß, zieht er sich zurück, ist es salzig. Aber beides gehört zusammen.

Sie löste sich von seinem Mund.

»Ein Geheimnis?«

Nun war er es, der verwirrt war.

»Mädchen. Du … süßes Hexchen …«, murmelte er.

Er spricht wie ein erfahrener Liebhaber. Wie viele Frauen außer mir mögen dieses Kosewort wohl schon gehört haben?, dachte Madelaine gegen ihren Willen. Mit einem Mal war sie wieder bei klarem Verstand. Und wenn ich tausendmal etwas Besonderes für dich bin und deine Liebkosungen mir schmeicheln, ich gebe mich damit nicht zufrieden. Ich will mehr. Und zwar Anerkennung, Erfolg.

»Komm mit mir«, sagte Martieli sanft. »Ich will nach Riga, ein deutscher Konditor überlässt mir sein Geschäft. Und ich möchte, dass du nachkommst. Aber sag es niemandem.«

»Wie du dich verändert hast!«, staunte ihre Tante, als Madelaine an einem Winternachmittag vor der Tür stand. »Reif bist du geworden. Wo ist das Mädchen geblieben, das hier noch das letzte Mal die Stufen heraufgekommen ist?«

»Das liegt an der Arbeit«, antwortete Madelaine. »Gesellin bin ich jetzt. Und ich habe euch etwas mitgebracht.«

Sie streckte ihr die beiden Weidenkörbe entgegen, aus denen es nach warmem Kuchenteig, Schokolade, Nüssen und Marzipan duftete. Es war, als ob mit dem Duft der Martieli'schen Backstube ein warmes, freundliches Licht in die ärmliche Behausung fallen würde.

»Komm nur herein«, sagte die Tante und nahm Madelaine die Körbe ab. »Setz dich in die Stube. Bille und ich sind am Spinnrad.«

Da aber eines der Kinder angekrabbelt kam, hob Madelaine es hoch, um es zu herzen. Durch die offene Küchentür sah sie, wie ihre Tante die Kuchen, Marzipan-Krokant-Torte und Rum-Nussrolle mit dem Brotmesser in Stücke schnitt, die so schmal waren wie eine doppelte Handkante.

Mit drei dieser armseligen Tortenstückchen kam sie zurück und schob Madelaine zu Bille in die Spinnstube.

Es dauerte einen Moment, bis Madelaine sich an das Gemisch aus höhlenartigem Dunkel und flirrenden Staubflöckchen gewöhnt hatte, das nur von dem unruhigen Licht der Petroleumlampe durchbrochen wurde. Die mit Schafwolle gefüllten Säcke waren verschwunden. Verstreut auf Schemel und Körben lagen Wollknäuel und fertig gestrickte Strümpfe und Jacken.

»Guten Tag, Bille«, sagte Madelaine.

»Du?« Bille hob schwerfällig den Kopf und schaute Madelaine aus verschwollenen Augen an. »Hast dich lange nicht sehen lassen, Lene.«

Langsam sanken ihre Hände mit der Strickarbeit in den Schoß.

»Sie hat uns etwas Gutes mitgebracht«, sagte die Tante. »Stell dir vor, sie ist jetzt Gesellin.«

»Ja. Ich hoffe, der Kuchen schmeckt auch«, beeilte sich Madelaine zu sagen.

Sofort befiel sie ein schlechtes Gewissen. Meine Stimme, dachte sie, klingt sie nicht irgendwie falsch, verlogen? Du tust so, als ob Tante Marie und Bille große Connaisseurs wären, denen du eine Probe deiner Backkunst bietest. Damit nimmst du sie doch gar nicht mehr ernst. Jetzt können sie gar nicht anders, als dich zu beneiden, weil du so etwas Schönes tun darfst wie Torten zu backen, Torten, von denen sie sich nur an den höchsten Festtagen einmal ein Stück leisten können. Es war falsch, ihnen etwas mitzubringen. Jetzt schmecken sie von einer Welt, die ihnen verschlossen bleibt.

»So was lernst du?«, fragte Bille müde und resigniert.

Madelaine hätte am liebsten auf dem Absatz kehrtgemacht und wäre zurück in die warme, heimelige Welt der Backstube gelaufen.

Billes Kleiner auf ihrem Schoß begann zu greinen und langte nach der Torte.

»Bring ihn fort«, sagte Bille zu ihrer Mutter. »Bitte. Er wird sonst für immer verdorben.«

Madelaines Tante traten Tränen in die Augen, doch sie nahm ihr Enkelkind unter den Arm und trug es in die Kü-

97

che. Sie wird ihm ein in Bier getränktes Zuckerstück in den Mund stecken, fuhr es Madelaine durch den Kopf.

»Das ist gut, sehr gut«, seufzte Bille und musterte Madelaine.

»Tante Marie hätte doch größere Stücke schneiden können«, entgegnete Madelaine. »Sie hat viel zu schmale Stückchen geschnitten. Da schmeckst du doch kaum was.« Die Tante stand wieder in der Tür.

»Ach Madelaine, es reicht für uns, glaub mir.«

Im Raum dehnte sich ein spannungsgeladenes Schweigen aus. Die Tante setzte sich und stach mit dem Löffel langsam winzige Häppchen ab. Erst als sie den letzten Krümel mit dem Zeigefinger weggetupft hatte und ihr Teller aussah, als wäre er nie benutzt worden, rief Bille verzweifelt: »Kannst du es dir nicht vorstellen? Für uns ist so etwas eine Kostbarkeit. Wir haben das nicht alle Tage, Madelaine. So wie du. Wie ihr. Glaubst du, wir werden uns damit voll futtern wie mit Graupen?«

Sie werden die Stückchen einzeln verkaufen, kam es Madelaine plötzlich in den Sinn. Jedes einzelne verkaufen – für Brot, Milch, Kartoffeln, Holz.

»Lass nur, Madelaine. Hast es gut gemeint«, murmelte die Tante und tätschelte ihr das Knie. »Dank dir auch. Gut schmeckt es, deine Welt.«

Sie begann lautlos, doch immer mehr zu weinen.

»Warum kommst du auch hierher?«, schrie Bille wütend. »Du siehst doch, wie es uns geht.«

»Ich wollt euch doch nur eine Freude machen«, stammelte Madelaine.

»Es hilft uns aber nicht!« Billes Stimme klang, als würde ein Messer über einen Stein gezogen. »Hier ändert sich nichts! Nichts! Du siehst es ja! Kinder, immer wieder Kinder kriegen. Jedes Jahr eines. Du weißt doch, was das heißt. Immer weniger Bissen für immer mehr hungrige Mägen. Das ist doch kein Leben. Und jeden Freitag haut dich dein Kerl zusammen, aber du sollst immer die Beine breit machen. Das ist besonders schön, weil er meistens besoffen ist und du sowieso schon weißt, dass er die Hälfte seines Lohns in der Kneipe gelassen hat.«

»Du hast es schön«, flüsterte die Tante, »ohne Mann, ohne Kind, und Torten den ganzen Tag lang.« Die Rinnsale auf ihren Wangen schimmerten im Halbdunkel. Nach einer kurzen Pause meinte sie: »Weißt du, Lene, ich sag dir was. Tu etwas, solange du noch jung bist. Wir Frauen hier sind verloren. Bei der letzten Geburt ist Bille fast verblutet. Und zu uns kommt kein Arzt, keine Hebamme, nur die alte Kubicke. Na, du weißt ja, was die sonst mit uns macht.«

»Neulich ist ihr wieder eine verreckt«, fügte Bille, etwas ruhiger geworden, hinzu. »Aufm Plumpsklo. Aber da schreit ja keiner nach. Da gibt's keine Schlagzeile in der Zeitung. Ach Lene, ich wollt, ich wär nie geboren.«

Tante Marie erwiderte den Blick ihrer Tochter. Madelaine schien es, als läse sie in beiden Augenpaaren den Wunsch, jeweils die andere aus Liebe töten zu können, damit das elende Dasein ein Ende hatte.

»Geh, geh, Lene. Du hast das Blut deines Vaters und siehst gut aus wie er. Herta glaubte ja, dass man sie belogen hat und dein Vater gar nicht tot ist. Vielleicht lebt er ja noch und ist längst reich geworden da drüben.«

»Träume, alles nur Träume«, murmelte Madelaine schockiert. »Ich komme wieder. Zu Weihnachten bringe ich euch …«

»Nein!«, rief Bille. »Quäl uns nicht weiter.«

»Doch, komm nur, Lene«, sagte die Tante leise. »Komm nur. Bist ein gutes Mädchen.«

Eine Weile blieb Madelaine noch sitzen. Sie überlegte, wie

sie die beiden trösten könnte. Am liebsten hätte sie ihnen von ihrem Alltag, den kleinen Anekdoten erzählt, die sich ab und an ergaben, doch die Worte blieben ihr im Halse stecken.

Sie würden nur glauben, ich hätte mich über sie erhoben, sagte sie sich. Jede Torte ist eine Demütigung für sie. Sie kennen vom Dasein nur die salzige, schmerzvolle Seite. Von der anderen, der süßen, können sie bloß träumen.

Ohne nachzudenken lief sie in Richtung Hafen. Hinter dem Pferdemarkt sah sie die breiten Backsteingebäude der neu errichteten Speicherstadt, deren Keramikverblendungen im Schein der untergehenden Sonne schimmerten. Hafenkräne und Schornsteine riesiger Ozeandampfer kamen in Sicht. Die Luft war erfüllt von schnaubenden und rumpelnden Geräuschen, metallischen Schlägen und nicht enden wollenden Rufen der Hafenarbeiter.

Bald ist Schichtende, dachte sie. Zwischen drei und vier geht es für sie in der Frühschicht wieder los.

Sie verlangsamte ihren Schritt, da ihr der Hals vom heftigen Atmen wehtat. Nur noch kurze Zeit, und die Hafenkneipen würden sich beleben, neue Arbeit vom Kneipenbesitzer mit den ausbeuterischen Arbeitgebern ausgehandelt werden nach dem Motto: Wer bei dir am meisten säuft, hat bei mir am ehesten eine Chance auf Arbeit.

Mit einem Mal verstand sie ihren Vater, sein Drängen, in eine andere Welt aufzubrechen, um der Hoffnungslosigkeit zu entrinnen.

Nachdenklich kehrte sie nach Eppendorf zurück. Es begann zu schneien. Nass und fröstelnd kam sie in ihrer Kammer an. Sie hing im Dunkeln ihre Kleider auf und schlüpfte ins Bett. Erschöpft blieb sie eine Weile reglos liegen und wartete, bis ihr Körper das klamme Plumeau angewärmt hatte. Sinnend starrte sie in die Dunkelheit. Bilder vom Gängeviertel tauchten vor ihrem inneren Auge auf, der resignierte Blick ihrer Tante. Ihnen folgten Erinnerungen an Valparaisos Hafen, die gleißenden Salpeterhügel in Antofagasta, Blechhütten, Mutters Gekeife, übereinander schlagende Wellen. Du hast mein Leben zerstört, du hast mein Leben zerstört. Die Worte waren wie ein Eishauch, aber sie hatten keine Macht mehr über sie.

Mit einem Ruck setzte sich Madelaine auf. Im gleichen Moment begann Urs Martieli Klavier zu spielen.

Ich werde leben. Und noch besser werden.

Und dann? Ein eigenes Geschäft gründen? Um eines Tages so leben zu können wie Martieli?

Doch mit welchem Geld?

Führt kein Weg an Riga vorbei?

Als sie am nächsten Morgen in die Backstube trat, lehnte Kloß am Arbeitsbrett und drehte den Zinnbecher mit den Wappen in seinen Händen. Zornig sah er Madelaine an.

»Was haben Sie? Sie schauen, als wollten Sie mich umbringen.«

»Er kriegt den Hals nicht voll, unser Herr und Meister!«, stieß Kloß heiser hervor. »Und das Weib ist schuld.«

»Welches Weib?«, fragte Madelaine. »Inessa?«

»Wer sonst?!« Mit dem Fingerknöchel pochte Kloß auf das Stadtwappen von Riga. »Hier! Nach Riga will er. Nach Riga!«

»Warum?«, stellte Madelaine sich ahnungslos.

»Warum? Weil er nicht genug kriegen kann von den Weibern und dem Geld. Statt wie wir Tag für Tag in der Backstube zu stehen, ist er ein waschechter Kapitalist geworden. Das ist die Wahrheit. Vier Läden reichen ihm noch immer nicht.«

»Ist er … noch da?«, fragte Madelaine so ruhig wie möglich.

»Natürlich! So ganz nebenbei hat er mir vorhin gesagt: ›Übrigens, Kloß, die nächste Adresse heißt Riga. Die Stadt ist reif für Martieli. Und ich für sie.‹ Mach dich auf etwas gefasst! Wir sollen hier die Stellung halten. Um unser Leben backen, während es sich der feine Herr in der großen weiten Welt gut gehen lässt und mit seinem Namen repräsentiert. Aber es ist vor allem unsere Leistung, dass er diesen nächsten Schritt wagen kann, verstehst du?«

»Aber was hat Inessa damit zu tun?«

»Sie ist Lettin. Das sagt doch alles, oder?« Da Madelaine ihn verständnislos anschaute, giftete Kloß: »Ja, liest du denn keine Zeitung? Riga gilt als das Paris des Nordens. Eine reiche, alte Stadt. Viele deutsche Kaufleute und Handwerker haben dort ihr Glück gemacht. Doch die Einheimischen, die Letten, wurden dabei unterdrückt. Jetzt aber wollen sie endlich mitregieren. Sie wittern Morgenluft. Der Zar hat ein Machtwort gesprochen. Nun wird alles russifiziert, Schulen, Behörden, Verwaltung und so weiter. Und die Deutschen müssen kuschen. Martieli als Schweizer aber ist fein raus. Er springt in die Nische, weil viele Deutsche jetzt zurückkehren.«

Die Zeit verging wie im Flug. Die Tage vor den jährlichen Festen glichen Fronzeiten, in denen Madelaine und Kloß bis zur Erschöpfung arbeiteten. Selbst Madelaine fühlte sich jetzt von Martieli im Stich gelassen, denn der war tatsächlich mit Inessa nach Riga abgereist, und das, ohne sich von ihnen beiden zu verabschieden.

»Dafür bleiben uns die Stollen, Honigkuchen, Knusperhäuschen und Nussdukaten vom letzten Fest, Madelaine«, sagte Kloß sarkastisch. »Oder die Premium-Torten, dir die

Prinzregententorte und mir die Trüffeln. Die Bestellzettel regeln unser Sein. Die nächsten Buttersterne – dann ist Weihnachten. Die nächsten Windbeutel, Berliner und Butterkuchen – dann ist Silvester. Nun kommen die Osterzöpfe und Bienenstiche, im November beginnen wir wieder mit Lebkuchen-Nikoläusen und so weiter und so fort.«

»Moment, lassen Sie mich einmal nachdenken«, ging Madelaine auf seinen Ton ein. »Sie haben hier Gießformen, die so aussehen, als könnte man damit Schokoladeneier herstellen. Und das da in der Schüssel, diese Champagner-Trüffelcreme, kommt vermutlich in den Bauch dieser Eier. Herr Kloß, jetzt weiß ich es – Ostern steht vor der Tür!«

Kloß lachte heiser, seine Augen sprühten vor Vergnügen. »Wir verstehen uns, Madelaine«, raunte er ein paarmal vor sich hin.

Madelaine ahnte, dass sie einen Fehler begangen hatte. Nie waren sie und Kloß sich so nahe gekommen. Er wird es falsch interpretieren, fürchtete sie. Er wird jetzt glauben, dass auch ich Herrn Martieli verachte.

Umso erleichterter stellte sie fest, dass Kloß am nächsten Tag genauso fanatisch und konzentriert arbeitete wie sonst auch.

Der Mai 1898 zog ins Land, ein schöner Monat mit unerwartet mildem und trockenem Wetter. Warum bloß, fragte Madelaine sich in den folgenden Wochen, ließ Martieli nichts von sich hören? Hatte er sein Versprechen vergessen? Was tat er die ganze Zeit in Riga?

Eines Juninachmittags saß sie in der aufgeräumten Backstube und las in der deutschen Ausgabe von Jean Anthelme Brillat-Savarins *Physiologie des Geschmacks*. Schokolade, schrieb der Franzose, würze man am besten mit

Zimt, Zucker und Vanille. Erst dann erreiche sie ihr wahres »Nonplusultra der Vollkommenheit«. All jene aber, die sich in seelischen, körperlichen oder geistigen Nöten befänden, täten gut daran, einen Schoppen Schokolade mit »sechzig bis siebzig Gran Ambra« zu versetzen. Sie würden gleichsam ein Wunder erleben, Schwäche und Erschöpfung vergessen und die Stimmung und Laune sich bessern. In einem anderen Buch, das Kloß ihr geliehen hatte, fand sie den Hinweis, dass Schokolade schon von den Azteken in Form von Kakaobohnen als wertvolles Zahlungsmittel verwendet wurde. Ein Sklave war unter König Montezuma einhundert Kakaobohnen wert, eine Prostituierte dagegen nur zehn und ein Kaninchen vier.

Schokolade und Sinnlichkeit. Madelaine dachte an ihren ersten Kuss. Monate waren vergangen, und doch spürte sie in diesem Moment noch einmal den leichten Druck seiner Lippen auf ihrem Mund und das wollüstige Gefühl schmelzender Schokolade. Wie damals erfasste sie ein leichter Schwindel, doch trotzdem las sie weiter. Für die Azteken war Schokolade eine Quelle der Weisheit, die gewaltige Energien spendete, vor allem aber die sexuelle Kraft steigerte. Jahrhunderte später bestätigte die französische Kurtisane Madame de Barry, wie stimulierend die Schokolade auf ihre Liebhaber gewirkt hatte. Casanova war das ebenfalls bekannt: Er soll, um seine Liebeskraft noch zu steigern, Spanische Fliege mit Schokolade gemischt haben, wovon auch die Damen naschten, was bei ihnen zu einem rasenden Verlangen führte …

»Du lernst, das ist gut«, drang Kloß' dunkle Stimme an ihr Ohr. »Casanova!« Er lachte herb. »Hier, lies und probier.« Madelaine schlug das Buch zu.

»Mein Manuskript ›Von der Kunst, mit Schokolade zu backen‹ und hier eine Kostprobe. Was sagst du dazu?«

Auf einem kleinen Silbertablett servierte er Madelaine ein Stückchen Torte nebst einer Gabel. Dass es keine gewöhnliche war, sah sie auf den ersten Blick – brauner luftiger Boden mit weißer Champagnercreme, in die Erdbeeren eingebettet lagen, und über allem eine glänzende ebenmäßige Schokoladenglasur.

»Wenn es dir mundet, bekommt die Kreation den Namen Rêve de fraise à Madelaine – Erdbeertraum nach der Art von Madelaine. Nun probier.«

Ein feiner herbsüßer Duft, getragen vom fruchtigen Flair der Erdbeere, umschmeichelte ihre Nase. Er hat das Beste und Teuerste für die Glasur genommen, fiel Madelaine auf – französische Valrhona-Schokolade, die erlesene »Grand Cru«-Schokolade, ausgezeichnet mit Ehrenpokalen.

Sie steckte sich ein Stückchen in den Mund und wartete. Der Teig verströmte zarte Süße und musste mit Calvados parfümiert worden sein – ein Geschmack, der Madelaine an den Cidre erinnerte, den sie nach ihrer Rettung zu trinken bekam. Dazu die Erdbeeren. Reife, fruchtige Erdbeeren, die einen vollendeten Kontrapunkt zur vollkommenen Glasur bildeten. Jeder Biss war ein neues Erlebnis, die Aromen schienen nicht weniger zu werden.

»Nun? Was lässt du mich warten?«, drängelte Kloß.

Madelaine lächelte nur und genehmigte sich ein weiteres Stück. Daraufhin schloss sie die Augen.

»Unfassbar«, sagte sie schließlich und schaute verklärt zu Kloß auf.

»Gut?«

»Nein, besser. Paradiesisch! Wo ist der Rest?«

Kloß' Gesicht rötete sich. Er eilte in den Kühlraum und brachte Madelaine auch den Rest seines »Erdbeertraums«.

»Iss, iss so viel du magst«, stieß er so begeistert hervor,

dass seine Stimme zu fiepen begann. »Rêve de fraise à Madelaine. Nach deiner Art!«

Es schmeckte so wunderbar, dass Madelaine für einen Augenblick das Gefühl hatte, nie wieder eine andere Konditorspezialität genießen zu können.

»Calvados, ja?«, fragte sie nebenbei, als bereits der größte Teil dieses »Traums« in ihrem Bauch verschwunden war.

Kloß nickte nur. Ohne etwas zu sagen, starrte er sie aus seinen stechend schwarzen Lackaugen an.

»Madelaine«, begann er endlich mit gepresster Stimme, »hör zu. Du hast den sicheren Geschmack, ein unschätzbares Talent für unseren Beruf. Gelernt hast du mehr, als ich es mir je habe vorstellen können. Was etwas heißt, wenn ich es sage. Deshalb dieses Manuskript. Eine Sammlung mit Rezepten, außergewöhnlichen, wohlgemerkt. Du darfst sie als Erste prüfen. Wenn du glaubst, ich habe etwas vergessen, sag es mir. Aber nun höre! Lass dir einen Vorschlag machen. Er ist ganz einfach. Du und ich, wir könnten gemeinsam ein Geschäft führen und uns damit frei machen von ihm. Von Martieli.« Auf seiner asketischen Miene zeichnete sich Verachtung ab. »Du weißt doch auch, dass sein Naturell nur von pekuniärer Leidenschaft geprägt ist.« Die Worte kamen ihm leicht und schnell über die Lippen.

Er hat sich alles genau überlegt, dachte Madelaine. Wochenlang. Deshalb war er so ruhig. In Wahrheit hat er auf diesen Moment hingearbeitet. Und heute stellt er mich auf die Probe.

Madelaines Gedanken überschlugen sich. Sie bewunderte Kloß' Genialität, aber nie wäre es ihr eingefallen, heimlich dem Mann in den Rücken zu fallen, dem sie überhaupt verdankte, dass ihr dieser Fanatiker solch ein Angebot machte.

»Madelaine! Mit dir … du bist schön, jung.« Kloß schluckte, atmete tief durch und fuhr dann fort: »Lass uns endlich selbstständig werden. Warum soll immer nur er das Geld scheffeln, während wir die Kärrnerarbeit machen?«

Beschwörend legte er seine Hände auf ihre Schultern. Der Druck seiner knochigen Finger hatte etwas Unkontrolliertes an sich und war so stark, dass Madelaine gewiss war, abends blaue Flecken an sich zu entdecken. Gleichzeitig wurde ihr abwechselnd heiß und kalt. Kloß' Nähe war ihr im höchsten Grade unangenehm. Doch sie war unfähig, Kloß zu bedeuten, seine Finger von ihr zu nehmen. Es war, als ob diese sich mit heißem Pech in sie bohren würden und sie für immer vergiften wollten.

»Ich … ich bin noch lange nicht so weit«, sagte sie ausweichend. »Sie irren sich, überschätzen mich. Bestimmt.«

»Nein, Madelaine, du bist vollkommen.«

Kloß sank vor ihr auf die Knie, was für Sekunden ein so theatralisches Bild abgab, dass Madelaine Mitleid mit ihrem Souschef bekam. Es war ja nicht verrückt, was er sagte. Sie selbst hatte schon ein paarmal Ähnliches gedacht, und doch hoffte und glaubte sie noch, dass Martieli sein Versprechen hielt. So suchte sie nach weiteren Ausflüchten, aber da erhob sich Kloß und presste sie, ohne dass sie etwas dagegen tun konnte, an die Wand.

»Ich will dich, Madelaine Gürtler. Ich begehre dich, wie ich noch nie eine Frau begehrt habe«, schnaufte er, schob seine Hand knetend über ihren Busen und versuchte sie zu küssen. »Komm schon«, murmelte er erregt, »küss mich.«

Madelaines Kopf schwankte von einer zur anderen Seite.

»Du und ich, wir wären wahnsinnig, wenn wir nicht zusammenblieben. Los, küss mich. Dein Mund, ich möchte ihn schmecken …«

Madelaine aber presste die Lippen zusammen und versuchte jetzt entschieden sich aus seinem Griff zu winden. Doch ihre Abwehr reizte Kloß nur noch mehr. Er vergaß sich völlig, denn plötzlich spürte Madelaine, wie er ihren Rock hochschob und seine hageren Finger spinnenbeinähnlich ihren Oberschenkel emporkrochen.

Vor Entsetzen kam Madelaine kein Laut über die Lippen. Mit aller Kraft presste sie die Beine zusammen, voller Angst, diese widerlichen Finger könnten sie entehren. Es gelang ihr, Kloß wegzustoßen, doch der riss sie dafür wie rasend zu Boden und stemmte ihr in maßlos aufgestauter Begierde sein Knie zwischen die Schenkel. Während eine Hand an ihren Hals fuhr, nestelte er mit der anderen an seiner Hose. Dann zerfetzte er mit einem einzigen Ruck Madelaines Bluse und ihr Unterhemd und stülpte seine Lippen auf ihre entblößte Brust. Während er saugte und biss, versuchte er mit der wieder freien Hand ihren Rock bis über die Schenkel zu schieben.

Madelaine schloss mit ihrem Leben ab. Sie bekam kaum noch Luft und hatte keine Kraft mehr, sich weiter zu sträuben. Kloß stammelte unmäßiges Zeug, fieberte in perversen Fantasien. Seine Finger strichen bereits über ihre Scham – da endlich kam Hilfe.

»Hören Sie auf! Kloß! Sie Unmensch!«

Almas Stimme überschlug sich vor Entsetzen, doch keine Sekunde später krachte schon die Teigrolle auf Kloß' Hinterkopf.

Er verlor sofort das Bewusstsein.

»Ich habe es geahnt!«, schrie Alma und half Madelaine auf die Beine. »Ich habe es gewusst. Eines Tages würde er sich an dir vergreifen.«

»Erdbeertraum«, murmelte Madelaine benommen immer wieder. »Erdbeertraum, Erdbeertraum.« Sie raffte die Fetzen ihrer Bluse zusammen und strich ihren Rock glatt. Ihre Augen standen voller Tränen. »Er wollte …« Doch sie brach ab und rannte mit einem lauten Schrei an Alma vorbei auf ihre Kammer.

Der Koffer war schnell gepackt. Als sie die Treppe hinuntereilte, empfing sie Alma mit ein paar Scheinen in der Hand.
»Hier, nimm. Das ist der Rest deines Lohns für diesen Monat.«
Sie stopfte Madelaine das Geld in die Jackentasche. »Es ist nicht viel. Pass auf, wofür du es ausgibst. Nimm dich in Acht. Sollen wir nicht doch die Gendarmerie …«
»Nein. Oder … das überlasse ich dir.«
Sie umarmte Alma und stürmte los. Der Bahnhof Klostertor war nicht weit, nur eine knappe halbe Stunde entfernt. Ihr Ziel war klar. Sie löste ein Billett dritter Klasse für den Nachtzug nach Berlin. Dort hatte sie Anschluss nach Bromberg und Königsberg. Und von da war es nur noch eine Tagereise bis ins Baltikum – ins lettische Riga.
Du musst es wie Martieli machen, sagte Madelaine sich. Dem Salz entfliehen, aber ihm nachreisen. Irgendwann wird es sich dann auch wieder in Zucker verwandeln.

»Deutscher Sozialist festgenommen« lautete eine Schlagzeile, die sie in der Berliner Zeitung über einem kleinen Artikel entdeckte. Madelaine interessierte sich nur wenig für Politik, doch Kloß' Erklärungen zu Riga hatten ihr klar gemacht, dass es sinnvoll war, ab und an mal eine Zeitung zu lesen. Im Zug hatte sie dazu Zeit, die Langeweile war sowieso kaum auszuhalten. Schauen, träumen, dösen – auf den Holzbänken wurde alles bald zur Qual. Also las sie jede Zeitung, die sie finden konnte.

Was war eigentlich ein Sozialist?

Madelaine wusste jetzt, dass die armen Leute vielfach mit Respekt von ihnen sprachen, den Reichen diese Klasse Mensch aber ein Gräuel war. Sozialisten waren Kämpfer für die Belange der Arbeiter, die manchmal ihr eigenes Leben einsetzten, um die Ausbeutung und Willkür menschenverachtender Kapitalisten anzuprangern. Sie schwenkten rote Fahnen, schmiedeten Komplotte und organisierten Streiks. Kurzum, sie wollten, dass das Geld gerechter verteilt wird. Madelaine empfand Sympathien für diese Leute – und doch verdankte sie ausgerechnet Urs Martieli, den Kloß als Ausbeuter und Kapitalist beschimpft hatte, dass ihr Leben ein Fundament bekommen hatte. Es muss also solche und solche geben, überlegte Madelaine. Der Sozialistenanhänger Kloß wollte dich vergewaltigen, und dem Kapitalisten-Konditor Martieli verdankst du deine Ausbildung. Es war wohl wie immer, es gab auf beiden Seiten Anständige und Unanständige.

Als sie die Zeile mit dem Namen des Gebrandmarkten erreichte, stockte ihr das Herz. Er heiße Rudolph Terschak, sei achtundzwanzig Jahre alt und stellungsloser Zimmermann.

Rudolph Terschak! Ihr Lebensretter!

Sofort stand Madelaine alles wieder deutlich vor Augen – wie Rudolph und sie sich an den Biedermeierflügel klammerten, seine Schreie, sie solle nur ja durchhalten, das Auf und Ab der meterhohen Wellen, die Angst, hinabzusinken, zu ertrinken. Dann später im Wirtshaus sein plötzliches Aufbrausen Martieli gegenüber.

Sie begriff jetzt, warum Rudolph Martieli gegenüber so heftig reagiert hatte. Es war Martielis Nonchalance, sein Geld und seine Großzügigkeit, mit der er allen Überlebenden geholfen hatte. All das hatte Rudolph gereizt und gleichzeitig gedemütigt.

Trotzdem, warum diese Heftigkeit?

Der Artikel gab keine weitere Auskunft, die Rudolphs Beweggründe erhellten. Er werde, las Madelaine, verdächtigt, mit der lettischen Bevölkerung zu konspirieren, die sich gegen die herrschende deutschbaltische Oberschicht auflehne. Von Deutschland aus liefere er Pamphlete und Flugblätter, mehr noch, man verdächtige ihn sogar des Waffenschmuggels. Terschak sei schlichtweg ein notorischer Unruhestifter und lebe in dem Wahn, sich als Richter über die bestehenden Verhältnisse aufspielen zu können. Sicher sei, dass Rudolph Terschak als Verräter am eigenen Volk ins Gefängnis komme.

Erschöpft und zerschlagen von der langen Zugfahrt, erkundigte sich Madelaine auf der Rigaer Bahnhofsmission nach einer Schlafstelle. Sie ließ sich den Weg zum Missionshaus der evangelischen Kirche genau beschreiben. Vom Bahnhof solle sie in nördlicher Richtung zur Altstadt laufen. Zunächst jedoch müsse sie den neuen breiten Boulevard mit den Gartenanlagen überqueren. Sie könne ihn gar nicht verfehlen aufgrund des regen Fahrzeugbetriebs, der dort herrsche.

Der Abend hatte sich über die Stadt gelegt, ein Trompeter blies von einem der Kirchtürme einen friedvollen Gruß. Madelaine schaute zum sternenübersäten Himmel empor, der von einem tieferen Blauschwarz war, als sie es von Hamburg her kannte.

Wenig später befand sie sich im spinnwebartigen Geflecht der Rigaer Altstadt. Von Laternen erleuchtet, ragten mehrstöckige Gebäude mit prachtvollen Fassaden in ihr Blickfeld und lenkten sie ein ums andere Mal von der vorgegebenen Richtung ab. Madelaine verlief sich mehrmals, irrte durch dunkle enge Gassen mit niedrigen Lehm- und Holzhäusern. Immer wieder musste sie nach dem Weg fragen. Kirchen und Repräsentationsbauten wurden ihr zu sicheren Anhaltspunkten. Jedes Mal, wenn von der Düna, Rigas Fluss, ein frischer Luftstrom auf freie Plätze und Parkanlagen zog, atmete sie tief durch. Und endlich hatte sie ihr Ziel, das Missionshaus, erreicht.

Eine Novizin nahm sie stirnrunzelnd in Empfang, führte sie aber noch in den Speisesaal, der bereits aufgeräumt und gesäubert worden war. Sie brachte Madelaine einen Teller Fleischeintopf und gebuttertes Schwarzbrot. Dann wies sie ihr ein Bett im Schlafsaal zu.

Am nächsten Morgen weckte Madelaine das Sonnenlicht, das in breiten Bahnen durch die hohen Fenster schien. In das Läuten einer Glocke mischten sich schnelle trippelnde Schritte.

»Guten Morgen, schönes Kind.« Eine ältere Nonne eilte auf sie zu. »Rasch aufgestanden. Der liebe Gott schenkt dir einen neuen Tag.« Sie war klein und mager, strahlte aber eine stählerne Unerbittlichkeit aus. Sofort stieg Madelaine aus dem Bett. »Ich bin Schwester Ursulina. Und du kommst aus dem Reich, nicht wahr?«

»Aus Hamburg«, antwortete Madelaine zurückhaltend.

»Das ist gut.« Ein forschender Blick begegnete ihr. »Du bist das erste Mal hier in Riga, nehme ich an?«

Madelaine nickte. Sie fühlte sich unbehaglich, doch diese Nonne war der erste Mensch, über den sie etwas über Riga in Erfahrung bringen konnte.

»Schwester, verzeihen Sie, könnten wir uns etwas später unterhalten? Ich möchte mich erst einmal frisch machen.«

»Brav! Deutsche Mädchen sind saubere Mädchen. Die Waschräume sind dort.« Sie wies auf eine Tür und rauschte davon.

Anders als am Abend zuvor saßen an diesem Morgen zahlreiche Frauen und Mädchen an den drei langen Esstischen im Speisesaal. Madelaine wurde ein Platz zugewiesen. Nur ab und zu von Flüstern unterbrochen, wurde das Frühstück eingenommen. Eine Nonne sprach anschließend ein Gebet, bei dem alle aufstanden. Mit gesenktem Kopf lauschte Madelaine den Worten, doch ihre Gedanken schweiften immer wieder ab.

In der großen Eingangshalle begegnete sie Schwester Ursulina wieder. Diese trug gerade ihren Namen und ihre Herkunftsstadt in eine Art Gästebuch ein und verzeichnete, dass sie eine »Zahlende« sei.

Madelaines Blick fiel auf ein Bildnis eines Mannes in Ordenstracht.

»Das ist Rigas Gründervater«, sagte die Schwester, ohne aufzuschauen. »Albert I. von Buxhövden, ein Bremer Domherr. Schon im 12. Jahrhundert haben sich hier deutsche Missionare und Kaufleute niedergelassen. Und bald feiern wir siebenhundertjähriges Bestehen.«

Sie schlug eine neue Seite des Gästebuchs auf und trug in die oberste rechte Ecke den Übertrag ein.

»Ich hoffe, du bleibst?«

»Ich weiß es ehrlich gesagt nicht«, antwortete Madelaine wahrheitsgemäß.

»Du solltest es dir gut überlegen. Wir Deutsche haben hier im Baltikum alles aufgebaut – unseren Glauben, die Kirchen, die Wirtschaft. Pass gut auf, Kind, die Heimischen hängen noch viel zu sehr ihren heidnischen Gebräuchen an. Junge Frauen wie du könnten viel Gutes tun.«

»Die Letten sind nett, Schwester«, sagte eine andere Frau.

»Sie singen gern und sind sehr gastfreundlich. Und handwerklich begabt sind sie auch. Das weiß ich von meinem Bruder.«

Die Nonne verzog missmutig ihr Gesicht. »Singen, ja, singen können sie«, zischte sie. »Ihre uralten heidnischen Lieder. Flechten, schmieden, weben, schnitzen ... aber hausen tun sie immer noch am liebsten in ihren Blockhäusern und springen nackt vom Schwitzhaus in den nächsten Fluss. Unfassbar! Unmoralisch, kulturlos!«

Einige Frauen, die sich zur Abreise gerüstet hatten, lachten. Das Gepäck zu ihren Füßen, suchten sie umständlich nach einer Spende.

»Ach, sie sind doch harmlos«, sagte ein Mädchen zu Madelaine. »Es wird dir hier bestimmt gefallen. Rigas Wirtschaft blüht. Es wird gebaut, dass man glauben könnte, die Architekten wetteiferten miteinander. Und Firmen gibt es, die haben sogar eigene Krankenkassen und Kindergärten. Nur schade, dass jetzt alle Russisch sprechen müssen, sogar in den Schulen. Deshalb gehen wir zurück nach Deutschland.«

»Sind die Russen denn wirklich so böse?«, fragte Madelaine ironisch.

»Russen sind Russen, Letten sind Letten, und Deutsche sind Deutsche. Wir vertragen uns, aber es kann nur einen Herrn in dieser Stadt geben«, erwiderte Schwester Ursulina hochmütig.

»Ich habe unter Chilenen, Deutschen, Engländern, Brasilianern, Italienern und sogar Indios gelebt. Französische Fischer haben mein Leben gerettet, ein Schweizer lehrte mich mein Handwerk, und ein Hamburger wollte mich vergewaltigen. Und der Mensch, der meinte, ich hätte sein Leben zerstört, war meine eigene Mutter. Nun urteilen Sie selbst.«

»Papperlapapp! Du bist viel zu jung, um ein richtiges Urteil fällen zu können«, giftete Schwester Ursulina zurück.

Madelaine dachte sich ihren Teil. Sie zog ihre Börse hervor und legte ein Geldstück auf das Gästebuch.

»Meine Spende für die Armen. Guten Tag.«

Sie wanderte durch die Gassen der Altstadt, vorbei an giebelverzierten Häusern, Erkern mit Bogenfenstern und Eingangstüren, die von Wappen und Ornamenten eingerahmt waren.

Irgendwann fiel ihr ein breites zweistöckiges Haus mit Wandmalereien an beiden Seiten der Eingangstür auf – links sah man Bauern in Holzschuhen, wie sie reifes Getreide sensten und unter der Tenne mit Dreschflegeln bearbeiteten, und rechts luden sie die prallen Säcke auf Karren, die sie über einen Saumpfad ins Tal schoben, zum Müller hin, der ihnen mit der weißen Zipfelmütze in der Hand zuwinkte. Aus einem Backofen zog ein Mädchen mit Zöpfen einen Schuber mit frischen Brotlaiben. Daneben stand ein Tisch mit Kuchen voller Kirschen, Pflaumen und Apfelschnitzen, reich verzierten Torten, Brezeln und Honiggebäck.

Die Malereien waren frisch restauriert. Doch der Maler, dessen Leiter an der Hausfront lehnte, war noch mit seiner Arbeit beschäftigt. Gerade eben schwang er einen breiten Pinsel, um in großen Lettern quer über die Breitseite des Hauses zu schreiben: Zuckerbäckerei Spr…

Madelaine lächelte. So schnell hatte sie ihn gefunden! Das konnte nur ein gutes Omen sein.

Sie war am Ziel.

Der Maler, dicklich und kurznackig, sah zu ihr hinab.

»Das muss heut ein Glückstag für mich sein. Da werde ich grad mit der Fassade fertig und sehe eine Frau, die schöner ist, als ich sie malen könnte.«

»Es ist kein gutes Omen, wenn der Maler mitten im Wort aufhört, und schon gar nicht, wenn es sich um einen wichtigen Namen handelt«, behauptete Madelaine.

»Oho! Wo steht das denn geschrieben?«

»An der Wand selbst. Die Tropfen rinnen hinab, und der Schwung der Bewegung ist dahin.«

Martieli stand plötzlich in der Tür. Sie liefen aufeinander zu und fielen sich in die Arme.

»Auf die Gefahr hin, dass ich unverschämt bin – gut, dass du endlich da bist und mit anpacken willst. Die Backstube ist fertig. Du kannst sofort loslegen. Prinzregententorte premium!« Er lachte und schob Madelaine ins Haus.

»Nimm alles ernst, Madelaine, aber lass dich von meinem Ton nicht schrecken. Ich bin wirklich froh, dass du da bist. Du kommst genau zur rechten Zeit. Es ist ein gutes Omen, denn heute ist Johannisnacht. Die Letten feiern heute an der Düna mit großem Feuer und im Duft der Lindenbäume den Neuanfang, die Wunder der Natur. Es wird dir gefallen. Willkommen in deinem neuen Zuhause.«

Madelaine kam es vor, als beträte sie nach langer stürmischer Seereise endlich festen Boden. Hier wirst du Erfolg haben, dachte sie beim Anblick der gewaltigen Theke, hinter der auf farbenprächtigem Porzellan das Backwerk präsentiert wurde.

Diese Konditorei war groß wie der Salon eines Ozeandampfers. Martieli hatte ihr ein Café angeschlossen, in das man durch eine offen stehende Flügeltür gelangte. Madelaine erhaschte einen Blick auf elegante Polstermöbel, zwischen denen Oleander- und Orangenbäumchen blühten.

Vier Serviermädchen eilten auf sie zu.

»Ich darf euch Fräulein Gürtler vorstellen«, sagte Martieli. »Sie ist eure neue Chefin.«

116

»Diese Nacht wird kurz sein. Zum Schlafen wirst du kaum kommen«, hatte Martieli ihr gesagt, bevor sie sich auf den Weg zu den Johannisfeuern an der Düna machten. »Du kannst die Wohnung über der Konditorei haben.«

Sie folgte Martieli über eine mit Bienenwachs polierte Kieferntreppe in den ersten Stock. Die Wohnung habe zuvor ein deutscher Konditor mit seiner Frau bewohnt, erzählte er.

»Kein Talent wie Kloß, aber ein ganz tüchtiger Bursche. Leider hatte er das Pech, Zielscheibe politischer Spitzel zu werden. Er ertrug den Druck nicht lange und packte seine sieben Sachen. Jetzt ist er bei Hartwig & Vogel in Dresden und backt Waffeln und Stollen.«

Er zeigte Madelaine Küche, Abstellkammer und Waschraum, die allerdings einen überaus abgenutzten Eindruck machten. Madelaine hielt den Atem an. Es roch muffig. Erst nach einer Weile fand sie den Mut, sich vorzustellen, wie die Räume mit neuen weißen Fliesen und geschrubbtem Boden aussehen würden. Stell dich nicht so an, ermahnte sie sich schließlich. Sei froh, dass du überhaupt ein Dach über dem Kopf hast! Sie folgte Martieli in einen der beiden Wohnräume, die sich über die gesamte Frontseite des Hauses erstreckten. Eine Doppelflügeltür, deren vergilbter Lack an welkes Birkenlaub erinnerte, knarzte in den rostigen Scharnieren, als Martieli sie öffnete. Als Madelaine sich um sich selbst drehte, wirbelte Staub auf. Wie hässliche Schlieren zogen grauschwarze Stockflecken, abblätternder Deckenputz und Kratzspuren in den Dielen an ihrem Blick vorüber. Selbst die Rahmen von Fenstern und Türen erinnerten sie an faulenden, graugelb gärenden Hefeteig.

Mit spitzen Fingern hob sie die verblichenen Volants hoch, die das schlichte Glas der Flügeltür verdeckten. Wie schön

117

würde es aussehen, wenn das Sonnenlicht durch bunte Glasmosaike fiele, überlegte sie. Auf den honigfarbenen Dielen zu liegen, im leuchtenden Farbenspiel zu träumen, schönen Gedanken zu lauschen, zu sich selbst finden. Wenn alles renoviert wird, könnte es hier elegant und behaglich sein.

Das freundliche Licht brachte sie ins Träumen, ihre Stimmung besserte sich.

»Noch kann die Wohnung mit dem Charme der Backstube nicht mithalten«, sagte sie. »Ich könnte mir aber ein Rezept überlegen, wie ich sie mir schmackhaft mache.«

»Wunderbar«, entgegnete Martieli schmunzelnd. »Lass sie renovieren. Eigentlich hätte ich mich darum kümmern müssen, doch ich wusste ja nicht, wann du kommst.«

»Oh, dann beginnt mein Leben hier in Riga gleich mit Schulden? Ein halbes Jahresgehalt für Farben und Handwerker?«

»Aber sicher, Fräulein Gürtler«, sagte Martieli lächelnd. »Freilich auf meine Kosten. Ich schlage sie auf die Miete um, die ich Ihnen vom Gehalt abziehen werde. Bis die Wohnung renoviert ist, dürfen Sie kostenfrei logieren.«

»Einverstanden.« Madelaine passte sich Martielis Ton an. Nie zuvor hatte sie eine eigene Wohnung ihr Heim nennen dürfen. Jetzt spürte sie grenzenlose Freude in sich aufsteigen, die sie Mühe hatte im Zaum zu halten. »Wenn Sie, Herr Martieli, dann noch so nett wären, eine saubere Liege aufstellen zu lassen?«

»Aber gewiss. Ich werde Ihnen auch Handwerker empfehlen, Fräulein Gürtler. Hier gibt es deutsche, lettische, russische et cetera. Die Letztgenannten sind am billigsten, die Erstgenannten überbieten sich an Tüchtigkeit und Geschick. Vertrauen Sie Ihrem ersten Eindruck und Ihrer Eingebung.«

»Ich danke für das Angebot. Für den Moment muss dann nur noch das Problem mit der offensichtlichen Mitwohnerschaft gelöst werden.«

Madelaine wies auf einen Lederkoffer, Kleider und Nähzeug, die über Sofa und Tisch verstreut waren.

»Nur ein Schneiderlein. Ein kleiner Halunke. Ich habe ihn aus Barmherzigkeit aufgenommen. Leider ließ er sich bis jetzt nicht auf Kündigungen ein. Stattdessen säuft er ohne Ende und schläft am liebsten in fremden Betten. Nun denn, die letzte Nacht war seine allerletzte in diesem Haus. Dafür sorge ich.«

»Für den Notfall kann ich mir ja eine Axt neben das Bett legen«, entgegnete Madelaine gut gelaunt. »Aber um einen eigenen Schlüssel möchte ich doch sehr bitten.«

Die Idee, sich zu bewaffnen, gefiel ihr. Sie dachte daran, wie beruhigend es wäre, eine Pistole zu besitzen. Bestimmt gab es auch in Riga Männer wie Kloß. Nicht alle waren so lieb wie Urs Martieli. Auch die muffige Atmosphäre dieser Wohnung konnte der heiteren Wärme seines Wesens nichts anhaben.

Sie betrachtete sein Gesicht, den vollen Haarkranz. Sein Mund, umrahmt von seinem gepflegten Bart, sah so genießerisch aus wie immer. Und doch schien es ihr, als ob seine Wangen flacher geworden wären als damals bei ihrem ersten Kuss. Ihre Lippen erinnerten sich wieder an seine zittrig-neugierige Berührung, an die Süße von Schokolade und sinnlicher Erweckung. Ihr kam es vor, als würde ein unsichtbares Blatt herbeiwehen, das sich auf ihren Mund legte. Gerne hätte sie sich jetzt an seine breite Schulter gelehnt. Verlegen merkte sie, wie ihre Wangen heiß wurden.

Martieli nahm, als hätte er ihre Gedanken gelesen, ihre Hände.

»Madelaine, was immer du auch hier erleben wirst, denk

119

daran, was ich dir nach unserem Schiffsunglück gesagt habe. Erinnerst du dich?«

Sie nickte. »Der Zauber von Schönheit, Wahrheit und Süße ist immer stärker als das Böse, das Feuer und der Sturm.«

»Richtig. Und du, Madelaine, wirst überleben müssen! Das bist du deinem Schicksal schuldig.«

Der Druck seiner Hände gab Madelaine ein Gefühl von Geborgenheit. Es schien ihr, als wollte er das Band ihres gemeinsamen Schicksals erneuern. Zugleich spürte sie, wie viel ihm daran lag, dass sie selbst den Mut für ein eigenes Leben fand.

»Weißt du eigentlich, dass ich geahnt habe, dass du mir folgen würdest?«

»Ist das wahr?«

»Warte.«

Er lief ins Erdgeschoss. Wenig später kam er mit zwei kleinen weiblichen Holzfiguren wieder.

»Dies sind Laima und Mara, heidnische Schutzgöttinnen. Die Letten glauben, dass sie Mädchen und junge Frauen davor bewahren, Schmerz und Not zu erleiden.«

Madelaine schob Laima und Mara tief in ihre Rocktasche. Martieli drückte sie an sich und küsste ihren Scheitel. Für einen Moment dachte sie, der Schlag seines Herzens würde den ihren erschüttern. Doch ihr Herz klopfte in seinem eigenen Rhythmus weiter – nur ein wenig schneller.

Noch nie hatte Madelaine eine Nacht wie diese erlebt. Bis hinauf an die nahe Ostsee brannten an den Ufern der Düna die Johannisfeuer.

Ab jetzt, hatte Martieli erklärt, würden die Nächte wieder länger werden. Diese hier aber sei die kürzeste und geheimnisvollste. Sie solle sich daher nicht über Hexen wundern, die durch die Luft flögen. Auch könne sie Glocken läuten hören, die einst in Seen versunken seien. Manche Letten würden sogar behaupten, die Stimmen der Tiere zu verstehen. Berge könnten sich öffnen und Elfen und Zwerge verborgene Schätze verraten, die in der Erde leuchteten.

»Kinder, in dieser Nacht gezeugt, werden Jungen.«

»Jaja«, sagte Inessa schelmisch. »Vor allem aber bringt die Hitze der Feuer manchen um den Verstand und reizt die Fantasien auf bis zum Wahnsinn.«

Inessa, die neben Martieli in der offenen Kalesche saß, kitzelte ihn, als wollte sie ihn auf erotische Art behexen. Sie trug lettische Festtagstracht – ein rotes ärmelloses Kleid mit goldenen Stickereien und ein hellbeiges Schultertuch. Die weiße langärmlige Bluse war an Schultern, Dekolleté und Bündchen rot bestickt. Das Schönste an ihr war jedoch der üppige Blumenkranz auf ihrem rotblonden Haar.

Mit schmeichelnder Stimme begann sie zu singen, Lieder mit fremden, eigenartigen Melodien, gefühlvoll und melancholisch, die einen keck, mit spürbarer Erotik die anderen.

Madelaine musterte Martieli. Sie ahnte, dass er längst wieder Inessas verheißungsvollem Flirren verfallen war.

Sein Herz, ja, das ist ein Bienenhaus, dachte sie eifersüchtig. Heute Nacht umsummt ihn die Bienenkönigin Inessa.

Was immer diese Nacht bringen würde, sie würde auf sich allein gestellt sein. Sie fühlte in ihrer Kleidertasche nach den heidnischen Göttinnen und dem Schlüssel zur Konditorei. Als Martieli Madelaine über den Kopf streichen wollte, beugte Inessa sich über sein Gesicht und küsste ihn ungestüm.

Madelaine wandte sich ab.

Die Luft war sommerlich mild, der Himmel sternenklar. Orange-weiße Sonnenstrahlen mischten sich in ein türkisfarbenes Himmelszelt. Schwerfällig kroch die breite Düna Richtung Ostsee. Dort, wo sie Boote berührten, kräuselte sie sich unwillig. An den Ufern des Flusses loderten Feuer und warfen aufreizende Spiegelbilder aufs Wasser. Wie ein nimmer endendes Echo wogte aus allen Himmelsrichtungen Gesang. Licht und Feuer, fremde Stimmen und die Gerüche von Räucherfisch, Holzkohle, Käse, Bier und Blumen zogen Madelaine in ihren Bann. Schon spürte sie ihre Eifersucht nicht mehr. Wie schön wäre es, wenn sie von allem, was hinter ihr lag, endlich loslassen und mit der Atmosphäre dieser Nacht verschmelzen könnte.

Sie tastete nach den Göttinnen in ihrer Rocktasche und drückte sie. Helft mir, wenn ihr es wirklich könnt, dachte sie. Ich bin die Richtige für euch. Enttäuscht mich nicht.

Die Kalesche durchquerte einen lichten Birken- und Kiefernwald. Kurz darauf hielt sie vor einem breiten Strand, auf dem ein mächtiges Johannisfeuer brannte.

»Ihr Fuß darf diesen Strand nur berühren, wenn Ihr Kopf den Johanniskranz trägt«, sagte Inessa schelmisch. »Ich habe natürlich daran gedacht.« Sie griff nach einem Blumenkranz und drückte ihn Madelaine ins Haar.

»Die Kräuter und Blumen verströmen ein herrliches Aroma. Ich kann mir gut vorstellen, dass sie Heilkräfte besitzen. Aber ob ich mit ihnen auch werde fliegen können? Oder gar unsichtbar werden?«

»Aber sicher!«, bestätigte ihr Inessa. »Vorausgesetzt, Sie glauben bedingungslos daran.« Sie lachte fröhlich. »Auf jeden Fall sind es ganz besondere Blumen und Kräuter – Johanniskraut, Rittersporn, Rosen, Kornblumen, Lilien, Beifuß, Bärlauch …«

» … und Farnkaut und Eichenlaub. Was bedeutet das?«
»Der Kranz macht uns Frauen schön. Wenn Sie ihn sich
unters Kopfkissen legen, bringt er Ihnen Glück in der
Liebe. Und vergessen Sie nicht, in dieser Nacht ist die Zauberkraft der Pflanzen neunmal so stark.«
Inessa drehte sich verspielt auf der Stelle, wobei sich ihr
Rock aufbauschte. Er warf einen Schatten, der dem Leib einer Bienenkönigin mit ausgebreiteten Flügeln ähnelte. Sie
nahm Martieli an die Hand und lief mit ihm über den feinen Sand auf das Feuer zu. Ihr fülliger Blumenkranz erinnerte Madelaine an einen Zauberreif. Fast sah es so aus,
als ob er sie in die Lüfte heben würde. Wie schwerelos
tanzte Martielis Bienenkönigin um das Johannisfeuer.

Madelaine war allein. Ich brauche nicht Glück in der Liebe,
sondern Glück im Leben, dachte sie aufgewühlt. Sollte sich
Inessa ruhig lustig über sie machen. Sie war raffiniert,
fühlte sich ihr überlegen, war eine erfahrene Frau und für
Martieli bestimmt eine gute Liebhaberin.
Trotzdem, dachte sie nicht ohne Stolz, einen so erotischen
Kuss wie mit dem Schokoladenblatt wird Inessa mit ihm
noch nicht genossen haben. Sie sah zu, wie Martieli und
Inessa Hand in Hand um die kniehohen Flammen kreisten
und schließlich barfuß über das Feuer sprangen.
Irgendwann, nahm sie sich vor, würde sie es ihnen gleichtun.
Sie schlenderte weiter am Strand entlang und schaute in
die Flammen, die in den aufgetürmten Holzhaufen hoch in
die spätabendliche Sommerluft schlugen. Immer stärker
fühlte sie die Faszination, die von diesem Fest ausging. Sie
nahm den Kranz von ihrem Haar und betrachtete ihn. Er
war schön, ohne Zweifel. Nachdenklich schnupperte sie an
den duftenden Kräutern – das Johanniskraut roch harzig,

der Beifuß würzig, die Rosen süß. Die Lilien verströmten ein dunkles, fruchtiges Aroma, das Farnkraut dagegen verbreitete nüchterne Frische.

Die Nacht war einzigartig. Sie hatte sich von der Dunkelheit gelöst, als sollte die Knechtschaft der Zeit ein für alle Mal beendet sein. Ihre Stunden waren hell, bereits der Sonnenuntergang hatte sich unendlich langsam dahingezogen. Madelaine schaute gen Norden, wo das Wasser der Ostsee in die Rigaer Bucht drängte. Rasch schob sie die Angst vor dem Meer und seine salzschäumende Unbeherrschtheit beiseite und lauschte den jauchzenden Stimmen und melodischen Gesängen, die nicht enden wollten und nach fernen Zeiten, Sehnsucht, Liebe und Wehmut klangen. Ängste und Grübeleien verflogen. Lag es am Zauber der Johannisnacht, an ihrer Macht, Leben und Natur zu erneuern? An der Helligkeit der langen Stunden, die Geist und Seele euphorisch stimmte? Madelaine fühlte sich schwerelos und beschwingt. Gleichzeitig war es ihr, als ob sich neue Kräfte in ihr bündeln würden, von denen sie wusste, dass sie sich vorbehaltlos auf sie verlassen konnte.

Erst als Äste und Stämme, die das Meer einst an den Strand der Düna gespült hatte, zu Asche geworden waren, aus der nur noch schmale Rauchfäden aufstiegen, gingen die Menschen nach Hause.

Der Strom, dem Madelaine sich anschloss, verteilte sich in den verwinkelten Straßen der Altstadt. Rasch lief sie über den großen Rathausplatz mit dem Schwarzhäupterhaus auf der einen, dem Rathaus auf der anderen Seite, fand die breite, von hohen Jugendstilhäusern gesäumte Kauf-Straße zur Linken, folgte ihrer nach Norden gerichteten Biegung und entdeckte das von der Morgensonne bestrahlte Schild der Konditorei Martieli.

Sie griff nach ihrem Türschlüssel, da hörte sie heraneilende Schritte und keuchende Stimmen. Sie zögerte kurz, doch dann drehte sie sich um. Dina und Stine, ihre Backgehilfinnen, liefen auf sie zu. Jede presste einen Blumenstrauß an ihre Brust, so als hätten sie Angst, etwas Kostbares zu verlieren. Zu Madelaines Schrecken wurden sie von drei Männern verfolgt, die offensichtlich betrunken waren. Zwei von ihnen trugen die russische Uniform, der andere lettische Tracht. Sie grölten unverständliche Befehle, die Madelaine erschaudern ließen. Stine und Dina begannen zu rennen und verbargen sich schließlich zitternd hinter ihrem Rücken. Madelaines Hand, die den Schlüssel umfasste, ballte sich zur Faust. Sie merkte, wie sich die Angst ihrer bemächtigte, als die Männer schwankend vor ihr stehen blieben.

Einer der Soldaten starrte sie an. Sein kehliger Atem rasselte, er stank nach Schnaps und Fisch. Plötzlich kippte er ihr entgegen, wobei er einen seiner Kameraden mitschleifte, auf dessen Schultern sein Arm ruhte. Madelaine erschauderte. Die Zacken des Schlüssels stachen schmerzhaft in ihren Handballen.

»Du, Weib! Komm her!«

Der Soldat blies ihr genüsssvoll seinen stinkenden Atem ins Gesicht.

Sie regte sich nicht. Auf der Straße war es still. Schatten, wohin sie sah. Nur die Giebel der Häuser waren in kaltes weißes Licht getaucht.

Er wartete.

Madelaines Angst stieg, als sie sah, dass er seinen Kopf nach vorn neigte und so tat, als würde er auf etwas lauschen.

»Du!« Er machte ein Gesicht, als könnte er nicht glauben, dass sie ihm nicht gehorchte. Madelaine zitterte jetzt so sehr, dass Stines Blumenstrauß in ihrem Rücken zu rascheln begann.

Mit einem Mal reckte er sich.

»Knie nieder, Weib!« Er nahm den Arm von der Schulter seines Kameraden und schob seine Hand unter die Knöpfe seiner Jacke. »Du deutsch. Wir Macht. Zar Nikolaus befehlt«, sagte er und zog seinen Säbel.

Madelaine konnte keinen klaren Gedanken fassen. Der andere Soldat schüttelte den Kopf, woraufhin sein Kumpan seinen Säbel wieder in die Scheide steckte. Doch die drei Männer standen nun wie eine Wand vor ihr.

»Sie will nicht«, flüsterte der Lette geheimnisvoll. »Kamerad, hörst du, sie ist verhext.«

»Pah!«, spuckte der Russe verächtlich aus. »Ich brauchen Hexe! Heiße Hexe!« Er lachte dröhnend und griff nach ihr. Schon spürte sie seine feuchte schwere Hand auf ihrer Schulter. »Los!«, befahl er und drückte Madelaine in die Knie.

Doch da spürte sie, wie eins der Mädchen an ihr zerrte, sie zu halten versuchte. Mädchenfinger nestelten an ihrer Hand, in der der Schlüssel war. Sie öffnete ihre Faust und überließ den Schlüssel den drängenden Fingern. Als fiele ein Bann von ihr ab, erwachte Madelaine aus ihrer Erstarrung. Wütend biss sie in die peinigende Hand auf ihrer Schulter, drehte sich unter ihr weg und schrie, so laut sie konnte: »Ja, ich bin eine Hexe! Ja!« Als wollte sie ihre besondere Macht beweisen, schwenkte sie den Blumenkranz über ihrem Kopf.

Doch der Russe packte sie am Busen.

»Weib, verfluchtes!«, rief er und wollte sie küssen.

Im Nu schlug Madelaine ihm den Blumenkranz ins Gesicht. Blütenblätter, blaue, gelbe, rote, flogen durch die Luft. Sie schrie: »Da! Das Fest ist vorbei! Aus dem Heil wird jetzt das Böse!« Nochmals schlug sie ihm den Kranz ins verblüffte Gesicht. »Da! Verdorren soll deine Lust! Verderben deine Säfte!« Ihre Stimme echote in der steinernen Straßenschlucht.

Ihr war selbst unheimlich zumute. Hinter sich hörte sie leises Kichern und das Schnarren des Schlüssels im Schloss. Langsam wichen die drei Männer zurück.

»Nimm dich in Acht, Sergej«, hörte sie den Letten flüstern. »Sie hat magische Kräfte.«

»Die Macht ist bei uns!«, rief Madelaine theatralisch. Und in einer plötzlichen Eingebung fügte sie hinzu: »Laima und Mara stehen uns bei!« Sie hielt ihnen die beiden Holzfiguren entgegen, so als müsste sie den Teufel mit dem Kreuz abwehren. Der Lette kicherte leise, doch die Russen starrten sie mit offenen Mündern an. Nun warf Madelaine den Soldaten den Kranz vor die Füße.

»Aufheben, Soldat!«, kommandierte sie. »Oder willst du in der Hölle landen?«

Der Russe zauderte. Dann bekreuzigte er sich, breitete die Arme aus und fiel in Ohnmacht. Seine Kameraden packten ihn an den Gliedern und stolperten mit ihm davon. Der Lette pfiff Madelaine zu, und plötzlich erschollen aus den Schatten der Straße Bravorufe und lautes Gelächter.

Ich habe Zuschauer gehabt, dachte Madelaine verwirrt. Zuschauer! Keine Helfer! Aber ich habe gesiegt.

Stine und Dina knieten auf dem Boden der Konditorei, die Sträuße in den Händen.

»Wir sind nicht bei Hof. Steht auf.«

»Sofort, sofort. Sie sind eine mutige Frau«, sagte Stine.

»Sehr mutig«, wiederholte Dina. »Laima und Mara müssen Sie sehr gern haben.«

»Ich hätte nicht gedacht, dass sie eine so große Kraft besitzen!«

»Oh, Laima und Mara sind große Schutzgöttinnen. Sie ersetzen Waisen und einsamen Mädchen die Mutter«, meinte Dina ernst. »Sie spenden ihren Seelen Wärme und Licht.«

»Die Blumen sind für Sie, als Willkommensgruß«, beeilte Stine sich zu sagen. »Wir hatten uns das alles so schön vorgestellt. Wir waren schon zu Hause, haben uns gewaschen und auf dem Markt die Blumen für Sie ausgesucht.«

Madelaine nahm beide in den Arm und tröstete sie. Ihr fiel auf, dass die Mädchen angenehm nach Ringelblume, Gurkenwasser und Seife dufteten. Sie nahm ihnen die Sträuße ab. Den Kelchen der Blüten entströmten herrliche Düfte. In einem Strauß reihten sich Strohblumen, Dahlien, Rosen und Goldlack um eine Sonnenblume. Im zweiten mischten sich weiße und mauvefarbene Levkojen dazu. Für einen Moment schloss Madelaine die Augen, so herrlich war der Duft. Während sie die Sträuße in Vasen tat, merkte sie, wie sehr sie noch nach Angstschweiß, Rauch, Asche und Käse roch. Schließlich hatte sie von den Spezialitäten der Nacht gekostet – Schwarzbrot mit lettischer Hanfbutter, Rigaer Sprotten und lettischen Räucherkäse.

»Wir werden das Schlimme von vorhin ganz schnell vergessen, hört ihr? Es geht weiter. Das Leben geht weiter.«

Die Mädchen sahen Madelaine unsicher an.

»Aber die Soldaten könnten wiederkommen«, sagte Stine.

»Wir werden sehen«, entgegnete Madelaine. Ihre Hand umschloss die Holzfiguren. »Helft mir lieber, damit ich mich waschen kann. Geht an die Arbeit, schnell.« Ihre Gedanken schweiften ab. Die heidnischen Göttinnen hatten sie beschützt, ganz sicher.

Mit großen Schritten eilte sie in die Wohnung im ersten Stock. Wenn der Schutz tatsächlich ein göttlicher gewesen war, dann würde auch das andere eintreffen, dass sich nämlich mit dem weggeworfenen Blumenkranz bis zum nächsten Johannisfest kein Liebesglück einstellen würde.

Aber hatte sie jemals an die Liebe gedacht?

Nein!

Sie lauschte durch den geöffneten Türspalt. Ob der Schneider da war?

Sie hörte sein Schnarchen.

Er ist wohl zu müde für ein fremdes Bett gewesen, dachte sie, betrat die kleine Diele und schlich auf Zehenspitzen ins vordere Wohnzimmer. Er lag inmitten eines gehefteten Gehrocks und halb gepackter Taschen auf dem Boden. Es roch nach Bier und Wacholderschnaps. Kurz entschlossen stopfte Madelaine alles, was nach des Schneiders Besitz aussah, in die Taschen, packte ihn, der tief in sich hineinröchelte, an den Fußgelenken und zog ihn über die Diele auf den Flur hinaus. Dann verriegelte sie die Wohnungstür, legte sich aufs Sofa und wartete aufs Wasser.

Die riesigen schwarzen Hände, die sie kniffen, sie schlugen und würgten, kamen im Morgengrauen. Stinkende Tücher, auf ihr Gesicht gepresst, nahmen ihr den Atem, verwandelten sich in schäumende Wellen, zerrten sie in unheimliche Tiefen. Eine Fratze mit den stechenden schwarzen Augen von Kloß und den höhnischen Zügen ihrer Mutter drohte sie zu verschlingen. Der Säbel des russischen Soldaten zerschnitt ihr Kleid, Streifen um Streifen. Ihre Haut brannte.

Sie erwachte schreiend, schweißdurchnässt. Sie lag neben dem Sofa auf dem Boden, und ihr Kopf schmerzte.

»Madelaine! Ich bin es! Mach auf!« Es polterte an ihrer Tür. Benommen erhob sie sich. War es der Schneider? Die Soldaten? Martieli? Ihre Gedanken wirbelten durcheinander. »Madelaine! Hier stehen zwei Eimer Wasser. Komm, mach auf.«

Mit schwacher Hand öffnete Madelaine die Tür. Martieli stand vor ihr. Er trug Schürze und Backmütze und duftete nach süßem Teig. Sein Gesicht war von der Hitze der Backstube gerötet. Hinter ihm stand Dina mit einem Strauch Wacholderzweige.

»Fräulein Gürtler, Sie hatten die Tür abgeschlossen. Dann schrien Sie. Wir haben uns Sorgen gemacht. Ich habe Ihnen Wacholder mitgebracht. Wenn Sie ihn in den Räumen verteilen, wird er alle bösen Geister vertreiben.«

Martieli nahm ihr die Wacholderzweige ab. Madelaine fühlte, wie ihr vor Schwäche die Beine einzuknicken drohten, doch Martieli fing sie gerade noch rechtzeitig auf.

Sie weinte sich in seinen Armen aus.

»Du bist tapfer«, murmelte er immer wieder und streichelte ihr verklebtes, nach Rauch riechendes Haar. »Ich werde nach einem Kutscher suchen, der dich in Zukunft begleitet und beschützt.«

»Danke, aber ich möchte trotzdem eine Waffe. Am besten eine Pistole. Ich werde schießen lernen, dann geschieht so etwas nie wieder.«

»Madelaine, beruhige dich. So weit musst du nicht gehen. Schließlich kann man Waffen nicht wie Handschuhe oder Brötchen kaufen. Außerdem ist es verboten. Die politischen Unruhen und Streiks machen jeden als Revolutionär verdächtig, der nicht vom Militär ist. Die Geheimpolizei des Zaren greift hart durch.«

»Das ist mir egal«, erwiderte Madelaine trotzig.

»Nun, fürs Erste habe ich etwas anderes für dich«, sagte er und zog zwei Fläschchen aus der Jackentasche. »Neroli und Rosenöl. Beides wird deine Nerven beruhigen.«

»Neroli?«

»Das ist das Öl aus der Bitterorangenblüte, sehr kostbar und mein ganz persönliches Hausmittel, um böse Gedanken zu vertreiben.«

Lange schauten sie sich an, so als würden sie jeweils im Gesicht des anderen nach einer Antwort auf das Schicksal, das sie beide zusammengeführt hatte, suchen. Was bedeuteten sie einander? Warum waren sie einander begegnet? Warum, dachte Madelaine, liegen Salz und Zucker, Schmerz und Süße immer so dicht beieinander?

Madelaine lächelte, als sie sah, dass er eins der braunen Fläschchen öffnete. Sie schaute zu, wie er einen Tropfen zwischen seinen Fingern verrieb und ihr dann sacht über Stirn und Schläfen strich. Sie seufzte entspannt und genoss das starke Aroma.

»Schließ deine Augen«, flüsterte Martieli, »und öffne deinen Mund.«

Madelaine gehorchte. Es kam ihr vor, als würde der Zauber der Johannisnacht noch anhalten, mit Martieli als ihrem Hexenmeister.

Die Trüffel zerschmolz in ihrem Mund.

Als sie die Augen öffnete, war Martieli verschwunden. Die Fläschchen mit Neroli und Rosenöl standen wie kleine Wächter hinter einer Schachtel voller Champagnertrüffeln.

Schwere Schritte näherten sich.

»Ihr Wasser, Fräulein Gürtler. Wir bringen warmes Wasser«, sagte Dina.

»Etwa Zauberwasser?«

»Vielleicht!«

Der Vorfall hatte sich in Riga herumgesprochen. Immer mehr Menschen suchten die Martieli'sche Konditorei auf – voller Neugierde auf die zugewanderte Zuckerbäckerin, die Zauberkräfte zu besitzen schien, da es ihr gelungen war, einen betrunkenen Russen in die Ohnmacht zu schicken. Die Rigaer Bevölkerung, die aus Deutschen, Letten, Esten, Russen und Nordländern bestand, strömte herbei. Alle wollten sie Madelaine sehen und probieren, ob ihre Backkunst ebenso viel Zauberhaftes besaß wie ihre Persönlichkeit magische Kräfte.

Zunächst fiel es ihr nicht leicht, allen Menschen, egal, welcher Nationalität, ein Lächeln zu schenken. Doch sie nahm sich vor, sich nicht in der Backstube zu verbergen. Sie zeigte sich mehlbestaubt, schokoladenbekleckst oder teigverschmiert, damit jeder sehen konnte, dass sie eine ernsthaft arbeitende Zuckerbäckerin war. Madelaine wusste, dass sie sich auf die Wirkung ihrer Schönheit und ihres Könnens verlassen konnte. Nur so würde sie das Vertrauen der Menschen gewinnen. Und der Erfolg gab ihr Recht. Am schönsten war der Moment, wenn sie sah, dass abends die Vitrinen leer gekauft waren. Ob sie Mohrenköpfe, Damensohlen – ein mit Zucker bestreutes Blätterteiggebäck –, Florentiner, Walnussschnitten mit Schokolade oder die beliebte Alexandertorte mit Himbeeren anbot, die Kundschaft war begeistert.

Vor lauter Arbeit kam sie allerdings weder dazu, Briefe nach Hamburg zu schreiben, noch, sich Rigas Altstadt anzusehen. Voller Vorfreude fieberte sie der Fertigstellung ihrer Wohnung entgegen. Der Schneider war nicht wiedergekehrt, und an seiner Stelle waren nun die Handwerker eingezogen. Während sie backte, hobelten und polierten diese Holzböden und Rahmen, strichen, fliesten und tapezierten.

Einige Tage nach dem Johannisfest überraschte Martieli Madelaine mit der Mitteilung, er habe einen jungen lettischen Kutscher eingestellt.

»Er heißt Janis, ist ein Bursche von sanfter Gemütsart, doch so wie ich ihn kennen gelernt habe, verfügt er auch über Kraft und Mut. Das Besondere an ihm ist, dass er belesen und von wachem Verstand ist. Er wird dir alles über Riga erzählen können. Das ist wichtig, wenn du hier Karriere machen willst.«

Als Madelaine sah, wie Janis die beiden Pferde striegelte und mit ihnen sprach, war er ihr auf Anhieb sympathisch. Er hatte einen rotblonden Schnauzbart, helle Augen und Sommersprossen im Gesicht. Er erzählte ihr, dass er mit Frau, Kind und den alten Eltern in einem Bauernhaus lebe. Seit Generationen hauste seine Familie dort, nordwestlich von Riga, der Ostsee zu.

»Es ist da natürlich nicht so vornehm wie hier in der Stadt, und Arbeit gibt es ohne Ende. Aber ich liebe die frische Luft und die Natur. Weshalb ich auch nicht streike. Davor brauchen Sie keine Angst zu haben.«

»Was meinst du damit, Janis?«, fragte Madelaine überrascht.

Janis schwieg einen Moment, so als müsste er erst überlegen, ob er offen reden konnte. Schließlich sagte er: »Nun, seit ein paar Jahren gibt es hier Sozialisten, die immer wieder Streiks anzetteln. Manche Arbeiter in den Fabriken fühlen sich wie Vieh behandelt – sechs Tage Arbeit, täglich zwölf Stunden. Wo sie schuften, ist es laut und schmutzig. Unfälle an den Maschinen sind an der Tagesordnung. Schutz gibt es nicht. Der Lohn ist zwar gering, doch noch genug, ihn zu versaufen. Dabei hungern zu Hause Frau und Kinder. Um wie viel lieber bin ich deshalb Kutscher und Bauer.«

»Arbeiten in den Fabriken denn nur Letten?«

»Nicht nur, auch Russen und Litauer. Seit die Wirtschaft in den letzten Jahren aufgeblüht ist, beginnt sich einiges zu ändern. Unter Zar Alexander II. hatten die Deutschbalten noch alle ihre Privilegien. Sie regierten die Stadt durch Rat und Gilde. Wir Letten aber fühlten uns unterdrückt. 1881 wurde Alexander ermordet, sein Sohn Alexander III. kam auf den Thron. Er sorgte dafür, dass die alte Herrschaft der Deutschen einen kräftigen Dämpfer erhielt. Seitdem können wir Letten uns wieder verstärkt unserer Kultur widmen und Berufe ausüben, die uns zuvor verwehrt wurden. Einige von uns sind in den Fabriken jetzt sogar Werkmeister oder haben eigene Betriebe. Und in unserer Arbeit sind wir genauso gut wie die Deutschen. Darf ich ehrlich sein?«

»Selbstverständlich!«

»Wissen Sie, ich liebe mein Land. Ich bin aus ganzem Herzen Lette. Seit fast siebenhundert Jahren sind wir Knechte fremder Herren. Zuerst kamen die Deutschritter, dann die Schweden und so weiter. Unsere Tradition und unsere Kultur sanken in unsere Seelen hinab, verbergen sich dort. In Büchern gibt es sie nicht, sie leben einzig in unseren Liedern, den Dainas, weiter. Aber wir sind nicht dumm, wie uns andere weismachen wollen.«

»Das würde ich niemals tun, Janis. Ich sehe, dass du nicht dumm bist. Aber woher kennst du dich so gut in der Geschichte aus?«

Janis räusperte sich. »Nun, ich dürfte es wohl eigentlich nicht sagen, doch ich will ehrlich sein. Vater und Mutter haben mich schreiben und lesen gelehrt. Ich begnüge mich damit, unterstütze jedoch alles, was unsere lettische Kultur aus ihrer Stille herausführt.«

»Das, denke ich, ist dein gutes Recht, Janis«, meinte Madelaine, »solange du deine Arbeit gewissenhaft tust.«

»Das werde ich. Gewissenhaft und friedvoll.« Er verbeugte sich. Aus einem groben Ledersack, der auf dem Kutschbock lag, nahm er ein paar Holzfiguren, bestickte Kittelchen in Puppengröße und Kinderschühchen aus Leder. Solches Kinderspielzeug, erklärte er, stelle er her, wenn die Arbeit beendet sei. »Ich habe immer genug zu tun. Bald wird es noch mehr sein. Meine Frau erwartet ihr zweites Kind. Wenn meine weise Großmutter Recht behält, könnten es sogar zwei werden.«

Er ruht in sich, dachte Madelaine erfreut. Er hat eine gute Seele, und er wird mich beschützen – gerade weil ich für ihn eine Frau bin, wie er sie noch nie kennen gelernt hat. Eine Frau, die auf das Dasein von Ehefrauen und Müttern nicht neidisch ist.

Ein Glücksgefühl breitete sich in ihr aus. Vielleicht, dachte sie, bin ich schon längst auf dem Weg, eines Tages Geschäftsfrau zu werden.

Schon in der zweiten Woche nach dem Johannisfest verzierte ein lettischer Maler Deckenbalken und Türrahmen in Madelaines Wohnung mit floristischen Motiven. Die Dielen glänzten in hellem Honigton, die Decken waren mit frischem Stuck verziert. Madelaine freute sich darauf, Polstermöbel und Stoffe für Gardinen und Hauswäsche auszusuchen. Dafür wollte sie ihren ersten freien Tag nutzen. Bevor es jedoch so weit kam, überraschte Martieli sie mit einer Einladung.

Madelaine, die sich schon die ganze Zeit gefragt hatte, wo Martieli in Riga wohnen mochte, errötete etwas. Er genoss weidlich ihre Verlegenheit, bis er sie darüber aufklärte, dass die Einladung von Inessa und ihrer Familie ausgesprochen worden sei. Inessas Mutter habe sich in zweiter Ehe mit einem angesehenen lettischen Architekten verheiratet. Dieser habe vor kurzem wieder eine

Villa fertig gestellt, die ihm, Martieli, so gut gefalle, dass er darin eine Etage für sich gemietet habe. Weniger seine Wohnung als vielmehr die Villa als Ganzes sei beeindruckend. Da auch einige bedeutende Herren der Stadt eingeladen seien, solle sie gut aufpassen. Sie werde viel Neues erfahren, und vielleicht finde sie auch Anregungen auf die Frage, wie sie am besten ihr Geld anlegen könne. Irgendetwas an seinem Gesicht gefiel Madelaine nicht. Schon seit Tagen sah Martieli abgespannter aus als sonst. Waren die Wangen nicht flacher? Viel weniger rosig? Sie fragte ihn nach seinem Befinden, doch Martieli winkte nur ab. Mehrere Konditoreien gleichzeitig zu leiten, zehre eben manchmal mehr als nötig an seiner Kraft, meinte er.

Am Abend eilte Madelaine zu ihrer Schneiderin. Das bei ihr bestellte dunkelviolette Taftkleid möge doch allen anderen Stücken aufs rascheste vorgezogen werden, bat sie eindringlich. Die Schneiderin, an nächtliches Nähen gewöhnt, hatte ergeben genickt. Das Kleid werde pünktlich geliefert.

An einem Samstagnachmittag brachte Janis' Kutsche Madelaine zu einem fünfstöckigen Stadthaus. Das Portal war mit Säulen geschmückt, deren glasierte Keramiksteine wie gedrechselt aussahen. Oberhalb der Kapitelle prangten zwei große Sonnengesichter. Die Waagerechte des Portals hingegen verzierten fein gemeißelte Lilienblüten. In der Mitte prangte ein Oval aus fantasievoll gesetzten Mosaiken aus Bernstein und Jade. Madelaine las die Jahreszahl 1899 und den Namen Baumanis. Sie legte ihren Kopf in den Nacken. Die steinernen Masken von Schelmen, haarumflorten Schönheiten, Schleifen, Farnwedeln und farbigen Keramikeinfügungen waren beeindruckend. Diese Villa roch noch nach Mörtel und frisch geschliffenem Stein. Hinter sich hörte sie Dina rascheln. Gerade wollte diese die Körbe auf dem Pflaster abstellen, Körbe mit köstlichen Cognactrüffeln, Makronen, einer Herrentorte und Nussecken.

»Dina!«, schimpfte Madelaine. »Die Körbe gehören an deinen Arm, nicht auf den Boden.«

»Verzeihung«, hauchte Dina.

Madelaine zog an der Türglocke.

Das Hausmädchen, in hellblauem Kleid mit weißer Schürze, führte Madelaine über eine geschwungene Treppe in den ersten Stock. Sie schritt über einen dunkelgrünen Sisalteppich, in den goldschimmernde Sterne eingewebt waren. Im Salon saßen Martieli und drei weitere Herren in Ledersesseln. Sofort erhoben sie sich. Martieli eilte Madelaine entgegen. Doch bevor er sie begrüßen konnte, umfassten von hinten zwei Frauenhände ihre Taille. Madelaine drehte sich um und sah in Inessas lachendes Gesicht.

»Das letzte Mal, da ich Sie sah, trugen Sie einen Blumenkranz«, neckte Inessa sie. »Und hat er Sie nicht zu einer rigaischen Berühmtheit gemacht?«

»Er hatte mehr Zauberkräfte, als Sie es sich vorstellen können. Also seien Sie vorsichtig mit Ihren Geschenken, Inessa«, entgegnete Madelaine. »Ich habe mir erlaubt, ein paar harmlose Kostproben aus unserer Backstube mitzubringen. Bitte.«

Sie küssten einander auf die Wangen, so bemüht herzlich, dass die Herren amüsiert schmunzelten.

»Wie aufmerksam von Ihnen, Madelaine«, sagte Inessa. »Nun kommen Sie, ich darf Ihnen vorstellen: Herr Baumanis, Architekt dieses herrlichen Hauses und gleichzeitig frisch gebackener Ehemann meiner Mutter. Herr Darius vom Riga'schen Börsenkomitee, Reedereibesitzer Coppenreuth – und Zuckerbäcker Martieli.« Sie knuffte Martieli in den Arm.

»Fräulein Gürtler, herzlich willkommen in unserem Hause.«

Die ruhige, warme Stimme gehörte Inessas Mutter. Sie trug ein weites helles Kleid mit Stickereien und geflochtenem Gürtel. Ihr volles Gesicht strahlte eine vorurteilsfreie Freundlichkeit aus, die Madelaine sofort zu schätzen wusste. Eine ungewöhnliche Frau, dachte Madelaine. Sie ist ganz anders als ihre Tochter. Baumanis legte seinen Arm um die Hüfte seiner Frau.

»Sie sehen ein frisch verheiratetes, jung gebliebenes Ehepaar vor sich, Fräulein Gürtler. Glücklich und zufrieden.«

Man beschloss, einen kleinen Rundgang durch das Haus zu machen. Baumanis erklärte ruhig und sachlich bautechnische Besonderheiten. Die hohen Räume jedes Stockwerks zierten buntgläserne Ovale, Spiegel, Kuppeln und Säulen. Licht wurde reflektiert und sorgte für eine großzügige Atmosphäre. Auf den Böden lagen raumgroße Teppiche in Pastelltönen mit Wellen- und Blumenmustern. Fächergleich fiel das Sonnenlicht durch hohe Bogenfenster. In den Erkern hatte man sogar gerundetes Glas verwendet. Baumanis betonte, wie wichtig ihm der Gedanke der Form sei. Alles müsse geschwungen, fließend wie in einer einzigen wogenden Bewegung erscheinen. Nur so könne man die Kostbarkeit besonderen Materials würdigen. Alles Technische wie Heizung, Wasserleitung, Lifte, Stromleitungen müsse im Verborgenen funktionieren. Das Sichtbare allein müsse die Schönheit sein. Wie in der Natur solle sich die Vielfalt von Bestandteilen zu einer harmonischen Einheit formen.

»Nun, da werden Sie sicher viele Bewunderer haben, oder nicht?«, fragte Madelaine und wies darauf hin, dass ihr die rege Bautätigkeit in der Stadt aufgefallen sei. Immer häufiger ließen die Stadtväter die alten ein- oder zweistöckigen Häuser zugunsten prachtvoller Villen niederreißen. Dabei seien diese nicht ohne Charme, wenn auch ohne modernen Komfort.

»Ich kann mich über Mangel an Aufträgen nicht beklagen, wertes Fräulein«, erwiderte Baumanis. »Gerade eben baue ich für einen der oberschlesischen Erzmagnaten eine außergewöhnliche Stadtvilla. Seien wir doch ehrlich, wir leben in einer Umbruchszeit. Wirtschaft und Technik ziehen das Lebenstempo an, Maschinen geben den Takt vor. Wir aber sehnen uns danach, dass alles so bleiben möge, wie es war. Wir möchten das Altvertraute nicht preisgeben. Um eine Synthese zwischen Alt und Neu zu finden, müssen Kunst und Handwerk neue Formen entwickeln. Der Historismus jedenfalls wird nicht überleben, vielleicht einzelne Elemente. Doch wir, die Künstler, suchen Wege, dem Element der Bewegung, das das Merkmal der neuen Zeit ist, eine ästhetische und funktionale Form zu verleihen.«

Madelaine war beeindruckt – sowohl von der Villa als auch von den Worten dieses Architekten. Sie nahm sich vor, so viel wie möglich von diesen Herren über die Welt zu erfahren. Martieli hatte sie bei alldem fast vergessen. Dabei waren sie die Letzten, die die Treppe von den kühlen Kellergewölben hinauf in den zweiten Stock stiegen. Sie drehte sich nach ihm um, als sie sein Schnauben hinter sich hörte.

»Geh nur weiter!«, rief er ihr zu. Irgendetwas in seinem Ton klang anders als sonst.

»Stimmt etwas nicht?«, fragte sie leise.

Er schluckte angestrengt. »Ich habe in den letzten Nächten zu wenig geschlafen, das ist alles«, antwortete er und lächelte bemüht.

Madelaine ging die Stufen zu ihm hinunter. Und in diesem Moment entdeckte sie die Linien zwischen Nase und Mund. Sie erinnerten sie an zwei hauchdünne schwarze Sichelchen.

»Sie sehen tatsächlich abgespannt aus, Herr Martieli. Sie sind doch nicht krank?«

Er ist krank, gab sie sich selbst die Antwort. Er ist krank.

»Martieli!«, riefen die Herren von oben. »Martieli! Fräulein Gürtler! Kommen Sie!«

»Geh nur, es ist nichts.«

Im Salon war bereits alles vorbereitet. Martieli griff nach einem Cognac und tröpfelte eine Essenz aus einem Fläschchen hinein.

»Auf Ihre Villa! Auf Ihren Erfolg!« Er hob das Glas, sah Madelaine kurz an und trank.

Nach dem Nachmittagskaffee verteilte man sich in dem großen Salon. Die Damen griffen zu Stickereien und plauderten. Madelaine blickte immer wieder zu den Herren hinüber. Erleichtert stellte sie fest, dass die Sichelchen in Martielis Gesicht verschwunden waren. Es war rosig wie immer, wenn auch schmaler. Angestrengt lauschte sie.

»Sie scheinen sich für unsere Wirtschaft zu interessieren?«, fragte Inessas Mutter.

»Entschuldigen Sie, ja, ich erfahre so viel Interessantes. Hier bei Ihnen in dieser wunderschönen Villa wie auch von den Menschen, mit denen ich zu tun habe. Mein Kutscher Janis ...«

»Sie haben einen lettischen Kutscher eingestellt?«

Madelaine erzählte bereitwillig von Janis und dem, was sie erst vor kurzem von ihm erfahren hatte. Dabei merkte sie gar nicht, dass das Gespräch der Herren erloschen war, weil sie ihr zuhörten.

Herr Darius räusperte sich. Er bat um die Erlaubnis, ein Pfeifchen anzuzünden. Nachdem die ersten Rauchkringel unter der hohen Decke verstoben waren, sagte er: »Ihr Kutscher hat Ihnen also erzählt, die Arbeiter müssten ihr Tun ohne Schutz verrichten? Glauben Sie mir, wertes Fräulein, dann hat er nichts von Rechtsanwalt von Seeler gehört. Erst im letzten Jahr, 1898, hat er eine Unfallversicherungsgesellschaft gegründet. Zahlreiche Firmen haben sich dieser bereits angeschlossen, und es werden mehr werden. Mir scheint, Ihr Kutscher weiß auch nichts von den löblichen Annehmlichkeiten, die unsere Firmen ihren Arbeitern und Angestellten bieten. Sie gelten als absolut vorbildlich im Deutschen und Russischen Reich. So gibt es Firmen, die kostenfreie ärztliche Behandlung bieten. Denken Sie einmal an Provodnik, das große Gummiunternehmen. Dort sollte Ihr Kutscher einmal vorbeischauen, er würde staunen – Gesellschaftshaus mit Vortrags- und Tanzsaal, Arbeiterorchester, Bibliothek, Lebensversicherung, Fabrikschule und Kinderkrippe.«

»Ich habe sogar gehört, Arbeiterinnen können in der firmeneigenen Entbindungsanstalt ihr Kind zur Welt bringen«, warf Inessas Mutter ein.

»Das ist wohl richtig«, sagte Darius. »Ich gebe zu, diese Vorteile bieten nicht alle Firmen. Das ist ja auch wohl unmöglich. Aber dennoch, man sollte auch einmal das Gute sehen.«

»Richtig!«, stimmte der Reeder Coppenreuth zu. »Dieser enorme Aufschwung der Industrie der letzten Jahre hat unserem Handel ebenfalls einen kräftigen Aufschwung beschert. Erinnern Sie sich, der Hafen musste vergrößert, die Fahrrinne bis auf über sieben Meter vertieft werden. Jetzt können wir in Bolderaa bis zu dreitausend Registertonnen große Schiffe auf einem neuen Schwimmdock instand setzen lassen. Und wenn Sie, wertes Fräulein, Ihr Geld Gewinn bringend anlegen wollen, nur zu. In diesem Jahr wurde die Russisch-Baltische Dampferverkehr A.G. und die Russisch-Ostasiatische Dampferverkehr A.G. mit Grundkapitalen von eineinhalb und drei Millionen Rubel gegründet. Kaufen Sie Aktien. In ein paar Jahren sind Sie wohlhabend und können Ihren werten Herrn Sprüngli auszahlen.«

Alle lachten. Nachdenklicher geworden, ging es Madelaine durch den Kopf, dass das eben die Wahrheit war. Auf der einen Seite gab es große Kapitalmengen mit hervorragenden Gewinnaussichten, auf der anderen geringe Löhne ohne Existenzabsicherung. Ihr schien, als ob Martieli ihr aufmunternd zunicken würde.

»Das wäre mir die liebste Vorstellung, liebe Madelaine – du zahlst mich aus«, sagte er. Man prostete sich erneut zu und schwieg eine Weile. Die Herren musterten Madelaine schmunzelnd. Sie hingegen hing der Vorstellung nach, wie es wäre, wenn sie einen Teil ihres Verdienstes tatsächlich in Aktien anlegen und vermehren würde.

Baumanis war der Erste, der wieder das Wort ergriff.

»Ja, es ist wahr, Rigas Wirtschaft hat Hochkonjunktur. Die Preise für Holz, Bauland, Immobilien steigen. Die Stadt verfügt über gewaltige Steuereinnahmen. Aus Immobilien allein dürften es in diesem Jahr ungefähr sechshunderttausend Rubel sein. Aus Handels- und Gewerbescheinen und der Getränkesteuer sollen hundertachtzigtausend Rubel in die Stadtkasse fließen. Und die Nachfrage nach Bauland ist enorm.«

»Der Stadt gehört viel Land?«, fragte Madelaine.

»Ja, Liegenschaften, Landgüter und Forsten«, erklärte Baumanis. »Es ist der Besitz, der durch bischöfliche und königliche Gnade verliehen wurde. Wenn Sie sich entschließen, aus Ihrem späteren Aktiengewinn Bauland zu erwerben, so gilt: Ein Grundstück wird an einen Privatmann nie zu vollem Eigentum verkauft, sondern auf Grundzins vergeben.«

Madelaine sah ihn verständnislos an. »Aber warum denn das?«

»Dadurch werden die Einnahmen für die Stadt gesichert. Es ist üblich, dass Sie dann nur zehn Prozent des Kaufpreises zahlen. Über den Rest wird eine Obligation mit fünf Prozent Verzinsung plus Tilgung in sechsunddreißigeinhalb Jahren ausgestellt. Der Wert der Immobilie steigt jedoch mit jedem meiner Häuser.« Er lachte. »Und das hat seinen Grund.«

»Ihre Architektur …«, warf Madelaine ein.

»Nein, nein«, wehrte Baumanis ab. »Riga bietet seinen Bürgern den technischen Fortschritt. Passen Sie auf: Industrie und Handel prosperieren weiter, das ist die eine Seite. Die andere Seite ist, dass im nächsten Jahr, 1900, die Pferdebahn durch eine elektrische ersetzt werden soll. Die Krankenversorgung wird umfassender, Bildungs- und Hygienewesen verbessern sich. Ich glaube, irgendwann wird uns noch der Zar mit einem Besuch beehren.«

Nun hatte das Thema Madelaine in Besitz genommen. Sie selbst staunte, als sie sich fragen hörte: »Welche Firmen genau werden denn nun prosperieren?«

»Im Februar hat die Aktiengesellschaft für Flachs- und Jute-Manufaktur Aktien emittiert. Vielleicht wäre das etwas«, sinnierte Martieli.

»Nein, nein! Setzen Sie auf die Gummiindustrie, die wird unverzichtbar für die Zukunft sein«, warf Darius heftig ein. »Oder die Russisch-Baltische Waggonfabrik, die schon jetzt das bedeutendste Werk im Russischen Reich ist. Der Eisenbahn gehört die Zukunft!«

»Schifffahrt, was ist mit der Seefahrt?«, empörte sich Coppenreuth künstlich. »Vergessen Sie nicht meinen Rat: Die Dampfschiffs-Gesellschaft Europa hat vielversprechende Aktien!«

»Können Sie eigentlich Fahrrad fahren?« Inessa legte ihre Stickarbeit beiseite.

»Ich würde es gern lernen, es ist ja wohl ein Volkssport geworden«, meinte Madelaine.

»Da! Sehen Sie! Die junge Generation ist von den neuesten Fortbewegungsmitteln begeistert!«, rief Darius aus. »Kutsche, Droschke, Sänfte – für die Vornehmen oder Alten. Die Jungen bewegen sich lieber selbst. Oder auf jeden Fall mit größerer Geschwindigkeit. Dann müssten Sie in die Fahrradindustrie investieren. Leutner & Co. ist der große Hersteller. Russia heißt sein berühmtes Modell. Und dann gibt es da noch die Konkurrenz Scheffel & Co. mit seinen vielgelobten Nordpol-Fahrrädern. Nur zu, junge Frau, Sie werden es bestimmt nicht bereuen.«

»Ich werde es mir überlegen. Im Moment schläft mein Geld noch im Strumpf«, meinte Madelaine. »Von der Zehe bis knapp zur Ferse. Das ist ja noch nicht viel.«

»Warte es ab, wir werden noch reich«, entgegnete Martieli. »Übrigens, es gibt auch noch die Rigaer Drahtindustrie A.G. …«

»Recht haben Sie, Herr Martieli. Also, nur frischen Mut und ran an die Börse, Fräulein Gürtler.«

Die Türglocke schallte herauf. Inessa stand auf und flüsterte ihrer Mutter etwas zu.

»Geh nur, mein Kind.«

Madelaine kam es vor, als ob sie einen neuen Gast erwarten würde.

»Ich bitte um Ihre Nachsicht«, sagte Inessa. »Mein Gesanglehrer ist gekommen. Bitte entschuldigen Sie mich.

Ich darf doch darauf hoffen, Sie alle am kommenden Sonntag zu einer Vorstellung in unserem Lettischen Verein wiederzusehen.«

Ein jeder versicherte, dass er erscheinen werde.

Doch bald war das Gespräch wieder bei der Wirtschaft.

Darius, Vertreter des Riga'schen Börsenkomitees, senkte die Stimme. »Im Vertrauen gesagt, Sie wissen doch alle, im Jahre 1901 feiert Riga sein siebenhundertjähriges Bestehen. Es laufen schon seit geraumer Zeit Pläne für eine besondere Jahrhundertausstellung.«

Baumanis seufzte tief. »Das kam mir bereits zu Ohren. Es wird wohl schwierig werden angesichts der Geschichte unseres Landes und der nationalen Unterschiede. Verzeihen Sie, es scheint, als ob wir Letten das Feld dafür räumen sollen …«

»Herr Baumanis, was denken Sie? Sie als größter Baumeister unserer Stadt?«, empörte sich Darius.

»Ich bin Lette«, entgegnete Baumanis so trocken wie stolz. »So einfach ist das.«

»Warten wir's ab«, murmelte Martieli.

Und als hätte seine Stimme Madelaine elektrisiert, rief sie plötzlich: »Das Beste wäre es doch, wenn jeder sich überlegen würde, welchen Teil er zu der Feier beisteuern könnte.«

Eine Pause entstand, und ihr wurde für einen Moment bewusst, dass sie einen Fehler gemacht hatte.

»Die Jungen sind doch immer wieder alle gleich, in jeder Generation«, meinte Coppenreuth. »Wie junge Fohlen.« Er schüttelte bedenklich den Kopf.

»Eine junge Dame wie Sie sollte die Grenzen des weiblichen Anstands nicht sprengen wollen«, stimmte ihm Darius zu. »Aktienerwerb – von mir aus. Die Wirtschaft soll ja weiter blühen. Doch die Planung einer Industrie- und Ge-

145

werbeausstellung ist, mit Verlaub gesagt, Männersache. Ich denke, Ihr Kapital sind Ihre bestechende Schönheit, Fräulein Gürtler, und Ihr Handwerk. Dabei sollte es bleiben. Ist es nicht Reichtum genug?«

»Die Schönheit ist die Essenz des Lebens«, säuselte Baumanis.

»Und es wäre doch gelacht, wenn Sie nicht eines Tages in unserem schönen Riga einen gestandenen Gatten finden würden«, sagte Coppenreuth.

Das Männergelächter schallte Madelaine noch in den Ohren, als sie längst in der Kutsche saß.

Es war seltsam, mit dem Gespür dafür, dass Martielis Gesundheit angegriffen war, wuchs in Madelaine eine Kraft, die sie zu weiteren Anstrengungen anspornte. Als ob ihr Ehrgeiz Martieli retten könnte, konzentrierte sie sich noch mehr auf die Arbeit in der Backstube und auf das Geschäft. Sie hatte alles im Auge, die Planungen, Bestellungen, Vorräte, die Blumen im Café, die Präsentation im Laden, die Kleidung der Mädchen. Und in dieser Zeit kam es ihr vor, als würde sie sich ausschließlich von ihrer Backkunst ernähren – im übertragenen Sinne, doch auch konkret. Stückchen, die auseinander fielen, übrig blieben oder von Experimenten herrührten – alles nahm den Weg in Madelaines Magen. Auch das kam ihr wie ein Schutz vor gegen den Schmerz, den sie empfand, wenn sie wieder einmal in Martielis Gesicht die dunklen Sichelchen entdeckte.

Nach einigen Wochen traf ein Paket aus Hamburg für sie ein. Zuerst las sie den Brief, der ihm beigefügt war. Der Rest war fest mit braunem Packpapier umwickelt.

Liebe Madelaine,

ich hoffe, es geht dir gut. Ich habe große Angst um
dich gehabt, glaube mir. Hier schicke ich dir das,
was dir zusteht. Wenigstens das hat der Unhold,
dieser elendige Verbrecher, noch hier gelassen.
Es gehört doch dir, nicht? Du solltest Kapital daraus schlagen. Ich bin jedenfalls froh, dass der
Kloß fort ist. Er war mir schon immer ein bisschen
unheimlich. Wir hören gar Schreckliches von dem
Zaren Nikolaus. Er soll es den Deutschen nicht
leicht machen. Hoffentlich passiert dir nichts
Böses. Ich wünsche dir jedenfalls alles Gute.
Vielleicht schreibst du mir einmal.
Mit herzlichen Grüßen
deine Alma Pütz

Madelaine riss das Packpapier auseinander – und hielt das
Manuskript von Kloß, »Von der Kunst, mit Schokolade zu
backen«, in ihren Händen. Mit größtem Unbehagen blätterte sie die Seiten durch. Sie kämpfte damit, das, was geschrieben stand, von jenem zu trennen, der die Feder geführt hatte. Es gelang ihr zunächst nicht. Mit Abscheu wickelte sie die Seiten wieder ins Packpapier und legte sie in
die unterste Schublade ihrer Kommode. Doch die Post bewirkte, dass sie sich Abend für Abend dazu zwang, ihre
Hamburger Aufzeichnungen durchzusehen. Für die Zukunft muss ich einen klaren Kopf bewahren, ermahnte
sie sich streng. Ich muss mit den Schrecknissen der vergangenen Zeit aufräumen und versuchen, dieser Martieli'schen Konditorei ein Zeichen meiner Selbst zu geben.
In diesem Moment fiel ihr Martielis neckische Bemerkung ein, bei ihm habe sie freie Hand. Eine Weile dachte
sie darüber nach. Wie ein hartnäckiger Ohrwurm kehrte

seine Stimme wieder: »Madelaine, du hast Narrenfreiheit bei mir.« Narrenfreiheit klang gut, sehr gut – und stachelte ihren Ehrgeiz weiter an.

Langsam, unbewusst zunächst, begann in Madelaine eine Idee zu keimen.

Und Ende August entdeckten die Rigaer Bürger eine goldgerahmte Tafel im Schaufenster, auf der stand:

Alles dient nur der Veredelung der Sinne,
des Geistes.
Über unseren Gaumen führen wir uns Gutes oder
Böses, Feines oder Schlechtes zu. Entscheiden Sie!
Wir, die Mitarbeiter der Konditorei Martieli, sind
dafür da, Ihnen das Beste und Edelste zu bieten,
was Sie sich über Ihren Gaumen an Gutem zuführen können. Zucker und Schokolade im raffinierten
Reigen mit Korn, Eiern, Salz und Gewürzen handwerklich meisterhaft verarbeitet – sie geben dem
Leben einen Sinn. Die Schönheit, die wir schaffen,
verleiht Ihrer Seele Kraft.
Urs Martieli, Zuckerbäcker
Madelaine Elisabeth Gürtler, Zuckerbäckerin

»Du hast wirklich Talent«, bemerkte Martieli anerkennend, als er die Überraschung sah. »Du hast wirklich Talent. Das sollten wir feiern. Du backst das Beste, was du kannst. Ich lade die besten Kundinnen der Gesellschaft ein. Inessa wird singen, ich werde spielen.«

Madelaine musste ihren freien Tag verschieben – zugunsten ihrer ersten Geschäftsidee.

Zunächst war es ihr schwer gefallen, in Kloß' Manuskript das zu suchen, was sie vor seinem schrecklichen Übergriff so sehr genossen hatte – das Rezept zu seinem köstlichen Erdbeertraum. Madelaine hatte beim Durchblättern der Seiten das Aroma von Erdbeeren und Biskuitteig, in Calvados getränkt, auf der Zunge und zugleich Schweißperlen vor Ekel. Es war ein Kampf gegen die Erinnerung und für den Erfolg.

Immer wieder musste sie sich ermahnen, nicht schwach zu werden vor dem Grauen, sondern stattdessen daran zu denken, welch ein Triumph es für Kloß bedeuten würde, wenn sie vor ihrem eigenen Ziel kapitulierte.

Am Sonntagabend nahm sie sich ein Blatt Papier, setzte sich bei weit geöffneten Fenstern ins Sonneneck auf die frisch gewachsten Dielen und notierte: Trüffeltorte, Linzer Torte, Schokoladenbaisers, Prinzregententorte, Savarin mit Himbeeren, Veilchentorte … Mein Erdbeertraum: »Rêve de fraise à Madelaine«.

Ein befreiendes Siegesgefühl durchströmte ihren Körper. Sie streckte sich im Sonnenlicht, genoss die Helligkeit, die Wärme und das Wohlgefühl, mit sich im Reinen zu sein. Am Abend, als die Sonne den Fluss und die Dächer der Stadt mit rötlichen Strahlen bedeckte, hatte sie eine verwegene Idee. Rasch notierte sie diese auf dem Blatt und legte sich klopfenden Herzens schlafen.

Drei Tage später war alles perfekt für die Café-Einladung vorbereitet. Den Eingang der Konditorei schmückte eine Girlande aus Tannengrün, Weidenkätzchen, Rosen, Immortellen und Leberblümchen. Die Mädchen trugen frisch gestärkte weiße Schürzen und mandelförmige Spitzenhäubchen im Haar.

Madelaine und Martieli gingen in den hinteren eleganten Teil des Cafés. Martieli sah wieder besser aus, wenn auch seine Figur schlanker geworden war. Madelaine drückte seinen Arm, so als wollte sie ihm für alles danken, was heute an Schönem zusammenkam – das florierende Geschäft, die Einladung, das Leben, die Sonne, dieser besondere Tag. Die weiß lackierten Flügeltüren standen zum Garten hin offen. Die mauvefarbenen Samtbezüge der Sessel und Stühle waren frisch gebürstet. Auf den mit Intarsien verzierten Tischen lagen schneeweiße Spitzendeckchen. Die goldgerahmten Spiegel glänzten und vervielfältigten die Eleganz des Cafés. Martieli trat zum Klavier und fing an zu spielen. Auf einen Galopp folgte ein Walzer, den Martieli nach Strauß'schen Motiven weiterspann und zu singen begann:

>»Morgen wollen wir hinaus ins Freie ziehn,
>wo Flur und Hain im Frühlingsglanze blühn,
>wo herrlich duften Flieder und Jasmin,
>dem grauen Alltagseinerlei entfliehn.
>Dort bei frohem Schmaus und unverfälsch-
>tem Trank
>ertöne frohgestimmter Kehlen Sang.
>Dort wollen wir bei Sonnenuntergang uns dreh'n
>im Tanz bei Geigenklang.
>Komm doch, komm doch her zu mir,
>komm, mein Schatz, tanz mit mir.«

Er pfiff, summte, brummte und bog schwungvoll seinen Oberkörper hin und her und fuhr mit der zweiten Strophe fort.
Madelaine, glücklich, ihn so heiter singen zu hören, entfernte sich leise, öffnete die Ladentür und ließ den heiteren Tönen Zugang zur flanierenden Welt.
Es dauerte nur kurze Zeit, und gut die dreifache Anzahl der urMartielich eingeladenen Damen füllte den Raum.

Martieli und Madelaine begrüßten jede einzeln und geleiteten so manche zu ihrem Platz. Und mit trällernder Stimme rauschte nun auch die Hauptperson – Inessa – herbei. Sie sah aus wie der erwachte Frühling – Blüten über Blüten besprenkelten Saum, Dekolleté und Ärmel ihres lindgrünen Seidenkleids. Und einen Augenblick lang beneidete Madelaine dieses fesche weibliche Wesen, das sich von den Damen des gehobenen Bürgertums abhob wie ein Glühwürmchen in dunkler Sommernacht.

Nachdem Martieli eine kleine charmante Ansprache gehalten hatte, ergriff auch Madelaine trotz aller Aufregung das Wort. Und Martieli, den sie erst am Morgen eingeweiht hatte, trat ehrerbietig zur Seite.

Ihr sei bekannt, dass sich die Kultur der Schokoladenzubereitung in Riga höchster Beliebtheit erfreue, begann Madelaine zu erzählen und wies auf die bereitstehenden silbernen Schokoladenkannen mit ihrem waagerechten Holzgriff an der Seite. An diesem besonderen Tag wolle sie jedoch ihren Gästen einen besonderen Genuss bieten.

»Sie können zwischen Schokolade mit Orangenblüten, Mandelmilch oder Ambra wählen. Erstere ist gut gegen nervliche Überreizung, die andere empfehlenswert für leicht erregbare Temperamente. Ambra aber gilt nach dem großen Connaisseur Anthelme Brillat-Savarin als verlässliches Mittel gegen allgemeine Betrübnis. Wenn Sie hingegen den Wunsch haben, Ihre Trinkschokolade mit Zimt, Anis oder Kardamom zu würzen, zeugt auch dies von exquisitem Geschmack. Womit Sie im Übrigen einer uralten Tradition folgen, denn schon die Nonnen von Oaxaca, einer im 16. Jahrhundert spanisch besetzten Aztekenstadt, würzten ihre Schokolade auf diese Art.«

»Nu«, erhob sich da die hohe Stimme einer Dame, über deren Busen eine Kette mit kirschgroßen Bernsteinen hing,

»mir ist der Kaffee lieber, schön schwarz und stark wie ein Neger.« Alle lachten, und sie fuhr, nun kräftig sächselnd, fort: »Bei uns in Leipzig heißt es Gaffee und Guchen. Mir haben schon den Gaffee getrunken, als der Rest der Welt noch Biersuppe schlürfte. Und deshalb, wertes Fräulein – wenn's auch nicht grade sechzig Bohnen für jede Tasse sein müssen, wie's der gute Beethoven gebraucht hat –, Kaffee für mich, bitte sehr!«

»Igittigitt! Biersuppe! Was für eine geschmackliche Entgleisung!«, rief eine Dame in silbergrauer Seidenpelerine. »Das erinnert mich doch gar an die grässliche Liselotte von der Pfalz. Kaffee, Tee und Schokolade hat sie verdammt, stellen Sie sich das einmal vor, und sich stattdessen am französischen Hofe nach Sauerkraut, geräucherter Wurst und Biersuppe gesehnt. Quel affront!«

Madelaine bemerkte den prüfenden Blick einer älteren Dame mit besticktem Seidenfächer in der Hand.

»Ich dagegen würde gern die empfohlene Trinkschokolade probieren, mit Zimt und Kardamom. Ist sie doch die edelste der Genüsse. Ich halt es mit Goethe, dem die Schokolade stets eine Quelle der Inspiration gewesen ist. Bis ins hohe Alter, wohlgemerkt!«

»Wenn Sie erlauben«, sagte Madelaine, »darf ich hinzufügen, dass die Schokolade schon von den Azteken als Göttertrank und allgemeines Stärkungsmittel verehrt wurde.« Sie sah die Dame zustimmend nicken, und fuhr, dadurch ermutigt, fort: »Auch Anna von Österreich liebte Schokolade über alles. Und Kardinal Mazarin weigerte sich sogar, ohne eigenen Schokoladenkoch auf Reisen zu gehen. Die Schokoladengesellschaften am französischen Hof waren sehr beliebt. Wussten Sie, dass Marie Antoinette das Amt des Schokoladenzubereiters der Königin schuf? Nun, sicher ist, Schokolade beruhigt die Nerven, den Magen, weckt die Lebensgeister und heilt gebrochene Herzen.« Sie sah frei in die Runde. »Wie Sie sich auch entscheiden, verehrte Damen, Schokolade steht Ihnen in unserem Haus in höchster Qualität zur Auswahl: ob in flüssiger oder fester Form. Wir jedenfalls wünschen Ihnen von ganzem Herzen: Bon appétit!«

Alle klatschten Beifall. Madelaine merkte, wie ihre Wangen heiß geworden waren. Sie warf Martieli einen Blick zu, der besagen sollte: Nun brauchen wir eine kleine Pause mit Musik. Martieli flüsterte Inessa etwas zu.

»Um der Gerechtigkeit und Ausgewogenheit willen folgt nun ein kleines, Ihnen allen wohlvertrautes Liedchen. Wurde soeben das Loblied auf die Schokolade gesungen, so spielen wir jetzt das Hohelied auf den – Kaffee!«

Er präludierte, nickte aufmunternd nach allen Seiten, und die sächsische Dame klatschte jubilierend in die Hände. Es erklang die berühmte Kaffeekantate von Johann Sebastian Bach. Martieli übernahm die Stimme des Schlendrians.

> »Hat man nicht mit seinen Kindern
> hunderttausend Hudelei!
> Was ich immer alle Tage
> meiner Tochter Lieschen sage,
> gehet ohne Frucht vorbei.«

Und Inessa breitete die Arme aus und sang:

> »Ei! Wie schmeckt der Kaffee süße,
> lieblicher als tausend Küsse,
> milder als Muskatenwein.
> Kaffee, Kaffee muss ich haben;
> und wenn jemand mich will laben,
> ach, so schenkt mir Kaffee ein!«

Der Nachmittag wurde ein großer Erfolg. Kaffee wie Trinkschokolade wurde kräftig zugesprochen. In den vom warmen Sommerwind ins Café hineingetragenen Blumenduft mischte sich das köstliche Aroma von frisch gerösteten Kaffeebohnen und herbsüßer Schokolade. Die Stimmung der Damen hob sich ohne Zweifel dank der belebenden Wirkung der Herrlichkeiten aus Martieli und Madelaines Backstube. Zwischendurch erklangen beliebte Salonstücke, Walzer und Arien aus Johann Strauß'schen Operetten, in denen Inessas Leidenschaftlichkeit aufblühte – Eine Nacht in Venedig, Der Zigeunerbaron, Fürstin Ninetta. Allen Rollen verlieh sie überzeugende Lebendigkeit. Auch Martieli, erkannte Madelaine, war mit Leib und Seele in seinem Element. Sein Gesicht leuchtete, Hände und Füße schienen einzig vom Rhythmus, vom Schwung der Musik geführt. Er selbst strahlte jedoch eine innere Würde aus, die der Musik gleichzeitig Respekt zollte. Und beides verlieh dem Mitschwingen seines breiten Oberkörpers eine vornehme Eleganz. Madelaine war stolz auf ihn, mochte auch Inessa ihn becircen, wie sie wollte.

Sie war hier die Chefin.

»Ein reizendes Ehepaar, finden Sie nicht auch, Frau Krawoschinsky? Bäcker und Bäckerin! Und da sehen Sie, wie gut der jungen Frau der Altersunterschied tut.«

»Gewiss, sie hat seinen Schutz, mag wohl auch kräftig von seinem Wissen profitieren. Doch schauen Sie nur, auch ihm scheint das junge Frauchen gut zu tun.«

Die beiden Frauen kicherten. Madelaine fuhr zusammen. Da sah sie, wie sich eine dritte zu den beiden anderen hinüberbeugte.

»Ja, haben Sie es denn nicht richtig gelesen? Martieli und Gürtler. Na, denken Sie doch nach!«

Im gleichen Moment richteten sich drei Augenpaare mit stechendem Blick auf Madelaine, die so tat, als hätte sie nichts gehört. Sie riss sich zusammen, lächelte und fragte: »Darf ich den Damen nachschenken lassen?«

»Wir danken, Frau Martieli«, antwortete provozierend diejenige, die genau gelesen hatte, voller Spannung auf Madelaines Reaktion.

»Mit Verlaub, ich heiße Madelaine Gürtler, meine Damen. Meine Eltern sind verstorben, und Herr Martieli ist gewissermaßen mein Ziehvater. Durch ihn habe ich mein Handwerk gelernt.« Das klingt gut, dachte Madelaine belustigt, Ziehvater, hervorragend.

Die Gesichter der Damen entspannten sich, doch sie sahen ein wenig enttäuscht aus. Ziehvater – wie langweilig.

Und um weitere unsittliche, geschäftsschädigende Spekulationen im Keim zu ersticken, fügte Madelaine hinzu: »Ich werde wie Herr Martieli ebenfalls anstreben, den Meistertitel zu erlangen.«

»Sie wollen es einem Herrn bis ins Letzte gleichtun? Ist das nicht ein wenig zu … gewagt? Blaustrümpfig gar?«

Madelaine lächelte versonnen.

»Es muss wohl an der Schokolade liegen, die uns Kräfte verleiht, die wir selbst nicht geahnt hätten«, sagte sie nicht ohne Ironie. Die Damen sahen sie verständnislos an.

»Darf ich Ihnen noch ein Stückchen von unserer Trüffeltorte präsentieren?«

Als hätte sie ihnen geröstete Käfer angeboten, lehnten die Damen ab.

»Sie beweisen Mut, junges Fräulein«, sagte die ältere der Damen. »Sicher ist Ihnen bekannt, dass wir hier in der Stadt zwei Konditoreien haben, die Respekt genießen: die Claviezelsche und Studesche. Und da wollen Sie mithalten – auf Dauer?«

»Wir tun unser Möglichstes, unseren Kunden und Gästen höchste Qualität …«, begann Madelaine.

»Papperlapapp! Das sagen die anderen auch. Kindchen, übernehmen Sie sich nur ja nicht.« Ein missgünstiger Blick traf Madelaine.

»Ich darf Ihnen versichern, dass es uns eine große Freude ist, Sie heute in unserem Hause zu verwöhnen. Ich hoffe, es mundet Ihnen«, entgegnete Madelaine so freundlich und höflich sie konnte. Aus einem Instinkt heraus setzte sie ihren Worten noch ein Sahnehäubchen auf und knickste. Dann wandte sie sich ab, um sich nach den Wünschen der Damen am Nachbartisch zu erkundigen. Die verlangten nach einem weiteren Stück Erdbeertraum und Schokoladenbaisers.

Beim Bedienen hörte Madelaine allerdings, wie in ihrem Rücken vereinzelte Worte fielen, die ihr wehtaten. Worte wie Messerstiche.

»Eine Waise … noch dazu von einfachem Stande … eine Träumerin wohl gar. Wenn auch das Backwerk ganz passabel ist … doch glauben Sie mir, Frau von Baselitz, irgendetwas ist hier nicht ganz *comme il faut*.«

Die drei Damen waren denn auch die ersten, die sich erhoben und den Rückweg antraten.

Doch abgesehen von diesem Zwischenfall erfüllte Madelaine am Abend nichts so sehr mit Stolz wie die Tatsache, dass sich ihr Kampf und ihr Mut bezahlt gemacht hatten. Martieli jubilierte, nachdem alle weg waren. Spontan riss er Madelaine in seine Arme und drückte ihr einen Kuss auf die Lippen. Dieser, fand Madelaine, schmeckte so, als küssten sich Verbündete – und nicht Verliebte.

Nein, dachte sie später, nein, dieser Kuss entbehrte jeglicher Erotik. Die sensationsheischenden Damen wären enttäuscht gewesen. Die Namen von Baselitz und Krawoschinsky trug sie in ihr Notizbuch ein. Man konnte ja nie wissen.

Im Schlaf jedoch erinnerten sie die abweisenden Stimmen wieder an die Verletzung aus früher Kindheit. Madelaine träumte, sie krieche über eine hauchdünne Eisfläche. Am Ufer stand schwarzes Schilfgras, der Himmel hing tief herab. Das Furchtbare jedoch sah sie durch das Eis – erst klein, dann lebensgroß starrte sie das Gesicht ihrer Mutter an. Unverhohlen ablehnend sah sie Madelaine aus dem kalten Nass heraus an. Madelaine lag bäuchlings auf dem Eis, ihre Handflächen drohten festzufrieren. Das Gesicht ihrer Mutter jedoch wurde größer und größer. Es weitete sich aus, und der Mund öffnete sich. Ein Strudel quirlte heraus, und aus den hervorquellenden Augäpfeln schienen pfeilspitze Eiskristalle zu schießen. Madelaine spürte plötzlich einen starken Sog. Das Eis knackte, schwankte, bog sich langsam der Tiefe entgegen …

Nass geschwitzt wachte sie auf. Stirn und Herz pochten vor Angst. Ihre Hände hatten sich in Kopfkissen und Betttuch festgekrallt. Erst nach einer langen Weile entspannte sie sich so weit, dass sie sich den Erfolg des gestrigen Tages wieder vor Augen führen konnte. Sie würde lernen müssen, mit den Albträumen der Vergangenheit und den Erfordernissen der Gegenwart zu leben.

Im Rigaer Tageblatt war nun immer häufiger zu lesen, dass der Stadt ein Generalstreik drohen könnte. Stine und Dina berichteten Madelaine, dass sich unter den Menschen gleich welcher Nationalität eine gereizte Stimmung ausbreite. Viele hätten Angst, dass die Polizei unbeherrscht einschreiten würde, denn von Zar Nikolaus II. sei bekannt, dass er ketzerische Aufwiegler genauso mit Polizeiterror verfolgen ließ wie friedlich Protestierende.

»Er versteht sein Volk nicht«, meinte Martieli. »Ich glaube, sein Problem ist, dass er seine Rolle als unantastbarer Zar mystifiziert. Er will wie ein Autokrat herrschen und zugleich von seinem Volk geliebt werden. Das kann nicht gut gehen, denn das lässt sich nicht vereinbaren.«

Stine und Dina, die seine Bemerkung hörten, duckten ihre Köpfe. Madelaine kam es vor, als ob die beiden sich vor der Offenheit seiner Worte ängstigen würden, als wären sie ein schlimmes Omen. So fragte sie, ob es noch anderes zu berichten gebe. Stine erzählte, dass viele Hausfrauen Waren auf Vorrat kaufen würden.

»Die Hauptsache, ihr Appetit auf unser Backwerk hält an«, sagte Madelaine und überflog den Zettel mit den Bestellungen. Für sie zählte allein, dass die Arbeit in der Backstube prosperierte. Dabei spielte es keine Rolle, dass die Damen der besseren Gesellschaft ihrem Café fernblieben und stattdessen ihre Dienstmädchen schickten.

Als Madelaine an ihrem ersten freien Tag die Straße betrat, trug sie ein knöchellanges vanillefarbenes Kleid mit Spitzen an Dekolleté und Ärmeln. Ein hellblaues Seidenband zierte Hals, Bündchen, Taille und Saum. Das, was sie in ihrem damenhaften Gefühl jedoch am meisten bestärkte, waren die weißen Batisthandschuhe und der luftige, breitkrempige Hut mit Stoffblumen. Es bereitete ihr große Freude, sich in den spiegelnden Schaufenstern der Martieli'schen Konditorei zu betrachten.

Seit langer Zeit dachte sie wieder einmal an ihren Vater. Wie schön wäre es, wenn er sein Mädchen aus Valparaiso jetzt so sehen könnte. Bestimmt wäre er mit mir vor Stolz

über die Straße gewalzt. Hatte sie nicht bereits einen kleinen Teil seines Traums vom Erfolg erfüllt?

Hinter ihrem Spiegelbild gewahrte sie Janis und dessen
bewundernde Blicke. Er zog seinen Strohhut vom Kopf
und verbeugte sich. Einige Passanten sahen erstaunt herüber. Janis schien seine Rolle als Kavalier zu genießen und
reichte ihr formvollendet die Hand. Madelaines Kleid mit
seinen Unterröcken aus Plissee und Seide raschelte vornehm, als sie in die offene Kutsche stieg.

»Lass mich ein wenig von der Stadt sehen. Wir fahren erst
später zu Madame Holm.«

Janis schnalzte, und die Pferde setzten sich in Bewegung.
Madelaine blinzelte in die Sonne und spannte ihren Sonnenschirm auf.

Zunächst fuhren sie kreuz und quer durch die Stadt. In allen Straßen entdeckte Madelaine an mehrstöckigen Häu-
serfassaden fantasievolle Ornamente. Selbst die mehrstufi-
gen Giebel überboten einander an Einfallsreichtum. Figuren, Masken und architektonische Raffinessen, wohin sie
auch blickte. Sie staunte über Villen, die majestätischen Fes-
tungen glichen, mit Rundtürmen, Erkern, baumhohen
Fenstern und Fahnen auf dem Dach. Madelaine beein-
druckte die Pracht der Erker und Balkone, die von anmuti-
gen Säulen oder steinernen Figuren umrahmt wurden. Sie
staunte über mächtige Löwenköpfe mit aufgerissenen Mäu-
lern, dann wieder lächelte sie über die niedlichen rund-
bäuchigen Putten, die gewaltige Pfeiler stützten. Ihr Blick
folgte den Linien der gemeißelten Farne, Lilien und Schleifen – so lange, bis es ihr vorkam, als würden die pflanzlichen
Ornamente anfangen im Winde zu schwanken.

Über die Schloss-Straße ging es nun der Düna zu. Nachdem sie den Schloss-Platz überquert hatten, lenkte Janis
die Pferde zum Fluss, wo sie nahe des Ufers südwärts, an

den Markthallen entlang, fuhren. Schließlich bog er in die belebte Sunder-Straße ein. Bald hatten sie das bekannte Tuchwarengeschäft von Madame Holm erreicht. Da diese beim Nachmittagskaffee dabei gewesen war und sich überaus lobend über Madelaines Erdbeertraum geäußert hatte, betrat sie das Geschäft mit gesundem Selbstbewusstsein. Madame Holm entschuldigte sich bei einer älteren Kundin, die sie gerade bediente, und trat freudig auf Madelaine zu. Dieser entging nicht, dass die im Stich gelassene Kundin sie misstrauisch musterte, obwohl sich eine junge Verkäuferin ihrer bereits zuvorkommend angenommen hatte. Madelaine erkannte zu ihrem Schrecken, dass es sich um Frau Krawoschinsky handelte. Sie zwang sich zu einem freundlichen Gruß, den diese jedoch mit verbissenen Lippen und einem frostigen Blick erwiderte.

Madame Holm aber ließ sich nichts anmerken. Sie eilte von Regal zu Regal, um Madelaine die neuesten Stoffe für Gardinen, Tischdecken und Bettbezüge vorzulegen. Die Suche nach dem jeweils schönsten riss Madelaine in einen betörenden Rausch von Farben, Mustern, Stoffarten. Kattun, Barchent, Batist, Damast, Atlas, Brokat und Tüll glitten durch ihre Finger. Madame Holm erahnte Madelaines Bedarf und ermunterte sie, vielleicht auch noch nach einem besonders schönen Kleiderstoff zu suchen. Die Mode werde sich bald in der Silhouette wandeln, verriet sie Madelaine und sah zu Frau Krawoschinsky hinüber. Diese, neuen Moden alles andere als aufgeschlossen, versteifte sich sichtlich. Madelaine, die merkte, dass Madame Holm sich über die gegenseitige Ablehnung ihrer Kundinnen amüsierte, machte es Spaß, Neuigkeiten zu erfahren, die eher für jüngere Ohren bestimmt waren. Allein schon, um Frau Krawoschinsky ein bisschen zu ärgern, beugten sich beide ein wenig über den Ladentisch. So als würde sie ein

Geheimnis verraten, fügte Madame Holm hinzu, dass sie Berliner Damen kenne, die 1896 auf dem Frauenkongress gewesen seien. Eine sei erst vor kurzem wieder von einer Reise nach Berlin zurückgekehrt und habe ihr Erstaunliches berichtet: Sie trage ab sofort kein grässliches Korsett mehr.

Das Wort allein reichte, dass Frau Krawoschinsky laut hüstelte. Madelaine blinzelte Madame Holm belustigt zu.

Diese fuhr fort: »Dass das Korsett auf dem Schlachtfeld der Mode fallen konnte, kommt einer Revolution gleich. Endlich brauchen die Frauen ihre inneren Organe nicht mehr bis unter den Rippenbogen zu schnüren, dass sie kaum sitzen, geschweige denn Luft bekommen können. Was, frage ich Sie mit den Worten von meiner Bekannten, hat uns das Korsett anderes eingebracht als ›ständiges Unwohlsein, Ohnmachten und Migräneanfälle‹? Sie hat wohl nicht ganz Unrecht. Wenn das Korsett eingemottet wird, wird die Riechfläschchen-Industrie bankrottieren.«

Frau Krawoschinsky zuckte zusammen.

»Bankrott«, murmelte sie. »Welch ein anstößiges Wort aus Ihrem Munde, Madame Holm. Glauben Sie mir, die Galanterie der Kavaliere gebührt immer der wahren Dame, nicht einem Wesen ohne Korsett und moralischen Halt.«

Sie warf Madelaine einen hochmütigen Blick zu.

»Da haben Sie sicher Recht«, entgegnete diese so ruhig sie konnte. »Ich bewundere Ihre vortreffliche Urteilskraft. Dennoch meine ich, der moralische Halt eines Menschen kommt von seinem Herzen, seinem Verstand, nicht von Schnürleibern aus Fischbein oder Draht. Wie stünde es denn sonst um den Charakter eines Ehrenmannes, der doch weit bequemere Kleider trägt?«

»Junge Frau, ich staune über Ihren Vergleich!« Sie klopfte

mit dem Griff ihres Spazierstocks auf die gläserne Tresenplatte.

»Nun, ich denke doch, Sie stimmen mir zu, dass es keiner Frau gut steht, eine Taille wie die deutsche Kaiserin zu haben?«, warf Madame Holm hastig ein. »So eng geschnürt, dass sie schmaler als der Kopf ist. Man könnte glauben, im nächsten Moment bricht sie in der Mitte auseinander.«

»Madame Holm!«, rief nun Frau Krawoschinsky enerviert. »Mein Herz ist zu zart für dergleichen harte Worte. Ich verlange morgen Punkt zehn Uhr Ihre beste Auswahl an Spitzen zu Hause vorgeführt zu bekommen.«

»Selbstverständlich, gnädige Frau.« Mit einem zuvorkommenden Lächeln eilte Madame Holm auf Frau Krawoschinsky zu und legte ihre Hand beschwichtigend auf deren Arm. »Seien Sie gewiss, ich werde höchstpersönlich wie befohlen Punkt zehn bei Ihnen sein. Ich habe sogar noch einen Schatz für Sie«, sagte sie mit den Augen zwinkernd und deutete einen Knicks an.

»Das sind Sie mir auch schuldig«, erwiderte die Krawoschinsky, und Madelaine meinte eine Spur Ironie aus ihren Worten herauszuhören. »Vom Hofe?«

»Noch besser, direkt von der Quelle – aus Bruxelles, Madame! Allerbeste Spitzen!«

»Oh!« Frau Krawoschinsky errötete. »Ja, dann, zehn Uhr. Ich erwarte Sie.«

»Ich danke Ihnen, gnädige Frau. Auf morgen.«

Mit dem lieblichsten Lächeln öffnete Madame Holm Frau Krawoschinsky die Tür. Madelaine hielt vor Entrüstung den Atem an, als sie sah, dass Frau Krawoschinsky beim Hinausgehen die Spitze ihres Spazierstocks besonders heftig in das Parkett stach. Für einen Moment hatte sie Schuldgefühle. Nun habe ich eine Kundin weniger, dachte sie, und stattdessen meine erste Feindin.

»Seien Sie vorsichtig«, flüsterte Madame Holm, als sie wieder bei Madelaine stand. »Ich sehe es Ihnen wohl an, Sie beide können sich nicht leiden. Auch wir machen unser Spiel miteinander. Doch lassen Sie sich sagen, Frau Krawoschinsky verkehrt in den besten Häusern. Ihr Gatte hat unter Sergej Witte gedient, Sie wissen schon, dem berühmten Finanzminister des Zaren. Bei der Einweihung einer neuen Eisenbahnstrecke wurde er leider von einem Extremisten erdolcht. Nun hat sie viel Langeweile und trägt den glanzvollen Märtyrerruhm ihres ermordeten Gatten rastlos in alle Ecken Rigas.« Sie machte eine kleine Pause. »Sie ist außerdem überaus wissbegierig.«

Eine heimliche Spionin also, eine Klatschbase, dachte Madelaine. Was ist, wenn sie meinen Ruf ruiniert?

»Sie fürchten sie wohl nicht?«, fragte sie.

»Nein, keineswegs.« Madame Holm lächelte vielsagend. »Frau Krawoschinsky ist eine meiner besten Kundinnen. Sie hat eine Schwäche für exklusive Stoffe, und wir haben die besten Beziehungen.« Sie spitzte die Lippen. »Nicht nur zu den besten Lieferanten in Russland, Mailand, Paris, sondern auch zum Hoflieferanten der Zarenfamilie. Und so laden wir sie ab und zu ein. Mein Mann bringt Stoffe mit, die wir im Laden nicht anbieten können, so teuer sind sie. Und ein Glas Champagner hat noch niemandem geschadet. Wir bieten ihr ein Stündchen verführerische Hofatmosphäre. So einfach ist das. Außerdem hat sie, mit Verlaub gesagt, ein cholerisches Temperament. Und trotzdem verfügt sie über eine bewundernswerte Eigenschaft. So schnell, wie der Ärger in ihr aufbrodelt, so schnell vergisst sie seine Ursache. Sie lässt ihn einfach wie einen Stein in einen Brunnen fallen, hat sie mir einmal gestanden.«

Dann sollte sie mich häufiger sehen, damit Farbe in ihr Leben kommt, dachte Madelaine bissig.

»Sorgen Sie sich nicht, Fräulein Gürtler«, redete Madame Holm weiter. »Es ist doch immer das Gleiche. Sie sind jung und schön und, nun ja, Sie wissen schon, was ich meine.«
Madelaine beschloss das Thema zu wechseln. Rasch kamen sie wieder auf das Korsett zurück.
»Nun, einige fortschrittliche Berliner Damen, die es sich leisten können, vertrauen sich Vereinen an, die aus Ärzten, Künstlern und Schneidern bestehen. Diese entwerfen die neue korsettlose Mode eigens für sie, damit die Damen sich frei und ungezwungen bewegen können. Sie sprechen vom gesunden, regulierten Körper. Sport sollen die Damen treiben. Sport, denken Sie mal!«
»Wie sieht die Mode denn aus?«
»Es sind weite Kleider, mit viereckigem Ausschnitt. Sehr ungewöhnlich und sehr teuer. Sie nennen sich Reformkleider.«
Was man denn darunter trage, fragte Madelaine leise.
Madame Holm wurde rot, doch tapfer gab sie Auskunft.
»Reformleibchen, Reformbeinkleid, Unterrock, alles aus Baumwolle, Wolle und Pikee. Mit Verlaub, das können sich wirklich nur sehr reiche Kundinnen leisten.«
Die neue Dame jedoch, die trotzdem auf Ehre und Figur achte, vertausche das Korsett gegen ein Mieder. Auch das sei sündhaft teuer, bestehe aus starkem Drillich und ziehe sich bis tief über die Hüfte hinunter. Dadurch werde die Taille der Kleider länger, die Stoffe fließender, schmiegsamer.
»Das heißt, die Freiheit der Organe ist ebenso teuer wie ihre Unfreiheit«, sagte Madelaine lachend, und Madame Holm stimmte ihr achselzuckend zu.
Ob sie ihr nun die neuesten Modefarben vorführen dürfe, fragte sie. Madelaine war es recht, auch wenn sie sich ermahnte, sich nicht zu sehr von der Holm'schen Modelei-

denschaft mitreißen zu lassen. So ließ sie die Farben – Graublau, Graugrün, Rostrot, Cognac und Mauve – vor ihrem Auge schillern, als wären es die Schuppen exotischer Fische. Der Taft jedoch, fest, leicht und glatt, schien ihren Tastsinn in seinen Bann zu ziehen. Ihr kam es vor, als würde er ihren Fingerspitzen geheimnisvolle Geschichten erzählen. Immer wieder rieb sie den Stoff, als ob sie in ihn hineinhorchen wollte. Und so kam es, dass sich auch Madelaines Blick in dem mäanderartigen Muster verfing. Je nach Lichteinfall schimmerte er in einer anderen Farbe. Sie musste sich zwingen zu widerstehen.

»Wunderbar, Madame Holm, doch ich muss mich bescheiden – leider. Noch stehe ich mit dem Geschäft am Anfang«, sagte sie ehrlich, darauf vertrauend, dass eine Geschäftsfrau wie Madame Holm sie verstehen würde.

»Selbstverständlich, es ist ja auch das Feinste im Moment und das Neueste. Lassen Sie sich nur Zeit bei der Auswahl. Ich suche derweil nach dem Berliner Modejournal, in dem die Reformkleider abgebildet sind.«

Nach langem Hin und Her entschied sich Madelaine für die preiswerteren Kattun-, Barchent- und Mullstoffe.

Madame Holm war zufrieden, reichte ihr das Magazin und sagte: »Jugendstil heißt die neueste Modeströmung.«

»Ein Stil für die Jugend oder ein Stil, der für ein jugendliches Aussehen sorgt?«

»Das, Fräulein Gürtler, ist wohl die Frage. Sehen Sie selbst.« Beide beugten sich über die zweckmäßig weiten Schnitte. Die Stoffe flossen geradezu am Körper entlang.

»Farben und Stoffe gefallen mir«, sagte Madelaine. »Und dass die Kleider bequem sind, steht außer Frage. Doch dass die Figur unter dem losen Schnitt verschwindet, ist gewöhnungsbedürftig.« Sie überlegte einen Moment. »Ich kann nicht umhin zu bemerken, dass mich das viereckige

Dekolleté und die langen Ärmel an ein anderes sinnvolles Kleidungsstück erinnern … an ein vornehmes Schlafgewand.«

»Da würde Ihnen unsere verehrte Frau Krawoschinsky gewiss zustimmen«, erwiderte Madame Holm lachend. »Sie wird ihrem Fischbeinkorsett treu bleiben bis in den Tod. Nun ja, Berlin ist weit, und die Suffragetten sind in der Minderzahl. Den bestimmenden Ton der Mode geben immer noch die Pariser Salons an. Ich an Ihrer Stelle würde meine Figur und ihre natürliche Formung nicht verbergen. Glauben Sie mir, in einem Atlaskleid über feinstem Mieder käme Ihre Schönheit am besten zur Geltung.«

Euphorisiert von diesem Kompliment, verließ Madelaine kurz darauf das Tuchgeschäft.

Das, was sie Madame Holm zurückließ, war das erste Exemplar ihrer frisch gedruckten Visitenkarte.

Madelaine Elisabeth Gürtler

Zuckerbäckerin

Kauf-Straße 8

Riga

Bereits in der Kutsche, genoss sie wohlig die ihr heimlich nachstarrenden Blicke. Für eine kurze Weile überließ sie sich ihren Träumen, wechselte mit jedem Atemzug berauschende Kleider, drehte sich mit wehenden Schleiern, schlingernden Schleppen, verführerischen Dekolletés um die eigene Achse, bis ihr schwindlig wurde.

Laute Rufe und ungewohntes Hupen riss sie endgültig aus der Welt der Mode. Gerade ging es über die Weber-Straße weiter bis in den Theater-Boulevard, eine prächtige breite Alleenstraße, auf der sich Kutschen, Einspänner, von Pferden gezogene Omnibusse, ja sogar eine laut knatternde

Motordroschke bewegten. Madelaine, die sich ein ums andere Mal über das pferdelose Fahrzeug wunderte, erschauderte in dem plötzlichen Bewusstsein, dass sie in einer bedeutsamen Zeitenwende lebte. In der Mode würde das Korsett, auf den Straßen das Pferd dem Stilwandel zum Opfer fallen. Ob zwischen beidem ein Zusammenhang bestand? Aufmerksam sah Madelaine sich um. Vor einem Schaufenster einer Modistin stand eine ältere Dame in altmodischem Reifrock neben einer etwas jüngeren in langem, engem Korsett mit Tournüre. Beides war ziemlich passé. Noch zogen auch Pferde verschiedene Fahrwerke, die auf eisenumspannten hölzernen Rädern oder neumodischen Gummirädern rollten. Madelaine entdeckte Fahrräder mit Metallspeichen und bemerkte, wie die beiden Damen über Motordroschke und Fahrräder verständnislos die Köpfe schüttelten. Sinnend schaute sie der Motordroschke und seiner übel riechenden Gaswolke hinterher. Janis' Pferde schnaubten angewidert über den Gestank. Beide Damen, dachte Madelaine, würden wohl kaum in ein so enges und unbequemes Gefährt passen. Reifrock und Tournüre waren für die Kutsche geeignet. Vielleicht würde das Korsett deshalb aus der Mode kommen, weil die Damen nicht ohne sportliche Verrenkung eine Motordroschke besteigen könnten?

Sie überquerten den Stadtkanal. Wohin Madelaine auch sah, überall leuchteten Blumenrondelle, sorgfältig geschnittene Büsche, gekieste Promenadenwege, Säulen, Gartenhäuschen, Brunnen. Nun lenkte Janis die Pferde in gemäßigtem Schritt rechts ab in den Alexander-Boulevard. Madelaine fragte ihn angesichts der ihr unbekannten herrlichen Baum- und Blumenarten, woher all die Schönheit komme. Sie wechselte ihren Platz, setzte sich direkt hinter ihn und lauschte seiner Erzählung.

Von 1857 bis 1863, begann Janis bereitwillig, seien die alten Festungswälle abgetragen worden. Dadurch habe die Stadt viel Platz gewonnen, Platz für großzügige Gartenanlagen und den Boulevardring um den Stadtkanal. Einige der hohen Bürger der damaligen Großen Gilde und der Rat der Stadt hätten sich für Parkanlagen eingesetzt, andere dagegen hätten breitflächig ganze Straßenzüge gebaut, vier bis fünf Stockwerke hoch, oder das Land zum Bebauen an Unternehmer verkauft, die Letten, Russen und Litauern in ihren Fabriken Lohn und Brot gäben. Innerhalb einer Generation, meinte Janis, habe sich die ursprüngliche Altstadt von Riga um das Zehnfache vergrößert. Ganze Vororte seien draußen am Stadtrand neu entstanden. Fabrik stehe neben Arbeitersiedlung, Arbeitersiedlung neben Fabrik. Während die Arbeiter in Holzhütten hausen würden, genösse die Riga'sche Industrie im großen Russischen Reich einen ausgezeichneten Ruf.

Madelaine befürchtete, dass Janis wieder etwas über die Not der Arbeiter und drohende Streiks berichten würde. Sie war heute nicht in der Stimmung, darüber etwas zu hören.

»Gut, halt an und warte hier. Ich möchte ein wenig spazieren gehen.«

Weiter kam Madelaine nicht. Aus einem seitwärts gelegenen Spazierweg, den hohe Buchsbäume säumten, waren leidenschaftliche Stimmen zu hören, die russische Parolen riefen. Schwere Stiefel zermalmten den Kies unter raschen Schritten. Schon wichen einige Spaziergänger zur Seite. Da peitschte ein Schuss in die heitere Sommerstimmung. Die Pferde scheuten. Janis rief ihnen etwas zu und wollte schon die Kutsche wenden, da knallten weitere Schüsse. Entschlossen sprang er über die Kutscherlehne und zog

Madelaine zu Boden. Dumpf hörte diese Menschen durcheinander schreien, sah unter Janis' Arm hindurch Männer und Frauen hinter Bäume und in Pavillons flüchten. Als nur noch wütende Stimmen und Schmerzensrufe zu hören waren, erhob sich Janis und half Madelaine wieder auf den Sitz. Ihr Hut war eingedellt, und die vormals weißen Batisthandschuhe waren vom staubigen Kutschenboden beschmutzt. Janis stammelte: »Verzeihen Sie! Verzeihen Sie!«, doch Madelaine nahm ihn kaum wahr. Wie gehetzt sah sie sich um. Eine Gruppe Studenten, die gerade noch rote Fahnen geschwenkt hatte, war von russischer Polizei eingekreist worden. Diese schlug nun auf die Studenten ein und brüllte: »Vieh! Dummkopf!«

Ein Student lag ausgestreckt am Boden, eine große Blutlache unter dem Kopf.

Auf einer Bank lehnte eine Dame, die in Ohnmacht gefallen war. Ihr Begleiter war aufgesprungen, wühlte in ihrer Tasche, so als ob er nach einem Riechfläschchen suchen würde, und starrte doch unverwandt auf die Männer in Uniform.

»Verfluchte Sozialistenbrut!«, rief er schließlich. »Verfluchte Sozialistenbrut!« Der Inhalt der Handtasche fiel auf die Erde. Stöhnend sank die Dame zur Seite. Madelaines Blick wurde magisch von der Blutlache angezogen, die immer mehr helle Kieselsteine rot färbte.

Einer der Studenten schrie verzweifelt: »Tod dem Zaren! Es lebe Ignaz Grinewitzski!«

Polizisten schlugen ihn unbarmherzig zusammen. Es dauerte nicht lange, und alle wurden gefesselt auf einen Polizeikarren geworfen.

»Wer um Himmels willen ist dieser Grinewitzski? Was soll das alles?«, fragte Madelaine .

»Ignaz Grinewitzski war der Mörder von Zar Alexander

II.«, antwortete Janis leise. »Ein Kleinadliger aus Litauen. Er studierte in St. Petersburg.«

»Ein Student aus Litauen tötete den russischen Zaren?«, fragte Madelaine ungläubig.

»Ja, er warf zwischen sich und den Zaren eine Bombe und starb mit ihm.«

Janis senkte den Kopf.

»Was ist, Janis? Warum sagst du nichts mehr?«

»Könnten wir weiterfahren?«

»Janis, du zitterst ja.«

»Das, was da gerade war, das hab ich schon einmal gesehen.«

»Wie meinst du das?«

Janis schwieg wieder. Dann hob er die Augen und sah Madelaine mit seltsam schimmerndem Blick an.

»Meine Großmutter kann das auch … sehen, meine ich, Dinge sehen, die erst viel später passieren.«

»Was hat das mit diesem Grinewitzski zu tun? Seitdem wir seinen Namen gehört haben, bist du so komisch, Janis.«

»Grinewitzski war der Gehilfe der Vorsehung. Man sagt, eine alte Frau in Paris habe Zar Alexander II. acht Attentate vorausgesagt. Ignaz Grinewitzski war der achte Attentäter.«

»Und du hast das hier eben vorhergesehen?« Madelaine wurde trotz der Sommerwärme kalt.

»Ja«, sagte er schlicht. »Es muss in einem Traum gewesen sein. Aber bis heute habe ich Träumen nicht mehr geglaubt als andere Menschen auch. Ich habe immer gedacht, es sei Zufall. Schließlich sind wir ja schon etwas aufgeklärter als unsere Vorfahren.« Er knetete seine Hände.

»Du meinst, es gibt eine Vorsehung?«

Janis drückte sein Kinn auf die Brust und holte tief Luft.

»Meine Großmutter ist eine ehrliche Frau – und alles, was sie ahnte, hat sich später tatsächlich so zugetragen.«

Eine Weile schwiegen beide. Die Menschen auf der Promenade lösten sich aus ihrer Starre und hasteten davon. Selbst die Dame auf der Bank war wieder zu sich gekommen. Ihr Begleiter zog sie zu einem Brunnen, an dem sie sich laut klagend erfrischte.

»Was geschieht jetzt mit den Protestlern?«, fragte Madelaine.

»Es sind Studenten, die sich wie viele Bauern gegen die Dummheit des regierenden Zaren Nikolaus II., den sie den Blutigen nennen, auflehnen. So wie es aussieht, haben sie Karl Marx' Lehre verinnerlicht. Man wird sie einsperren, nach Sibirien verbannen, den Anführer vielleicht aufhängen.«

»Was du alles weißt«, staunte Madelaine.

»Auch wenn ich keine Schule und keine Universität besucht habe«, meinte Janis trocken, »so reicht es doch, wenn man lesen kann, oder? Wichtig ist doch nur, Augen und Ohren offen zu halten. Wir leben schließlich nicht mehr im Mittelalter.«

Madelaine schrak zusammen. Traf das Gleiche nicht auf sie selbst zu? Plötzlich wurde ihr bewusst, wie gering ihr Wissen, ihre Bildung war. Sobald sie sich von diesem Schrecken erholt hatte, würde sie sich mit Büchern und Zeitungen versorgen.

»Komm, wende, Janis«, sagte Madelaine. »Fahr mich zurück in die Stadt. Ich möchte beten.«

Janis sah sie erstaunt an.

»Soll es die russisch-orthodoxe, die katholische oder die evangelische Kirche sein?«

In einem Anfall von Schwäche winkte Madelaine ab. Plötzlich war es ihr egal, wohin Janis sie fuhr, Hauptsache, sie konnte für eine Weile dem Elend und Schmerz des irdischen Daseins entfliehen. Wie schön wäre es, sich in einer Aura des Schutzes, einer heilenden Liebe geborgen zu fühlen. Ohne dass sie es merkte, rannen ihr Tränen übers Gesicht. Leise rief Janis den Pferden etwas zu. Die Kutsche setzte sich sacht in Bewegung.

Vor dem Rigaer Dom machte Janis Halt. Zwischen den Stimmen der Menschen und dem Lärm der Fahrzeuge vernahm Madelaine den Klang einer Orgel, der aus einer längst versunkenen Welt zu kommen schien. Sie sah sich als kleines Mädchen an der Hand ihres Vaters in einer riesigen Kirche Platz nehmen. Hohe dicke Pfeiler erhoben sich vor ihrem inneren Auge. Sie hörte verschwommen die Stimme, die von der Kanzel durch den weiten Raum schallte, hörte Gesang von Chören, die über die Balustraden verteilt waren, sah dicke Schneeflocken in tiefdunkler Nacht hinter den geöffneten Kirchentüren. Turmglocken schlugen mit dunklem dröhnendem Ton – die St.-Michaelis-Kirche in Hamburg, ihre Kirche. Und der ungewöhnliche Klang, der von dieser Orgel bis nach draußen schallte, erinnerte sie an ein Gefühl von tiefer Ergriffenheit, von Losgelöstsein aus alltäglicher Mühsal, erinnerte sie daran, dass dieser Orgelklang sie als Kind getröstet hatte. Indem er gewaltig den Raum füllte, jagte er all ihren Schmerz davon, riss sie wie eine Urgewalt in ein glückseliges Meer voller Bewegung und Energie, wusch ihre Wunden rein, heilte ihr Leid. Wie oft hatte Vater verstohlen geweint …

»Ich dachte, nur Musik kann Ihnen jetzt helfen«, hörte Madelaine Janis wie von fern sprechen. »Der Dom hat eine Orgel, die als eine der besten der Welt gilt.«

Als Madelaine gut zwei Stunden später auf den Domplatz trat, war ihre Seele so frei wie lange nicht mehr. Janis blickte von seinem Buch auf, in das er sich vertieft hatte, und sprang vom Kutschbock.

»Was liest du da, Janis?«, fragte sie beschwingt.

Janis musterte Madelaine einen Moment. Als er sah, dass seine Wahl des Doms sich als richtig erwiesen hatte, lächelte er zufrieden und antwortete: »Gedichte. Ich lese Gedichte von unserem berühmtesten Dichter – Janis Rainis.« Er räusperte sich und öffnete den Wagenschlag.

»Janis, was bist du doch für ein ungewöhnlicher Kutscher – ein Seher und ein Poet«, murmelte Madelaine. Sie reichte ihm die Hand. »Paldies, Janis! Paldies! Danke!«

Janis errötete und verbeugte sich tief.

Madelaine, die bereits dabei war, in die Kutsche zu steigen, bemerkte den jungen Mann zu spät. Erst als Janis kopfüber aufs Pflaster fiel und der fremde Mann davonlief, entdeckte Madelaine den Handzettel mit der roten Fahne. Janis, der sich Kopf und Knie rieb, starrte ebenfalls darauf.

»Generalstreik«, sagte er mit zugeschnürter Kehle. »Sie planen wirklich einen Generalstreik.«

»Generalstreik? Aber was hast du damit zu tun?«, fragte Madelaine entsetzt. »Was hat er dir gesagt?«

Janis bemühte sich um Fassung. »Das kann ich Ihnen, einer Dame, nie und nimmer sagen.«

Doch die Jungen, die auf dem Domplatz mit Schleudern um sich geschossen und den kleinen Vorfall gesehen hatten, schrien vergnügt: »Arschkriecher! Speichellecker! Arschkriecher! Speichellecker!«

Madelaine befürchtete einen Moment lang, Janis würde vielleicht zur Peitsche greifen, doch er blieb ganz ruhig.

»Wartet nur ab, ihr werdet auch mal so alt wie ich. Und dann, liebe Kerlchen, werdet ihr nicht Kutscher sein wie ich und einer vornehmen Dame dienen, sondern für den Zaren auf dem Schlachtfeld sterben!«

Zwei ältere Herren blieben überrascht stehen.

»Was meint dieser schlichte Mensch damit?«, riefen sie ärgerlich. Die Jungen begannen wieder ihre Schleudern zu spannen.

Janis sprang auf den Kutschbock und zog die Zügel an.

»Nichts, gar nichts meine ich. Nur dass sich im Osten der Himmel rötet.«

Am nächsten Morgen waren Türen und Fenster der Geschäfte der Stadt verriegelt. Eiserne Rollläden waren heruntergezogen, Bretterwände schützten Fensterglas. Madelaine hörte in aller Frühe die herangaloppierenden Hufe. Sie wusste, es war Janis. Er kam von zu Hause, hatte aber die Kutsche am Abend zuvor bei einem Freund in einem Vorort untergestellt. Ob sie seinen Schutz brauche, fragte er besorgt. Madelaine verneinte dankend. Sie komme schon allein zurecht. Dann wollte sie von ihm wissen, was er gestern damit gemeint habe, der Himmel würde sich im Osten röten.

Zögernd gestand er ihr die Wahrheit. Seine weise Großmutter habe vorausgesehen, dass Zar Nikolaus II., verblendet im Glauben an seine geheiligte Zarenmacht, irgendwann das Russische Reich in einen fernöstlichen Krieg führen werde. Der Blick des Zaren, so die Großmutter, sei eng und ohne Verständnis für sein Volk, ohne Liebe. Mit seinem aufgeklärten Großvater Zar Alexander II. habe dieser Zar nichts gemein. Er sei einer deutschen Mystikerin verfallen und die einem russischen Scharlatan. Nikolaus II. würde Blut, viel Blut säen und der letzte Zar sein.

»Nun haben Sie mich in der Hand«, fügte Janis leise hinzu.

»Ein Wort von Ihnen, und die Kugel ist mir sicher.«

»Reite wieder heim, Janis, und sorge dich nicht. Ich verrate dich nicht.«

Das erste Mal, nahm sich Madelaine vor, würde sie Martieli etwas verschweigen.

Die Betriebe waren nun lahm gelegt, die Arbeiter zogen mit Spruchbändern und Fahnen durch die Straßen. Zahnräder, Antriebswellen, Kurbeln, Ketten, Kugellager – alles stand still. Madelaine zog sich in ihre Wohnung zurück. Sie hatte sich mit Zeitungen, Magazinen und Büchern umgeben, um zu lernen. Janis hatte ja Recht. Was nützte ihr Lesen und Schreiben, wenn der Kopf leer blieb? Ihre wenigen Möbel waren bereits aufgestellt. Drei große Blumenvasen verteilten sich über die beiden Wohnräume. Das Sonnenlicht flutete herein und ließ Blütenblätter aufleuchten. Selbst das Holz der Dielen schien zu atmen, so deutlich zeichneten sich Maserungen und Augen ab.

Madelaine genoss die dezente Eleganz ihres Heims. Außer den Blumen gab es keine Spiegel, keine Bilder, keinen Schmuck. Umso mehr wirkten die Räume als Ganzes. Nun, da Decken, Wände und Böden renoviert waren, strahlten sie eine angenehme Frische, Natürlichkeit und vor allem Geborgenheit aus. Madelaine saß auf dem Sofa und las. Ab und zu sah sie von ihrer Lektüre auf und schaute zufrieden auf die schlichten samtbezogenen Sessel und die beiden Schmuckstücke, ein ovaler Tisch und eine Kommode aus Kirschbaumholz, beides von einem lettischen Kunsthandwerker mit Sonnen- und Blumen-Intarsien versehen. So lässt es sich aushalten, dachte sie und vertiefte sich weiter in das Wirtschaftsblatt, das sie seit geraumer Zeit zu verstehen versuchte. Was die Streikenden forderten, war, wie sie las, dass der Staat seine Fürsorgepflicht wahrnehmen solle. Erst 1897 hatte ein Massenstreik bewirkt, dass der Staat den Arbeitern die Arbeitszeit in Fabriken am Tage auf elfeinhalb Stunden kürzte, an Samstagen und vor größeren Feiertagen auf zehn Stunden, ebenso viel in der

Nacht. Doch diese Regelung befriedigte die Arbeiter keineswegs.

Was Madelaine bereits begriffen hatte, war, dass das Großkapital hauptsächlich von deutschen Unternehmern gestellt wurde. Jetzt, da wieder einmal gestreikt wurde, verstand sie auch, dass der Streik nationale Spannungen entschärfte, denn deutsche wie russische Oberschicht hielten in ihren Interessen zusammen, während das lettisch-nationale Selbstbewusstsein an Eigenständigkeit gewann. Geht es also um Geld, spielt die Nationalität keine Rolle mehr, man sitzt im selben Boot, dachte sie. Was ihr Vater wohl dazu gesagt hätte?

Von draußen hörte sie die Stimmen der Streikenden, die in den schmalen Straßen widerhallten. Im Gegensatz zu ihrem Vater, der nach Chile ausgewandert war, hatten diese Menschen noch Hoffnung. Um auszuwandern, musste man restlos enttäuscht sein. Auch Vater hatte alle Brücken abgebrochen, weil er keine Hoffnung mehr hatte, es im Deutschen Reich unter Bismarcks Führung zu Wohlstand zu bringen. Madelaine erinnerte sich daran, was ihr Vater über den Deutsch-Französischen Krieg 1871 erzählt hatte. Aus den blutigen Schlachten war er mit der Erkenntnis zurückgekehrt, dass der Feind ein Mensch war wie er selbst, auch wenn er eine andere Sprache hatte. Der Krieg sei doch nur geführt worden, um die neuesten Krupp'schen Kanonen auszuprobieren, hatte er einmal resigniert gesagt. Und dann die erste deutsche Wirtschaftskrise von 1873. Vater war nichts anderes übrig geblieben, als seinen Mut zu bündeln. Er musste sein Schicksal in die eigenen Hände nehmen. Wenn der Erfolg ihn doch nur belohnt hätte, dachte Madelaine bitter.

Die Stimmen von draußen waren weitergezogen, und ein eigentümlicher Schmerz blieb in ihr zurück. Ich muss Erfolg haben, ich muss, ich muss. Und wenn ich mit Aktien spekuliere. Sobald dieser Streik vorüber ist, werde ich zur Bank gehen.

In den nächsten Tagen vertiefte sich Madelaine in das Studium der russischen Sprache. Zar Alexander III. hatte verfügt, dass das Baltikum, die von ihm heiß begehrten Ostseeprovinzen, russifiziert werde. Seit 1889 wurde deshalb die russische Sprache gewaltsam durchgesetzt. Ob auf Ämtern, Behörden, Schulen, Straßenschildern oder Speisekarten, aus deutschen Begriffen wurden russische. Madelaine tanzten die kyrillischen Buchstaben vor den Augen, doch sie musste sich diese Sprache so gut es eben ging zu Eigen machen.

In diesem Moment wurde sie sich bewusst, welch eine Distanz sie bereits zu ihrer Vergangenheit hatte. Wehmütig dachte sie an ihre alte Heimat, an das Gängeviertel. Wie lange schon hatten Tante Marie und Bille nichts mehr von ihr gehört? Längst hätte sie ihnen schreiben müssen. Und so setzte sich Madelaine daran, ihnen auf einem Briefbogen mit dem Martieli'schen Konditorei-Emblem zu erzählen, wie es ihr ging und was sie bislang erlebt hatte. Einem Redeschwall gleich, der wie für die Ohren einer Mutter geschaffen war, quollen die Worte aus ihr hervor. Die Feder schabte schneller über die Seiten, als es der Lesbarkeit ihrer Handschrift gut tat. Am Schluss waren es vier Bogen geworden. Madelaines Hand schmerzte von der ungewohnten Bewegung des Schreibens, aber Kopf und Herz fühlten sich wie von einer lang getragenen Last befreit.

Doch bald stellten sich Zweifel ein. War es richtig, dass sie beiden die volle Wahrheit erzählt hatte? Lag es an ihrer Einsamkeit? Madelaine bekam ein bitteres Schuldgefühl. Wie anders wäre doch alles gewesen, wenn sie eine vernünftige Mutter gehabt hätte.

Als müsste sie ihre ausführliche Offenheit wieder gutmachen, ging Madelaine zu ihrer Bettstelle und griff in ihren Strickstrumpf mit dem Ersparten.

Mochte Bille sich auch aufregen vor Neid und Verzweiflung, die Tante würde sich freuen. Und das Geld würden beide gebrauchen können.

Madelaine nahm die Scheine in die Hand. Was, dachte sie, hat mehr Überzeugungskraft als dieses Geld? Um wie vieles mehr als Postkarten, Kleider oder Schmuck zeugten diese Rubelscheine davon, wie weit sie sich bereits von ihren Wurzeln entfernt und welch seltsamen Weg ihr Schicksal genommen hatte. Madelaine roch an den Scheinen und bildete sich ein, dass Tante Marie das Gleiche tun und denken würde wie sie in diesem Moment.

Was sie jetzt noch tun konnte, war, den Brief mit guten Wünschen zu beschließen. Dieses Geld, schwor sie, würde nicht das letzte sein.

Als der Streik nach Tagen vorbei war, ließ sich Madelaine von Janis zur Börse fahren. Unter ihrem Mantel, in einem ledernen Portefeuille, trug sie ihre Schätze, die sie Gewinn bringend anzulegen gedachte. Dort hörte sie von einem Herrn, dass der Streik ausgerechnet in dem Moment geführt worden sei, in dem der internationale Geldmarkt sich zu versteifen drohte. Das habe zur Folge, dass einige Rigaer Firmen ihren Betrieb bis auf weiteres einschränken müssten. Andere, wenn auch nur wenige, seien gar der Gefahr ausgesetzt, aufgeben zu müssen. Für einen Moment erschrak Madelaine. Was sollte sie tun angesichts dieser Nachrichten, die von einer drohenden wirtschaftlichen Depression sprachen? Der Aufruhr, die Empörung um sie herum machten sie wütend. Sie ballte ihre Hände in ihrem Muff. Sollte all ihre Arbeit, ihr Sparen umsonst gewesen sein?

Sie rief sich das Gespräch im Hause Baumanis in Erinnerung und versuchte sich zu entsinnen, welche Industriezweige für die zukünftige wirtschaftliche Entwicklung unverzichtbar und damit einem Risiko des Scheiterns am wenigsten ausgesetzt waren. Sie durfte sich jetzt nicht von dem nervösen Aufruhr um sie herum verunsichern lassen. Angestrengt suchte sie auf den Anzeigetafeln die Werte der verschiedenen Papiere – und fasste einen Entschluss. Sie würde investieren – in Gummi und Eisenbahnwaggons. Sie notierte sich die Kurse der Firmen Provodnik und der Russisch-Baltischen Waggonfabrik und machte sich auf den Weg zu ihrer Bank.

Madelaine strich sich eine Strähne aus dem Gesicht. Ihr Geld war angelegt. Nun sehnte sie sich nach einer kleinen Spazierfahrt.

»Janis, ich brauche frische Luft. Fahr mich dorthin, wo es schön ist.«

»Ans Meer?«, fragte er hoffnungsvoll zurück.

»Nein, nein, nicht ans Meer.«

»Wälder, Seen, Dörfer … Schlösser?«

»Nein. Gibt es denn hier nicht in der Nähe einen schönen Park? Einen wirklich schönen … ohne Gefahr laufen zu müssen, dass uns wieder Revolutionäre begegnen?«

»Doch, den gibt es. Riga hat viele schöne Parks. Ich fahre Sie, wenn Sie erlauben, zum Kronvalda-Park!«

»Soll mir recht sein«, erwiderte Madelaine. Wie um sich von der wirtschaftlichen Unruhe an der Börse zu erholen, kuschelte sie sich in die leichte Kaninchenfelldecke. Wie herrlich war es, unter freiem Himmel in einer offenen Kutsche spazieren zu fahren. Sie schnupperte an ihren weißen Handschuhen, die frisch mit Lavendel parfümiert waren.

»Was ist das Besondere an diesem Park?«

»Er ist ein botanischer Garten«, rief ihr Janis über die Schulter zu, »mit zahlreichen exotischen Bäumen.«

Die nächsten zwei Stunden wandelte Madelaine durch den Kronvalda-Park, Janis als schützenden Begleiter in gebührendem Abstand hinter sich. Sie bestaunte Bäume, deren Stämme und Blätter so unterschiedlich wie menschliche Gesichter waren. Japanische Tannen, Korkeichen, chinesische Maulbeerbäume und nordamerikanische Nussbäume wuchsen hier einträchtig nebeneinander. Die Rigaer Luft schien allen gleichermaßen gut zu bekommen. Madelaine setzte sich unter einen Essigbaum, dessen Blätter sich bereits frühherbstlich rot zu färben begannen. Eine Zeit lang betrachtete sie die Magnolienbäume auf der anderen Seite des Spazierwegs. Sie rief sich die Pracht der weiß-rosa Blüten im Frühling in Erinnerung, so wie sie sie vor Jahren zuletzt auf dem Friedhof in Valparaiso gesehen hatte. Wie sehr hatte Vater sie bewundert und damals zu ihr gesagt: »Wenn wir erst einen eigenen Garten haben, haben wir unser Ziel erreicht.« So bemerkte sie auch die Blicke der Spaziergänger nicht, die sie ebenso zu bewundern schienen wie die exotischen Schönheiten um sie herum.

Endlich stand sie auf. Es war Zeit, nach Hause zu fahren. Janis schlug den Weg über die breite Elisabeth-Straße ein. Nach einer russischen Kaiserin benannt, erzählte er Madelaine, sei auch dieser Boulevard nach Niederlegung der alten Festungswälle gebaut worden. Er umschließe in einem weiten Bogen die Altstadt. Madelaine sah an den Fassaden der Gründerzeitvillen empor. Welche davon mochte Inessas Stiefvater gebaut haben? Wie reich musste er in den letzten Jahren geworden sein. Waren diese neuzeitlichen

Steinbauten nicht auch ein imponierendes Zeichen wirtschaftlichen Fortschritts? Steinerne Balustraden, Kuppeln,
Umrahmungen von Fenstern und Türen – Baumanis und
seine Kollegen hatten das Antlitz dieser Stadt bereits kräftig verändert.

Plötzlich hörte Madelaine, wie sich von hinten eine Motor-
droschke näherte. Sie hupte dreimal und setzte zum Über-
holen an. Janis rief den Pferden beruhigende Worte zu.
Doch diese erschraken heftig, als die dröhnende schwarze
Maschine aufholte. Sie wieherten verschreckt, schlugen
aus und bäumten sich in ihrem Geschirr auf. Janis schrie.
Die Motordroschke überholte, der Fahrer winkte aus dem
Fenster. Madelaine versuchte sich festzuhalten, doch es
war zu spät. Die Pferde gingen durch. Sie rannten von der
Straße zwischen Laternen und Bäumen auf die Gartenanlagen zu. Die Kutsche begann zu schlingern. Instinktiv zog
sich Madelaine die Felldecke über den Kopf. Dann schlug
die Kutsche gegen einen Baum und kippte zur Seite.

Als sie wieder zu sich kam, spürte sie als Erstes eine woh-
lige Wärme unter dem Kopf. Sie dachte an die Felldecke,
doch es war ein Mann, der sie im Arm hielt. Eine unbekannte Stimme, dunkel und beruhigend wie heiße, süße
Schokolade, sprach auf sie ein. Madelaine wagte nicht die
Augen zu öffnen, aus Angst, enttäuscht zu werden, denn
der Mann, der sie hielt, roch verführerisch gut nach frischer Vanille, Zimt, Bergamotte, Zitrone und betörendem
Moschus. Warum nur verstand sie kein Wort? Es war eine
Sprache, die sie noch nie gehört hatte, doch die Stimme
faszinierte sie. Sie schaute auf und blickte in die schönsten
braunen Augen, von denen sie je angesehen worden war.
Es kam ihr vor, als würde sich ihr ganzes Ich in diesen
Blick, in diese Augen versenken, als wären Vergangenheit,
Gegenwart und Zukunft in einem einzigen Moment ver-

eint. Allmählich erst nahm sie die anderen Stimmen wahr. Etliche Menschen standen um sie herum.

»Ein Arzt! Holen Sie einen Arzt! Sie ist verletzt!«

»Ja, ein Arzt muss her!«

Bei allem Schmerz und der Aufregung um sie herum spürte Madelaine eine besondere Aura von Kraft und Ruhe, die von diesem Mann ausging.

Sie blickte erneut zu ihm auf. Er sah sehr gut aus, hatte breite Schultern und sinnliche Lippen. Ungewöhnlich fand Madelaine die mit Leder und Hirschhornknöpfen besetzte Tweedjacke. Als er eine Haarsträhne aus ihrem Gesicht strich, lächelte sie.

Er lächelte zurück. Seine Augen wanderten über ihr Gesicht und betrachteten es voller Anteilnahme. Es lag etwas Magisches in diesem Moment. Madelaine schien es, als ob sich in seinen Augen ein Raum öffnen würde, in dem sie beide für alle Ewigkeit Platz fänden.

Das ist Schicksal, dachte sie, kein Unfall.

Ein Arzt kniete neben ihr nieder.

»Können Sie sprechen?«, fragte er. »Wo haben Sie denn Schmerzen?« Er berührte ihren Oberarm. Madelaine stöhnte auf.

»Eine Fraktur?«, fragte sie schwach.

»Halb so schlimm«, antwortete der Arzt. »Bestimmt nur eine Prellung. Trotzdem sollten Sie vorsichtshalber ins Hospital.«

»Was machen Sie, Graf?« Ein älterer Herr mit weißem Halstuch und schwarzem Gehrock war herbeigeeilt. »Sie spielen den Lebensretter? Dann muss ich wohl den Richter herauskehren, wie?«

Graf war er also. Und somit unerreichbar für sie. Wie gering wog der körperliche Schmerz angesichts dieser Gewissheit. Im selben Augenblick hörte sie, wie eine Peitsche durch die Luft pfiff. Pferde wieherten, Janis stöhnte schmerzhaft auf. Madelaine versuchte sich aufzusetzen und sah dabei aus dem Augenwinkel, wie der ältere Herr im schwarzen Gehrock mit der Peitsche auf Janis einschlug.

»Nicht! Aufhören!«, rief sie entsetzt.

»Aufhängen sollte man diesen Burschen!« Wieder klatschte die Peitsche. »Diese niederträchtigen Letten! Sind an allem Schuld!«

»Herr von Eimbeck! Zügeln Sie bitte Ihr Temperament! Der Kutscher hat getan, was er konnte. Er trägt keine Schuld. Lassen Sie ihn in Ruhe.«

»Graf! Sie verbünden sich doch nicht etwa mit diesem Gesindel?«

»Ich verbünde mich nicht, in bin nur für Gerechtigkeit, Herr von Eimbeck.«

»Sie kennen die Letten nicht. Sie treten wie unterwürfige Sklaven auf, lügen und stehlen, wo sie können. Das hier, das sieht man doch, ist eine niederträchtige Rache an einer Dame der Gesellschaft. Neid, Wahnwitz, Böswilligkeit! Glauben Sie mir.«

»Mit Verlaub, Herr von Eimbeck, ich geruhe nicht, Ihnen zu glauben.« Die Menschen, die der Szene beiwohnten, flüsterten aufgeregt miteinander. »Wenn ein Volk ein anderes unterdrückt, bin ich nicht mit von der Partie. Die Letten leiden unter ihrem Joch. Auch unsere ungarische Geschichte und gerade wir Mazarys kennen das Los, gegen den Willen beherrscht zu werden. Ich bin überzeugt, jedes Volk hat ein Recht auf seine Unabhängigkeit.«

»Graf, Sie belieben ein zweites Mal Ihren guten Stand zu verleugnen und aus der Rolle zu fallen. Aber wie dem auch sei, wir dürfen Frau Merkenheim nicht länger warten lassen. Bitte, kommen Sie. Man benötigt uns hier nicht mehr.

Die Dame ist in guten Händen. Der Arzt ist mir persönlich bekannt.«

Die Sanitätshelfer, welche in der Zwischenzeit gekommen waren, knieten mit einer Trage neben Madelaine nieder, die die ganze Auseinandersetzung verfolgt hatte. Noch als sie Madelaine anhoben, ruhte ihr Kopf in Graf Mazarys Armbeuge. Ihr schien es, als wollte er sie keine Sekunde allein lassen.

Er beugte sich über sie und fragte leise: »Wer sind Sie, Madonna?«

»Madelaine, ich heiße Madelaine …«, hauchte sie glücklich. Als er seinen Arm unter ihrem Kopf wegzog, berührte seine Hand flüchtig ihren Hals.

»Doktor, nehmen Sie den Kutscher mit ins Hospital. Lassen Sie es an nichts fehlen. Alles geht auf meine Kosten.«

Ein letzter Blick – und er war fort.

Der Arzt hatte sich nicht getäuscht. Madelaines Knochen waren unversehrt. Allerdings riet er ihr, zwei Wochen lang Ruhe zu halten, damit Prellungen und Quetschungen ausheilen könnten. Auch vom Schock werde sie sich am besten erholen, wenn sie so viel wie möglich schlafe.

In der ersten Woche brachten ihr Stine und Dina mittags ein warmes Essen, abends Brot, Würste, Obst und Gemüse. Madelaine überließ sich der Pflege und ihren Träumen. Nichts, schien ihr, linderte ihre körperlichen Schmerzen so sehr wie die Erinnerung an die Begegnung mit dem Grafen Mazary. Sie träumte von ihm des Nachts, malte sich im Tageslicht aus, wie sie hätten zueinander finden können, wäre sie gesund gewesen. Er hatte so gut ausgesehen, so gut gerochen. Immer wieder rief sie sich seinen warmen Blick in Erinnerung, nährte ihre sehnsüchtigen Schwelgereien an seinen dunklen Augen, schalt sich eine Närrin, wenn sich ihr verliebter Kopf nach zu vielen Tagträumereien wund anfühlte.

Ihr Körper erholte sich schnell. Ihr Seelenzustand jedoch schwankte von Tag zu Tag. Mal fieberte sie leicht, dann wieder glaubte sie, selbst im warmen Bett zu frösteln. Stine und Dina wunderten sich. Sie konnten sich den Zustand ihrer Chefin nicht erklären. Bedenklich fanden sie, dass Madelaines Appetit manchmal nach den besten Leckereien der Backstube verlangte, sich dann wieder mit Apfelschnitzen oder Schwarzbrotkanten begnügte. Erst als Madelaine gar nichts mehr essen mochte, sorgten sie sich. Martieli brachte Quarkschnitten, Schokoladentörtchen, Zitronenröllchen, Mandelkekse, in kleinen Stücken, auf schönstem Porzellan. Madelaine sah sich am Anblick satt – und aß nichts.

Nach vier Tagen entdeckte Martieli die Teller mit den eingefallenen, vertrockneten Erzeugnissen seiner Backkunst auf ihrem Schrank.

»Madelaine, was ist los mit dir?«

Sie zog die Bettdecke bis ans Kinn.

»Ich möchte nur etwas wissen«, wisperte sie. »Wurde etwas für mich abgegeben? Blumen oder … eine Karte?«

»Etwas abgegeben? Für dich? Madelaine, hast du deinen Verstand verloren? Du hattest einen Unfall, keine Soiree, keinen Ball, keinen Tanztee …«

Er stockte und legte seine Hand auf ihre Stirn.

»Du fieberst. Du träumst zu viel, nicht? Ich werde den Arzt holen. Dein Kopf könnte eine Erschütterung …«

»Nein, nein!«, rief sie und sprang mit einem Satz aus dem Bett. Sie wand sich eine Wolldecke um den Leib. »Wurde wirklich nichts für mich abgegeben? Nichts?!«

Martieli packte sie bei den Armen. »Madelaine! Etwas stimmt nicht. Sag es mir.«

Unwillig machte sie sich von ihm los. »Die Zeitung! Bitte bringen Sie mir eine Zeitung. Ich muss unbedingt etwas wissen.«

»Gut, Stine bringt sie dir. Was willst du denn wissen? Willst du lesen, dass dein Unfall eine außergewöhnliche Werbeaktion für dich war?«

Madelaine zuckte zusammen. »Ich sorge mich«, sagte sie rasch, »um meine Aktienkurse.«

Martieli lächelte müde. »Du kannst beruhigt sein, deine Kurse stehen unverändert gut.«

Er führte sie zurück zum Bett und setzte sich auf einen Stuhl. Wie mager er aussieht, wie müde und erschöpft, dachte sie beklommen.

»Ich werde bald wieder arbeiten«, flüsterte sie.

»Arbeiten?«

Einen Moment lang musterte er sie, als ob er daran zweifelte, dass sie jemals wieder die Verantwortung für seine Konditorei würde übernehmen können. Als sie sich aufsetzte, spürte sie, wie Martielis Blick auf ihrem Busen ruhte.

»Madelaine, könnte es sein, dass dich jemand wiedersehen möchte? Wir haben am Tag nach deiner Entlassung aus dem Krankenhaus eine Order aus dem Hause derer von Merkenheim bekommen. Eine seltsame allerdings. Die Zuckerbäckerin Madelaine möge eine Madonnentorte backen. Ich halte das fast für einen Scherz.«

Madelaine sank erleichtert in ihr Kissen zurück. Sie schwitzte und zitterte vor Glück. Ich darf es ihm nicht sagen, ermahnte sie sich – vergeblich.

»Graf Mazary … Graf Mazary.«

»Du irrst, Madelaine«, entgegnete Martieli ärgerlich.

»Nicht Graf Mazary, sondern Merkenheim. M-e-r-k-e-n-h-e-i-m! Du hattest einen Unfall, Madelaine, du delirierst.«
»Nein, er war es«, hauchte sie. »Er hat mich nicht vergessen. Er hat meinen Kopf gehalten.«
»Und du hast deinen Verstand verloren.«
»Das wäre Ihnen wohl recht.« Sie stützte sich wieder auf, denn ihr wurde plötzlich bewusst, dass Martieli die Wahrheit zwar erfasst hatte, doch sie vehement zu verdrängen versuchte. Um zu beweisen, wie klar sie denken konnte, und auch um ihn zu reizen, fügte sie hinzu: »Ich habe mich verliebt, das ist alles!«
Er schnappte geräuschvoll nach Luft. »Soso, du hast dich also verliebt. In einen Grafen! Warum nicht in mich? Warum nicht in den Musikalienhändler von gegenüber? Oder einen lettischen Steinmetz? Nein, ein Graf! Bist du dir sicher, dass er kein Herzog ist? Coup de foudre, wie?!«
Martieli schlug mit der flachen Hand gegen den Kleiderschrank. Madelaine war es äußerst unbehaglich zumute. Das altvertraute Gefühl, nicht wert zu sein, geliebt zu werden, stellte sich wieder ein. Schon gar nicht von einem Adeligen. Niemals! Martieli hatte Recht. Mutter hatte Recht.
Doch sie – sie würde lieben. Ob coup de foudre oder nicht, sie hatte sich verliebt. Und Graf Mazary hatte sie nicht vergessen. Das allein zählte. Das war die ganze Wahrheit. Auch wenn das Schicksal es nicht zulassen konnte, dass sie je zueinander kamen, sie würde die Madonnentorte backen. Jetzt oder nie.
Sie schwenkte ihre Beine über den Bettrand.
»Ich backe. Ich werde jetzt arbeiten, ob Sie wollen oder nicht, Herr Martieli. Und zwar allein.«
»Ich will das nicht.« Martieli packte sie hart am Arm. Es tat ihr weh.

»Sie sehen abgespannt aus, Herr Martieli.« Madelaine
rang um Haltung. »Sie sollten sich jetzt ausruhen, ich habe
lange genug gelegen.«

»Das solltest du auch weiterhin tun. Und wenn ich mich da-
zulegen muss, um dich …« Er brach den Satz ab, so als
könnte ihm ein geheimer Wunsch unbedacht über die Lippen schlüpfen. Beide schauten sich an, suchend und forschend.

Er ist eifersüchtig, dachte Madelaine. Urs Martieli, der
Bienenhauskönig, ist eifersüchtig. Seltsamerweise tat ihr
diese Erkenntnis wohl, ja, entspannte sie sogar.

»Lassen Sie mich backen gehen. Die Arbeit wird mich ablenken«, hörte sie sich langsam sagen. Und doch war es
ihr, als ob sie eine Lüge ausspräche. Denn tief in sich
fühlte sie eine lockende Spannkraft, auf die Martieli seit
Ewigkeiten gewartet zu haben schien. Seine Augen glänzten dunkler als sonst. Behutsam ließ der Druck seiner
Hand nach. Sie wanderte an ihrer Taille abwärts, über ihre
Hüfte, und auf einmal zog er sie ein Stückchen an sich.
Madelaine war sich bewusst, welch Hitze, welch innere Glut
von ihrem beinahe nackten Körper ausging. Sie dachte an
das feine neue Seidennachthemd über dem Unterkleid. Und
daran, dass Martielis liebkosende Hände die Sprache ihres
Körper entschlüsselten. Sachte strichen seine Finger zwischen ihren Brüsten den Hals empor, wanderten über ihr
Kinn, um ihre Lippen herum. Er küsste ihre Nasenspitze,
ihre Augenbrauen, während eine Hand sich unter ihren linken Busen, auf ihr Herz legte. Widerwillig gestand sie sich
ein, wie schön seine Berührungen waren.

Ein paar Sekunden lang sahen sie sich an.

Sein Mund näherte sich ihrem. Madelaine dachte an Graf
Mazarys Blick und schloss die Augen. Sie sah des Grafen
Gesicht vor sich und presste ihren Mund auf Martielis Lip-

pen. Für eine Sekunde nahm er sich zurück, dann umfasste er ihren Körper, sank mit ihr auf das Bett, küsste sie erst zart und dann mit einer Leidenschaft, die Madelaine schwindlig werden ließ. Martielis Lippen und seine Zunge erweckten in ihr ein Verlangen, das sie nur in ihren intimsten Momenten kennen gelernt hatte. Ihr ganzer Körper sehnte sich danach, berührt zu werden. Es kam ihr vor, als ob sie selbst endlich schweigen könnte, damit ihr Körper zum Klingen kam. Wie herrlich es war, einen Mann in den Armen zu halten. Seinen warmen Körper, seine sinnliche Schwere zu spüren. Bereitwillig ließ sich Madelaine auf Martielis Verführungskunst ein. Mehr und mehr durchströmte sie eine pulsierende Kraft.

»Nein, nicht, Madelaine«, hörte sie Martielis heisere Stimme. »Ich bin nicht der Richtige für das, wonach du dich sehnst. Außerdem denkst du an jemand anderen.«

Wie um Abschied zu nehmen, küsste er ihre Halsbeuge, ihre Brüste, ihren Mund. Seine Hand glitt über ihren Bauch und legte sich auf ihre Scham.

»Du bist schön und süß. Bewahr das Feuer auf, das in dir ist.«

Madelaine war empört. Ihr Körper loderte vor Sehnsucht.

»Sie sind gemein! Ein Unhold, der mit meinen Gefühlen spielt!«

Aufgebracht warf sie ein Kissen durch den Raum und stieß Martieli, der auf der Bettkante saß, mit dem Fuß.

»Ich spiele mit deinen Gefühlen?« Er sah sie nachdenklich an und streichelte ihre Ferse. »Nein, nein, das stimmt nicht. Ich bin eitel, das mag sein. Jetzt werde ich alt, auch das lässt sich nicht ändern. Du sollst aber wissen, dass ich dich seltsames Mädchen auf meine Art liebe. Ich gebe zu, ich habe gerade einen Fehler gemacht. Und um die Wahrheit zu sagen, ich habe deine süße Schwäche ausgenutzt.

Ich wusste, dass du an einen anderen Mann denkst. Verzeih mir.«

Er stand auf und bedeckte sein Gesicht.

Madelaine zog seine Hände fort – und erschrak vor dem Schmerz, der wie eine Nadel schattige Zacken in sein Gesicht geritzt hatte.

»Und wenn es jetzt mein Fehler ist«, flüsterte sie nach einer Weile und küsste ihn erst zärtlich und innig, dann immer verspielter und raffinierter, so als wollte sie ein letztes Mal alle weiblichen Rollen, die Martieli in ihr geweckt hatte, in diesem Kuss ausleben – die unschuldig-mädchenhafte, die der neugierig suchenden jungen Frau, die der wissenden Verführerin. Dieses Mal zog sie Martieli zurück auf das Bett. Sie spürte, wie sehr er mit sich kämpfte. Sie selbst glühte vor Verlangen und sehnte sich nach Erlösung, darauf hoffend, dass er als erfahrener Mann wissen würde, was zu tun sei. Sie hörte ihn seufzen und bitten und verstand doch nicht, was er wollte. Schließlich zog er sich von ihr bis zu ihren Füßen zurück, kniete sich, angekleidet, wie er war, ans Bettende und flüsterte Koseworte.

Küssend trug er diese auf ihren Beinen empor bis zu ihrer Scham.

Die Sterne fielen in Scharen vom Himmel. Sie sanken nicht einfach herab, sondern platzten Funken sprühend auf, als würde sie der Zauberstab eines Liebesgottes berühren.

In Martielis letzte Küsse mischte sich das Salz seiner Tränen.

Am nächsten Morgen stand Madelaine früh auf. Sie zog die Gardinen auf und blickte auf schwebendes undurchdringliches Weiß. Nebel füllte die Straße und verdeckte die gegenüberliegende Häuserzeile. Madelaine lächelte, es störte sie nicht. Je weniger sie heute von der Welt dort draußen abgelenkt wurde, desto mehr konnte sie ihr kostbares Glücksgefühl genießen. Graf Mazary hatte sie nicht vergessen und Martieli sie an ihre Weiblichkeit erinnert wie nie zuvor.

Madelaine betrachtete sich im Fensterglas. So wie damals im Zug aus der Bretagne nach Hamburg überraschte sie selbst ihre Schönheit. Anders als damals ähnelte ihr Ausdruck jedoch nicht mehr dem blassen Bleistiftentwurf eines Zeichners. Jetzt stand ihr ein Antlitz gegenüber, das ein Maler in Braun, Alabaster und Rot entworfen zu haben schien, um Seelentiefe und kraftvolle Lebendigkeit in höchster Schönheit festzuhalten.

Sie drehte sich langsam um die eigene Achse und versuchte sich dabei im Fenster im Auge zu behalten. Wer war sie? Bilder tauchten vor ihrem inneren Auge auf – Martielis Liebkosungen gestern Abend, das bretonische Fischerboot, die flimmernde Hitze in Chile, das Unterdeck der Eleonora, die durchgehenden Pferde, Mazarys Blick, das Bild ihrer eigenen Nacktheit.

Bei jeder Bewegung begleitete sie der Duft von Rosenwasser auf ihrer Haut. Sie sah sich über die Schulter zu und spürte, wie schwer ihr noch feuchtes Haar in ihrem Nacken lag. Sie hatte es in sich verschlungen wie eine riesige Meeresmuschel. Einer der Bernsteinkämme, der die Pracht in Form hielt, lockerte sich unter dem Gewicht. Madelaine blieb einen Moment stehen und steckte ihn erneut fest. Sie sah den Glanz des Bernsteins vor sich, diesen Glanz, der das Sonnenlicht eines einzigen Sommertages auf ewig wiederzugeben schien. Unwillkürlich ertappte sie sich bei dem Vergleich, einer Venus zu ähneln, die den sanften Wellen eines süßen Meeres entstiegen war.

Und heute würde sie Mazarys Ruf folgen, die Madonnentorte zu backen. Sie schloss ihre Wohnungstür. Vom oberen Absatz der Treppe sah sie, dass auf jeder Stufe Blumensträuße standen. Ob auch von ihm ein Gruß dabei war? Madelaine ermahnte sich, bedächtig zu bleiben, denn ein Graf wie er würde Zeichen öffentlicher Zuneigung zu vermeiden wissen. Für einen Moment hielt sie inne, die Hand auf dem Holzgeländer. Sie musste sich konzentrieren – auf das süße Flügelschlagen ihrer verliebten Seele und ihr handwerkliches Können. Sie beschloss, sich ganz bewusst auf sich selbst zu besinnen, Atemzug für Atemzug.

»Gut, dass du kommst.« Martieli war bereits in der Backstube. »Hier, die Liste für heute. Fang gleich an, Nusstorte, Marzipantorte, Obstkuchen. Und was dein Spezialgebiet angeht, lass dir etwas Neues einfallen. Wir müssen unsere Kundschaft halten. Gestern brachte ein Bote nochmals eine Bestellung aus dem Hause Merkenheim. Scheint recht ungeduldig zu sein, dieser Mensch. Trüffeln will er, Herrentorte und … ich glaube, du könntest mit deiner Madonnentorte doppelten Sieg erringen.«

Für einen Moment tauschten ihre Blicke die erlebte Sinnlichkeit des gestrigen Tages aus. Dann fragte sich Madelaine, ob Martieli immer noch eifersüchtig war. Er klang ironisch und zugleich übertrieben geschäftig. Die dunklen Sichelchen in seinem Gesicht waren verschwunden, doch es wirkte unnatürlich glatt und geschwollen.

»Die Kundschaft, ja, ich werde gleich anfangen«, sagte sie. Später würde sie Stine beauftragen, ein wenig Ordnung in der Backstube zu schaffen. Anders als früher lagen Vanille und Zuckertüten zwischen Teigresten, Mandeln und Schokoladenstückchen. Zum Säubern von Spachteln und Teigrollen schien Martieli gestern keine Kraft mehr gehabt zu haben. Sie waren dort liegen geblieben, wo er sie zuletzt gebraucht hatte, auf der bemehlten Backfläche des Marmortisches.

Doch dies alles war für sie im Moment unwichtig. Sie hatte bereits eine Idee und begann einen zarten Biskuitteig herzustellen.

Als sie sich umdrehte, stand Martieli dicht vor ihr. Seine Augen glitzerten dunkel wie schwarzes Eis.

»Verdammt, ich bin eifersüchtig! Ja, Madelaine! Ich beneide ihn, deinen Grafen. Selbst Merkenheim, der in diese Torte beißen darf. Deine eigene Kreation. Madelaine …«

Er setzte sich auf einen dreibeinigen Hocker. Sein Gesicht schien fahler zu werden. Er sah müde aus. Wieder waren da die feinen dunklen Sichelchen zwischen Nasenflügeln und Mundwinkel.

»Er ist Graf«, murmelte er vor sich hin. »Ein Ungar, dem Namen nach.« Martieli starrte auf den Küchenboden.

»Du bist mir deine Wahrheit schuldig, Urs, jetzt, wo du mein Geheimnis kennst«, flüsterte sie und hockte sich vor ihn. »Bist du krank?«

Eine Zeit lang schwieg er, dann sagte er schlicht: »Ich habe die Auszehrung.«

»Was bedeutet das? So eine Diagnose, in unserer Backstube ausgesprochen, zwischen all diesen Zutaten hier, klingt etwas seltsam.«

»Madelaine, sei nicht zynisch, das steht dir nicht«, entgegnete Martieli streng. »Du wolltest die Wahrheit hören. Mein Arzt spricht von einem Dämon in meiner Bauchhöhle. Er sei es, der alles in Schmerz umwandelt, was ich zu mir nehme. Und so werde ich immer dünner. Und der Dämon immer größer.«

Madelaine, die sich darunter nichts Konkretes vorstellen konnte, wagte nicht weiterzufragen. Sie hörte die Resignation, die in seinen Worten mitschwang. Und sie wusste, sie

193

würde ihr trotzen müssen. Sie nahm seinen Kopf zwischen ihre Hände und küsste ihn auf beide Wangen.

»Urs, ich habe dir so viel zu verdanken. Mehr als ich je wieder gutmachen kann. Bitte geh jetzt. Gönne dir Ruhe. Ich werde hier schon allein zurechtkommen.«

»Ab morgen, einverstanden. Dann nimmst du dir Stine zur Hilfe«, sagte er kraftlos. »In ein paar Tagen bin ich wieder hier …«

»Ruh dich aus. Du musst dich erholen.«

»Das muss ich auch wohl«, meinte Martieli. »Ich habe doch noch so viel vor.«

Madelaine sah ihn fragend an.

Über sein Gesicht huschte ein schelmisches Lächeln.

»Ich will im nächsten Jahr zur Weltausstellung nach Paris, und dann muss ich doch gesund werden, um eines Tages auf deiner Hochzeit der Brautführer zu sein. Es muss ja nicht dieser Graf sein.«

»Er wird es auch nicht sein können«, hauchte sie. »Und du möchtest zur Weltausstellung fahren?«

»Ja, einmal Paris sehen. Und das, was der technische Fortschritt entwickelt hat. Du wirst dann hier die alleinige Chefin sein, Madelaine. Wenn alles gut geht, werde ich dort auch meinen Bruder aus Valparaiso sehen. Vielleicht ist es das letzte Mal.«

»Nein, sag so etwas nicht!« Sie bedeckte Martielis Gesicht mit unzähligen Küssen.

Erst als ein süßer aromatischer Duft dem Backofen entströmte, erinnerte sie sich daran, dass es höchste Zeit war, den Biskuitteig aus der Hitze zu nehmen. Sie drückte Martieli ein letztes Mal und setzte den Teig auf ein Gitter. Als er ausgekühlt war, teilte sie ihn und legte mit ihm Boden und Rand einer Tortenform aus, füllte diese bis zur Hälfte mit einer Mischung aus Sahne, Gelatine und Coin-

treau auf und bedeckte alles mit einer einzelnen Biskuitscheibe. Anschließend mischte sie eine Creme aus Nougat, Sahne und Mandeln, füllte die Form bis zum Rand auf
und deckte mit einer zweiten Biskuitscheibe ab.

»Sehr gut machst du das«, sagte Martieli, als Madelaine
die Haube mit Sahne bedeckte und mit feiner Bitterscho-
kolade bestäubte. »Du hast deine Meister, Kloß und mich,
längst in der Kunst des Backens eingeholt.«

In den nächsten Stunden dieses Morgens backten sie und
Martieli mit konzentrierter Ernsthaftigkeit. Kaum noch
wechselten sie Blicke und Worte. Das Backwerk stand im
Vordergrund. Schließlich waren die Vitrinen der Konditorei wie immer gefüllt mit feinsten Kuchen und betörend
raffinierten Torten. Nebeneinander aufgereiht standen
Körbe mit den Bestellungen für einzelne Kundinnen.

Madelaine rief nach Stine, legte ihrer in Kühle und Ruhe
gereiften Torte ein Grußkärtchen dazu und bat sie, mit
dem Korb das Haus Merkenheim aufzusuchen – Graf Mazary zu Händen, der von Merkenheim'schen Herrschaft
zur Empfehlung.

»Du hast es also getan«, hörte sie Martieli leise sagen. »Du
hast es also getan.«

»Ich tue nur, was mein Herz mir sagt«, erwiderte Madelaine. »Und selbst wenn es umsonst ist, so bleibt uns doch
noch ein neues Rezept.«

»Ein neues Rezept, ja …«, murmelte Martieli. Er nahm
seine Backmütze ab und wischte sich mit der Schürze über
das Gesicht. Wie abgespannt er aussieht, dachte sie erschrocken.

»Dina!«, rief sie ungeduldig. »Dina, hol Janis. Er soll Herrn
Martieli sofort nach Hause fahren!«

»Der ist leider noch damit beschäftigt, seinen malträtierten
Körper in Schwung zu bringen, Madelaine.«

Martieli riss sie mit diesem Satz aus ihrer euphorischen Herzensstimmung. Sie hatte Janis vergessen! Janis, der in den Momenten, in denen sie sich verliebt hatte, öffentlich gedemütigt worden war.

War sie verblendet? War es töricht gewesen, eine Torte auf den Weg zu schicken, die sie in ein unmoralisches Abenteuer führen könnte?

Aus einem alten Heilkundebuch erfuhr Madelaine, dass Kräuterfrauen früher Sesam verwendeten, um Träume anzuregen. Die Sorge um Martieli, das bittersüße Verlangen nach Mazary, das schlechte Gewissen wegen Janis – all das lastete so schwer auf ihrem Gemüt, dass sie sich zu einem abstrusen Experiment entschloss. Sie hoffte im Schlaf Antworten auf ihre Fragen, Lösungen für ihre Probleme finden zu können.

Als sie abends ihre Wohnung aufsuchte, standen vor der Tür die abgegebenen Wäschepakete von Madame Holm und deren Schneiderin. In den Paketen befanden sich die Bestellungen der letzten Wochen: Leibwäsche, Nachthemden, ein wattierter Morgenmantel aus chinesischer Seide und eins der modernen »Strait-front-Korsetts«: Diese waren gerade geschnitten, mit »verbessertem, magenschonendem Tragekomfort« und »très chic!«.

Madelaine zog die Bekleidung heraus, hielt sie prüfend in die Höhe, befühlte sie beiläufig und verstreute sie über Sofa und Sessel. Statt die Wäsche anzuprobieren, sich mit ihr vor dem hohen Standspiegel zu drehen, wie sie es sich seit Tagen gewünscht hatte, eilte sie nun in die Küche. Morgen früh, dachte sie, nach einem traumhaften Schlaf, der alle Rätsel gelöst hat, würde ihr Blick frei für die Schönheit der Kleider sein. Sie zerstieß die Sesamkörner in einem Mörser, kochte die Masse kurz auf, mischte Honig und Milch dazu und trank das Ganze. Wenig später legte sie sich zur Ruhe.

Entgegen ihrer Hoffnung blieb ihr Schlaf traumlos. Dafür wachte sie früher auf als sonst. Der Mond leuchtete noch am sternenklaren Himmel, doch vom Osten her gemahnten die ersten blassrosa Sonnenstrahlen, dass der Tag bald anbrechen würde.

Madelaine fühlte sich seltsam wach und ruhig. Beinahe schien es ihr, als ob unsichtbare Mächte sie aus ihrem warmen Bett herausziehen und zur Waschschüssel leiten würden. Sie aß eine Scheibe Schwarzbrot mit Butter und Honig, trank eine Tasse heiße Schokolade mit Zimt und betrat wenige Minuten später ihre Backstube. Der frühe Morgen begann mit einem Lockruf aus ihrem Bauch. Madelaine konzentrierte sich ganz auf ihr Gefühl, und ihre Hände folgten ihr.

Sie strich erwärmte Holunderkonfitüre auf die vorbereiteten Teigböden einer Karamellschichttorte. Die Aromen, blütenleicht und fruchtig die einen, füllig-sinnlich die anderen, mischten sich betörend. Eine Erinnerung an den Frühling würde diese Torte sein. Die Holunderkonfitüre würde den Blütenduft der Fliederdolden ins Gedächtnis rufen und Träume heraufbeschwören, die dem Sehnen wohlig angespannter Körper entsprach. Madelaine fühlte das seichte Nachgeben des Biskuitteigs, seine lockere, elastische Konsistenz und bedauerte einen Moment, dass in einigen Stunden Münder mit schlechten Zähnen und lasterhaften Zungen ihn zerkauen würden. Gierig würden sich manche der verdorrten Damen die guten Zutaten einverleiben, um neue Kraft für Lügen und Intrigen zu gewinnen. Verdorrte Seelen bieten leider keinen Nährboden für romantische Gefühle, dachte Madelaine düster und verscheuchte das griesgrämige Gesicht der Krawoschinsky, das ihr vor Augen stand. Sie konnte sich des Verdachts nicht erwehren, dass diese in der Rigaer Gesellschaft Gerüchte streute, die zu ihrem Nachteil waren. Aber sie nahm sich zusammen. Es durfte nicht sein, dass sie sich in misanthropischen Gedanken verfing, die ihr die Freude an der Zuckerbäckerei verdarb.

Angetrieben von dem Wunsch, heute besonders gute Torten zu backen, bereitete sie noch je zwei Mürbe- und Schokoladenbiskuitteige vor und schob sie in den Backofen. In der Zwischenzeit waren alle Angestellten bis auf Stine eingetroffen. Immer noch war es sehr früh, kurz vor fünf. Plötzlich ließ sie Stimmengewirr aus dem Laden aufhorchen. Schnell bestrich sie die Karamellschichttorte mit frischer Sahne und verzierte sie mit kandierten Fliederbeeren. Dann eilte sie zur Tür, um nachzusehen, was im Verkaufsraum vor sich ging.

Eine fremde Frau mittleren Alters trat auf sie zu.

»Verzeihen Sie die Störung. Ich bin Schwester Alma aus dem Hospital. Einen Tag, nachdem Sie zu uns kamen, wurde dieser Brief für Sie abgegeben. Leider fand er sich erst jetzt wieder ein. Er verschwand im Durcheinander der Bürokratie, was unserem Oberarzt Dr. Wonzlaw sehr peinlich ist. Er bittet Sie vielmals um Entschuldigung. Weil er wie ich letzte Nacht Dienst hatte und beim Aufräumen den Brief wiederfand, beauftragte er mich umgehend, Sie aufzusuchen.«

Madelaine nahm das etwas zerknitterte Kuvert entgegen, zog die Karte heraus und las.

Verehrtes Fräulein,
verzeihen Sie dem unachtsamen Fahrer unseres Automobils, dass Ihnen dieser Unfall geschah.
Ich durfte Sie in meinen Armen halten und kann

Sie nicht vergessen. Ich bitte Sie aus tiefstem Herzen um ein Wiedersehen, verehrte Madonna.
Lassen Sie mir, sobald es Ihnen wieder gut geht, eine Nachricht zukommen. Schwester Annelind wird sie an mich weiterleiten. Ich wünsche Ihnen baldige Genesung und hoffe sehnlichst auf Ihr Wort.
Mit den herzlichsten Grüßen
András Graf Mazary

Der Brief war einen Tag nach dem Unfall geschrieben worden. Madelaine konnte es kaum fassen, ihr Herz begann wie wild zu klopfen. András Graf Mazary – so wie er geschrieben hatte, las es sich nicht, als hätte er sich in sie verliebt?
Noch während sie ihren Gefühlen nachhing, hörte sie eins der Serviermädchen fragen, warum Stine noch nicht da sei.
»Nun sagt nur, ihr wisst es noch nicht«, platzte Dina heraus. »Im Hause Merkenheim ist ein schreckliches Unglück passiert. Marija, die Hilfsköchin, Stines Freundin, ist vom Herrn geschwängert worden. Da hat sie sich aus Scham darüber selbst angezündet. Die Köchin ist dazugekommen. Eifersüchtig soll sie gewesen sein. Sie hat die Flammen löschen wollen, aber dumm und gemein, wie sie ist, hat sie einen Topf genommen, in dem das Wasser brühheiß war. Sie hat Marija verbrüht, das halbe Gesicht, die Arme. Es ist so grauenhaft.«
»Stine ist entschuldigt, sie soll ihrer Freundin beistehen.« Madelaine schob alle Gedanken an Mazary beiseite. Sie war jetzt als Chefin gefragt. Wie sehr sie verliebt war, durfte sie niemandem zeigen. »Dina, geh zu ihr«, sagte sie bestimmt, »und richte Stine aus, dass ich ihr heute frei-

gebe. Aber nun rasch zurück an die Arbeit. Vielleicht ist
ja alles auch nur ein Gerücht. Leider können wir es uns
nicht leisten, das Haus Merkenheim als Kunden zu verlieren.«

Sie wollte gerade in die Backstube zurückkehren, da drehte sie sich noch einmal um und fragte, ob es in den vergangenen beiden Wochen Zeitungsartikel über ihren Unfall
gegeben habe.

»Ja«, antwortete Dina, »im Rigaer Tageblatt und in der Dienas Lapa. Den deutschen Bericht habe ich aufbewahrt.
Und Ihr Kutscher Janis ließ den lettischen Artikel vor-
beibringen, zusammen mit einer Karte für den Grafen
Mazary. Er wollte sich für dessen Hilfe bedanken. Janis
meinte noch, es sei aufschlussreich, die beiden Artikel miteinander zu vergleichen.«

Madelaine wusste, das die Dienas Lapa das linksgerichtete
Sprachrohr war, das die neue lettisch-nationale Strömung
»Jauna Strava« vertrat.

»Hast du ihn noch?«, fragte sie.

»Ja, selbstverständlich.«

»Kannst du ihn mir noch rasch übersetzen, bevor du
gehst?«

Dina beeilte sich. Die lettische Zeitung berichtete am Tag
nach Madelaines Unfall in empört-anklagendem Ton von
dem gewalttätigen Übergriff eines Deutschen auf einen
lettischen Kutscher, der unschuldig in einen Unfall ver-
strickt wurde. Der Täter sei mit dem ausbeuterischen
oberschlesischen Bergwerksbesitzer M. befreundet. Wie
man erfahren habe, seien erst vor kurzem in einer seiner Gruben zweiunddreißig Arbeiter qualvoll erstickt.
Man könne von M.s unerschütterlicher Seelenverfassung
ausgehen und sich getrost vorstellen, wie, während Staub
und Qualm in die Lungen der Grubenarbeiter drangen, das

kostbare Nass exquisiten Champagners die Kehle des Ausbeuters umspülte.

Madelaine lief ein Schauder über den Rücken. War das wirklich wahr und dieser Merkenheim ein solch unbarmherziger Mensch? Was schrieb das Rigaer Tageblatt? Der Unfall wurde mit kurzen Worten erwähnt, wobei auf die Symbolik zwischen altbewährten und neumodischen Transportmitteln mit unverhohlenem Schmunzeln angespielt wurde. Ein paar Zeilen weiter jedoch wurde Merkenheim als großer Kunstsammler dargestellt und lobend erwähnt, dass er der hiesigen Kunstakademie eine große Summe Geldes für Neuanschaffungen gespendet habe.

Aus der Backstube drang ein kräftiger süßer Duft. Madelaine lehnte Mazarys Karte gegen die Holzfiguren der heidnischen Schutzgöttinnen, die von einem Eckregal herab in die Backstube schauten. Rasch warf sie noch einen Blick auf die Börsenkurse der Morgenzeitung und spielte einen Moment lang mit dem Gedanken, was sie wohl täte, wenn sie tatsächlich eines Tages ihre Papiere mit hohem Gewinn verkaufen würde.

In ihre Gedanken versunken, wischte sie mehrmals über die Marmorplatte und schob den Bestellzettel von links nach rechts und wieder zurück. Eine Weile schaute sie träumerisch durchs Fenster und gewahrte, wie eine Katze durch den Garten schlich – mit einem Eichhörnchen im Maul, dessen Schwanz leblos über das Gras schleifte.

Madelaine besann sich wieder auf den Bestellzettel. Sie öffnete den Backofen und zog die fertigen Schokoladenbiskuit- und Mürbeteige heraus. Die Biskuitteige stellte sie vor das Fenster zum Auskühlen und die Mürbeteige in die Speisekammer. Anschließend begann sie aus Mandeln und Zucker Krokant herzustellen. Als die Masse hellbraun zu karamellisieren anfing, nahm sie sie vom Feuer und füllte sie in Schälchen, damit sie erstarrte. Als Nächstes löste sie Zucker in Rosenwasser und schlug acht Eigelb cremig. Beides kam in einen Topf und wurde mehrere Minuten lang geschlagen, bevor Madelaine es erkalten ließ. Erst dann zog sie ein Pfund Butter darunter – nun war die Buttercreme so gut wie fertig. In der Zwischenzeit schmolz in der Bain-Marie Schokolade. Madelaine nahm sich den Krokant vor, zerstieß ihn in einem Mörser. Mit einem Faden durchtrennte sie den Schokoladenbiskuitboden in drei Teile. Auf den unteren tat sie eine Schicht Schokoladenbuttercreme, darüber den Krokant, bedeckte diesen mit dem zweiten Biskuitboden, strich Schokoladencreme darüber und setzte den letzten Boden als Haube darauf. Dann hob sie die Torte auf ein Abtropfgitter und begoss sie vorsichtig mit einer dünnen Schicht Schokoladenglasur. Abschließend verzierte sie die glatte dunkle Oberfläche ihrer ersten Krokanttorte mit Krokantsplittern und Schokoladenröschen.

Gleich darauf nahm sie sich den nächsten Biskuitteig vor. Dieses Mal sollte eine Weincremetorte mit einer dünnen Schicht Vanillecreme entstehen. Als Madelaine die in der Milch gekochte Vanilleschote ausschabte, betrat Dina die Backstube, um in Regalen und Schränken Vorräte aufzufüllen. Madelaine ließ sich nicht stören, sagte ihr nur, sie solle die benutzten Arbeitsmittel abwaschen. Keinesfalls durfte sie sich jetzt ablenken lassen. Trotzdem nahm sie aus dem Augenwinkel wahr, wie Dina die letzten Krokantsplitter auftupfte und genussvoll zerkaute. Als sie nun auch noch daranging, Rührschüssel und Löffel abzuschlecken, raunzte Madelaine sie an.

»Dina, wenn du Hunger hast, iss gefälligst ein Stück Brot!«
»Entschuldigung. Es riecht halt so gut.«

Madelaine verzog unwirsch den Mund, während sie in einer großen Rührschüssel Eigelb mit Zucker schlug – so lange, bis die Masse weiß und dicklich wurde. Anschließend rührte sie langsam heiße Milch hinein und kochte die Masse auf. Damit die Creme nicht anbrannte, wurde sie kräftig durchgerührt. Zum Auskühlen kam sie in eine Schüssel, wobei Madelaine die Oberfläche mit einem Stückchen Butter abrieb, damit sich keine Haut bildete. Schließlich bereitete sie die Weincreme zu. Dazu köchelte sie halbierte, entkernte Weintrauben in Rotwein, würzte mit etwas Zitronelle und Zimt. Sie probierte davon und versuchte sich das kostbare Aroma der Torte vorzustellen. Dina, die ihr neugierig über die Schulter schaute, versprach sie eine Kostprobe.

»Aber nur dann, wenn sie so gut wird, wie ich es mir vorgestellt habe.«

»Aber Fräulein Gürtler! Selbst wenn sie misslingt, mir wird sie bestimmt schmecken.«

Auf Dinas Gesicht zeigte sich Vorfreude und Zuversicht, obgleich sie sehr daran zweifelte, dass Madelaine ihr Versprechen halten konnte, denn eine gute Torte war schließlich eine gelungene Torte – und was sollte von einer gelungenen Torte übrig bleiben? Krümel! Und zwar Krümel, die irgendwelche Dienstmädchen in irgendwelchen herrschaftlichen Häusern aufpickten.

Nichtsdestotrotz lief Dina das Wasser im Mund zusammen. So sah sie zu, wie Madelaine zweimal den Biskuitboden teilte und den unteren Boden mit Weincreme bestrich. Mittlerer und oberer Boden bekamen eine dünne Vanillecreme, darauf wurde die Torte mit einer Fondantschicht aus zartbitterer Schokolade in Form gebracht. Das Dekor bestand aus karamellisierten roten Weintrauben und Blättern aus hellgrünem Zuckerguss.

Madelaine war mit ihrer Arbeit zufrieden. Den Obstbelag für die Mürbeteige würde sie morgen früh in Angriff nehmen.

»Dina, wenn du abgewaschen hast, setz bitte einen Hefevorteig an. Wir haben eine Bestellung für einen Rosinenkranz. Ich muss mich jetzt meinen Trüffeln widmen.«

»Ah, die Trüffeln. Gerade die Sorten Mokka und Sahne werden gern gekauft.«

»Heute bieten wir etwas Besonderes. Zieh dir deshalb ein frisches Kleid an, ja?« Betreten sah Dina auf ihre schmutzige Schürze. Madelaine lächelte. »Das Gleiche gilt für mich.« Mehlstaub, Teigschlieren, Schokolade- und Buttercremeflecken hatten auf Kleid und Schürze deutliche Spuren hinterlassen. Sie schwitzte und schob eine klebrige Haarsträhne hinter ihr Ohr.

Dina maß nun Mehl, Rosinen, Zucker und Butter für den Hefeteig ab. Madelaine sah ihr einen Moment zu. Sie arbeitete sorgfältig, aber langsam. Madelaine war sich jetzt sicher, sie würde sich nach einem Ersatz für Martieli umsehen müssen. Nur mit einem geübten Zuckerbäcker an der Seite würde sie das Angebot der Konditorei weiterhin gewährleisten und sich selbst den Freiraum für Experimente sichern können. Sie wandte sich der Vorratskammer zu und holte einen strohgepolsterten Weidenkorb, der eine Flasche mit einer dunklen Flüssigkeit barg.

»Was ist das?«, fragte Dina.

Madelaine nahm die Flasche heraus, betrachtete das handbemalte Etikett und antwortete: »Ein Geschenk von Frau Baumanis, ein Likör aus schwarzen Johannisbeeren. Man kann mit ihm Eis oder Sorbet verfeinern. Manche mischen ihn mit trockenem Weißwein oder Beaujolais. Ich werde ihn heute das erste Mal für Trüffeln verwenden.« Sie vergewisserte sich, dass Dina den Hefevorteig richtig zubereitet hatte, und gab ihr die Anweisung, ihn in den noch leicht warmen Backofen zu stellen. »Gut, nun lass mich allein.«

Dina knickste und verließ die Backstube.

Madelaine hatte sich längst schon auf die Herstellung ihrer Cassis-Trüffeln konzentriert. Wie immer ließ sie Schokolade im Wasserbad schmelzen, brachte in einem kleinen Topf die Sahne zum Kochen, rührte Zucker ein, goss die Sahne auf die geschmolzene Schokolade, vermengte beide Massen sorgfältig und fügte tröpfchenweise den Johannisbeerlikör hinzu. Sie schnupperte, kostete angespannt. Als sie glaubte, das Mischungsverhältnis sei perfekt, ließ sie die Masse ruhen, damit sie abkühlen konnte. Nun musste sie noch die Glasur vorbereiten und Schokolade zu feinen Flöckchen reiben.

Nach gut einer halben Stunde war es so weit. Madelaine spritzte aus der abgekühlten Schokoladen-Cassis-Masse haselnussgroße Kugeln, tauchte sie in die Glasur und rollte sie mit einer Überziehgabel in der geriebenen Schokolade.

Schweißnass sank sie auf ihren Schemel, nachdem sie die letzte Trüffel in dem Verwahrkästchen verpackt hatte. Ihre Knie zitterten vor Anstrengung, als wäre sie meilenweit durch stürmische Fluten gewatet. Sie warf der Schutzgöttin Mara einen erschöpften Blick zu. Ohne lange zu überlegen, goss sie sich vom Johannisbeerlikör einen kleinen Messbecher voll und trank. Ein intensiver, voller Fruchtgeschmack breitete sich in ihrem Mund aus. Der Likör verströmte ein Beerenaroma selbst dann noch, als sie ihn längst hinuntergeschluckt hatte. Allmählich bekam sie Hunger. Sie stand auf und ging in die Vorratskammer, wo die Torten des Morgens standen. Noch hatte die Konditorei geschlossen, in gut einer halben Stunde würden die ersten Kunden kommen. Sie dachte kurz an Martieli, daran, wie kurz das Leben im schlimmsten Fall sein konnte, und bekannte sich zu ihrer heutigen Verwegenheit – sie griff zu Teller und Schneidemesser und schnitt sich von beiden Torten je ein schmales Stückchen heraus. Ihre Tat verstieß gegen die Regel, eine Torte nur als Ganzes hinter der Vitrine zu präsentieren, doch im Moment war sie einfach nur begierig danach, Leib und Seele etwas Gutes zu tun.

Krokant- und Weincremetorte schmeckten vorzüglich.

Einen Moment lang glaubte Madelaine sich nichts Schöneres vorstellen zu können, als hier in ihrer Backstube auf diesem einfachen Holzschemel zu sitzen und sich von selbst gemachten Torten zu ernähren. Sie füllte den kleinen Messbecher mit Likör auf und schaute nach dem Hefevorteig. Er war aufgegangen. Madelaine wärmte Butter und Milch an, gab Eier, den Restzucker und Salz hinzu und walkte den Teig. Dabei wirbelte ihr Mehlstaub um den Kopf. Die Luft war stickig, und ihr schwindelte vor lauter Düften. Mit ihren klebrigen Fingern griff sie nach dem Messbecher und führte ihn zum Mund. Sie genoss Tortenhäppchen für Tortenhäppchen, Schlückchen für Schlückchen. Nur undeutlich hörte sie dumpfe Klopfgeräusche an der Außentür. Stimmen riefen durcheinander, doch das störte sie nicht. Schließlich hatte ein neuer Arbeitstag begonnen, und Dienstboten strömten durch die Straßen, erledigten von Haus zu Haus ihre Aufträge. Es war schon oft vorgekommen, dass ein Bote vor der üblichen Öffnungszeit geschickt wurde, um frischen Morgenkuchen zu holen.

Plötzlich öffnete sich die Tür der Backstube. Kühle Luft, die nach Tabak und Herrenparfum duftete, strömte herein. Madelaine, den Mund voller Johannisbeerlikör, die Hände voller Hefeteig, drehte sich zur Seite.

Lächelnd stand András Graf Mazary im Türrahmen. Madelaines Herz setzte einen Schlag aus, bevor es so heftig zu pochen begann, als müsste es einen Hürdenlauf bewältigen. Gerade noch konnte sie den Likör hinunterschlucken, was einen Hustenanfall nach sich zog. Verschwitzt, verklebt, nach Alkohol riechend und mehlbestäubt – was für einen Anblick bot sie dem Mann, in den sie sich verliebt hatte!

Mazary lächelte noch mehr und schnupperte geräuschvoll.

»Guten Morgen, Madelaine. Ich sehe, ich habe Sie überrascht – mitten im schönsten Tun.«

Madelaines Gesicht glühte vor Verlegenheit. Unbedacht stieß sie ihre Fäuste noch tiefer in den Hefeteig, woraufhin Mazary lachte.

»Gestatten Sie?«

Er trat näher, verbeugte sich und hauchte zwei Küsse auf ihre Handrücken. Voller Scham wollte Madelaine schon rückwärts vom Schemel rutschen, doch Mazary hielt sowohl Schüssel als auch ihren Rücken fest.

»Hm, eine Zuckerbäckerin, die zu genießen weiß.« Er hob eine Augenbraue und lächelte schelmisch. Madelaine hätte am liebsten im Hefeteig versinken mögen. Oder sich auflösen mögen wie ein Zuckerkristall in Wasser.

Er spürte ihre Verlegenheit und trat zurück. Madelaine dagegen nahm an, dass ihn ihre körperlichen Ausdünstungen abgestoßen hatten. Voller Scham verwünschte sie das Schicksal, das einen so ungünstigen Moment für ein Wiedersehen ausgesucht hatte. Mechanisch griff sie nach der Klingel, woraufhin Dina erschien und die fertigen Torten abholte.

»Verzeihen Sie, Graf, ein Zuckerbäcker darf nicht eitel sein, wenn er mit guten Zutaten hantiert. Da bleibt der Aufputz einer Frau auf der Strecke.«

»Ihre Schönheit aber nicht«, sagte er leise und sah ihr tief in die Augen. »Freilich würde ich gerne erfahren, wie sich die Zuckerbäckerin Madelaine zeigt, wenn sie weder von dem Schrecken eines Unfalls noch den Backzutaten ihrer Torten gezeichnet ist. Ich werde Sie nicht weiter stören, Madelaine, doch gestatten Sie mir, dass ich Sie noch einmal besuche?«

In seinen Augen blitzte es fröhlich. Er wirkt wie ein Lausbub, dachte Madelaine beglückt. Als sie sah, dass er seine Karte vor der Figur der Schutzgöttin Mara entdeckt hatte, beeilte sie sich zu sagen: »Verzeihen Sie, Graf, ich vergaß, mich für Ihren Gruß und Ihre Hilfe bei dem Unfall zu bedanken.« Sie stand auf und errötete voller Scham, weil sie ihm noch nicht einmal die Hand zum Dank geben konnte. Ihre Finger zogen dicke Hefestränge aus der Schüssel nach sich. Mazary lachte herzlich.

»Sie gefallen mir, Madelaine, wissen Sie das? Ich bedanke mich bei Ihnen für die köstliche Madonnentorte.« Er nahm sie bei den Schultern und küsste sie unbefangen auf beide Wangen.

»Sie hat Ihnen geschmeckt, das freut mich«, sagte sie.

Mazary sah sich in der Backstube um.

»Ihre Augen sind ja so braun wie die Trüffeln dort. Können Sie das auch, Trüffeln herstellen?« Er schaute Madelaine bewundernd an.

»Möchten Sie eine probieren? Schokolade ist mein Spezialgebiet.« Sie reichte ihm das Kästchen. »Sie sind noch ganz frisch, von heute Morgen.«

Mazary, der schon seine Hand vorgestreckt hatte, hielt in der Bewegung inne.

»Seien Sie mir nicht böse, Madelaine, aber ich verzichte. Für den Moment.« Wieder lächelten seine Augen schelmisch. »Ich würde es vorziehen, die Köstlichkeit Ihrer Patisseriekunst etwas später zu genießen. Die Trüffeln lassen wir noch ein wenig ruhen und erfreuen uns beide – so darf ich doch hoffen – an der Vorfreude auf ein Wiedersehen, ja?«

»Ich werde vor lauter Arbeit kaum Zeit haben«, antwortete Madelaine lächelnd.

»Die heidnische Göttin dort in dem Regal wird bestimmt ein Nachsehen mit Ihnen haben, wenn Sie diese Backhöhle einmal gegen frische Luft und etwas Abwechslung austauschen. Und ich verspreche Ihnen, ich werde Sie überraschen.«

Madelaine glaubte ihm aufs Wort. Nachdenklich betrachtete sie ihn. Er wirkte arglos, unternehmungslustig und sinnlich zugleich, sodass sie keine Zweifel hatte, dass ein Zusammensein mit ihm aufregend wäre. Plötzlich fiel ihr etwas ein.

»Graf, darf ich Sie etwas fragen?«

»Selbstverständlich.«

»Wäre es sehr verwegen, wenn ich Sie bitte, mir das Schießen beizubringen?«

Er schaute sie überrascht an und nickte. »Selbstverständlich. Sie wollen sich gegen mögliche Unruhen wappnen? Das ist ihr gutes Recht. Doch seien Sie versichert, ich werde Sie immer zu schützen wissen.«

»Sie wären in der Lage, mir eine Pistole zu beschaffen?«

»Sonst gibt es keine Trüffeln?«, fragte er leise.

Ihre Blicke versanken ineinander.

Er trat einen Schritt auf sie zu. Madelaine streckte ihre verklebten Hände abwehrend von sich, doch er küsste sie auf die Stirn. Seine Lippen verweilten einen kleinen Augenblick länger auf ihrer Haut, als es vielleicht schicklich gewesen wäre. Aber gerade dies war es, was Madelaine einen Glücksschauer über den Rücken jagte.

»Ich komme wieder, Madelaine. Vielleicht mit, vielleicht ohne Pistole. Doch dann bekomme ich eine ganze Schachtel Trüffel, einverstanden?«

Er wirkte so verführerisch, dass Madelaine ihn am liebsten umarmt hätte. Seine Augen lasen in den ihren, und ihre Blicke, so schien es ihr, tauschten Bilder aus, die ihren Sehnsüchten entsprangen.

Nachdem sie sich voneinander losgerissen hatten, erinnerte sie sich – ohne dass sie hätte sagen können, warum – an die gefährlich erotische Spannung, die sie, Martieli und Kloß einst im Wettkampf um die beste Trüffel gebannt hatte. Widerstreitende Gefühle wallten in ihr auf, Gefühle, die mit einem Mal so stark wurden, dass ihr Tränen in die Augen traten.

»Habe ich Sie verletzt, Madelaine? Ist Ihnen nicht wohl?«

»Nein, nein. Es ist etwas anderes. Herr Martieli ist krank, und ich möchte nicht, dass er stirbt.« Alle aufgestauten Erinnerungen brachen aus ihr hervor. In kurzen Worten erzählte sie, was sie Urs Martieli zu verdanken habe und wie groß jetzt ihre Angst um ihn sei.

»Mein Vater ist ein großer Verehrer Rudolf Virchows«, beruhigte er sie. »Ein hervorragender Arzt, der sich sehr um die Tumorforschung verdient gemacht hat. Er ist beinahe achtzig Jahre alt, doch sein Wissen und seine Lehre wirken an der Berliner Charité weiter. Wenn Sie wollen, werde ich mich darum bemühen, dass Ihr Herr Martieli von einem seiner besten Schüler untersucht wird.«

»Das würden Sie für mich tun?«

»Das ist ein Leichtes, Madelaine, leichter zu erfüllen als Ihr erster Wunsch.« Er schmunzelte wieder und streichelte ihr Gesicht. »Pistolen kann man nicht kaufen wie Brezeln oder Blumentöpfe.«

»Das hat Herr Martieli auch einmal gemeint«, murmelte

Madelaine. Ihr war, als stünde sie auf einem Grad zwischen Vergangenheit und Zukunft, umweht von wechselnd eisigen und warmen Winden, die ihr jegliche Orientierung zu nehmen drohten.

Sie erhob sich.

»Danke, danke, Graf«, sagte sie, sich bemühend, ihrer Stimme einen festen Klang zu geben. »Ich habe noch viel zu tun. Wenn Sie Herrn Martieli sprechen möchten, er bewohnt eine Etage im Hause Baumanis.«

»Bei Inessa?«, rutschte dem temperamentvollen Mazary heraus.

Madelaine merkte, wie Zorn in ihr aufstieg. Inessa, die Martieli umgarnte, kannte nun auch noch Graf Mazary?

»Keine Angst, Madelaine«, sagte er leise. »Ich kenne sie nicht näher. Sie gab ein paar Liederabende im Merkenheim'schen Hause.« Er schwieg abrupt.

»Sie ist eine schöne, eigenwillige Frau, nicht wahr?«

»Das mag sein, doch lassen wir Inessa ihrer Wege gehen. Aber ich verspreche Ihnen, ich werde mich für Herrn Martieli einsetzen. Vertrauen Sie mir, Madelaine.«

Er küsste Madelaine die Hand, auf der die Hefeschlieren längst getrocknet waren, und entschwand durch die Backstubentür. Kaum einen Atemzug später öffnete er sie wieder.

»Übrigens, Madelaine, ich wünschte, ich könnte mit Ihnen eines Tages einen großen Teller Somlóer Nockerln, mit heißer Schokolade übergossen, teilen.« Er zog die Tür leicht zu, öffnete sie erneut einen Spalt und flüsterte verführerisch: »Oder einen mit Nusscreme gefüllten Gundel-Palatschinken mit heißer Schokolade.«

Verführerischer Lausbub, dachte Madelaine gerührt und amüsiert zugleich. Welch einen Gefühlswirbel dieser faszinierende Mann in ihr ausgelöst hatte. Ein Sturm, der vor nichts und niemandem Halt zu machen schien. So, gestand sie sich verliebt ein, hatte sie sich einen ungarischen Grafen nicht vorgestellt.

Martieli folgte Mazarys Empfehlung. Er werde sich noch im alten Jahr einer Untersuchung unterziehen und, wenn es erforderlich sei, sogar eine Operation wagen.

An seinem Abreisetag stand Madelaine wie gewöhnlich in der Backstube und ließ den Glanz des vorangegangenen Abends Revue passieren. Inessa hatte einen Liederabend im Festsaal des Schwarzhäupterhauses gegeben, und obgleich sie von Martieli und Inessa herzlich eingeladen worden war, hatte Madelaine sich auf ihrem reservierten Platz wie ein Fremdkörper in der vornehmen Gesellschaft empfunden. Der Prunk der Kronleuchter und die polierten Edelhölzer hatten sie genauso befremdet wie die reich geschmückten Damen, von deren Unterhaltung sie sich ausgeschlossen gefühlt hatte. Einige kannte sie – Madame Holm zum Beispiel oder Frau Baumanis, auch die Reedereibesitzersgattin Coppenreuth und Frau Darius, deren Mann Mitglied des Riga'schen Börsenkomitees war. Und was die Herren betraf, die Erhabenheit, mit der sie ihre Orden präsentierten, wie sie steif und stolz mit gezwirbelten Bärten und pomadisiertem Haar umherschauten – all dies hatte sie nicht minder verunsichert.

Für sie stand fest, sie würde diesen Abend in eher trauriger Erinnerung behalten, zumal er einer des Abschieds war. Auch wenn Inessa ihrer Meinung nach wirklich gut gesungen und ihren Beifall zu Recht verdient hatte.

»Sie ist doch so stolz«, hatte Martieli ihr zugeflüstert. »Schließlich haben in diesem Saal Berühmtheiten wie Richard Wagner, Franz Liszt, Anton Rubinstein, ja, sogar die Schröder-Devrient und Clara Wieck Konzerte gegeben.«

Wehmütig dachte Madelaine, die dabei war, eine Marzipantorte vorzubereiten, an ihren Lehrherrn.

Er hatte sich so sehr für Inessa gefreut und seine Angst vor den Untersuchungen verborgen. Wie gerne wäre sie jetzt an Inessas statt mit ihm nach Berlin gefahren. Madelaine bildete sich ein, dass Inessa ihm nie eine so gute Beschützerin sein würde wie die beiden Göttinnen Mara und Laima für sie.

Tränen tropften auf die Marzipanmasse. Erschrocken griff sie zu einem Küchentuch und tupfte sie fort. Aber was würde mit ihr geschehen, wenn der hoch gepriesene Fortschritt der Medizin ausgerechnet an Martieli versagte? Selbst bis zum letzten Moment hatten sie nicht darüber gesprochen. Martieli hatte sie nur an ihren bretonischen Leitspruch erinnert und ihr nochmals versichert, sie habe Narrenfreiheit. Außerdem sei er ja bald wieder bei ihr.

Sie sah zur Uhr, es war Viertel vor sieben. Wo mochte Graf Mazary sein? Was wusste er über Inessa? Sicher war nur, dass der gute Martieli nichts von dem zu ahnen schien, was Mazary zu vermuten glaubte. Die Marzipanscheibe, die Madelaine ausgerollt hatte, rutschte ihr aus den Händen und klatschte auf den Boden. Wie schwer ihr heute alles fiel. Wie mürbe sich ihre Beine anfühlten. Selbst ihre Hände waren müde. Am liebsten hätte sie alles stehen und liegen lassen. Einen verwegenen Moment lang wäre sie sogar bereit gewesen, an Bord eines Schiffs zu gehen und fortzufahren. Madelaine schimpfte mit sich und empfand zum ersten Mal ihre Arbeit als Fron, die Backstube als Gefängnis, schlimmer noch, die Vergeblichkeit ihres Tuns, die Vergänglichkeit ihrer Backkunst.

»Sie bluten ja!« Dina warf den Stapel mit frischen Tüchern und Lappen ins Regal und riss Madelaine die Reibe aus den Händen. Nasses Rot mischte sich mit dem feuchten Weiß einer geriebenen Kokosnuss. Madelaine besah sich Daumen und Mittelfinger. Starr und wie geistesabwesend schaute sie zu, wie Dina die verletzten Finger mit einem nassen Stück Stoff umwickelte, die Blutstropfen vom Boden wischte, die Reibe säuberte und die befleckten Kokosflocken entsorgte.

»Wollten Sie eine Kokosnusstorte backen?«

Madelaine hörte ihre Stimme wie aus weiter Ferne. Sie schüttelte mechanisch den Kopf. »Marzipan«, murmelte sie schließlich und sank auf den Schemel.

»Janis lässt fragen, ob Sie einen Auftrag für ihn haben, Fräulein Gürtler.«

»Er ist wieder da, gut, sehr gut.« Madelaine kam langsam wieder zu sich. »Ja, doch, in meinem Auftrag Waffenbücher besorgen.«

Dina schlug vor Entsetzen die Hände vor den Mund.

»Fräulein Gürtler, was ist mit Ihnen?«

»Nichts. Und sucht mir die Nummer des Vorsitzenden der ehemals Großen Gilde heraus. Wir brauchen Unterstützung.«

Madelaine backte die nächsten Stunden, als ginge es um ihr Leben. Der Tag schritt fort wie jeder andere. Kunden kamen und gingen, Besucher ließen sich mit Kaffee und Kuchen, heißer Schokolade und neuesten Zeitungen und Illustrierten verwöhnen. Ab dem späten Vormittag eilte sie in der Stadt von Gespräch zu Gespräch, um jemanden zu finden, der ihr als Ersatz für Martieli in der Backstube zur Seite stehen konnte. Sie zwang sich, freundlich im Ton, doch fest in ihrem Begehren zu bleiben, denn die meisten Herren, mit denen sie sprach, wollten sie in

214

ihrer Autorität als eigenverantwortliche Zuckerbäckerin nicht ernst nehmen. Immer wieder musste sie genau zuhören, nachhaken und den Mut aufbringen, weitere Namen zu erbitten. Erst am späten Nachmittag hatte sie in Erfahrung bringen können, dass es im Hotel Imperial zu Unstimmigkeiten zwischen Geschäftsführer und Patissier gekommen sein sollte. Ein Gerücht, doch auch dieser Spur wollte sie nachgehen, und suchte den entlassenen Patissier, einen Franzosen, in seiner Wohnung auf. Ihr Ruf, das wusste sie, stand auf dem Spiel. Doch für den Erhalt von Martielis Konditorei hier in Riga würde sie – fast – alles tun.

Warum ihm gekündigt worden sei, fragte Madelaine den jungen Mann als Erstes. Er habe privat für die Volksküche Napfkuchen und Rosinenbrötchen gebacken und verkauft. Die vielen hungernden Kinder hätten ihm so Leid getan, sagte er. Er machte auf Madelaine einen ehrlichen Eindruck. Ob er ein Zeugnis vorweisen könne, fragte sie ihn. Stolz zeigte er ihr Nachweise des Küchenchefs des Hotel Imperial und vorheriger Arbeitgeber, die sein Können bestätigten. Schnell wurden sie sich einig. Jean-Patrique Lalongue würde am morgigen Tag in der Martieli'schen Konditorei beginnen. Madelaine war sich sicher, seine Fähigkeiten innerhalb weniger Stunden einschätzen zu können. Doch sie war zuversichtlich. Zur Armenküche, sagte sie, könne die Martieli'sche Konditorei auch offiziell beisteuern. Dankend verbeugte er sich und begleitete Madelaine bis zur Straße. Es war bereits dunkel geworden, und wie immer wartete Janis auf dem Kutschbock. Rasch faltete er die Zeitung zusammen, die er im Schein der Straßenlaterne gelesen hatte.

»Monsieur Lalongue, ich möchte Sie mit meinem Kutscher bekannt machen. Janis, Monsieur Lalongue wird bei uns

arbeiten und ab und zu deine Dienste in Anspruch nehmen.« Die beiden Männer reichten sich die Hand. »Sie
müssen wissen, Janis ist äußerst belesen«, fuhr Madelaine
fort. »Er schafft es, uns mit wenigen Worten den heißen
Dunst der Backstube aus dem Kopf zu pusten. Nun, bis
morgen früh, Monsieur Lalongue«, verabschiedete sie ihn
und fragte dann Janis: »Was tust du deinem Geist dieses
Mal Gutes?«

»Ich lese gerade, dass Goethes *Faust* ins Lettische übertra-
gen wurde. Haben Sie ihn gelesen?«

»*Faust*? Janis, du hast mich mal wieder ertappt. Nein, ich
bekenne, ich habe ihn noch nicht gelesen. Obwohl er zu
den Klassikern gehört.«

»Jānis Rainis, unser großer Dichter und Denker, hat das
Werk übersetzt, während er im Gefängnis saß.«

»Das beweist, wie unbeugsam der Geist ist, nicht? Auf, lass
uns fahren!«

»Zu Befehl! Übrigens«, er lehnte sich zurück, »die er-
wünschten Waffenbücher liegen unter Ihrer Felldecke.
Kann ich sonst noch etwas für Sie tun?«

»Später sicher noch, Janis. Übrigens, was, glaubst du, ist
siegreicher in der Welt, das Wort oder die Waffe? Geist
oder Gewalt?«

Janis überlegte einen Moment. »Nun, ich glaube, das Wort
kann als Waffe benutzt werden, der Geist anderen Gewalt
antun. Ein Wort kann einen Menschen ebenso verwun-
den wie ein Schuss oder ein Peitschenhieb ins Gesicht. Es
kommt immer darauf an, ob jemand will, dass ein anderer
leidet. Mittel dafür gibt es ja reichlich.«

»Das ist schlicht ausgedrückt«, meinte Madelaine. »Wenn
eine Mutter zu ihrem Kind sagt: ›Du hast mein Leben zerstört‹, so ist das Gewalt.«

»Natürlich«, erwiderte Janis. »Und ich meine, Gewalt hat

dann gesiegt, wenn das Geistige zerstört ist. Das Geistige, das nach Harmonie und Frieden strebt.«

»Du hättest Philosoph werden können, Janis.«

»Nein, dann hätte ich ja auch kämpfen müssen, mit Worten. Und das liegt mir nicht, das Kämpfen. Ich schaue lieber zu und denke.«

»Du bist ein Romantiker.«

»Mag sein, Fräulein Gürtler. Ein romantischer Idealist, das bin ich wohl. Darf ich noch etwas sagen?«

»Selbstverständlich, Janis. Bei mir kannst du immer sagen, was du denkst.«

»Es ist nicht nur die Gewalt, die Menschen voneinander unterscheidet. Wissen Sie, was ich glaube? Ich glaube es ist andersherum gesagt der Anstand. Unabhängig davon, woran jemand glaubt oder welchen Standes jemand ist.« Janis senkte die Stimme. »In letzter Zeit habe ich nur zwei Menschen kennen gelernt, die mir anständig erschienen: Herrn Martieli und Graf Mazary.«

Madelaine war froh, dass Janis ihr Herzklopfen nicht hören konnte.

»Und was ist mit mir?«

Janis Kopf verschwand fast zwischen seinen vor Scham hochgezogenen Schultern.

»Verzeihung, Fräulein Gürtler, ich darf mir doch kein Urteil darüber erlauben, ob Sie anständig sind. Sie sind doch unsere Chefin.«

Madelaine lachte herzhaft.

»Ein Mann also ist anständig, wenn er einen guten Charakter hat, eine Frau dagegen, wenn sie sich sittlich rein benimmt.«

Die Bilder mit Martieli tanzten vor ihrem inneren Auge. Wie gut, dass Janis nichts von der Vielschichtigkeit der weiblichen Seele ahnte.

Je mehr Tage vergingen, desto mehr sehnte sie sich danach, Mazary wiederzusehen. Doch weder Blumen noch eine Karte gaben von ihm Nachricht. Eines Morgens, als sie gerade Eclairs mit Schokolade und Windbeutel gebacken hatte, erhielt Madelaine eine Depesche aus Berlin.

Reise ab nach Wien, Chirurgisches Klinikum.
Begebe mich in die Hände eines Schülers von Prof.
Billroth, Begründer der Magenoperation. Genialer
Mann, hätte ich gern kennen gelernt – Anatom,
Chirurg, Musiker und Komponist, Freund von
Brahms, leider 1894 verstorben. Methode soll sehr
erfolgversprechend sein. Schalte und walte für den
Erfolg, mein Schokoladenmädchen.
In Liebe
Urs Martieli

Martieli würde also noch länger fortbleiben, als sie vermutet hatte. Er würde nach Wien fahren, in die Kaiserstadt. Die Stadt des Wiener Walzers: »G'schichten aus dem Wienerwald«, »Wiener Blut«, »Kaiserwalzer«, »An der schönen blauen Donau« – Polkas, Quadrillen, Märsche, Galoppe, Mazurkas, Kreis um Kreis, Walzer um Walzer. Für einen kurzen Moment sah sie Martielis Finger über die Tasten tanzen und sich am Klavier im Rhythmus der Musik wiegen. Nach Wien – aber war dies nicht die Stadt, in die Kloß geflüchtet war?
Madelaine schob die unguten Empfindungen beiseite. Wichtig war die Arbeit.
Wie gut nur, dass Jean-Patrique sie jetzt unterstützte. Sie schaute ihm einen Moment zu, wie er zwei Dutzend Torteletten aus süßem Sandteig mit Mandelcreme bestrich. Sanft setzte er Birnen- und Apfelscheibchen, Kirschen und

Heidelbeeren in die aromatisch duftende Creme. Er konzentrierte sich auf die dunklen Heidelbeeren, die er Kreis um Kreis in die Torteletten setzte.

»Johann Strauß«, murmelte sie.

»Pardon?« Jean-Patrique hielt eine Beere zwischen Daumen und Zeigefinger. Ein schlichter, beruhigender Anblick. »Er ist tot, aber seine Musik ist wunderbar.«

»Tot, ja, leider.«

»Seine Musik macht die Menschen glücklich.«

Er öffnete die Backofentür und schob das Blech mit den Torteletten hinein.

»Ja, da haben Sie Recht, Jean-Patrique«, sagte Madelaine nachdenklich. Sie sah auf die Uhr. In gut zehn Minuten würden die Torteletten fertig sein. Komm gesund aus Wien zurück, lieber Urs, dachte sie, dann nahm sie das Blech mit den Windbeuteln und trug es in den Verkaufsraum.

»Dina, hast du heute Abend etwas vor? Wenn nicht, möchte ich gerne, dass du mich begleitest.«

Dina nickte. Die Türglocke schellte. Sich neugierig umschauend, betraten zwei russisch grüßende Damen die Konditorei. Ihnen folgte ein hageres Mädchen, unter dessen dunklem Mantel sich die Wölbung eines kleinen Buckels abzeichnete. Sie grüßte auf Deutsch, mit einer dunklen Stimme, die so gar nicht zu ihrem Äußeren passte. Die Damen betrachteten die Auslagen und wisperten miteinander. Das Mädchen warf nur einen kurzen Blick auf die Köstlichkeiten und sagte: »Für mich bloß ein Eclair, Mamutschka.«

Als die Damen im Café Platz nahmen, blieb sie noch stehen und betrachtete das Klavier.

»Verzeihen Sie, ich liebe Musik über alles. Das Klavier dort, es würde mich reizen, darauf zu spielen …«

»Sie spielt, seit sie fünf Jahre alt ist. Irina ist sehr gut«, fügte ihre Mutter hinzu.

»Es wäre eine große Freude für mich, wenn das Klavier unseres Herrn Martieli keinen Staub ansetzt. Bitte zeigen Sie, was Sie können.«

Als die ersten Töne erklangen, schien sich Irinas unvorteilhafte Gestalt aufzulösen. Madelaine erkannte, welche Seelenkraft in diesem Körper steckte. Irina wusste die Noten von Mozart, Strauß und Brahms so zu beleben, dass man meinte, Geschichten zu vernehmen – von verlorener und keimender Liebe, von Sehnsucht und Wehmut, heiteren Ausflügen in der Natur. Als der letzte Ton verstummte, sank Irina in ihre glanzlose Körperlichkeit zurück. Einige Damen im Café klatschten leisen Beifall.

»Großartig, Irina!«, rief Madelaine und kam mit einem Becher heißer Schokolade auf sie zu. »Trinken Sie nur, es gibt nichts Besseres. Heiße Schokolade, gewürzt mit Zucker, süßer Sahne, Kardamom und einem Teelöffel Kaffee – Sie werden Kraft brauchen, wenn Sie zweimal in der Woche für uns spielen wollen.«

»Danke, vielen Dank«, flüsterte Irina glücklich.

Eisige Nebelschwaden wehten von der Rigaer Bucht herüber. Das Licht der elektrischen Laternen überzog die Hafen-Straße mit einem glitzernden Schimmer. Nebelfetzen, die tief dahinkrochen, verwischten immer wieder das spiegelnde Pflaster, so als wollten sie es neu aufpolieren.

»Komm schon, Dina!« Madelaine zerrte an ihrem Arm. Janis öffnete den Wagenschlag der Mietkutsche und befahl dem Kutscher zu warten.

»Was haben Sie nur mit uns vor?«, jammerte Dina.

»Denk an damals, an die russischen Soldaten. Du erinnerst dich doch?«

»Wie sollte ich das vergessen.« Sie seufzte und klang, als hätte sie sich bereits dem Schicksal ergeben. »Und deshalb wollen Sie nun eine Waffe. Wo es doch verboten ist …«

»Man kann nicht immer anständig sein, oder, Janis?« Madelaine wollte lustig klingen, doch es gelang ihr nicht, ihn zum Lächeln zu bewegen.

»Wir sollten es so schnell wie möglich hinter uns bringen.« Er zog die Mütze tiefer ins Gesicht. »Es könnte sonst ungemütlich für uns werden.«

Mit ratterndem Lärm rollten mehrere Fuhrwerke heran, die Schwellen, Balken und Bretter geladen hatten.

»Holz aus Vitebsk und Smolensk«, meinte Janis leise. Er blickte nachdenklich auf die Flöße, die auf dem schwarz glänzenden Wasser der Düna dümpelten.

»Und was ist das?«

Madelaine zeigte auf ein Boot, das mit Säcken beladen ablegte. Im Dunkel der Nacht, weiter außerhalb, leuchteten die Positionslichter eines Frachters.

»Bestimmt Flachs«, antwortete Janis. »Und aus England importieren wir dafür Kohle.«

»Das heißt, wir müssen uns die Gunst der englischen Kohlenhändler erhalten, wenn wir nicht frieren wollen, wie?«

Madelaine stellte sich vor, was passieren würde, kämen die englischen Hafenarbeiter auf die Idee zu streiken. Welch schlimme Folgen das für die Menschen und die Rigaer Wirtschaft hätte. Noch mehr Armut, noch mehr Leiden. Andererseits – welche Macht ein Streik haben konnte. Hoffentlich hatte sie die richtigen Aktien gekauft. Hoffentlich würden sie nie in eine Abwärtsspirale wirtschaftlicher Turbulenzen geraten und an Wert verlieren. Wie seltsam alles war. Wie oft hatten Häfen in ihrem Leben eine besondere Bedeutung gespielt. Hamburg, Valparaiso, der kleine bretonische Hafen, jetzt Riga, ihr Vater war mit nichts als Träumen aus dem Hamburger Hafen ins Ungewisse ausgewandert – und sie stand hier oben im Paris des Nordens und dachte an die Kurswerte ihrer Aktien.

»Wohin müssen wir?«, fragte sie schließlich. Janis lenkte seine Schritte auf einen schmalen Gang zwischen den Lagerhallen. Es roch modrig, nach Urin, faulendem Wasser und Kohlenstaub.

»Mir wird übel«, jammerte Dina.

»Gleich gibt es einen Schnaps. Schneller, Janis!«

Das Gässchen endete in einem schwach beleuchteten Hinterhof. In der Dunkelheit zeichnete sich ein Gebäude ab, das eine Schmiede zu sein schien. Eine Ankerkette mit dickem Schloss hing quer über der Eingangstür. Madelaine erkannte einen großen Stapel mannshoher Fässer zu ihrer Linken. Rechter Hand verband ein aus groben Steinen gemauertes Tor die Rückwände einer Lagerhalle mit dem eines Hauses. Ratten huschten umher. In dem schwarzen Oval des Tors meinte Madelaine ein grünes Lichtpünktchen zu erkennen. Und irgendwo in diesem Dunkel hörte man das Gemurmel von Stimmen.

»Janis«, flüsterte Madelaine, »du nimmst das hier.« Sie steckte ihm ein Bündel Scheine in die Hand. »Nur Mut! Ich weiß, was ich will.«

Janis zögerte einen Moment.

»Denk heut Abend nicht so sehr an den Anstand, ja?«

Sie versuchte zu lächeln, doch Janis verzog sein Gesicht.

»Ich handle gegen mein Gewissen, aber wenn es Ihnen hilft …«

»Es wird schon gut gehen, Janis. Nur zu!«

Er trat auf die Schmiede zu. Rechts neben der kettenbewehrten Tür war ein eiserner Klingelzug angebracht. Janis ergriff den Ring und zog dreimal an der Vorrichtung.

Nichts außer einem leisen metallenen Schnarren war zu hören. Eine Katze schoss fauchend aus dem Tor und sprang in langen Sätzen den Ratten hinterher.

»Sie wünschen?«

Ein Mann in grünem Hemd, Lederschürze und schwarzen Stiefeln erschien in dem Torbogen.

»Wir sind mit Mireille verabredet«, sagte Janis so ruhig er konnte. Madelaine hielt den Atem an. War es der richtige Geheimcode? Mireille. Was sie wollte, war eine durchaus übliche, professionelle Handballenpistole namens Mitrailleuse.

»Gut, gehen wir.« Sie folgten dem Mann durch einen kleinen Garten. Während Madelaine über die beiden französischen Namen nachdachte, wurde das Gemisch der Stimmen lauter. Der Weg endete vor einer Kellertreppe, über deren Eingang ein hölzerner Schiffsbug, wohl als Schutz vor Wind und Regen, angebracht war. Schon glaubte Madelaine einzelne Worte, Satzfetzen herauszuhören. Bevor der Mann hinunterschritt, drehte er sich um.

»Wer von ihnen kennt Mireille?«

»Ich, ich kenne sie.« Madelaines Herz klopfte bis zum Hals. Und vor lauter Aufregung kamen ihr die Worte über die Lippen: »Ich bin Geschäftsfrau, ich muss mich schützen. Sie verstehen?«

»Geschäftsfrau?«, wiederholte er ungläubig. Er schaute Madelaine fest in die Augen.

Nun, sagte sie sich, kommt es auf mich an. Entweder jetzt oder nie.

»Also gut«, sie straffte sich und erwiderte standhaft den Blick, »ich leite mit meinem Compagnon eine bekannte Rigaer Konditorei. Mein Compagnon …«, log sie selbstbewusst, »… weiß, dass ich heute Abend hier bin. Und ich weiß, dass es keinesfalls verboten ist, sich als Dame mit einer Mitrailleuse zu schützen.« Sie senkte ihre Stimme. »Kaliber acht, zweihundertfünfundachtzig Gramm Gewicht, sechsundfünfzig Millimeter Lauflänge, hergestellt von Manufrance, in Gaulois umbenannt seit ihrer Einführung vor zwei Jahren …«

Zwischen ihren Worten zischte Janis' Atem. Dinas Zähne schlugen vor Angst aufeinander.

»Sie sind gut informiert. Sie werden bekommen, was Sie wünschen.« An seinem Blick merkte Madelaine, dass sie ihn beeindruckt hatte.

Die Treppe führte in einen Kellerraum, dem sich ein zweiter anschloss. Arbeiter, Handwerker, Seeleute, Arbeitslose, Knechte, selbst einfache Soldaten hockten an Tischen, rauchten und tranken. Es wurde still, als sie an den Männern vorbeigingen. Madelaine hatte das Gefühl, als würden sich ihre Blicke neugierig an sie heften und als würde sie ihre Sehnsüchte und Gedanken wie eine bleierne Schleppe hinter sich herziehen. Sie hatten noch nicht den ganzen Raum durchquert, als sich ein Mann schwerfällig erhob, sich bekreuzigte und in einem tiefen Singsang zu beten begann.

»Setz dich, Gregorij, setz dich. Mach keinen Unsinn«, flüsterten ihm seine Tischgenossen zu. Er faltete betend seine Hände und sah Madelaine an. Ihr wurde heiß und kalt zugleich. Ein anderer Russe erhob sich, sprang behände auf den Tisch und schmetterte mit hoher Tenorstimme ein bekanntes Liebeslied.

»Warum betet er?«, flüsterte Madelaine Janis ins Ohr.

»Er betet die Mutter Gottes an – um Schutz.«

»Warum?«

»Für Sie, für alle Frauen. Er hat Angst … Angst vor einem Krieg.«

Der Wirt betrat einen kleinen Flur neben der Theke und

hielt einen Wandteppich zur Seite. In dem dahinter liegenden Raum standen ein hoher Schrank und ein Tisch mit Kerben und zwei schmalen Bänken.

»Dass Sie Ihre Schönheit schützen wollen, ist durchaus verständlich«, sagte der Mann trocken.

»Warten Sie einen Moment«, bat Madelaine. »Geben Sie meiner Begleitung bitte erst einen kräftigen Wacholderschnaps.«

Wieder zurück, stellte der Mann ein kleines Tablett mit drei Schnapsgläsern auf den Tisch. Aus der Schublade holte er ein zusammengerolltes Ledertuch, breitete es aus und ging zum Schrank. Dina und Janis tranken den Schnaps mit genießerischen Schlückchen. Madelaine sah ihnen ihre Erleichterung an. Mit großer Spannung erwartete sie nun die ersten Handfeuerwaffen ihres Lebens. Der Mann klappte die Deckel der Schachteln hoch, die er auf den Tisch gestellt hatte, und legte drei kleine Pistolen auf das Ledertuch. Geheimnisvollen Metalltieren gleich, schienen sie auf jede Berührung zu lauern.

»Dies hier sind alles Damenwaffen, keine Militärpistolen.« Es klang, als ob er sich rechtfertigen würde. »Die Mitrailleuse kennen Sie ja schon. Hier die Protector, Kaliber sieben Millimeter, sechs Schuss von Turbiaux mit versilbertem Gehäuse, die Lampo von Tribuzio, Turin, Kaliber acht Millimeter. Alle passen in Ihre Manteltasche oder Ihr Handtäschchen. Ich kenne einige Damen der Gesellschaft, die sich Spezialanfertigungen haben kommen lassen, mit Perlmutt, Gold, Diamanten oder Edelholzummantelung …«

»Sie sind elegant genug«, unterbrach ihn Madelaine. »Schließlich soll mir die Pistole dienen, nicht mich schmücken.«

Sie nahm die Mitrailleuse in die Hand. Sie war klein und

schmal und passte in jede Frauenhand. Grob betrachtet ähnelte sie einem rechteckigen Kästchen mit einem Revolverlauf an einer Ecke. Madelaines Handballen schloss sich um die Rückseite, die die Griffeinheit bildete.

»Wenn Sie die Hand schließen«, sagte der Mann, »drücken Sie die hintere Sektion in den Pistolenkörper. In der Vorderfront des Kästchens sitzt das einreihige Magazin mit den fünf Patronen. Drücken Sie den Griff ein, so wird eine Patrone aus dem Magazin entnommen und die Pistole geladen. Drücken Sie weiter, so wird die Abzugsstange nach unten gedrückt und der gespannte Schlagbolzen ausgelöst.«

Während Madelaine die Pistole betrachtete und ihre Hand öffnete und wieder schloss, wandte sich der Mann unvermittelt an Janis: »Glauben Sie an einen Krieg?«

Janis wurde verlegen. Madelaine dachte an die Weissagungen seiner Großmutter und schwieg.

»Er da draußen«, der Mann wies mit dem Kopf in Richtung Kneipe, »hat immer wieder merkwürdige Visionen. Blutige Visionen. Er macht mir meine Gäste unruhig.« Er wartete auf eine Entgegnung, doch Janis und Madelaine schwiegen weiter beharrlich.

»Ich möchte gehen«, wisperte Dina. »Mir ist wieder übel.«

Es roch nach Schweiß, Metall und Schmierfett in diesem fensterlosen Raum. Doch Madelaine war viel zu fasziniert von dem Gefühl, eine Waffe in ihrer Hand zu halten, als dass auch ihr hätte übel werden können. Wie um sich mit ihr anzufreunden, strich sie mehrmals mit dem Zeigefinger über den Namen Gaulois, der oben auf dem Lauf eingraviert war.

»Ich nehme sie«, sagte sie endlich und ließ sich die Pistole in ein Ledertuch einpacken, samt fünfhundert Schuss Munition. Von dem Bündel Geldscheine, das ihr Janis gab, legte sie die geforderte Summe auf den Tisch. Gewissenhaft zählte der Mann ihre Rubelscheine nach. Misstrauisch hielt er den einen oder anderen gegen das Licht.

»Sie trauen mir nicht?«, fragte Madelaine spöttisch.

»Ihnen schon«, antwortete er trocken, »aber den Fälschern nicht. Und es gibt gute, ja, sehr gute sogar. Die besten trinken sogar bei mir ihr Bier. Bezahlen müssen sie allerdings mit echtem Geld. Ich sehe jeden Fehler.«

Er lächelte – das erste Mal an diesem Abend – voller Stolz.

»Das glaube ich Ihnen«, sagte Madelaine und trank ihren Schnaps in einem Zug aus.

Nun sah es fast so aus, als würde er die Fassung verlieren.

»Bemühen Sie sich nicht, wir finden den Weg allein.«

»Danke, dass ihr mich begleitet habt«, sagte Madelaine, als sie alle wieder in der Kutsche saßen.

Janis schenkte ihr einen anerkennenden Blick.

»Nur gut, dass ich nicht gezwungen war, eine Rolle zu spielen, die mir nicht liegt. Sie haben Mut wie ein Mann. Und ich gestehe, meine Mittelsmänner haben mir den ganzen Vorgang in düsteren Farben ausgemalt. Ich wusste nicht genau, was uns erwarten würde. Nur eines wusste ich sicher – dass der betreffende Mann äußerst misstrauisch ist.«

»Du hast mir also nicht die ganze Wahrheit erzählt?«

»Nein, sonst hätten Sie bestimmt auf die Pistole verzichtet.«

Madelaine gab jedem von ihnen etwas Geld als Dank für den geleisteten Beistand, wies den Kutscher an, beide nach Hause zu fahren, zahlte ihn aus und ließ sich am Schloss-Platz aussetzen. Die feuchtkalten Nebelschwaden waren nun auch in den schmalen Gassen und Straßen. Das Glimmen der Straßenlaternen drang nur undeutlich durch die milchige Luft. Immer dichter schien sich der Nebel zwischen den Häuserzeilen zu ballen. Er erstickte die Geräusche der Nacht, selbst Madelaines eigene Schritte. Sie folgte der Großen Schloss-Straße, erreichte den Dom-Platz und fand nach einigen unbeabsichtigten Zusammenstößen mit anderen Fußgängern endlich die Kauf-Straße. Als sie den Schlüssel ins Schloss stecken wollte, fiel ihr ein Päckchen auf, das am Griff mit einem Bändchen befestigt war. Es konnte dort noch nicht lange gehangen haben, denn das Stoffband war vom Nebel nur leicht angefeuchtet. Sie öffnete rasch die Tür, schloss sie hinter sich und zog das Geschenkband auf.

Auf einem Moosbett, umgeben von rosa Orchideenblüten, lag ein wunderschönes schneeweißes Edelweiß. Auf der beigefügten Karte erkannte sie Graf Mazarys Handschrift.

Liebe Madelaine,
als Zeichen meiner tiefen Zuneigung und der Versicherung, dass ich immer in Treue an Sie denke, bitte ich Sie, dieses Edelweiß anzunehmen.
Ich fürchte allerdings, auf Ihre versprochenen Trüffeln verzichten zu müssen, da ich Ihren Wunsch bislang noch nicht erfüllen konnte.
Seien Sie mir bitte nicht böse. Wäre ein solches Geschenk nicht auch ein wenig Glück verheißender Auftakt für eine von mir so sehr erwünschte Freundschaft? Wenn Sie erlauben, würde ich Sie sehr gerne am kommenden Sonntagvormittag zu einem Ausflug einladen. Morgens um acht?
In herzlicher Verbundenheit
Ihr András Mazary

Madelaine glühte vor Glück, und je mehr sie sich bewusst wurde, dass er es ernst meinte, sie wiederzusehen, desto mehr begann sie zu spekulieren, in welcher Beziehung er zu den Merkenheims stand. Doch warum hatte er sich erst jetzt gemeldet?

Seine Karte lag unter ihrem Kopfkissen, die Pistole und das kostbare Edelweiß auf ihrem Nachttisch, daneben in einer kleinen Kristallvase die Orchideenblüten. Sie bildete sich ein, dass jeder Gegenstand ein Teilchen mit einer eigenen Bedeutung wäre. Sie versuchte alle zu einem vollständigen, sinnvollen Bild zusammenzufügen, doch es gelang ihr nicht. Die Blüten, so herrlich sie jetzt dufteten, würden bald verwelken – so wie wenn nach einem Rausch die bittere Ernüchterung kam. Die Pistole, die sie so selbstbewusst gekauft hatte, versicherte ihr Schutz, doch erinnerte sie gleichzeitig an Angst und Gefahr. Und Mazarys Karte – konnte sie seinen Gefühlen wirklich auf immer Glauben schenken?

Das Edelweiß allein versprach Treue. Madelaine setzte sich auf und streichelte die samtige Oberfläche der seltenen Blüte. Hoffentlich war Mazary mehr als ein Romantiker.

Lange Zeit konnte sie nicht einschlafen. Immer wieder verfing sich ihr Blick in dem Blütenmuster der Gardine, das sich schwarz vor dem nebligen Weiß des Fensters abhob. Gewebte Teichrosen und Farnblätter weckten ihre Sehnsucht nach der seligen Unbeschwertheit warmer Sommerabende, nach dem Gefühl, von alltäglicher Lebensmüh enthoben zu sein. Sie dachte an die beinahe mystisch-heidnische Sinnlichkeit der Johannisnacht, die ihr Auftakt hier in Riga gewesen war. Wie gerne würde sie mit Mazary barfuß um lodernde Feuer tanzen. Mit ihm tanzen, bis sie beide in den warmen blütenübersäten Sand fallen würden. Immer inniger zogen die Erinnerungen an das Fest sie in ihren Bann: Sie bildete sich ein, das Knistern der brennenden Holzscheite zu hören, spürte die Hitze des Feuers um sich herum, den Druck des Blütenkranzes im Haar, roch den Duft der Blumen und Kräuter. Warmer Wind, der das Salz des Meeres mit sich trug, wehte den Stoff ihres Kleides fort, umschmeichelte ihre nackte Haut. Und aus dem flirrenden Wirbel der funkenglitzernden Nacht kam Mazary auf sie zu. Madelaine glaubte seine festen Hände um ihre Taille zu fühlen, seine Kraft, mit der er sie an sich zog … Langsam sank sie in einen unruhigen Schlaf.

Die herrschaftliche Equipage, mit der Madelaine und Mazary am folgenden Sonntagmorgen quer übers Land fuhren, war bequem ausgerüstet. Die Polster, mit dunklem Samt überzogen, fingen das Rumpeln der Räder durch Schlaglöcher weitaus schonender ab als die Martieli'sche Kutsche. Das Geschirr der Rappen, mit Messingknöpfen verziert, glänzte. Sogar der Zylinder des Kutschers schimmerte vornehm in der Morgensonne. Er selbst steckte von der Taille abwärts in einer mit Fell gefütterten Decke. Gelegentlich hörte ihn Madelaine mit der Zunge schnalzen, woraufhin die Tiere in einen lockeren Trab fielen. Herbstlicher Morgennebel bedeckte, einem weißen Gazetuch gleich, das weite Land. Es war das erste Mal, dass Madelaine Rigas Altstadt und Boulevards hinter sich ließ. Über die St.-Petersburger-Chaussee ging die Fahrt am Stintsee entlang gen Osten, der Sonne entgegen.

Ihr Ziel sei das märchenhafte Sigulda, mehr wollte Mazary nicht verraten. Voller Spannung genoss Madelaine die Fahrt und die lettische Landschaft. Große Wälder mit Kiefern und Tannen wechselten sich mit kleinen Seen, Dörfern, Einödhöfen, beackerten Feldern und Viehweiden ab.

Wie ein Mosaik aus urwüchsigen, in stiller Schönheit ruhenden Naturbildern breitete sich das Land aus. Je länger sie fuhren, desto mehr spürte Madelaine, wie eine ruhige Ausgeglichenheit von ihr Besitz nahm. Es war, als ob der Anblick der Natur ihre Seele wie eine kostbare ätherische Speise nähren würde.

In dieser Frühe zogen Schwarzstörche und Kraniche in majestätischem Flügelschlag ihre Kreise. Wiesen, eingefasst von schlichten Holzzäunen, zogen sich bis zum Flusslauf der Gauja hinab. Auf einem Feld war ein lettischer Bauer zu sehen, der hinter einer Egge aus Tannenästen ging, die eine Kuh in gemächlichem Schritt durch die feuchte Erde zog. Krähen flatterten aus einem Eichenhain. Ihr Schwarm flog krächzend dem Acker zu und setzte sich in gebührendem Abstand vom Bauern auf die frisch gezogenen Furchen. An vielen Stellen des Flusses waren Fischer zu sehen, die Korbreusen aus geflochtenen Weidengerten aus dem Wasser holten. Jungen stießen mit festem Griff zappelnde Fische in keilförmige Fischbehälter, die mit ihren hineingebohrten Luftlöchern wie ein Stück Schweizer Käse aussahen. Von einem flachen Holzboot aus verschoben andere Fischer ihre Netze mit langen Stangen. Am Rande eines Dorfs übten sich Jungen im Fischen mit Käschern. Von einem Einbaumkahn aus rief ihnen ein alter Mann etwas zu, woraufhin einer der Jungen seinen Käscher wutentbrannt auf die Wasseroberfläche schlug und davonlief.

Aus der Mitte der strohbedeckten Bauernhäuser stieg Rauch steil in die Herbstluft auf. Auf manchen Strohdächern wuchsen Mooskissen. Hinter den einfachen Staketenzäunen blühten Levkojen, Herbstastern, wuchsen Kohlköpfe, Salat, hingen Birnen und Äpfel an knorrigen Bäumen. Neben den einfachen Wohnhäusern standen Speicher für Getreide, und überall waren hölzerne Ziehbrunnen zu sehen. Hühner strichen Schritt für Schritt über die Gehöfte, pickten hier, zupften dort. Schmutzverkrustete Schweine verließen zögernd ihre Koben, die von dampfenden Misthaufen auf dem Dach gewärmt wurden.

Madelaine und Mazary saßen einander gegenüber, sprachen jedoch kaum, so vertieft waren beide in den Anblick der vorüberziehenden fremden Natur. Gleichzeitig schien es ihr, als säßen sie in einer schützenden Höhle, geborgen, gewärmt und einander ohne viel Worte so nah. Sie fühlte sich seltsam entspannt und war zugleich voller Erwartung, doch sie fürchtete, durch Worte ihre Gefühle und die stille Vertrautheit zu zerstören. Mazary schien es ähnlich zu empfinden. So schwiegen sie, schauten zum Fenster hinaus – und suchten doch immer wieder den Blick des anderen. Irgendwann, als sie erneut ein kleines Dorf passierten, zeigte Mazary auf ein in Ufernähe abseits stehendes Häuschen. Leise erzählte er ihr, dass es ein Badehäuschen, ein »pirt«, sei, mit Vorraum und Schwitzkammer. Die Letten würden sie mit Holzfeuer beheizen und es sich dann in ihnen mit Birkenquasten auf den Bänken bequem machen. Abschließend sprängen sie zur Abkühlung in den Fluss.

»Soll ich Ihnen etwas verraten? Ich kenne einen Wiener Arzt, der einmal zynisch bemerkte, er schicke am liebsten all jene kreischenden, migränegeplagten und streitsüchtigen Mesdames zur Kaltwasserkur. Es sei das beste Mittel gegen Hysterie. Die feinfühligeren Ärzte, die auf ihre Einkünfte bedacht sind, empfehlen allerdings Sanatorien. Es sind schließlich nicht alle Damen so mutig wie Sie, Madelaine, überleben einen Schiffsuntergang und sind anschließend erfolgreiche Chefin einer Zuckerbäckerei.«

Madelaine lächelte. Es schien ihr, als ob langsam die Zeit gekommen wäre, noch vor Erreichung des Ziels Fragen aufzugreifen, die unbedingt geklärt werden mussten, fernab der Heimeligkeit ihrer Rigaer Backstube, fernab ihrer Vergangenheit.

»Und Sie, Graf, verraten Sie mir mehr über sich?«

»Nun, aller Romantik zum Trotz haben Sie einen musenfreundlichen Ingenieur neben sich sitzen, Madelaine. Meine Mutter und meine jüngeren Schwestern erkrankten vor Jahren an Scharlach. Sie starben. Nur mein Vater, meine älteste Schwester und ich überlebten. Seit dem frühen 18. Jahrhundert bewohnen wir ein Gut im Banat. Es ist ein fruchtbares Land, reich an Bodenschätzen wie Kohle, Kupfer, Eisen und Silber.«

»Als Erzmagnat müsste das für Herrn Merkenheim interessant sein, oder?« Madelaine rutschte die Frage unabsichtlich heraus. Sie hätte sich auf die Zunge beißen mögen.

»Ich vermute, dass darauf ein Teil seiner Sympathie für mich beruht«, antwortete Mazary schmunzelnd. »Ich muss mit dem Schlimmsten rechnen.« Er machte eine kleine Pause. Lange waren ihre Blicke aufeinander gerichtet. Madelaines Schläfen pochten, und in ihrem Bauch schienen lauter kleine Liebessonnen umeinander zu kreiseln. Mein Gott, dachte sie, was immer er mit dem Schlimmsten meinen mag – und wenn er all seine Schätze von Merkenheim umsonst ausbeuten lässt –, ich würde alles, was ich habe, mit ihm teilen. Ich liebe ihn. Ich liebe diesen faszinierenden Mann.

»Aber ich wollte Ihnen ja etwas über mein Land erzählen.«

»Ja, gerne«, erwiderte Madelaine so beherrscht wie möglich. »Bitte, erzählen Sie, Graf. Wo liegt das … Banat. Verzeihen Sie, aber außer Hamburg, Valparaiso und Riga kenne ich so wenig von der Welt.«

Beide lachten.

»Nun, das Banat ist fast so groß wie Belgien. Es wird von

Flüssen eingegrenzt, im Norden von der Marosch, im Süden von der Donau, im Westen von der Theiß. Die Karpaten schließen es im Osten ab. Es ist seit langem schon der Beweis für die Einheit in der Vielfalt, wenn man so sagen darf, sprachlich, kulturell und religiös. Ich bin trotz aller magyarischen Tradition kosmopolitisch und liberal erzogen worden. Mein Großvater war mit Lajos Batthyány befreundet ...«

Madelaine zog fragend die Augenbrauen hoch.

»Er war der Anführer des Aufstands 1848/49 gegen die Habsburger Vorherrschaft in Ungarn«, erklärte Mazary. »Er musste für den Freiheitskampf mit seinem Leben bezahlen. Im Oktober 1849 wurden alle Aufständischen hingerichtet. Mit Hilfe des zaristischen Heeres«, fügte er hinzu.

»Warum?«

»Viele Ungarn bevorzugten ein Heimatland mit einer selbstständigen Verwaltung. Sie wehrten sich gegen die Absicht des Wiener Hofes, Ungarn zu einem Kronland Österreichs zu machen. Doch das ist alles lange her. Nun steht Ungarn, wenn man so will, gleichberechtigt, mit eigener Verfassung, neben Österreich unter der Krone Kaiser Franz Josephs. Haben Sie von Erzsébet gehört?« Da Madelaine den Kopf schüttelte, fuhr er fort: »Das ist der ungarische Name für Kaiserin Elisabeth, die fast genau vor einem Jahr in Genf ermordet wurde. Sie liebte unser Land sehr. Oft haben wir sie im Grassalkovich-Schloss unweit von Gödöllö bei Budapest gesehen. Es war ihr Lieblingsschloss, sehr zum Missfallen der Wiener Hofkamarilla. Aber, Madelaine, Sie wissen ja, die Welt ist groß, und nichts ist so schlimm wie Kleingeistigkeit und Fanatismus, oder?« Sie nickten einander zu und verfielen in nachdenkliches Schweigen.

Madelaine sah Pferd und Wagen entgegenkommen. Auf dem Rücken des zottligen Tiers lag eine grobe Bastdecke, von grünen, roten und gelben Wollfäden durchsetzt. Der Leiterwagen war mit Bündeln frisch geschlagener Schindeln beladen. Holpernd zog er näher. Madelaine rutschte dicht ans Fenster, um jedes Detail in Augenschein zu nehmen – aus Neugierde, aber auch, um ein wenig Abstand von Mazarys Erzählungen zu bekommen. Er hingegen lehnte sich ins Polster zurück und ließ seinen Blick auf ihr ruhen. Madelaine tat so, als würde sie es nicht merken, doch insgeheim sog sie Mazarys Zuneigung auf wie ein Mooskissen Frühlingsregen.

Nun waren Leiterwagen und Equipage fast auf gleicher Höhe. Madelaine fiel auf, dass der Bauer über Hemd und Hose eine Weste mit nach innen gekehrtem Fell trug. Er schielte kurz zu ihr hinüber und lupfte seine Schirmmütze zum Gruß. Madelaine winkte zurück. Ihr Blick wanderte zu den aus Schnüren geflochtenen Schuhen hinab, in denen seine bestrumpften Füße steckten. Im Ganzen besehen erinnerte sie seine Figur mit dem gebeugten Rücken an die Form eines in Stoff gebundenen Fragezeichens. Die hellbraunen Eier, die in Weidenkörben auf den Schindeln lagen, riefen in ihr allerdings einen wohligen Moment lang süße Erinnerungen an duftige Biskuitteige, Baisers und Butterkuchen wach. Sie war hungrig, ohne Zweifel. Schließlich hatte sie vor Aufregung an diesem Morgen außer einem Apfel und Nüssen nichts gegessen.

»Geht es Ihrem Kutscher wieder gut?«, fragte Mazary unvermittelt.

»Ja, danke, Graf. Danke auch für Ihre Unterstützung. Janis ist ein besonderer Mensch. Er ist klug und äußerst belesen.«

»Das habe ich mir gedacht«, entgegnete Mazary schmunzelnd. »Er hat sich nämlich selbst bei mir mit einer ledernen Jagdtasche, gekonnt mit Bronze verziert, bedankt.« Er machte eine bedeutungsvolle Pause. »Ihr Kutscher hat sich etwas erlaubt, das für seinen ungewöhnlichen Charakter spricht. In der Tasche fand ich ein bemaltes Blatt Pergament, darauf der Text eines Gedichtes.«

Madelaine bemühte sich, ihre Verlegenheit zu verbergen. Was mochte Janis nur darauf geschrieben haben? Mazary zog das Blatt aus seiner Tasche, entfaltete es und las vor:

> »Schön singt die Nachtigall
> im zierlichen Gesträuch.
> Noch schöner singt das Waisenkind
> auf den weiten Wiesen.«

»Er hat Ihnen den Text eines lettischen Liedes geschenkt«, beeilte sich Madelaine zu sagen. »Sie haben bestimmt schon gehört, dass die Letten leidenschaftlich gerne singen. Dainas heißen ihre Lieder. In ihnen liegt alles verborgen, was ihr kulturelles Erbe betrifft. Es sind Herzstücke ihrer Identität.«

»Herzstücke …«, wiederholte Mazary und zog die Augenbrauen hoch. »Es sind zwar schlichte Verse, doch mir scheint, als hätte der gute Janis mit dem Waisenkind Sie persönlich gemeint, Madelaine. Ob er den Cupido spielen wollte?«

Madelaine errötete. »Schauen Sie, Graf!«, rief sie und wies aus dem Fenster, um ihn abzulenken. Am Rande eines Birkenhains äste ein Rudel Rehe. »Wie friedlich, wie paradiesisch diese Landschaft ist«, sagte sie so unbefangen wie möglich. »Wie lange fahren wir noch?«

»Wir werden zur Mittagszeit in Sigulda sein.«

Von mehreren großen Felssteinen gen Westen bewehrt,

stand eine alte Windmühle auf einem kleinen Sandhügel. Schafe grasten in der Nähe. Nie zuvor in ihrem Leben hatte Madelaine sich so sehr danach gesehnt, die hauchdünne Wand konventionellen Benehmens einzureißen, die zwischen ihr und einem Menschen stand. Alles, was Mazary ihr erzählt hatte, war ihr neu und fremd, doch zugleich fühlte sie sich ihm so nah, so vertraut.

Bald darauf erreichten sie die Stadt Sigulda. In einem kleinen Gasthaus stärkten sie sich mit Balsam, dem beliebten lettischen Kräuterschnaps, aßen eine Gemüsesuppe, einen Fleischsalat, Piroggen und Kümmelbrot. Der Wirt bot als Nachspeise Käse mit Beeren und ein spezielles Eis aus Honig, Nüssen und Zimt, übergossen mit einer dicken Schokoladensauce, an. Madelaine war begeistert. Es schmeckte ihr vorzüglich.

Schließlich sagte Mazary: »Bevor wir uns dem Märchenhaften zuwenden, Madelaine, möchte ich Ihnen noch etwas erzählen. Ich hatte urMartielich etwas anderes vor. Ich hätte Sie gerne mit einem Automobil abgeholt. Doch Merkenheim meinte, seines überstehe die Fahrt nicht. Schließlich seien weder ich noch sein Chauffeur in der Lage, einen verstopften Vergaser oder überkochenden Motorkühler zu reparieren.«

»Sie haben ihn um sein Automobil gebeten?«, fragte sie erstaunt.

»Selbstverständlich, warum auch nicht?«, gab Mazary zurück. »Er ist ein alter Jagdfreund meines Vaters.« Er presste seine schönen vollen Lippen aufeinander. »Er erkundigte sich übrigens nach Ihnen.«

»Ich hoffe, er hat meine Karte, die ich meiner Torte beigelegt hatte, nicht missverstanden.«

»Nun, Ihre handwerkliche Kunst überzeugt, und Merkenheim ist ein großer Genießer.«

»Und ich hoffe, dass Sie mir ein großer Lehrer sein werden, Graf«, sagte Madelaine leise. »Ich habe mir eine Pistole zugelegt. Sie schob ihm ihr Handtäschchen über den Tisch zu. »Eine Mitrailleuse, man nennt sie jetzt Gaulois.«

Mazary sah überrascht auf. »Sie kennen sich ja schon gut aus.« Er öffnete ihr Täschchen und spähte hinein. »Das Damenmodell, da waren Sie schneller als ich. Ich bin beeindruckt, Madelaine. Ich erspare mir zu fragen, über welch verschlungene Pfade es Ihnen möglich war, die Waffe zu erwerben. Ich hatte ein sehr ungutes Gefühl, Ihnen eine Pistole besorgen zu müssen.« Er streichelte ihre Hand. Wieder dachte Madelaine entzückt, wie gut er aussah. »Das Schießen bringe ich Ihnen bei, wie versprochen. Und beschützen werde ich Sie immer. Vertrauen Sie mir.«

»Herr Merkenheim ist, wie ich hörte, Kunstsammler?«, fragte sie neugierig.

»Ja, er sammelt wertvolle Gemälde. Er soll Bilder alter Niederländer, einen Caravàggio, eine Hand voll Menzels, einige Franzosen, sogar einen Rubens besitzen. Ich selbst war noch nie auf seinem Stammschloss in Schlesien. Dort versammeln sich all die Bilder, die er von seinen Reisen nach Europa mitbringt. Die wenigsten hängen hier in seiner Stadtvilla in Riga.«

»Seine Stadtvilla also«, murmelte Madelaine beeindruckt.

»Interessiert er sie?«, fragte Mazary mit plötzlichem Spott in der Stimme. »Er ist verheiratet …« Seine Augen schimmerten eigenartig.

Madelaine schüttelte den Kopf. »Warum sprechen wir eigentlich über jemanden, der abwesend ist?«, fragte sie ernst.

»Ich glaube gespürt zu haben, dass einige Damen der Gesellschaft sich etwas zu viel Gedanken um Sie machen. Es scheint Damen zu geben, die im Hause Merkenheim von Ihren Backkünsten schwärmen, doch gleichzeitig wenig schmeichelhaft von Ihnen persönlich sprechen. Ich möchte Sie nicht erschrecken, nur warnen, Madelaine. Ich kann mir vorstellen, dass Ihre Schönheit und Ihr Liebreiz Neid hervorrufen. Doch allein wichtig ist, dass Sie Erfolg haben und Ihre Kundinnen zufrieden sind. Ich möchte Sie darin bestärken, weiterzumachen wie bisher.«

Madelaine dachte an Frau Krawoschinsky. Ihre Gedanken überschlugen sich. Hatte diese ihr nicht schon früh ihre Abneigung gezeigt, damals am Schokoladen-Nachmittag im Café? Eine mittellose Waise, die vorgab, Zuckerbäckerin zu sein. Offensichtlich schamlos verbandelt mit einem älteren Herrn wie Martieli. Genüsslich hatte die ihres Ehegatten beraubte Krawoschinsky das vermeintlich Ruchlose herausgeschnüffelt und verbreitet: »Hier ist etwas nicht comme il faut!« Madelaine hatte sich in ihr also nicht getäuscht und Madame Holm mit ihrer etwas verschlüsselten Warnung Recht behalten, die Krawoschinsky sei neugierig und gesellig zugleich. Welch harmlos nette Beschreibung!

»Frau Merkenheim entzieht sich jedem Gerücht«, beeilte sich Mazary zu trösten. »Sie gehört stattdessen zu jenen Damen, die jede Modekrankheit anzieht wie ein neues Kleid. Im Moment sind die Wandernieren très chic, wie ich hörte.« Er seufzte gespielt. »Kommen Sie, Madelaine, und bitte lassen wir es bei unseren Vornamen, einverstanden? Sagen Sie András.«

Er orderte erneut zwei Gläschen Balsam.

Die herbstliche Sonne stand wie von feinen Pinselstrichen gemalt hoch am wolkenlosen Himmel, maisgelb, von einem blassen Lichtkranz umgeben. Ihr Leuchten überzog

Fluss und Ufer mit einem sanften Licht. Madelaine und Mazary schritten Arm in Arm durch den Park, der sich an beiden Ufern der Gauja entlang erstreckte. Da die Zeit gekommen war, in der sich die Blätter zu verfärben begannen, glich die Natur im Sonnenschein dieser mittäglichen Stunden einem Farbenspiel, wie es seinesgleichen suchte. Rote, ockerfarbene, gelbe, ja, dunkelviolette Blätter schufen einen farbenfrohen Naturteppich unter ihren Füßen. Für Madelaine war es herrlich, das Blau des Himmels, das Wasser des Flusses, in dem sich Tannen, Kiefern, Faulbäume, Eichen, Kastanien und Birken spiegelten, um sich zu spüren. Ein seltenes Gefühl von Freiheit und Geborgenheit zugleich umfing sie. Sie sah Mazary von der Seite an, betrachtete sein Profil, sein schön geformtes Ohr, um das sich sein dunkles Haar wellte. Seine Lippen …

»Dort hinten befindet sich das Ordensschloss von Turaida. Es wurde im 13. Jahrhundert erbaut«, begann Mazary zu sprechen. Er wendete ihr sein Gesicht zu. »Madelaine …« Sein Blick füllte sich mit Zärtlichkeit. »Nein, nein, wir gehen nicht zum Schloss, sondern zur Gleznotaju Krauja, dem Berg der Maler, und danach zum Tal, zur Gutmannshöhle.«

Sie kamen zu einer jahrhundertealten Linde, die mehrere andere Besucher ebenfalls mit Andacht betrachteten.

»Hier soll der Legende nach die Rose von Turaida begraben sein«, sagte Mazary. Die gewaltige Baumkrone der Linde türmte sich wie ein Riesenpilz über ihren Köpfen. Ihre Blätter changierten zwischen gelb, erdbraun und hellgrün.

»Wie schön muss es hier im Sommer sein«, flüsterte Madelaine, »wenn Tausende von Bienen im Duft der Lindenblüten summen.«

»Sie lieben die Natur wie ich, das freut mich.« Mazary bot

ihr wieder seinen Arm. »Kommen Sie, ich möchte Ihnen noch so vieles zeigen, zuallererst aber die schöne Aussicht vom Berg der Maler. Nachher erzähle ich Ihnen dann etwas über die Legende von der Rose von Turaida.«

Vom Berg der Maler, den sie nach einer kleinen Wanderung erreichten, genossen sie den Blick auf das Gauja-Tal. Erfüllt vom Anblick auf Wald, Fluss, Park und Schloss, nahmen sie wenig später ihre Wanderung wieder auf. Der Weg schlängelte sich zunächst durch den Wald und wand sich schließlich in Kurven hinab zum Ufer des Flusses, den rote Sandsteinfelsen säumten. Alsbald gelangten sie zu einer Brücke. Das Wasser des Flusses bildete an manchen Stellen helle Strudel, floss um große Felsblöcke, schäumte wohl auch auf, umrundete an anderer Stelle ruhig eine Biberburg, leckte mit seichten Wellen die sandige Uferböschung und lockte glitzernd im Sonnenlicht. Madelaine fühlte sich wie in eine Märchenwelt versetzt. Bald darauf erreichten sie die Gutmannshöhle. Sie war wohl vierzehn Meter tief und fast zehn Meter hoch – größer, als es sich Madelaine vorgestellt hatte.

»Sehen Sie hier, Madelaine«, Mazary strich über Inschriften, die in den weichen Sandstein geritzt waren, »alte Inschriften, seit dem 17. Jahrhundert.«

»Namen, Liebesschwüre.« Ihre Finger glitten über eckig geschnitzte Buchstaben vergangener Zeit. Von irgendwoher waren herabfallende Wassertropfen zu hören – glip, glip, glip. Madelaine schloss die Augen und sie lauschte – Rhythmen, einmal schneller, einmal langsamer, hohe und dunklere Wasserklänge, so als ob Feen von weit her auf einer Wasserharfe zupfen würden. Als Madelaine ihre Augen öffnete, lehnte Mazary an der Wand des Höhleneingangs.

»Ich hatte versprochen, Ihnen etwas über die Legende zu

erzählen, die sich um diese Höhle rankt. Die Rose von Turaida war ein lettisches Mädchen und hieß Maja. Man erzählt, dass sie sich in den elternlosen jungen Gärtner Victor verliebt habe. Auch er liebte sie innig. Ihr heimlicher Treffpunkt war diese Höhle. Wenn man genau hinhört, glaubt man aus den herabfallenden Wassertropfen eine magische Zaubermusik zu hören. Das ist das Besondere an ihr, das auch Maja und Victor verzauberte.«

Madelaine trat ein wenig tiefer in die Höhle.

»Oberhalb der Grotte gibt es noch eine kleinere, die Maja für sich allein aufsuchte«, fuhr Mazary fort. »Von dort soll der Blick auf das Schloss Sigulda herrlich sein. Nun, eines Tages im Sommer 1620 überraschte der polnische Offizier Jakubowsky Maja allein in der Gutmannshöhle. Vor seinem Zugriff konnte sie sich nur durch eine List von ihm befreien. Sie versprach ihm ihr vorgeblich mit Zauberkraft behaftetes Taschentusch als Belohnung dafür, wenn er sie freiließe. Als Beweis für die magische Kraft des Tuchs band sie es sich um den Hals und forderte den Offizier auf, mit seinem Schwert zuzuschlagen. Er tat es, allzu gierig nach Maja und dem Zaubertuch zugleich. Natürlich starb sie. Aus tiefer Liebe zu Victor opferte sie ihr Leben. Nicht aber ihre Ehre.«

»Würden Sie das auch von der Frau verlangen, die Sie lieben?«, fragte Madelaine leise, nicht ohne spöttischen Unterton.

Mazary lachte fröhlich. »Nein, natürlich nicht, Madelaine. Und ich würde die Frau, die ich liebe, nie allein lassen.«

»Aber das ist doch unrealistisch. Nehmen wir an, die Legende entspricht der Wahrheit, dann hatte Victor Gärtnerpflichten. Und ein Graf wie Sie hat Pflichten seines Standes, oder?«

Mazary musterte sie gespielt nachdenklich. »Sie haben

Recht. Ich war zu übermütig. Doch ich weiß, dass Damen von heute sich sehr gut zu wehren wissen, wenn sie allein sind. Die moderne Dame ist bewaffnet und opfert lieber das Leben des Angreifers für ihre Ehre und Liebe zugleich. Habe ich nicht Recht?«

Schmunzelnd sahen sich beide eine Weile an.

»Kommen Sie, Madelaine, ich möchte Ihnen noch etwas Besonderes zeigen.«

Sie verließen die Höhle und gingen eine Weile durch einen mit Birken und Eschen bewachsenen Wald. Das Laub verströmte einen würzigen Duft, und vom Fluss herauf strömte kühlere Luft. Immer wieder gelangten dunstige Sonnenstrahlbündel durch die Lücken der Baumkronen und warfen Lichtflecken auf den weichen Waldboden. Madelaine wusste, sie war längst vom Zauber dieses Mannes neben ihr und der Natur um sie herum gefangen. Bald ging der bunt gefärbte Mischwald in einen Tannen- und Kiefernwald über, der jahrhundertealt sein musste. Der Geruch von Harz und Tannennadeln mischte sich in die windstille Luft. Nach einer Weile führte der Weg zu einer Gabelung. Mazary zog eine kleine Karte hervor.

»Hier entlang«, sagte er und folgte linker Hand einem Pfad, der sanft anstieg. Von der Kuppe des kleinen Hügels führten Stufen, von grob gehauenen Sandsteinen gestützt, wieder zum Fluss hinab.

»Stellen Sie sich vor, dies sei eine Traumtreppe«, sagte Mazary. »Und die Bäume ringsherum seien das Tor zum Reich der Träume. Wir gehen sie jetzt hinunter und zählen dabei die Stufen.«

Er lächelte Madelaine zu und nahm ihre Hand. Wie zwei Märchenkinder schritten sie die Treppe hinunter. Im Tal kamen sie an eine kleine Brücke, von der man eine schöne Aussicht auf den Wald hatte.

»Diese Brücke nennen die Einheimischen die Liebesbrücke«, sagte nun Mazary. »Wenn Sie wollen, können Sie sich hier etwas wünschen, Madelaine.«

»Warum sind wir hier, András?«, fragte Madelaine leise.

Er sah sie liebevoll an.

»Weil ich mich vom ersten Moment an unsterblich in dich verliebt habe, Madelaine.«

Und Madelaine, die spürte, wie ernst es ihm war, flog ihm in die Arme.

»András, András.«

»Madelaine, ich liebe dich«, flüsterte er. »Du bist wunderschön. Und stark und kostbar wie ein Diamant.«

Er bedeckte ihre Stirn und Augen mit zarten Küssen. Dann sah er sie lange an, sie in den Armen haltend. Im liebenden Blick seiner dunklen Augen fühlte sich Madelaine geborgen.

»Nun müssen wir die Augen schließen und zusammen wieder die Traumtreppe emporsteigen.« Er legte seinen Arm um sie. »Wir müssen nochmals die Stufen zählen, doch dürfen wir dabei unseren Wunsch nicht vergessen. Man sagt, dass der Wunsch in Erfüllung geht, wenn man mit derselben Zahl wieder oben anlangt. Bist du einverstanden, Madelaine?«

»Ja, András, ja, ich bin einverstanden«, sagte sie benommen. Dieses eine Mal sprach ausschließlich Madelaines Herz. Sie sah Mazary an und entdeckte wie in einem Spiegel ihren eigenen Wunsch in seinen Augen. Gemeinsam schritten sie die Traumtreppe empor. Manchmal war es ihr, als könnte sie vor Angst, nicht auf die richtige Zahl zu kommen, ohnmächtig werden. Nie zuvor in ihrem Leben hatte sie sich so außerhalb der Welt stehend vor Glück gefühlt. Und nie zuvor gleichzeitig so sehr mit einem Menschen verbunden vor Liebe.

»Hast du auch deinen Wunsch nicht vergessen?« Mazary nahm sie in die Arme. Madelaine war auf die richtige Zahl gekommen. Also würde ihr Wunsch in Erfüllung gehen. Sie schloss die Augen und spürte seine Lippen auf ihrem Mund.

Jean-Patrique Lalongue erschien am nächsten Morgen nicht zur vereinbarten Zeit. Wie immer stand Madelaine seit halb vier in der Früh in der Backstube, bereitete Tortenböden, Füllungen und Cremes vor. Je länger sie seine Mithilfe vermisste, desto mehr kam ihr der gestrige Sonntag mit András wie ein märchenhafter Traum vor. Sein Kuss war ihr wie eine einzige Bejahung ihres ganzen Wesens erschienen. Seine Lippen hatten wie ein tröstender Windhauch ihre alten Wunden gelindert. All ihren Vorstellungen von einem zukünftigen Dasein süße Versprechen hinzugefügt. Voller zärtlicher Neugier, bestärkender Leidenschaft war dieser Kuss gewesen. So wie ihre Lippen und Zungen miteinander spielten, umflatterten und erkannten sich ihrer beider Seelen. Sie wussten, sie würden beide den Mut haben, sich ihre Sehnsüchte zu offenbaren. Zu groß war die Freude darüber, einen Menschen gefunden zu haben, der wie ein Teilchen zum eigenen Sein passte. Sie hatte geglüht vor Glück – und nun?
Gedankenverloren drehte Madelaine die Kurbel der Nusstrommel. Feine, leicht feuchte Nussspäne für eine Nussmarzipantorte rutschten nach und nach in das weiße Porzellanschälchen, das unter der Trommel stand. Plötzlich hörte sie Dina laut aufschreien. Madelaine sah zur Uhr. Es war inzwischen kurz vor sieben, und Jean-Patrique Lalongue war noch immer nicht gekommen. Die Tür zur Backstube wurde aufgerissen. Dina stand im Türrahmen. Sie

zitterte und hielt die Morgenzeitung mit einem braunen zackigen Etwas darauf weit von sich gestreckt.

»Was ist das, Dina? Warum schreist du so?«, fragte Madelaine.

»Das ist Jod ... der böse Geist«, flüsterte sie heiser und voller Angst. »Es ist ... ein schlechtes Zeichen.« Madelaine trat näher und besah sich das, von dem Dina entsetzt den Kopf wandte.

»Eine Alraune mit einer Teufelsfratze.« Madelaine wollte das Holz schon anfassen, da warf es Dina in hohem Bogen zum Flur hinaus.

»Nein, nicht in Ihre Backstube!«, schrie sie. »Das würde großes Unglück bringen.«

»Das ist doch alles Aberglaube, Dina.« Madelaine zog ein zusammengerolltes Blatt Papier aus der Mundöffnung der Fratze.

> Wehe den kapitalistischen Ausbeutern! Ihr dienerischer Franzmann hat seine Lektion bekommen. Wenn Sie wollen, dass Ihr Laden läuft, mit dem Sie den Sklaventreibern das verdammte Leben versüßen, legen Sie jeden ersten Markttag eines Monats gegen zehn Uhr morgens einen 50-Rubel-Schein wasserdicht umwickelt in das Fass auf dem Heringsstand des Krasnajagorka-Marktes. Es ist mit einem grünen Kreuz gekennzeichnet. Wir wollen hier keine Blutsauger!

Madelaine starrte Dina an. Sekundenlang lähmte Entsetzen ihren Atem. Doch dann, ohne dass sie hätte sagen können, warum, griff sie zu einer der langen zweizackigen Gabeln.

»Nein! Nicht, Fräulein Gürtler!«, schrie Dina schrill und sprang zurück.

»Ich werde mir von niemandem mein Geschäft zerstören lassen, hörst du, Dina? Von niemandem!«

Mit einem kräftigen Stich spießte sie die Fratze auf und hielt sie gegen das Fenster. Das hohle Gesicht, die schrägen Augenhöhlen, die dominant gehobenen Brauen, die dünnen Lippen, deren Winkel sich maliziös links nach unten, rechts nach oben zogen – alles zusammen wirkte so konzentriert böse, dass es Madelaine beinahe schon bekannt vorkam.

Vielleicht bildete sie es sich ein, aber die Maske ähnelte Kloß' fanatischem Gesichtsausdruck. Sie erinnerte sie an den Moment, in dem Kloß versucht hatte sie zu vergewaltigen. Alte und neue Angst, Angst vor unbekannten Gewalttätern, die sie erpressten und vielleicht sogar Jean-Patrique getötet hatten, überlagerten sich. Doch es war hauptsächlich die Erinnerung an Kloß, die ihre Wut entfachte. Kurzentschlossen riss sie die Ofentür auf und schleuderte die Fratze ins Feuer.

Dina heulte und hielt sich die Hände vors Gesicht.

»Fünfzig Rubel! Fünfzig Rubel!«, rief Madelaine aufgebracht. »Für drei Rubel kannst du fein essen gehen, Dina! Fünfzig Rubel!« Zynisch setzte sie hinzu: »Wir werden viel arbeiten müssen.«

Erst spät am Abend löste sich ihre Erstarrung. Lange weinte sie vor Angst: In drei Wochen würde sie zum Krasnajagorka-Markt gehen müssen. Sie erhob sich von ihrem Bett und überlegte lange, ob sie András benachrichtigen sollte. Sie sehnte sich nach ihm, nach seinem Charisma, das Kraft und Schutz ausstrahlte, nach seiner Umarmung, seinen Küssen. Andererseits wollte sie ihn keinesfalls mit ihren Sorgen belasten. Erst mal, nahm sie sich vor, würde sie versuchen sich allem allein zu stellen. Sie schlüpfte in den wattierten Morgenrock aus chinesischer Seide und setzte sich an ihren Sekretär, auf dem noch die Post des Tages lag.

Martieli hatte eine Karte aus Wien geschrieben.

Liebe Madelaine,
bin – noch – froh und munter. Operation findet
übermorgen statt. Magenresektion, anschl. Verbindung des Stumpfes mit Zwölffingerdarm (sensationell!). Wer's überlebt, muss Diät (!) halten. Vermutlich lange Rekonvaleszenz. Ich träume von dir. Vergiss nicht: Der Zauber von Schönheit, Wahrheit
und Süße ist immer stärker als das Böse, das Feuer
und der Sturm.
PS: Inessa kehrt nach der Operation nach Riga zurück. Sie wird dir berichten. Bleib tapfer.
In Liebe
Urs

Der Vergleich des Poststempels mit dem heutigen Datum ergab, dass Martieli bereits operiert sein musste. Wie gerne wäre sie jetzt bei ihm gewesen, hätte seine Hand gehalten, seinem Atem gelauscht, sein Gesicht gestreichelt, seinen Bart gekämmt – wenn er denn lebte!
Und plötzlich hatte sie eine Idee. Sollte András zur Jahrhundertwende 1899/1900 zu seinem Vater ins Banat fahren, würde sie ihn bitten, Martieli an ihrer statt zu besuchen. Erleichtert über diesen Einfall, sah Madelaine den Poststapel nach weiteren Briefen durch. Außer einer Einladung von Frau Baumanis zum üblichen Jour fixe in drei Wochen fanden sich nur Handzettel eines Tuchhändlers, der Tiroler Loden zu Festpreisen anbot, und Aufrufe zu Spenden für das Leprosorium und das Schwartz'sche Kinderhospital.

Was, fragte sich Madelaine, mochte nur mit Jean-Patrique Lalongue geschehen sein? Von ihm gab es keine Nachricht.

Kurzentschlossen griff sie zur Feder und schrieb einen langen Brief an Martieli, adressiert an die Chirurgische Klinik in Wien. Dadurch, dass sie alles Belastende verdrängte, geriet der Brief zu einem unterhaltsamen Kleinod, der ihrer Absicht Genüge tat, Martieli – als hoffentlich Genesenden – aufzuheitern. Madelaine fand einen heiteren Ton, der voller Zuneigung und Mitempfinden war, und doch fühlte sie sich schuldig, Martieli Tatsachen zu verschweigen, die Erpressung – und dass András und sie sich liebten.

Mehr denn je musste sie mit fester Entschlossenheit um diese Konditorei hier in Riga kämpfen. Martieli allein war es wert.

Um zu erfahren, wie es Jean-Patrique ging, bat Madelaine Janis am nächsten Tag, ihn aufzusuchen. Janis berichtete ihr, dass Jean-Patrique überfallen und mit Schlägen misshandelt worden sei. Seine Schmerzen behinderten ihn noch so sehr, dass er auf seinem Hinterteil zur Wohnungstür habe rutschen müssen, um sie zu öffnen. Monsieur Lalongue habe Platzwunden und Blutergüsse am ganzen Körper, doch hätte er versprochen, ab kommenden Montag wieder zu backen. Madelaine legte eine Hand voll Mandelhörnchen, Schokoladenbaisers und einen Mohnkuchen in einen Korb und wies Janis an, in der Apotheke Salben zu kaufen, Ringelblume für die Wunden, Arnika und essigsaure Tonerde für die Blutergüsse, ein Fläschchen Laudanum gegen die Schmerzen, und alles zusammen zu Jean-Patrique zu bringen. Es war das Mindeste, was sie tun konnte.

Es war beruhigend zu wissen, dass sie sich weiterhin auf Jean-Patriques Unterstützung würde verlassen können, denn die kühler werdende Jahreszeit, in der sich die Menschen vermehrt nach Süßem sehnten, forderte tatkräftigen Einsatz aller in der Konditorei Beschäftigten. Außerdem standen bald Advent, Weihnachten und die Feiern zur Jahrhundertwende bevor. Schon jetzt trafen beinahe täglich Bestellungen aus Privathäusern ein. Nichts außer der Lust am Backen und ihr Wille zur Verdrängung konnte ihr die Angst vor den Schutzgelderpressern nehmen.

Wer mochte nur dahinterstecken, und warum ausgerechnet sie?

Mit aller Kraft versuchte sich Madelaine auf das Wochenende zu freuen, an dem sie Mazary wiedersehen würde.

In einem Forst, der zum gepachteten Jagdrevier Merkenheims gehörte, sollten die Schießübungen stattfinden. In den Tagen nach ihrem Ausflug nach Segulda war das sonnige Herbstwetter mehr und mehr von einer feuchtkalten, nebligen Witterung verdrängt worden. Madelaine hatte sich ein warmes Lodencape mit pelzverbrämter Kapuze schneidern lassen. Das Cape würde ihr genügend Bewegungsfreiheit geben und die feuchte Luft abhalten.

Als Mazary sie mit einer Mietkutsche abholte, sah sie ihm an, wie sehr er gewillt war, seine Aufgabe ernst zu nehmen. Ob Merkenheim etwas von ihrem Treffen wusste? Madelaine wagte nicht zu fragen. Sie fürchtete, Mazary könnte ihr zu verstehen geben, dass Merkenheim die Wahrheit nie wissen dürfe. Wieder einmal kamen ihr Zweifel, ob ihre Liebe vor dem Standesdenken der Gesellschaft fortdauern konnte. Doch als sie ihm zusah, wie er ein Ledertuch auf ei-

250

nem Baumstamm ausbreitete, es glatt strich und sie auf-
forderte, daneben Platz zu nehmen, überließ sie sich wieder der sanften Tiefe seines Blicks. Er küsste kurz ihre Nasenspitze.

»Madelaine, ein Mann kann nur einem weiblichen Wesen
zur selben Zeit dienen – einer Dame oder einer Waffe.«

»Es ist eine Herausforderung, oder?«, gab sie keck zurück.

»Es ist ein Spiel mit dem Feuer, im doppelten Sinne. Fan-
gen wir mit deiner Waffe an.«

Ihre kleine Gaulois zu handhaben war unkompliziert,
wenn es auch ihren Fingern jedes Mal einen energischen
Zugriff abverlangte. Ihre Waffe sei, so erklärte Mazary
kundig, eine mechanische Repetierwaffe. Das bedeute,
dass die Vorgänge des Zuführens der Patrone in den Ver-
schluss, das Abfeuern und der Auswurf der leeren Hül-
sen ausschließlich von der Hand des Schützen durch-
geführt würden, indem er Hebel oder Gelenke betätige.
Die Waffe selbst basiere auf schlichten handfesten mecha-
nischen Prinzipien. Doch die kannte Madelaine ja bereits.

»Sie ist ausschließlich für den Nahkampf geeignet«, erklärte Mazary, »und trifft auf zwei bis drei Metern Entfernung.
Du kannst mit ihr sogar durch deine Manteltasche treffen,
wenn du geübt bist. Nun schieß!«

Sich zu überwinden zu schießen war zunächst das
Schwerste. Die Waffe in ihrer Hand zu spüren, lähmte erst
mal jeden einzelnen Finger.

»Du musst unbedingt den Willen aufbringen, die Kugel
auf ein Ziel zu lenken. Schieß, Madelaine!«, wiederholte
Mazary.

Sie schloss die Augen, wandte den Kopf zur Seite und be-
tätigte den Abzug. Holzsplitter und Rinde einer Kiefer stoben in die Luft. Ein Eichelhäher schrie. Unter den Hufen eines flüchtenden Tiers knackte Holz. Mazary zeigte auf den

morschen Baum, in dessen Stamm er ein Viereck geritzt hatte.

»Noch einmal, Madelaine.«

Es waren über zwanzig Schüsse nötig, bis sie den Stamm, nicht aber das Ziel traf. Dann meinte Mazary, es sei genug. Er wolle ihr noch eine richtige Kampfwaffe zeigen. Wenn sie schießen lernen wolle, dann doch bitte auch mit einer Männerpistole. Damit umgehen zu können, bedeute eine größere Sicherheit in der Handhabung der eigenen Waffe. Madelaine war neugierig geworden, schließlich hatte sie die erste Hürde genommen.

Mazary legte nun auf das Ledertuch zwei Waffen, die, wie Madelaine zugeben musste, wie echte Pistolen aussahen. Es waren, so erklärte er, der vom russischen Militär bevorzugte gasdichte Nagant-Revolver und der so genannte Reichsrevolver, eine erstklassige Pistole vom deutschen Feuerwaffenhersteller Spangenberg & Sauer aus Suhl.

»Léon Nagant, ein Belgier, entwickelte 1892 diesen Revolver. Da er und sein Bruder Kontakt zum Zarenreich hatten, dauerte es nicht lange, bis die russische Armee die Waffe übernahm. Sie läuft unter der Modellbezeichnung M 1895.«

Madelaine nahm die Waffe in die Hand – das kalte schwarze Metall strahlte die zielbewusste Raffinesse des Tötens aus.

»Schau, Madelaine, die Nagant hat anders als deine Pistole eine Trommel. Wenn du den Hahn spannst, wird die Trommel nach vorne gedrückt. Eine Abstützung hinter der abzufeuernden Patrone sorgt dafür, dass Trommel und Patrone zugleich in ihrer Position verriegelt werden. Das Besondere an dieser Pistole ist ihr außergewöhnlich langer Schlagstift. Er ist deshalb so lang, weil er eine größere Distanz überwinden muss, um auf das Zündhütchen zu treffen. Bemerkenswert ist auch, dass die überlange Hülse der Spezialpatrone vollständig das Geschoss umschließt. Wenn Trommel und Lauf ineinander greifen, tritt der leicht konische Hülsenmund der Patrone in den Lauf. Das Metall der Hülse spannt die Verbindung und verstärkt so die Gasdichte.«

»Eine merkwürdige Kaliberangabe, 7,65 mm«, meinte Madelaine. Sie hielt sich eine der länglichen Patronen dicht vor die Augen.

»Das stimmt«, entgegnete Mazary, »man wollte für Pistole wie für Dienstgewehr dasselbe Kaliber. Übrigens«, er griff nach dem Nagant-Revolver und nahm Positur, »die russischen Offiziere schwören auf Qualität, Zuverlässigkeit und Schlagkraft dieses Revolvers. Neulich erzählte mir ein Offizier, sie sei deshalb so beliebt, weil sie so robust sei: Wenn etwas daran nicht funktioniere, könne man es mit einem Hammer reparieren.« Er zielte auf einen Kiefernzapfen und schoss.

Madelaine war beeindruckt von seiner Haltung und Treffsicherheit. Sie trat zu ihm.

»Sag, was ich tun soll, András.«

Eine Weile betrachtete er sie schweigend. Es war, als ob er warten müsste, bis die Faszination der Waffe in ihm erloschen war. Sein harter Blick wurde weicher, entspannter, je länger Madelaines Schönheit auf ihn wirkte.

»Zieh dein Cape aus, bitte.« Seine schönen dunklen Augen schimmerten verführerisch.

Madelaine öffnete langsam Knopf für Knopf. Mazary nahm ihr das Cape ab, legte es auf den Baumstamm und stellte sich nun schräg hinter sie. Sanft streichelte er ihren Rücken. Ihr wurde wohlig warm. Es war, als ob sie mit dem Cape zugleich auch die feuchtkalte Luft abgelegt hätte. Seine Hände wanderten abwärts und legten sich um ihre

Hüfte. Zunächst war es nur ihr besitzergreifender, fester Druck, den Madelaine als lustvolles Prickeln auf ihrer Haut unter dem Kleiderstoff spürte. Doch je länger sie sich auf den Druck konzentrierte, desto mehr schwand er zugunsten eines beinahe magischen Strahlens, das in ihren Körper strömte. Und als würde lustvolles Licht ins Dunkel ihres schlummernden Leibes gelangen, begann Madelaine vor Sehnsucht zu glühen.

»Nimm die Waffe in deine rechte Hand, und leg deine linke Hand um dein rechtes Handgelenk«, hörte sie ihn leise sagen. Gehorsam streckte sie ihren Arm in die Waagerechte.

»Gut.« Er schwieg einen Moment und atmete tief. Es kam Madelaine so vor, als ob seine Nase sekundenlang an ihrem Haar schnuppern würde. Gehorsam zielte sie auf die Einkerbung.

»Schieß!«

Doch je genauer sie zu zielen versuchte, desto mehr fühlte sich die Waffe in ihrer Hand wie ein wildes Tier an, das sie zu zähmen nicht in der Lage war. Madelaines Hände verkrampften sich. Sie senkte ihren Arm und drehte sich um.

»Schieß«, flüsterte er sanft.

»Ich … ich kann nicht.«

»Doch, du kannst. Ich halte dich.« Sein Mund strich seicht über ihre Lippen. »Du kannst es«, murmelte er.

»Nein, nein …«

»Tu es«, erwiderte er.

Ihre Blicke sogen sich aneinander fest. Madelaine öffnete leicht ihren Mund. Er umfasste ihr rechtes Handgelenk und streckte ihren Arm von ihr fort. Dann erst küsste er sie, zart, doch voll verhaltener Leidenschaft.

»Schieß!«, wiederholte er schließlich und rückte ihre Schultern gerade.

»Du bist unbarmherzig«, flüsterte Madelaine erregt. Er legte seinen Zeigefinger auf ihre Lippen.

»Vielleicht … Jetzt ziel!«

Der erste Schuss verlor sich im Wald. Die Wucht des Rückschlags riss Madelaines rechten Arm so hoch, dass sie erschrak. Sie taumelte, lehnte sich gegen Mazarys Brust und sah zu ihm auf.

»Das ist ja furchtbar«, flüsterte sie. Ihre Lippen trafen sich wieder.

»Komm, Madelaine, du wolltest doch schießen lernen.« Mazary lächelte und küsste sie noch einmal. Madelaine genoss einen Moment lang, dann wendete sie sich blitzschnell von ihm ab. Sie spannte den Hahn, zielte – und traf wieder daneben.

»Es tut so weh«, jammerte sie gespielt.

»Was tut dir weh, mein Liebes?«

»Mein Handgelenk und die Schulter. Dieser verflixte Rückschlag. Ich werde es nie schaffen.«

Enttäuscht setzte sich Madelaine auf den Baumstamm und legte die Waffe auf das Ledertuch.

»Wir werden weiterüben …« Plötzlich horchte Mazary auf. Auch Madelaine, die gerade eine Schachtel mit ihren Trüffeln aus ihrer Tasche zog, blickte sich um.

»Ein Motor … «

»Merkenheim! Verflixt! Komm!« Mazary warf sich hinter den Baumstamm und zog Ledertuch und Madelaine hinterher. Das laute Knattern eines Motors näherte sich, kam vorbei und flaute ab.

»Es soll unser Geheimnis sein, hörst du, Madelaine?« Und ehe Madelaine sich's versah, fühlte sie das wärmende Lodencape unter sich und Mazary neben sich.

»Du hast Angst um mich?«, flüsterte sie.

»Bald nicht mehr, wenn du ins Ziel triffst«, erwiderte er

leise. »Du weißt ja, ich muss mit dem Schlimmsten rechnen. Vertrau mir, Madelaine, was auch immer geschieht.« Sie legte ihren Kopf in seine Armbeuge und pustete ihm sanft übers Gesicht.

»Ich bin doch nur eine kleine Zuckerbäckerin, András. Was wir erleben, wird immer ein Märchen bleiben.« Sie zog aus dem Schächtelchen neben sich eine Trüffel heraus. Doch er schüttelte ernst den Kopf.

»Meine Mutter war auch eine Bürgerliche. Es liegt an uns Männern, wen wir zur Frau nehmen. Unser Stand bleibt uns erhalten.«

Ein seltsamer Stich fuhr Madelaine durchs Herz. Doch sprach aus seinen Augen nicht so viel Liebe?

»Und wenn ein Bauernmädchen wie Marta aus einem lettischen Dorf als Katharina I. Kaiserin des russischen Zarenreiches wurde, kannst auch du …«

»Küss mich«, hauchte Madelaine und zog ihn zu sich herab. »Küss mich!«

»Die Lage ist ernst, meine Herren.« Darius vom Riga'schen Börsenkomitee blies Rauchkringel seiner Zigarre zur Stuckdecke des Baumanis'schen Salons. »Die geplante Siebenhundertjahrfeier Rigas wirft Probleme auf, mit denen wir nicht gerechnet hatten. Gefürchtet, ja, aber …«

»Nun, seien Sie ehrlich, wir Letten und auch die Esten haben keinen wahren Grund, sich über die Gründung der Stadt so zu freuen wie Sie«, sagte Baumanis so ruhig wie möglich. »Das wissen Sie. Außer Kummer und Elend, so schrieb kürzlich die estnische Zeitung Sakala, trug ihnen die Machtverteilung durch die Stadt nichts ein. Sie sehen, ich bin offen und sage zugleich, dass uns der Fortschritt der Zeit zum ersten Mal Vorteile bringt.«

Seine Frau unterbrach, um Versöhnung bemüht, freundlich ihren Mann: »Unsere Sorge gilt der Frage, ob unser nächstes, fünftes allgemeine lettische Liederfest zusammen mit der Jubiläumsausstellung stattfinden kann. Die meisten Letten sind dafür, doch der Riga'sche Lettische Verein stimmt dem – noch – nicht zu. Es wäre doch eine so schöne Gelegenheit. Und ich bin sicher, dass viele Besucher zum Fest kommen werden.«

»Das gilt es abzuwarten, unter diesen Umständen«, meinte Coppenreuth, der Reedereibesitzer. »Noch hält der Zar das Kriegsrecht aufrecht. Zu unsicher ist die sozialpolitische Lage. Und wir müssen auf die Ehre Seiner Majestät des Zaren Rücksicht nehmen, wenn wir Rigas siebenhundertjähriges Bestehen feiern wollen.« Er klang ironisch.

»Einige kleinere Kommunen sollen bereits ihre finanzielle Unterstützung erklärt und für den Garantiefonds gezeichnet haben, Reval und Dorpat schon im September dieses Jahres«, ließ sich der Tuchhändler Marchand hören. »Unser Stadtoberhaupt Kerkovius hat seine volle Unterstützung zugesagt. Wie ich hörte, wird Finanzminister Witte mit kaiserlicher Genehmigung das Ehrenpräsidium der Ausstellung übernehmen.«

»Oho, da wissen Sie schon mehr als wir!«, rief Coppenreuth.

»Nun, ist es unsere Stadt denn nicht auch wert, gefeiert zu werden?«, sagte Darius erhitzt. »Können wir nicht stolz sein auf unsere blühende Wirtschaft, auf unseren relativen Frieden? Die Niederlegung der Festungswälle, die Erweiterung und der Ausbau des Hafens und die Tatsache, dass Riga zu einem Eisenbahnknotenpunkt geworden ist, spricht für sich. Riga ist jetzt beinahe so groß wie Prag. Die

Vorstädte mitgerechnet, hat Riga fast zweihundertneunzigtausend Einwohner. Es ist mit seinen zahlreichen Brauereien Biermetropole Russlands geworden. Vom profitablen Export hochwertiger Güter und der grandiosen Bautätigkeit ganz zu schweigen. Seit 1882 schon verfügen wir über eine Fernsprechanlage der Bell-Telefon-Company. Wissen Sie, dass im nächsten Jahr die Pferdebahn durch eine elektrische ersetzt werden soll? Denken Sie doch nur, vor tausend Jahren gab es hier nur reine Wildnis, Sumpf, Moräste, Gestrüpp, ein paar Dünen, in denen es sich Schnepfen, Wachteln und Auerhühner gut gehen ließen. Und die Einwohner hausten in Erdhöhlen oder elendigen Blockhütten. Und die Gegenwart beweist, dass wir richtig gehandelt haben.«

»Jaja, Herr Darius«, Baumanis Gesicht war vor Ärger rot angelaufen, »jetzt haben wir fast dreihundert Fabriken, ungefähr sechshundert Kessel und fast fünfzigtausend Arbeiter – und eine Menge sozialer Spannungen, die durch die Industrialisierung entstanden sind. Was nützen Todesstrafen und Verhaftungen, wenn der Fleißige oder vom Glück Begünstigte seines Lebens nicht mehr sicher sein kann?« Er erhob sich aufgebracht. »Dieses 1899er Jahr endet ohne Hoffnung darauf, dass es sich im neuen Jahrhundert bessern könnte. Meine Hand darauf, meine Herren!«

»Mit Verlaub, meine Damen, meine Herren, ich vergaß zu erwähnen, dass ein wichtiger Termin in Handelsangelegenheiten meiner wartet«, sagte Darius so beherrscht wie möglich. Madelaine erkannte an seiner gedrechselten Wortwahl, dass er zu einer Notlüge griff, um der gespannten Atmosphäre zu entfliehen.

Nun erhob sich auch Coppenreuth.

»Ich verabschiede mich ebenfalls, liebe Frau Baumanis, verehrter Herr Baumanis.« Er verbeugte sich höflich.

Tuchhändler Marchand blieb noch einen Moment sitzen. Madelaine sah ihm an, wie ungern er die Unterhaltung als beendet betrachtete. »Haben Sie Dank für die Einladung. Ich meine doch, dass die Zeit Wunden heilt und wir bald wieder ohne die Hitze des Gemütes miteinander plaudern können.«

Als alle Herren gegangen waren, riss Baumanis die Balkontüren auf.

»Erkälte dich nicht, mein Guter.« Seine Frau legte ihm eine wärmende Jacke um die Schultern.

»Lass!«, erwiderte er unwirsch.

»Dann kommen Sie, Fräulein Gürtler, Sie wollen doch sicher wissen, wie es Ihrem und unserem Herrn Martieli geht, oder?«

Madelaines Gedanken kreisten um das Gehörte. Am liebsten hätte sie Frau Baumanis gefragt, ob sie und ihr Mann ebenfalls von Schutzgelderpressern bedroht wurden.

»Manchmal sorge auch ich mich um den Frieden«, sagte sie vorsichtig.

»Zum Frieden gehört Toleranz«, entgegnete Frau Baumanis. »Das gilt für eine Familie wie auch für einen Staat. Glauben Sie mir, Fräulein Gürtler, ein Vater, der seine Kinder nicht liebt, wird Böses ernten. Hier entlang, bitte.«

Voll düsterer Gedanken betrat Madelaine Inessas großzügig ausgestattete Wohnetage. Diese war gerade zurückgekehrt und lag auf einem Kanapee in ihrem Salon. Sie winkte Madelaine zu sich.

»Lass uns allein, Mutter.«

Frau Baumanis drückte Madelaine die Hand und zog sich schweigend zurück.

»Inessa, sag schnell, lebt ... lebt Urs?« In ihrer Aufregung war sie zum Du übergegangen.

Inessa lächelte schmerzlich. Ihr Gesicht war blass, halbmondförmige Schatten lagen unter ihren Augen. Madelaine erkannte, dass in diesem Moment Inessas altvertrautes Temperament, ihr feuriges Leuchten erloschen war. Ohne Zweifel litt sie körperlich – und doch schien es Madelaine, als ob Inessas Gedanken um eine viel größere seelische Wunde kreisen würden, verzweifelt darum bemüht, einen Ausweg aus dem Leiden zu finden.

»Dein Urs lebt, Madelaine«, antwortete sie mit kraftloser Stimme. »Er lebt. Noch ist er in der Klinik. Die Ärzte sagen, in den nächsten Wochen werde sich zeigen, ob die Organe gut zusammenheilen und wieder funktionieren werden.«

Madelaine setzte sich zu ihr.

»Dann wird er also wiederkommen«, murmelte sie erleichtert. Sie nahm Inessas Hände und drückte sie.

Statt ihr Lächeln zu erwidern, brach Inessa jedoch plötzlich in Tränen aus. Eine Weile weinte sie, dann fasste sie sich und flüsterte heiser: »Wie ich dich beneide. Du wirst geliebt und hast Erfolg. Was habe ich alles geleistet! Wie sehr habe ich mich angestrengt – Arien auf Französisch, Deutsch, Italienisch einstudiert, Gestik, Mimik vor dem Spiegel geübt, bis ich mein eigenes Gesicht nicht mehr sehen mochte. Dazu die unendlichen Gesangstunden. Der Kampf gegen das Lampenfieber. Wofür das alles? Wofür, wenn man mich schließlich doch nur verachtet.«

Madelaine schaute sie überrascht an.

»Du warst auf vielen großen Bühnen, du wirst bewundert. Du hast eine so schöne Stimme, Inessa.«

»Ach, manchmal hasse ich all dieses Theater. Manchmal bin ich es so leid, immer die Rolle der Kapriziösen, die der anspruchsvollen Künstlerin zu spielen, nur um des Erfolgs willen. Weißt du, was man mir vorwirft? Ich hätte meine

Kultur verraten. Doch warum soll ich als Lettin nicht auch Operetten singen? Ich habe mich umsonst bemüht, Madelaine. Nie wird man mich in Europa auf der Bühne so anerkennen wie andere Sängerinnen, nie. Und sei meine Stimme noch so gut.« Sie schwieg und putzte sich die Nase. »Ich beneide dich. Du hast Erfolg mit deiner Arbeit. Und Urs liebt dich sehr, auf seine Weise.«

»Du liebst ihn nicht mehr?«

»Es war nie die große Liebe, Madelaine.« Inessa hustete, und als zöge sich ein Schmerz quer durch ihren Leib, drückte sie eins der Kissen auf ihren Bauch. »Ich habe ihn auf seinen Reisen begleitet, wir haben die Stunden zusammen genossen, gesungen, musiziert – doch jeder wusste, dass sich eines Tages unsere Lebenswege trennen würden. Er war immer großzügig und liebevoll. Ich glaube, ich habe ihn jung gehalten, und nun ist alles zerstört ...«

»Urs wird doch wieder gesund«, versuchte Madelaine sie zu trösten. Doch Inessa schüttelte den Kopf.

»Geh, Madelaine, du hast mehr Glück im Leben als ich. Ich habe ...« Sie brach ab und schaute Madelaine an. »Ich glaube, ich habe einen großen Fehler gemacht. Ich war schwanger ...«, fügte sie langsam hinzu. »Hätte Urs mir nicht immer alle Freiheiten gegeben, wäre es wohl nicht geschehen. Die Freiheit, die er mir gab, war zu groß. Selbst hier in Riga lebt er nur für seine Backstube, sein Geschäft. Viel zu selten haben wir unsere Zeit gemeinsam verbracht. Ich war allzu ehrgeizig und wollte ihn vielleicht auch zur Eifersucht reizen. Doch ein Mann wie er lächelt nur milde und toleriert alles, was man aus Liebe und Vergnügen tut.«

»Du bist enttäuscht, dass er dich nicht in die Schranken verwies?«, fragte Madelaine überrascht.

»Vielleicht.« Inessa lächelte versonnen. »Die Freiheit, die

ich von ihm erhielt, führte mich auf einen Höhenflug des Ehrgeizes und der Liebe. Ich verliebte mich in einen äußerst faszinierenden, sehr reichen Mann. Ich bewundere ihn trotz allem immer noch. Er versteht sehr viel von Kunst und ist in der Lage, die Menschen, die ihm nahe stehen, so zu dirigieren, dass er sein Leben nach eigenem Willen führen kann. Es ist wie ein herrlicher Rausch, auf der Bühne zu stehen, zu singen und sich von ihm begehrt zu fühlen.« Sie presste ihre Finger aneinander. »Ich liebe diesen Mann noch«, flüsterte sie leise. »Und ich liebe diesen Rausch. Doch ich ertrage es nicht, wenn man mir zu verstehen gibt, dass ich doch nur ein lettisches Landkind bin.« Plötzlich glitzerte es in ihren Augen. Schmerz und Ironie mischten sich in den Klang ihrer Stimme.

»Du weißt doch, wir einfachen Mädchen sind darauf angewiesen, von den hohen Herren gefördert zu werden, nicht wahr? Ich habe mit einer Abtreibung dafür zahlen müssen. Ich hoffe, deine Verehrer ersparen dir dieses Leid.«

Madelaine stockte der Atem. Unterstellte ihr Inessa, sie habe ein Verhältnis mit Urs? Oder mit András? Sie merkte, wie ihr das Blut zu Kopfe stieg. Inessa mochte neidisch sein, doch sie hoffte, sie möge das, was sie gesagt hatte, nicht böswillig gemeint haben. Sie erhob sich.

»Das tut mir Leid, Inessa. Das muss furchtbar gewesen sein.«

»Allerdings, es war entsetzlich.« Inessa starrte sie an. »Pass gut auf dich auf. Man sagt, du hättest deinen Geschäftserfolg einem schweizerischen Konditor zu verdanken, und nun seist du dabei, einem ungarischen Grafen den Kopf zu verdrehen. Manche halten dich für eine raffinierte Kokotte und meinen, dein Backwerk sei nichts anderes als Camouflage.«

»Meinst du das auch, Inessa?«, rief Madelaine entrüstet.

»Wir sind einfache Mädchen, wir müssen uns viel gefallen lassen, Madelaine«, entgegnete diese nur müde.

Die Tage bis zur Übergabe des Schutzgeldes vergingen wie im Fluge. Jean-Patrique und Madelaine arbeiteten voller Anspannung. Irina kam an zwei Nachmittagen in der Woche und unterhielt die Damen im Café mit Salonstückchen. Gewünscht wurden jedoch immer wieder die beliebten Wiener Walzer. Es blieb bei dem ersten Eindruck, den Irina auf Madelaine gemacht hatte. Sie war einfühlsam und ernsthaft. Die Cafébesucherinnen dankten es ihr mit Obolussen und Applaus.

An den nächsten beiden Wochenenden fanden Schießübungen mit Mazary statt – doch die Angst vor dem näher rückenden Markttag begann Madelaine aufzuzehren. Sie konnte kaum noch etwas essen und schlief nachts nur noch wenige Stunden.

Dass am zweiten Wochenende ihre Zielübungen zu einem guten Ergebnis führten, lag allein an ihrem verzweifelten Willen. Sie konzentrierte sich auf ihre Wut und auf all jene, die Gerüchte über sie verbreiteten, dachte an die Erpresser und stellte sich vor, sie alle stünden anstelle des Baumstumpfes vor ihr. Kugel um Kugel rückte auf diese Weise dem Zielpunkt näher.

Inessas Worte saßen wie ein Stachel in ihr. Madelaine musste verbittert feststellen, dass ihre erotische Lust auf Mazary einer verletzlichen Scheu gewichen war. Sie wand sich aus seinen Umarmungen und mied Küsse, die über das Maß unverfänglicher Zärtlichkeit hinausgingen.

»Du bist so verändert, Madelaine«, stellte er fest. »Habe ich dich verletzt?«

»Nein, nein, András.« Madelaine gab sich einen Ruck. »Ich habe nur vor kurzem Inessa besucht. Sie tut mir Leid. Sie ist sehr unglücklich in einen Mann verliebt, der sie tief verletzt hat.«

»Sie hat in Merkenheim ihren kunstsinnigen Förderer gefunden«, meinte er trocken, und Madelaine stockte der Atem vor Erstaunen. »Mit allen Konsequenzen. Er hat sie zu seiner Geliebten erkoren und gefördert, wo immer es ihm möglich war.«

»Sie verdankt ihm ihre Karriere, doch sie musste bitter dafür zahlen«, sagte Madelaine vorschnell.

Mazary kniff die Lippen zusammen und nickte grimmig. »Das kann ich mir vorstellen«, murmelte er nur.

»Sie erzählte mir, dass man mir das Gleiche unterstellt«, fügte Madelaine rasch hinzu.

»In Bezug auf mich?« Er hob die Augenbrauen. »Weiß denn jemand von uns? Es könnte natürlich sein, dass Merkenheim nicht möchte, dass ich mich in ein süßes Riga'sches Zuckermädchen verliebe.« Er sah Madelaine vieldeutig an. »Und er hat mit Inessa darüber gesprochen.«

»Was ginge es ihn an?«

Sie warfen sich prüfende Blicke zu.

»Nichts ginge es ihn an. Du hast vollkommen Recht«, sagte er schließlich ruhig.

»András, mich interessiert dieser Herr Merkenheim nicht. Ich möchte nur, dass man mich in Ruhe lässt! Die Vorstellungen der Leute sind schamlos. Sie säen Gift. Ich habe Angst vor Gerüchten und Intrigen. Ich hoffe nur, dass Inessa an alldem unschuldig ist. Glaube mir, Urs Martieli habe ich nur ein Handwerk zu verdanken, ein schlichtes Handwerk. Dafür habe ich ihn nie umwerben müssen.«

»Dein Glück verdankst du ihm auch?«, fragte er belustigt.

»Nein, András.« Madelaine drückte seine Hände. »Glück ist mehr als Erfolg. Du bist mein Glück. Meine Liebe.«

»Ich glaube dir.«

Madelaine zog sich von ihm zurück und feuerte, wie um sich von der Erinnerung an Inessa und Merkenheim zu befreien, zwei Schüsse auf einen Spalt im Holz, woraufhin der morsche Baumstamm ächzend auseinander brach.

Mazary nahm sie in die Arme.

»Meine süße kleine Madelaine, glaube mir, nur ein Mann weiß, was für eine Art Frau vor ihm steht. Ihr Frauen glaubt oft, ihr könntet uns Männer täuschen. Viele von uns mögen es sogar, umflattert, verführt und betrogen zu werden. Doch das, denke ich, ist ein Handel, auf den sich zwei Menschen willentlich einlassen. Du bist anders.« Er drückte ihren Kopf an seine Brust und küsste ihr Haar.

»András, bitte fahr nach Wien und schau nach Urs Martieli«, flüsterte Madelaine.

Er betrachtete ihr Gesicht.

»Sag, liebst du ihn?«

Madelaine zögerte. »Ja, aber eher wie einen Vater.«

»Eher …?«

»Sein Herz ist ein Bienenhaus, und eine Biene bin ich nun wirklich nicht.« Madelaine lehnte sich zurück und lachte. Ihr lag es fern, András von ihren Küssen mit Martieli zu erzählen. Es hätte nur unnötigerweise seine Eifersucht geweckt und ihr einen Nimbus verliehen, den sie ja gerade bestrebt war, so fern wie möglich von sich zu halten.

Mazary zog sie an sich.

»Hast du noch mein Edelweiß?«

Madelaine nestelte an einer Kette und holte ein verglastes Medaillon mit dem Edelweiß hervor. Mazary küsste es.

»Es ist ganz warm von dir«, murmelte er und küsste ihr Kinn, ihre Nase, ihre Stirn. Lange sahen sie sich an.

»Gut, ich werde nach deinem Herrn Martieli sehen. Doch du, Madelaine, bleibst mir treu, ja?«

»András!« Madelaine stemmte sich gegen seine feste

Umarmung. »Ich arbeite und will, dass unsere Konditorei Gewinne abwirft. Aber was ist mit dir? Du hast täglich Gelegenheit, hübsche Damen deines Standes zu verführen. Wie soll ich jemals sicher sein können, dass du es ernst meinst?«

»Meistens ist es doch andersherum«, meinte er missmutig und ließ Madelaine frei. »Was ich dir gesagt habe, gilt. Vertrau mir, Madelaine. Und lass dich von den Hysterien verwöhnter Damen der so genannten besseren Gesellschaft nicht verunsichern. Ich leide das nicht. Ich liebe dich, weil du anders bist. Nun komm und lass uns gehen. Es dunkelt bereits.«

In den Augen des anderen lasen sie die Sprache der Liebe. Doch waren Worte ausgesprochen worden, die Zweifel zu säen drohten. Madelaine fühlte sich unwohl und zog sich die Kapuze ihres Capes über den Kopf.

»Denk daran, auch ein Graf wie ich hat seine Verpflichtungen«, sagte er, als sie in der Kutsche saßen. Im Halbdunkel konnte sie sein Gesicht nur undeutlich sehen, doch sie hörte ihn leise lachen. »Hast du das nicht selbst in der Höhle von Turaida zu mir …?«

»Du wirst dich um Urs kümmern, ja?«, unterbrach sie seinen Scherz.

»Ja, ja und wieder ja!«

»Wann fährst du?«

»Da die Merkenheims hier jetzt auch ihre Saison beenden, ich aber noch vor ihnen abreisen werde, wird es nicht mehr lange dauern.« Er stupste ihre Nase.

»Wann kommst du wieder, András?«

»Ich werde dir erst deinen genesenden Martieli schicken, dann werden Briefe folgen, und irgendwann komme ich.«

»András, du bist ein Lausbub!«

»Habe ich jemals vorgegeben, etwas anderes zu sein?«,

sagte er grinsend und küsste sie – zart, süß und mit einer sich steigernden Leidenschaft, die anhielt, bis sie die Altstadt von Riga erreichten.

»Nichts, nichts soll dich jemals an meiner Liebe zweifeln lassen, Madelaine!«

Am ersten Markttag des neuen Monats kurz vor zehn Uhr morgens hastete Madelaine zum Krasnajagorka-Platz. Während die Angst jeden vernünftigen Gedanken lähmte, huschten ihre nervösen Blicke über Korbflechter, Viehhändler, Gerber, Bürstenhändler, die ihre Waren anboten. Sie schwamm wie willenlos im Strom russischer Händler, lettischer Bauern, wohlhabender estnischer Gutsleute, Hausfrauen, Laufburschen, Dienstmädchen. Stände und Buden boten Schlachtschweine, Hühner, Gemüse, Schinken, Würste, Kräuter, Lederwaren und immer wieder Blumen an. Auf Fuhrwerken und Karren kamen Fässer, Pelze, Bündel mit Gewebtem und Schnitzwerk. Ein russischer Musikant in einem zottig-schmutzigen Schaffell und aufgeplatzten Militärstiefeln spielte herzzerreißende Musik auf einer Ziehharmonika. Ein jüdischer Lumpensammler schlurfte vorüber, einen Karren hinter sich herziehend. Wie heilige Schutzsäulen rahmten seine links und rechts baumelnden Schläfenlocken sein hageres Gesicht ein. Madelaines Blick schweifte über Taschenspieler, Töpfer, Siebmacher. Einen kurzen Moment lang ruhte er auf einer blinden Frau, die Rasseln, Trommeln und Schnarren verkaufte und dazu ihre Waren in einem dreisprachigen Singsang anpries. Unbarmherzig schoben die Menschen Madelaine weiter. Bevor sie in die Markthalle trat, stieß sie mit einem Hausierer zusammen. Er trug einen schäbigen Bauchladen mit Rosenkränzen, Kruzifixen und Madonnenfiguren. Voller Schmerz dachte sie an den lustigen Schokoladenverkäufer am Tag ihrer Ankunft in Hamburg. Welche Unschuld hatte in jenem Tag gelegen, wenngleich sie sich damals von Inessas Charme beeindruckt und beschämt gefühlt hatte. Sie gestand sich ein, dass Inessa sie tief verletzt hatte. Wie viel Böses, Gemeines hatte sie ihr entgegengeschleudert. Kein Kruzifix, keine Madonna würde ihre alten und neuen Wunden so leicht heilen können. Außer András' Küssen schmeckte ihr selbst Schokolade nicht mehr.

Unsicher stolperte Madelaine weiter, die dicht bevölkerten Gänge entlang, und hielt voller Anspannung nach dem Heringsstand Ausschau. Ihr Nacken fühlte sich steif an und schmerzte, als die laute Stimme eines Mannes ihre Aufmerksamkeit erweckte und sie zu ihm hinübersah. Es war ein stattlicher, gut gekleideter Herr, der mit dröhnender Stimme erzählte, dass sein Verwalter erst neulich wieder einen Pferdedieb erwischt habe. Wie es Sitte sei, habe man ihn in den Bottich mit kochendem Wasser geworfen, in dem erst wenige Tage zuvor zwei Schlachtschweine abgebrüht worden seien. Er rieb sich feixend die Hände, und die Umstehenden lobten ihn ob seines konsequenten Verhaltens. Mit seinen dicken Armen ahmte er das Zappeln des Bestraften nach und hob seine tiefe Stimme bis zu quietschenden Schreien an. In diesem Moment nahm Madelaine den altvertrauten Geruch von Heringen wahr. Sie stockte und hielt vor Angst den Atem an. Eine alte Frau mit Kopftuch und schmieriger Lederschürze über dicken Schichten von Strickjacken und Wollkleidern hockte auf einem Schemel. Sie schälte eine Zwiebel, und ab und zu schnitt sie ein Stückchen ab und steckte es sich in den Mund. Das Gleiche tat sie mit einem Streifen Speck, den sie in ihrer Schürzentasche verborgen hielt. Sie sah kurz auf, als Madelaine sich näherte. Sie spuckte und griff in einen Becher mit Wacholderbeeren.

»Friss nicht so viel, Alte!« Ein Mann drängte sich von hinten an Madelaine vorbei und stellte sich vor die Frau. Er hatte eine junge Stimme, breite Schultern, doch einen leicht gebeugten Rücken. Er schaute nach links und rechts wie ein witterndes Tier.

»Will er mit mir anbandeln?«, kreischte die Alte belustigt.

»Iss, iss nur, s'gut fürs Bockspringen!« Madelaine grauste sich. Da der junge Mann nun zwischen ihr und der Alten stehen blieb, nutzte sie den Moment und warf das Päckchen mit den Rubelscheinen ins Heringsfass.

»Da! Alte, pass auf! Da stiehlt dir ein Dämchen ein Heringchen!«, rief der Gurkenverkäufer von nebenan. Da sieh mal einer an.«

Der Mann vor Madelaine drehte sich um. Erschrocken starrten sich beide an. Madelaine schwankte vor Schreck – vor ihr stand Rudolph Terschak, ihr Lebensretter nach dem Untergang der Eleonora. Mit ihm hatte sie unendlich lang im Wellenschlag des Ärmelkanals an einem Flügel gehangen, aufwärts, abwärts, aufwärts, abwärts. Ihr wurde schwindlig.

»Madelaine! Madelaine!« Er sank zu ihren Füßen, und die Alten gackerten belustigt.

»Gib mir meinen Hering wieder!«, kreischte die Alte. »Meinen Hering mit dem schönen Schwänzchen!«

Rudolph erhob sich hastig, fischte das Päckchen aus dem Fass, warf der Alten einen Rubel zu und zog Madelaine hinter sich her, aus der Markthalle hinaus.

»Wir sollten nicht auffallen«, flüsterte er und zog seine Schirmmütze tiefer ins Gesicht.

»Du? Du erpresst mich, Rudolph?«, fragte Madelaine tonlos.

»O Gott, das ist eine schwierige Geschichte, Madelaine. Ich … wir … also …«

Wie hübsch er aussehen könnte, dachte Madelaine, läge da nicht dieses Netz von Gram und fanatischem Schmerz über seinen Zügen.

»Was machst du hier, Rudolph? Was hast du mit mir vor?«

»Nichts, nichts, hab keine Angst. Ich wusste doch nicht, dass dieser Mensch, dieser Franzose, bei dir, ausgerechnet bei dir arbeitet. Woher sollte ich wissen, dass du Zuckerbäckerin geworden bist, Madelaine? Und dann noch hier in Riga! Verzeih!«

Er nuschelte beinahe, denn zwei Polizisten schlenderten nicht weit von ihnen durch das brodelnde Marktgedränge.

»Rudolph, du warst doch … im Gefängnis, oder?« Madelaine war der Zeitungsartikel wieder eingefallen, den sie auf ihrer Fahrt nach Riga gelesen hatte.

»Pst! Ich bin geflohen«, wisperte Rudolph. »Mache meinen Freiheitskampf gegen alle Ausbeuter und Unterdrücker …«

»Rudolph, hör bitte auf, mich zu erpressen. In deinen Augen bin ich wohl ein Kapitalist, doch ich bin kein Ausbeuter. Ich muss für jeden Rubel Gewinn schwer arbeiten, genauso schwer wie meine Mitarbeiter. Verstehst du?«

Er sah sie lange an.

»Du bist noch immer so schön, Madelaine. Viel schöner eigentlich als damals. ›Welch ein schönes Mädchen‹, erinnerst du dich? ›Welch ein schönes Mädchen‹ hat damals der Fischer gesagt, bevor er dich aus dem Wasser zog. Ich hab es nie vergessen. Und dich auch nicht.« Es schien Madelaine, als würde er überlegen. »Dieser Unfall damals«, begann er gedankenverloren. »Dein Kutscher hatte keine Schuld.«

»Woher weißt du …?«

»Nun, meine lettischen Freunde und Genossen halten uns auf dem Laufenden. Wir alle verehren Karl Marx. Du weißt, wer er ist?«

Madelaine nickte schnell.

»Nun sag, was willst du, Rudolph?«

»Du kennst Merkenheim?«

»Nein! Nein! Nein! Ich kenne diesen Menschen nicht!«, schrie Madelaine. »Lasst mich doch endlich in Ruhe!«

Rudolph musterte sie misstrauisch. »Du sagst, du kennst ihn nicht, und doch regst du dich so auf?«

Ein Pfiff erscholl, und Rudolph blickte sich um.

»Ich muss gehen. Hab keine Angst, Madelaine, du hast jetzt nichts mehr zu befürchten.«

»Ich brauche kein … Schutzgeld mehr zu zahlen? Nie mehr?«

Er verzog das Gesicht und steckte ihr das Päckchen wieder zu.

»Schutzgeld … was für ein Ausdruck. Nein, nein, Madelaine. Ich werde dafür sorgen. Vertrau mir.«

Er schwieg. Madelaine sah das fanatische Flackern in seinen Augen.

»Es ist das zweite Mal, dass ich dir zu Dank verpflichtet bin«, flüsterte sie.

Rudolph hörte die Angst in ihrer Stimme. Sein Blick wurde weicher. Wieder hörten sie den drängenden Pfiff.

»Dir wird nichts geschehen. Denke daran, ich erfahre viel. Wenn du wie ich an der richtigen Stelle stehst, ist die Welt kleiner, als du glaubst.«

Er beugte sich über ihre Hände.

»Ich verliere mein Ziel nie aus den Augen!«

Sekunden später tauchte er in die hin und her schiebenden Wogen der Menschenmassen ein.

Madelaine zitterte vor Kälte, so als wäre sie zum zweiten

Mal aus eisigen Fluten gerettet worden. Die Erleichterung, die ihr Herz verspürte, teilten ihre Gedanken allerdings nicht.

Wenn er vorgab, viel zu erfahren, warum hatte Rudolph Terschak dann nicht gewusst, dass Martieli fort war und sie die Konditorei führte?

Hatte er die Wahrheit gesagt, oder waren Brief und Treffen nichts anderes als der Versuch, mit ihr Kontakt aufzunehmen, aus welchen Gründen auch immer?

Spätabends, als sie noch immer ruhelos auf ihrem Sofa lag, kam sie zu einem Entschluss. Ihre Liebe zu András, der herrliche Ausflug nach Sigulda, die Schießübungen mit ihm im Merkenheim'schen Forst, Martielis Operation, Inessas giftiger Stachel und jetzt Rudolph Terschaks überraschendes Wiedereintreten in ihr Leben – dies alles zusammengenommen war ihr zu viel. Ihr fehlte ruhige Heiterkeit mit Martieli, fröhliche Gelassenheit im Alltag mit allen, ein unbeschwertes Zusammensein mit András. Doch wohin Madelaine auch blickte, überall sah sie Probleme, Widerhaken, Gefahren. Noch nicht einmal die Backstube schien der Ort zu sein, der heimelige Geborgenheit und die Garantie für Schutz versprechen konnte, denn Jean-Patrique würde sie immer an die Bedrohung erinnern.

Schon in ein paar Wochen würde das 19. Jahrhundert enden. Es würde Geschichte werden, und nur wenige Erzählfäden würden im beginnenden 20. Jahrhundert fortgesponnen werden können.

Was, überlegte sie, würde in ihrem Leben Bestand haben?

Ihre Konditorei in Riga oder András Liebe?

Oder beides?

Martielis Wärme oder die Angst um ihn?

Oder keines von beiden?

Die Süße der Liebe oder das Salz des Leides?

Madelaine kam zu dem Schluss, dass sie wieder einmal das Unangenehme verdrängen und feste Grenzen setzen musste, um Kraft für das Wesentliche, ihre Arbeit, zu haben.
Süße Torten brauchte jeder. Doch brauchte András auch sie, Madelaine, fürs Leben?

Tage später berichtete das Rigaer Tageblatt von einem großen Ball im Schwarzhäupterhaus, ausgerichtet für die ehemaligen Ratsherren und Mitglieder der Großen Gilde und zahlreiche honorige Persönlichkeiten der Stadt samt Gattinnen. Mit kleinem und großem Orchester nebst der beliebten lettischen Sängerin Inessa sei für die musikalische Gestaltung auf das vorzüglichste gesorgt worden. Wie bezaubernd anrührend diese hochtalentierte Sängerin die beliebten Verse gesungen habe, in deren Wiederholung die Gesellschaft würdevoll eingestimmt habe.

> »Wir sitzen so fröhlich beisammen,
> wir haben uns alle so lieb!
> Wir heitern einander das Leben,
> ach! Wenn es doch immer so blieb!«

Angespannt las sie weiter. Die Speisen seien vom Feinsten gewesen, was die heimischen Lande hervorbringen würden: Salaca-Lachse in Mandelteig, Kaviar, Wachteln und Fasane, dazu Champagner von der Wein- und Delikatessen-Handlung Otto Schwarz sowie raffinierteste Backwaren der Claviezel'schen Konditorei. Den Kotillon habe die bezaubernde Sybill Merkenheim an der Seite des ungarischen Grafen András Mazary angeführt. Madelaines Herz krampfte sich zusammen. Ihr Kopf schien wie in einen Schraubstock gepresst.

Mit Mühe folgte sie den restlichen Zeilen.

Der Graf habe verlauten lassen, wie sehr er an einem Ausbau des Eisenbahnnetzes in seiner Heimat interessiert sei und aus diesem Grunde Erkundigungen im Russischen Reich eingezogen habe. Die besten Experten auf diesem Gebiete hätten ihn in St. Petersburg, Dorpat und natürlich Riga über den neuesten technischen Stand der Eisenbahnentwicklung ausführlich unterrichtet. Zuvor sei er in Berlin gewesen, habe das Eisenbahnwerk des großen Borsig besucht und in Riga die Russisch-Baltische Waggonfabrik. Im Sommer des kommenden Jahres zögen ihn die modernsten Standards der Technik zur Weltausstellung nach Paris. In hohem Maße gespannt sein dürfe man, so Graf Mazary, auf Rigas eigene Industrie- und Gewerbeausstellung im Sommer 1901. Selbstverständlich werde er rechtzeitig der Stadt seinen Besuch ankündigen. Er teile überdies die allgemeine Meinung, dass die Siebenhundertjahrfeier von der wachsenden Kraft der Wirtschaft künde. Soziale Schwierigkeiten gehörten in Zeiten des beschleunigten Fortschritts dazu und würden sicher in Kürze überwunden sein.

Madelaine erstarrte. Sybill Merkenheim. Mazarys Eisenbahnpläne, seine Weltsicht – alles war ihr neu. András hatte ihr nicht die volle Wahrheit gesagt. Und mehr noch – wie sollte sie seinen Worten Glauben schenken, wenn seine Taten ihnen widersprachen? War es wirklich nur die gesellschaftliche Pflicht, mit der Tochter eines steinreichen Erzmagnaten den Kotillon anzuführen? Oder Berechnung? Oder gar Zuneigung?

Und wenn diese Sybill blöd, blind, verwachsen oder hysterisch wäre, eine Heirat mit ihr, der Tochter eines Erzmagnaten, zu verschmähen wäre so, als ob jemand seinem Glücksboten den Kopf abschlüge.

Mit einem Mal glaubte sie die Antworten auf ihre Fragen vor einigen Tagen gefunden zu haben. Nein, András brauchte sie wahrlich nicht. Sicher war sie nur ein Teilchen in seinem Leben.

»Janis, spann an! Fahr mich ans Meer!«, befahl Madelaine. Sie musste fort, fort aus der Enge der Backstube, der Altstadt Rigas, der sie erstickenden Enge ihres Standes.
Als sie die Rigaer Bucht erreichten, hatte sich die Dunkelheit bereits über das Land gezogen. Das Meer lag ruhig wie eine riesige bleigraue Zunge zwischen Himmel und Erde. Angst davor, sie könne anfangen sich nach ihr auszustrecken, sie zu lecken, sie zu sich zu ziehen, lähmte Madelaine. Lange Zeit starrte sie vom Kutschfenster aus nach draußen. Tiefdunkle Wolkengebilde hingen am Abendhimmel. Von Westen her zog ein orangefarbener Streifen über das schlafmützige Abendblau des Himmels.
»Es wird Schnee geben!«, rief Janis. Er war ausgestiegen und sah durchs Fenster herein.
Madelaine schüttelte den Kopf. »Ich mag nicht mehr, Janis.«
»Was mögen Sie nicht mehr?«
»Hoffen und enttäuscht werden.«
Janis erwiderte: »Bei uns gibt es ein Sprichwort, das heißt: Wer baut auf großer Herren gnädigen Blick, der reitet auf einem Krebs zu seinem Glück.«
»Meinst du damit etwa mich?«, empörte sich Madelaine.
Janis grinste. »Nein, Fräulein Gürtler, Sie sind selbst eine große Herrin. Vertrauen Sie nur sich selbst, dann können Sie nicht enttäuscht werden. Man sagt bei uns auch: Wer arm ist, muss nicht arm an Willen sein.«

Jetzt lachte Madelaine und stieg aus.

»Arm bin ich, ja, du hast Recht, Janis, arm an Stand. Kennst du noch andere Wahrheiten? Spezielle Wahrheiten aus dem Munde deiner weisen Großmutter?«

»Sie wollen wissen, ob der Blick jenes großen Herrn nur ein gnädiger oder ein wahrhaftiger ist?«

Er warf Steine ins Wasser. Madelaine sah den größer werdenden Kreisen nach.

»Sie hat gesagt, ich würde eines Tages einer fremden Herrin dienen. Diese sei von der Liebe der Erde getragen.«

»Was meint sie damit?«

Janis zuckte mit den Schultern. »Ich sage besser gar nichts mehr. Ich habe schon viel zu viel gesagt.«

»Das Wesentliche verschweigst du mir, Janis.«

»Das Wesentliche wissen Sie. Vertrauen Sie Ihrem Gefühl.«

»Du kennst das Schicksal Russlands. Was weißt du über meines?«

Janis rieb sich die Stirn. »Ich habe meiner Großmutter versprochen, nicht mit Ihnen darüber zu reden. Sie haben ein besonderes Schicksal. Glauben Sie einfach daran: Sie werden von der Liebe der Erde getragen.«

»Nun gut, ich verstehe es nicht. Du hast genug gesagt, und ich schon zu viel über mein Leben nachgedacht. Ich werde mit einem weiteren Rätsel leben müssen. Warte hier auf mich, ich möchte allein sein.«

Der feine Sand war feucht und fest. Von den Wellen gerundete Felsbrocken und Steine verteilten sich über den breiten Strand. Halb bedeckt vom Sand, streckte von Sonne und Salzwasser gebleichtes Gehölz sein zackiges Geäst aus. Der Strandhafer raschelte rau im Wind. Er trug ihr den harzigen Duft der Kiefern zu, die sich über den Dünen erhoben. Ihre Stiefel streiften Tang, Muscheln, bunte Kie-

sel, Krebse, wohl auch den einen oder anderen ange-
schwemmten Bernstein. Immer wieder schweifte ihr Blick
über die glatte, schwärzliche Oberfläche des Wassers, so
als würde sie nach Spuren ihrer Angst suchen. Doch das
Meer wirkte, als würde es schlafen. Ab und zu, wenn wei-
tereilende Wolken ihm den Blick freigaben, sandte der
Vollmond seinen hellen Schein herab. Silbern glitzerte
es dann hier und dort, wo winzige Wellen sich aus der
Schwärze hervorkräuselten.

Nach einer Weile kam Madelaine zu einem großen Fi-
schernetz, das zwischen Staken zum Trocknen aufge-
spannt war. Unweit vom Ufer schallten Stimmen herüber.
Vom Dorf her bellten Hunde. Es roch nach Holzfeuer und
geräuchertem Fisch, und leiser wehmütiger Gesang drang
an ihr Ohr. Die friedliche Stimmung tat ihr wohl. Sie ging
und ging immer weiter, frei von Gedanken, frei von Last.
Hier und dort schmatzte das Meer seicht an ausgehöhlte
Uferstellen, leckte ihre Stiefelspitzen. Und mit der Zeit
schien es ihr, als wollte es sich für das Unglück, das ihr mit
der Eleonora widerfahren war, entschuldigen.

Sie hatte überleben dürfen. Es war ihr Schicksal. Madelaine schlang die Arme um sich und schaute hoch zum
Mond, der nun in seiner runden Gestalt wie eine Scheibe
aus Perlmutt zwischen fliehenden Wolken hervorschim-
merte.

Ob ihn András in diesem Moment ebenfalls ansah? An sie
dachte?

Wenn das Leben vom Schicksal vorbestimmt ist, ging es
ihr durch den Kopf, ist es die Liebe auch. Winzige Wellen
gluckerten unter ihren Füßen. Es klang wie Wunsch …
Wunsch … – und beschwor die Erinnerung an die Traumtreppe im Wald von Segulda. Und obwohl Madelaine am
ebenen Strand entlangging, das helle Gesicht des Mondes

im Auge, kam es ihr für einen zauberischen Moment so vor, als würde sie noch einmal die Stufen auf der Traumtreppe emporsteigen, ihrem nun fernen Ziel, der Liebe, entgegen.

»Sie werden von der Liebe der Erde getragen«, hatte Janis ihr verraten. Der Liebe der Erde …

»Warum nicht von András' Liebe?«, schrie Madelaine ins Meer hinaus. Es schwieg einen Herzschlag lang, dann schmatzte es Unverständliches.

»Ich liebe ihn!«, rief sie wieder.

Dann herrschte Stille.

Der Wind hielt seinen Atem an.

Nun erst merkte Madelaine, wie sehr ihre Füße in den durchnässten Stiefeln vor Kälte zwackten, so als wären heimlich unsichtbare Krebse aus dem Meer gestiegen, um ihre Zehen zu foltern. Es war Zeit, umzukehren.

Madelaine war eingeschlafen.

Janis längst im Kreise seiner Familie.

In den Straßen Rigas war es still.

»Gewinne der Diskontobank steigen. Für das Jahr 1900 werden beinahe 150 000 Rubel Reingewinn erwartet, die an die Stadt abgeführt werden können.« Madelaine legte nachdenklich die Zeitung beiseite. Es war ein Arbeitstag wie jeder andere. Wie immer standen sie zu zweit in der Backstube. Madelaine hatte gerade eine Prinzregententorte fertig gestellt und machte eine kleine Pause, indem sie den Wirtschaftsteil der Zeitung aufschlug und las. Jean-Patrique zog einen Baba-au-rhum aus dem Backofen.

»Was haben Sie vor, Jean-Patrique, wollen Sie immer hier in Riga bleiben?«

»Um ehrlich zu sein, ich weiß es nicht.« Er klopfte kurz gegen die Napfform. »Noch gefällt es mir hier, die Stadt hat Geschichte und eine interessante, weltoffene Lage.«

»Geografisch gesehen stimmt das. Hoffentlich bleibt uns der Frieden erhalten«, entgegnete Madelaine. »Neulich hörte ich, dass es in der Moskauer Vorstadt wieder zu Unruhen gekommen ist. Es geht die Angst um, dass im neuen Jahr noch mehr Arbeiter aus den Fabriken entlassen werden.«

Jean-Patrique begann Eier aufzuschlagen.

»Ja, die modernen Maschinen, die erfunden werden, senken zwar die Produktionskosten, machen jedoch viele Menschen überflüssig. Das nennt man Fortschritt.«

Madelaine schaute noch einmal auf den Wirtschaftsteil. »Rigas Exporte werden als überaus zufrieden stellend bezeichnet, das Russische Reich allerdings gerät zunehmend in Zahlungsschwierigkeiten. Es wird immer schwieriger, ausländische Anleihen zu bedienen.«

»Von Wirtschaft verstehe ich nichts. Erst der Überfall zeigte mir, welche Folgen es haben kann, auf der so genannten falschen Seite zu arbeiten«, meinte er zynisch.

»Ja, sie prangern Missstände an, doch mit den falschen Mitteln«, meinte Madelaine und dachte an ihr Treffen mit Rudolph Terschak. Nach einer kurzen Pause fuhr sie fort: »Also, im schlimmsten Fall wird die Versteifung auf dem internationalen Geldmarkt zu einer Depression der Rigaer Wirtschaft führen. Unternehmen werden zusammenbrechen oder ihren Betrieb einschränken müssen.«

»Das heißt: noch mehr Arbeitslose, noch mehr Armut und Elend«, stöhnte Jean-Patrique. »Wie viele Menschen hausen in feuchten Holz- und Gemüsekellern, ohne Licht, ohne Ofen, ohne Kanalisation, ohne Wasser. Schwangere, Säuglinge, Kranke, Alte! Stellen Sie sich das einmal vor. Es ist der Anblick der hungernden und leidenden Kinder, der mein Herz zerreißt.«

»Ja, die Kinder …« Das Bild von Billes drei kleinen Kindern im Hamburger Gängeviertel tauchte vor Madelaines innerem Auge auf. Wie um sich davon abzulenken, sagte sie: »Unter Erwachsenen soll es sogar schon ein gutes Dutzend Leprafälle geben. Doch Riga gibt viel Geld für Arme und Kranke aus – Armenhaus, Leprosorium, Desinfektions-, Witwen- und Waisenanstalten. Jeder, der es will, kann sich kostenlos gegen Pocken impfen lassen, auch das ist Fortschritt.«

»Anstalten! Anstalten! Es muss doch den Eltern geholfen werden, damit die Kinder im eigenen Familiennest gedeihen können.«

»Das ist aber leider nicht immer möglich«, flüsterte Madelaine.

»Aber dort, wo es möglich wäre, muss es versucht werden.« Er klopfte noch einmal rundherum gegen die Napfform.

Ein leichter Schwindel ergriff Madelaine. Sie lehnte sich gegen den Türrahmen und versuchte Erinnerungen niederzukämpfen. Nach einer Weile sagte sie: »Wie ich hörte, gehen viele Mütter ins Armitstead'sche Kinderhospital in der Mitauer Vorstadt. Es entstammt der Spende von James Armitstead, dem englischen Kaufmann und wohl künftigen Bürgermeister.« Sie trat in die Speisekammer und holte die Flasche mit Johannisbeerlikör. Da Jean-Patrique ablehnte, goss sie sich allein ein kleines Glas halb voll ein und trank es aus.

»Riga ist in vielen Fällen Vorbild für manch andere Stadt«, pflichtete Jean-Patrique ihr bei. »Doch gegen den zunehmenden Alkoholismus hilft nur, den Erwachsenen Arbeit, Wärme und ein eigenes Heim zu geben.«

»Man kann nicht alles verteufeln, was den Geist betäubt«, meinte Madelaine trocken. »Das Laudanum hat Ihnen doch auch geholfen, oder?« Sie überflog geistesabwesend die übrigen Seiten der Zeitung und zerriss dann die Bogen in kleine Blätter, die sie neben die Holzkiste legte.

»Ja, natürlich. Das ist die Ausnahme.« Er starrte auf ihr leeres Glas und räusperte sich. »Doch Riga hat fast achthundert Kneipen, erzählte mir die Leiterin der Armenhausküche. Sie sind es, die die Arbeitslosen aufsaugen, Frau und Kinder aber weiter hungern lassen. Was bieten schon die wenigen Teehäuser, die man für sie gründete, anderes als Teesatzleserei?«

Von der Straße her hörte man wütendes Hundegebell und laute Männerstimmen. Madelaine ging zum Fenster, um hinauszusehen. Fast im selben Moment kreischten Frauen vom Laden her. Ein Mann sagte auf Russisch, dass das, was er bringe, hier an der richtigen Stelle sei. Madelaine eilte hinaus. Durch die offene Eingangstür wehte kühle Luft und ein strenger fremder Geruch. Kundinnen und Ladenmädchen standen verschreckt und neugierig zugleich um die Verkaufsvitrine. Nur Irina spielte im Hintergrund selbstvergessen einen Ungarischen Tanz von Johannes Brahms. Seine traumschwere Melancholie schuf eine seltsam skurrile Atmosphäre angesichts des einfach gekleideten Mannes, der seinen Kopf durch die Tür streckte. Hinter ihm sah Madelaine eine schlichte Fuhrkarre, um die Hunde mit gesträubtem Nackenfell wütend herumsprangen.

»Was wollen Sie?«, fragte sie den Mann.

»Ich soll Ihnen den Pelz da bringen.« Seine tiefe Stimme klang wie ein borstiger Kontrabass zu Irinas Klavierläufen. »Und das hier.«

Ungeduldig riss Madelaine den Briefumschlag auf.

Liebste Madelaine,
glaube der Zeitung, und glaube ihr nicht. Der Artikel Ball etc. war übertrieben. Der letzte Artikel
stimmt – nur der letzte Satz nicht. Lass das Bärenfell gerben. Tipp: Investiere in Pelze, im Ausland
sehr gefragt! Muss sofort abreisen. Melde mich,
sobald ich kann.
In Liebe
Dein András
(Vergiss die Traumtreppe nicht!!) Bleib tapfer!

Madelaine stürmte am Boten vorbei. Auf der Straße hatten
sich Passanten versammelt und scherzten über das Fell eines riesigen Braunbären, das die Hunde noch immer in
höchste Aufregung versetzte. Es roch scheußlich, doch
Madelaine wusste, sie würde es säubern und gerben lassen, so wie es András geschrieben hatte. »Gebt mir die
Zeitung!«, verlangte sie. Dina eilte in den Cafésalon und
brachte sie ihr. Hastig suchte Madelaine den Lokalteil und
las schließlich: »Jagdunfall. Bei einer Großjagd unter der
Führung unseres verehrten Stadtmäzens und Erzmagnaten Merkenheim kam es zu einer unliebsamen Auseinandersetzung zwischen dem russischen Major Alexej Mirkowitsch und dem ungarischen Grafen András Mazary. Die
seit langem schwelenden Konflikte beider Länder führten
im Zusammentreffen vorgenannter Herren beinahe zu einem tödlichen Höhepunkt. Wie genau es zu diesem miss-
liebigen Unglück kam, ist nicht mehr zu rekonstruieren.
Sicher ist nur, dass Graf Mazary sein Leben dem schnellen
Erfassen der Situation und dem raschen Einschreiten von
Seiten Herrn Merkenheims zu verdanken hat. Es ist ohne

Frage ein Zeichen unangemessenen Misstrauens, Major Mirkowitsch ein zielbewusstes Anlegen zu unterstellen.«

»Hier, nehmen Sie.« Jean-Patrique reichte Madelaine noch ein Gläschen mit Johannisbeerlikör, doch sie schüttelte den Kopf.

»Gib es ihm.« Der Likör schien noch auf der Zunge des Boten zu verdampfen. Er brauchte kaum zu schlucken.

»Dein Auftraggeber ist fort, nicht wahr?« fragte sie ihn.

Er nickte. »Mit dem Zug heut früh.«

»Gut, dann bring das Fell zum Gerber.« Nachdem er weitergezogen war, sagte Madelaine: »Holt Citronelleschalen, frische Blumen, ein Öllämpchen mit Weihrauch, ganz egal, der Bärengestank muss aus unserer Konditorei verschwinden.«

Noch lange jagten kläffend die Hunde der Rigaer Altstadt hinter dem Karren mit dem Braunbärenfell her.

Tage später kam ein Brief aus ihrer Heimatstadt Hamburg. Es waren nur wenige Zeilen, geschrieben von ihrer Tante Marie.

Liebe Madelaine,
hab vielen Dank für deine letzten Wechsel. Was würden wir ohne deine Hilfe nur tun! So haben wir zu essen, können den Kindern Mittelchen gegen Husten und Würmer geben, auch feste Schuhe und ein Kleid für Sommer und Winter. Bille wird nun arbeiten können. Im nächsten Jahr wird ein Hafenkrankenhaus auf der Elbhöhe eingeweiht, ganz modern, mit Männer- und Frauenschlafsaal, Isolierzellen und Entbindungsstation. Leider fehlt Bille noch ein wenig Kleidung. Du weißt, wie sehr es mich schmerzt, dich bitten zu müssen, liebe Made-

laine. Du bist so gut, so fleißig. Hab Dank, mein
Kind. Hab Dank. Gott lohne dir dein Tun.
Deine Tante Marie

Madelaine eilte zur Bank, stellte einen weiteren Wechsel
aus und schickte ihn nach Hamburg. Desgleichen gab sie
Anweisung, in den Aufkauf und Handel von russischen
Edelpelzen zu investieren. Und sie schrieb Martielis Konditoreifilialen in Lübeck, Wismar, Hamburg und Danzig an
und erbat sich die Geschäftsabrechnungen des ablaufen-
den Jahres.

Am Abend der Silvesternacht auf das Jahr 1900 überquer-
te Madelaine in Ballkleid und Pelzmantel den Rathaus-
markt. Von überall her rollten Kutschen herbei, denen festlich gewandete und aufgeregte Gäste entstiegen und dem
Schwarzhäupterhaus zueilten. Eine Weile betrachtete
Madelaine dessen Fassade. Sie wusste nun, dass András
überstürzt hatte abreisen müssen. In einem nachfolgenden
Brief hatte er ihr berichtet, dass der Streifschuss an seiner
rechten Schulter ohne Komplikationen verheile. Über den
Zwischenfall wolle er kein weiteres – schriftliches – Wort
verlieren. Wichtig sei ihm nur, dass sie wisse, dass der
erste Zeitungsartikel aufgrund eines Gesprächs von Merkenheim mit dem Chefredakteur verfasst worden war.
András hatte ihr geraten, nichts überzubewerten, was sie
von anderen über ihn erfahre. Jener, der den Artikel geschrieben habe, habe nur seine Arbeit getan, wenn auch
eher im Sinne von Merkenheim als in seinem. Und so habe
es sich auch mit der Bitte verhalten, die an ihn herange-
tragen worden sei, nämlich mit Sybill, die er schon seit Ju-
gendjahren kenne, den Kotillon anzuführen.
Alles sei Pflicht, hatte er Madelaine geschrieben. Sie solle

ihm weiterhin vertrauen, schließlich liebe er sie. Und bis auf weiteres solle sie sich an das Symbol seines Edelweiß halten. Bis auf weiteres … Madelaine lächelte glücklich in sich hinein und nahm sich vor, diese Stunden des ausklingenden Jahres zu genießen.

Die verzierte Fassade des Schwarzhäupterhauses ragte hoch über ihr auf. Nun wusste sie allerdings, was es mit den Schwarzhäuptern auf sich hatte: Der dunkelhäutige Kopf ihres Patrons, des heiligen Mauritius, war deutlich auf dem steinernen Wappen zu sehen. Nach ihm war die Compagnie im 13. Jahrhundert benannt worden, die aus jungen, unverheirateten Kaufleuten bestand. Ihr geselliges und kulturelles Treiben war viel gerühmt. Ihre einzige Pflicht bestand darin, sich in Notzeiten, bei drohender Gefahr, an der Verteidigung der Stadt zu beteiligen. An der Frontseite des mehrgiebeligen Renaissancehauses entdeckte Madelaine die Wappen von Riga, Hamburg, Lübeck und Bremen. Das Portal schmückten Figuren aus dem 16. Jahrhundert. Die große 1622 aufgestellte Uhr mit ihrem ewigen Kalender stand allerdings seit achtundsiebzig Jahren still.

»Da sind Sie ja!« Eine Dame in schwarzem Samtmantel drängte durch die Menge auf Madelaine zu.

»Guten Abend!«, grüßte Madelaine und ergriff Madame Holms Hand.

»Meinen Mann werden wir später suchen müssen«, sagte diese fröhlich. »Seitdem wir aus der Kutsche gestiegen sind, ist er wie die bekannte Stecknadel im Heuhaufen verschwunden.«

Madelaine hatte die Holm'sche Einladung zum Silvesterball anfangs nicht annehmen wollen, sich dann jedoch eines Besseren besonnen.

Gemeinsam betraten sie das festlich erleuchtete Haus.

Das Diner im Speisesaal war beendet, nun strömte die große Gesellschaft unter lebhaftem Geplauder, begleitet von einem leisen Marsch, in den Großen Saal. Beide Frauen blieben vor einem der hohen Wandspiegel stehen. In Madelaines hochgestecktem braunem Haar funkelten Kämme und Spangen mit winzigen Diamantsplittern. Die farbigen Seidenstickereien an Saum, Ausschnitt und Ärmeln ihres Chiffonkleides harmonierten mit dem Kostbarsten, das sie an sich trug, einer dreireihigen Kette mit wunderschönen rundgeschliffenen Rubinen.

»Ihr Verehrer muss Sie sehr lieben«, sagte Madame Holm. »Wie schade, dass er Sie jetzt nicht sehen kann.«

Pünktlich zum Jahreswechsel war sein Päckchen per Eilbote aus Ungarn bei ihr eingetroffen. Sie lächelte verliebt in den Spiegel, so als stünde András an Stelle ihres eigenen Bildes vor ihr. Plötzlich entdeckte sie hinter sich das Profil von Frau Krawoschinsky.

Als sich ihre Blicke begegneten, zischte jene über Madelaines Kopf hinweg: »Nun, der Aufstieg scheint ja beinahe vollkommen.«

»Ach, wir alle genießen den herrlichen Abend, liebe Frau Krawoschinsky«, sagte Madame Holm lächelnd, ohne auf die Worte einzugehen.

»Wie Recht Sie haben, Frau Krawoschinsky, wir feiern den Aufstieg Rigas ins neue Jahrhundert«, konterte Madelaine selbstbewusst.

»Apropos Aufstieg. Ein moralischer Abstieg ist es, verehrte Frau Krawoschinsky«, plauderte dessen ungeachtet deren Begleiter, ein beleibter rotgesichtiger Herr.

»Das können Sie laut sagen«, giftete diese.

»Nein, nein, so hören Sie doch. Ich spreche von der hochberühmten Eleonora Duse. Beinahe nackt will sie vor dem Kaiser Franz Joseph spielen!«

»Pst! Pst! Nun bezähme er sich doch!«, zischte die Krawoschinsky ungeduldig.

Der Herr fuhr sich mit der Zunge über die Lippen, holte
ein Tuch hervor und wischte sich übers Gesicht.

»Nackt«, murmelte er wieder, so als könnte er den Reiz der
Vorstellung kaum ertragen.

»Was soll das denn heißen, mein bester Herr Gerichtsrat?«
Flecken überzogen die faltige graue Haut der Krawoschinsky. Er flüsterte ihr ein Wort ins Ohr. Madame Holm
bedeutete Madelaine im Spiegel, dass es Korsett heißen
musste.

Als die Gäste weitergegangen waren, fragte Madelaine,
was es mit der Äußerung auf sich habe.

»Man hat gehört«, erklärte Madame Holm, »dass die berühmte Schauspielerin für das Theaterstück La Gioconda
von D'Annunzio übt und im Frühling in Wien vor dem Kaiser spielen soll. Ohne Korsett. Quel affront!«

»Sie sehen, Sie hatten Recht. Die Revolution in der Mode
lässt sich nicht aufhalten. Wer weiß, wie wir im nächsten
Jahr aussehen – eng geschnürt mit Sanduhr-Figur oder
von Stoffbahnen bedeckt, die im Wind zu wehenden Fähn-
chen werden.«

»Ich versichere Ihnen, Fräulein Gürtler, Sie sind immer
schön, schön wie die meerschaumgeborene Venus. Man
sieht es Ihnen einfach an – Stoff und Mode müssen bei Ihnen kapitulieren.«

»Madame Holm, Sie übertreiben.«

»Ich übertreibe nicht. Sie sehen doch an Ihrem herrlichen
Schmuck, dass ich nicht die Einzige bin, die dieser Meinung ist, oder?«

»Seien Sie ehrlich, Madame Holm, Sie wollen mir ein Geheimnis entlocken. Nun, denken Sie einfach, ich sei eine
Auster.«

Madelaine zog belustigt ihre Augenbraue hoch und lächelte ihre Gesprächspartnerin so freundlich an, dass diese lachen musste.

»Ja, ja und wieder ja. Doch ich bin zu Ihnen jetzt ganz offen. Man munkelt hier, man munkelt dort. Einige Damen scheinen Ihr Geheimnis zu kennen.«

Madelaine wurde blass.

»Nun, ich wollte Ihnen nicht zu nahe treten.«

»Nur den Namen aus meinem Mund hören, wie?«, entgegnete Madelaine in deutlich kühlem Ton.

»Verzeihen Sie vielmals, Fräulein Gürtler. Ich habe einen Fehler gemacht. Pardonnez-moi, s'il vous plaît.«

»Ja, Sie haben einen Fehler gemacht. Doch da wir Silvester feiern, möchte ich das Ganze sofort vergessen. Seien Sie gewiss, niemand kennt die Wahrheit. Und niemanden hat mein Leben zu interessieren.«

»Es ist nur gut, dass schon vor Wochen eine gewisse Familie abgereist ist. Auch Fräulein Inessa soll Riga verlassen haben. Ihre Stimme brauche, wie es hieß, warme Luft und sie selbst ein wenig Abwechslung. Man munkelt, sie sei der Einladung Herrn Merkenheims gefolgt. Er ist wahrlich ein großherziger Mäzen der Kunst.«

Sie gibt nicht so schnell auf, dachte Madelaine bei sich und bemühte sich, ihre Überraschung zu verbergen. Inessa blieb sich in ihrer Liebe zur Musik, zur Bühne und zu Merkenheim treu, allen Schmerzen zum Trotz. Doch wie lange noch?

»Inessa hat ein großes Talent, sie wird Bühnenerfahrung sammeln wollen.«

»Das glaube ich gern«, stimmte Madame Holm zu. »Herr Merkenheim soll wie viele russische Familien in Südfrankreich ein großes Haus am Meer führen. Die besten Namen ziehen im Winter ans Mittelmeer. Fräulein Inessa wird dort auf ein ausgeruhtes Publikum treffen«, fügte sie hastig und mit lauter gewordener Stimme hinzu, denn das Orchester spielte nun mit voller Stärke einen lustigen Marsch.

Langsam gingen sie weiter. Madelaine versuchte sich vom Gespräch abzulenken. Gut nur war es in der Tat, dass Merkenheims und Inessa Riga verlassen hatten. Ein gutes Omen für das beginnende Jahr, dachte sie erleichtert. So konnte sie mit unbeschwerter Vorfreude dem Kommen jener beiden Menschen entgegensehen, die sie liebte – Martieli und András.

Das Funkeln und Glitzern von Leuchtern, Schmuck und Gläsern blendete sie, als sie den Großen Saal betraten. Ein imposantes Deckengemälde zog den Blick auf sich. An den Wänden hingen beeindruckende Porträts berühmter Gestalten der Geschichte. Madelaine fragte Madame Holm, wer alles dargestellt sei.

»Zur rechten Hand, zur Straße gesehen, die Porträts von Nikolai I., Karl XI., Paul I. und Gemahlin, Karl XII., links Gustav Adolph, Katharina II., Alexander II., Peter I., Alexander I. und Alexander II. Ins Goldene Buch des Schwarzhäupterhauses haben sich übrigens alle russischen Herrscher eingetragen«, flüsterte sie. »Und einen siebenhundert Kilogramm schweren Silberschatz gibt es hier auch.« Sie senkte ihre Stimme. »Bitte verzeihen Sie mir noch einmal, Fräulein Gürtler. Wissen Sie, Sie sind eine der wenigen Frauen, denen ich aus vollem Herzen das Glück der Liebe wünsche.« Sie drückte Madelaines Arm. »Kommen Sie, dort ist unser Tisch.«

Rings um die große Tanzfläche waren runde Tische aufgestellt, an denen die Gesellschaft Platz nehmen konnte. Am Holm'schen Tisch saßen bereits Herr Holm und fünf andere, Madelaine unbekannte Gäste, die sich als Chemie-

warenlieferant und Arzt samt Gattinnen und emeritierten
Archäologieprofessor vorstellten. Kristallteller mit Moh-
renköpfen, Löffelbiskuits, Makronen, Schaumplätzchen,
Cremeschnitten und, getrennt davon, Salzgebäck standen
in der Mitte der Tische.
Madelaine wusste seit langem, dass es althergebrachte
Kontakte der Stadtmitglieder untereinander gab, die ver-
hinderten, dass sie an großen Aufträgen wie für diesen Ball
Anteil nehmen konnte. Wieder einmal war ihr die Konkur-
renz zuvorgekommen. Doch sie ließ sich nichts anmerken.
Eines Tages würde sie sich durchsetzen, trotz Standesden-
ken und Herrendünkel, dachte sie bei sich.
Die Herren erhoben sich.
»Unsere verehrte Zuckerbäckerin, Fräulein Gürtler«, ver-
lautbarte Herr Holm, und Madelaine fand seine Worte wenig diplomatisch angesichts der gedeckten Tafel. Mit der
Zeit flossen Champagner, Wein und Wodka in Strömen.
Die belebende Wirkung des Alkohols ließ auch Madelaine
nicht unbeeindruckt. Die Musik schwoll im Laufe der Stunden zu einem süßen Liebesrausch an, der sie ständig an
András denken ließ. Zunächst aus Höflichkeit oder Neugier baten einige ältere Herren Madelaine zum Tanz. Doch
je weiter der Abend voranschritt, desto jünger wurden die
Tänzer, ausgelassener und verführender. Herz und Gedanken bei András, überließ sich Madelaine dem Taumel der
Walzer, dem Wiegen und Pulsieren seines Rhythmus. Immer seltener kehrte sie an den Holm'schen Tisch zurück,
immer häufiger eilte stattdessen einer ihrer Tänzer davon
und brachte ihr ein frisches Glas mit kühlem Champagner.
Mehr und mehr kam sie sich selbst wie eine um sich kul-
lernde Perle im Rausch des Festes vor. Um Mitternacht
fühlte sie sich wie von tausend Armen in den Sternenhim-
mel emporgestemmt, von gewaltigen Stimmen, Trommel-

schlägen, Trompetenfanfaren und Glockengeläut ins neue
Jahrhundert hineinkatapultiert.
Sie fühlte sich lachen, hörte sich tanzen, roch ihre Ausge-
lassenheit, sah sich – ins Nichts fallen.

Das Jahr 1900 begann für Madelaine mit Kopfschmerzen
und einem dumpfen Körpergefühl. In der Nacht hatte sie
von der verhassten chilenischen Oficina geträumt. Ihr war,
als läge sie nackt im gleißenden Sonnenlicht in einem großen Haufen Salpetersalz. Einzig ihr Gesicht ließen die Kristalle frei. Riesige dunkle Hebekräne drehten sich über ihr
vor dem blauen Himmel. Manchmal sah es so aus, als würden sie tanzen, einander mit den Spitzen berühren und Pi-
rouetten drehen. Ihr wurde dann übel, und sie musste die
Augen schließen. Ein unrhythmisches Rauschen in ihren
Ohren quälte sie, zerstückelte jeden Gedanken. Dann wieder schien es, als würden die Hebekräne miteinander fech-
ten. Sie knickten in der Mitte ein und hoben drohend ihre
mit Haken versehenen Vorderarme. Trafen sie einander,
dröhnte ein gewaltiger stählerner Schlag durch die Atmosphäre, drang durch die salzige Masse, stach wie eine Nadel in ihr Ohr, unterbrach für einen winzigen Moment das
Rauschen. Umso deutlicher hörte sie, wie das Salz unter
ihr schmatzte. Es war heiß. Finger und Beine wurden länger, dünner, gestaltloser. Es war, als ob sie sich langsam
auflösen würden wie in einem Säurebad. Mit dem Kreisen
der Kräne drehten sich auch ihre Gedanken umeinander.
Sie begann zu schreien. Sie schrie, bis ihre Zunge an-
schwoll und in ihrem Hals Glasscherben zu stechen schienen. Plötzlich sah sie einem Raubvogel ins Auge, der sich
neben sie auf den Salpeterhaufen niedergelassen hatte. Er

weitete seine Schwingen, sodass Kristalle aufgewirbelt wurden und auf ihr Gesicht fielen. Tiefer und tiefer senkte er seinen Schnabel. Sie war wie hypnotisiert von dem schwarzen Balken in seiner Pupille. Und um nicht den Verstand zu verlieren, suchte sie immer wieder im Bernstein seiner Augen ihr Spiegelbild. Sie wusste, er würde ihr die Augen ausstechen. Doch als sie schon meinte, die harte Spitze zwischen ihren Augenbrauen zu spüren, riss der Vogel seinen Schnabel weit auf – und lachte.

Madelaine war bewusst, dass sie Angst davor hatte, dieses Jahr allein zu bewältigen – ohne Martieli, ohne András.

Wie um einen Rausch fortzusetzen, begann sie die Angst zu verdrängen, indem sie sich in die Arbeit stürzte. Sie backte, setzte ihre Schießübungen fort, verfolgte das Weltgeschehen – und verfiel der Sucht, sich Kuchenreste einzuverleiben, statt sie auf den Kompost zu werfen. Doch je angenehmer sich die Hülle anfühlte, die die aromatische Süße ihrer Backwerke um ihre einsame Seele legte, desto schamhafter musste sie sich eingestehen, dass sie aß, um hier, im kühlen Paris des Nordens, zu überleben. Es war, als ob die sich wölbenden Pölsterchen um Hüfte, Schenkel, Arme und Busen die sparsam glimmende Glut ihres Herzens schützen wollten. Ihre Schneiderin wunderte sich, wenn Madelaine in monatlichem Abstand kam, um Nähte öffnen und weiten zu lassen. Viel lieber hätte sie ihr natürlich neue Kleider genäht. Schließlich war ihr Mann entlassen worden, und sie musste ihn und drei Kinder nun allein ernähren. Doch auch Madelaine war von der Angst um wirtschaftliche Verluste befallen. Seit dem Silvesterball blieben einige Kundinnen aus, verringerte sich die Anzahl privater Bestellungen. Nach wie vor verdächtigte sie die Krawoschinsky, Gerüchte zu streuen, die sie in ein unvorteilhaftes Licht setzten.

Die Angst um sich verschmälernde Geschäftsgewinne, um den Kurs ihrer Aktien, vor weiteren sozialen Unruhen teilte Madelaine mit vielen anderen Bürgern der Stadt. Nicht zuletzt lag es an Jean-Patrique, der eines Tages von einer Fahrt durch die Moskauer Vorstadt mit ihren Arbeitersiedlungen und Fabriken zurückkam. Er berichtete ihr von schlammigen, unbefestigten Wegen, auf denen er barfüßige, verlumpte Gestalten habe dahintrotten sehen, von schiefen Holzbehausungen, an denen Eis und Schnee klebten – und kein Rauchfähnlein aufstieg. In seiner Empörung über das Elend der Menschen, die in Kälte hungernd dem Tode entgegendämmerten, einzig sich darin bewusst, wie wertlos das menschliche Dasein war, verfiel er in eine Hysterie, die Madelaine nur damit eindämmen konnte, indem sie ihm neue Aufgaben gab. Sie beauftragte ihn, regelmäßig Wecken, Mohnschnecken und Napfkuchen zu Waisen- und Armenhäusern zu bringen. Nur so, wusste sie, würde sie sein schmerzliches Mitempfinden beruhigen können. Dass sie fühlte wie er, durfte und wollte sie ihm nicht zeigen. Für ihn war sie die Chefin des Hauses.

Eines Tages fragte sie ihn, woher seine mitleidige Empfindlichkeit denn rühre. Nach längerem Zögern antwortete er, dass er vor gut fünf Jahren seine Familie in Frankreich zurückgelassen habe – eine sehr junge Frau, die erklärt habe, lieber als Serviermädchen in Paris zu arbeiten als ihm für den Rest ihres Lebens die Schuhe zu wichsen, Hemden zu stärken und sich das Geplärr störrischer Kinder anzuhören. Noch bevor das älteste zwei Jahre alt geworden sei, habe sie die beiden Kleinen zu einer Cousine aufs Land abgegeben. Ihr sei nun einmal die Lust auf ihre Jugend wichtiger gewesen als Fürsorge und Entbehrungen, meinte Jean-Patrique bekümmert. Für diese beiden Kleinen, Lilly und Claude, arbeite er und spare jede Kopeke. Und wenn er genug Geld beisammen habe, wolle er die Kinder zurückholen. Tief in seinem Herzen hoffe er, dass das viel gepriesene Pariser Leben ein einfaches naives Mädchen wie Manou eines Besseren belehrt habe. Vielleicht könne er sie ja doch noch zu einem vernünftigen Familienleben bekehren. Es sei denn, sie sei bereits eine Kokotte, an Syphilis erkrankt oder tot.

Das Gespräch mit Jean-Patrique weckte ihre Kindheitserinnerungen. Oft dachte sie in den schneereichen, eisigen Nächten an Chile und ihren Vater. Manchmal, wenn sie in Gedanken zu ihm sprach, bildete sie sich ein, dass sich um sie eine warme, beruhigende Aura aufbaute, die ihr das Gefühl gab, die Welt um sie herum sei gut.

Im März reiste Madelaine nach Danzig und Wismar, um Martielis Konditoreifilialen persönlich zu besichtigen. Sie kämpfte mit sich, auch Lübeck und Hamburg und damit ihre Tante und Cousine zu besuchen, doch die innere Unruhe und Anspannung zehrten an ihrer Gesundheit. Als sie Wochen später nach Riga zurückkehrte, erkrankte sie infolge des windigen, feuchtkalten Wetters an fiebriger Halsentzündung. Jean-Patrique musste mit Stines Hilfe den eingeschränkten Backbetrieb aufrechterhalten. Madelaine mühte sich, so rasch es ging wieder zu gesunden, denn es war nicht zu leugnen, das Jahr 1900 stand im Vorzeichen der Siebenhundertjahrfeier Rigas. Eine vibrierende Vorfreude, gemischt mit zahlreichen Auseinandersetzungen zwischen Altvordern und russischen Delegierten, Letten und Deutschen, zog sich durch alle Schichten. Im Laufe der zahlreichen erhitzten Diskussionen kristallisierte sich das Gebot heraus, von einer repräsentativen Feier, verbunden mit der Einladung ferner Gäste und offizieller Entgegennahme von Glückwünschen, Abstand zu nehmen. Schließlich, so las Madelaine zwischen den Zeilen der Verlautbarungen, müssten die leitenden Kreise der Stadt Rücksicht auf die Zeitlage nehmen. Ihr entging nicht, dass mit diesen ungenauen Angaben gemeint zu sein schien, dass jeder historisch-politische Akzent der Feier vermieden und der russischen Herrschaft Tribut gezollt werden sollte. Es würde also keine solenne Feier mit öffentlichen Aufzügen und feierlichem Empfang von Deputationen und Ähnlichem geben.

Die höheren Schichten der Stadt berieten nun intensiv über Form und Stil der Ausrichtung der Siebenhundertjahrfeier. Die von der Stadtverordnetenversammlung ernannte Commission arbeitete bereits. Ihr gehörten auch die beiden Ältermänner der Großen und Kleinen Gilde an. Als Madelaine erfuhr, dass die Kleine Gilde, zuständig für die Rigaer Handwerkerschaft, unabhängig von der allgemeinen städtischen Feier ein eigenes Fest gestalten wollte, kam sie ins Grübeln. Vom Bäcker über den Böttcher, Konditor, Glaser, Handschuhmacher, Instrumentenbauer, Klempner, Perückenmacher bis hin zum Zimmerer waren alle Handwerker vertreten. Nur sie nicht – weil Martieli als Herr und Meister fehlte. Er erholte sich dank András' Hilfe in einem Sanatorium in Baden bei Wien.

Sosehr Madelaine standesgebundene und historisch-politische Querelen immer wieder überraschten, sosehr fühlte sie sich in ihrer Rolle bestärkt, als Außenstehende tatsächlich jene Narrenfreiheit nutzen zu können, die Martieli ihr für die Führung seiner Konditorei vom ersten Tag an zugebilligt hatte. Mit großem Wissensdurst studierte sie eifrig Tageszeitungen, Zeitschriften wie Land und Meer, die Gartenlaube, Modemagazine und Wirtschaftsblätter, einen Teller mit Torten- und Kuchenresten aus der Backstube stets neben sich.

Was, überlegte sie, würde sie als Frau tun können? Allein tun können …

Es war eine Zeitungsannonce eines Obstbauern aus dem Württembergischen, die ihr vielversprechend erschien. Sie nahm sich vor, ihm zu gegebener Zeit zu schreiben und ihn um Zusendung seines Produkts zu bitten. Sie war sich sicher, damit etwas Besonderes bieten zu können.

Ohne Zweifel lebte sie in einer intensiven Zeit, in der Erfindungen und Rekorde einander überboten. Beinahe ungläubig las sie, dass ein Graf namens Zeppelin ein Luftschiff gebaut hatte, welches, mit Gas gefüllt, noch in diesem Jahr in den Himmel starten sollte. Martielis ermattete Füße, erfuhr sie, würden im Herbst auf der Weltausstellung in Paris von einer so genannten Rolltreppe getragen werden. In Dresden entstand das erste europäische Fernheizwerk, und bei Zossen, südlich von Berlin, erreichte die erste elektrische Schnellbahn fast zweihundert Stundenkilometer. Unvorstellbar sowohl das eine wie das andere.

Immer häufiger kam es ihr so vor, als ob sich in der großen Welt die Vorzeichen der vergangenen Monate zu markanten Weltereignissen wandeln würden, während sie beharrlich und in stummer Verbissenheit in der Backstube stand. Im Mai traf der österreichische Kaiser und König von Ungarn Franz Joseph I. in Berlin ein, um den einundvierzigjährigen deutschen Kaiser Wilhelm II. zu besuchen. Dieser – für seine Vorliebe für Glanz, Prunk und Glorie bekannt – hatte eigens für den siebzigjährigen Gast ein Triumphtor auf dem Pariser-Platz errichten lassen. Oft unterhielt sie sich mit Janis über die Zeichen der neuen Zeit. Die großen Weltenherrscher feiern sich selbst, meinte er bekümmert. Dabei gäben die anhaltenden Unruhen und Attentate von Seiten politischer Intellektueller, selbst ernannter Nihilisten und Terroristen zu unheilvollen Spe-

kulationen Anlass. Das russische Zarenreich habe genug
Probleme, meinte er immer wieder, an bösen Omen sei
kein Mangel. Er wies auf die sich heraufbeschwörende
Röte im Osten hin. Sei die Zarenkrönung vor vier Jahren
nicht deutliches Symbol für kommendes Unglück? Auf
Madelaines Frage hin erzählte er ihr, dass an jenem Tag
geplant gewesen war, das Volk auf den Chodynka-Wiesen
zu bewirten. Da jedoch Hunderttausende Schaulustige kamen, sei eine Panik ausgebrochen, bei der mehrere tausend Menschen zu Tode getrampelt worden seien. Der Zar
sei ehrlich bestürzt gewesen, wollte sich sogar aus Scham
und Verzweiflung in ein Kloster zurückziehen, doch die Familie habe ihn gezwungen, die Krönungsfeierlichkeiten
mit Empfängen, Bällen und Paraden fortzusetzen. Später
habe er zwar die Verwundeten in Krankenhäusern besucht und jeder Opferfamilie tausend Rubel geschenkt,
doch sei es sein unverzeihlicher Fehler gewesen, den
Hauptschuldigen, Großfürst Sergej, ein Mitglied der Familie, nicht zu bestrafen. Anstatt sich an sein Volk zu wenden,
es zu trösten, um Vergebung zu bitten, die Menschen wieder im Glauben an den guten Willen des Zarenhauses zu
bestärken, sei Nikolaus zu einer langen Reise ins Ausland
aufgebrochen. In Wien, Berlin, Kopenhagen, London und
Paris habe der seelisch schwächliche Zar Huldigungen anderer Herrschaftshäuser entgegengenommen.
Zar Nikolaus II. liebe sein Volk eben nicht, resümierte Janis und fügte hinzu, dass zur Liebe immer wieder Mut gehöre, Mut, den anderen verstehen zu wollen. Manche
meinten, Zar Nikolaus habe sich seiner deutschen, der russischen Kultur feindlich gesonnenen Gattin Alice unterge-
ordnet. Ihn selbst zeichne, so wurde von seinem Finanzminister Witte berichtet, ein bedauerlicher Mangel an Wil-
lenskraft aus, was ihn für die Rolle, die das Schicksal ihm

auferlegt hatte, als ungeeignet auswies. Witte, auf dessen glänzende geistige Fähigkeiten der Zar – wie bereits zuvor sein Vater Zar Alexander III. – angewiesen war, brachte dem russischen Staat durch Eisenbahnbau, Industrialisierung, Branntweinmonopol, Goldwährung und Auslandskrediten Gewinn und wirtschaftliche Vorteile. Andere sorgten sich, weil sie meinten, dass der Zar keinen freien Blick für die Nöte seines Volkes habe, weil dieser im mystischen Glauben an die Unantastbarkeit seiner Rolle erstarrt sei. Er sei hochmütig, sagten sie, er sei schüchtern, er sei schlichtweg dumm. Die Meinungen über den Zaren variierten je nach Befindlichkeit desjenigen, der über ihn sprach. Manche, die vorgaben, jene zu kennen, die ihm nahe standen, verteidigten ihn als guten, sanftmütigen Charakter, der jedem Streit aus dem Wege gehe. Er selbst, so hörte man, habe zugegeben, aufs Regieren nicht vorbereitet gewesen zu sein. Vom Umgang mit Ministern, gar von Staatsgeschäften, so habe er selbst gesagt, verstehe er nichts. Kein Wunder also, dass er darauf hoffte, den Frieden dadurch erhalten zu können, indem er auf den althergebrachten mystischen Glauben des Volkes an das Zarentum vertraute. Er wünsche sich demgemäss nichts sehnlicher, als dass das Wort Intelligenzija aus dem Wörterbuch gestrichen würde. Diese Zweifler seien es, die für alle Übel, ob politisch oder gesellschaftlich, verantwortlich seien. Dabei formten sich längst jene – ob Studenten, Arbeiter oder Bauern – zu kleinen Gruppen, revolutionären Zellen, ja im Laufe der Zeit zu verbotenen Parteien. Als der Zar erkrankte und die Zarin, geborene Alice von Hessen-Darmstadt, selbst die Minister zur Berichterstattung empfing, ging ein empörter Aufschrei durch das Land. Die Zarin verstieg sich in die Vorstellung, Politik ausüben zu können. Eine Frau! Eine Deutsche zudem! Sie, die dem russischen Volk zutiefst misstraute und bei Hofe nichts als Verachtung empfing. Wie sollte sie die richtigen Entscheidungen treffen können? Das Volk war entrüstet – und verunsichert.

In Madelaine keimte der Gedanke, dass sie auf Dauer von einem Land wie diesem keine Sicherheit erwarten konnte. Sie wusste, sie würde handeln müssen, und zwar so schnell und effizient wie möglich, denn die Wirtschaftskrise forderte nun auch in Riga jene Opfer, vor denen ihr immer gegraut hatte. Mehrere tausend Fabrikarbeiter verloren ihren Arbeitsplatz, einige Betriebe mussten schließen. In der Stadt verbreitete sich das sichtbare Elend – hungernde und bettelnde Menschen, randalierende Sozialisten, beinahe tägliche Überschreitungen der städtischen Ordnung. Handwerker bangten um ihre Einkünfte, denn mit jedem Arbeitslosen gab es mindestens einen Käufer weniger, der Baumwolle, Weißwäsche, Schuhe, Knöpfe, Gläser oder Teller benötigte, von Milch, Brot, Fleisch und Backwerk ganz zu schweigen.

Und über allem schwebten die Diskussionen und Planungen für die bevorstehende Feier der Stadt. Für die Rigaer wird es ein Fest der Rückbesinnung werden, dachte Madelaine. Und all jene, die Anteil an der Geschichte der Stadt hatten, würden – genauso wie die vielen Schaulustigen, die zu erwarten waren – für eine Weile den Ernst der Zeit vergessen.

Doch sie wollte für ihre Zukunft sorgen.

Jeden Tag fürchtete sie sich davor, wieder auf Rudolph Terschak zu treffen, hatte er doch Grund genug, von ihr Dank einzufordern. Dann jedoch, gestand sie sich ein, gab es auch Momente, wo sie ihn gern gefragt hätte, wer er wirklich sei und warum er so sei, wie er sich gebe. Schließlich hatte sie mit ihm die dramatischsten Momente ihres Lebens geteilt. Würde er ihr erklären können, was dem Land bevorstand? Doch man ließ sie in Ruhe, kein Erpresserbrief, keine Nachricht. Es war tröstlich und anspannend zugleich, so als zöge eine Hand langsam an einem unsichtbaren Gummiband, um es im geeigneten Moment schmerzhaft zurückschnalzen zu lassen.

András schrieb ihr unregelmäßig, doch mindestens zweimal monatlich. Es liege an seinem Vater, dass er in absehbarer Zeit nicht zu ihr reisen könne, teilte er Madelaine mit. Dieser sei äußerst bestürzt gewesen über den so genannten Jagdunfall in Riga'schen Forsten. In seinem fortgeschrittenen Alter müsse er sich sicher sein, dass sein einziger Sohn, der dem Erhalt des großen Mazary'schen Besitzes verpflichtet sei, am Leben und bei guter Gesundheit bleibe. Im Übrigen sei Urs Martieli, für den bestens gesorgt sei, ein feiner Kerl. Trotz Schmerzen und zahlreicher Beschwernisse, die die Folgen der Operation seien, trage er sein Schicksal mit Humor. Lachen dürfe er allerdings nicht, habe der Arzt gesagt, sonst könne die Wundnarbe aufbrechen. Doch habe Martieli bereits eine Methode gefunden zu lachen, ohne die Bauchmuskulatur übermäßig zu beanspruchen. Er pruste dabei mit geschlossenem Mund kräftig durch die Nase und verlagere das Lachen in den Brustkorb. Wenn er den Simplicissimus lese, beiße er sich zusätzlich in die Faust.

Als der Herbst und damit die Pariser Weltausstellung nahte, blieben für eine ganze Weile die Briefe aus – weder Martieli noch András fanden außer kolorierten Postkarten Zeit zum Schreiben. Erst später, als die ersten Blätter fielen, berichteten beide unabhängig voneinander. Sie erzählten, dass sich die Weltausstellung längs der Seine erstreckt habe, von der Place de la Concorde bis zum Champs de Mars. Man habe über die neuesten Wunder der modernen

Fortbewegungstechnik gestaunt wie zum Beispiel über einen lenkbaren Elektrowagen mit Radnabenmotor und 2,5 PS pro angetriebenem Vorderrad, von einem württembergischen Tüftler namens Ferdinand Porsche konstruiert. Irische Besucher hätten berichtet, dass in Dublin ein Mann namens Kelly wegen Trunkenheit am Steuer zu einem Pfund Strafe verurteilt worden sei. Mit einem Pferd, witzelte Martieli, wäre ihm das nicht passiert.

Sie hatten ein beeindruckendes Modell der Transsibirischen Eisenbahn gesehen, in welchem Besucher im Speisewagen hätten sitzen können, während Kulissen von russischen und chinesischen Landschaften vorübergezogen worden seien. Bärtige Muschiks und chinesische Diener mit langem Zopf hätten perfekt serviert. Auf der nachgestellten Piazza San Marco habe man Eis essen und in Kunstgalerien die neuesten Werke bewundern können: betörend schöne Seerosen eines Malers namens Claude Monet und eine fantastische Skulptur mit dem Titel Der Kuss eines wahrhaft genialen Bildhauers, der Auguste Rodin hieße. Und dann die Restaurants. Nie habe er, schrieb Martieli, so gelitten wie im Doyen und im Maxim. Königlich habe man speisen können – extraordinaire. Und er? Er habe Rücksicht auf seinen malträtierten Magen nehmen müssen. Champagner in kleinen (!) Schlucken, Baguette, gedünsteter Seewolf mit Fenchel, zermahlenem Kümmel und Rosmarin sei ihm allerdings hervorragend bekommen und schmecke zudem vorzüglich. Desgleichen warme Tartes, gefüllt mit weich gekochtem Gemüse, Kaninchen- und Hühnchenpüree, Omeletten … Im Übrigen, berichtete Martieli, feiere die neue Kunstrichtung Jugendstil wahre Triumphe. Es gebe sogar einen eigenen Jugendstil-Pavillon. Kunsthandwerker, die die Lehre des sozial engagierten Engländers William Morris und des

Belgiers Henry van de Velde aufgriffen, betonten das Prinzip, dem Wert des Materials sei der künstlerische Wert eines Handwerks gleichzustellen. So ähnlich wie sie, Madelaine, Backkunstwerke aus wertvollem Rohmaterial, nämlich köstlichster Schokolade, herstelle ... Wie es wäre, wenn sie die Motive des Jugendstils auch auf ihre Torten übertrage? Statt Schokoladenraspel, -locken, -tütchen, -späne oder -blätter als Verzierung – nun Lilien, Wellen, hier und dort ein Bienchen, eine Libelle, eine Schlange, eine Sonne ... Ansonsten wisse er zu berichten, dass Inessa in Wien, München und Budapest mit achtenswertem Erfolg in Operetten aufgetreten sei. Sie habe sich sehr verändert, doch das sei nun einmal das Privileg der Jugend, sich zu wandeln, sich zu verändern, zu reifen. Diesem ungarischen Grafen würden viele Herzen zufliegen, fuhr er Zeilen später mit deutlich neidischem Unterton fort. Er halte allen Versuchungen stand, sei wohl auch verantwortungsbewusst und intelligent, doch solle sie, Madelaine, ihr Herz festhalten, damit sein feuriges Ungarntemperament es nicht in Stücke reiße. Madelaine schien es, als ob Martieli eifersüchtig wäre – auf András' Jugend, seine Kraft und die vor ihnen liegende Zeit, in der sie ihre Liebe würden ausleben können.

Beglückend, fuhr Martieli fort, sei das Wiedersehen mit seinem Bruder aus Valparaiso gewesen. Dieser habe sein Geschäft längst verkauft und sich auf eine Reise nach Nordamerika begeben. Im nächsten Jahr würde er endgültig nach Europa zurückkehren.

Anstelle eines ausführlichen Briefs schickte ihr András eine silberne Brosche in Lilienform, besetzt mit Mondsteinen und Perlen. Tage später folgte eine kleine Kiste mit einer bronzenen Tischlampe. Ihre bunten Glasmosaike waren in Blattform geschliffen. Sicher werde die Lampe eine inspirierende Wirkung auf Madelaines Leselust haben, schrieb er. Er erkundigte sich nach ihrem Umgang mit der Pistole und beschwor sie, durchzuhalten, bis er komme, spätestens im Sommer 1901.

Das Jahr schwand dahin, mal im Gefühl dumpfer Zeitlosigkeit, dann wieder in rauschhaften Arbeitsanfällen. Der Schmerz darüber, dass András fern blieb und Martieli mitteilte, dass ihn die Weltausstellung über alle Maßen angestrengt habe und er dringend Erholung in warmen Gefilden brauche, trieb Madelaine in eine verbissene Wut. Es gab Momente, in denen sie am liebsten um sich geschossen hätte – auf all jene, die ihr fremd waren und fremd bleiben würden, auf all die Torten und Münder, die ihr kein Ersatz für Liebe und Freiheit waren, auf all die Glocken und Uhren, die ihr unbarmherzig bedeuteten, dass ihr Leben, ihre Schönheit, selbst ihre Gefühle nicht von Dauer sein würden.

Zeigerschritt für Zeigerschritt, Glockenschlag für Glockenschlag zerrann das Leben. Es wurde ihr immer schwerer, die Lust aufs Leben, auf die Liebe zu unterdrücken.

Erst als ihr Martieli eines Tages schrieb, dass er Kloß in Wien gesehen habe, ging ein Ruck durch ihre klamm gewordene Seele. Er habe ihn Arm in Arm mit einer stadtbekannten Dame im Wiener Hofgarten spazieren gehen sehen. Man könne jene leicht erkennen, denn sie sei von fast schon abstoßender Magerkeit und trage jahraus, jahrein hellrosa Kleider mit schwarzem Saum. Man munkle, sie sei in jungen Jahren von ihrer adligen Familie verstoßen worden, nachdem sie dabei erwischt worden sei, wie sie sich heimlich von Männern niederen Standes, vornehmlich mit Gewalt, habe beglücken lassen. Nun sei sie alt und ausreichend wohlhabend. Und Kloß habe zwei auffallend schöne Pudel ausgeführt, schneeweiß und so gepflegt, dass er, Martieli, sich eingebildet habe, sie seien gepuderte Allongeperücken auf vier Beinen.

Madelaine beschloss, noch ein einziges Mal Kloß' Manuskript durchzulesen. Dabei stellte sie fest, dass das, was ihr in Hamburg wie ein vergeistigtes Schokoladenmysterium erschienen war, sich längst zu routinierter Handwerkskunst gewandelt hatte. Sie machte sich nur noch einige wenige Notizen und verbrannte dann das Manuskript. Dem Wesentlichen, dem Glauben an die Kraft der Süße und der Schönheit, die Geist und Seele erbauten, würde sie immer treu bleiben.

Bis zum letzten Aschenglimmen schaute sie den sich aufbäumenden Blättern zu. Und während aus dem Café das heitere Plaudern der Gäste und Irinas sanftes Klavierspiel durch die geöffnete Backstubentür drangen, schwirrten Einfälle durch ihren Kopf, die schließlich zu einer verwegenen Idee verschmolzen.

Es war ein herrlicher Frühlingstag Mitte April 1901. Der Himmel wölbte sich in lichtem Hellblau über Land, Stadt und Meer. Licht, wohin man auch sah. Madelaine stand auf der gut siebenhundert Meter langen Bohlenbrücke, die sich, auf einem eisernen Ponton ruhend, über die Düna spannte. Menschen mit Karren, Fahrrädern, Kinderwagen, Hunden oder Pferden wogten auf ihr stadteinund –auswärts. Der Fluss, der Rigas Altstadtkern, den Petersburger und Moskauer Stadtteil im Osten vom westlich gelegenen Mitauer Stadtteil trennte, war fast doppelt so breit wie der Rhein bei Köln. Rechter Hand überragte der hohe spitze Turm der Petri-Kirche, Rigas Wahrzeichen,

Hausdächer und Domkuppel. Aus den Fabrikschloten der Moskauer Vorstadt stieg schwarzer Rauch in das Frühlingsblau. Madelaine schaute zur neuen eisernen Gitterbrücke hinüber, die von acht Granitpfeilern gehalten wurde. Über sie würde in wenigen Tagen der Zug mit Martieli einlaufen. Jetzt, da sie wusste, welche Überraschung sie für ihn und seine Konditorei vorbereitet hatte, fühlte sie sich von einer heiteren Unternehmungslust beseelt. Endlich war die lange Winterzeit mit ihren lebensverachtenden Frösten und Mann und Pferd verschlingenden Schneeverwehungen vorüber.

Madelaines Wartezeit näherte sich ihrem Ende.

Sie schob ihre Hände tiefer in den Pelzmuff und schaute zum Hafen hinüber. Dort trafen wie jedes Frühjahr Stunde um Stunde die Flöße aus dem Inneren des Russischen Reiches ein, beladen mit Holz, Flachs oder Hanf. Vereinzelte schwere Eisschollen begleiteten sie auf ihrer weiten Reise bis in den Rigaer Hafen hinein. Mit ihren Staken und lauten Rufen versuchten die Flößer ihren Kurs zu halten. Sie trugen grobes Sackleinwand, verschmutzt, zerlumpt, und kahnartige Bastschuhe. Ihre langen Bärte hatte der Wind längst verfilzt. Hunderte dicke Baumstämme bedeckten bereits die Wasseroberfläche, Tausende von ihnen stapelten sich haushoch am Kai. Wie Drachenarme reckten sich die modernen Hebekräne in die Höhe und luden die Stämme, neu gebündelt, auf Schiffe. Die Flößer mussten nun mit der Übergabe des Holzes Abschied von ihrem Gefährt nehmen. Zu Fuß ging ihr Weg gen Heimat zurück, manchmal über Hunderte von Kilometern. Viele von ihnen schwankten, grölten, von Alkohol betäubt und wochenlanger Entbehrung geschwächt.

Das wilde Gekläff eines Hundes lenkte Madelaines Blick wieder aufs Wasser. Er stand auf einem der Flöße und bellte zu einer Eisscholle hinüber, auf der ein Schwan seinen Hals reckte und mit den Flügeln schlug. Je größer dieser sich machte, seiner schönen Gestalt etwas furchteinflößend Majestätisches verlieh, desto mehr erhitzte dies die Angriffslust des Hundes. Ein Mann, der sich wie Madelaine über die Brüstung der Pontonbrücke lehnte, bewarf den Schwan mit einem Schneeball. Daraufhin sprang dieser voller Schrecken in die Höhe und schimpfte laut. Sein hochgereckter Kopf, die Wölbung seines schlanken Halses reizte nun den Hund so sehr, dass dieser in einem riesigen Satz zu ihm auf die Eisscholle hinübersprang. Zahlreiche Flößer, die nahe Zuschauer des tierischen Spektakels waren, lachten und feuerten den Hund an. Doch der Hund, der die Absicht gehabt haben mochte, in den langen, schlanken Hals des weißen Federtiers zu beißen, kam auf dem Eis ins Rutschen. Der Schwan biss geistesgegenwärtig zu – direkt in seine empfindliche Nase. Laut aufheulend ging der Hund in die Höhe, und der Schwan stieß noch einmal zu, dieses Mal in den Schenkel seines Hinterbeins. Die Männer schrien laut vor Vergnügen, pfiffen und stießen mit ihren Flößen aneinander, da die Tiere sie vom Kurs ablenkten. Der Flößer, dem der Hund gehörte, schrie mehrmals Befehle, die zur Folge hatten, dass der Hund seinen Kopf wandte und durch den Anblick seines Herrn wieder zu sich zu kommen schien. Der Schwan rüttelte indessen seine weiten Schwingen, trat zurück und nahm Anlauf, direkt auf den Hund zu. Den Hals weit vorgestreckt, den Schnabel keuchend auf und zu schnappend, hätte der Schwan ein drittes Mal den Hund erwischen können, doch dieser wartete, bis sich der Schwan sicher sein konnte, und sprang in der allerletzten Sekunde zur Seite. Madelaine hatte den Eindruck, als ginge ein Lachen über das Gesicht des Hundes, denn der schwerfällige Schwan, einmal ins Laufen geraten, kam, da Eisscholle und Floß nun dicht an dicht schwammen, erst auf den dicken Baumstämmen des Floßes zum Stillstand. Eine Schrecksekunde schwankte er auf seinen großen Füßen. Dann schlug der Flößer zu. Madelaine sah nur das Blitzen eines langen Messers und wie sich das weiße Gefieder am Rumpf rot färbte. Sekunden später schleuderte der Hund den langen Hals des Schwans triumphierend hin und her wie ein nasses Stück Wäsche. Hinter ihr weinte ein kleines Mädchen. Seine Mutter, die es zu beruhigen versuchte, schrie dem Flößer über die Brüstung zu, dass er ein Grobian und Unmensch sei.

Wenig später betrat Madelaine den Laden eines Metallwarengeschäfts. Die blecherne Form eines Schwans, die sie unverzüglich in Auftrag gab, wurde für sie in den folgenden Wochen ein Arbeitsmittel mit Trosteffekt. Mit ihr und den unzähligen Schokoladenschwänen, die sie hervorbrachte, ließ Madelaine das so grausam aus dem Leben gerissene Tier weiterleben. Die Kinder jedenfalls liebten ihn.

Martielis Ankunft hingegen verzögerte sich. Er fühle sich so wohl, ließ er Madelaine in einer Depesche wissen, dass er noch die beiden ausstehenden Besuche in der Hamburger und Lübecker Konditorei absolvieren wolle. Madelaine überlegte sich, wie sie die beginnende Maiwärme am besten würde nutzen können, um die Wiederkehr von Martieli – und eines Tages auch von András – so perfekt wie möglich vorzubereiten. Sie hörte sich um und erfuhr, dass es gutbürgerliche Tradition war, sich als Rigaer Bürger eine Sommerfrische am Meer zu nehmen – in Gestalt einer so genannten Datscha. Janis war von ihrem Entschluss sehr angetan und fuhr sie bereitwillig die Düna stromaufwärts, die Küste gen Westen entlang. Besonders schön, sagte er, sei die Insel Buḷḷu, die zwischen den Mündungen der Düna und Bullupe direkt an der Rigaer Bucht liege. Doch Madelaine entschied sich allein der günstigen Bahnverbindung wegen für die Gegend um den international beliebten Ferienort Jurmala. Seit die Eisenbahnlinie Riga – Tukums 1877 errichtet worden war, hielt die Blütezeit dieses vornehmen Kurorts an. In seiner Nähe fand sie schließlich auch ihr Sommerhäuschen. Es lag, eingebettet in einen großen Garten, in einem weit gestreckten Waldgebiet dicht am Strand des Rigaer Meerbusens. Kiefern, Birken und hohe Föhren bildeten einen lockeren Wald, der noch andere großzügige Grundstücke mit Datschas einschloss.

Innerhalb weniger Tage zog nun die Wärme des Frühlings ein. Bäume und Büsche brachten schon nach kurzer Zeit Blätter und Blüten hervor. Die Ostsee glitzerte frohlockend in der Sonne und versprach herrliche sommerliche Badefreuden. Madelaine war wie verzaubert von der Ruhe und Schönheit der Landschaft. Die Datscha hatte eine große Veranda, an die sich duftende Fliederbüsche, Zwergkirschen und Weiden mit flauschigen Kätzchen schmiegten. Finken, Meisen und Zaunkönige flogen zwischen den Sträuchern, der Verandabrüstung und dem schlichten Holzzaun hin und her. Die Wiese, die noch Ende April braun vom abgetauten Schnee gewesen war, betupften nun Gänseblümchen, Narzissen, Veilchen und frische Mooskissen. In den Bäumen kletterten Eichhörnchen und keckerten laut, wenn sie Madelaine erspähten. Jedes Mal, wenn sie kam, brachte sie ihnen eine Hand voll Nüsse aus der Backstube mit. Und die Tierchen gewöhnten sich schnell an die Gabe – und an sie.

Es war ein wunderschönes Plätzchen, auf das man sich zurückziehen konnte, wenn einem zum Träumen zumute war, fand Madelaine. Doch zunächst musste das Haus gesäubert, vom Muff des Winters befreit werden. Rasch fand sich Janis' junge Ehefrau bereit, beim Saubermachen mitanzupacken, Spinnweben wegzufegen, Kamin und Herd zu säubern, Fenster und Böden zu putzen. An einem besonders warmen Tag stellten sie Stühle, Betten und Tische zum Auslüften auf die Veranda. Es war so still, dass Madelaine glaubte, die Welt um sie herum sei eingeschlafen. Noch immer ließ sie das Haus ab dem frühen Abend beheizen, um die winterliche Feuchtigkeit auszutreiben. Mit jedem Tag freute sie sich mehr auf die Stunden, die sie hier verbringen würde. Aus der Stadt brachte sie András' gegerbtes Bärenfell und Teppiche mit. Das Bärenfell nagelte Janis an die Wand in der Sitzecke, von der aus man auf Strand und Ostsee blicken konnte. Er selbst verkaufte ihr eine seiner Holztruhen, die er in den Wintermonaten gezimmert hatte. In ihr würden Decken, Kissen und Mäntel Platz finden. Eine alte englische Penduleuhr, die Madelaine bei einem Antiquitätenhändler in Riga gesehen hatte, tickte von nun an im Wohnraum der immer gemütlicher werdenden Datscha. Was ihr noch fehlten, waren neue Gardinen, Tischdecken und Wäsche für Küche und Bettstatt. Am schönsten, meinte sie, würden jene leuchtenden Farben hierher passen, die sie an der Kleidung der Letten bewundere. Daraufhin bot ihr Janis' Frau an, ihr nach alter Tradition Stoffe zu färben. Seit Urzeiten nähmen Lettinnen Pflanzen zur Hilfe, um Farben zu gewinnen. Diese seien – im Gegensatz zu Stoffen, die chemisch gebeizt und gefärbt seien – lichtecht, und Luft, Wasser und Zeit könnten ihnen nichts anhaben. Um beispielsweise das herrliche Indigoblau zu gewinnen, nehme man den Blaustängel, der auch im Garten wachse. Das Kraut der Möhre dagegen schaffe ein leuchtendes Grün, die Nadeln der Rottanne ein tiefes Gelbgrün. Orangerot bis Rot ergäben die sehr reifen Beeren des echten Faulbaums. Verfaultes Birkenholz mit den darin lebenden Insekten, fügte sie lächelnd hinzu, ergäbe eine dunkelrote Färbung. Wenn es so sei, meinte Madelaine, wolle sie die Auswahl der Farben ihr überlassen – ohne dass sie weitere Geheimnisse preisgeben müsse.

Da das strohgedeckte Holzhaus weiß gestrichen war und seine Fensterläden rot, entschieden sich die Frauen für Gardinen mit bunt gewebtem Muster. Alles übrige Tuch sollte mehrfach in Gelb, hellem Rot und Indigoblau sein.

An einem ruhigen Montagvormittag zu Beginn der zweiten Maiwoche standen Madelaine und Jean-Patrique wie üblich in der Backstube. Madelaine fischte mit einem Sieb Aprikosen aus einem Topf mit heißem Wasser. Vorsichtig zog sie Frucht für Frucht die pelzige Haut ab. Noch am Morgen hatte Stine die Aprikosen auf dem Markt gekauft. Sie kamen aus Griechenland und sollten nun in einer Quarksahnetorte ihre lukullische Bestimmung finden. Nach jeder ausgezogenen und entkernten Frucht schaute Madelaine neugierig zu Jean-Patrique hinüber. Sie hatte ihm mehrere verkorkte Flaschen mit Johannisbeerlikör gegeben, die es zu verlacken galt. Gerade eben begann die seltsame Mischung, die Jean-Patrique in ein Töpfchen getan hatte, zu schmelzen: hundertfünfundzwanzig Gramm Kolophonium, vier Gramm weißes Pech, vierzig Gramm gelbes Wachs und zwanzig Gramm Zinnober. Es roch scheußlich, befand sie, und öffnete das Fenster. Sie nahm die Schüssel mit den teuren Aprikosen, machte die Tür auf, damit Zugluft entstand, griff nach einer marmornen Arbeitsplatte und ging in die Speisekammer.

»Es ist gleich vorbei!«, rief Jean-Patrique, während er mit

einem Metallstift die Masse gleichmäßig umrührte. Schließlich nahm er das Töpfchen vom Feuer, ergriff eine Flasche und steckte ihren Hals hinein, zog ihn wieder heraus und drehte den Flaschenhals so lange, bis der Lack nicht mehr flüssig war. »Das wird dem Cassis ein paar Jährchen schenken«, rief er ihr zu. Madelaine nickte nur. Sie legte die Aprikosen nacheinander auf das Brett und zerschnitt sie in kleine Quadrate. Dann zog sie die Tür sanft zu und öffnete die Holzkiste, die gestern Abend aus Stuttgart eingetroffen war. In ihr lagen dick von Stroh, Holzspänen und Wolle umpolstert sechs Flaschen. Die Etiketten waren mit dünner Feder beschrieben: »Feinster Champagner aus der hiesigen Bratbirne, Magstadt im Jahre 1899, Johannes Geigerle, Obstbauer und Winzer.«
Auf einer Karte schrieb er ihr:

Hochverehrte gnädige Frau,
ich danke Ihnen für Ihren Auftrag und schicke Ihnen beiliegende Kostproben meines Weinkellers. Die Ehre, die Sie mir erweisen, zumal unser Getränk nur in heimischen Gefilden wohl wollendes Vertrauen genießt, weiß ich hoch zu schätzen. Der köstliche Trunk neigt, in Maßen genossen, kaum dazu, den Verstand zu berauschen. Er gilt den Ältesten der Gemeinde als tägliche Leibeszufuhr, dem Erhalt ihrer Gesundheit gewidmet. Der Champagner verdünnt das Blut, stärkt das Herz und reinigt die Seele.
Der guten Ordnung halber sage ich Ihnen, dass die Birne, von der der Schaumwein gewonnen wird, eigentlich Bratbirne heißt. Sie ist eine wilde Holzbirne, rundlich und grün. Wegen ihrer Räue kann man sie fast nicht essen. Bei uns wird sie seit 1760

angebaut. Wir nehmen sie erst nach dem ersten
harten Frost vom Baum.
Mit tiefer Ehrerbietung
Ihr Johannes Geigerle
Notabene: Nachbestellungen stets möglich. Ältere
Jahrgänge in kleinen Mengen vorrätig.

Leise, sodass Jean-Patrique nichts hören konnte, entfernte Madelaine Lack und Korken und goss das goldglit-
zernde Getränk in eine Flöte, die sie schon seit Tagen
im unteren Teil eines Regals versteckt hatte. Der Duft,
der Madelaine in die Nase stieg, war betörend leicht und
frisch. Sie probierte, unterdrückte ein wohliges Stöhnen
und leerte das Glas in einem Zug. Es schmeckte fantastisch. Dieser Champagner war süßer als der französische, doch zugleich mischte sich ein birnenherbes Aroma mit hinein, das, Madelaine gestand es sich ein, süchtig
machen konnte. Rasch zog sie das Pergamentpapier von einem vorbereiteten erkalteten Biskuitteig und beträufelte
ihn mit dem Birnenchampagner.
Bis auf das leise Gemurmel von Stimmen aus der Konditorei, das leichte Gurgeln aus dem Lacktöpfchen, das
Zwitschern der Meisen und Spatzen von draußen war
es still. Madelaine füllte sich noch ein Glas. Nach einer
Weile läutete die Türglocke, und es schien Madelaine, als
würde es daraufhin totenstill. Keine Stimme war mehr zu
hören. Ein Spatz tschilpte … dann trat Martieli über die
Schwelle und sah sich in der Backstube verunsichert um.
Aus ihrem Versteck heraus konnte sie ihn, nicht jedoch er
sie sehen.
Das Erste, was Madelaine auffiel, war die schräge Haltung
seines Körpers, den er mit einem Stock in seiner rechten
Hand stützte. Alles an ihm war schmächtiger als sonst. Sie

trat aus der Speisekammer, und er drehte sich aufatmend zu ihr um.

Die Rundungen seiner Wangen waren verschwunden, doch er lächelte genauso wie früher. In seinen Augen leuchtete das Glück, wieder hier, bei ihr zu sein.

»Madelaine!« Er streckte seinen linken Arm nach ihr aus, und sie warf sich ihm an die Brust und küsste, noch bevor Jean-Patrique etwas merkte, rasch seinen Mund und seine Wangen.

»Nun, ich sehe, ihr habt aus meiner Backstube eine Alchimistenküche gemacht«, meinte Martieli fröhlich. »Ist noch eine Flasche offen?«

»Ja, Herr Martieli!« Jean-Patrique verbeugte sich und stellte sich vor. »Darf ich Ihnen ein Glas einschenken?«

»Und eine Cassis-Trüffel dazu, Urs?«, sagte Madelaine begeistert. Sie drückte seinen Arm, während Jean-Patrique eine Flasche Cassis entkorkte.

»Ja! Ja! Ja! Nur her damit!«, rief Martieli lachend. »Ich lebe! Kinder, ich lebe! Zeigt mir, was ihr in meiner Abwesenheit Gutes getan habt. Ich brauche …«

»… alles Süße, was wir haben«, beendete Madelaine hastig den Satz.

»Nicht alles, Madelaine, nur das Beste.« Martieli senkte seine Stimme und sah ihr vielsagend in die Augen. Stine schob einen Stuhl herein, auf den Martieli nun niedersank.

»Hier, ein Gläschen lettischen Johannisbeerlikör, Urs. Zum Wohl. Auf deine Gesundheit und ein langes Leben.«

Sie stießen alle drei auf Martielis Wohl an.

»Eine heiße Schokolade zur Stärkung, Urs?«

»Warme.«

»Ein Stückchen Sahnetorte?«

»Torte ja, doch ohne Sahne.«

»Herren-, Vanillecreme-, Trüffel-, Kirsch-… ?«
Martieli zog Madelaine auf seinen Schoß.
»Komm her, mein Schokoladenmädchen. Gebt mir ein
Stückchen Obsttorte, egal, welche.« Ihre Blicke versanken
übermütig und glücklich ineinander. Die Freude, Martieli
wieder bei sich zu haben, war überwältigend. Madelaine
griff in das Silberkästchen, das ihr Jean-Patrique geöff-
net entgegenhielt. Bevor Martieli noch ein Wort sagen
konnte, schob sie ihm eine Cassis-Trüffel in den Mund. Er
biss sofort zu – und seine Augen weiteten sich vor Wohl-
gefallen. Er schloss sie genießerisch, und als er Madelaine
wieder anschaute, sah sie den Schleier über seinem Blick.
Sie nahm an, dass die Wehmut ihn übermannte. Das
mochte auch der Fall sein, doch plötzlich näherte er sich
ihr, schnupperte und fragte: »Wonach riechst du?«
Madelaine legte den Zeigefinger auf den Mund.
Jean-Patrique wandte sich wieder seinem Siegellack zu.
Sie erhob sich und sagte: »Mach die Augen zu, Urs.«
Sie ging in die Speisekammer und schnitt ein Stückchen
Biskuitteig heraus.
»Mund auf!«
Er gehorchte.
»Madelaine, was ist das?«
»Das?« Sie lachte. »Das ist nur der Anfang.«

Jetzt, da die lange Zeit des Wartens, der einsamen Arbeit
vorüber war, ergriff Madelaine eine fiebrige Unternehmungslust. Schon am nächsten Morgen musste Janis die
Kutsche herrichten, um sie und Martieli nach Jurmala zu
fahren. Madelaine wollte ihm ihr Sommerhäuschen zeigen, und es war ihr, als ob dieses Vorhaben keinen Auf-
schub dulden würde. Jede Minute erschien ihr kostbar und
flüchtig wie der Schlag eines Schmetterlingsflügels. Mar-

tieli, der beabsichtigte, sich ein ihm empfohlenes Sanatorium an der Küste anzusehen, stimmte ihrem Vorschlag zu. Früh am Morgen des nächsten Tages fuhren sie gen Rigaer Bucht.

Die Ostsee begrüßte sie in einem aufgewühlten Kobaltblau. Der starke Wind schüttelte die Wipfel der Bäume. Die dünnen schwarzen Zweige der Birken mit ihrem frischen Grün glichen dem wehenden Haar einer Moorhexe, die ihren Kopf wild und ungestüm umherwarf. Fischer mit erkalteten Pfeifen im Mund hingen Flundern zum Trocknen auf eine Leine. Andere flickten Netze oder reparierten Reusen. Kinder sammelten Blasentang in große Weidenkörbe. Eine Weile standen Martieli und Madelaine schweigend am Strand und genossen die Weite, die würzige Luft, das stille Tun der Menschen. Martieli hatte sich auf seinen Stock gestützt, den Blick auf den Horizont gerichtet. Dann führte ihn Madelaine zu ihrem Sommerhaus. Janis' Frau war noch nicht wieder erschienen, sodass Fenster, Bänke und Tisch unbedeckt waren. Das Holz wirkte roh und nackt. Es roch nach Seifenlauge und Asche. Noch war es zu kühl, um sich tagsüber im unbeheizten Haus oder auf der Terrasse aufzuhalten. Es kam Madelaine vor, als ob es nicht allein an der fehlenden Wärme läge, die Martieli scheu, ja beinahe abwehrend wirken ließ. Er umgab sich mit einem Schwall überschwänglich lobender Worte, wobei es ihr schien, als würde er sich gegen die intime Aura ihres Sommerhauses schützen. Er möchte flüchten, dachte Madelaine, flüchten vor den Bildern, die sich in seinem Kopf abspielen. Er sieht András hier. Mit mir. Er sieht sich als Eindringling. Er hält es nicht aus, hier zu sein.

Sie nahm seinen Arm und führte ihn zurück zur Kutsche. Schweigend fuhren sie nach Jurmala. Hübsche Villen wechselten sich mit bunt gestrichenen Holzhäusern und gepflegt aussehenden Geschäften ab. Boote lagen im Hafen. Ein Straßenfeger fuhr mit dem Besen über das Pflaster, kehrte Pferdeäpfel, Erdkrumen, Tannennadeln und altes Laub zusammen.

»Du wirst sehen, in kurzer Zeit wird sich dieser Ort genauso beleben wie die berühmten Städte des Mittelmeers«, meinte Madelaine.

»Mir scheint, du weißt jetzt mehr über Lettland als ich.«

»Das mag sein«, entgegnete sie und erzählte ihm die Sage von der Rose von Turaida, vom lettischen Bauerntum, den Schwitzhäusern, der heimischen Stofffärbetradition – ganz so, als müsste sie ihn über das Land aufklären, in das er sie gelockt hatte.

In der Nähe der Strandpromenade fanden sie ein Gasthaus mit lettischer Küche. Mehr aus Verlegenheit denn vor Hunger beschlossen sie, zu Mittag zu essen, und traten ein. Von ihrem Tisch am Fenster konnten sie einigen Händlern zusehen, die Buden aufbauten, in denen sie Honig, Bernstein, Leder- und Holzwaren an die bald eintreffenden Sommergäste verkaufen würden. Der Gastwirt bot frischen Birkensaft und Miestins, Saft aus Limonade mit Honig, an. Beides tue dem Körper nach der langen lichtlosen Winterzeit gut, erfrische und kräftige, meinte er augenzwinkernd. Und blutverjüngend sei beides, ob man probieren wolle? Neugierig geworden, nahmen sie sein Angebot an und stellten fest, dass der süßliche, naturhafte Geschmack seinen Worten Recht gab. Dazu bestellte Madelaine Akroshka, eine Milchsuppe mit Zwiebeln, Kräutern, Salatgurke und saurer Sahne, Martieli eine Sauerampfersuppe mit Kartoffeln und gekochtem Schweinefleisch, wobei er darum bat, die dazugehörigen hart gekochten Eier und Graupen wegzulassen. Dazu gab es Hanfbutter, Semmeln und Brot, das Martieli in Bröckchen in die Suppe eintauchte. Er aß vorsichtig, in kleinen Bissen, immer wieder innehaltend, so als ob er in sich hinein-lauschen würde. Wie sehr hatte sich doch alles seit ihrem Gaumenschmaus in der Bretagne geändert.

Kurze Zeit darauf bestiegen sie die Kutsche. Das Sanatorium Marienhof, das Martieli empfohlen worden war, lag auf hohen, von Kiefern bewaldeten Dünen. Im Norden vom Meer, im Süden von einem Flüsschen begrenzt, schützten weitläufige Parkanlagen das moderne Gebäude. Veranden, Balkone, tief angesetzte Fenster ließen dem Licht ungehinderten Zugang zu den Räumen. Martieli wusste, dass das Haus erst vor kurzem eröffnet worden war. Nun erfuhr er, dass es über Liegehalle, Bibliothek, Musik- und Billardräume verfügte und Massagen, Moorbäder, Diätkuren und Kneippbehandlungen unter fachärztlicher Anleitung anzubieten hatte. Natürlich lägen, sagte die Empfangsdame, dank guter Reklame bereits zahlreiche Vorbestellungen vor, doch gebe es noch einige freie Zimmer für Einzelpersonen wie Martieli zur Auswahl. Die Sichelchen in seinem Gesicht schienen wieder dunkler zu sein. Ernst sah er Madelaine an.

»Während du in deiner Datscha träumst und Erdbeerkuchen isst, werde ich mich hier pflegen lassen.« Er verzog seinen Mund zu einem Lächeln, das keines war, weil sich Trauer in seinen Blick gemischt hatte. Ohne zu zögern unterschrieb er die Anmeldung für Juli und August. Die Stimmung zwischen ihnen wurde zunehmend angespannter.

Später in der Kutsche fragte Martieli, vom Essen auf den Geschmack gekommen, nach dem besonderen Biskuitteig, den sie ihm tags zuvor zum Kosten gegeben hatte, doch Madelaine schwieg. Sie war seltsam befangen. Mehr und mehr schweiften ihre Gedanken ab. Sie dachte an die

Fahrt mit András nach Segulda. Die Mittagszeit schickte wärmende Sonnenstrahlen in die Kutsche. Martieli war eingeschlafen. Sein Kopf fiel gegen ihre Schulter. Die Schwere, die nun auf ihr ruhte, beschwor ihr träumerisch András' Gegenwart herauf. In Wogen kehrten ihre Gefühle von damals zurück. Madelaine schloss die Augen. Sie hätte nach András greifen können, so nah schien er ihr. Sie hörte ihn atmen, meinte, ihn zu riechen, ja, sogar ihre Zunge erinnerte sie an den Geschmack seines Mundes.

Nach einer Weile wachte Martieli auf. Er sah sich um und sagte unvermittelt: »Ich hatte immer geglaubt, großzügig sein zu können. In allen Lebenslagen. Und jetzt merke ich, dass ich es nicht mehr sein kann.«

»Was meinst du?«, murmelte Madelaine traumversunken.

»Ich denke an Inessa.«

»Sie liebt es zu singen, und doch leidet sie manchmal an der Rolle, die sie spielen muss. Liebst du sie noch, Urs?«

»Seit ich Inessa kenne, habe ich mich von ihr faszinieren, mitreißen lassen. Immer habe ich geglaubt, sie würde mit der Zeit ruhiger, anhänglicher werden. Ich habe ihr Freiheit gegeben, Freiheit, die sie braucht, um zu reifen, sich zu entwickeln. Schließlich ist sie ja noch so jung, wenig älter als du. Nun sehe ich, dass meine Großzügigkeit sie ins Unglück zu stürzen droht.«

»Sie ist ehrgeizig, und doch glaubt sie, als Lettin würde ihr die volle künstlerische Anerkennung auf den großen Bühnen versagt.«

»Muss eine Frau um des Erfolges willen sündigen, verführbar werden?«

Sie sahen sich prüfend an. Nach einer Pause sagte Madelaine: »Sünde? Was ist Sünde, Urs? Doch ich weiß, was du meinst.« Sie räusperte sich. »Untreu, verführbar muss man nicht werden. Mit dem Alter schwindet der

Erfolg – bei einer Frau. Wozu dann sündigen. Liebe aber bleibt.«

Martieli musterte sie erstaunt. »Habe ich dir das einmal gesagt?«

Madelaine schaute ihn stumm an, dann begannen beide zu lachen.

»Ach, ich bin ein armer alter Tor«, meinte er schließlich und drückte ihre Hand. »Inessa war für mich stets die helle, lodernde Flamme. Du aber …«

»Urs, sei vorsichtig!«

»… du bist wie heiße, dunkle Glut …«

Er strich ihr über Nase und Lippen.

»Nun bin ich zu alt … für dich. Für alle Frauen dieser Welt. C'est la vie, hélas!«

»Aber die Weisheit, die du mir gegeben hast, gedeiht weiter«, flüsterte Madelaine verlegen.

»So?« Er zog ihr Kinn zu sich. »Wie meinst du das?«

»Du wirst es schon verstehen«, hauchte sie, tiefrot im Gesicht.

»Mein liebes kleines Schokoladenmädchen, solcherart Anspielungen sind gefährlich. Doch wenn du damit meinst, dass ich deinen Geschäftssinn geweckt habe, bin ich zufrieden. Sehr zufrieden sogar. Geistige Kinder gezeugt … sehr gut.« Langsam senkte er seinen Mund auf den ihren. Mit spitzen Lippen erwiderte sie seinen Kuss. Überrascht riss er die Augen auf.

»Nicht doch – du bist ihm treu, deinem Grafen? Du meinst ja wirklich, was du sagst!« Plötzlich schlug er sich mit der Faust aufs Knie. »Hund, dieser! Warum musste er auch nach Riga kommen!«

»Urs!«

»Ach was! Ich würde all meine Backstuben hergeben für vierundzwanzig Stunden seines Lebens!« Sein Blick glitt

319

von Madelaines Mund hinab auf ihren fülliger geworde-
nen Busen. »Herrgott, noch mal!«, rief er wütend. »Warum
muss ich jetzt alt und krank sein? Warum?« Er fuhr von seinem Sitz hoch, doch Madelaine zog ihn zurück.

»Ich werde immer für dich sorgen, bei dir sein«, tröstete
sie.

»So? Auch wenn es ihm nach dir gelüstet?« Und nach einer
Pause: »Weißt du, was ich mir von dir wünsche, Madelaine?« Sie hörte das Beben in seiner Stimme. »Weiß gla-
ciertes Makronengebäck mit Palmzweigen, Kreuz, zer-
brochenem Anker, Trauerweide und gekreuzten Knochen aus Schokolade. Zu meiner Beerdigung. Soll doch
das Sanatorium zur Hölle fahren! Es nützt doch nichts
mehr.«

»Sei jetzt still, Urs! Du lebst! Und ich werde alles tun …«

»Ich will das nicht hören, Madelaine!« Wütend starrte er
aus dem Fenster. »Wohin fährt uns dieser Kutscher? Wo
sind wir? Immer noch nicht an der Brücke? Wenn wir in
Riga sind, dann fahr die Alexander-Straße hinauf, Janis!«,
schrie Martieli aufgebracht und klopfte energisch gegen
die vordere Wand des Verdecks.

»Urs, was willst du?«

»Janis, fahr zu! Fahr zum Stadtfriedhof! Ich will mir eine
Grabstelle aussuchen.«

»Nein! Nein!« Madelaine rutschte von ihrem Sitz und ging
vor Martieli in die Knie. Als sie mit Tränen in den Augen zu
ihm aufsah, ruhte sein Blick auf ihrem Dekolleté. Tief und
schwer ging sein Atem.

»Ich hasse den Tod, Madelaine«, sagte er leise. »Ich hasse
ihn.«

Er lehnte seinen Kopf auf ihren Busen. Seine Finger zitterten um die Knöpfe ihres Kleides, und mit zitternden Fingern schob er ihren Kleiderstoff beiseite.

»Ich will … der Erste sein«, stöhnte er.

Die Pferde fielen in einen ungleichmäßigen Galopp. Janis steuerte die Kutsche, so gut es ging, um grobe Schlaglöcher, die der Schnee hinterlassen hatte. Die Kutsche schlingerte und holperte.

»Lass mich der Erste sein. Bitte, Madelaine … Ein letztes Mal noch.« Stumm schüttelte sie den Kopf. »Lass mich dich lieben. Einmal noch. Ein letztes Mal noch«, flüsterte er. Sanft streichelte er ihr über den Busen.

»Nein, Urs.« Mit einem Ruck raffte Madelaine ihr Dekolleté zusammen und ließ sich rückwärts auf den Sitz gegenüber fallen.

»Was tust du mir an, Madelaine?«, fragte er.

»Du kennst die Antwort, Urs.« Sie sah zum Fenster hinaus.

»Und … wenn er nicht zurückkehrt?«

Madelaine sah die Traumtreppe vor sich, Mazarys Blick, wie er sich wie schmelzende Schokolade verdunkelte.

»Er kommt zurück«, sagte sie fest und griff nach dem Medaillon.

»Nur zu dir allein?«, fragte Martieli sehr langsam, lauernd beinahe. In seinen Augen loderte Eifersucht.

»Lass uns von etwas anderem sprechen, Urs.«

Sie hatten die Pontonbrücke erreicht, die sie vom Westufer zum Ostufer der Düna in Rigas Altstadt führte. Eine kleine Gruppe Menschen hielt die Kutsche an. Hände reckten sich ihnen entgegen. Madelaine öffnete das Fenster und ergriff mehrere der bunt bedruckten Handzettel, die für die Jubiläumsfeier der Stadt warben.

»Hier, schau, die Siebenhundertjahrfeier, dein Geschäftsziel, steht bevor. Ich bitte dich, Urs, lass uns vernünftig sein. Schließlich habe ich eine Reklameidee für deine Konditorei, die deinem Geschäft zugute kommen wird.« Madelaine merkte, wie scharf ihre Stimme mit einem Mal klang.

»Ich nehme an, auch diese Idee bleibt dein Geheimnis?«

»Ja, natürlich, Urs.« Sie lächelte. »Alles, was die hochwohl-löblichen Herren der Schöpfung sich ausgedacht haben, wird ausgestellt – Dampfanlagen, Öfen und Kunstschmie-dearbeiten genauso wie Zigarren, Medaillen, Seifen, Pia-nos und Bilder. Ich sagte dir ja bereits, du hast meinen Ehr-geiz geweckt, und ich habe versucht mitzuhalten im Wett-kampf der Künste.«

Martieli hüstelte verlegen.

»Nun gut, vergessen wir alles. Lass uns so tun, als ob wir Touristen in einer fremden Stadt wären.« Er setzte sich auf und schlug die Beine übereinander.

Janis lenkte die Kutsche von der Dünaseite her an Schal-Pforte und -Turm vorbei in die Schal-Straße. Die vielen Handwerker hörte man schon von weitem. Bald sahen Madelaine und Martieli das im Renaissancestil des 16. Jahrhunderts nachgebaute Alt-Riga – Rathaus, Markt-platz, Zeughaus, Stadtwaage, Kalkturm. Unzählige Fuß-gänger brachten die Kutsche immer wieder ins Stocken. Martieli fragte einen Maler, woraus denn die so echt wir-kenden Nachbauten bestünden. Sie seien aus gewöhn-lichem Gerüstholz hergestellt, antwortete dieser, und mit Putz versehen. Ein Teil der Wände bestehe einfach aus Latten, mit darauf genageltem Strohgeflecht. Im Moment seien noch Maurer damit beschäftigt, Mörtel in die Fu-gen der rot gestrichenen Putzflächen zu streichen. Für die Malereien an den Außenwänden zeichne im Übrigen die Firma Peterson verantwortlich, für die er arbeite. Er lupfte den Hut und hastete weiter.

Die Kirchturmglocken schlugen, und Martieli begann, wie um Madelaine zu reizen, die Schläge laut mitzu-zählen.

»1209 hatte Riga schon seine erste Kirche. Es war die Petri-

Kirche, damals ein schlichtes Holzhaus – und nun sieh, wie die Stadt sich entwickelt hat.«

»Ein rascher Wandel – in siebenhundert Jahren«, spöttelte Martieli. Gleichwohl schaute er neugierig auf das Treiben um sie herum.

Die Kutsche kam in die Nähe der Esplanade, die jedoch abgesperrt war. Sie sahen nun, dass der Esplanaden-Platz um den Schützengarten und der dahinter liegenden Grundstücke jenseits des Kanals am Puschkin-Boulevard erweitert worden war. Auf dem großen Gelände waren zahlreiche Hallen, Musikmuschel und Ausstellungspavillons zu sehen.

Plötzlich rief Martieli: »Also gut, lass uns ein Spiel machen. Die Stadt, in die ich dich geführt habe, feiert nun bald ihr siebenhundertjähriges Bestehen. Was weißt du über sie? Wusstest du beispielsweise, dass Albrecht Dürer Riga besucht hat?« Madelaine verneinte. »Er hat sogar 1521/22 hier in Riga eine livländische Schönheit gemalt. Ihr Bild hängt im Louvre.« Er klang listig.

Madelaine hob fragend die Augenbrauen.

»Du weißt nicht, wer oder was der Louvre ist?«

»Du warst in Paris, nicht ich.«

»Das ist auch gut so«, murmelte er bissig. »Sonst hättest du zusehen können, was dein Graf in den verruchtesten Chambres séparées so angestellt hat …« Er weidete sich an Madelaines entsetztem Gesicht, fuhr aber ungerührt weiter: »Also, der Louvre war früher das Schloss der französischen Könige in Paris und ist seit dem 18. Jahrhundert öffentliches Museum mit den herrlichsten Kunstschätzen der Welt.«

»Du bist grausam und entsetzlich eifersüchtig«, flüsterte sie böse.

»Tröste dich, ich lebe nicht ewig«, meinte er trocken.

»Urs!«

»Lass, Madelaine! Machen wir weiter. Du bist an der Reihe.«

»Weißt du, wer Riga gegründet hat?«, konterte sie. Nun schüttelte er den Kopf.

»Der Bremer Domherr Albert.«

»So? Das weißt du? Wie kommt denn jemand von der Weser an die Düna?«

»Mit dem Pferd«, antwortete sie ironisch. »Im Auftrag seines Bischofs sollte er hier für Ruhe unter den Heiden sorgen.«

»Mit Gebeten auf den Lippen und dem Kreuz in der Hand.«

»Nein, mit dem Schwert und einer Hand voll Kreuzritter. Daraus entstand der Schwertbrüderorden …«

»Der Blutbrüderorden also. Schau mal, mein kluges Fräulein, dort ist ein Wappen mit einem Viermaster über dem Portal.«

»Sehr romantisch«, entgegnete sie gereizt. Martieli unterdrückte ein Lächeln. »Albert wurde übrigens Bischof von Livland«, fuhr sie verbissen fort. »Man nannte es auch Marienland, heute Lettland und Estland.«

»Erstaunlich, was du alles weißt«, spöttelte er.

»Es war bis ins 16. Jahrhundert dem Deutschen Orden unterstellt und somit Teil des Heiligen Römischen Reiches Deutscher Nation.«

»Ein Ehrenkranz für Ihr exorbitantes Wissen, Fräulein Professor!«

»Kaiser Nero soll römische Reiter an die baltische Küste geschickt haben, um …«

»… neckische rotblonde Wesen …«

»Still! Um vom mare balticum Bernstein für Gladiatorenspiele zu holen.«

»Von einem mare, an dem so seltene Goldkäferchen angeschwemmt werden wie du«, sagte Martieli grinsend. »Du hast übrigens einen wunderschönen Busen«, fügte er leise hinzu.

»Du bist heute schrecklich, Urs.«

»Man ist am Morgen nie mehr der Gleiche wie am Abend zuvor. Kennst du das Sprichwort etwa nicht?«

»Urs, mir graut vor dir!«

»Das ist Faust, Gretchen.«

»Ich weiß es wohl.«

»Übrigens, der Rigaer Jugendstil gilt unter Fachleuten als eklektizistisch. Wien solltest du einmal sehen.«

Madelaine ärgerte sich nun.

»Alles nur für die Reichen, die Nachkommen der Gründerväter und Zugereisten. Und die Einheimischen? Ihre Leibeigenschaft wurde erst 1816 aufgehoben. Vor hundert Jahren wäre Janis noch dein Sklave gewesen.«

»Meiner? Ich frage mich, was du mit ihm gemacht hättest, wenn er deiner gewesen wäre …«

Madelaine stieß ihm nun ärgerlich mit dem Ellbogen in die Seite.

Er schnappte vor Schmerz nach Luft.

»Urs! Verzeih!« Sie schlang ihre Arme um ihn.

»Genau, du hättest ihn gequält, so wie mich. Zucker und Salz, nicht wahr, Madelaine?«

»Du bist eitel, Urs. Ich hoffe, die Eitelkeit hält dich noch lange am Leben.«

»Hexchen!« Er küsste sie.

Statt vor dem städtischen Friedhof, wie Martieli es befohlen hatte, hielt Janis vor der Baumanis-Villa. Er öffnete den Wagenschlag und fragte: »Ist es recht, Herr?«

Martieli seufzte. »Was für einen Kutscher habe ich nur ausgesucht! Ja, es ist recht. Danke, Madelaine.«

Wochenlang richteten sich nun alle Gedanken auf die Vorbereitungen zum Fest. Neben der alltäglichen Arbeit in der Backstube konzentrierte sich Madelaine auf die Umsetzung ihrer Reklameidee. Sie hatte Stoffe bei Madame Holm bestellt und ihrer Schneiderin die Vorlage gegeben, wonach sie die Kostüme nähen sollte. Ihre größte Sorge war, ihr Geheimnis könne vor der Zeit ausgeplaudert werden. Ihre Mädchen waren sehr aufgeregt, und die Schneiderin war so angetan von der Idee, dass nur allzu leicht ein verräterisches Wörtchen über die Lippen hätte kommen können. Doch alle schwiegen. Nun endlich waren die Kostüme fertig. Die Mädchen und sie selbst sahen bestechend gut aus. Ihrer aller Anspannung konnte nicht größer sein. Madelaine war sich sicher, dass ihre Überraschung glücken würde. Niemand würde ihre Martieli'sche Konditorei übersehen können. Sie würde mithalten können im Wettkampf mit gut hundertfünfzig Industriellen, Fabrikanten und Gewerbetreibenden.

Mitte Juni traf noch einmal eine Depesche ihrer Tante ein, in der sie um eine zusätzliche Gabe für Arztkosten und Medizin bat, da Bille ernsthaft erkrankt sei. Madelaine, die geplant hatte, Handzettel drucken zu lassen, auf denen die Konditorei samt Martieli und kostümierten Angestellten zu sehen gewesen wäre, verzichtete auf den Plan und schickte das eingesparte Geld plus Extrasumme an Tante Marie. Neben der Sorge um Bille quälte sie allerdings zunehmend die Ungewissheit, ob András rechtzeitig zum Fest nach Riga kommen würde. Jeden Tag berichtete die Rigaer Zeitung vom Eintreffen bedeutender Persönlichkeiten, die im Hotel Bellevue am Hauptbahnhof, im Hotel Petersburg am Schloß-Platz oder Grand Hotel Excelsior logierten. Nur vom Grafen Mazary berichtete sie nicht. Stattdessen erfuhren die Leser vom Fortschritt der festlichen Aufbauten, den Ausschreibungen für Gedenkmedaillen, Kompositionen und geplanten Volksbelustigungen und Veranstaltungen. Von Sprüngli erfuhr Madelaine, dass Inessa zur letzten Festvorstellung des Stadttheaters am 20. Juni kommen wolle. Schon lange hingen die Plakate überall in der Stadt aus, die vom Programm kündeten: »Ouvertüre zur Euryanthe von C. M. von Weber, Szenischer Prolog, danach die Ouvertüre zu Ruslan und Ludmilla von M. J. Glinka und zum Schluss Wallensteins Lager«. Anschließend würde das Stadttheater bis zum 21. August schließen. Doch obwohl die Zeitung Inessas Rückkehr und Teilnahme an den Stadtfeierlichkeiten rühmend erwähnt hatte, habe diese, erzählte Sprüngli, vor kurzem einen Nervenzusammenbruch erlitten, als sie erfahren hatte, dass Madame Verera, die italienische Nachtigall, im Juli zu erwarten sei. Diese könne den denkbar höchsten Sopran glockenrein singen, hatte die Zeitung berichtet. Das übertriebene Lob habe Inessa, die hier in Riga ihren ersten Sangesplatz beanspruche, sehr verletzt. Nun sei nicht einmal sicher, ob sie an dem großen Chorkonzert des Rigaer Lettischen Vereins am 1. Juli mitwirken könne. In letzter Zeit sorge sich ihre Mutter sehr über ihre gereizten Nerven, berichtete Martieli, mehr als je zuvor. Die vielen Reisen und Konzerte in Europa hätten ihr doch stark zugesetzt. Es sei die Ruhe an seiner Seite, die ihr fehle, hatte Madelaine gemeint und nicht verhehlt, dass sie einem Wiedersehen mit gemischten Gefühlen entgegenblicke.

»Du wirst sie treffen«, sagte Martieli trocken. »Am Abend des ersten Festtags sind wir zu einem Liederabend eingeladen. Du verdankst deine Einladung natürlich Inessa. Ihre

Mutter freut sich ebenfalls darauf, dich zu sehen. Sie mag und bewundert dich. Es ist ein kleines Fest zu Ehren Baumanis als Architekten.«

»Ihre Villa ist ja auch wirklich schön und Frau Baumanis sehr sympathisch.«

»Das ist sie. Du kannst dich mit ihr unterhalten, wenn es dir langweilig werden sollte – im Hause Merkenheims.«

»Ein Liederabend bei Merkenheim?« Madelaines Herz stockte.

»Ja. Frau Baumanis möchte dich sozusagen als Familienmitglied mit dabeihaben.«

»Und … András? Wird er auch kommen?«

Martieli räusperte sich. »Das, meine Liebe, müsstest doch eigentlich du wissen, oder?«

Madelaine verfiel in tiefe Zweifel. Wie um dem Schmerz zu entgehen, den ihre Gedanken schufen, suchte sie so bald wie möglich Madame Holm auf.

Am Morgen des 22. Juni 1901 trat Madelaine mit Martieli am Arm durch das barocke Portal der St.-Petri-Kirche. Hunderte von aufgeregten, festlich gekleideten Menschen drängten sich ins Gotteshaus. Die Glocken aller Stadtkirchen läuteten feierlich. In der Kirche glänzten Taufbecken, Kelch und Weinkanne aus baltischem Silber im Schein der Sonne, deren Strahlen sich im farbigen Fensterglas brachen. Der Messingarmleuchter aus dem Jahre 1690 war frisch poliert wie auch der siebenarmige Leuchter von 1596 – so als wären die Jahrhunderte schad- und staublos an ihnen vorübergegangen. Das Gestühl der Schwarzhäupter war kaum noch zu erkennen, so dicht drängte sich die Masse der Menschen ins Kirchenschiff. Nach und nach trat Stille ein, Orgelklänge erfüllten den hohen Raum. Im Chor sang nun die Gemeinde »Lobe den Herren, den mächtigen König der Ehren«, und Madelaine schämte sich, dass sie seit ihrer frühen Kindheit nicht mehr gesungen hatte. Ihre Stimme brach immer wieder mit der Melodie, und ihr Blick klammerte sich an den Text des Gesangbuchs, während alle anderen, auch Martieli, ihn auswendig sangen. Schließlich betrat Stadtprobst Gaethgens die marmorne Kanzel.

»Wir sind hier versammelt, Gott im Geist und in der Wahrheit anzubeten und heute in Sonderheit einmütig und dankerfüllten Herzens seine Gnade zu preisen, mit der Er über unsere Vaterstadt siebenhundert Jahre gewaltet, den Vätern das Haus gegründet und gebaut hat, in dem wir noch heute wohnen. Er hat die Kriege gesteuert und dem Blutvergießen gewehrt. Er hat unsere Stadt wachsen und aufblühen lassen, hat ihr Frieden gegeben, wiewohl ihre Mauern niedergerissen sind; hat die Zahl ihrer Einwohner stark vermehrt, hat den Schiffen auf den Meeren gute Fahrt gegeben und das Werk unserer Hände gesegnet ...«

Madelaine fühlte, wie Martieli nach ihrer Hand tastete und sie drückte.

»Darum lasset uns in der Erkenntnis unserer Unwürdigkeit uns vor Gott demütigen, ihm unsere Sünden bekennen und also beten ...«

Martielis Hände zitterten, als er mit dem Taschentuch über seine Augen fuhr. »Er ist alt«, hörte Madelaine Inessas Stimme im Kopf. Er hat ein gutes Herz, dachte sie nur und schob ihre Hand unter seinen Arm.

Von zwölf bis dreizehn Uhr ertönten weit über die ganze Stadt von Dom und Petri-Turm herab feierliche Posaunenchoräle. Madelaine war mit Martieli in die Konditorei zurückgekehrt, wo alle Angestellten sie bereits aufgeregt erwarteten.

»Bevor wir uns die Ausstellung ansehen«, sagte Madelaine

zu Martieli, »wollen wir dich überraschen. Kommt, Mädchen!«

Endlich löste sich die große Anspannung. Stine, Dina und die anderen hasteten die Holztreppe zu Madelaines Wohnung hinauf. Mädchenhaft kichernd legten sie ihre Kostüme an. Da alles perfekt saß, kamen sie wenige Minuten später wieder zu Martieli hinab, der im Café Klavier spielte.

»Da sind wir! Das ist unser Beitrag zur Siebenhundertjahrfeier!«, rief Madelaine fröhlich. Er drehte sich um.

Eingerahmt von ihren Mitarbeiterinnen, präsentierte sich Madelaine in einem Martieli nicht unbekannten Kostüm des 18. Jahrhunderts. Sie trat einen Schritt vor, drehte sich langsam einmal um sich selbst und ließ sich von ihm bewundern. Ihr Haar steckte unter einem rosa Häubchen mit Spitzenband über Stirn und Ohren. Eine orangegelbe Samtjacke mit weißem Schultertuch betonte ihren vollen Busen. Zart und vornehm zugleich wirkte der bodenlange graublaue Rock mit weißer Schürze aus schwerer Seide. Ihre Füße steckten in gelben Schuhen mit Barockabsätzen.

»Das Schokoladenmädchen! Du siehst aus, als wärst du direkt aus Jean-Étienne Liotards Gemälde gestiegen!«, rief Martieli.

Madelaine, die als Einzige das Tablett mit Porzellantasse voll heißer Schokolade und Wasserglas trug, nickte vergnügt.

»Mein Gott, Madelaine! Welch eine Idee!« Er eilte auf sie zu, küsste sie auf beide Wangen, drückte den anderen Mädchen die Hand und drehte sich um sich selbst vor Freude.

»Jetzt ein Glas Champagner für alle!«, rief er.

»Haben wir, und zwar einen besonderen.« Madelaine

nickte Jean-Patrique zu, der passend zu ihrem Kostüm hellblaue Kniebundhosen mit weißen Bändern, hellroten Gehrock und ein spitzenverziertes Hemd trug.

»Famos! Einfach famos!« Martieli lachte. »Welch eine Idee!«

Rasch entkorkte Jean-Patrique die Flaschen aus dem Württembergischen, füllte die Gläser.

»Der Duft kommt mir bekannt vor. Was ist das?«, fragte Martieli.

»Champagner von der Holzbirne«, antwortete Madelaine.

»Zum Wohl! Auf die Martieli'sche Konditorei! Auf dich, lieber Urs! Auf uns alle!«

Dina servierte dazu die Champagnerbirnentorte, die Madelaine kreiert hatte.

»Heute verwöhnen wir uns selbst.« Martieli kostete. »Excellent, mademoiselle!« Er nickte Madelaine anerkennend zu, und sie freute sich, dass ihre Überraschungen geglückt waren.

»Du siehst – ihr alle seht – einfach bezaubernd aus. Ich danke euch. Eine größere Freude konntet ihr mir nicht machen. Wusstet ihr übrigens, dass Liotard ein Schweizer war?«

»Ja, er stammte aus Genf, war sehr erfolgreich und wanderte von Paris nach Wien, von London nach Amsterdam. Er soll sogar bis in den Orient gereist sein.«

»Ein Wandervogel wie wir also«, sagte Martieli lächelnd. »Sein Schokoladenmädchen soll dutzendfach kopiert worden sein. Du, Madelaine, gehst jetzt als Original mit mir auf die Ausstellung. Komm, Janis, spann die Pferde an.«

Selten waren die Straßen und Gassen der Stadt so bunt und fröhlich belebt wie zu dieser Stunde. Wie all die vielen zweispännigen Droschken und herrschaftlichen Equipagen holperte auch Martielis Kutsche über das unebene Pflaster der Stadt. Sie teilten wie Schiffe das wogende Meer wandelnder Menschen – Moskauer Kaufleute, deutsche wie englische Matrosen, lettische Bauern, polnische und litauische Juden in langem schwarzem Rock und dunkler Kippa, ordenbehängte russische Generäle mit goldenen Achselschnüren, Levantiner mit rotem Fes und schwarzen Schnurrbärten, flachsblonde Finnländer, Popen mit hohem Barett, langem schwarzem Rock und Bärten, die bis auf die Brust herabhingen. Dazwischen die freundlich grüßenden Rigaer, die an diesem Tag eine besondere, heitere Eleganz ausstrahlten.

Auf der Kreuzung stand wie immer mitten im Gewirr der Gorodowoi, der Schutzmann, und regelte den Verkehr. Seinen dunklen Tuchanzug hatte er längst gegen einen weißen, sommerlichen, eingetauscht. Madelaine strich über die knisternde Seide von Rock und Schürze und zupfte die Spitzen hervor, die den am Ellbogen leicht aufgebauschten Ärmel schmückten. Wenn Martieli wüsste, welch hauchdünne weiße Seidenstrümpfe sie heute unter dem Liotard'schen Rock trug. Er dürfte es nie erfahren. Ihr Herz klopfte vor Aufregung.

Was würde passieren, wenn András sie heute sähe?

Nach wenigen Minuten hatten sie die Ecke Nicolai-Straße/ Todleben-Boulevard erreicht.

Da Martieli beschlossen hatte, den ersten Tag für einen allgemeinen Rundgang zwecks Reklame zu reservieren, schritten sie Arm in Arm über das Ausstellungsterrain. Gärtner hatten für bunte Blumenbeete gesorgt und die Anlage zwischen Industriehallen und Pavillons mit Koniferen, Lorbeerpyramiden und Stechpalmen dekoriert. Rigas Fahne flatterte vielerorts an weiß gestrichenen Masten. Im Musikpavillon nahm gerade das Militärorchester des Isborsk'schen Infanterieregiments Platz. Es würde von vier bis halb sechs spielen und abends dann, so war zu lesen, das Streichmusikorchester aus Helsinki unter der Leitung seines Dirigenten Georg Schneevoigt. Leute, die hinter ihnen standen, tuschelten. Und als Madelaine ihren Kopf wandte, merkte sie, dass ihre Blicke weniger dem Programm galten als vielmehr ihrem Aussehen.

»Komm, lass uns weitergehen«, meinte Martieli vergnügt. »Dort drüben steht die Konkurrenz. Ich würde sie gerne ein bisschen ärgern.«

Das Gedränge nahm zu, je weiter sie auf den bekiesten Wegen auf Hallen und Pavillons zuschritten. Bewundernde Blicke, Pfiffe und anerkennende Rufe begleiteten sie auf ihrem Weg. Vor der Gartenbauhalle eilten zwei Herren auf sie zu.

»Rigaer Tageblatt! Bitte, die Dame, der Herr! Erlauben Sie bitte ein Foto!«

Ehe sie sich's versahen, wurden Martieli und Madelaine vom Getümmel der Menschen in die Halle geschoben. Man drängte sie an einer Reihe Töpfe mit üppigen Weinreben vorbei, bis sie den Platz erreichten, an dem eine Kollektion Orchideen blühte. Hier möge man doch bitte Aufstellung nehmen, sagte der Fotograf. Hastig baute er seine Apparatur auf.

»Wenn der Herr bitte einmal kurz beiseite treten würde?«

»Warum nicht«, murmelte Martieli bescheiden.

»Nicht ohne Herrn Martieli!«, rief Madelaine und zog ihn an sich.

»Schönheit geht vor Alter!«, erscholl eine Männerstimme aus der Menge. Die Menschen lachten.

»Er hat Recht, Madelaine«, sagte Martieli und rief laut: »Sie ist das Schokoladenmädchen! Unser Rigaer Schokoladenmädchen!«

»Soll ich das schreiben?«, fragte eifrig der Reporter.

»Aber sicher! Das Schokoladenmädchen der Martieli'-schen Konditorei, Kauf-Straße 8«, fügte Madelaine energisch hinzu und stellte sich in Positur.

Am Abend zog sie das Jugendstilkleid an, das sie sich über Madame Holms Kontakte aus Berlin hatte zuschicken lassen. Es war aus fast durchsichtigem Chiffon mit einem Seidenunterkleid in pastellfarbenem Gelb. Bordüren aus hellblauer Seide, bestickt mit fantastischen Blüten und Blättchen, schmückten das gerade geschnittene Dekolleté, Hüftband und Saum. Der befreiten Frau gehöre die Zukunft, hatte Madame Holm auf der beiliegenden Karte geschrieben. Und sie, Madelaine, als selbstständige Geschäftsfrau könne es sich leisten, privat in viele Rollen, sprich Verkleidungen, zu schlüpfen.

Es war ein eigenartig nacktes, wenn auch befreiendes Gefühl, ohne Korsett, ohne Schnürungen, Polster und steifen Stehkragen das Haus zu verlassen – mit kaum weniger als einem Höschen und Hemdchen aus Batist, einem Mieder aus Drillich und einem seidenen Unterrock auf der Haut. Nicht zu vergessen natürlich die zarten Seidenstrümpfe, die am Oberschenkel von schönen Spitzen umsäumt waren. Die Schultern zierte ein breiter Schal, den András' silberne Brosche zusammenhielt. Wer weiß, dachte sie, vielleicht würden ihr die Perlen und Mondsteine Glück bringen. Ihr schönes langes Haar hatte sie mit kleinen silbernen Kämmen hochgesteckt und mit schmalen Seidenbändern durchflochten. Als Martieli um sieben Uhr erschien, traute er seinen Augen kaum.

»Madelaine! Mein Gott! Du siehst aus wie eine Fee! Du bist die schönste Frau der Welt. Verführerisch, einfach bezaubernd. Doch welch eine Verantwortung lädst du mir auf?

Dich zu bewachen ist mir jetzt nicht mehr möglich«, sagte er theatralisch. »Andere Männer werden dich von mir reißen und dich in goldenen Kutschen auf ihre Schlösser entführen. Ich werde verwaist und laut über mein Alter wehklagen.«

Gespielt tupfte sie ihm mit ihrem Schal unsichtbare Tränen fort. Sie lächelte.

»Welch Komplimente, mon chevalier! Aber wie du siehst, bin ich am Abend nicht mehr die Gleiche wie am Morgen. Jetzt bin ich die Fee und morgen wieder das fleißige Schokoladenmädchen.« Sie küsste ihn auf die Wange.

Selbst Janis starrte Madelaine mit offenem Mund an, bevor er den Wagenschlag öffnete.

»Fräulein Gürtler«, murmelte er tief beeindruckt, »darf ich mir erlauben zu sagen, dass ich noch nie eine so beeindruckende Schönheit wie Sie gesehen habe, geschweige denn ihr habe dienen dürfen.«

»Tja«, seufzte Martieli, »es ist wohl besser, Janis, du hältst dich zum Schutz unserer Schönheit in unserer Nähe auf.«

Janis verbeugte sich tief.

»Es sind doch nur Stoffe, Janis«, sagte Madelaine.

»Denen Sie ihre Kostbarkeit verleihen«, flüsterte er tief errötend.

»Auf zur Albert-Straße! Zu den Merkenheims!«

Noch immer war es draußen hell. Seit Mitte Juni hielt sich die Mitternachtssonne weit über dem Horizont und durchwob die Nächte mit zauberischem Licht. Nur noch ein Tag, und die Johannisfeuer würden wieder an den Ufern der Düna flackern.

»Du bist … ganz frei … unter deinem Kleid?«, flüsterte Martieli.

»Ich trage keine Fischbeine mehr, das ist alles«, wich

Madelaine aus. Martieli brummte und musterte sie von der Seite. Es schien ihr, als ob er mit sich kämpfen würde, mit seinen Händen zu überprüfen, wie sie sich jetzt wohl anfühlte. Doch er verzichtete.

Sie fuhren am Schützen-Garten vorbei durch die elegante Albert-Straße. Angesichts der Jugendstilvillen, die sich wie prächtige Pfauen aneinander reihten, machten sie sich gegenseitig auf die Ornamente der Steinmetzen, Maurer und Zimmerer aufmerksam. An geschwungenen Portalen, ovalen Fenstern, eigenwilligen gläsernen Vorbauten grüßten Sonnenstrahlen, Blätterranken, Blüten, Palmblätter, Köpfe von Narren, Mohren oder nixenhaften Schönheiten. Eine riesige weiße Villa mit vergoldeten Kuppeln über Erkern und Giebeln und marmornen Balustradenpfeilern fiel besonders auf. Sie lag in einem Garten, den hohe Kastanien zum Nachbargrundstück begrenzten. Es schien Madelaine, als ob die hoheitsvolle Aura der Villa die zartrosa Kerzenblüten wirken lassen würden, als wären sie aus schimmerndem Porzellan. Abseits vom Schatten des dunklen Grüns entdeckte sie umgegrabene Beete und frisch gesetzte Pflanzen. Auf der Terrasse stand ein großes Zelt aus weißer Persenning. Zwei Hausmädchen waren noch damit beschäftigt, papierne Hauben von Holzkübeln zu entfernen, die die Stufen der Terrasse flankierten. Große gefüllte Rosenblüten in prächtigen Farben kamen zum Vorschein. »Wir sind da«, meinte Martieli.

Das hallenartige Entree war in weißem Marmor gehalten und mit Säulen, um die sich Schlangen, Inschriften und dickkelchige Blüten rankten, geschmückt. Zusätzlich empfingen die Besucher naturgroße nackte Schönheiten aus Bronze. Das Licht, das aus den großen weißen Blütenkelchen fiel, die sie als Lampenschirme über ihren Köpfen hielten, überzog ihre ebenmäßigen Körper mit mattem

Glanz. Eine helle Holztreppe wand sich in weiten Spiralen in die oberen Etagen. Geländer und Galerien waren lianenförmig geschnitzt, sodass es aussah, als würde sich eine riesige Pflanze mit schlanken Ästen zum Dach hinaufwinden. Der Hausdiener führte sie in einen Salon, der sich zur Terrasse hin öffnete. In kleinen Gruppen standen die Gäste beieinander und unterhielten sich leise. Madelaine erkannte ein paar Herren von der Börse, lokale Berühmtheiten, über die die Zeitung berichtet hatte, und Damen und Herren, die ihr bereits auf dem Silvesterball aufgefallen waren. Eine Frau in grauschwarzem Atlaskleid löste sich aus einer Gruppe und trat lächelnd auf sie zu – Frau Merkenheim. Für ihr Alter schien sie Madelaine zu stark geschnürt, und sie hatte den Eindruck, als wäre sie wie aus kostbarem Glas, das sofort zerspringt, wenn ein Ton zu laut, ein Luftzug zu stark ist.

Nach der Begrüßung, bei der Madelaine gewahr wurde, dass die anderen Gäste sie neugierig beobachteten, sagte Frau Merkenheim: »Ihre Torte damals, hatte sie eine besondere Bedeutung? Graf Mazary war so freundlich, sie mit uns zu teilen.« Sie tat, als würde sie überlegen. »Biskuitteig war es, nicht wahr? Mit einer köstlichen Creme. Backen Sie sie noch?«

Würde sie die Wahrheit sagen, würde alle Welt erfahren, dass sie András die Bestellung zu verdanken hatte – und ihn liebte.

»Wenn Sie es wünschen, selbstverständlich, Frau Merkenheim«, antwortete sie nach einer Atempause. »Es ist meine Leidenschaft, Torten zu kreieren, die je nach Jahreszeit oder Inspiration einzigartig sind.«

»Einzigartig, aha.« Frau Merkenheim schaute sie scharf an. »Und Sie brauchen Inspiration, sagen Sie? Eigenartig, ich dachte, Backen sei bloßes Handwerk.«

Bevor Madelaine noch etwas entgegnen konnte, wandte sie sich ab. Glücklicherweise kam Frau Baumanis auf Martieli und Madelaine zu und umarmte beide warmherzig. »Sie sehen wunderschön aus, Fräulein Gürtler. Es tut gut, Sie anzuschauen. Welch Glück haben Sie, lieber Herr Martieli, eine so bezaubernde junge Frau an Ihrer Seite zu haben.«

»Ich bin auch sehr stolz auf mein Schokoladenmädchen.«

»Wie gut Sie es beide haben. Wissen Sie, ich mache mir große Sorgen um meine Tochter.«

»Aber Inessa singt doch heute, oder?«, fragte Madelaine.

»Selbstverständlich. Nur fürchte ich, dass meine Tochter längst durch diese fremde Musik ihre Wurzeln verloren hat. Die Musik scheint mir allzu übertrieben, übersüß und in den Gefühlen unwahr. Seit einiger Zeit kann ich das Mädchen, das ich aufzog, in meiner erwachsenen Tochter nicht mehr erkennen. Verzeihen Sie, ich möchte Sie nicht betrüben. Sie sehen heute Abend so überirdisch schön aus in Ihrem Kleid.«

Während Frau Baumanis sprach, spürte Madelaine, dass das Foto von ihr als Schokoladenmädchen in der Zeitung und ihr jetziges Jugendstilkleid für Aufsehen sorgte, man es aber vermied, sie direkt anzusprechen, war sie doch nur die kleine Zuckerbäckerin, die das Haus Merkenheim wie andere Rigaer Haushalte auch belieferte. Auf einen hellen Glöckchenklang und den einladenden Worten eines Mannes hin, den Madelaine hören, doch nicht sehen konnte, nahm man in Sesseln im Salon und auf der Terrasse Platz. Nach einem kurzen Moment betrat Inessa in einem karmesinroten Kleid mit Schleppe die kleine Bühne. Ihre ehemals porzellanhelle Haut wirkte rötlicher als sonst. Sie schien magerer als vor ihrer Abreise, und ein Hauch Traurigkeit umwehte ihr Gesicht. Rote Rosen in Kübeln rahm-

ten sie ein. Im Hintergrund bewegten sich die dunklen
Kastanien, Rosenduft wehte durch die Zeltöffnung. Es
hätte kaum schöner aussehen können. Das kleine Streich-
orchester begann zu spielen. Inessa lächelte über die
Köpfe der Gäste hinweg, schaute zu einem imaginierten
Horizont und sang beliebte Operettenarien aus Die schöne
Galatee von Franz von Suppé, Eine Nacht in Venedig und
dem Zigeunerbaron von Johann Strauß, Die schöne He-
lena und Pariser Leben von Jacques Offenbach und Das
Nachtlager von Granada von Conradin Kreutzer. In der
Pause setzte sich ein junger Mann an den Flügel und
spielte ein Opernpotpourri aus Charles Gounods »Faust«-
Oper. Während er über »Mein Fräulein, darf ich's wagen«,
die »Walpurgisnacht«, den Chor »Schlummernde Mädchen«, die berühmte Arie »O Nacht, vollende« fantasierte,
flüsterte Martieli Madelaine mehrmals zu: »Zu schnell!
Viel zu schnell!«

Sehnsüchtig dachte Madelaine an András. Mochte doch
die Zeit schneller vergehen, bis sie ihn wieder küssen, dieses aufregende Gefühl kosten konnte, an seinem starken
Körper zu lehnen. Der süße Liebesreiz der Musik verstärkte noch ihre Sehnsucht. Sie koste mit den Fingerspitzen die Mondsteine und Perlen seiner Brosche und blickte
an Inessas Gestalt vorbei in den Garten.

Martieli tupfte sich mehrfach die Stirn und schaute immer
wieder auf ihre Beine, die sich verführerisch unter dem
dünnen Stoff abzeichneten.

Für Inessas Darbietung gab es viel Applaus. Mittels des
Glöckchens geleiteten nun die Hausherren ihre Gäste in
den Speisesaal. Sonnenlicht fiel durch die lange Reihe hoher Bogenfenster, hinter denen der hintere Teil des Gartens lag. Stilisierte Ranken aus Stuck umfassten die Fensterrahmen. An der hohen Decke sah Madelaine von

Bronze eingerahmte Fabelwesen, Schmetterlinge und Sonnen, denen Rubine, Lapislazuli, Smaragde, Opale und Bernstein leuchtende Farben gaben. Im Spiegel der gegenüberliegenden Wand wurde ihr erst bewusst, wie schön sie war. Nie zuvor hatte sie in einem Kleid wie diesem, in einer so vornehmen Umgebung wie dieser auftreten können. Selbst vom Gesicht des Dieners in weißer Livree, der ihr half, Platz zu nehmen, ließ sich ungläubiges Staunen ablesen. Man reichte Champagner und bot Platten mit kalten Häppchen an. Madelaine probierte löffelgroße Stückchen Kalbfleisch in Steinpilzcreme, Kaviar, Fischpürees in Dill, kaltes Hasen- und Rebhuhnfleisch, dazu verschiedene Sorten winziger Brötchen.

Die Speisen schmeckten köstlich und waren ein wunderbarer Trost angesichts der Tatsache, dass sie sich in dieser Gesellschaft entsetzlich unwohl fühlte. Nachdem man gespeist und sich die Tischgesellschaft wieder aufgelöst hatte, stellte Madelaine fest, wie isoliert sie war. Inessas Mutter wurde von Damen umringt, die sie mit einfältigen Fragen bedrängten. Martieli hatte sich an den Flügel zurückgezogen. Umgeben von mitsummenden Damen, spielte er seine geliebten kleinen Salonstückchen. So blieb Madelaine nichts anderes übrig, als so zu tun, als würde sie die prüfenden und neidischen Blicke der anderen nicht merken. Sie betrachtete die kostbaren Fayencevasen und Kerzenständer, die Trompe-l'œil-Malerei an den Wänden, die melancholischen Schönheiten im Fensterglas, die farbenprächtige Glaskuppel über dem Salon. Die Silhouette der Sitzmöbel glich gebogenen Weidenzweigen – schnörkellos, doch elegant. Bezogen waren sie mit elfenbeinfarbenem Brokat. Auf ovalen Kirschbaumtischen boten Meißner Porzellanschalen, die so groß waren, dass man bequem einen Säugling in ihnen hätte baden

können, Pralinen, Gebäck, glasierte Früchte, in Schokolade getunkten Ingwer, Sorbets und Petits Fours an.
Am liebsten wäre sie in den Garten gegangen, doch von
dort trug der Abendwind den strengen Geruch von Tabak
herein. Es war der junge Pianist, der rauchend auf den Stufen der Terrassentreppe stand. Sie begegnete seinem lüs-
ternen Blick, während er aufreizend langsam an seiner Zigarre sog. Helle Aschestäubchen rieselten auf seine glänzenden Lackschuhe hinab.
»So schön und so verlassen?«, murmelte er, doch Madelaine wandte sich ab.
»Madelaine, wie schön du bist.« Ein Arm legte sich um
ihre Hüfte. Sie drehte sich erschrocken um. Inessa lächelte sie an und küsste sie auf beide Wangen. »Viel schöner noch als das Schokoladenmädchen.«
»Ich danke dir für die Einladung«, sagte Madelaine, während sie auf die Schatten unter Inessas Augen starrte, die
sich unter der hellen Schminke abzeichneten. »Das
Schokoladenmädchen dient im Übrigen dem Geschäft.«
»Das weiß ich, Madelaine. Du bist bestimmt die tüchtigste
Zuckerbäckerin hier im Norden.« Sie lächelte verkrampft.
»Meinen Respekt.«
So dicht wie sie vor ihr stand, erkannte Madelaine nun
deutlich, wie angegriffen Inessa aussah. Sie erinnerte sich
an ihr letztes Gespräch, und ihr war klar, dass Inessa
ihr früheres feuriges Leuchten immer noch nicht wieder-
gefunden hatte. Es schien ihr, als ob sie nur mehr von einem verzehrenden Flämmchen in ihrem Inneren gehalten
würde. All das, was sie so begehrenswert gemacht hatte,
ihre kraftvolle Unbekümmertheit, ihre verspielt raffinierte
Ausstrahlung, schien ihr abhanden gekommen zu sein. Sie
wirkt wie eine Lustspielfigur, dachte Madelaine, die erkannt hat, dass sie in ein düsteres Drama geraten ist. Es

scheint sie zu zerreißen, dass sie ihre altvertraute heitere Natur nicht wiederfindet und stattdessen Wut über den eigenen Schmerz empfindet. Wie anstrengend musste es sein, in diesem Zustand eine der Gesellschaft genehme Haltung zu bewahren.

»Inessa, du solltest dich schonen«, flüsterte Madelaine ihr zu. »Im Übrigen kannst du gewiss sein, du verstehst dein Geschäft hervorragend, und deine Stimme ist ebenso glockenrein wie die der Verera.« Das Kompliment berührte Inessa jedoch nicht. Sie errötete vor Ärger.

»Sei still, Madelaine! Was weißt du schon von Gesang, von Kunst?«

»Sie weiß vielleicht anderes«, ließ sich eine Männerstimme vernehmen.

»Herr Merkenheim«, hauchte Inessa und sank routiniert wie auf der Bühne zu einem Hofknicks zusammen.

Madelaine wusste, dass die Umstehenden sie genau beobachteten. Schließlich vertrat sie die Schönheit, Merkenheim unermesslichen Reichtum und Macht. Er musterte sie allerdings wie einen Gegenstand. Merkenheim war groß, schlank, sein volles weißes Haar länger als üblich. Er hatte ein schmales Gesicht, eine hohe Stirn und große helle Augen, bei denen Madelaine den Eindruck hatte, als würde eine Flamme hinter glitzerndem Eis lodern.

»Man sagt, Sie hätten sich das Liotard'sche Schokoladenmädchen zu Eigen gemacht.« Sein Blick tastete sie von Kopf bis Fuß ab.

Madelaine deutete vor lauter Verlegenheit einen Knicks an.

»Es ist eine Reklameidee. Ich … danke übrigens für die Einladung«, sagte sie höflich. Er ging darauf nicht ein.

»Kunst ist Kunst, ein Kostüm ist ein Kostüm«, entgegnete er ohne weitere Erklärung, kniff die Augen ein wenig zu-

sammen und betrachtete Madelaine noch intensiver als zuvor. »Sie erinnern mich an die Salomé von Alfonse Mu-
cha.« Er machte eine Pause. »Ein schönes Kleid, doch es
steht Ihnen nicht«, fügte er noch hinzu und wandte sich ab.
Madelaine war tief verletzt. So reich, so ungehobelt! Was
dachte sich dieser Schuft?

»Siehst du, Madelaine, wir sollen immer hübsch bescheiden bleiben«, seufzte Inessa und sah ihm sehnsüchtig
nach. »Er ist nicht immer so kühl, er genießt es nur, sich
als Mann darzustellen, der die Grenzen setzt und nach Belieben verschiebt.« Sie schwieg und musterte Madelaine
unruhig. »Ist dir aufgefallen, dass er mich – mich! – nicht
eines Blickes gewürdigt hat?«

Frau Baumanis, die die Szene beobachtet und die Worte ihrer Tochter gehört hatte, näherte sich besorgt und ergriff
deren Arm.

»Kind, echauffiere dich nur ja nicht.«

Inessa bemühte sich um Haltung. Sie atmete mehrfach ein
und aus und sagte dann: »Das dort ist übrigens seine Tochter Sybill. Sie wird bald heiraten, nicht wahr, Mutter?«

»Ja, einen jungen Grafen, wie ich hörte«, flüsterte Frau
Baumanis unbedacht.

Madelaine zuckte zusammen. Einen kurzen Moment
glaubte sie, dass Inessa sich an ihrem kaum gezügelten
Entsetzen ergötzte. War es Bosheit? Wollte sie sie bewusst
verletzen? Sie sah zu Merkenheims Tochter hinüber. Sie
war hellhäutig, hatte die gleichen großen Augen wie ihr
Vater, war jedoch so dünn, so ohne jegliche weibliche Run-
dung, dass ihr Anblick wehtat. Und diese Frau sollte
András, ihrem leidenschaftlichen, sinnlichen András ins
Bett gelegt werden? Armer András! Nie und nimmer!

»Ich weiß, was du denkst«, sagte Inessa plötzlich kichernd.
Als wäre eine Wandlung in ihr vorgegangen, die sie vom ei-

genen Schmerz ablenkte, fügte sie noch hinzu: »Einfache Mädchen wie wir müssen uns viel gefallen lassen, erinnerst du dich? Der Graf bringt Geld ins Merkenheim'sche Haus. Und du, zartes, kleines Schokoladenmädchen, musst auf ihn verzichten. Es sei denn, du tätest es mir gleich!« Sie begann unvermittelt zu lachen, und doch klang es, als ob ihr Lachen die Tränen zurückhalten würde, die sie sich nicht zu weinen gestattete.

»Inessa, beherrsche dich«, flüsterte Frau Baumanis sorgenvoll.

»Ach was!«, rief diese. »Warum soll sie nicht auch so leiden wie ich?«

Nun konnte sich Madelaine nicht mehr zurückhalten und verpasste Inessa eine Ohrfeige – auch wenn es ihr im gleichen Moment Leid tat. Sekundenlang war es still im Raum. Da begann Inessa hysterisch und übertrieben zu lachen.

»Sie schlägt gerne, meine verehrten Damen und Herren. Stellen Sie sich vor, das Schokoladenmädchen schlägt gerne.« Doch ihre Stimme wurde schwächer, je öfter sie den Satz wiederholte. Es war ein gesellschaftlicher Eklat. Inessas Mutter versuchte ihre Tochter fortzuziehen, doch immer wieder bäumte sich Inessa gegen sie auf, wehrte sie ab. Madelaine stand einen Moment wie versteinert. Da bemerkte sie, wie sich die dünne Gestalt Sybill Merkenheims schwankend erhob.

»András! András!«, rief sie mit flacher Stimme und hastete quer durch den Salon zur Tür. Madelaine durchfuhren heiße Schauer. Tatsächlich, Graf Mazary stand im Türrahmen, in einem schwarzen Anzug aus feinstem Stoff mit Samtkragen. Die Jacke betonte seine breiten, geraden Schultern, die Hose mit Seitenstreifen seine schönen langen Beine. Wie gut er aussieht, dachte Madelaine verzweifelt. Doch er war hochrot im Gesicht, und aus seinen dunklen Augen blitzte es. Ihr Herz schlug, als wollte es ihm entgegenspringen. Aber nun musste sie zusehen, wie Sybill Merkenheim ihm jubelnd um den Hals fiel. Er selbst fasste sie nicht an, stand wie aus Erz gegossen da und schaute zu Madelaine hinüber. András! András! Ich sehne mich nach dir!, rief sie ihm mit Blicken zu. Doch in seinem Blick kämpften Empörung und Erstaunen. Madelaine sah ihm an, wie sehr er sich zwang, sich zu beherrschen. Schon kam Merkenheim lächelnd auf ihn zu. Mazary räusperte sich, schob Sybill ein Stück von sich und verbeugte sich angemessen.

Madelaine jedoch hielt es nicht länger. Sie hastete über die Terrasse, durch den Garten und hinaus auf die Straße. Martieli eilte ihr unter Verbeugungen zu allen Seiten hinterher. Besorgt sprang Janis vom Kutschbock.

»Wartet hier!«, rief Martieli plötzlich. »Ich komme sofort wieder!«

Während er wieder ins Haus eilte, entdeckte Madelaine einen Schatten, der sich in eine Hausnische zurückzog, als sie hinübersah. Der Schatten sprang über die Straße, und Janis blickte ihm einen Moment lang nach.

»Stell dir vor«, Martieli kam herbeigerannt und schwenkte seinen Schal, »Merkenheim hat eine Ansprache gehalten und dein Auftreten entschuldigt.«

»Was?! Das hat er doch nur getan, damit ich in András' Augen noch weiter herabgesetzt werde«, sagte Madelaine aufgebracht und so laut, dass jeder es auf der Straße hören konnte.

»Er hat alle Anwesenden um strengste Verschwiegenheit gebeten. So etwas, meinte er, komme in den besten Kreisen vor, gerade unter hochsensiblen weiblichen Geschöpfen. Und dass du sensibel seist, dafür zeuge dein künstlerischer Geschmack.«

Madelaine blieb die Luft weg.

»Außerdem lacht Inessa immer noch, was gegen sie spricht. Das ist schlimmer als deine Ohrfeige. Sie ist hysterisch geworden. Also mach dir keine Sorgen mehr. András wird schon noch darüber hinwegkommen.«

»Nein, nie wird er das«, schluchzte Madelaine verzweifelt.

Am liebsten hätte sie sich umgebracht. Die lange Vorfreude auf András, die Sehnsucht nach seiner Umarmung – alles hatte sie innerhalb weniger Sekunden selbst zerstört, mit einer einzigen unangemessenen Reaktion. Sie hatte ihn, der so stolz und selbstbewusst war, mit ihrem Auftritt beleidigt. Wie sollte er sie achten und lieben können, nachdem er hatte mit ansehen müssen, dass sie sich in bester Gesellschaft – seiner Gesellschaft – benommen hatte wie ein Gassenmädchen?

Madelaine lag weinend auf ihrem Bett. Längst schon war ihr gleichgültig, dass der dünne Stoff an der Ärmelnaht eingerissen war und Schweiß und Tränen ihn durchnässten. Ihr Schmerz verdarb alle Schönheit, alle Frische. Sie raufte sich die Haare und riss an den eingeflochtenen Seidenbändern. Bei der Vorstellung, in wenigen Stunden das alltägliche Geschäft mit anderer Kostümierung weiterzuführen, wurde ihr übel. Kein noch so fulminanter Geschäftserfolg würde sie darüber hinwegtrösten können, dass der Mann, nach dem sie sich sehnte, für sie verloren war.

Ich liebe ihn doch!, dachte sie verzweifelt und drückte sich ein Kissen auf den Kopf. Ich liebe dich, András! Das Kissen unter ihrem Gesicht wurde heiß und nass. András! Die dichte Federfüllung sog ihren Atem auf und nahm ihr die Luft. Wie schön es jetzt wäre, ohnmächtig zu werden und zu sterben.

Da sie das Kissen mit den Fäusten an ihre Ohren drückte, dauerte es eine Weile, bis sie die wiederkehrenden Schläge gegen ihr Fenster wahrnahm. Er ist gekommen, dachte sie im ersten Moment, schalt sich jedoch sofort eine Närrin. Er ist ein Graf, kein Zuckerbäcker wie Martieli, der ihr treu nachlief wie ein Hund. Sie bereute es nun, sich vom Kissen befreit zu haben, und ärgerte sich über die Störung. Trotzdem erhob sie sich vom Bett und sah auf die Straße hinunter. Dort stand Rudolph Terschak und blickte zu ihr hoch.

»Madelaine! Ich muss dich sprechen. Komm bitte herunter!«

Sie wusste, dass sie diese Nacht nicht allein würde überstehen können, ohne verrückt zu werden oder sich das Leben zu nehmen. Fast schon fühlte sie sich erleichtert, ein bekanntes Gesicht zu sehen, das sie nicht an die Geschehnisse des Abends erinnerte. Außerdem, war jetzt nicht sowieso alles gleichgültig, was geschah? Sie komme, rief sie Terschak zu. Sie warf das Jugendstilkleid über den Spiegel, zog sich aus, wusch sich mit kaltem Wasser und schlüpfte in Hemd, Leibchen, Hose aus Barchent, darüber Unterkleid, Kittelkleid aus Kattun, die lange Wolljacke, ein Schultertuch – fertig. Wie benommen lief sie die Treppe hinunter. Hätte er sie jetzt erschossen, erdolcht oder vergewaltigt, ihr wäre alles egal gewesen.

Rudolph Terschak war mit einer schäbigen Droschke gekommen. Ein zottliges Pferd legte die Ohren an, als Madelaine die Straße betrat. Misstrauisch wandte es ihr seinen Kopf zu. Auf dem Kutschbock saß ein rothaariger Junge und tippte zum Gruß an seine Ballonmütze.

»Was willst du, Rudolph? Warum bist du hier?«

»Ich möchte dir etwas zeigen. Es ist wichtig.« Er ließ die restlichen Kieselsteine auf das Pflaster fallen.

»Warum ausgerechnet jetzt?«

»Du hattest keinen schönen Abend, nicht?«

Madelaine wurde hellhörig. »Du warst der Schatten auf der Straße?«

»Ja, und – warst du nicht verzweifelt?«

»Es wäre das Beste gewesen, ihr hättet mich erschossen. Du hast mein Leben umsonst gerettet, Rudolph. Es ist nichts mehr wert«, meinte sie tonlos.

»Wegen eines einzigen Mannes?« Er lachte. »Madelaine, du bist dumm. Ich werde dir etwas erzählen, was dein Leid lindern wird! Komm, steig ein.«

Sie glaubte ihm nicht, doch seine Worte versprachen sie von Schmerz und innerer Leere abzulenken. Also folgte sie ihm in die Droschke, die der Rothaarige sofort in Bewegung setzte.

»Was hast du in der Albert-Straße gesucht?«, fragte sie ihn.

»Wir wussten, dass Merkenheim eingetroffen ist«, antwortete Rudolph. »Doch was ich nicht wusste, ist, dass du mit einem solchen Menschenverächter verkehrst. Ausgerechnet du, Madelaine. Das Mädchen, dem ich das Leben gerettet habe. Zuerst schien es mir, als ob mich das Schicksal verhöhnen wollte.«

»Verhöhnen – wegen mir?«

»Verkaufst du nicht auch deinen Körper gegen Geld? Es ist doch immer das Gleiche. Ein Mädchen kommt aus einfachen Kreisen und folgt in der Not dem Ersten, der mit den goldenen Münzen lockt. Bei dir war es dieser Martieli. Dann verguckst du dich in diesen Schönling von Operettenhusar. Und als Höhepunkt in der Reihe kommt nun Merkenheim, ein wahrhaftiger Millionär. Schämst du dich nicht? Doch warte, ich habe nachgedacht – und nun bin ich dem Schicksal dankbar, dass es mich wieder zu dir geführt hat.«

»Nichts von dem, was du gesagt hast, entspricht der Wahrheit, Rudolph. Halte die Kutsche an und fahre mich zurück. Auf der Stelle! Ich glaube, du bist wahnsinnig geworden. Du bist schlichtweg wahnsinnig vor Eifersucht.«

Im Halbdunkel sah sie, wie er sich seine Faust vor den Mund hielt. Er atmete angestrengt.

»Nein, das wäre zu einfach. Würde es dich trösten, wenn ich sagen würde, ich wollte dich?«

»Ich liebe dich nicht, Rudolph.«

»Das weiß ich. Aber wäre ich noch ein Mann, wenn ich dir sagen würde, ein Leben ohne dich sei genauso schön wie ein geteiltes mit dir?«

»Halte die Kutsche an!«, rief Madelaine. »Du hast mich bereits belogen, Rudolph. Dir geht es um mich.«

»Nein, nein, es geht um, verzeih mir, um viel mehr«, murmelte er müde. »Glaube mir, mein kurzes Leben hat nur ein Ziel. Ich will die Revolution vorbereiten. Dafür schlägt mein Herz. Ich weiß, dass du anders bist, Madelaine. Leider. Vielleicht ändert dich ja noch das Leben und du kommst freiwillig zu mir. Mit dieser märchenhaften Hoffnung kann ich mich allerdings nicht belasten. Doch solltest du das eines Tages wollen, würdest du eine geschundene Seele glücklich machen. Sei aber jetzt unbesorgt, dir wird an meiner Seite nichts geschehen. Ich möchte nur, dass du mir zuhörst. Aber ich erinnere dich daran, dass du in meiner Schuld stehst.«

»Ich gebe dir Geld!«, rief sie.

»Geld?« Seine Stimme klang verbittert. »Du bist naiv.«

Die Droschke fuhr in schnellem Tempo durch die Moskauer Vorstadt. Im Schatten der großen Fabriken mit ihren Schornsteinen duckten sich die schäbigen Arbeitersiedlungen aneinander. Es war so trostlos, wie Jean-Patrique es ihr geschildert hatte. Es gab keine befestigten Straßen, keine Alleebäume, keine Laternen, kein einziges Haus aus Stein. Die Droschke bog in einen der zerfahrenen Wege zwischen den engen Behausungen ein und hielt schließlich vor einer schiefen Bretterbude.

»Steig aus!«, befahl Rudolph ungeduldig. Madelaine zögerte. Ihr fiel ein, dass sie ihre Waffe nicht mitgenommen hatte. So waren also auch ihre Schießübungen umsonst gewesen. Doch hatte ihr Leben nicht bereits seinen kostbarsten Sinn verloren?

»Ich werde dich nicht vergewaltigen.« Er bemühte sich, versöhnlich zu klingen, und grinste schief. »Keine Angst. Hier schon gar nicht. Hier ist es selbst mir zu ungemütlich.«

Wer so spricht, meint es ernst, dachte Madelaine schicksalsergeben und stieg aus.

Ein paar Kinder hockten auf der Erde und schlugen Feuersteine gegeneinander. In dem Moment, in dem die Kinder zu Madelaine aufsahen, öffnete sich die Brettertür. Eine Frau mit schmalem Oberkörper und breiten Hüften begrüßte Rudolph.

»Ist sie das?«

Sie nuschelte leicht, da ihre obere Zahnreihe fehlte.

Rudolph nickte. »Weiß Mattis Bescheid?«

»Er wartet hinten«, antwortete sie und trat beiseite, um Madelaine in den niedrigen Raum einzulassen. Ein verrußter Ofen, eine breite Bettpritsche, an den Wänden genagelte Bretter als Bänke, ein rau gehobeltes als Tisch. Von der Decke baumelte ein Korb, in dem ein schlafender Säugling lag. Die Kinder drängten sich an die Wand und starrten Madelaine feindselig an. Wie gut sie aussehen könnten, dachte Madelaine, wenn sie genug zu essen bekämen. Sybill Merkenheims dürre Gestalt tauchte wie ein Gespenst vor ihrem inneren Auge auf. War es nicht Sünde, ein Verbrechen gegen sich selbst, zu hungern, obwohl Speisen im Überfluss vorhanden waren? Die Erkenntnis, dass den Kindern hier leichter zu helfen sein könnte als Sybill Merkenheim, ernüchterte sie und gab ihr neue Kraft.

Rudolph zog einen Sack in der Rückwand der Hütte beiseite. Sie folgte ihm in einen winzigen Verschlag ohne Fenster. In Kisten lagen Stapel bedruckten Papiers. Auf einer von ihnen hockte ein Mann ohne Bart und las in einem Buch. Als sie eintraten, rieb er sich die Augen.

»Die Funzel macht dir die Augen kaputt, Mattis«, sagte Rudolph und reichte ihm die Hand. Mattis erhob sich.

»Ich weiß, wer Sie sind. Haben Sie keine Angst, wir tun Ihnen nichts.«

»Sie folgt nur ihrem Lebensretter«, meinte Rudolph sarkastisch. »Setz dich, Madelaine.«

»Sie sind Lette? Dann haben wohl Sie mir die Fratze von Jod ins Haus geschickt?«, fragte Madelaine kühn.

Mattis grinste. »War eine gute Idee, nicht? Ich dachte mir, dass eines Ihrer lettischen Mädchen Sie schon aufklären würde.«

Er stellte drei kleine Schnapsgläser auf das Fass in der Mitte des Raums, auf dem die Petroleumlampe stand. Doch Rudolph schüttelte den Kopf.

»Lass das, Mattis. Später. Hast du die Bilder? Gut. Du sollst nun erfahren, warum du hier bist, Madelaine.«

Madelaine starrte auf Zeichnungen, die er in den Lichtkegel der Lampe legte. Sie sah ein Schloss, in einiger Entfernung Aufbauten, Schornsteine, Eisenhämmer, Güterzüge, die zu einer Erzgrube gehörten. Das zweite Blatt zeigte das Innere der Grube: Kinder und Frauen, die auf Knien und Ellbogen durch niedrige Erdgänge krochen, dürre Kinder mit verrenkten Armen und Beinen, greisen Gesichtern, toten Augen, von Gesteinsbrocken erschlagene Menschen, zertrümmerte Schädel, aus denen Gehirnmasse quoll, Spitzhacken, die sich in blutende Rücken und Bäuche bohrten, in Staub erstickte Gestalten. Ausdrucksstark wie die Gesichter gezeichnet waren, glaubte man sie immer noch laut schreien zu hören.

»Was willst du mir damit sagen?«, flüsterte sie. »Was willst du, Rudolph?«

»Hör zu, Madelaine, ich hole jetzt weit aus, weil ich möchte, dass du verstehst, warum du hier bist. Warum ich der bin, der ich bin.«

Er hustete. Mattis knetete seine Finger, knackte mit ihnen, dass es Madelaine nur so graute.

»Mach's nicht so lange«, knurrte er. »Vielleicht kommt Toman heute noch.«

»Toman, der Feldscher – auch der passt in die Geschichte, die ich dir erzählen will. Also hör einfach nur zu. Meine Vorfahren kommen aus Schlesien. Früher war das ein einsamer Landstrich mit riesigen Wäldern. Der Boden war unfruchtbar, und nur wenige Menschen lebten dort. Alles änderte sich mit dem Tag, an dem Friedrich der Große auf die Idee kam, die oberschlesischen Erzvorkommen von den adligen Großgrundbesitzern abbauen zu lassen. Im letzten Drittel des 18. Jahrhunderts begann der große soziale und wirtschaftliche Umbruch. Innerhalb kürzester Zeit verschwanden die großen Wälder. Wo zuvor noch Mühlen im Wiesental geklappert, Hirtenjungen bei der Hütearbeit gesungen hatten, entstanden nun Kohlenzechen, Kokereien, Eisenhütten und Stahlwerke. Überall dort, wo Steinkohle und Eisenerz abgebaut wurden, sah man Öfen und Schlote, hörte man den Lärm von Maschinen, Walzen und Hämmern. Stell dir vor, Kattowitz war im 18. Jahrhundert ein kleines Dorf – heute ist es eine Großstadt mit über einhunderttausend Einwohnern. Doch schon Ende des 18. Jahrhunderts war die Gegend um Kattowitz und Gleiwitz zu einem bedeutenden Schwerindustriegebiet geworden – für Steinkohle, Eisen, Blei und Zink. Deine Waschschüsseln sind aus Zink, Madelaine, oder der Wetterhahn …«

»Oder Merkenheims Badewanne«, warf Mattis ein.

»Die, Genosse, ist aus Marmor, Emaille oder purem Gold«, zischte Rudolph böse. »Schweig, Mattis, trink deinen Schnaps! Und du, Madelaine, hör mir zu.«

»Warte! Ich nehme auch einen Schnaps. Hier, ich bezahle auch.« Sie warf einen Rubel auf das Fass. Mattis stockte der Atem.

»Ein Rubel – für einen Schnaps?«

»Ein echt kapitalistischer Preis«, meinte Rudolph trocken.

»Steck ihn ein. Du siehst, nicht alle Kapitalisten sind böse.« Madelaine wusste nicht, ob es ehrlich oder zynisch gemeint war.

»Also«, fuhr Rudolph fort, »meine Urgroßeltern waren wie alle anderen noch Kleinbauern und bis 1807 Leibeigene. Sie waren ihrem Gutsherrn untertänig, auf ihren Äckern lasteten lange Zeit Verpflichtungen. Die wirtschaftliche Not war groß. Viele mussten ihre Äcker abtreten oder sich zu langjährigen Geldleistungen verpflichten. Mit dem Regulierungsedikt von 1811 wurden die Dienstverpflichtungen gegenüber dem Gutsherrn dann abgelöst. Der ganze Prozess dauerte allerdings einige Jahre. Du siehst also, dass die meisten in der aufkeimenden Industrie den Rettungsanker für persönliche Unabhängigkeit sahen. Die Alten hätten damals sofort ihre Söhne als Arbeiter in die Grube schicken können, doch die jungen Männer hatten Angst davor, Bergmann zu werden. Man wusste, dass der Staub von Steinkohle schädlich für die Brust war. Außerdem fürchtete sich jeder davor, von einstürzenden Streben erschlagen zu werden. Also nahm man anfangs junge Männer aus anderen Gegenden wie dem Erzgebirge. Als die Einheimischen sahen, dass es gut ging und die Grube den Arbeitern ein Auskommen sicherte, taten sie es den Fremden nach. Außerdem lockte man sie mit einer besonderen Vergünstigung – als Berg- und Hüttenleute waren sie nämlich vom Militär befreit. Zu Beginn des letzten Jahrhunderts arbeiteten die meisten nur wenige Monate, von der Zeit nach der Kartoffelernte bis zur Frühjahrsbestellung der Felder. Eine Zeit lang ging der Wechsel vom Halbbauer und Halbwerkarbeiter gut, solange die Alten noch lebten und Acker, Schweine und Ziegen halten konnten. Doch je anstrengender die Grubenarbeit wurde, desto weniger hatten ihre Söhne in späteren Jahren die Kraft, die bäuerliche Arbeit nebenbei zu besorgen und gaben alles auf. So kam es, dass beispielsweise ganze Familienverbände direkt am Zinkofen in einer großen Gemeinschaft lebten und arbeiteten. Die Kinder traten den Lehm, die Frauen machten die Vorlagen und die Männer stellten die Muffeln, die Hohlkörper aus Ton, her. Alle mussten arbeiten, und jeder passte auf, dass kein fremder Hahn in ihre Hütte kam, dass also die Sippe unter sich blieb. Ihre Hütten hatten weder Keller noch Stall. Ihre alte Gewohnheit, Vieh zu halten, gaben aber nur wenige auf. Sie stahlen unnützes Holz von der Grube und bauten an ihre eigene Hütte einen Unterstand für Schwein, Ziege oder später Kaninchen. Und über allem wachte der Werkmeister. Er passte genau auf, was vorging, kümmerte sich darum, dass die Mädchen zur rechten Zeit einen Mann bekamen und so für die Hütte als Arbeitskraft erhalten blieben. Inklusive Kinder. Die meisten Männer verfielen mit der Zeit dem Alkohol, die Wurmkrankheit war weit verbreitet. Und das Elend der Kinder war entsetzlich. Vaters

Bruder wurde mit vier, er selbst mit sechs, seine Schwestern mit sieben in die Grube geschickt.«

Er machte eine kleine Pause.

»Warum so kleine Kinder?« Madelaine dachte an Billes Kinder, wie sie im Gängeviertel auf dem Boden gehockt hatten, vor sich eine Schüssel mit Brei. Schon dieses Bild hatte sie damals erschüttert und nun – arbeitende Kleinkinder. Ihr wurde übel vor Entsetzen.

»Nur diese kleinen Körper schafften es, das losgebrochene Material von der Bruchstelle zum Pferdeweg oder zum Hauptschacht zu transportieren. Auch brauchte man sie, um die Zugtüren, die die verschiedenen Abteilungen des Bergwerks trennten, zu öffnen und wieder zu schließen, wenn Arbeiter und Material hindurch wollten. So hockten sie zwölf Stunden einsam im Dunkeln. Kannst du dir vorstellen, wie dabei Geist und Gemüt verkümmern? Der Boden der Stollen ist feucht, holprig, lehmig, und es ist sehr schwer, das Material in großen Kufen ohne Räder fortzuschleifen, durch Wasser, steile Wege hinauf, durch Gänge, die so eng und niedrig sind, dass eben nur kleine Kinder durch sie hindurchkriechen konnten. Eines zog, ein anderes schob. Eine von Vaters Schwestern starb, als sie in einen Schacht stürzte, ein Cousin wurde durch eine Gasexplosion getötet. Ein anderer wurde über den Flaschenzug gezogen und starb elendig. Die Kinder waren ständig müde, erschöpft und abgestumpft. Ihre müden Beine knickten zu Hause sofort ein, und sie schliefen auf dem Boden ein, zu schwach, um noch etwas zu essen. Hier siehst du die Bilder. Ein Kumpel, der ein großes Talent zum Zeichnen hatte, hat sie alle gemalt, die Opfer, wann immer es ging. Sie würde man zwar vergessen, doch ihr Leid, ihr Elend wollte er für die Nachwelt festhalten.«

Madelaine sah die Hochöfen, Stahl- und Walzwerke, die

Gruben, die Arbeitersiedlungen, die Hütten und die bleichen Gesichter – matte, entzündete Augen, aufgedunsene Körper, Hautausschläge, Hälse mit geschwollenen Drüsen.

»Erzähl, woher er das Papier hatte«, sagte Mattis.

»Das gab ihm der Priester, allerdings nur selten. Und das auch erst, nachdem zwei seiner Töchter vom Werkmeister entjungfert wurden. Mit zwölf und dreizehn. Man brachte sie ihm sogar ins Haus. Gewaschen, versteht sich. Übrigens ein gutes Alter, unverfänglich vor allem. Die Mädchen werden nicht schwanger.« Rudolph knirschte mit den Zähnen. »Sie waren nicht die Einzigen. Er hätte ihre kranken Väter sonst entlassen. Alle haben geschwiegen.«

Nach einer Pause erzählte er weiter.

»Gehaust haben wir in einer Hütte aus Holz und Lehm, die immer feucht war von Regen, Nebel, Schnee, vom Kochdunst. Nie wurde der Lehm trocken. Zu essen hatten wir nur Milch, Sauerkraut, wenig Kartoffeln. Fleisch gab es selten. Immerhin noch besser als 1847, als die große Hungersnot ausbrach. Die Ärmsten hatten damals nur noch Quecke und Klee.«

Er starrte auf die Bilder vor ihm.

»Dann wurde Vater durch einen einstürzenden Schacht beinahe zerquetscht. Die gebrochenen Rippen durchbohrten seine Lunge. Kannst du dir vorstellen, wie es ist, als kleiner Junge zusehen zu müssen, wie sich der Vater unter grauenvollen Qualen windet? Mutter rief nach Hilfe. Doch Merkenheim, dessen Palazzo gerade in Triest gebaut wurde, ließ per Depesche verlauten, dass ärztlicher Beistand überflüssig sei. Der Feldscher könne ja kommen. Er hat alle in der Grube verrecken lassen. Der Priester kam vorbei, schlug das Kreuz, sagte ›Gott sei ihren armen Seelen gnädig‹ und zog ab – für eine Flasche Schnaps und einen Laib Brot, was ihm der Aufseher zusteckte. Man ließ uns wissen, dass es nun ja genug kräftige Arbeiter gebe. Die Industrialisierung habe schließlich dafür gesorgt, dass Säuglinge dank verbesserter Gesundheitspflege überlebten. Vorbei das jahrzehntelange große Sterben. Schon daran sehe man den Wandel zum Besseren. Wir wussten also nun, dass man meinen Vater mit gutem Gewissen verrecken lassen konnte. Und das in einer Zeit, in der es längst schon Gesetze zum Schutz der Arbeiter gab. Es war einzig Merkenheims Schuld. Mutter ist darüber zerbrochen, sie hat sich zu Tode gegrämt.«

»Das ist ja furchtbar, es tut mir so Leid für dich«, flüsterte Madelaine.

Rudolph lehnte sich erschöpft gegen die Bretterwand und schloss einen Moment die Augen.

»Es interessiert die meisten hohen Herren nicht, was unter der Erde passiert, nur das, was aus ihr herauskommt und in Geld gewogen werden kann. Verstehst du?«

»Du meinst wirklich Merkenheim?«

»Bei dem du dich heute Abend satt essen konntest, ja«, sagte er mit unterdrückter Wut. »Hat er dir nicht schöne Komplimente gemacht? Über die du weinen musstest? Weil er dir deinen Schatz wegnimmt?« Rudolph steigerte sich weiter in seine Wut hinein. »Versteh doch, so sind sie, die großen Herren. Sie benutzen Menschen wie Lumpen und sammeln teure Leinwand.« Er lachte herb auf.

Mattis füllte noch einmal die Gläser und trank hastig zwei hintereinander leer. Auffordernd sah er Madelaine an.

»Bei ihm gab's wohl Besseres. Glauben Sie mir, unser Schnaps ist dafür ehrlich verdient. Prost!«

Madelaines Herz verkrampfte sich vor Schmerz. Sie schluckte, wollte etwas erwidern, doch ihr versagte die Stimme.

»Trink!« Rudolph schob ihr ein volles Glas zu.

Sie trank es aus, mehr aus Verzweiflung denn aus Gehorsam. Die Schärfe des Schnapses entspannte sie. Sie wischte sich über das heiße Gesicht.

»Kennst du Zur?« Es klang, als ob das Wort seinen Hals zuschnüren würde.

Madelaine schüttelte den Kopf.

»Du als Küchenmeisterin würdest wohl vornehm gesäuerte Mehlsuppe dazu sagen. Doch wenn ich als Kind schon sah, wie Mutter Mehl, Wasser, Sauerteig und Essig vermischte, wurde mir schlecht. Es war eine scheußliche Pampe – und unser einziger Brotersatz! Zur Abwechslung bekamen wir Schirka, eine Eiergraupenmilchsuppe, ganz selten gab es Roggenklöße und noch seltener Fleisch. Unrein war es oft und schlecht zubereitet. Ihm verdankten viele von uns den Bandwurm. Zur und Schirka, Schirka und Zur, jahraus, jahrein, von der Krippe bis zur Bahre. Gib mir die Flasche, Mattis. Ein Glas nur.«

Madelaine konnte kaum atmen, so sehr litt sie. Sie hatte gehofft, nie mehr an die Wunden ihrer Vergangenheit, die Bitternis der Armut, erinnert zu werden. Und nun saß sie in einer Hütte bei Sozialisten, die ihr von einer Welt jenseits der Paläste erzählten, die schlimmer war als das, was sie als Kind erlebt hatte.

Wäre ihr doch nur die Hoffnung geblieben. Die Hoffnung auf András …

Eine Weile schwiegen alle drei. Im Dunkel des Verschlags, zwischen diesen verbitterten Männern, schien es ihr, als ob sich der Geist ihres Vaters hinzugesellen würde. Sei fleißig, hörte sie ihn flüstern, sei tüchtig und strebsam. Für diese Männer hier hätte Vaters Ratschlag wie Hohn geklungen. Doch sie, seine Tochter, hatte sie sich nicht an seine Ermahnungen gehalten? War die Zuckerbäckerei nicht Lohn genug für ein einfaches Mädchen wie sie?

Die Arbeiter in den Gruben hatten Tag für Tag ihr Leben gegeben. Doch wofür? Für besseres Essen? Für ein warmes Haus? Dafür, dass die Kinder zur Schule gehen konnten und nicht in die Stollen mussten? Nein. Ihr Leid war vergebens gewesen.

»Gab es denn keine Ausnahmen?«, fragte sie.

»Doch, einige wenige hatten Glück.« Rudolph zögerte. »Talent und Glück. Borsig, der Maschinenbauer und deutsche Lokomotivenkönig, war so einer. Als kleiner Junge war er mein Vorbild.« Er lachte heiser auf. »Zimmermann lernte er zuerst, und so wurde ich es auch. Doch während Borsig schon mit dreiunddreißig Jahren seine erste eigene Fabrik baute, zog ich zu Fuß durch Europa. Er konnte sich sogar einen ganzen Grubenkomplex in seiner Heimat kaufen, nur um eigene Kohle zu fördern. Weißt du, dass ich kostenlos aufklärerische Gedanken unters Volk verteile, nur um nicht verrückt zu werden?!«

Er rieb sich nervös die Brust, so als würde ihn der Kohlenstaub vergangener Generationen quälen. Tatsächlich begann er zu husten. Madelaine war unheimlich zumute. Während Rudolph schweigend seinen langen Ausführungen nachhing, dachte sie über ihre eigene Rolle in der Welt nach. Sie gehörte weder zur Welt der Merkenheims noch in die der Sozialisten. Als Handwerkerin und Tochter eines mittellosen Auswanderers war ihr der Aufstieg in die bürgerliche Mittelschicht gelungen. Und noch eines wurde ihr bewusst: Sie hatte kein Recht, einen Mann aus adligem Kreis zu begehren, und wenn sie ihn auch noch so sehr liebte. Sie musste lernen, András zu vergessen.

Die Männer schwiegen. Von der Nachbarhütte hörte man lautes Schnarchen, kurz darauf Kichern und Stöhnen. Die beiden warfen sich einen belustigten Blick zu.

»Der Alte schläft, und die Jungen können's endlich miteinander treiben.«

»Wehe, der Alte merkt's. Dann muss sie gleich zweimal …«

»Sei still!«, zischte Rudolph und sah Madelaine seltsam an.

Madelaine begann zu sprechen, schon allein, um die wenig appetitlichen Geräusche nicht mitanhören zu müssen.

»Sage mir, was du willst, Rudolph.«

»Du kannst mir helfen, Madelaine, mehr helfen, als du glaubst. Bring mich ins Haus der Merkenheims. Das ist alles.«

Der Sack wurde beiseite geschoben, und Mattis' Frau erschien. »Toman ist da.« Die Männer erhoben sich.

»Habt ihr die Stute geholt?«

Die Frau nickte.

»Er ist schon bei ihr und schaut sie sich an.«

»Willst du dabei sein, Madelaine?«

Sie verließen nacheinander die Hütte. Die Kinder standen um eine Stute herum, die ihr rechtes Hinterbein anwinkelte. Ein breiter Mann in Lederweste und Stiefeln trat auf sie zu.

»Ihr müsst sie halten. Die Wunde eitert, ich muss ein Stück herausschneiden.« Er reichte Rudolph und Mattis die Hand.

»Wer ist das?«, flüsterte er und schwenkte seinen Kopf in Madelaines Richtung.

»Sie wird uns helfen«, sagte Rudolph nur. Die Männer banden nun die Vorderläufe der Stute zusammen und zwangen das Tier in die Knie. Dann warfen sie sich auf sie und hielten den zitternden Körper fest. Toman bückte sich und zog ein Messer und eine Flasche aus seiner Ledertasche. Als er die Flasche öffnete, roch es einen Moment nach einem ungewöhnlichen Alkoholgemisch. Er goss eine kleine Menge über die eitrige Stelle. Das Messer

360

fuhr mehrmals durch das Fleisch des Tiers. Es schrie erbärmlich. Eines der Kinder übergab sich. Schließlich begoss der Mann noch einmal die Wunde, verband sie und gab dem Tier einen Tritt.

»Weg mit ihr!«

»Was war das?«, fragte Madelaine Rudolph, als er sie zurück in die Droschke brachte.

»Sie hatte sich über dem Huf verletzt, und die Wunde entzündete sich …«

»Nein, ich meine das, was dieser Unmensch in der Flasche hatte!«

»Dieser Unmensch ist ein Feldscher, Madelaine, ein ehrbarer, unverzichtbarer Mann.« Rudolph grinste wieder schief. »Die Medizin heißt Liniment. Es ist ein Gemisch aus Leinöl, Kampfer, Spiritus und Arnika.« Nach einer Pause fügte er hinzu: »Tiere und Menschen bekommen es gleichermaßen. Auch Gebärende. Neben seinem Hufmesser hat er die Geburtszange immer dabei. So war es, und so ist es noch heute, wie du siehst. Wirst du mir helfen, Madelaine?«

»Wenn du Graf Mazary verschonst, ja.«

Die ersten Blumensträuße trafen bereits am frühen Morgen ein, begleitet von Grüßen und Komplimenten. Madame Holm, ihre Schneiderin, und der Buchhändler von gegenüber hatten als Erste auf ihr Bild in der Rigaer Zeitung reagiert. Dieser Tag, der 23. Juni 1901, würde für alle Bürger der Stadt ein besonderer sein – Beginn der Stadtfeierlichkeiten und Johannistag zugleich. Und so passte Madelaines ungewöhnliche Idee dazu wie ein Sahnehäubchen.

Im Schaufenster hing das vergrößerte Bildnis von ihr als Liotard'sches Schokoladenmädchen neben dem Plakat der

Jubiläumsausstellung mit seinen posaunentragenden Engeln. Eine eigens gedruckte Speisekarte warb um ihre Spezialitäten – der Champagnerbirnentorte, ihrem Erdbeertraum, der Madonnentorte. Und so wie der Frühnebel sich an diesem besonderen Tag lichtete, verdichtete sich der morgendliche Zustrom von Dienstmädchen und Boten. Bald reihten sich die herrlichen Blütenkelche von Rosen, Margeriten, Lilien und Johannissträuße so dicht aneinander, dass Madelaine kurz entschlossen die Gardinen zurückzog und somit den Spaziergängern auf der Straße freien Blick in die Konditorei ermöglichte. So schwer es ihr auch an diesem Morgen gefallen war, nach kurzem Schlaf aufzustehen und in das Liotard'sche Kostüm zu schlüpfen, die Blumen, die freundlichen Worte und nicht zuletzt die vielen Kunden und Bestellungen erstickten jeden quälenden Gedanken an den Abend zuvor. Madelaine war zufrieden, ihre Reklameidee war geglückt. Martieli scherzte, er könne durchaus von jedem Kunden Eintrittsgeld verlangen. Jeder würde zahlen, denn hinein in die Konditorei wollten alle. So backten sie und Jean-Patrique, als gälte es, einer Hungerepidemie entgegenzuwirken. Am späten Vormittag erschienen die ersten Festtagsbesucher, die, angelockt durch ihr Bild, stehen blieben und schließlich eintraten. Und mit jeder halben Stunde wurden es mehr.

Der Frühnebel war längst den wärmenden Strahlen der Junisonne gewichen, als Martieli beschloss, die Eingangstür offen stehen zu lassen und vor der Konditorei Stühle und Tische aufzustellen. Ein unendliches Himmelsblau, wolkenlos und ohne Schlieren aus den Schornsteinen des Moskauer Fabrikviertels, dehnte sich über der feiernden Stadt aus. Gegen elf Uhr brachte ein Bote eine Bestellung aus dem Hause Merkenheim. Madelaine zitterte vor Unbehagen, doch sie musste sich daran erinnern, dass sie gestern als Privatperson, heute als Geschäftsfrau zu handeln hatte. Bis zur Mittagszeit häufte sich die Anzahl von Vorbestellungen, sodass Madelaine und Jean-Patrique in der Mittagszeit Stine als Hilfe hinzunehmen mussten. Irgendwann im Laufe des Tages kam es Madelaine so vor, als hätten ihre Torten auf einmal Flügel, mit denen sie aus der Backstube hinausflögen. »Teig, Ofen, Kasse – Teig, Ofen, Kasse«, wie ein irres Motto schwirrte die Zusammenfassung eines Tortenlebens in Madelaines Kopf. Als sie es Jean-Patrique am späten Nachmittag erzählte, lachte er und begann »TOK, TOK, TOK« zu einer bekannten Melodie zu singen.

»Hören Sie auf! Hören Sie auf, Jean-Patrique!«, schrie Madelaine ihn unbeherrscht an. Nach der langen anstrengenden Arbeit und der kurzen Nacht lagen ihre Nerven bloß.

»Excusez-moi!« Er schwieg abrupt. In diesem Moment erschien Martieli. Er kam aus der Stadt und legte zwei Gedenkmedaillen und Päckchen mit exquisiten Seifen, eine für den Herrn, eine für die Dame, auf den Hocker.

»Als Dank für eure Mühe.« Er zog Madelaine an sich. »Und du, Madelaine, sollst das hier noch bekommen.« Er reichte ihr eine Kanne aus Silber. »Das ist, wie du weißt, die baltische Schmantkanne. Ich habe sie extra für dich gravieren lassen als Zeichen der Meisterwürde. Doch nun geh. Du musst dich ausruhen.«

Madelaine konnte vor Müdigkeit kaum noch entziffern, was in die Kanne eingraviert war.

Madelaine Elisabeth Gürtler zu Ehren
Martieli'sche Zuckerbäckerei Riga
Im Jahre 1901

Rigas Wappen schwamm unter ihrem müden Blick auf dem glänzenden Silber davon. Martieli hatte Recht. Sie hatte über elf Stunden mit Jean-Patrique gebacken und unablässig Boten mit duftenden Backwaren auf den Weg geschickt. Sie fühlte kaum noch ihre Beine und hätte auf der Stelle vor Erschöpfung umfallen können. Sie bedankte sich, hauchte Martieli Küsse auf beide Wangen, nahm Schmantkanne, Gedenkmedaille und Seifenpäckchen, lief in ihrem durchgeschwitzten Kostüm an staunenden Kunden vorbei, grüßte, lächelte mit letzter Kraft und stieg die Treppe zu ihrer Wohnung hinauf.

»Fräulein Gürtler?« Madelaine lehnte sich ans Geländer und wandte sich schwerfällig um. Janis stand an der untersten Stufe und drehte verlegen seine Mütze in den Händen.

»Ja? Was ist, Janis?«

»Heute ist Johannisnacht, Fräulein Gürtler.« Er stockte.

»Das weiß ich, Janis.« Vor lauter Müdigkeit hörte sie ihre eigene Stimme nur noch verschwommen.

»Ich wollte wissen, ob Sie mich heute noch brauchen?«

Madelaine verstand ihn kaum. Entweder sprach er so leise und nuschelte, oder sie schlief bereits.

»Bleib«, murmelte sie benommen. Das Letzte, woran sie sich später noch erinnern konnte, war, dass sie ihm kurz darauf das Kostüm hinabwarf, waschen rief und ins Bett fiel.

Laute Ligo!-Ligo!-Rufe weckten sie Stunden später. Madelaine wälzte sich herum. Es war hell. War es Morgen? War es Nacht? Benommen lauschte sie auf die Geräusche, die von der Straße heraufklangen. Helle Frauenstimmen riefen den lettischen Sonnengott an. »Ligo! Ligo!« Mit einem Ruck wurde Madelaine wach. Sie eilte zum Fenster und sah junge Lettinnen, die singend durch die Straße zogen,

Arm in Arm mit jungen Männern, die Kränze aus Eichenlaub auf den Köpfen trugen. Die Frauen und Mädchen hatten rote, auch bunt karierte weite Wollröcke an und reich bestickte weiße Leinenblusen. Ihre üppigen Blumenkränze erinnerten Madelaine sofort wehmütig an ihr erstes Johannisfest vor zwei Jahren. Gesang, Lachen und die fröhlichen Stimmen unzähliger Menschen, die zum Düna-Ufer zogen, erfüllte die Luft.

Madelaine überlegte kurz. Solange die Menschen noch zu den Stränden spazierten, brannten die Feuer noch nicht. Noch war es also nicht zehn Uhr, die Stunde, zu der die Sonne sank und die Johannisfeuer angezündet wurden. Ihr war eigenartig zumute. Alles, was sie am vergangenen Abend, ja selbst noch am Tag erlebt hatte, war wie eine alte Haut abgefallen. Eine seltsame frohe Stimmung breitete sich in ihr aus. Der Schlaf hatte ihr gut getan, sie fühlte sich erfrischt und nahm sich vor, dieses Fest ganz allein für sich zu genießen und alles, was sie in letzter Zeit belastet, sie geschmerzt hatte, im Feuer zu verbrennen. Sie stellte sich in ihren Waschzuber, reinigte sich von Kopf bis Fuß mit Martielis feiner Seife und streifte sich ein weißes Musselinkleid über, das Janis' Frau mit lettischen Blumenornamenten an Bündchen, Saum und Ausschnitt bestickt hatte. Sie bürstete ausgiebig ihr volles Haar, wand es mit Seidenbändern und steckte es mit Bernsteinkämmen hoch.

Janis wartete vor der Tür. Pferd und Wagen waren mit Blumen und Lindenzweigen geschmückt. Auch er trug einen Kranz aus Eichenlaub, blaue Hosen, ein weißes besticktes Hemd und einen glänzenden neuen Ledergürtel mit Beschlägen.

»Du hast mich nicht geweckt«, sagte sie launig.

»Ligo hat Sie geweckt«, entgegnete er und verneigte sich lächelnd.

»Auf ans Meer! Fahr mich nach Jurmala!«

Seine blauen Augen schienen eine Spur dunkler zu werden. Wieder verbeugte er sich ein wenig.

»Warum so förmlich, Janis?«

»Heute ist ein besonderer Tag. Ganz Riga spricht vom Schokoladenmädchen. Ich bin stolz, Ihnen dienen zu dürfen.«

»Janis, du weißt, dass auch ich dir eine Menge zu verdanken habe.« Sie gab ihm die Hand. »Du hast mir viel über die Geschichte deines Landes, über diese Stadt erzählt. Ich bin heute eine andere als damals vor zwei Jahren, als ich hier strandete. Lass uns heute feiern.«

»Ich muss Ihnen gestehen, dass ich nicht wusste, wie ich es anstellen sollte, Ihr Kleid zu waschen«, sagte er verlegen und wies auf das Kostüm, das in der Kutsche lag. »Es fand sich niemand. Ich dachte, ich könnte es heute Abend meiner Frau zum Säubern mitgeben.«

»Es ist gleich«, meinte Madelaine. »Ich werde es selbst tun. Morgen haben wir ja alle frei, so kann es in Ruhe trocknen.«

Der Strom fröhlicher Menschen um sie herum teilte sich, um der Kutsche freie Bahn zu geben. Madelaine lächelte, grüßte und fühlte sich sekundenlang so frei wie schon lange nicht mehr. Für einen kurzen Moment wurde ihr bewusst, dass es ihr gelungen war, in den letzten Stunden András zu vergessen.

»Sing, Janis! Sing!«

Nichts, keine Erinnerung, kein Wort, kein bitteres Gefühl sollte diese Nacht, in der sich Berge spalteten, Feen zauberten, Hexen ihr Unwesen trieben, das Licht der einzige Herrscher war – nichts sollte diese Nacht zerstören.

Janis gehorchte.

»Burschen, junge, und junge Mädchen,
die Zweige lest auf und säubert die Wege:
Die Götter reiten, die Glücksfee fährt,
Johannisnacht mit uns zu feiern.«

Diejenigen, die ihn hörten, fielen ausgelassen in die Melodie ein. Doch bald hatten sie die Stadt hinter sich gelassen und fuhren über die Landstraße gen Norden, dem Meer zu. Jetzt sang Janis, so laut er konnte, dem Fahrtwind entgegen.

»Gib, Gott, mir keine Sorgen,
ich mag mich nicht mehr grämen,
ich sag der Windmutter mein Leid,
die bläst's ins tiefste Wasser.«

»Sing etwas Fröhliches!«, rief ihm Madelaine zu. Sie lehnte sich in die Sitzpolster zurück, legte den Kopf in den Nacken und konzentrierte sich auf die Sterne am hellen Himmel, bis es ihr vorkam, als wäre sie ein Fisch in einem Meer von Wind, über den sich ein diamantenbesetztes Netz zusammenzog.

»Ein Hirt ist gestorben, so weinen die anderen,
das Schwein grub ein Grab hoch auf dem Hügel,
in einer krummen Birke läutete der Kuckuck,
aus einer dürren Tanne machte der Specht das
Kreuz,
viele kleine Vöglein sprachen die Gebete,
aber die Predigt hielt der große Mistkäfer!«

Sie musste lachen, als Janis ihr den lettischen Text übersetzte.

»Sing noch ein Lied, ein einziges noch.«

Sie fuhren durch eine Birkenallee. Zwischen den schlanken Stämmen erblickte Madelaine in der Nähe Ziehbrunnen und bemooste Feldsteinmauern eines Dorfs, dahinter die reetgedeckten Holzhäuser. Kinder und Alte hatten sich am Ufer eines Flüsschens versammelt. Janis lauschte einen Moment, dann begann er zu singen:

> »Übers Jahr kam Janis wieder – ligo, ligo!
> Seiner Kinder Gast zu sein – ligo, ligo!
> Sehen wollt' er, was sie täten – ligo, ligo!
> Und ob sie ihn ehrten noch – ligo, ligo!
> Guten Abend, Janismutter,
> hast du mich erwartet schon?
> Hast du weichen Käs' bereitet,
> hast du süßes Bier gebraut?
> Bier her! Bier her, Janisvater!
> Hast ja Gerste auf dem Feld!«

Die Dörfler hörten ihn und winkten ihm zu. Welch herrliche Luft, welch schöne Stimmung, dachte Madelaine glücklich.

Bald hatten sie ihre Datscha am Strand von Jurmala erreicht. Die Feuer brannten bereits. Sie prasselten, knisterten, streuten feurige Irrlichter in die Luft. Menschen in Festtagstracht, auch Rigaer Bürger in feierlicher Kleidung sangen und tanzten. Das Meer lag in der Dämmerung, ruhevoll, wie mit einem perlmuttgrauen Atlastuch bedeckt.

Eine ältere Frau reichte Madelaine einen Blumenkranz aus Margeriten, Arnika, Kamillenblüten, Eichenlaub, Rosen und Johanniskraut.

»Ligo! Liigoo!«, sangen die Mädchen und Jungen. Zarte,

wehmütige Melodien flochten sich ineinander, als wollten sie die zauberischen Kräfte guter Geister beschwören.

Janis hatte seine Frau mit den kleinen Kindern gefunden und mischte sich fröhlich in den Tanz. Der lange Strand war dicht bevölkert mit ausgelassenen Menschen. Händler boten Klukwa, den beliebten Moosbeerensaft, Bier und Schnaps an. Frauen hatten Holunderküchlein gebacken. Wohin sich Madelaine auch drehte, überall duftete es wunderbar – nach Meer, nach Kiefernharz, verkohlendem Holz, geräuchertem Fisch, süßem Backwerk, reifen Erdbeeren, frischen Piroggen. Es tat ihr gut, allein zu sein. Sie setzte sich in den feinen warmen Sand und schaute zu. Am Rand eines der großen Feuer sang eine Teiceja, eine ältere Frau, um sich herum eine Schar junger Mädchen.

>Über die Wiesen bin ich gegangen,
ich sang das Wiesenlied über die Au,
bis mir die Schuhe ganz behangen
Mit blauen Blüten und nass von goldenem Tau.«

»Kommen Sie!« Janis' Frau fasste Madelaine bei der Hand und zog sie mit Schwung zum Feuer. Heiß wehte es ihr entgegen, heiß wurde ihr der Sand unter den Füßen, während sie über Glut und Steine sprang. Bald wirbelte alles um sie herum – Funken, Flammen, Sterne, Gesang.

>Die Mutter buk Brot,
ich habe nur geweint.
Sie versprach mir ein Brot,
ich habe nur geweint.
Sie versprach mir einen Rock,
ich habe nur geweint.

Versprach eine bunte Kuh,
ich habe nur geweint.
Da versprach mir der Vater ein graues Pferd,
ich habe nur geweint.
Plötzlich erriet es die Mutter:
Mädchen, du brauchst einen Mann!

Mutter, liebste Mutter,
wie lieblich sprachst du da.
Was will ein Mensch denn mehr,
als einen anderen ganz für sich!

Das Vöglein im Walde
hat auch seinen Freund;
im Apfelbaume
spielen die Pärchen;
sie suchen sich Nüsse
und haschen einander-
und feiern die Hochzeit
im grünen Versteck.«

Madelaine, der Janis den Text so gut es ging übersetzt hatte, merkte nicht, dass sie weinte. Weinend sprang sie übers Feuer, weinend lief sie ins Wasser und auf den Strand zurück. Sie drehte sich, kreiselte, hörte Menschen lachen und klatschen. Plötzlich hielt sie inne, nahm ihre Schuhe und lief davon.

Die Ligo-Rufe hallten in ihren Ohren nach. Fledermäuse huschten durch den Garten ihrer Datscha. Von den Bäumen und Sträuchern fiel ein schattiger Flickenteppich auf den Rasen. Um die Sträucher blinkten Glühwürmchen. Eine Nachtschwalbe, die auf Insektenjagd war, glitt geräuschlos vorbei. Madelaine schloss die Tür zur Datscha auf. Ein Strauß duftender Blumen stand auf dem mit hell-blauem Tuch bedeckten Tisch. Ohne zu wissen, warum sie es tat, nahm sie das Bärenfell von der Wand und ging in den Garten. Sie breitete es unter einem Fliederbusch aus und wickelte sich in eine warme Decke. So legte sie sich hin. Vom Strand her wehte der Gesang herüber. Irgendwo knisterte es. Madelaine schlief ein.

Als die Sonne wie ein feuriger roter Ball zwei Stunden nach Mitternacht aufging, erwachte sie. Sie nahm Fell und De-cke und schlief im Leinenbett weiter, bis lautes Vogel-gezwitscher sie weckte. Da sie wie viele Geschäftsleute ihre Konditorei heute geschlossen hielt, genoss sie es, noch eine Weile im Bett liegen zu bleiben.

Sie öffnete das Fenster und lauschte dem Gesang der Am-seln, Goldammern und Meisen. Ein Eichhörnchen sprang auf die Balustrade der Terrasse und richtete sich einen kurzen Moment auf. Als eine Elster mit großem Geschrei im Geäst einer Kiefer landete, hüpfte es ärgerlich ke-ckernd davon. Hinter dem Zaun lag ruhig und friedvoll das Meer. Menschen waren damit beschäftigt, die riesigen Aschehaufen der Johannisfeuer aufzukehren. Einer sang:

> »Mädchen, Bursche, geht nicht schlafen
> in der Heil'gen Janisnacht!
> Werdet dann frühmorgens sehen,
> wie sich Mutter Sonne schmückt.«

Madelaine stand auf und ging zum Strand. Ein von der Sonne rosig angehauchter Nebelschleier spannte sich über dem Meer. Kein Lufthauch kräuselte das Wasser. Sie setzte sich auf einen Baumstamm und schlang die Arme um die Knie. Es war, als ob die Ewigkeit atmen würde. Als Madelaine aus ihrer schläfrigen Andacht erwachte, waren die Aschehaufen längst abgetragen und die Menschen weitergezogen. Langsam löste sich der zarte Nebel auf. Ein behutsamer Wind strich über das Wasser und legte seine klare tiefblaue Farbe frei. Anmutig begannen weiße Schaumkrönchen in dem glitzernden Blau zu tanzen. Mit jeder Minute wärmte und stärkte sie die mächtige Fülle von Licht. Jegliche Furcht vor dem Meer war verschwunden. In dieser friedlichen Stimmung, in der Madelaine das Gefühl hatte, in der paradiesischen Schönheit der Welt geborgen zu sein, nahm die Natur all ihre Schmerzen. Als die ersten Männer erschienen, wusste sie, dass es acht Uhr war. Die Badezeit begann. Ab zehn würden Kinder und Frauen kommen, ab zwölf Schulklassen. Anders als am Hamburger Elbestrand herrschte hier Geschlechtertrennung. Einmal, so hatte Janis' Frau ihr erzählt, war ein landesunkundiger Ausländer in die Frauenbadestunde eingedrungen, woraufhin er mit lautem Geschrei und nachgeworfenen Stöcken und Matschkugeln vertrieben worden sei. So fügte sich Madelaine der Landessitte. Sie kehrte zur Datscha zurück und setzte eine feine Seifenlauge an, in der sie im goldenen Morgenlicht ihr verschwitztes Schokoladenmädchenkostüm auswusch. Rasch war eine straffe Leine zwischen einer dem Strand zugewandten Kiefer und einem Haken an der linken Hausecke gespannt. Im warmen Sommerwind würden Samtjacke, Rock und Schürze aus Seide behutsam trocknen.

Zufrieden machte sich Madelaine zum nahe gelegenen Markt auf. Geflügelhändler boten Wildenten, Fasane, Puten, Rebhühner an, Fischer Aale, Neunaugen, Butte, Hechte, Stinte und Krebse. Lettische Bäuerinnen verkauften Obst und Gemüse, Butter und Eier, frische Gewürze, süßen und sauren Schmand, in Wasserbütten die frisch gehaltenen Moosbeeren und Erdbeeren in Hülle und Fülle.

In der Auslage einer Bude glitzerte Bernstein im Sonnenschein – als Ketten, Broschen, Tintenfässer. Bunte Tücher flatterten im Wind, warben für kunstvoll gewebte Stoffe in leuchtenden Farben. Im Schatten einer großen Ulme bestickten zwei junge Lettinnen Hauben und Bänder. Ein Straßenkehrer fegte pfeifend Blüten und Eichenlaub der letzten Nacht zusammen. Wie überall an schönen Orten spazierten auch hier elegant gekleidete Urlauber über die Uferpromenade. Viele sprachen Deutsch, andere Russisch, Englisch, Französisch, vereinzelt hörte man Schwedisch und Schwyzerdütsch.

»Stinte gefällig, gnädiges Fräulein? Stinte oder Krebse?«
Ein alter Fischer mit Lederweste über derbem Stoff blinzelte Madelaine an. An den Enden eines Schulterjochs hingen zwei Holzkübel.

»Krebse oder Stinte?«
Madelaine setzte ihren Korb mit Brot, Milch, Erdbeeren und Eiern ab. Einer der Kübel war mit Brennnesselkraut gefüllt, in dem grauschwarz glänzende Krebse übereinander krabbelten.

»Der Stint besteht doch nur aus Kopf und Schwanz«, meinte sie. »Das ist mir zu wenig. Und Krebse kann ich nicht zubereiten.«
Der Fischer schüttelte verständnislos den Kopf.

»Kommen Sie, mein Fräulein, ich verrate Ihnen die Geheimnisse um das Krebsessen.« Umständlich entledigte er sich des Jochbogens auf seinen Schultern und stellte die Kübel vor sich auf den Boden. Madelaines Blick glitt über seinen gebeugten Rücken hinweg zur Strandpromenade. Zwischen Wagen schiebenden Kindermädchen und aufs Meer schauenden Spaziergängern fiel ihr eine junge Frau in weiß-blauem Kleid auf, die ärgerlich an ihrem Sonnenschirm zupfte. Es schien, als hätte sie sich mit ihrem Spitzenhandschuh an dem Metallgestänge verfangen. Mit ungelenken Bewegungen fuchtelte sie mit dem Schirm herum. Dann blieb sie stehen und drehte sich nach ihrem Begleiter um, der ihr langsam folgte.

Ein Krebs, der begonnen hatte über die Panzer seiner Artgenossen aus dem Kübel zu kriechen, lenkte Madelaines Blick nach unten.

»Es ist doch ganz einfach«, meinte der Fischer und ergriff den Ausreißer mit Daumen und Zeigefinger am Rückenpanzer. Dieser klatschte wütend mit seinem Schwanz hin und her. »Sie brauchen nichts anderes als kochendes Salzwasser mit Dill – und dann hinein mit ihnen.«

»Lebendig?«

»Na, anders schmeckt's doch nicht«, sagte er lachend. »Soll ich Ihnen mal etwas zeigen?«

Der Fischer kreuzte die Scherenarme des Krebses und stellte ihn auf seine spitze Schnauze, die auf diese Weise von den Armen zugleich umrahmt und umarmt wurde. Ein paarmal strich er mit dem Finger den Rückenpanzer hinab. Reglos verharrte der Krebs nun in seiner Stellung. Kinder liefen herbei und hockten sich um Krebs und Kübel. Sie amüsierten sich köstlich über diesen einen, der aussah, als wäre er in einer besonders kunstvollen Pirouette erstarrt.

»Sie werden orange, wenn man sie kocht«, sagte ein älterer Junge.

»Dann sind sie längst tot«, erwiderte der Fischer lachend. »Und bevor Sie Brustpanzer und Schwanzglieder aufbrechen, immer schön die Ärmel bis zum Ellbogen hochschieben. Das saftet nämlich kräftig den Unterarm entlang.«

Madelaine erschauderte leicht. Sie wollte sich schon abwenden. Die armen Tierchen. So lebendig und so kämpferisch, und alles umsonst. Ein weißes Segelboot näherte sich dem Strand. Sie legte ihre Hand über die Augen, um besser sehen zu können. Zwei junge Männer sprangen lachend über Bord und platschten auf den Strand zu. Die junge Frau im weiß-blauen Kleid hatte sich auf eine Bank gesetzt und stocherte störrisch mit der Schirmspitze im Sand. Sie sah kurz auf und drehte dann ihren Kopf zu der Seite, von der sich ein Mann mit breitkrempigem Strohhut näherte. Obwohl sein Gesicht im Schatten lag, erkannte Madelaine András. Alles an ihm war ihr vertraut, seine breiten Schultern, seine Haltung, sein Schritt. Hatte er eben noch der Frau auf der Bank zugenickt, schien er nun wie versteinert. Sein Blick traf Madelaine. Einer der jungen Segler rannte prustend und nass wie ein Pudel über die Promenade, der zweite kam johlend hinter ihm her. András blieb stehen und starrte zu Madelaine hinüber. Die junge Frau pochte mit dem Handgriff des Sonnenschirms gegen seine Brust, sah zu ihm auf und sagte etwas. Er beugte sich zu ihr vor, nahm ihre Hand und betrachtete sie. Es ist, wie es schien, fuhr es Madelaine durch den Kopf. András Graf Mazary liebt Sybill Merkenheim, nicht mich. Nimm es endlich an, dein Schicksal, Madelaine. Nimm es an.

Entschlossen sagte sie zu dem Fischer: »Geben Sie mir ein Dutzend.«

»Aber gerne«, erwiderte dieser. »Ein Dutzend. Eine gute Portion. Und nicht vergessen, Salzwasser und Dill. Das ist alles.«

Mit toter Seele schlich Madelaine in ihre Datscha zurück. Und doch brannte in ihr eine unbändige stille Wut. Sie füllte Kienspan, trockene Kiefernzapfen und etwas Papier in das Ofenloch, entzündete das Feuer, legte Holzscheite und schließlich, als Glut entstanden war, Kohle nach. Dann füllte sie den Kupferkessel mit Wasser, Dill und Salz, setzte ihn auf die Herdplatte, stellte ein Drahtgeviert, das eigent-

375

lich für Kaninchen gedacht war, über die mit ihren Scheren und Schwänzen schlagenden Krebse und schaute ihnen mit diabolischer Lust zu, wie sie einander traten, stießen und bedrängten. Dass sie alle gleichermaßen gefangen waren in ihrer Ohnmacht, erfüllte Madelaine zu ihrem eigenen Erschrecken mit tiefer Zufriedenheit. So wie jetzt hatte sie sich noch nie gefühlt. Sie loderte innerlich vor Wut und Rachegelüsten. Sie konnte sich kaum noch daran erinnern, mit welch tiefer Demut sie diesen göttlichen Morgen begrüßt hatte. Hatte Martieli nicht einmal gesagt: Man ist am Morgen nie mehr der Gleiche wie am Abend zuvor? Für sie, Madelaine Elisabeth Gürtler, schien sich der Spruch bereits auf den Beginn eines Tages zu verkürzen. Schon jetzt, am Vormittag, war sie nicht mehr die Gleiche wie in den Stunden des Erwachens.

Der leichte Morgenwind hatte sich gelegt. Die Kraft der Sonne widersprach vollends der Bedeutung des gestrigen Johannisfestes. Der Sommer war noch längst nicht verabschiedet. Dieser Tag würde so heiß werden wie lange nicht mehr. Der Sommer fing erst jetzt an. Das Salzwasser begann nun zu sieden. Als es kräftig sprudelte, packte sie einen der schwarz glänzenden Krebse, so wie sie es bei dem Fischer gesehen hatte. Er wand sich und zwackte sie. Aufschreiend ließ sie ihn fallen. Wütend griff sie zu Kehrblech und Handfeger und schob mittels dieser Werkzeuge den Krebs unbarmherzig dem Wasserkessel zu. Die restlichen Krebse packte sie mit der Kohlenzange und warf sie ohne Mitgefühl ins kochende Nass. Im sprudelnden Blasengeperl des Wassers, in dem die sterbenden Leiber der Krebse sich rotorange färbten, erblickte Madelaine die Gesichter, die ihr Ekel und Hass bedeuteten: Inessa, Merkenheim, die Krawoschinsky, ja, selbst ihre eigene Mutter, sogar Terschak – sie alle verbrühten zu Nichts. Nach einer Weile fischte sie die Krebse heraus, tat sie in eine große Schüssel, nahm Handtuch, Teller, Salzfass, Gabel und Messer und setzte sich im Schneidersitz auf die Terrasse.

Gierig zerbrach sie Panzer und Scheren und kostete das wunderbar schmeckende Krebsfleisch. Ein Stück Brot bestrich sie dick mit frischer Butter und aß mit größter Wollust und gesteigertem Vergnügen. Der Saft des Krebsfleisches lief, wie der Fischer es gesagt hatte, von ihren Handkanten über die Unterarme bis zu den Ellbogen. Es duftete herrlich und schmeckte so paradiesisch gut, dass Madelaine sich selbst ganz und gar vergaß. Je gesättigter sie sich fühlte, desto langsamer aß sie. Immer mehr süße Erdbeeren fanden den Weg in ihren Mund. Von den Kiefern zog ab und zu heißer Harzgeruch herüber. Das Meer schwieg, bis auf das fröhliche Kreischen der Kinder am Strand war es still. Ein kleiner schwarzer Hund schob seine Nase neugierig schnuppernd durch die Holzpforte. »Geh!«, rief Madelaine ihm zu. Doch er streckte seinen Hals noch weiter durch die Holzlatten. Madelaine biss in eine Erdbeere und nahm einen Schluck Klukwa. Der Hund begann hungrig zu fiepen. Sie zielte mit einem Kiefernzapfen nach ihm, traf jedoch nur die Pforte. Er sprang bellend an ihr hoch. Nun gib doch schon was ab!, schien er zu sagen. Und erntete nur noch weitere Kiefernzapfen, die ihn aber nicht einschüchterten. Er rannte hin und her, und es schien, als wollte er Anlauf nehmen, um über die Pforte zu springen. Madelaine stand auf, nahm eine Hand voll Krebsscheren und warf sie ihm vor die Nase. Gierig biss er zu. Weiß schäumte sein Speichel über die Lefzen.

Madelaine ging zu ihrer Terrasse zurück. Dabei sah sie, dass die Nässe beinahe vollständig aus ihrem Kostüm gewichen war. Die Luft war noch heißer, ja, geradezu stickig geworden. Sie nahm erneut ihren Schneidersitz ein. Erd-

beer- und Krebssaft klebten an ihrer Haut. Es störte sie
nicht. Es war herrlich, so leicht bekleidet und frei zu sein.
Wieder bellte der Hund herausfordernd und sprang an der
Pforte hoch, und wieder warf sie ärgerlich mit Zapfen nach
ihm. Plötzlich drehte er sich zur Seite. Ein Mann in weißem Anzug spazierte auf dem Weg und sagte etwas zu ihm.
Der Hund bellte ruhiger, mit kleinen Pausen. Der Spaziergänger erreichte nun die Pforte. Er sah in ihren Garten,
schob seinen Strohhut ein wenig aus der Stirn und blieb
stehen.
Es war András. Madelaine konnte kaum atmen vor Überraschung. Sie folgte seinem staunenden Blick, der zwischen ihr und ihrem Kostüm auf der Leine hin und her
wanderte. Ihr Kostüm hatte ihm den Weg gezeigt. Ob er
sie gesucht hatte? Und … ob er allein war?
»Madelaine!« Er nahm seinen Strohhut ab und schritt entschlossen durch die Pforte. »Ich denke, es ist besser, wenn
du dein Kostüm von der Leine nimmst.«
»Warum?«
»Weil ich mit dir allein sein möchte. Wir haben uns lange
nicht gesehen.«
Einen Moment fürchtete sie, er könne sie gesucht haben,
um sie wegen ihres Fehlverhaltens im Merkenheim'schen
Haus zur Rechenschaft zu ziehen. Doch in seinem Blick
lag eine verzweifelte Sehnsucht, die allein ihr Herz verstand.
Mit einem Mal fühlte sie sich groß und kraftvoll. Sie erhob
sich und wischte ihre vom Krebssaft feuchten Hände am
Kleid ab. Langsam schritt er auf sie zu. Ihr Gesicht glühte,
sie spürte, wie sehr sie ihn begehrte. Wie sehr sie ihn
liebte. Barfuß, wie sie war, lief sie über die Terrasse. Einen
Atemzug lang blieb sie dicht vor ihm stehen. Ihre Blicke
versanken ineinander, so wie damals auf der Traumtreppe.

Madelaine atmete seinen vertrauten herbsüßen Duft ein. Sein dunkler Blick glitt über sie. Er lächelte und reichte ihr die Hand.

»Du siehst wunderbar aus, Madelaine. Erdbeeren und Krebse?« Er öffnete leicht seine Lippen, benetzte sie mit der Zunge.

»Erdbeeren und Krebse«, wiederholte sie leise.

»Dann bist du also nicht allein?«

»Nein!«, sagte sie lachend und huschte an ihm vorbei. Schnell nahm sie das Kostüm von der Leine. Amüsiert sah sie, wie er Strohhut und Gehrock achtlos auf den Rasen warf. Er krempelte die Ärmel seines weißen Leinenhemdes hoch und steckte sein Halstuch in die Hosentasche.

Mit unverhohlener Eifersucht rief er: »Ist Martieli hier? Oder jemand anders?«

Madelaine brachte schnell das Kostüm ins Haus. Auf dem Weg zurück zu ihm nahm sie eine große Erdbeere mit.

»Du bist hier«, hauchte sie und steckte ihm die Beere zwischen die Lippen. Sie biss in das Fruchtfleisch und schob ihm mit der Zunge die andere Hälfte in den Mund.

Gehorsam aß er, küsste ihre Lippen, umspielte ihre Zunge.

»Madelaine«, flüsterte er, »ich will dich. Ich habe schon zu lange auf dich gewartet.«

»Und deine Begleiterin?«, fragte sie.

»Meine Begleiterin …« Er lachte zynisch. »Ihre Gedanken sind so blass wie ihre Haut. Ich will dich, Madelaine.«

Sie zog sich die Kämme aus dem Haar und ließ es in seiner ganzen Länge über die Schultern fallen. Dann lehnte sie sich in seinen Armen zurück, schüttelte ihr Haar und genoss seinen faszinierten Blick.

»Ich habe mich so sehr nach dir gesehnt«, stöhnte er leise.

»Ich liebe dich, András«, sagte sie voller Sehnsucht.

Energisch zog er sie an sich, küsste sie leidenschaftlich und wog ihren Busen in seinen Händen. Stürmisch fuhr sie ihm durch das Haar.

»Liebe mich, András! Jetzt, sofort! Liebe mich!«

Madelaine lief in den Wohnraum und holte sein Bärenfell. Er nahm es und ergriff ihre Hand. Hinter der Datscha kniete er vor ihr nieder und liebkoste ihre vor Begehren pochende heiße Scham, bis sie aufstöhnend über seinem breiten Rücken niedersank. Er zog ihr Kleid und Hemd aus und bewunderte die Schönheit ihres Körpers. Rasch entledigte nun auch er sich seiner Kleider. Nun war es an Madelaine, seinen ebenmäßigen Körper zu bewundern, die kräftigen Muskeln. Kaum wagte sie seine dunkle Scham anzusehen und jenes Teil, das ehrerbietig hervorragte. Sie vertraute András' Augen und überließ sich ihrer Lust. András schob sich nun, sie mit Küssen lockend, zwischen ihre Schenkel. Zärtlich und bestimmt zugleich glitt er in sie. Madelaine spürte einen Schmerz, der sich anfühlte, als würde ihr ein Milchzahn gezogen, das an seinem letzten Hautfetzen hing. Sie begann zu weinen. András hielt inne. »Ich liebe dich«, flüsterte er. »Madelaine, ich liebe nur dich.«

Er küsste ihre Tränen, ihre Brüste, liebkoste noch einmal zärtlich ihre Scham. Langsam merkte sie, dass ein Gefühl der Erleichterung, ja, sogar der Befreiung sie durchflutete. Nun, da sie ihre Jungfernschaft verloren hatte, war sie endlich frei. Frei für alles, was nur eine richtige Frau tun konnte.

Als András wieder vorsichtig in sie drang, fragte er besorgt: »Tut es dir noch weh?«

Sie zögerte einen Moment, dann schob sie ihn von sich. Sachlich betrachtete sie sein Glied. »Es ist gar nicht so spitz, wie es sich angefühlt hat«, meinte sie nachdenklich.

Sie nahm es in ihre Hand. »Aber es ist schwerer, als es aussieht.« András wurde verlegen. »Die Last ist fast die Gleiche, wie wenn ich einen meiner Spritzbeutel mit Zuckerguss oder Schokolade fülle, um Torten zu verzieren.« Er räusperte sich. Schelmisch schaute sie zu ihm hoch. »Bestimmt würde es Schokolade zum Schmelzen bringen, nicht?«

András beugte sich vor und küsste sie.

»Ich bin also wirklich der erste Mann, den du … siehst?«

Sie nickte ernst.

»Es ist glatt und schön. Schauen alle Männer so aus wie du?«

»Es ist wie mit dem Wuchs der Bäume. Manche sind knorrig, schief gewachsen, kurz wie ein Stumpf, dünn wie ein junger Trieb.«

»Und ich? Sehen alle Frauen so aus wie ich?«

Er nahm ihre Fingerspitzen und küsste sie nacheinander.

»Nicht alle Frauen haben so wunderschöne Rosenblätter wie du. Manche sehen aus wie der tiefkelchige Aronstab, andere wie die weit ausschwingende Iris. Und es gibt solche, die haben Lippen wie Chilischoten …«

»Und dieser hier«, sie stupste sein Glied an, »hat sie alle besucht?«

»Um Himmels willen, nein!«, rief András und schüttelte sich angewidert.

»Aber woher weißt du …?«

»Es gibt so genannte Pariser Ansichtskarten … für uns Männer.«

»Ich soll dir glauben? Warte, ich frage ihn selbst.«

Sie stupste erneut sein Glied an.

»Sagt dein Herr die Wahrheit?« Das Glied zuckte auf und nieder. Madelaine lachte.

»Nickt es, oder bäumt es sich auf wie ein bockiges Pferd?«
András seufzte. »Glaube mir doch, Madelaine. Sonst hätte
es sich längst schon vor Scham zu Boden geneigt.«
»So?«, fragte Madelaine lachend. Beherzt benetzte sie nun
ihren Finger mit Speichel und verrieb ihn auf dem seidigen
Schaft. Neugierig schob sie seine Vorhaut ein Stückchen
nach oben.
»Es fühlt sich zart an. Tut das weh?«
András verneinte.
»Bereitet es dir kein Unbehagen, wenn du dich setzt und
die Beine übereinander schlägst?«
András lachte. »Es ist nicht immer so groß.«
»Nein?«
»Lass mich wieder zu dir«, flüsterte er. »Dann wirst du es
sehen.«
Sie liebten sich erneut. Immer dann, wenn Madelaine ei-
nen Höhepunkt erlebt hatte, pausierte András. Ruhig be-
zwang er seinen Atem und wartete. »Bist du glücklich?«
»Ich hätte nie geglaubt, dass es so schön ist.«
Sie setzte sich mit gespreizten Beinen auf, blinzelte in die
Sonne und küsste ihn.
»Es ist ja noch immer so groß«, murmelte sie.
»Warte ab. Ihr Frauen seid viel ausdauernder als wir.«
Und irgendwann, als sich die Sommerhitze zwischen Holzhaus und Büschen staute wie in einem stickigen Heuhaufen, begann er sich erst langsam, dann immer schneller
und stärker in ihr zu bewegen. Madelaine wünschte sich,
er würde nie aufhören, doch mit einem wollüstigen Auf-
bäumen vollendete er diesen ersten Liebesrausch.
Nass und müde schliefen sie beide auf dem Fell in der stickigen Hitze des Nachmittags ein. Der krächzende Ruf einer Mandelkrähe weckte sie. Sie saß auf dem Brunnen-
rand und schüttelte gerade die Flügel ihres farbenfrohen

Federkleides aus. Eine Goldammer rief ihr vertrautes Zizizi… iiih! Zizizi… iiih!

»Ich liebe dich so sehr, András. Verlass mich nie.«

Sie setzten sich auf die Terrasse und labten sich an den reichlichen Resten von Krebsfleisch, Käse, Butter, Erdbeeren und Brot.

Schließlich fragte Madelaine: »Ich werde schwanger werden, nicht?«

Er sah auf. »Ja, Madelaine, das kann schon sein.« Er biss in das Fleisch eines Krebses und brach Brot in kleine Stücke.

»Ich hätte es vermeiden können.«

»Dass ich schwanger werde?«

»Nun, ein richtiger Mann kann auch das.« Er kaute mit Genuss. »Es ist nichts anderes als eine Technik – gegen die allgemeine Moral und gegen die Kirche allerdings.«

»Wie meinst du das?«

»Nun, der Samen gilt als heilig. Wir Männer werden dazu erzogen, ihn nicht zu verschwenden.« Er sah sie selbstbewusst an. »Ich aber habe da meine eigenen Vorstellungen. Ich wäre sehr glücklich, wenn du schwanger werden würdest.«

Ihr Herz schlug bis zum Hals.

»Aus Eitelkeit? Oder warum?«

»Weil ich dich liebe und dich heiraten werde. Mit und ohne Kind«, sagte er bestimmt. »Hast du unser Versprechen auf der Traumtreppe vergessen? Nimmst du die Liebe so leicht?«

»Du meinst es nicht ernst, András. Dein Vater, deine Sybill Merkenheim, alle wären dagegen, wenn du ein einfaches Mädchen wie mich heiraten würdest.«

Sie sah, wie seine Augen sie widerspiegelten. Er stand auf.

»Komm, ich will dir etwas erzählen.«

Sie gingen in den Garten. Krächzend erhob sich die Mandelkrähe, die es sich auf dem Brunnenschlägel bequem gemacht hatte. Eine Igelmutter zerbiss einen schwarzen Käfer. Ihre zwei Kleinen schnüffelten an Grashalmen. Schließlich trippelten sie hintereinander auf den Fliederbusch mit seinen tief hängenden Zweigen zu und verschwanden im Unterlaub. András setzte sich mit Madelaine auf die Bank und streckte die Beine aus.

»Am liebsten würde ich die nächsten Tage hier bleiben, in diesem Frieden.« Er sah sie von der Seite an. »Ich möchte dich aber nicht allein in Riga wissen. Ich habe jetzt ein wenig Angst um dich.« Er streichelte ihren Schoß.

Madelaine schob die Hand fort.

»Es ist doch noch nicht sicher, András. Ich möchte jetzt die Wahrheit wissen. Erzähl mir alles.«

»Gut«, er fuhr sich übers Gesicht. »Du hast Inessa geohrfeigt – sie mag es verdient haben. Sie ist Merkenheims Geliebte geworden und durfte sich auf der Bühne feiern lassen. Sie hat, wie mir Sybill versicherte, nichts gegen die Gerüchte unternommen, die dich in ein unrechtes Licht rückten. Vielleicht, weil sie dich von mir fern halten wollte, um weiterhin in der Gunst der Familie zu stehen. Doch Sybill, so dumm, wie sie ist, wird es langsam unangenehm. Sie beharrt darauf, dass ich von mir aus auf sie zukomme. Und dass ihr Vater ständig seine Geliebte mit sich führt wie eine aufgedrehte Puppe, findet sie zunehmend peinlich. Sybill hat zwar einen schlichten Verstand, doch einen eigenartigen Ehrbegriff. Sie folgt jedem Wort, jeder Laune ihrer Mutter. Sie verehrt ihren Vater. Doch sie kann all das nicht, was eine durchschnittliche Frau können sollte, weder handarbeiten noch kochen, noch Klavier spielen, noch Dienstboten und Köche anleiten. Sie braucht vor allem einen anderen Mann als mich. Und ich erwarte ebenfalls mehr von einer Frau als das, was ich aufgezählt habe.«

»Aber du sollst sie heiraten?«

»Ja. Ich habe dir ja schon einmal gesagt, dass ich mit dem Schlimmsten rechnen müsse. Eine Heirat mit ihr wäre es. Die Wurzeln für diesen Plan liegen aber weder bei ihr noch bei mir, Madelaine.« Er erhob sich und begann auf und ab zu gehen.

»Merkenheim möchte, dass du seine Tochter heiratest, weil deine Familie über Bodenschätze verfügt.«

»Ja und nein. Es ist komplizierter. Also, mein Großvater Sándor starb 1848 als Freiheitskämpfer in Ungarn, das weißt du. Doch sein Vater, György Graf Mazary, also mein Urgroßvater, galt als schwarzes Schaf der Familie. Er wurde 1752 geboren und wanderte im letzten Drittel des 18. Jahrhunderts nach Oberschlesien aus.«

»Dann kehrte der Sohn also wieder in die Heimat des Vaters zurück, um für Ungarn zu kämpfen?«

»Urgroßvater zeugte seinen Sohn standesgemäß in Ungarn, bei einem seiner Besuche. Großvater wuchs ohne ihn auf. Doch zurück zu meinem Urgroßvater György Mazary. Er gab damals als junger Mann vor, er wolle nach seinen Untertanen sehen, die er einem schlesischen Grubenbesitzer als Arbeiter vermittelt hatte. Zu Beginn des Bergbaus zögerten die einheimischen Schlesier noch, selbst in die Gruben zu steigen. Also holte man sich Fremde, unter anderem aus dem Erzgebirge oder aus Ungarn. Ich glaube aber, dass Urgroßvater György schlichtweg abenteuerlustig und es ihm im Kreis der Familie zu langweilig war. Nun, er reiste gen Norden – zu Johann Heinrich Merkenheim. Dieser wurde 1773 als Sohn eines fleißigen schlesischen Bauern, Johann Woldemut Merkenheim, geboren. Johann Heinrich war schon in jungen Jahren ehrgeizig. Er war tatkräftig wie sein Vater und aufgeschlossen dazu. Das ermöglichte ihm früh, die Zeichen der Zeit zu nutzen. Zunächst war er in der Grube eines Großgrundbesitzers beschäftigt. Nach und nach brachte er Verbesserungen ein, legte Pläne für Schutzvorkehrungen oder verbesserten Transport vor, war umsichtig und gewann das volle Vertrauen seines Herrn – und der Arbeiter. Schon früh stieg er zum Verwalter auf und übernahm bald die Leitung einer Hütte. Er war schlichtweg unentbehrlich. Urgroßvater muss von ihm beeindruckt gewesen sein – trotz oder gerade wegen des Altersunterschieds von einundzwanzig Jahren. Er war vom Wesen her nämlich genau das Gegenteil von Urgroßvater. Er beobachtete, analysierte, plante und setzte Ideen um. Urgroßvater dagegen war ein Abenteurer und Genussmensch. An Sensibilität fehlte es ihm nicht, auch nicht an vorurteilslosem Mitempfinden, doch an Strenge mit sich selbst. Bei einem konnte er allerdings dem ehrgeizigen Merkenheim helfen, wenn auch nicht mit Taten, so doch mit zuversichtlichem Zureden – und dadurch, dass er ihm seine eigene Tochter ins Bett schob.«

»Er opferte seine eigene Tochter? Aber wozu denn das?« András holte tief Luft.

»Ende der neunziger Jahre des 18. Jahrhunderts gab es einen intelligenten Mann in Oberschlesien, der Johann Christian Ruberg hieß. Er war Sohn eines Mühlenbesitzers, studierte Theologie, ging dann aber bei einem Goldmacher in die Lehre, weil sein Vater den Universitätsbesuch nicht mehr bezahlen konnte. Dieser arme Ruberg hätte ein glückliches Leben führen können, hätte mein Urgroßvater ihn und nicht Merkenheim kennen gelernt. Und mir wäre der Merkenheim'sche Ballast erspart geblieben.«

»Was ist denn nun das Besondere an diesem armen Menschen?«

»Alles begann mit Rubergs chemischen Experimenten. Fasziniert haben muss ihn die Erkenntnis, dass Ofen-

bruch, der bei der Eisenerzgewinnung im Hochofen übrig
blieb, keineswegs so wertlos war, wie man glaubte. Ruberg
hatte Kupfer mit gestoßenem Ofenbruch vermengt, das
Gemisch mit Kohlenstaub bedeckt und es eine Stunde lang
schmelzen lassen. Das, was er dadurch gewann, war Mes-
sing. Mit Begeisterung setzte er seine Versuche fort und
konnte jedem beweisen, dass Ofenbruch viel Galmei, also
Zinkerz, enthielt. Er entwickelte nun ein Verfahren, das darin bestand, aus Ofenbruch Zink zu scheiden. Der Preis
pro Zentner des ehemals wertlosen Ofenbruchs stieg bald
von zwei auf vierzig Silbergroschen. Ruberg, der erfolg-
lose Alchimist, fiel jedoch einer Intrige zum Opfer, ergab
sich dem Alkohol und starb 1807. Sein Goldmacherrezept
brachte anderen Reichtum. Mein Urgroßvater, obwohl
knapp über fünfzig noch vital und optimistisch, ermunterte Johann Heinrich Merkenheim schon 1801, die Methode
zu übernehmen – als einer der Ersten. Dadurch wurde
Merkenheim schnell unendlich reich. Bald konnte er sich
Industrieller nennen und eigene Kohlengruben, Erzberg-
werke, Zinkhütten und ein Rittergut kaufen. Er beauftragte
sogar einen berühmten Architekten aus Berlin, ihm ein
Schloss mit türkischen Bädern zu bauen. Eine riesige Kup-
pel aus in Blei gegossenem Glas überragte den Wintergar-
ten. Man soll ihr Glitzern schon kilometerweit aus der
Ferne gesehen haben.«
Madelaine dachte an Terschaks Erzählung. Dies also war
jene Seite der Geschichte, die ein einfacher Arbeiter wie
Terschaks Vorfahren nie hätte erfahren können. Sie erinnerte sich gelesen zu haben, dass die meisten Industriellen
es am liebsten sähen, wenn ihre Arbeiter stumpf, ohne Gedanken im Kopf ihren immergleichen Handgriffen nach-
gingen, Körper und Seele allein dem Leerlauf der sich wie-
derholenden Bewegungen weihten. Armer Terschak, ihm

hatte sein sozialkritisches Wissen bislang kein Glück gebracht.

Blitzartig wurde ihr bewusst, dass sie sich an Merkenheims Tod schuldig machen würde, wenn sie Terschak zu ihm führte. Durfte sie András jetzt davon erzählen? Sie schwieg beklommen.

Schließlich fragte sie: »Dein Urgroßvater und Merkenheims Vater waren sich also sympathisch. Zwei Männer, die gut zwanzig Jahre trennten und die sich vom Naturell des anderen bereichert fühlten. Das war der einzige Grundstein für die Freundschaft beider Familien, bis heute?«

»Nein, Madelaine. Also zunächst freundete man sich miteinander an. Nachdem das Geschäft mit der Zinkgewinnung über alle Maßen gut lief, gestand Urgroßvater Merkenheim, dass er Spielschulden habe. Natürlich war dieser bereit, die Schulden zu begleichen. Doch überschwänglich, wie Urgroßvater war, bot er ihm auch noch seine eigene Tochter an. Das war früher durchaus üblich. Mädchen galten nicht viel. Nun, Merkenheim nahm sie willig zur Frau. Er selbst hatte ja vor lauter Arbeit kaum Gelegenheit, auf Brautschau zu gehen. Sie starb allerdings früh im Kindbett. Merkenheim heiratete noch zweimal. Er kam auch weiterhin für Spielschulden und den unbeschwerten Lebensstil seines Freundes auf. Sie mochten sich eben. Als Ausgleich schenkte Urgroßvater ihm kurz vor seinem Tod einen Teil seines eigenen Bodenbesitzes in Ungarn. Er starb 1831, fast achtzigjährig, 1846 sein Freund im Alter von dreiundsiebzig. Der Anspruch auf den ungarischen Bodenbesitz vererbte sich natürlich weiter. Carl Justus Merkenheim, Sybills Vater, war ein Jahr alt, als sein erfolgreicher Vater starb. Man könnte sagen, dass jede Windelschicht millionenschwer war. Er entstammt übrigens der dritten Ehe seines Vaters, der sich als Einundsechzigjähriger in eine baltische Gutsbesitzerstochter verliebte. Er war alt, doch immer noch ein weitsichtiger Unternehmer.«

»Sie lebt noch?«

»Nein, sie starb Ende vierzig an einem Schlaganfall auf dem elterlichen Gutshof in der Nähe von Riga.«

»Das heißt aber doch, dass du Sybill gar nicht heiraten müsstest, da Merkenheim selbst Bodenschätze in Ungarn besitzt?«, fragte Madelaine erstaunt.

»Es ist mehr, Madelaine«, antwortete András traurig. »Vom Vater zum Sohn vererbte sich der Gedanke, dass zusammenwachsen müsse, was zusammengehört – technisches Wissen und viel Bankkapital auf der schlesischen Seite, Grundbesitz und Bodenschätze auf der ungarischen. Und wie könnte man beides am gewinnträchtigsten und friedlichsten zueinander führen? Indem man die Kinder miteinander verheiratet. Vater möchte, dass nun Sybill durch ihr Geld das einbringt, was Urgroßvater so leichtfertig in den Wind schrieb – den Abbau der eigenen Bodenschätze mit Merkenheim'schem Wissen und Geld. Wir haben zwar den Grundbesitz, die Bodenschätze, doch fehlen uns die finanziellen Mittel, sie zu heben. Mein Wissen als Ingenieur allein reicht nicht aus.«

»Und jetzt musst du sie heiraten?«

»Nein. Ich habe ein Jahr lang mit Vater verhandelt«, entgegnete András müde. »Er hat mir gedroht, er würde mich enterben, wenn ich Sybill nicht heirate. Soll er es ruhig tun. Ich will lieber arm sein, aber frei. Willst du mich nun noch heiraten, Madelaine?«

Er kniete vor ihr. Ein traurigeres Gesicht bei einem Heiratsantrag kann es wohl auf der ganzen Welt nicht geben, dachte Madelaine bei sich.

»Natürlich heirate ich dich, natürlich!«

Er legte seinen Kopf in ihren Schoß. Sie streichelte seinen Rücken, küsste sein Haar und beugte sich über ihn. Fast von allein rutschten ihre Hände unter seinen Gürtel.

»Komm, András!«

Sie gingen in die Datscha und legten sich auf das kühle Leinenbett. Weich und anschmiegsam gab sie sich seinem verzweifelten, nach Trost suchenden Begehren hin.

»Setz dich auf mich«, flüsterte er.

»Auf das bockige Pferdchen? Das geht doch nicht!« Sie schüttelte ihren Kopf.

»Es wird dich schon nicht abwerfen.«

Madelaine setzte sich auf ihn und stemmte einen Fuß auf. Nie zuvor hatte sie solche Lust empfunden. Sie wandte Gesicht und Oberkörper der Sonne zu, die durch das geöffnete Fenster strahlte. Mühelos und wie von selbst bewegte sie sich auf ihm. Er sah ihr unverwandt zu. Sie merkte, wie sehr er sich beherrschte, um das Spiel nicht vorzeitig zu beenden. Schließlich umklammerte er sie und unterwarf sie sich. Sonnenlicht besprenkelte sein Haar mit goldenen Punkten. Mit langen, ruhigen Bewegungen begann er sie zu lieben. Dann verstärkte er seine Bewegungen. Immer neue Wellen heißer Feuchtigkeit beantworteten seine Stöße.

Als sie später am Strand saßen, ballten sich grauweiße Gewitterwolken über ihren Köpfen. Das Meer schimmerte mattblau. Die ersten warmen Regentropfen hinterließen kleine Krater im heißen Sand. Weißlich gelb hing die riesige Scheibe der Sonne am Horizont und ging langsam unter, tauchte Meer und Himmel in goldrotes Licht. Die Gewitterwolken schienen immer wieder innezuhalten, so als ob sie mit ihren Blitzen und ihrem Donnergetöse die rote Schönheit nicht zerstören wollten. Leises Grummeln drang hernieder.

Madelaine kämpfte mit sich. Wie weit würde sie András' Liebe belasten können, indem sie ihm die Wahrheit erzählte?

Sie hatte das Meer überwunden. Zum Salz des Meeres gehörte auch Terschak, ihr Lebensretter. War es nicht nur recht, wenn sie ihren Teil an Schuldigkeit allein bestritt?

Zaghaft fragte sie: »Wie viel bedeutet dir Merkenheim?«

»Mir persönlich bedeutet er wenig. Ich möchte meine Freiheit haben, um so zu leben, wie es mir gefällt. Die Bande der Ahnen haben mich schon zu lange belastet. Vater meint, es sei nun endlich an der Zeit, dem Grafen das zu geben, was dem Grafen gebühre – Geld und ein luxuriöses Leben. Es ist sein Traum.« Er nahm ihre Hand. »Mein Traum ist es, mit dir zu leben. Warum fragst du?«

Madelaine beschloss, ihm alles zu erzählen.

»Bring mich zu ihm. Ich werde mit diesem Terschak sprechen«, sagte er, nachdem sie geendet hatte.

»Aber ich stehe in seiner Schuld, András.«

»Das mag sein, Madelaine. Gut, er hat dir das Leben gerettet, aber was er von dir einfordert, ist, dass du ihm hilfst, seine persönlichen Rachegelüste zu befriedigen. Der Lohn für seine gute Tat soll sein, dass du dich mit echter Schuld belädst? Nein, Madelaine. Ich werde ihn überzeugen. Und es ihm verbieten. Schließlich wirst du meine Frau. Und er, er ist ein schlechter Moralist.«

Dankend musste Madelaine die Einladung des Rigaer Kunstvereins ablehnen, an ihrem geplanten Kostümfest teilzunehmen. Damen und Herren in aufwendig geschneiderten Rokoko-, Empire- und Renaissancekostümen würden in einem Festzug auf dem Marktplatz die Zeiten Alt-Rigas repräsentieren. Ob man darauf hoffen dürfe, das Liotard'sche Schokoladenmädchen zu begrüßen? Jean-Patrique versuchte vergebens Madelaine davon zu überzeugen, doch wenigstens zur fotografischen Aufnahme zu gehen.

»Nein, wir müssen backen!«, beschied sie ihm energisch und ärgerte sich insgeheim, dass sich ihre ureigenste Idee doch herumgesprochen haben musste.

Madelaine hatte der Heringsfrau auf dem Krasnajagorka-Markt eine Nachricht für Rudolph gegeben. András forderte ihn darin auf, sich Donnerstagabend gegen sieben Uhr unter dem Essigbaum im Kronvalda-Park einzufinden. Bestellung folgte auf Bestellung, Besucher auf Besucher. Selbst Martieli rang die Hände und wusste oft nicht, wohin er zuerst eilen sollte, zur persönlichen Begrüßung an der Tür, zum Spiel am Klavier oder für eine kurze Stunde in die Backstube. Nun mussten Dina und Stine beide in der Backstube mithelfen, und neue junge Mädchen im Schokoladenmädchenkostüm servierten und verkauften. Zur Freude der Gäste studierte Martieli die Märsche und Walzer ein, die anlässlich des Jubiläumsfestes komponiert worden waren. Jeden Abend hastete Madelaine mit Martieli oder András in die festlich beleuchtete Stadt. Im Schützengarten spielte von halb acht Uhr abends bis Mitternacht das Orchester der Gardemarine-Equipage und auf der Vogelwiese das Militärorchester. Dort, auf der Vogelwiese, die dem Vergnügen der breiteren Volksschichten Genüge tat, hatte man Venedig mit seinen Straßen, der Rialtobrücke und Kanälen nachgebaut. Sogar Gondelfahrten wurden angeboten. Schaukeln, Buden und Karussells luden zu ausgelassenem Fröhlichsein ein. Den Kampf der

Buren in Lebensgröße bestaunten die Besucher auf einem Gemälde. Verwirrend empfand Madelaine jedoch einen wirklichen Kampf, der sich ganz in der Nähe des Bildes mit gellendem Säbelrasseln abspielte. Man hatte ein Negerdorf mit Hütten aus der Region Dahome, der Westküste Afrikas, nachgebaut. Madelaine bewunderte die Schönheit der als wilde afrikanische Amazonen bezeichneten Frauen. Mit Geheul und schrillen Schreien gaben sie ein Gefecht mit säbelklirrenden Kriegern vor. Sie tanzten umeinander, sangen und drohten mit Fetischen. Unter ihren nackten beringten Füßen, die sich zu aufputschenden Trommelrhythmen bewegten, wirbelte Sand auf.

Am späten Donnerstagnachmittag besuchten Madelaine und András zunächst die historische Schifffahrtsausstellung im Rigaer Yachtclub. Anschließend eilte András allein zum Kronvalda-Park, um Terschak zu treffen. Madelaine hingegen nahm die Gelegenheit wahr, dem Rigaer Kunstverein ihre Aufwartung zu machen und sich die Ausstellung baltischer Bilder anzusehen. Es lenke ihre angespannten Nerven ab, hatte András gemeint. Und dort wisse er sie auch sicher aufgehoben. Gut eine Stunde später holte er sie ab.

»Er ist gekommen, dieser Rudolph Terschak«, begann András. »Er war verärgert, dass du nicht auch anwesend warst.«

»Es war deine Idee, mit ihm allein zu sprechen«, entgegnete Madelaine. »Und ich denke, sie war richtig.«

Sie spazierten langsam dem Ausstellungsplatz auf der Esplanade entgegen. Von weitem leuchteten Haupteingang und Allee, die mit Tausenden bunter elektrischer Lampions geschmückt waren.

»Natürlich, schließlich möchte ich dich auch beschützen. Dieser Terschak ist eigentlich ein ganz passabler Mensch, nicht unintelligent, doch psychisch zerrüttet, was angesichts dessen, was er erlebt hat, verständlich ist«, fuhr András fort. »Er ist ein Fanatiker mit gebrochenem Herzen. Die innere Leere übertüncht er mit verbissener Agitation. Er sagte mir, er würde verrückt werden, wenn er sich nicht ständig mit Worten und Taten für Gerechtigkeit einsetze. Ich habe versucht ihm ins Bewusstsein zu rufen, in welch großes Unglück ihn sein Fanatismus stürzen kann. Und dass es selbstverständlich sei, dich aus allem herauszuhalten. Er sei doch Zimmermann, gewohnt, in schwindelnden Höhen festes Gerüst zu bauen. Ob ihm sein Handwerk nicht Mut genug mache, dem eigenen Leben einen festen Grund zu geben? Ob er sich vorstellen könne, wie unglücklich seine Eltern wären, wenn sie ihn jetzt sähen?«

Sie gingen auf den neu errichteten Monumentalbrunnen zu, der ihnen mit seiner lichtdurchfluteten Fontäne hell entgegenstrahlte. Mal silbrig, mal smaragdgrün ergoss sich das Wasser über seine steinernen Figuren und Becken. Es plätscherte in endlosen heiteren Klängen. Sie blieben stehen.

»Hat er dich verstanden?«

»Es schien mir, als verstünde er es, dir gegenüber einen moralischen Denkfehler gemacht zu haben. Er versprach mir, nichts mehr von dir einzufordern.«

»Hast du ihm Geld gegeben?«

»Nein. Das würde ich niemals tun. Außerdem hätte es ihn gekränkt. Er ist mir dankbar dafür, dass ich ihn nicht wie einen bösen Buben mit Geld bestochen habe, sondern ihm Ehre genug zugestehe, sein gegebenes Wort ernst zu nehmen.«

»Danke.« Madelaine küsste ihn schnell. »Glaubst du, dass er Merkenheim unbehelligt lassen wird?«

»Ich habe ihm ins Gewissen geredet, von seinen Racheplänen Abstand zu nehmen. Er versprach mir auch das. Ich könnte ihn schließlich an die Polizei verraten, und das weiß er auch.«

»Ich kann es mir eigentlich nicht vorstellen, dass er von seinem Vorhaben ablässt«, sagte Madelaine. »Entgegen allen seinen revolutionären Ideen, die ihn umtreiben, hat er Respekt vor dir, dem Grafen. Er hätte dir wohl alles versprochen. Sein Herz aber wird weiter im alten fanatischen Takt schlagen.«

»Es kommt nur darauf an, ihm einen anderen Weg für seinen Fanatismus zu zeigen. Ich habe ihm Arbeit angeboten. Um die Armen aus ihren Hütten zu befreien, müssen Häuser gebaut werden, und es gibt nicht wenige Unternehmer, die ihre soziale Verantwortung ernst nehmen. Merkenheim liebt nur das Schöne und die Kunst, er ist kein Unternehmer. Terschak sollte aber den ernsthaften Gründervätern sein Handwerk anbieten. Er wird es sich überlegen und mir Nachricht geben. Ich habe genügend Kontakte, um ihm zu helfen. Das ist der Dank dafür, dass er dich gerettet hat. So, nun komm und lass uns den restlichen Abend genießen. Ich möchte mir noch die Maschinenhalle ansehen.«

»Und ich möchte noch gerne die Pavillons besuchen. Dort soll besonderes Porzellan und Kunsthandwerk ausgestellt sein.«

»Weißt du, wie sehr ich dich liebe?«

»Weißt du, wie dankbar ich dir bin?«

In einem der Ausstellungshallen entdeckten sie das gigantische Schreinerwerk des Tischlermeisters Kirstein. Mitglieder der Kleinen Gilde, allesamt Männer ihres Fachs – Schreiner, Tischler, Zimmerer – fachsimpelten darüber, ob es nun eine Kirchenorgel oder ein Bahnhofsbüfett sei. Achtzehn Jahre habe Kirstein daran gewerkelt, sagte einer kopfschüttelnd. Wie viel er denn für sein Werk fordere,

wollte Madelaine wissen. Zwanzigtausend Rubel, bekam
sie zur Antwort. Das sei ein Viertel des gesamten Vereins-
kapitals des Lettischen Vereins, der immerhin eintausend
Mitglieder zähle, meinte einer aufgebracht. Und ein Sieb-
tel dessen, was es gekostet habe, die Esplanade in einen
Ausstellungsplatz umzuwandeln. Kirstein habe sein Maß
nicht finden können, behauptete einer der Älteren mit fester Stimme und nahm eine Prise Schnupftabak.
Ob sie das Meisterwerk von innen betrachten dürfe? Nun,
der Meister sehe sich gerade die Urkunden und Stadtpläne
Rigas im Dommuseum an. Auf seine Erklärungen müsse sie daher verzichten. Doch da er ja kein Verbotsschild
aufgestellt habe, dürfe sie sicher auch ohne seine An-
wesenheit hineinschauen. Madelaine öffnete die Außentür und ging mit András hinein. Mehrere auf- und nebeneinander liegende Schränke waren zu erkennen sowie drei
Treppen, zwei Stühle, einige Tischplatten und zwei Durch-
gangstüren. Behutsam schloss András bis auf einen Spalt
die Tür und zog Madelaine an sich. Sie küssten sich leidenschaftlich, während draußen die Männer weiter darüber diskutierten, wer auf Erden an diesem Werk Gefallen
finden könne, Kunst- oder Kuriositätensammler. Und was
sich Kirstein bloß dabei gedacht habe? All die Jahre habe
er seine Idee geheim gehalten – und nun das. Es sei doch
zu nichts nütze. Zu unpraktisch für die Hausfrau, zu häss-
lich für ein Museum, zu sinnlos für gewerbliche Räume. Sie
debattierten heftig, beklopften ärgerlich die Schnitzereien
und dachten längst nicht mehr an die beiden, die sich im
Schutze des dunklen Hohlraums liebkosten.
»Gehst du nachher in meine Datscha zurück?«
»Ja, ich werde dort auf dich warten – so lange, bis dich
deine Backstube wieder freigibt.«
»Ich komme, sobald ich kann.«

Madelaine tunkte die Spitzen von geviertelten Erdbeeren in warme Schokoladenmasse.

»Ihre Champagnerbirnentorte erweckt Neid, Fräulein Gürtler«, sagte Jean-Patrique, der damit beschäftigt war, tröpfchenweise Likör unter eine Crememasse zu schlagen.

»Das wird sich von alleine regeln«, meinte Madelaine belustigt, »denn wir haben bald keinen Champagner mehr.«

»O nein! Das wäre nicht gut fürs Geschäft. Heute früh trafen schon wieder Bestellungen für angesehene Häuser ein! Selbst Frau Armitstead bittet um eine.«

»Die Gattin unseres ehrwürdigen Stadtoberhaupts?« Madelaine schmunzelte. »Nun, da werde ich heute noch unserem württembergischen Lieferanten eine Eildepesche schicken müssen.«

»Meine liebe Madelaine!« Martieli betrat die Backstube. »Wie gefalle ich dir?«

Er drehte sich um seine eigene Achse. Er trug dunkelblaue Kniehosen aus Samt, eine goldfarbene Brokatweste über einem blütenweißen Hemd mit Rüschen, einen altrosa Gehrock aus schwerer Wildseide, weiße Strümpfe und schwarze Lackschuhe mit Schleifen.

Sie umarmte und küsste ihn.

»Du siehst wunderbar aus, doch wo bleibt dein Zopf?«

»Du kennst den Rest meiner Pracht.« Er fuhr sich verspielt durch seinen Haarkranz. »Niemand kann mit der Perfektion deiner Schönheit konkurrieren.« Er machte einen altmodischen Kratzfuß. Als er sich wieder aufrichtete, stellte Madelaine zu ihrer großen Freude fest, dass er gut aussah, rosig und ohne die beängstigenden dunklen Sichelchen.

»Gut schaust du aus, ich freue mich für dich«, sagte sie und strahlte ihn an.

Er musterte sie mit großen Augen und senkte seine

Stimme. »Ich beglückwünsche dich ebenfalls. Du siehst wie eine glückliche Frau aus.«

Madelaine errötete tief, woraufhin Martieli in ein herzliches Lachen ausbrach.

»Soll ich die Erdbeeren …?«, hörte sie Jean-Patrique im Hintergrund leise fragen.

»Nein, nein!«, rief sie. »Ich …«

»Lass nur, Madelaine. Ich möchte dich nicht weiter stören. Ich freue mich nur, dass du glücklich bist. Ich habe heute Morgen Post von meinem Bruder erhalten. Er wird bald in Bremen eintreffen. Ich glaube sagen zu können, dass unser Schicksal noch einmal einen gewaltigen Kurswechsel nehmen wird. Übrigens, die Aktien stehen gut, nicht wahr?«

»Ja, Gummi, Eisenbahn und Pelze.« Madelaine starrte ihn an. »Was meinst du mit Kurswechsel?«

»Oh!« Martieli hob die Augenbrauen. »Ich hoffe, ehrlich gesagt, dass meine restlichen Lebensmonate für mich noch Reizvolleres zu bieten haben, als Zuckerbäckereien leiten zu müssen, und danke meinem Herrgott, dass ich diese Billroth-Operation überstanden habe.«

»Monate?! Urs!«

»Werden Sie die Konditorei schließen?« Jean-Patrique drehte sich erschrocken um.

»Nein, nein, keine Sorge. Ich habe keine Schmerzen, solange mir Ärger erspart bleibt und ich weder Gegrilltes noch Gepökeltes essen muss. Ab 1. Juli lasse ich mich im Sanatorium verwöhnen.«

»Das ist auch gut, Urs. Aber mit meinen Überfällen wirst du jederzeit rechnen müssen.«

Madelaine hielt ihm eine in Schokolade getränkte Erdbeere hin.

»Und?« Sie sahen sich belustigt an.

»Hm, aus deiner Hand?«

»Aus meiner Hand.«

»Aha!« Martieli, der längst wusste, wie es um Madelaine stand, nickte und biss zu.

»Mehr!«

»Mehr Erdbeeren?«

»Mehr Schokolade! Für meine trauernde Seele.« Flehentlich schaute er mit leicht gesenktem Kopf zu ihr auf.

Madelaine nahm den oberen Teil der Bain-Marie, einen Teelöffel und begann Martieli mit warmer Schokolade zu füttern.

»Fräulein Gürtler, die neuen Bestellungen und eine Eilbestellung aus dem Hause Merkenheim.« Dina streckte Hand und Kopf durch die Tür.

Martieli reagierte sofort und nahm Madelaine Topf und Löffel aus der Hand. Er sah, dass sie schwankte und augenblicklich blass geworden war. Sie ließ sich auf den Küchenschemel nieder und riss den Umschlag mit dem Merkenheim'schen Siegel auf.

Chère belle chocolatière,
ich würde es mir bis ans Ende meiner Tage zum Vorwurf machen, wenn ich Sie nicht heute bitten würde, in eigener Person – und im bezaubernden Kostüm – in meinem Hause mit den besten Kreationen Ihrer Backstube Vorstellung zu machen.
Ich erwarte Sie am 1. Juli abends um sieben Uhr.
C. J. Merkenheim
Postskriptum: Eine Droschke wird Sie zu gegebener Zeit abholen.

Es war seltsam, aber in diesem Moment sehnte sie sich mit Urgewalt nach András' sinnlicher Umarmung, nach seinen lockenden Küssen, so als ob er mit seiner Liebe ihre Begegnung mit Merkenheim abwenden könnte. Und gleichzeitig schien es ihr, als ob eine lauernde, süßliche Müdigkeit ihren Körper durchströmen würde, die von etwas Neuem in ihr herrührte. Etwas, das unabhängig von ihr zu leben schien und ihr das Gefühl gab, stark, lebendig und über den Tod hinaus unbesiegbar zu sein.

Madelaine wartete. Die Sonne hatte bereits die Wipfel der Kastanien umwandert, hatte mit ihrem Strahlenbündel eine Intarsie nach der anderen des kostbaren Parkettfußbodens abgetastet. Ungezählte Minuten hatte Madelaine die erleuchteten Mosaiken aus Edelhölzern und Elfenbein betrachtet. Und es schien ihr, als ob all die handgeschnitzten Hirsche, Blüten, Fische, Sterne und Vögel in ihr ihre erste andächtige Bewunderin gefunden hätten.
Die Größe und Weite der vor ihr liegenden Wohnräume betonten Seidenteppiche, die in ihrem changierenden Blau ein Stück des Himmels auf die glänzenden Parkettböden zauberten. Auf kleineren Teppichen, die die mit Damast bezogenen Wände schmückten, waren japanische Gärten zu sehen, in denen sich Samurais von jungen Geishas Tee reichen ließen oder sich Kraniche und Lotosblüten in der Wasseroberfläche von Teichen spiegelten. Elegant, doch eigenwillig wirkten dazu ein riesiger Kamin aus rotem Marmor und die wenigen schlanken Jugendstilmöbel. Stühle und Sessel waren mit schneeweißem Chintz bezogen. Es war still, sehr still. Madelaine bildete sich ein, das einzige atmende Wesen auf der gesamten Etage dieser Villa zu sein. Der Sessel, in dem sie ausharrte, kam ihr angesichts der riesigen Räume vor ihr klein wie ein Puppen-

stühlchen vor. Und sie selbst? Sie war das Stubenpüppchen im Kostüm des Liotard'schen Schokoladenmädchens. War sie sich bewusst, warum sie der Einladung von Merkenheim gefolgt war? Ja, sie gestand es sich ein, sie hatte sich in ihrer Eigenschaft als von Sprüngli geadelter Zuckerbäckermeisterin, als Verkörperung ihrer eigenen Reklameidee geehrt gefühlt. Doch mit dem Warten schwand auch langsam ihr Ehrgefühl. Wie gut nur, dass András nicht wusste, dass sie hier war. Er, der sich für sie entschieden hatte, hätte ihr Eindringen in die Merkenheim'sche Atmosphäre, die er abzulegen sich bemühte, sicher nicht gutgeheißen. Ein Hauch von Glück berührte ihre Seele, als sie sich vorstellte, wie András, unbeschwert von dem, was sie tat, in der Sonne ihres Gartens in Jurmala lag und den Frieden der Natur genoss.

Hatte sie Grund, sich Sorgen zu machen? Madelaine zwang sich zur Ruhe. Doch mit fortschreitender Zeit begann sie diese Stille so zu demütigen wie früher die lauten Worthiebe ihrer Mutter. Hätte sie nicht aus purer Eitelkeit ihre Mitrailleuse mitgenommen, sie hätte sich unvollkommen gefühlt. Madelaine schob ihre kalten, feuchten Hände unter die Schürze. Dort auf ihren Schenkeln konnten sie ruhen und sich wärmen. Schon beneidete sie sie um die Geborgenheit unter dem weißen Seidenstoff. Nach einer Weile stellte sie fest, dass ihre Beine einzuschlafen drohten. Sie stand auf. Von hier oben, dem zweiten Stock der Merkenheim'schen Villa, hatte man einen weiten Blick über Gärten, Dächer und Kirchtürme der Stadt. Selbst der Lauf der Düna, die bunten Lampions der Esplanade mit ihren zeltartigen weißen Pavillons, die fernen Fabrikschornsteine, Boote, Dampfer und der Dom vereinigten sich zu einem Panorama, in dem jedes Detail gleichermaßen gleichgültig erschien. Nur die weißlichen Blüten in den gewaltigen Kronen der alten Kastanienbäume wirkten so zart und anmutig, als ob Elfenhände über sie streichen würden. Tief unten im Grün des Gartens setzten Rosensträucher dicke Farbkleckse in Rot, Gelb und Orange. Doch selbst der Anblick der vertrauten Natur konnte Madelaine nicht den Eindruck nehmen, als würde alles, was jenseits der Glasfenster dieses halbmondförmigen Erkers lag, einer gänzlich anderen Welt angehören, einer Welt, die man beguckte wie Fische in einem Aquarium, die jedoch fern und ohne Antwort blieb.

Madelaine sehnte sich nach etwas Vertrautem. Sie trat unter dem Türbogen aus schwarzem Edelholz hindurch in den angrenzenden zweiten Raum. Über zwei Wände erstreckte sich eine idyllische Landschaft mit lichtdurchflutetem Wasser, einer mit Pinien flüchtig bewaldeten Insel und feinem Strand. Sie entdeckte Putten, die neckisch an Bändern zogen oder mit Federn halb nackte Schenkel und Brüste kitzelten. Diese gehörten kaum verhüllten Jugendstilnixen, die kraftvolle Jünglinge lockten. Ein breitschultriger Neptun, der dem erotischen Treiben zuschaute, schien sich aus dem Meer emporzustemmen. In pastellfarbener Trompe-l'œil-Malerei schienen die Gemälde naturgetreu. Einen Moment lang bildete sie sich ein, sie als pulslose Puppe starre auf ein sinnenfrohes Treiben übermütiger Wesen ohne Scham, ohne andere Gefühle als die der Lust.

Sie schaute sich im Raum um und entdeckte auf einem japanischen Tischchen ein goldenes Kugelgitter. Darunter präsentierten sich ihre Tortenstücke auf feinem Sèvresporzellan. Sie dufteten, sie atmeten, sie lockten in ihrer ganzen vertrauten Süße.

Aus den Seerosenblüten der Wand tauchte Merkenheim auf. Er war geräuschlos durch eine Tapetentür geschritten.

Madelaine erschrak. In seinem schmal geschnittenen cognacfarbenen Anzug aus Seide und Kaschmir erschien er ihr noch eleganter als am ersten Abend. Mochte er auch Mitte fünfzig sein, so wirkte er doch jünger, und seine Ausstrahlung glich die einer in Eis erstarrten Flamme. Es fiel ihr schwer, sich an das zu erinnern, was Terschak und András über ihn erzählt hatten. Reicher Erbe, reicher gewissenloser Erbe, mahnte eine Stimme in ihr.

»Bleiben Sie bitte so stehen!«

Er tat so, als würde er sie mustern. Und doch hatte Madelaine den Eindruck, als hätte er sie schon längere Zeit beobachtet und bewertet.

»Ihr Hals ist länger, Ihr Kinn feiner, Sie blicken nicht stumpf, und größer scheinen Sie mir auch.« Er kam auf sie zu und reichte ihr die Hand. »Ich bitte vielmals um Vergebung, dass ich Sie habe warten lassen.« Er deutete eine Verbeugung an. Strähnen seines silbrigen Haars schob er vornehm zurück. »Nein, Sie haben in der Tat keine Ähnlichkeit mit Liotards Schokoladenmädchen.«

»Sie sind sehr charmant, Herr Merkenheim«, sagte Madelaine langsam.

Er erwiderte nichts darauf, sah sie nur unverwandt an. Dann meinte er: »Kommen Sie, ich möchte zunächst Ihre Kunst genießen, bevor ich Ihnen etwas zeige.« Er trat auf den Servierwagen zu. »Was haben Sie mir mitgebracht?«

Ein herbeigeeilter Diener hob die Gitterhaube hoch. Madelaine erklärte: »Prinzregententorte, Champagnerbirnentorte, Rêve de fraise à Madelaine, Madonnentorte – von jeder Torte drei Stücke.«

»Das sehe ich. Und was ist das?«

»Ein Mokkakuchen mit Rosinen, als trockene Ergänzung zu den fruchtigen Backwerken.«

»Trockene Ergänzung – welch eine Wortwahl! Lesen Sie etwa?«

»Natürlich. Ein Zuckerbäcker hat mehr …«

»Ich verstehe.«

Er bedeutete dem Diener, ihm ein Stückchen Prinzregententorte auf einen Teller zu geben. Unruhig begann er auf und ab zu gehen, während er mit einer goldenen Gabel in das Tortenstück stach. Nach einigen Bissen forderte er Madelaines Erdbeertraum. Teller und Torte wurden eilig ausgetauscht. Wieder lief er an der Stirnseite des Raums essend von Ecke zu Ecke. Ab und an warf er Madelaine Blicke zu, die sie nicht deuten konnte, auch wenn sie zugeben musste, dass er mit Appetit aß.

Schließlich setzte er sich und bot auch ihr einen Sessel an. Er biss in den Mokkakuchen.

»Diese trockene Ergänzung, wie Sie sagten, schmeckt großartig. Was ist das Besondere daran?«

»Für diesen Kuchen werden Gewürze gemahlen, Zimt, Muskat und Gewürznelken. Sie werden erst mit Schokolade und den Rosinen in einer Pfanne gemischt und dann zum Kochen gebracht.«

»Und Kaffee ist auch dabei?«

»Frisch gemahlene Arabica-Bohnen. Ihr Pulver wird erst später, nach Fett, Eiern und Zucker, mit dem Mehl dazugegeben. In diesem Fall sind es drei volle Teelöffel.«

»Sehr gut! Ausgezeichnet! Nun allerdings brauche ich eine flüssige Ergänzung, um bei Ihrer Wortwahl zu bleiben. Kochen Sie mir doch mal eine gute Schokolade, belle chocolatière. Sagen Sie, was Sie brauchen.«

Der Diener reichte ein Tablett mit Bleistift und Schreibblock.

»Auf dieser Etage haben wir eine Küche, in der Sie experimentieren können«, fügte Merkenheim hinzu. Madelaine stellte fest, dass die Süße ihrer Torten ihre Wirkung auf diesen schillernden Mann offenbar nicht verfehlt hatte. Seine unglaubliche Arroganz, die sie bei der ersten Begegnung so verschreckt hatte, schien von Minute zu Minute zu schwinden.

»Mit Vergnügen.«

Sie überlegte kurz. Ein echter Genießer war stets neugierig. Sie würde ihn auf die Probe stellen – 100 g Criollo- oder Forastero-Schokolade, vorzugsweise von dem französischen Fabrikanten Valrhona, zwei bis drei große Ancho-Chilis, ein bis zwei Esslöffel Honig, eine Vanilleschote, eine Zimtstange. Merkenheim warf dem Diener einen Blick zu, woraufhin dieser eine kleine Flasche Champagner öffnete und zwei Kelche füllte. Madelaine musste sich eingestehen, dass die lange Wartezeit sie hatte durstig werden lassen.

»Trinken Sie. Auf das Wohl des Schokoladenmädchens.«

Sie hoben die Gläser. Anschließend fragte er: »Welchen Champagner nehmen Sie für Ihre Torte?«

»Ich las, dass ein Weinbauer aus dem Württembergischen aus der wilden Holzbirne Champagner reifen lässt. Sie heißt eigentlich Bratbirne und ist im rohen Zustand ungenießbar. Er erntet sie nach dem ersten Frost und zieht den Schaumwein in Flaschen wie die Franzosen.«

»Sie lesen und lieben Experimente. Eine reizvolle Mischung für eine moderne junge Frau wie Sie.«

Madelaine merkte, wie sie rot wurde.

»Kunden wollen verwöhnt werden. Schließlich muss ich sie mit der Konkurrenz teilen.«

»Und da reichen Ihnen Schönheit und Handwerk nicht? Sie müssen Ihre … Fantasie zu Hilfe nehmen?«

Er setzte den Kelch zu einem großen Schluck an, ohne sie aus den Augen zu lassen. Er ist ein gefährlicher Schmeichler, dachte Madelaine mit Unbehagen. Doch worauf wollte er hinaus?

»Die Siebenhundertjahrfeier Rigas schien mir als der richtige Zeitpunkt für meine Reklameidee«, antwortete sie so ruhig wie möglich.

»Sie bringt Ihnen gutes Geld ein, nicht wahr? Sogar die Zeitung hat über Sie berichtet. Mein Kompliment. Sie sind eine kluge Geschäftsfrau.« Merkenheim strich mit dem Zeigefinger am Kelch des Glases entlang. »Darf ich ehrlich sein? Ich beneide diesen Herrn Martieli um Sie. Ich habe gehört, dass er sich in Wien einer schweren Operation hat unterziehen müssen. Am Magen?«

Madelaine schwieg beklommen. Er lüftet langsam sein Visier, dachte sie. Pass auf!

»Trinken Sie ruhig. Warmer Champagner ist ungenießbar und wertlos wie Ihre Bratbirne im Rohzustand.« Er lächelte fein. »Ich verstehe nicht, warum dieser Martieli Ihnen das Geschäft nicht schon längst überschrieben hat.«

»Warum sollte er das tun? Herr Martieli besitzt noch drei weitere …«

»Ich weiß, Mademoiselle! Ich hatte das Vergnügen, von unserer hoch talentierten Inessa einiges über ihn zu erfahren. Sie singt übrigens heute Abend mit dem lettischen Chor auf dem Velodrom. Sie hat sich Gott sei Dank wieder auf ihre Stimme besonnen. Ich habe Sie beschworen, wieder zur Vernunft zu kommen, denn sie soll auf der Hochzeit meiner Tochter Brautjungfer sein.« Er lachte kurz. Sein Blick bohrte sich in Madelaines. »Singen soll sie natürlich auch.«

Er will dich einschüchtern, dachte sie erschrocken. Er zeigt dir ganz offen, um was es ihm geht. Seine dumme Sybill scheint zu merken, dass András sie nicht heiraten möchte. Und er ahnt, dass du der Grund bist. Nun bist du hier, um gegen ihn um András zu kämpfen. Lass dir nichts anmerken. Ruhig und beherrscht antwortete sie: »Ich bin sicher, Sie haben mit ihr eine gute Wahl getroffen.«

»Davon bin ich überzeugt, belle chocolatière.« Er lächelte nicht. »Doch zurück zu diesem Martieli. Was hält ihn davon ab, Ihnen die Geschäfte zu überlassen? Liebt er sie? Lieben Sie ihn? Nutzt er sie als pure Bäckerin aus? Sie sollten mindestens so gut leben wie er und nicht in Mehl und Schweiß verkümmern.«

»Ich danke Ihnen für Ihre Offenheit«, entgegnete Madelaine kühl. »Ich kann Sie beruhigen, ich verkümmere nicht.«

»So? Eine so schöne junge Frau wie Sie? Das glaube ich nicht. Ich verstehe, dass Ihre Arbeit Sie mit Zufriedenheit erfüllt, doch Sie opfern Lebenszeit und Ihre Schönheit dafür. Ich bin überzeugt davon, dass keine Frau, auch ein Blaustrumpf nicht, gerne arbeitet. Die Frauen wissen gar nicht, wie schön das Leben ohne Arbeit ist. Unter uns gesagt, die wortgewaltigsten unter ihnen sind in Wahrheit außerordentlich dumm.«

Auf seinen Wink hin schenkte der Diener sein Glas wieder voll.

»Meinen Sie?«, fragte Madelaine spöttisch.

»Ich bin felsenfest davon überzeugt, dass wir unser kurzes Leben lieber in Schönheit verbringen sollten als in kalten stinkenden Löchern oder heißen schmutzigen Backstuben«, fügte er hinzu. »Sie als Frau haben doch die Wahl.«

»Wir haben die Wahl zu arbeiten oder unterjocht zu werden«, entfuhr es Madelaine gegen ihren Willen. Sie hatte sich provozieren lassen. Sie hatte aus der Erfahrung ihres abgestreiften Standes gesprochen, wie peinlich. Sie sah schon sein sarkastisches Lächeln. »Ich liebe …«

»Jaja, Sie lieben Ihre Arbeit. Warten Sie, ich werde Sie auf die Probe stellen. Wissen Sie, woher der Name Prinzregententorte kommt?«

»Sie wurde vom Mundkoch des bayrischen Prinzregenten Luitpold, dem Nachfolger von König Ludwig II., kreiert«, antwortete Madelaine sofort. »Die sieben Biskuitschichten entsprechen den sieben Landkreisen, die zusammen das Königreich Bayern bilden. Nur Schokolade hält sie zusammen, zwischen den Teiglagen als zarte Creme, drum herum als glatte Canache.«

»Canache? Bezeichnen Sie damit den ganzen Guss drum herum? Diese Haube? Aha!« Er dachte nach. »Wissen Sie, wie Luitpolds Mundkoch hieß?«

»Heinrich Georg Erbshäuser, Herr Merkenheim.« Madelaine erhob sich. »Es ist wohl besser, wenn ich jetzt gehe ...«

Erschrocken schaute er auf. Sie genoss seinen irritierten Blick. Sie hatte von ihrem Platz aus gesehen, dass der Diener in der Tür stand und ihr kurz zunickte. »... um Ihre Schokolade zuzubereiten!«

»Natürlich!« Er lehnte sich erleichtert zurück und schlug die Beine übereinander.

Kurz bevor Madelaine die Tür erreicht hatte, hörte sie ihn sagen: »Wenn ich Ihre Schokolade gut finde, kaufe ich diesem Martieli alle Konditoreien ab – und schenke Sie Ihnen. Natürlich ohne Gegenleistung. Sie sollten für Ihren Arbeitseifer angemessen belohnt werden. Wenn Ihnen am Luxus schon nichts liegt, wie Sie sagen, dann sollten Sie wenigstens über Besitz verfügen, der Gewinn abwirft. Übrigens, dieses Jugendstilkleid, das Sie an Inessas Liederabend trugen, ziehen Sie es noch an?«

Ein seltsam lauernder Ton schwang in seiner Stimme mit. Mit dem Kleid verband Madelaine Scham und tiefen Schmerz. Warum fragte Merkenheim?

Vorsichtig antwortete sie: »Nein. Sie hatten Recht, als Sie sagten, es stehe mir nicht. Der Sprung vom Rokokokostüm in den Jugendstil ist zu gewaltig. Im Übrigen ist mir der Lohn für einen Becher Schokolade viel zu hoch. Mit bestem Dank, nein, Herr Merkenheim. Betrachten Sie bitte dieses Experiment als Beweis für die Qualität der Martieli'schen Konditorei.«

Er erhob sich und kam auf sie zu.

»Sie sind nicht nur sehr schön, sondern auch stolz, belle chocolatière.«

Er nahm ihre Hand und deutete einen Handkuss an. Das Feuer in seinen eisblauen Augen loderte. Und Madelaine fiel auf, dass das rote Oval seiner Lippen wie mit dem Messer geritzt aussah. Er war gefährlich, sehr gefährlich, fand sie.

»Warten wir ab. Dieser Herr Martieli kann doch keine so große Macht über Sie haben, oder?«

»Ich tue, was ich will«, entfuhr es ihr.

»Sie folgen Ihrem Willen? Und der ist so … stark?« Er sah sie lange an. »Haben Sie etwas dagegen, wenn ich Ihnen zuschaue?«

»Nein«, hörte sie sich sagen, doch sie wusste, er spürte, dass sie aus Höflichkeit log.

In der Küche lagen die Zutaten samt Gerätschaften. Ein Hilfskoch und ein Diener wachten in einer Ecke, bereit, ihr jeden Wunsch abzulesen. Sie verneigten sich.

»Alors, Mademoiselle chocolatière! Commencez-vous!« Merkenheim hob seinen Arm – und lautlos verschwanden die Bediensteten. Sie waren allein. Er setzte sich auf einen hohen Stuhl und verschränkte die Arme.

Madelaine wischte sich ihre feuchten Hände am Rock ab. Sie nahm die Chilis, befreite sie vom Stielansatz, halbierte sie in Längsrichtung, entkernte und wusch sie. Dann schnitt sie sie in kleine Stücke. Sie setzte das Wasser auf, teilte die Vanilleschote und ließ die Gewürze im Wasser köcheln. Nun machte sie sich daran, die Schokolade zu zerreiben.

»Von derrière sehen Sie ungünstig aus, belle chocolatière. Diese Haube!«

»Ich koche für Sie, Herr Merkenheim«, zischte Madelaine böse.

»Oh, Verzeihung!« Sie hörte ihn leise lachen.

Doch der Stachel saß. Je länger die Gewürze köchelten, desto stärker kribbelte ihre Kopfhaut. Das Kostüm begann ihre Nerven aufzureiben. Doch sie zwang sich, sich auf die Rezeptur zu konzentrieren. Sorgfältig rührte sie nun die geriebene Schokolade in den Sud, ließ das Ganze aufkochen, entfernte die Vanilleschote und pürierte alles durch ein feines Sieb. Vom Chili war nun nichts mehr zu sehen. Mit einer Prise Kardamom würzte Madelaine nach. Andächtig schwenkte sie die Zimtstange in der aromatisch duftenden Schokolade. Abschließend quirlte sie den Honig hinein, bis eine Schaumkrone entstand.

Als sie sich umdrehte, war Merkenheim verschwunden.

Ein Diener, der vor der Tür gewartet hatte, trat ein, kaum dass Madelaine die Türklinke hinuntergedrückt hatte. Er wies auf das hölzerne Tablett mit dem Wasserglas und bunt bemaltem Porzellanbecher. Madelaine füllte letzteren und ging dann hinter ihm her.

Was sie nicht sah, war, dass ihnen ein zweiter Diener folgte, der einen weiteren Becher mit ihrer Schokolade in der Hand hielt.

Merkenheim blickte ihr entgegen.

Neben ihm hatte ein Fotograf seinen Apparat aufgestellt.

»Bleiben Sie so stehen!«, befahl Merkenheim.

Madelaine erschrak so sehr, dass ihr übel wurde.

»Nein!«, rief sie. »Nein! Weder werde ich hier stehen bleiben, noch lasse ich mich fotografieren!« Sie stellte in einer raschen Bewegung das Tablett auf den Fußboden und lief aus dem Raum.

Doch kaum hatte sie die große Galerie erreicht, war Merkenheim bereits hinter ihr.

»Verzeihen Sie. Kommen Sie bitte zurück. Ich werde Sie so im Bilde behalten, wie Sie jetzt vor mir stehen. Ich habe den Fotografen bereits fortgeschickt.«

»Was wollen Sie von mir, Herr Merkenheim?«

»Ich werde es Ihnen erst dann sagen, wenn ich Ihre Schokolade für gut befunden habe.«

»Dann warte ich hier solange.«

Madelaine straffte sich.

Eine Weile schaute er sie erstaunt an.

»Gehen Sie, gehen Sie, Herr Merkenheim. Probieren Sie, ich warte.«

Ohne ein Wort zu sagen drehte er sich um. Madelaine wartete. Der Fotograf hastete an ihr vorbei. Ein Diener huschte etwas später über die Galerie. Madelaine fragte ihn nach Merkenheim, doch er schaute sie nur stumm an. Er hat Sprechverbot, schoss es ihr durch den Kopf. Was für ein Mensch ist dieser Merkenheim nur! Neugierig ging sie zurück und spähte durch das Schlüsselloch des Wohnraums.

Merkenheim saß mit übereinander geschlagenen Beinen entspannt auf dem Sofa und hielt den Schokoladenbecher in den Händen.

»Entrez, Mademoiselle«, sagte er ruhig. »Ich wusste, dass Sie zurückkommen würden. Es ist die Neugierde, nicht? Dieser Kakao hat einen gefährlichen Beigeschmack. Probieren Sie selbst.«

Madelaine trank. Es schmeckte süß und würzig, brannte

weder auf der Zunge noch im Hals. Zurück blieb ein vollkommen warmer süßer Schokoladenschmelz.

»Nun?« Merkenheim musterte sie belustigt, während er seinen Becher in kleinen Schlucken leerte. »Sagen Sie mir nicht, das Ganze sei gut für die Nerven. Dann würde ich meine Frau rufen. Sie hätte es nötiger als ich.« Unvermittelt stand er auf. »Kommen Sie, ich möchte Ihnen etwas zeigen. Im Übrigen haben Sie Recht, der Preis von drei Martieli'schen Konditoreien wäre für dieses ungewohnte Getränk tatsächlich kaufmännisch gesehen zu hoch. Wie nennen Sie es?«

»Aztekische Schokolade.«

Ihr kam es vor, als würde es ihn längst nicht mehr interessieren.

»Kommen Sie. Kostüm ist Kostüm, Kunst ist Kunst. Ich möchte Ihnen etwas zeigen.«

Sie schritten eine Galerie entlang, linker Hand schimmerte der Himmel in einem noch immer hellen Blau. Perlmuttrosa mischten sich die Strahlen der Abendsonne dazwischen. Ein Schwarm Möwen kreiste in weitem Oval über die Dächer der Altstadt. Madelaine kam es vor, als würde ihr schwindelig, als sie zusah, wie der Schwarm immer wieder in schnelle Kurven flog und einen neuen Kreis zog. Merkenheim öffnete eine rot lackierte Tür mit naturgetreu gemalten Pfauen.

Dahinter erstreckte sich ein breiter Gang, an dessen Wänden goldgerahmte Gemälde hingen – idyllische Landschaften, Stilleben mit Bächen, Seen, knorrigen Bäumen, Bauern, Hunden, Blumen, Früchten. Merkenheim blieb immer wieder stehen, um Madelaine Zeit zum Schauen zu lassen. Die Luft war stickig und roch nach staubigem Samt. Einen Moment lang glaubte Madelaine, Merkenheim könnte ihr ein Betäubungsmittel in ihren aztekischen Kakao gegeben haben, der ihre Sinne zu trüben schien. Doch sie beruhigte sich sogleich mit der Erinnerung, dass sie ihren Becher nur zur Hälfte geleert hatte. So überließ sie sich beinahe gleichmütig der Faszination der Gemälde. Ihr war, als ob manche der Figuren sich auf den farbenfrohen Bildern bewegen würden. Sie glaubte ihr Lachen und Wispern zu hören. Seichte Wellen eines Sees schmatzten an einen Strand und leckten die nackte warme Haut eines badenden Paares. Einigen Bildern schien sogar der Geruch von Heu und Pferden zu entströmen. Aus einem von ihnen schwebten weiße Blütenblätter heraus. Madelaine versank in die heiteren Genreszenen und hätte schwören mögen, die Maler hätten gerade eben ein Stück aus dem wahren Leben herausgeschnitten und in einen vergoldeten Holzrahmen gesteckt. Sie hörte das Mädchen mit prallem Leib lachen, das hoch auf einem Heuwagen saß, den zwei Kühe ins Tal hinabzogen. Schon hob sie ihre Hand, um ihr zuzuwinken. Doch die glänzenden Fische auf dem Nachbarbild irritierten sie, weil sie sich den schmalen Tisch mit Austern, Blumen und einer venezianischen Vase teilen mussten. Sie würden gleich hinunterrutschen, wenn sie nicht jemand anders platzierte.

Nur undeutlich nahm sie wahr, dass sie Merkenheims gebotenen Arm ergriff. Der Gang führte in einen großen ovalen Raum, dessen Fenster mit weißen Atlasgardinen verhüllt waren. Goldgerahmte Spiegel, in bunte Steinmosaiken gefasst, ließen die Decke höher wirken, als sie war. Hier waren nur wenige große Bilder an den Wänden. Auf allen waren weibliche Akte zu sehen – bis auf das züchtig gekleidete Liotard'sche Schokoladenmädchen.

Merkenheim breitete die Arme aus.

»Dominique Vivant-Denon, erster von Napoleon ernannter

Organisator des Louvre und seine erotischen Gravuren. Gustav Courbet und seine lebende Kunst. Und François Boucher, Vertreter des französischen Rokoko!«

Bis auf sein Bild des nackt und bäuchlings auf einer Chaiselongue ruhenden Mädchens kannte Madelaine keines der Gemälde.

»Es sind alles Kopien. Auch das Schokoladenmädchen ist eine«, begann Merkenheim zu erzählen. »Das Original hängt seit 1745 in Dresden.«

»Es wurde von Francesco Graf Algarotti von Liotard selbst erworben«, flüsterte Madelaine, als würde sie ein Backrezept aufsagen.

»Richtig, er kaufte es ihm in Venedig ab. Und zwar für die Gemäldesammlung des sächsischen Kurfürsten und Königs von Polen. Liotard hielt sein Bild für unbedeutend.«

»Wahrscheinlich, weil ihn das Mädchen nicht interessierte ....«

»Sie hieß Baldant und war Kammermädchen im Haus eines Freundes«, unterbrach Merkenheim kaum hörbar. »Man sagt, sie habe später einen Adligen geheiratet. Doch ich halte das für ein Gerücht. Was, glauben Sie, hat Liotard interessiert, wenn nicht das Mädchen?«

Madelaine bildete sich ein zu spüren, wie der steife Nacken des Schokoladenmädchens schmerzte, Tränen in seine starr blickenden Augen traten, das Wasser im Glas schwappte, sich der Dampf der abkühlenden Schokolade senkte, die Seide das Licht brach. Doch all das hatte den Künstler nicht berührt.

»Die Wirkung des Lichtes«, sagte sie schließlich nach angestrengtem Nachdenken, ohne zu merken, dass Merkenheim sie fasziniert beobachtete. »Pastell in hell und dunkel, doch das Bild hat fast keinen Schatten.«

»Man nannte Liotard auch den Holbein des Pastells«, sagte

Merkenheim leise. »Schauen Sie einmal das Bild genau an. Die Lichtquellen sind einzig zwei Fenster, die sich in dem Wasserglas spiegeln. Jedes Detail ist genau gemalt. Liotard bewunderte die präzise Malkunst der holländischen Maler seiner Zeit. Er sammelte Bilder von Rembrandt, Berchem, Bloemaert, Stillleben von Jan van Huysum und Seestücke von Willem van der Velde. Er modellierte mit Licht und reinen Farben. Sehen Sie, welchen Raum, welche Perspektive sein Bild hat? Welch einen Halt, welche Körperlichkeit er seiner Figur verlieh?«

»Er verstand sein Handwerk sehr gut und wurde von seinen Auftraggebern gut bezahlt.«

»Ja, er wurde reich und berühmt.« Merkenheim räusperte sich. »So berühmt, dass die Kaiserin Maria Theresia Patentante seiner letzten Tochter Marie-Thérèse wurde.« Er atmete tief ein. »Sind sie nicht alle zu beneiden, diese … Handwerker?« Plötzlich straffte er sich. »Ich dagegen wurde nur steinreich geboren. So wie andere arm oder krank geboren werden, ist es mein Schicksal, steinreich zu sein. Es ist wunderbar, ich möchte mit niemandem tauschen, doch um eines gäbe ich die Hälfte meines Reichtums – darum, ein Talent zu haben, das berühmt macht. Stattdessen sammle ich Kunst, bete die Schönheit an.« Er hielt abrupt inne. »Nehmen Sie die Haube ab, bitte. Es sieht wahrhaftig lächerlich aus. Überhaupt, dieses ganze Kostüm. Sie selbst sind die wahre Schönheit. Ich möchte Sie sehen, bitte.« Er ergriff ihre Hände und sagte leise: »Das größte Vergnügen für mich besteht darin zu versuchen, klar, natürlich und vorurteilsfrei zu denken. Ich glaube keinem Gerücht, ohne es nachgeprüft zu haben – das schrieb Liotard 1765 an Jean-Jacques Rousseau. Das ist auch meine Überzeugung. Deshalb bitte ich Sie, zeigen Sie mir Ihre ganze, wahre Schönheit, Madelaine. Ich verspreche Ihnen, wie der Maler seiner Figur, so kann ich Ihnen Halt und eine neue Perspektive auf ein neues, schönes Leben geben.«

Madelaine stockte vor Schreck der Atem. Er will mich zu seiner Geliebten machen, schoss es ihr durch den Kopf. Von der Straße her erscholl fröhlicher Gesang. Die Geräusche von draußen rissen sie aus der lähmenden Umklammerung dieser seltsamen Atmosphäre. Instinktiv griff sie in ihre Rocktasche und befühlte das Metall ihrer Mitrailleuse. Doch bevor sie etwas sagen konnte, war Merkenheim auf eine Vase mit einem opulenten Strauß weißer Kamelien und Rosen zugeschritten.

»Kommen Sie, schauen Sie. Diese Blumen sind für Sie als Huldigung an Ihre Schönheit, belle chocolatière!«

Er trat zurück und lächelte ihr zu.

In den Kelchen der Rosen glitzerten Diamanten und Rubine. Merkenheim ergriff Madelaines Hand, küsste sie und strich mit einer schnellen, leichten Bewegung seines Zeigefingers über ihre Lippen. Und Madelaine fühlte, wie Merkenheim von einer tiefen Erregung erfasst wurde – als schmelze seine eisige Fassade unter der Flamme einer plötzlich gefährlich auflodernden Leidenschaft.

»Mazary hat sie geküsst, nicht? Es sticht wie ein Dorn in meinem Herzen. Doch Sie werden ihn wieder herausziehen, diesen Dorn, mit Ihrer ganzen sinnlichen Schönheit, nicht wahr? Sie werden fürstlich belohnt. Diese Steine hier gehören Ihnen. Sie können sie alle haben. Alle! Und wenn Sie einst verwelkt sind wie bald diese Blüten hier, wird die Härte meiner Steine Ihnen immer noch Halt geben.«

Madelaine schüttelte fassungslos den Kopf.

»Nie, niemals«, stammelte sie und wankte zurück. Sie lehnte sich an das Fensterbrett und sah einen Moment lang hinunter auf die Straße, auf der Festtagsbesucher in heller Kleidung und Kinder mit Lampions in den Händen spazierten. So als hätte sie den einen oder anderen erkannt, winkte Madelaine den Menschen, die sie nicht sehen konnten, zu.

Merkenheim beobachtete sie argwöhnisch.

»Ich fürchte, Herr Merkenheim, Sie haben eine falsche Vorstellung von mir«, sagte Madelaine fest. »Nichts von wirklichem Wert lässt sich mit Reichtum, und sei er noch so groß, erkaufen, keine Schönheit, kein Talent, keine Liebe – und schon gar nicht ich!« Entschlossen öffnete sie das Fenster, doch im gleichen Moment trat Merkenheim hinter sie, fasste sie an den Schultern und zog sie an sich. Während würzige Sommerluft in den Raum strömte, flüsterte er: »Ich verehre Sie, bete Sie an. Stoßen Sie mich nicht zurück. Mein Leben, mein armseliges Leben sucht nur nach einem Sinn. Verstehen Sie? Ich finde ihn nur dort, wo die Schönheit, das Kostbare und Exquisite meine innere Leere aufhebt. Ich beschwöre Sie, lassen Sie von Mazary ab.«

Er versuchte sie zu küssen, doch Madelaine stemmte ihre Arme gegen seine Brust. Nun bereute sie, dass András ihr versprochen hatte, Terschak von seinem Racheplan abzuhalten. Um wie viel lieber hätte sie sich jetzt als Mittäterin an seiner Rache mitschuldig gemacht als selbst Opfer zu werden.

»Lassen Sie mich gehen!«, rief sie laut. »Sie sind ein Teufel, Merkenheim!«

»Ein Dr. Faustus vielleicht, aber kein Teufel«, entgegnete er lächelnd. Und bedeutungsvoll fügte er hinzu: »Ich gäbe meine Seele dafür, Sie zu meinem Kunstwerk machen zu dürfen.« Er trat einen Schritt zurück, hielt aber Madelaines Hand fest. Fasziniert musterte er sie. Madelaine spürte

417

seine Blicke körperlich und bildete sich ein, die darin ausbrechende Leidenschaft würde sie verschlingen und ihr den Verstand rauben. »Ich würde Sie auf Blüten betten, oder besser noch, Ihren herrlichen Leib mit ihnen verzieren, Tropfen dieser – wie sagten Sie? – Canache auf Ihre Haut platzieren, Goldplättchen dazu, Rubine, ja sogar Topas würde zu Ihnen passen.«

Er schien sich immer mehr in seinem Wahn zu verlieren, sodass Madelaine ihn schließlich aufgebracht anschrie: »Hören Sie doch endlich auf! Sie sind verrückt, Herr Merkenheim!«

Ihr imaginiertes Bild vor seinem inneren Auge, schaute er sie verständnislos an. »Klimt … kennen Sie Gustav Klimt? Ich mache es ihm nach. Ja, ich mache Sie zu meinem Kunstwerk, belle chocolatière.« Sie versuchte sich von ihm zu befreien, doch mit einer sie überraschenden energischen Kraft riss er sie an sich. Seine Lippen wanderten über ihr Gesicht. »Seien Sie sich endlich Ihres Wertes bewusst, Madelaine. Glauben Sie mir, ich, nur ich weiß ihn zu schätzen … und zu erhöhen. Mein Kunstverstand, mit ihrer Schönheit vereint, es wird …«

»… die Kritiker lachen machen!«, rief Madelaine verächtlich.

»Nein, nein, ma belle! Niemand wird uns sehen. Ihre Schönheit ist nur für mich. Lieben Sie mich! Ziehen Sie dieses entwürdigende Kostüm aus!« Er riss ihr das Halstuch von den Schultern und küsste ihren Hals. Madelaine bog sich, so weit sie konnte, zurück, versuchte sich aus seiner Umklammerung herauszudrehen. Plötzlich fühlte sie, wie seine Hand sich unter ihrer Schürze an ihren Schenkeln bewegte. Blass und erschrocken starrten beide einen Moment lang auf die Waffe, die auf seiner schlanken Hand lag wie ein schwarzer bösartiger Skorpion.

»Hilfe! So helft mir doch!«, schrie Madelaine in Richtung des offenen Fensters. Schon wollte sie flüchten, doch Merkenheim hielt sie fest und warf die Waffe quer durch den Raum. Er sank zu ihren Füßen und küsste und umklammerte sie. »Ich lasse Sie nicht gehen! Ich lasse Sie nicht gehen«, stammelte er.

Madelaine starrte auf ihn hinab. Schließlich sagte sie wütend: »Nun besinnen Sie sich doch! Wissen Sie nicht, dass man mich bald vermissen wird? Man wird mich zuerst bei Ihnen suchen!« Sie überlegte fieberhaft, wie sie Merkenheim drohen, aus seinem Wahn herausreißen könnte. »Schließlich haben Ihre Feinde mehr Ohren und Augen, als Sie es sich vorstellen können.«

»Feinde? Sie sprechen von Feinden?« Überrascht sah er zu ihr hoch. »Sie meinen doch nicht etwa dieses Geschmeiß, das mordet und erpresst, wie mir Inessa, diese lettische Operettenamsel, erzählt hat? Wen kennen Sie von diesem Geschmeiß?« Seine Stimme klang mit einem Mal rau.

»Niemanden, und nun lassen Sie mich gehen!« Madelaine stieß mit der Schuhspitze gegen seinen Hals. »Im Übrigen, Herr Merkenheim, sind Ihre Opfer Ihre besten Feinde!«

»Nennen Sie mir einen Namen«, flüsterte er und erhob sich. Er hielt sie an den Händen fest und tat so, als ob er sie küssen wollte. Von der Straße her wehte lettischer Gesang herauf, in den sich Lachen mischte. Madelaine begann laut »Ligo! Ligo!« zu rufen. Überrascht und irritiert schauten einige der Menschen zur Villa herauf. »Still!«, zischte Merkenheim und schloss das Fenster. »Still!«

Kurz darauf läutete eine Türglocke.

Die Tür wurde aufgerissen.

Mit Kränzen umringt, tanzte Inessa herein. Sie hatte große glänzende Augen wie ein Säugling, der ein Übermaß an Zuwendung genossen hatte. Doch das Strahlen ihres Gesichts verschwand sofort, als ihr Blick auf Madelaine fiel.

»Was tust du hier?« Sie musterte sie voller Misstrauen. »Es sieht so aus, als ob die Gerüchte Recht hätten. Du bist die tüchtige Geschäftsfrau und raffinierte Kurtisane! Wir haben uns alle in dir getäuscht, und du, Merkenheim, nutzt sie jetzt aus, so wie du mich benutzt hast.«

»Du irrst dich, Inessa!«, rief Madelaine. »Hilf mir lieber! Ich werde hier festgehalten …« Sie entfernte sich von Merkenheim und entdeckte beinahe im gleichen Moment den Lauf ihrer Pistole vor dem hinteren Bein eines Sessels.

»Das ist nicht wahr«, murmelte Merkenheim. »Ich biete ihr eine Chance …« Er schüttelte verärgert den Kopf. »Geh, Inessa! Geh wieder! Du störst.«

»Weißt du nicht, dass man mich auf Händen zu dir getragen hat? Du sagtest, du würdest heute Abend zu meinem Konzert kommen. Ich hatte dir geglaubt. Ich hatte gehofft – und du kamst nicht.«

»Schweig!« Er wehrte sie ab. »Hast du nicht genug an Applaus und Lust bekommen?«

»An Lust und Schmerz! Ja! Die Pfuscherinnen, zu denen du mich geschickt hast, verstanden ihr Handwerk nicht so gut wie du deines«, entgegnete sie böse. »Ich habe wahrlich genug gelitten.« Die beiden Frauen sahen sich an. Sekundenlang spürte Madelaine das gegenseitige Verständnis, ein Gefühl weiblichen Urvertrauens schien aufzuflammen – und dieses bewirkte, dass Inessa Madelaines Blick in Richtung ihrer Waffe folgte. Ihre Augen weiteten sich.

»Liebst du mich noch?«, fragte sie leise.

Merkenheim schwieg.

»Ich möchte, dass du mich liebst. Küss mich!« Inessa näherte sich ihm, doch er drehte ihr den Rücken zu und betrachtete eine Weile die Gemälde.

Schließlich sagte er mit hoher Stimme: »Die wahre Schönheit ist die, die sich uns in majestätischer Stille erschließt. Das Weib ist wie die Kunst etwas zwecklos Schönes, ansonsten ein zum Dienst bestimmtes Geschöpf. Punktum. Sei also still.«

Madelaine merkte, wie durch seine Worte eine Wandlung in Inessa vor sich ging. Als hätte sie sich über einen schaurigen Abgrund gebeugt, wirkte sie mit einem Mal entschlossen.

»Hast du nicht mal gesagt, Schönheit sei die Medaille, deren Seiten Eros und Tod sind?« Sie machte eine Pause und bückte sich. »Weißt du, dass ich erpresst werde, Schutzgeld zahle, damit man dich in Ruhe lässt? Manche werfen mir vor, ich hätte meine Kultur verraten … wegen dir. Tausend Rubel habe ich gezahlt. Aber du willst mich, nein, uns beide demütigen? Jetzt verherrlichst du ihre Schönheit. Doch dann, wenn du ihrer überdrüssig bist, sie wie mich benutzt und missbraucht hast, wirfst du sie weg. Sie wird zu einem deiner Gemälde werden, ein Bild in deiner Sammlung. Irgendwann später wird auch dieses abgehängt. Das ist die Wahrheit. Denn ein Merkenheim zerstört nicht nur seine Arbeiter, sondern auch die, die er einst vorgab zu lieben und zu begehren.«

»Was verstehst du von meiner Welt!«, herrschte Merkenheim sie an. Madelaine sah das gefährliche Blitzen in ihren Augen.

»Ja, deine verlogene Welt!«, schrie Inessa wütend. »Hast du vergessen, was du mir angetan hast?« Mit Madelaines Waffe in der Hand kam sie auf Merkenheim zu.

»Du kannst mich nicht töten!«

Merkenheim reagierte mit verblüffender Schnelligkeit – wie ein Falke, der sich jäh auf die Taube stürzt. Als hätte er von Anfang an gewusst, was passieren würde, schnellte seine Hand vor und packte Inessas Handgelenk. Sie riss den Mund auf, und Madelaine hörte wie aus weiter Ferne Schreie, Flüche. Sie sah Inessas Faust gegen seine Brust hämmern, gewahrte, wie deren heller Arm hochfuhr und ihr rotblondes Haar um ihren Kopf wirbelte. Ein Funkenstoß blitzte auf, Inessa stürzte zu Boden. Beinahe im gleichen Moment stürmte ein Diener in höchster Aufregung herein. Er starrte mit weit aufgerissenen Augen auf die am Boden liegende weibliche Gestalt und stammelte: »Ein Notfall! Graf Mazary … ein Bote … ein Bote für die Zuckerbäckerin Gürtler.«

Bevor er noch weitersprechen konnte, schob ihn energisch ein Mann beiseite, der zu Madelaines größtem Erstaunen Jean-Patriques Kostüm anhatte. Da er einen Dreispitz trug, konnte sie zuerst sein Gesicht nicht erkennen. Rasch schlug er den Diener nieder. Stöhnend sackte dieser zusammen.

»Madelaine!«, rief der Mann.

Es war Terschak.

Er beugte sich kurz zu Inessa hinab und nickte grimmig.

»Sie hat Glück gehabt.«

Madelaine atmete erleichtert auf. Inessa war unverletzt. Zugleich wurde sie von einem Glücksgefühl durchflutet – sie war befreit. Doch von welchem Notfall sprach Terschak? Inständig betete sie, András möge nichts geschehen sein. Sie begegnete Terschaks Blick und las darin eine energische Entschlossenheit, die sie nicht daran zweifeln ließ, dass nun seine Stunde der Rache gekommen war. Madelaine ging zu Inessa und versuchte vergeblich sie aus ihrer Ohnmacht zu befreien. Nebenbei hörte sie Terschak schnell und keine Unterbrechung duldend sprechen.

»Sagt Ihnen der Name Terschak etwas? Terschak? Denken Sie nach!« Er trat auf Merkenheim zu. »Das Grubenunglück! 1878! Mein Vater kam dabei um! Während Sie sich in Triest einen Palast bauen ließen, verreckte er mit durchbohrten Lungenflügeln im Schacht. Ich konnte nur zusehen, wie er starb, in seinem Blut erstickte. Sie haben ihn genauso wie etliche andere auch elendig verrecken lassen, Merkenheim.«

Merkenheim wurde blass.

»Ich erinnere mich an nichts. Die Kunst … Kunst ist meine Welt«, hörte Madelaine ihn tonlos sagen.

»Sie war es, Merkenheim.« Rudolph Terschak zog eine Pistole. »Es ist die Zeit gekommen, dass Sie die Welten wechseln!«

Er schoss ohne zu zögern. Tödlich getroffen sank Merkenheim zu Boden. Terschak bedachte ihn keines Blickes mehr. Stattdessen schaute er kurz auf die kostbaren Gemälde und sagte zu Madelaine: »Erinnerst du dich noch? Die großen Herren benutzen Menschen wie Lumpen und sammeln teure Leinwand!«

Sie sahen sich einen Moment lang an. Dann fragte er: »Madelaine, du weißt, was ich deinem Grafen versprochen habe?«

Sie nickte.

»Ist es richtig, dass ich mich daran gehalten habe?«

Ungeduldig stimmte sie ihm zu. »Ja, Rudolph, nur lass uns jetzt gehen. Schnell.«

»Warte noch. Warte. Glaubst du, dass die da wird schweigen können – ihrem Stolz, ihrer Ehre, ihrem Land zuliebe?«

»Sie ist noch ohnmächtig, sie hat deinen Namen gar nicht gehört«, antwortete Madelaine hastig.

»Hoffen wir es«, entgegnete Terschak. »Wie dem auch sei, Merkenheim ist tot – mit einer fremden Kugel im Leib. Die Kugel aus deiner Damenwaffe steckt im Boden. Ihr beide lebt. Man wird vermuten, dass Merkenheim einen Mord begehen wollte, also in Notwehr getötet wurde. Doch solange ihr schweigt, wird niemand erfahren, wer sein Mörder ist. Sagt nur, ihr hättet einen Unbekannten im Rokokokostüm gesehen.«

Madelaines Gedanken überschlugen sich.

»Du möchtest, dass ich schweige? Als Dank dafür, dass du mir das Leben gerettet hast?«

»Wäre das zu viel verlangt?«

»Wenn wir sagen, ein Mann im Rokokokostüm sei gekommen, dann wird man Jean-Patrique verdächtigen.«

»Nein, die Polizei wird ihn in einer wenig bequemen Lage vorfinden. Wir mussten ihn fesseln.«

»Dann erkläre mir, warum du hier bist! Was ist geschehen? Und – lebt András?«

»Ja, er lebt. Keine Sorge, es war nur ein Trick, um zu Merkenheim geführt zu werden.« Er beobachtete Inessa, die langsam aus ihrer Ohnmacht erwachte, aus dem Augenwinkel. »Unseren Genossen kamen Gerüchte zu Ohren, dass diese lettische Nachtigall sich über Merkenheims Behandlung beklagte. Er habe sie zu scheußlichen Pfuscherinnen geschickt, missbraucht und sei im Begriff, sie abzulegen wie eine lumpige Hure.«

»Das ist wahr«, stöhnte Inessa kaum vernehmlich.

»Man sagte, sie wolle sich rächen.« Inessa schüttelte mühsam den Kopf, doch Rudolph fuhr unbeirrt fort: »Das konnte ich mir gut vorstellen. Ich dachte mir, dass er von der Sorte Mann ist, der auch Frauen ausschürft wie seine Kohlengruben.«

Inessa versuchte sich mit dem Rücken an die Wand zu lehnen.

»Sie sagte, sie hätte euch tausend Rubel für eure Revolution gegeben?«

»Sie lügt. Ich habe keine einzige Kopeke gesehen!«

»Sie hat behauptet, sie müsse Schutzgeld zahlen, damit deine Genossen Merkenheim in Ruhe lassen.«

»Davon weiß ich nichts.«

Inessa drohte wieder ohnmächtig zu werden. Madelaine eilte zu ihr und stützte sie.

»Du lügst, Rudolph!«

»Nein, es ist die Wahrheit. Ich weiß nichts davon. Sie ist zwar in den Augen mancher Genossen eine Verräterin, doch dass man sie erpresste, muss hinter meinem Rücken geschehen sein. Ich bin Deutscher, sie ist Lettin. Nicht immer traut man mir. Aber glaube mir, der Einzige, der das Recht hatte, sich persönlich an Merkenheim zu rächen, bin immer ich gewesen.«

»Wie bist du hierher gekommen?«

»Ich wusste, dass das große lettische Konzert heute stattfindet und dass Merkenheims Frauen in Jurmala sind. Ich dachte mir, dass Madame Inessa heute in rechter Festtagsstimmung sein könnte, um ihn zu besuchen, und so beschloss ich, mich an ihre Fersen zu heften. Leider musste ich diesem Jean-Patrique aus deiner Backstube noch einmal nahe treten, um an eine passende Verkleidung zu kommen. Seltsamerweise riss er sie sich sofort vom Leibe und gestand mir auch, warum. Er verriet mir, dass du, Madelaine, eine Einladung von Merkenheim für den heutigen Abend bekommen hattest, um Torten zu präsentieren. Doch ich habe mir nicht vorstellen können, dass du noch so spät in diesem Hause bist. Mir ging es nur darum, Merkenheim zu töten, egal, wie.«

»Aber sie hat Schutzgeld gezahlt, damit man sie und ihn in Ruhe lässt. Und du weißt wirklich nichts davon?«

»Ich schwöre, ich habe keine einzige Kopeke gesehen.«

»Dann bist du von deinen eigenen Genossen hintergangen

worden, Rudolph«, flüsterte Madelaine. »Weil sie es dir nicht gönnten, der alleinige Rächer zu sein ...«

»Du hast vielleicht Recht. Es gibt viel Misstrauen, viele Diskussionen und ebenso viel Schweigen. Und seitdem ich dich verschonte, trauten mir viele nicht mehr.«

»Danke, Rudolph«, hauchte Madelaine. »Danke für alles. Geh nur. Nimm Mazarys Angebot an. Er kann dir helfen, ein neues Leben anzufangen.«

»Er wird es nicht tun, jetzt, da ich zum Mörder geworden bin, Madelaine.« Er kämpfte mit sich. »Richte ihm meinen Dank aus. Es ist aber wohl mein Schicksal, mein Leben für die Gerechtigkeit zu opfern.«

»Du willst dir kein eigenes Leben aufbauen?«

»Nein, Madelaine, jetzt nicht mehr. Ich bin es meinem Vater schuldig. Ich habe schon lange das wachsende Misstrauen gegen mich hier in Riga gespürt. Ich verrate dir jetzt etwas, was niemand weiß. Ich habe vor einigen Monaten einen klugen Mann kennen gelernt, der bis vor zwei Jahren in sibirischer Verbannung war. Seither lebt er in der Emigration. Er heißt Wladimir Iljitsch Lenin. Ich werde ihm nach London folgen, und dann wird in wenigen Jahren hier in Russland eine Revolution stattfinden, die in die Geschichte eingehen wird. Ich glaube seinen Ideen, vertraue seinem Wort. Lebe du dein Leben, Madelaine. So hat auch mein Leben einen Sinn.«

»Rudolph, tue nichts Böses. Du kannst aber darauf vertrauen, dass ich schweigen werde. Möge Gott dich beschützen.«

Beide hatten Tränen in den Augen.

»Ich ... ich hätte dich gerne zum Abschied geküsst, Madelaine. Verzeih mir, wenn ich es nicht tue. Ich möchte dich nicht demütigen. Kommst du mit ... ihr ... zurecht?«

»Ja, ich werde sie wach halten. Sorge dich nicht. Geh nur.«

»Adieu, Madelaine.«

»Adieu, Rudolph. Adieu und danke.«

Er lüftete den Dreispitz und ging zur Tür.

Dem melodischen Glockenspiel folgten herbeieilende Schritte. Frau Baumanis selbst öffnete die Tür. Im Hintergrund hastete das Dienstmädchen aus dem Souterrain herbei. Überrascht sahen sich die beiden Frauen an. Frau Baumanis schien erst vor kurzem nach Hause gekommen zu sein, denn sie trug noch ihr Abendkleid, ein pfirsichfarbenes Chiffonkleid mit weitem Faltenwurf und weißer Stola.

»Verzeihen Sie die Störung«, begann Madelaine und schalt sich eine Törin, denn Frau Baumanis blickte bereits über ihre Schulter hinweg zur Kutsche. Da sie die Seitentür hatte offen stehen lassen, konnte man Inessas Kleid und Schuhe sehen, die dabei waren, sich auf den Ausgang zuzubewegen.

»Kind!«, schluchzte Frau Baumanis und lief an Madelaine vorbei. Während sie ihrer Tochter aus der Kutsche half, schaute Madelaine zum zweiten Stock, zu Martielis Wohnung, hinauf. Hinter den Fenstern blieb es dunkel. Wie gut, dachte sie, dass er jetzt in dem Sanatorium bei Jurmala geschützt war gegen das, was Inessa nun erzählen würde.

»Danke, Madelaine, sorge jetzt für dich. Ich … ich bin jetzt endlich wieder zu Hause.« Inessa versuchte zu lächeln, und ihre Mutter herzte sie unter Tränen.

»Du bist endlich wieder zu Hause!« Welch doppelter Sinn lag doch in diesen einfachen Worten. Inessa würde wieder zu sich selbst finden. Sie würde wieder zu ihren ureigensten Wurzeln ihrer lettischen Kultur zurückkehren. Sie würde der verführerischen Kunstwelt eines Merkenheims und ihrer ausbeuterischen, heuchlerischen Schattenseite für immer den Rücken kehren. Hastig, um überstürzenden Erklärungen an Frau Baumanis zu entkommen, verabschiedete sich Madelaine. Sie sehnte sich nur nach Ruhe und der schützenden, liebevollen Stärke ihres András. Madelaine nahm Inessa noch einmal in den Arm und machte sich auf nach Jurmala.

Je weiter sie sich von Riga entfernte, desto näher rückten allerdings Gedanken, die sie zu peinigen begannen. Gab es, überlegte sie während der Fahrt durch die Nacht, gab es eine Schuld, mit der ein Mensch geboren wurde? Die er wie ein Brandmal in seiner Seele trug und weder durch Worte noch durch Taten abtragen konnte? Du hast mein Leben zerstört – das war das Brandmal in ihrer Seele. Sie hatte versucht mit diesem Makel zu leben, indem sie Vaters Rat beherzigt hatte, das Leben durch Tüchtigkeit zu meistern, in der Hoffnung, dass ihre Wunde mit der Zeit heilen würde. Doch im Moment schien es ihr, als hätte ihr der Erfolg weder den Schmerz genommen noch ihre Schuld abgetragen, ganz so, als würde sie ihr Schicksal ermahnen, sich weiter zu bemühen. Sie bildete sich ein, ihr Vater säße neben ihr, spräche ihr aufmunternd zu. Schon wollte sie ihm zurufen, sie habe sich doch stets bemüht, alles richtig zu machen, da kam ihr das Grausen der Nacht wieder in den Sinn. Zu Merkenheim zu gehen war ein Fehler gewesen. Sie hatte sich unwissentlich in Gefahr begeben, nur weil sie sich im Bewusstsein ihrer Geschäftserfolge so sicher gefühlt hatte. Sie rief sich noch einmal seine leblose Gestalt in Erinnerung. Hatte er nicht ausgesehen, als würde er auf den nächsten Akt in einem Schauspiel warten? Auf den Zuruf eines Zeremonienmeisters, der ihn gleich auffordern würde, sich zu erheben? Weiter über die

Schönheit, die Kunst zu referieren? Sich als Mann zu präsentieren, der uneingeschränkt über andere herrschen konnte? Doch das Spiel war aus. Sie stellte sich Terschak vor, erinnerte sich an seinen Auftritt, seine Worte, seine tödliche Tat. War vielleicht alles, was sie bis jetzt erlebt hatte, das Spiel eines gewissenlosen oder eines gleichgültigen Schicksals? Waren jene, die für ihre Schuld mit dem Leben bezahlt hatten, nicht besser daran als jene, die mit einer unverschuldeten Bürde leben mussten? Was geschähe, wenn der Schrecken der Nacht ihre Seele über Gebühr belasten würde? Madelaine merkte, wie sie in einem Sumpf heilloser Verwirrung zu versinken drohte. Sie sah aus dem Fenster und stellte sich die friedlich schlafenden Menschen und Tiere in ihren einfachen Behausungen vor. Sie sah die Kinder in ihren von der Decke hängenden Körbchen, die Eheleute hinter den Bettvorhängen, eingerollt in liebevoll gewebte Wolldecken. Die Hunde und Katzen, die Schweine in ihren warmen Koben. Madelaine bildete sich ein, die Welt bestünde nur noch aus sanften Atemzügen und träumerischen Mienen schlafender Wesen.

Wenig später lag sie in den Armen jenes Menschen, der sie so liebte, wie sie war.

Zwei Tage danach erhielt Madelaine von einem Boten die Nachricht, sie möge in einer dringenden Angelegenheit zum Missionshaus der evangelischen Kirche kommen. Madelaine erinnerte sich an Schwester Ursulinas strenges Gesicht und hörte den Boten leise sagen: »Die Schwester war sehr aufgebracht und meinte, wer dem Fingerzeig Gottes nicht folge, der versündige sich.«

Bald darauf läutete Madelaine an der Glocke des Missionshauses. Eine übernächtigt wirkende Schwester Ursulina öffnete. Deutsche Mädchen sind saubere Mädchen, hatte sie damals bei ihrer Ankunft gesagt, und dass es nur einen Herrn in der Stadt geben dürfe. Jetzt stand sie vor ihr und schob drei verängstigte Kinder vor sich hin.

»Da! Nehmen Sie sie. Erbarmen Sie sich ihrer Seelen. Es dürfte unserem Herrgott mehr gefallen als Ihr wohlfeiles Handwerk. Tun Sie Buße.«

Madelaine keuchte vor Schreck – Billes Kinder! Sie beugte sich zu ihnen hinab und legte ihre Arme um die mageren, nach Kernseife riechenden Körperchen. Sie zitterten und sahen Madelaine stumm an.

»Der Herrgott hat sie hierher geschickt«, fauchte die Schwester. »Wohl nicht ohne Grund.«

Eine junge Ordensschwester hinter ihr räusperte sich und sagte: »Der Polizist, der sie zu uns brachte, erzählte, man habe die Kinder einem Matrosen aus Hamburg anvertraut. Das Schiff ging von Lübeck aus. Man hat sie tief unter Deck, im Laderaum, versteckt gehalten. Sie waren voller Rotz, Erbrochenem und Kohlenstaub und haben geheult wie junge Hunde, die man ausgesetzt hat.«

»Was für ein Ausdruck!« Schwester Ursulinas hageres Gesicht errötete, während sie sich wütend zu der jungen Schwester umdrehte. »Sie sind Gottes Geschöpfe, wenn auch von Sündern ohne Verstand in die Welt gesetzt.«

»Du bist Lene, nicht wahr?«, flüsterte das älteste der Kinder und griff nach Madelaines Hand.

Sie nickte gerührt. »Ja, eure Mutter ist meine Cousine. Und ich werde mich um euch kümmern, als wärt ihr meine eigenen Kinder. Seid unbesorgt, bald habt ihr ein eigenes warmes Nest.«

»Dann ist alles gut«, sagte das Kind erleichtert und presste seine Nase an ihren Arm.

Schwester Ursulina fingerte derweil in ihrer Rocktasche.

»Hier, dieser Brief wurde mit abgegeben. Und nun gehen Sie in Gottes Namen.«

Meine liebe Madelaine,
bitte verzeih mir, dass ich dich belogen habe.
Das Geld, das wir benötigten, habe ich nicht für Medizin gebraucht. Es ist das erste und letzte Mal in meinem Leben, dass ich lügen musste. Wahr ist, dass Bille tot ist. Sie hat sich in der Reinigungs-anstalt des Hafenkrankenhauses mit Typhus in-fiziert.
In wenigen Tagen werde auch ich ihr folgen.
Noch ein letztes Geständnis, für das ich mich zu-tiefst schäme. Bille sagte mir kurz vor ihrem Tod, sie habe Briefe deines Vaters abgefangen und das sowohl dir als auch mir verschwiegen. Sie war ei-fersüchtig auf dich, deine Schönheit, dein Glück. Sie wollte in Frieden mit mir leben und sterben. Sie empfand die Briefe als entsetzliche Störung unseres Seelenfriedhofs. Sie hat sie ungelesen ver-brannt. Verzeih, wenn du kannst, liebste Lene, verzeih. Mache dir nicht zu viel Hoffnung, dass er noch lebt. Wie leicht kann das Leben den Men-schen brechen. Wie schnell. Wie unbarmherzig. Ohne Schonung darauf, wie gut er im Herzen sein mag. Thaddäus war ein guter Mensch. Ich bitte dich, meine liebe, meine gute Madelaine, im Na-men eines Gottes, der dir und den Kindern mehr Gerechtigkeit als uns zukommen lassen möge, nimm die Kinder an dich. Karlchen ist sieben, Nikolas acht und Svenja neun. Ich vertraue dir. Deiner Willensstärke und deiner Kraft. Das Geld, das du uns gabst, habe ich für ihre Fahrt zu dir ge-

spart. Hab Dank für alles. Gottes Segen. Und gib
Ihnen das, was du hast – gib ihnen Hoffnung.
Deine dich liebende Tante Marie

Dutzende Male hatte Madelaine den Brief gelesen. Die
Vorstellung, dass ihr Vater noch leben könnte, dass sie für
Billes Kinder sorgen würde, passte nicht zu dem inneren
Aufruhr, der sie immer wieder erfasste. In einem Moment
fühlte sie sich stark und voller Lebenskraft, im anderen litt
sie an der Erinnerung an die Stunden in Merkenheims Ge-
mäldesalon. Hin und her gerissen zwischen dem Entsetzen
über das Erlebte und den Tod von Bille und Tante Marie,
murmelte sie immer wieder: »Sie haben sich das Leben genommen, weil sie keine Hoffnung mehr hatten.« Und doch
kam es ihr vor, als ob in diesem Satz Trost für sie selbst liegen würde, denn sie durfte hoffen. Hoffen darauf, dass der
Schrecken in ihrer Seele abklingen würde. Darauf, dass sie
vielleicht eines Tages ihren Vater wiedersah. Darauf, dem
missglückten Leben der Kinder eine befreiende Wendung
zu geben. Und sie wusste, nur hier, in ihrer Datscha an der
Rigaer Bucht, würde sie neue Kraft für die Zukunft finden.
Auch aus András brach immer wieder die Wut über Merkenheims Verhalten hervor. So manches Mal hatte er
die Fäuste ins Gras geschlagen, bis sie wund wurden, sich
der Nachlässigkeit, der Mitschuld bezichtigt und immer
wieder Madelaine getröstet. Nun, da Billes Kinder zu ihnen gekommen waren, sorgte er rasch dafür, dass Fleisch,
Obst und Gemüse geliefert, das Essen zubereitet wurde
und die Kinder gut versorgt waren. Er ermunterte sie zum
Spielen und freute sich darüber, dass sich ihre Verspan-
nung löste. Zögerlich zunächst, dann mit zunehmender Begeisterung hatten sie Zutrauen zur Ostsee gefunden, stundenlang gebadet und im Sand gespielt. Nun war es Abend.

Madelaine saß, an András gelehnt, auf der Wiese. Die Kinder schliefen längst mit kleinen runden Bäuchen im warmen Nest des Alkovens – sauber, entspannt und satt. Madelaine dachte an ihren Vater, mochte jedoch nicht über ihn sprechen, aus Furcht, jedes laute Wort könne die Wahrscheinlichkeit, dass er lebte, auslöschen. »Was für ein Schicksal«, murmelte András und küsste ihr Haar. »Ab jetzt haben wir nur ein gemeinsames, Madelaine. Und wir werden heiraten, sobald es möglich ist.«

»Aber dein Vater … wird er dich nicht verstoßen, wenn du mich heiratest?«

»Ich habe nicht vor, ihn zu überzeugen, dass du die richtige Frau für mich bist. Du bist es!« Er küsste sie zärtlich.

Sie drehte sich zu ihm um und sah ihm ernst in die Augen.

»András, gibt es eine angeborene Schuld? Müssen Kinder für die Schuld ihrer Eltern aufkommen?«

Er schwieg und dachte nach. Dann sagte er: »Vielleicht gibt es für manche Menschen eine besondere Aufgabe im Leben, die eine Bürde sein mag, doch den Zweck hat, Gutes zu schaffen.«

»Das gilt wohl jetzt für mich. Neben der Backstube sind nun Billes Kinder meine neue Aufgabe.«

»Unsere, Madelaine! Wir werden ihr Leben begleiten, solange sie uns brauchen. Und wir werden sie schützen müssen, damit sie nie die Hoffnung verlieren. Das gilt für sie wie für unsere eigenen Kinder.«

»Ich … ich schäme mich«, flüsterte Madelaine unvermittelt. »Es ist entwürdigend, wenn dir jemand zu verstehen gibt, dass er dich kaufen will wie ein Stück Ware. Es schmerzt zu wissen, dass dir jemand die eigene Seele vom Leib trennen will.«

Er zog ihren Kopf an seine Brust und streichelte sie schweigend.

»Hast du nie geahnt, welch ein Mensch dieser Merkenheim war?«

»Ich kannte nur seine, sagen wir, offizielle, gesellschaftliche Seite. Ich habe ihn auch zu selten privat getroffen. Selbst Vater dürfte entsetzt sein. Es muss sich in ihm im Laufe der Jahre eine Besessenheit angestaut haben, die ihn denken ließ, er könne im hehren Glauben an Kunst und Ästhetik zum Tyrannen über Menschen werden.«

»Er sagte, er beneide die Künstler, all jene, die es verstünden, ein Handwerk mit Erfolg auszuüben«, warf Madelaine ein.

»Das mag sein. Sicher gehörte er aber zu diesen Menschen, die unter ihrer Unvollkommenheit leiden und andere quälen, um sich stark und erfüllt zu fühlen. Allein die Macht über einen anderen zu haben, über seine Seele, seinen Körper, gibt ihnen das Gefühl, wertvoll und überlegen zu sein. Verzeih mir, Madelaine, ich habe ihn unterschätzt.«

Bis spät in die Nacht saßen sie eng aneinander geschmiegt. Ab und zu war das leise Schmatzen von Wellen zu hören, die an den Strand rollten. Wieder flogen Fledermäuse über die Wiese. Unsichtbar in einem Baum sitzend, bemühte sich eine Nachtigall um melodische Fantastereien. Sie begann eine rhythmische Tonfolge, brach ab, wiederholte mit einer Variation, fügte eine lustig klingende Koloratur hinzu, gurrte beinahe und begann aufs Neue.

»Ich liebe dich«, flüsterte András, doch da schlief Madelaine bereits in seinen Armen.

Während die Feierlichkeiten der Stadt mit Volksbelustigungen, Elitekonzerten, Festen und Bierabenden fortgesetzt wurden, bemühte man sich, von den Vorkommnissen in der Merkenheim'schen Villa nichts an die Öffentlichkeit dringen zu lassen. Polizei, Dienerschaft, Kutscher, Fahrer und Arzt wurden von Frau Merkenheim zu absolutem Stillschweigen verpflichtet. Erst dann überließ sie sich ihrem Nervenzusammenbruch. Begleitet von einem Nervenspezialisten reisten Mutter und Tochter mit unbekanntem Ziel ab – ohne Abschied von András zu nehmen.

Madelaine ging weiter ihren Verpflichtungen in der Backstube nach. Es tat ihr gut, sich durch die vertraute Arbeit vom Schrecken abzulenken. András hatte sich nach einem Kindermädchen umgesehen und blieb mit ihnen in Jurmala. Von dort aus pflegte er einen nervenzehrenden Briefwechsel mit seinem Vater, der ihm mitgeteilt hatte, dass er unter den gegebenen Umständen die Heirat mit Sybill Merkenheim für dringend geraten halte. Schließlich sei sie jetzt Halbwaise, und András könne frei jeglicher Bevormundung eines Schwiegervaters nach eigenem Gutdünken walten. Über welch ein riesiges Untenehmen würde er herrschen können.

András war entsetzt. Er rang sich dazu durch, seinem Vater Merkenheims wahren Charakter zu enthüllen. Eine wütende Replik, weder Inessas noch Madelaines Aussagen könnten der Wahrheit entsprechen, und die Drohung, ihn zu enterben, waren der Inhalt der nächsten Depesche aus Ungarn. So zog András seine letzte Karte und teilte seinem Vater mit, dass Madelaine wahrscheinlich ein Kind von ihm erwarte und er im Übrigen mit ihr überall auf der Welt würde leben können, wenn sein Vater ihm nur das Pflichterbe auszahle.

Wochen später erreichte András der Brief des väterlichen Gutsverwalters. Sein Vater habe einen Schlaganfall erlitten, weshalb es ihm jetzt gleichgültig sei, wen András sich als Ehefrau erwählt habe. Ob er kommen wolle? Mit oder ohne Madelaine. Im Vertrauen deutete der Verwalter an, dass neueste Probebohrungen zu interessanten Spekulationen Hoffnung gäben. Nur die Geldmittel würden fehlen.

»Bei uns sagt man, das Beste am Mann seien die Gewehre und Sättel«, meinte András dazu. »Greife an und ziele! Flucht – niemals!«

»Ihr Ungarn seid stolz, nicht?« Madelaine streichelte ihm lächelnd über die Wange.

»Wir lieben unsere Freiheit – in süßen engen Grenzen natürlich.« Er küsste sie innig. »Unser Land ist schön, sehr schön sogar. Schon seit frühester Zeit mussten wir Eroberer ertragen, die unser Land verwüsteten – Römer, Germanen, Mongolen, Türken und Habsburger. Immer wieder haben wir es aufgebaut. Jetzt endlich ist die Zeit gekommen, da wir unabhängig sein wollen und können.«

»Du möchtest also zurück nach Ungarn, András?«

»Natürlich, doch wenn ich wüsste, dass du in meiner Heimat unglücklich wärst, würde ich mit dir dorthin ziehen, wo du glücklich bist. Ich möchte mein Leben mit dir teilen, egal, wo.«

»Das käme einer Flucht gleich, oder?«

Nachdenklich hatte András geschwiegen.

Mehr Worte hatten sie zu diesem Problem nicht gewechselt, denn Madelaines eigene Entscheidung, Martielis Angebot, seine Rigaer Konditorei zu übernehmen, stand noch aus.

Anfang August erhielt sie eine Benachrichtigung vom deutschen Konsulat. Per Brief bat man sie, vorstellig zu werden. Sicher hat man die Leiche meines Vaters gefunden, hatte sie sofort gedacht und sich von einer großen Ruhe erfasst gefühlt.

Es war ein heißer Augustvormittag. Zwischen den Nachbauten des alten Riga spazierten vereinzelte Besucher. Madelaine beschloss, während sie sich auf den Weg zum

Konsulat machte, noch ein wenig über die Stadtfeierlichkeiten nachzudenken. Die Martieli'sche Konditorei hatte vom Jubiläum profitiert. Der Reiz ihrer Reklameidee hatte, allen persönlichen Schrecknissen zum Trotz, nicht unerheblich zu höheren Einnahmen beigetragen. Als Geschäftsfrau und Zuckerbäckerin konnte sie zufrieden sein, zumal sie wusste, dass die Verantwortlichen des Stadtjubiläums im Stillen von der geringen Anzahl angereister Gäste enttäuscht waren. Am 22. Juni hatte das Jubiläum begonnen. Bis zum 2. September sollte die Siebenhundertjahrfeier andauern, und man rechnete insgesamt mit gut dreihunderttausend Besuchern. Wobei Riga selbst, fast so groß wie Prag, allein zweihunderttausend Einwohner zählte. Neulich hatte sich der Leiter der Kunstausstellung beklagt, dass an der Riga'schen Retrospektive nur ein geringes Interesse bestehe. Beliebt dagegen sei, hatte er verbittert hinzugefügt, der Beitrag des Rigaer Geflügelzuchtvereins. Wer aus dem gemeinen Volk, das doch viel lieber auf die Vogelwiese zum Vergnügen gehe, finde schon Gefallen an den Werken baltischer Künstler? Es fehle eben an ausreichendem Kunstverständnis. Ihr war übel geworden, und sie hatte sich abgewandt.

Was würde bleiben, dachte sie, während sie voranschritt – Jubiläumsmärsche, Medaillen, Kataloge, Rechnungsberichte, Aufsätze, Ausstellungsexponate wie Tischlermeister Kirsteins Möbelstück, in dem sie sich mit András geküsst hatte, Ehrenpreise, Gedenkmünzen, Becher, Plakate, Briefbeschwerer, Servietten mit den Insignien der Stadt. Es war genug, und es war gut. Mit einem Mal schien ihr deutlicher als sonst, dass diese Tage ein wohliges Innehalten der Geschichte der Stadt waren. Ein Blick zurück, ein Lächeln auf eine lange Geschichte, ein trotziges Atemholen für die Zukunft.

Sie hatte das Konsulat erreicht.

Sie nahm in einem schwarzgrünen Ledersessel Platz. Aufgrund der sommerlichen Hitze reichte man ihr ein Glas Wasser. Aus einem Nebenzimmer hörte sie die klappernden Tasten einer Schreibmaschine. Die ruhige und würdevolle Ausstrahlung der Konsulatsangestellten erhöhte mehr und mehr ihre Anspannung. Warum hatte man sie hierher bestellt? Man ließ sie ein wenig warten. Schließlich erschien ein höherer Bediensteter und übergab ihr einen versiegelten Briefumschlag in der Größe eines Bildbandes. Brasilianische Briefpostmarken, Stempel, Siegel in portugiesischer Sprache. Ihre Aufregung wuchs. Sie bestätigte mit feuchten Händen die obligatorische Empfangsbescheinigung. Selbstverständlich dürfe sie das Dokument in den Räumen des Konsulats lesen, wurde ihr freundlich beschieden. Höflich reichte ihr ein Sekretär einen Brieföffner, auf dem das Konterfei Kaiser Wilhelms II. nebst dem Adler des Deutschen Kaiserreiches eingraviert waren. Madelaine nahm dankend an.

Aus dem geöffneten Umschlag stieg ein würziger herber Geruch. Madelaine schaute hinein, schnupperte und warf dem Sekretär, der sich bereits zum Gehen gewandt hatte, vergeblich noch einen Rat suchenden Blick nach. Doch man ließ sie pietätvoll allein. Vorsichtig griff sie in den Umschlag und ertastete einen Brief und etwas, das sich wie trockenes hauchdünnes Leder anfühlte. Unzweifelhaft ging von diesem der Duft aus. Es war ein Blatt, ockerfarben, mit einem beinah ellenlangen Hauptnerv und elliptisch geformt, sodass sie hätte meinen können, es stamme von einer Mammutbuche ab – Tabak! Er roch ein wenig süßlich, herbwürzig, voller Aroma. Mit einem Mal holte sie die exotische Ferne Südamerikas wieder ein. Sie legte das Blatt in ihren Schoß und ergriff den Brief. Die

Handschrift ihres Vaters blickte ihr entgegen. Als sie nun zu lesen begann, war es ihr, als stünde er neben ihr und spräche.

Der Unterzeichner, Thaddäus Gürtler, geboren in Hamburg am 13. November 1852, verheiratet mit Herta Gürtler, geborene Schmidt, ebenda, und Vater einer Tochter mit Namen Madelaine Elisabeth Gürtler, geboren am 8. Mai 1878, gibt Folgendes zu treuen Händen:

Im Herbst 1895 verließ ich auf unrechtem Wege die Salpeterfabrik in Antofagasta, Chile. Doch ich ging, um an einem anderen, besseren Ort für Frau und Kind zu sorgen. Lange Jahre habe ich hart für dieses Ziel gearbeitet.

Lange Jahre habe ich mich zutiefst geschämt, Frau und Kind verlassen zu haben.

Lange Jahre hielt mich die Scham davon ab, mich nach ihrem Verbleib zu erkundigen. Erst jetzt, wo ich Besitz und Geld mein Eigen nennen kann, bin ich in der Lage, über mich zu schreiben.

Auch wenn meine Hoffnung zu schwinden droht, meine Ehefrau und mein geliebtes Kind noch einmal wiederzusehen, möchte ich einen Hoffnungsfunken in diese Zeilen weben. In unzähligen Stunden habe ich mit meiner Tochter Zwiesprache gehalten – vor dem Einschlafen, beim Pflanzen, am Feuer, im Angesicht von Sonne, Sternen und Mond. Ich habe meine wunderbare Madelaine gefühlt. Ich glaubte ihre kleine Hand auf meiner Schulter zu spüren, ihre liebe Stimme in meinem Ohr, ihren Zuspruch, durchzuhalten, ihr Vertrauen darin, dass sie mich, ihren Vater, noch immer liebe.

So gebe ich mich der Vorstellung hin, dass ihre
Augen, ihr lieber Blick über diese Worte wandern,
die ich jetzt schreibe.

Madelaine musste den Brief beiseite legen, da Ströme von
Tränen auf ihn hinabzufallen drohten. Hatte sie nicht ähnlich empfunden? Nie, in all den Jahren seit ihrer Rückkehr, hätte sie mit voller Bestimmtheit sagen können, ihr
Vater sei tot. Ihr Herz hatte es schon immer besser gewusst. Sie war unendlich erleichtert. Nachdem sie sich beruhigt hatte, las sie weiter.

Meine allerliebste Madelaine! Meine verehrte
Herta!
Ich verließ die Oficina aus tiefster Not. Ich habe
mein Ziel, meine Kraft und mein Streben zum Erfolg zu führen, nie aus den Augen verloren. In der
Salpeterfabrik wäre ich damals in Bälde elendig
verreckt. Es war ein Zufall, dass mir in dem Kram-
laden des Italieners ein Tabakpäckchen ins Auge
fiel. »Feiner leichter Canaster aus der Fabrik Plat-
ner & Comp.« Es zeigte ein Bild des Nürnberger
Eisenbahngebäudes, zu Ehren der 1835 eingeweih-
ten ersten deutschen Eisenbahnstrecke zwischen
Nürnberg und Fürth. Ich trage es heute noch bei
mir, denn es brachte mir Glück. Damals allerdings
hätte ich vor Rührung weinen können. Wie sehr
sehnte ich mich in jenen Momenten zurück in die
alte Heimat. Das Bild ließ mich nicht los. Eines
Tages dann begriff ich – die Eisenbahn würde das
Vehikel der Zukunft sein. Und sie würde es sein,
die den Tabak und seine Produkte – Zigarren oder
Zigaretten – in riesigen Mengen durch die Welt

transportieren würde. Tabak, die Pflanze, die
Kontinente, Menschen verbinden würde.
Verzeiht, meine Worte sind dürr. Ich mache es
kurz. Ein brasilianischer Arbeiter, abenteuerlustig
wie ich, floh mit mir. Ein einheimischer Matrose,
mit dem er sich verbrüderte, verbarg uns an Deck
eines Schiffs, das von Antofagasta ums Kap zur
Ostküste segeln wollte. Für die Reise hätte ich keinen Pfifferling ausgeben mögen. In Brasilien, im
Hafen von Salvador, gingen wir an Land. Ich hatte
erfahren, dass an der Ostküste des Atlantischen
Ozeans, im Gebiet von Bahia, ein besonders edler,
hochwertiger Tabak angebaut wird. Vielleicht,
dachte ich, würde ich hier mein Glück machen.
Glaubt mir, ich hatte immer vor, euch nachzuholen,
sobald meine Kassen mit Geld gefüllt wären.
Das ist nun mehr oder weniger der Fall. Sollte einer von euch noch am Leben sein, so nehmt, was
ich für euch erarbeitet habe. Es ist nicht wenig. In
kürzester Zeit lernte ich bei einem Deutschen, wie
man rodet, Furchen anlegt, die Tabakfelder bestellt, wässert, erntet, trocknet. Ich habe immer
hart gearbeitet, noch heute, habe lange Jahre gehungert und gespart, doch mit Erfolg. Und in den
kleinen Dingen des Lebens habe ich viel Schönes
entdeckt. Niemand, der es nicht selbst erlebt hat,
kann sich vorstellen, wie schön es ist, im frühen
Morgengrauen die herrlichen Tabakblätter abzu-
pflücken, noch bevor – wie wir sagen – die Fliegen
erwachen. Diese rosa Blüten! Sie ähneln ein wenig
der Form von Narzissen. Und dann die Kapseln,
die wie Haselnüsse aussehen und bis zu 125 000
Samen enthalten. Wir mischen sie zunächst mit

Holzkohle oder Sand, damit der Wind sie nicht fortweht. Dann erst füllen wir die Masse in Holzkästen. Erst wenn jeder Same vier Blättchen hervorgebracht hat, setzen wir das zarte Pflänzchen auf die Felder.

Fürwahr, ich habe gelernt, diese göttliche Pflanze zu lieben. Kaiser Wilhelm soll ein großer Zigarettenraucher sein, habe ich gehört. Welch Vorbild der Kaiser für das Militär darstellt. Ist es nicht besser zu rauchen als mit Kanonen aufeinander zu schießen? Tabak entspannt – Millionen von Soldaten, Staatsdiener und feine Kriegsminister könnten auf friedliche Gedanken kommen.

Friedrich der Große hat übrigens Tabak, Kaffee und Wein als Lüsternheitsware bezeichnet – was soll daran Schlechtes sein? Ich habe lachen müssen, als ich las, dass die Mutter von Goethe gesagt haben soll, ohne ein bisschen Tabak wären ihre Briefe so strohtrocken wie Schiffsdokumente.

Doch zurück zu mir. Ich bin unter einem deutschen Großgrundbesitzer der zweite Mann geworden. Meine Ersparnisse ließen mich erst vor wenigen Monaten eigenes Land erwerben, tausend Hektar, die bereits gerodet und in den nächsten Tagen frisch bepflanzt werden. An der Plantage selbst besitze ich Anteile. Das Vertrauen, das ich mir habe erarbeiten können, ist in barer Münze bewertbar geworden. Ich bin mir sicher, in der Zukunft wird die Rauchwarenfabrikation in größtem Maße zunehmen. Tabak ist das Gold über der Erde.

Sollte mein Herz recht haben, so rufe ich dir, meine über alles geliebte Tochter zu: Komm zu mir!

Sollte mir etwas geschehen, bist du meine Erbin.
Und vergiss nie, ich liebe dich, mein Kind, bis über
den Tod hinaus.
Dein Vater
Thaddäus Gürtler
Im Juni 1901, Bahia, Brasilien
Postskriptum: Diesen Brief richte ich an das
deutsche Konsulat, da meine bisherigen Briefe
an meine Schwägerin in Hamburg unbeantwortet
geblieben sind.

Vater lebte – und er hatte sein Ziel erreicht. Madelaine
hatte das Gefühl, als läge mit einem Mal die Zukunft wie
eine vollreife Kapsel kurz vor dem Aufplatzen vor ihr. Sie
duftete nach Tabak, Kakao, Meersalz und Vanille, nach Karamell und frischer Waldluft, nach Sandelholz und Moschus wie András' Haut, aber auch nach der Erde und dem
Schweiß von Vaters Händen und dem köstlich süßen Biskuitteig mit Pfirsichen in Champagnercreme. Sie würde leben – im Kreis einer eigenen kleinen Familie. Niemals
würde sie sich den Appetit auf Schokolade, das beste »Re-
medium gegen Unzufriedenheiten«, diese kostbare »Lüsternheitsware« verderben lassen.
Sie erhob sich.

Bis spät in den Abend saß sie mit András und Martieli auf
der Terrasse ihrer Datscha. Die Kinder, die bereits zu Kräf-
ten gekommen waren, spielten noch zwischen den Bäumen Verstecken. Die Gartenpforte stand weit offen und ab
und zu lief eines von ihnen jauchzend hinaus zum Strand.
»Nun, meine liebe Madelaine«, Martieli sog an einer kleinen Pfeife, »wie hast du dich entschieden?«
Sie lächelte ihm liebevoll zu, griff jedoch nach András'

Hand und sagte: »Ich möchte Schätze sammeln, Stunden, schöner und kostbarer als jeder Edelstein und die kein Mensch der Welt bezahlen kann.«

»Hier in Riga? In der Konditorei, deren alleinige Chefin du sein wirst?«, fragte Martieli listig.

»Weißt du, dass die Aktien für Pelze, Gummi und Eisenbahnwaggons weiter gestiegen sind? Mit anderen Worten, ich denke, wir haben dein Ziel, das Geschäft mit Gewinn zu führen, erreicht. Ich habe mein Geld sogar an der Börse investieren können. Nun möchte ich etwas Neues beginnen.«

Die beiden Männer verstanden. András füllte die Gläser nach.

»Wir haben Zeit, Madelaine, wir haben viel Zeit«, sagte er leise.

Madelaine lächelte und prostete beiden zu.

»Lasst mich die Stunden sammeln, in denen ich lieben darf. Auf dass ich reich werde, hier, tief in mir. Reich an dem Schönen, dem Wahren und dem Süßen der Welt.«

Katryn Berlinger
Villa Bernstein

Roman

Als Alisa durch einen Unfall ihren geliebten Mann Henrik verliert, ist sie am Boden zerstört. Wie soll sie, die ein Kind von ihm erwartet, ohne ihn weiterleben können? Doch da vermacht ihre Großtante Wanda ihr noch zu Lebzeiten ein Hotel auf Usedom. Alisa ist zunächst gar nicht begeistert von dem unerwarteten Erbe, zumal mit diesem ein griesgrämiger Hausmeister, ein heruntergekommenes Gebäude und viele andere Sorgen verbunden sind. Doch Alisa beißt sich durch, denn sie hat nur einen Wunsch: Die »Villa Bernstein« soll in altem Glanz wieder auferstehen!

Knaur Taschenbuch Verlag